metro

Jean-Claude Izzo
Die Marseille-Trilogie

W0338360

metro wurde
begründet von
Thomas Wörtche

Zu diesem Buch

Die drei Romane der Marseille-Trilogie in einem Band:
Fabio Montale ist ein kleiner Polizist mit Hang zum guten Essen und einem großen Herz für all die verschiedenen Bewohner der Hafenstadt: für die Italiener, die Spanier, die Nordafrikaner und auch die Franzosen. Ob einer Polizist wird oder Gangster, das ist reiner biografischer Zufall. Freund bleibt Freund.

»Izzo ist der Chronist einer verschwindenden Stadt am Mittelmeer. Gegen die Zerstörung Marseilles durch die Mafia und die Global Players aus dem Norden setzt er seine verzweifelte Liebe für das südliche Leben: Wärme, Zärtlichkeit, Wein. Ein Märchen aus uralten Zeiten ist das gewiss, aber zauberhaft zu lesen.«
Tobias Gohlis, Die Zeit

Der Autor

Jean-Claude Izzo (Marseille, 1945–2000) war lange Journalist. Erst mit fünfzig fing er an, Bücher zu schreiben. Sein erster Roman, *Total Cheops,* wurde sofort zum Bestseller, seine Marseille-Trilogie zählt inzwischen zu den großen Werken der internationalen Kriminalliteratur. Der zweite Teil, *Chourmo,* wurde 2001 mit dem Deutschen Krimi Preis ausgezeichnet.

Im Unionsverlag sind außerdem lieferbar:
Die Marseille-Trilogie in Einzelbänden: *Total Cheops, Chourmo* und *Solea.*
Weitere Werke: *Aldebaran, Die Sonne der Sterbenden, Leben macht müde* und *Mein Marseille.*

Mehr über Buch und Autor im Anhang
und auf *www.unionsverlag.com*

Jean-Claude Izzo

Die Marseille-Trilogie

Total Cheops, Chourmo, Solea

Aus dem Französischen von
Katarina Grän und Ronald Voullié

Unionsverlag

Die Originalausgaben der drei Romane
der Marseille-Trilogie erschienen bei
Editions Gallimard, Paris, unter dem Titel
Total Khéops (1995), *Chourmo* (1996)
und *Soléa* (1998).
Die deutschen Erstausgaben erschienen
2000 *(Total Cheops* und *Chourmo)* und
2001 *(Solea)* im Unionsverlag, Zürich.

Im Internet
Aktuelle Informationen,
Dokumente, Materialien
www.unionsverlag.com

Unionsverlag Taschenbuch 572

Rieterstrasse 18, CH-8027 Zürich
Telefon +41 44 283 20 00, Fax +41 44 283 20 01
mail@unionsverlag.ch

Reihengestaltung: Heinz Unternährer
Umschlaggestaltung: Peter Löffelholz
Umschlagfoto: Gunnar Knechtel/laif
Druck und Bindung: CPI – Clausen & Bosse, Leck
ISBN 978-3-293-20572-7
4. Auflage, Januar 2014

Inhalt

Total Cheops

Für Sébastien

Es gibt keine Wahrheit,
es gibt nur Geschichten.
Jim Harrison

Prolog

Rue des Pistoles, zwanzig Jahre danach

Er hatte nur ihre Adresse. Rue des Pistoles, in der Altstadt. Er war seit Jahren nicht mehr in Marseille gewesen. Jetzt hatte er keine Wahl mehr.

Man schrieb den 2. Juni, es regnete. Obwohl es in Strömen goss, weigerte sich der Taxifahrer, in die kleinen Gassen vorzudringen. Er setzte ihn an der Montée-des-Accoules ab. Über hundert steile Stufen und ein Gewirr von Straßen lagen bis zur Rue des Pistoles noch vor ihm. Der Boden war mit aufgerissenen Müllsäcken übersät, und ein säuerlicher Geruch stieg von der Straße auf, eine Mischung aus Pisse, Feuchtigkeit und Schimmel. Einzige große Veränderung: Die Renovierungswelle hatte das Viertel erreicht. Einige Häuser waren abgerissen worden. Die Fassaden der anderen waren neu gestrichen, ocker oder rosa mit grünen oder blauen Fensterklappen, ganz wie in Italien.

Von der Rue des Pistoles, vielleicht eine der engsten Gassen, war nur die Hälfte übrig geblieben, die Seite mit den geraden Hausnummern. Die andere war platt gemacht worden, ebenso wie die Rue Rodillat. Stattdessen: ein Parkplatz. Das fiel ihm als Erstes auf, als er um die Ecke der Rue du Refuge bog. Hier schienen die Baulöwen eine Pause eingelegt zu haben. Die Häuser waren schwärzlich, wie von Lepra befallen, zerfressen von einer aus Abwässern gespeisten Vegetation.

Er war zu früh dran, das wusste er. Aber er hatte keine Lust, in irgendeinem Bistro einen Kaffee nach dem anderen zu trinken und dabei dauernd auf die Uhr zu sehen, bis er es wagen konnte, Lole zu wecken. Er träumte von einem Kaffee in einem bequemen Sessel in einem richtigen Appartement. Das hatte er seit Monaten nicht mehr gehabt. Sobald sie die Tür öffnete, steuerte er den einzigen Sessel in der Wohnung an, als wäre er nie weg gewesen. Er liebkoste die Armlehne, setzte sich langsam und schloss die Augen. Erst danach sah er sie an. Zwanzig Jahre danach.

Sie blieb stehen. Aufrecht, wie immer. Die Hände in den Taschen eines strohgelben Bademantels vergraben, der ihre Haut brauner als sonst erscheinen ließ und ihre schwarzen Haare hervorhob, die sie jetzt kurz trug. An den Hüften hatte sie vielleicht zugenommen, er war sich nicht sicher. Sie war zur Frau geworden, aber sie hatte sich nicht verändert. Lole, die Zigeunerin. Schön, wie eh und je.

»Ich würde gern einen Kaffee trinken.«

Sie nickte. Ohne ein Wort. Ohne ein Lächeln. Er hatte sie aus dem Schlaf gerissen. Aus einem Traum, in dem sie mit Manu nach Sevilla raste, sorglos, die Taschen voller Kohle. Einem Traum, der sie jede Nacht heimsuchte. Aber Manu war seit drei Monaten tot.

Er ließ sich in den Sessel sinken, streckte die Beine von sich und zündete sich eine Zigarette an. Zweifellos die Beste seit langem.

»Ich habe dich erwartet.« Lole reichte ihm eine Tasse. »Aber später.«

»Ich habe einen Nachtzug genommen. Einen Sonderzug für Fremdenlegionäre. Weniger Kontrollen. Mehr Sicherheit.«

Ihr Blick war woanders. Dort, wo Manu war.

»Setzt du dich nicht?«

»Ich trinke meinen Kaffee lieber im Stehen.«

»Du hast immer noch kein Telefon.«

»Nein.« Sie lächelte. Für einen Moment schien die Schläfrigkeit aus ihrem Gesicht zu weichen. Sie hatte den Traum verjagt. Melancholisch sah sie ihn an. Er war müde und unruhig, von altbekannten Ängsten geplagt. Es gefiel ihm, dass Lole mit Worten geizte, keine Erklärungen abgab. Die Stille brachte für sie beide das Leben wieder in Ordnung. Ein für alle Mal.

Ein Pfefferminzduft hing in der Luft. Er sah sich im Zimmer um. Es war ziemlich groß, weiße, nackte Wände ohne Regale, Bücher oder Krimskrams. Das Mobiliar war aufs Wesentliche reduziert und willkürlich zusammengewürfelt: ein Tisch, Stühle, eine Anrichte und ein Bett am Fenster. Eine Tür führte ins Schlafzimmer. Von seinem Platz konnte er einen Teil des Bettes sehen. Blaues Bettzeug, nicht gemacht. Er konnte sich nicht mehr an die Ausdünstungen der Nacht erinnern. Ihre Körper. An Loles Geruch. Ihre Achselhöhlen rochen bei der Liebe nach Basilikum. Die Augen fielen ihm zu. Als er sie wieder aufschlug, schweifte sein Blick zum Bett am Fenster.

»Da kannst du schlafen.«

»Ich würde jetzt gern schlafen.«

Später sah er sie durch das Zimmer gehen. Er wusste nicht, wie lange er geschlafen hatte. Um auf die Uhr zu schauen, hätte er sich bewegen müssen. Und er hatte keine Lust, sich zu bewegen. Lieber wollte er mit halb geschlossenen Augen Lole zusehen, wie sie im Zimmer hin und her ging. Sie war, in ein dickes Handtuch gewickelt, aus dem Bad gekommen. Obgleich nicht sehr groß, war sie wohlproportioniert und hatte sehr schöne Beine. Dann war er wieder eingeschlafen. Ohne jede Angst.

Der Abend war hereingebrochen. Lole trug ein schwarzes, ärmelloses Leinenkleid, schlicht, aber sehr kleidsam. Es schmeichelte ihren Formen. Er betrachtete erneut ihre Beine. Dieses Mal spürte sie seinen Blick.

»Ich lasse dir die Schlüssel hier. Es ist noch heißer Kaffee da. Ich habe welchen nachgemacht.«

Sie sagte nur, was offensichtlich war. Alles andere kam nicht über ihre Lippen. Er richtete sich auf und fischte eine Zigarette aus der Packung, ohne sie aus den Augen zu lassen.

»Ich komme spät zurück. Warte nicht auf mich.«

»Bist du immer noch Animierdame?«

»Hostess. Im *Vamping*. Ich will nicht, dass du dort auftauchst und rumhängst.«

Er erinnerte sich ans *Vamping*, auf der Höhe des katalanischen Strandes. Eine unglaubliche Einrichtung à la Scorcese. Die Sängerin und das Orchester hinter mit Pailletten besetzten Notenständern. Tango, Bolero, Cha-Cha-Cha, Mambo …

»Das hatte ich auch nicht vor.«

Sie zuckte mit den Schultern. »Ich habe nie gewusst, was du vorhast.« Ihr Lächeln verbot jeden Kommentar. »Willst du Fabio treffen?«

Mit dieser Frage hatte er gerechnet. Er hatte sie sich schon selbst gestellt. Aber er hatte die Idee wieder verworfen. Fabio war Polizist. Es war, als sei damit ein Strich unter ihre Jugend und Freundschaft gezogen worden. Trotzdem hätte er Fabio gern wieder gesehen.

»Später. Vielleicht. Wie geht es ihm?«

»Unverändert. Wie uns. Wie dir. Wie Manu. Verloren. Wir wussten nichts mit unserem Leben anzufangen. Ob Räuber oder Gendarm ...«

»Du mochtest ihn gern, das stimmt.«

»Ich mag ihn gern, ja.«

Er fühlte einen Stich im Herzen. »Hast du ihn wieder gesehen?«

»Seit drei Monaten nicht mehr.« Sie schnappte sich ihre Handtasche und eine weiße Leinenjacke. Er ließ sie immer noch nicht aus den Augen.

»Unter deinem Kopfkissen«, sagte sie schließlich. Er konnte ihrer Miene ansehen, dass seine Überraschung sie amüsierte. »Alles andere findest du in der Schublade in der Anrichte.«

Und ohne ein weiteres Wort ging sie. Er hob das Kopfkissen hoch. Die 9mm war da. Bevor er Paris verließ, hatte er sie Lole per Eilpost geschickt, denn in den Metros und Bahnhöfen wimmelte es von Bullen. Das republikanische Frankreich hatte beschlossen, das Land noch weißer zu waschen. Keine Einwanderer mehr. Der neue französische Traum. Falls er kontrolliert würde, wollte er keine Probleme. Nicht dieses Problem. Falsche Papiere hatte er ohnehin.

Die Pistole. Manu hatte sie ihm zum zwanzigsten Geburtstag geschenkt. Zu der Zeit war Manu schon auf die schiefe Bahn geraten. Er hatte sich nie von ihr getrennt, sie aber auch nie benutzt. Man bringt nicht einfach so jemanden um, nicht einmal in einer bedrohlichen Lage, was hin und wieder vorgekommen war. Es gab immer eine andere Lösung. So sah er es. Und er lebte noch. Aber heute brauchte er sie. Um zu töten.

Es war kurz nach acht. Der Regen hatte nachgelassen, und als er aus dem Gebäude trat, schlug ihm die Hitze voll ins Gesicht. Nach einer ausgiebigen Dusche war er in eine schwarze Leinenhose, ein schwarzes Polohemd und eine Jeansjacke geschlüpft. Seine Mokassins hatte er wieder angezogen, aber ohne Socken. Er ging durch die Rue du Panier.

Dies war sein Viertel. Hier war er geboren. In der Rue des Petits-Puits, zwei Häuserblocks vom Geburtsort des Barockbildhauers Pierre Puget entfernt. Als sein Vater nach Frankreich kam, hatte er zunächst in der Rue de la Charité gewohnt. Sie waren vor dem Elend und vor Mussolini geflohen. Sein Vater war damals zwanzig Jahre alt und hatte zwei Brüder im Schlepptau – *nabos,* Neapolitaner. Drei weitere hatten sich nach Argentinien eingeschifft. Sie machten die Arbeit, für die die Franzosen sich zu schade waren. Sein Vater ließ sich für einen Hungerlohn als Hafenarbeiter anwerben. Sie wurden als »Hafenköter« beschimpft. Seine Mutter schuftete vierzehn Stunden am Tag in der Dattelfabrik. Abends trafen sich die *nabos* und *babis,* die aus dem Norden, auf der Straße. Stühle wurden vor die Tür gestellt. Man unterhielt sich von Fenster zu Fenster. Wie in Italien. Gar nicht so übel, das Leben.

Sein Haus erkannte er nicht wieder. Es war wie die anderen renoviert worden. Er ging weiter. Manu stammte aus der Rue Baussenque. Aus einem dunklen, feuchten Haus, in dem seine Mutter sich, als sie mit ihm schwanger ging, mit zwei seiner älteren Brüder niedergelassen hatte. Seinen Vater, José Manuel, hatten die Franco-Anhänger erschossen. Immigranten, Exilanten – sie landeten alle eines Tages in einer dieser Gassen, die Taschen leer und das Herz voller Hoffnung. Als Lole mit ihrer Familie ankam, gehörten Manu und er selbst, mit sechzehn Jahren, schon zu den Großen. Das ließen sie die Mädchen jedenfalls glauben.

Schon seit dem letzten Jahrhundert galt es als Schande, im Viertel um die Rue du Panier zu leben. Das Viertel der Seeleute und Huren. Das Krebsgeschwür der Stadt. Das große Bordell. Für die Nazis, die es nur zu gern zerstört hätten, *ein Herd der Entartung des Abendlandes.* Sein Vater und seine Mutter hatten die Demütigung erlebt. Der Ausweisungsbefehl kam mitten in der Nacht. Am 24. Januar 1943. Für zwanzigtausend Personen. Hastig wurden ein paar Habseligkeiten auf einen Karren geworfen. Gewalttätige französische Gendarmen und spöttische deutsche Soldaten. Im Morgengrauen mussten sie den Karren unter den Augen der Leute, die auf dem Weg zur Arbeit waren, über die Canebière ziehen. In der Schule zeigte man mit dem Finger auf sie, sogar die Arbeitersöhne aus dem Viertel Belle-de-Mai. Aber nicht mehr lange. Sie würden ihnen die Finger brechen! Ihre Körper und Klamotten trugen den muffigen Geruch des Viertels, das wussten sie, Manu und er. Dem ersten Mädchen, das er geküsst hatte, saß dieser Geruch tief im Hals. Aber sie machten sich nichts daraus. Sie liebten das Leben. Sie waren schön. Und sie hatten starke Fäuste.

Er stieg die Rue du Refuge wieder hinab. Etwas weiter unten diskutierte eine Gruppe von sechs vierzehn- bis siebzehnjährigen *Beurs.* Neben ihnen ein funkelnagelneues Mofa. Wachsam sahen sie ihn näher kommen. Ein neues Gesicht im Viertel bedeutet Gefahr. Bulle. Spitzel. Oder der neue Eigentümer eines renovierten Hauses, der sich bei der Stadtverwaltung über die Unsicherheit beschweren würde. Dann kämen Bullen, Kontrollen, Vernehmungen auf der Wache, vielleicht Schläge. Schikanen. Auf ihrer Höhe angekommen, warf er demjenigen, der der Anführer zu sein schien, einen Blick zu. Einen direkten, offenen Blick. Ganz kurz. Dann ging er weiter. Niemand rührte sich. Sie hatten sich verstanden.

Er überquerte die Place de Lenche, die verlassen dalag, und stieg zum Hafen hinunter. Bei der ersten Telefonzelle machte er Halt. Batisti nahm ab.

»Ich bin ein Freund von Manu.«

»Hallo, mein Lieber. Komm doch auf einen Aperitif vorbei, morgen gegen eins im *Péano.* Ich freue mich drauf, dich zu sehen. Ciao, mein Sohn.«

Er legte auf. Batisti war nicht gesprächig. Keine Zeit, ihm zu sagen, dass er ihn lieber woanders getroffen hätte. Überall, nur nicht dort. Im *Péano.* Der Bar der Maler. Ambrogiani hatte seine ersten Leinwände dort aufgehängt. Andere hatten es ihm gleichgetan. Alles blasse Imitatoren. Es war auch die Bar der Journalisten. Alle Tendenzen waren dort vertreten von *Le Provençal* über *La Marseillaise* und *A.F.P.* bis zur *Libération.* Der Pastis schlug eine Brücke zwischen den Männern. Nachts warteten sie dort den Redaktionsschluss ab und gingen dann im hinteren Saal Jazz hören. Petrucciani, Vater und Sohn, waren dorthin gekommen, zusammen mit Aldo Romano. Nächte waren das gewesen, in denen er sein Leben zu ergründen versuchte. In jener Nacht hatte Harry am Klavier gesessen.

»Man versteht nur, was man will«, hatte Lole gesagt.

»Genau. Und ich für meinen Teil verspüre das dringende Bedürfnis durchzublicken.«

Manu war mit der x-ten Runde zurückgekommen. Nach Mitternacht wurde nicht mehr gezählt. Drei doppelte Scotchs. Er hatte sich hingesetzt und sein Glas gehoben, lächelnd unter seinem Schnurrbart.

»Auf das Liebespaar.«

»Halt bloß die Klappe«, hatte Lole gesagt.

Er hatte euch angesehen wie seltene Tiere und sich dann in der Musik verloren. Lole sah dich an. Du hattest dein Glas geleert, langsam und bestimmt. Deine Entscheidung war gefallen. Du würdest weggehen. Du bist aufgestanden und schwankend hinausgegangen. Du bist gegangen. Auf und davon. Ohne ein Wort des Abschieds zu Manu, dem einzigen Freund, der dir geblieben war. Ohne ein Wort zu Lole, die gerade zwanzig geworden war und die du liebtest, die ihr liebtet. Kairo, Dschibuti, Aden, Harar. Die Reiseroute eines überalterten Jugendlichen. Dann die verlorene Unschuld. Von Argentinien nach Mexiko. Und schließlich Asien, um endgültig mit allen Illusionen aufzuräumen. Und einen internationalen Haftbefehl wegen illegalen Kunsthandels am Hals.

Du bist für Manu nach Marseille zurückgekommen. Um mit

dem Schweinehund abzurechnen, der ihn umgebracht hat. Er trat aus dem Bistro *Chez Félix* in der Rue Caisserie, wo er zu Mittag gegessen hatte. Lole erwartete ihn bei ihrer Mutter in Madrid. Er wollte einen großen Batzen einstreichen. Für einen sauberen Bruch bei einem bedeutenden Marseiller Anwalt, Éric Brunel am Boulevard Longchamp. Sie hatten beschlossen, nach Sevilla zu gehen. Und Marseille und die Schinderei zu vergessen. Es ging dir nicht um den, der die Schweinerei ausgeführt hatte. Ein bezahlter Killer zweifellos. Anonym, kalt, aus Lyon oder Mailand angereist und unauffindbar. Es ging um den Dreckskerl, der ihn dafür bezahlt hatte, Manu zu töten. Egal, warum. Du brauchtest keine Gründe, nicht einen einzigen. Manu, das war, als wärst du es selbst gewesen.

Die Sonne weckte ihn. Neun Uhr. Er blieb auf dem Rücken liegen und rauchte seine erste Zigarette. So fest hatte er seit Monaten nicht mehr geschlafen. Er träumte immer, er schliefe woanders. In einem Bordell in Harar. Im Gefängnis in Tijuana. Im Rom–Paris-Express. Überall, nur nicht da, wo er war. Diese Nacht hatte er geträumt, er schliefe bei Lole. Und er war tatsächlich bei ihr. Fast wie zu Hause. Er lächelte. Fast hätte er nicht gehört, wie sie heimkam und die Schlafzimmertür schloss. Sie lag in ihren blauen Laken und versuchte, den zerbrochenen Traum wieder zusammenzubekommen. Ein Stück fehlte immer. Manu. Oder war es er selbst? Aber diesen Gedanken hatte er seit langem aufgegeben. Er musste sich in diese Rolle fügen. Zwanzig Jahre waren schließlich mehr als ein Trauerjahr.

Er stand auf, machte Kaffee und ging unter die Dusche, eine heiße Dusche. Es ging ihm wesentlich besser. Mit geschlossenen Augen stand er unter dem Strahl und stellte sich vor, dass Lole zu ihm kommen würde. Wie früher. Sie würde sich an seinen Körper drücken, ihr Geschlecht an seines pressen. Seine Hände würden über ihren Rücken und Hintern gleiten. Sein Schwanz wurde steif. Er öffnete den kalten Wasserhahn. Das kalte Wasser ließ ihn aufschreien.

Lole legte eine der ersten Platten von Azuquita auf. *Pura*

Salsa. Ihr Geschmack hatte sich nicht geändert. Er deutete einige Tanzschritte an und brachte sie damit zum Lachen. Sie kam näher, um ihn zu küssen. Bei ihrer Bewegung sah er ihre Brüste. Wie Birnen, die darauf warteten, gepflückt zu werden. Er wandte den Blick nicht schnell genug ab. Ihre Augen trafen sich. Sie erstarrte, zog den Gürtel des Bademantels fester und verschwand Richtung Küche. Er fühlte sich schäbig. Eine Ewigkeit verging. Sie kam mit zwei Tassen Kaffee wieder. »Gestern Abend hat ein Typ nach dir gefragt. Wollte wissen, ob du in der Gegend bist. Ein Kumpel von dir. Malabe. Franckie Malabe.«

Er kannte keinen Malabe. Ein Bulle? Eher ein Spitzel. Es gefiel ihm nicht, dass sie sich an Lole heranmachten. Aber gleichzeitig beruhigte es ihn. Die Bullen vom Zoll wussten, dass er wieder in Frankreich war, aber nicht, wo. Noch nicht. Sie versuchten, seine Spur aufzunehmen. Er brauchte noch ein bisschen Zeit. Zwei Tage vielleicht. Alles hing davon ab, was Batisti zu verkaufen hatte.

»Warum bist du hier?«

Er nahm seine Jacke. Bloß nicht antworten, sich nicht auf ein Frage-und-Antwort-Spiel einlassen. Er wäre nicht fähig, sie zu belügen, ihr zu erklären, warum er das alles tun würde. Nicht jetzt. Er musste es tun, so wie er eines Tages hatte verschwinden müssen. Auf ihre Fragen hatte er noch nie eine Antwort gefunden. Es gab nichts als Fragen. Keine Antworten. Das hatte er begriffen, so war es. Es war wenig genug, aber sicherer, als an Gott zu glauben.

»Vergiss die Frage.«

Hinter ihm öffnete sie die Tür und rief: »Das hat mich nicht weitergebracht, keine Fragen zu stellen!«

Das zweistöckige Parkhaus am Cours Estienne d'Orves war schließlich abgerissen worden. Der ehemalige Galeerenkanal war nun ein schöner Platz. Die Häuser waren renoviert, die Fassaden frisch gestrichen, der Boden gepflastert. Ein Platz wie in Italien. Die Bars und Restaurants hatten alle Terrassen mit weißen Tischen und Sonnenschirmen. Wie in Italien ließ man sich sehen. Zumindest die Schickeria. Auch das *Péano* hatte seine Terrasse, die schon gut besucht war, größtenteils von jungen Leuten, die etwas auf sich hielten. Die Innenräume waren neu gemacht, sie wirkten kalt. Statt der Bilder hingen Reproduktionen an den Wänden. Zum Kotzen. Vielleicht war es besser so. So konnte er seine Erinnerungen auf Distanz halten.

Er ging zum Tresen und bestellte einen Pastis. Im Saal saß ein Paar, eine Prostituierte und ihr Zuhälter. Aber er konnte sich auch täuschen. Sie diskutierten lebhaft, mit leiser Stimme. Er stützte einen Ellenbogen auf die nagelneue Theke und beobachtete den Eingang.

Die Minuten vergingen. Niemand kam. Er bestellte noch einen Pastis. Man hörte: »Hurensohn.« Ein hartes Geräusch. Die Blicke wanderten zu dem Paar. Stille. Die Frau rannte hinaus. Der Mann stand auf, legte einen Fünfzig-Francs-Schein auf den Tisch und folgte ihr.

Auf der Terrasse faltete ein Mann seine Zeitung zusammen. Er war in den Sechzigern, hatte eine Seemannsmütze auf dem Kopf, trug eine blaue Leinenhose, darüber ein weißes, kurzärmliges Hemd und blaue Espadrilles. Er stand auf und ging auf ihn zu. Batisti.

Er verbrachte den Nachmittag damit, die Gegend auszukundschaften. Monsieur Charles, wie er in der Szene genannt wurde, wohnte in einer der stattlichen Villen über der Corniche. Erstaunliche Villen mit Glockentürmchen oder Säulen und Gärten mit Palmen, Oleander und Feigenbäumen. Nach dem Verlassen der Roucas Blanc, der Straße, die sich um den kleinen Hügel schlängelt, gelangt man in ein Geflecht von zum Teil kaum geteerten Gassen. Bis zur Place des Pilotes am oberen Ende der letzten Steigung hatte er den Bus genommen, den 55er. Dann war er zu Fuß weitergegangen.

Er hatte die Reede unter sich. Von L'Estaque bis zur Pointe-Rouge. Die Frioul-Inseln, das Château d'If. Marseille auf Breitleinwand. Eine Schönheit. Er näherte sich dem Abstieg zum Meer. Er war nur noch zwei Villen von Zuccas Domizil entfernt.

Er sah auf die Uhr. 16.58 Uhr. Die Gittertore der Villa öffneten sich. Ein schwarzer Mercedes tauchte auf, hielt an. Er ging an der Villa und dem Mercedes vorbei und weiter bis zur Kreuzung der Rue des Espérettes und der Roucas Blanc. Er überquerte die Straße. Noch zehn Schritte bis zur Bushaltestelle. Laut Fahrplan kam der 55er um 17.05 Uhr. Er sah auf die Uhr. Dann lehnte er sich an den Pfosten und wartete.

Der Mercedes fuhr rückwärts an den Bürgersteig heran und blieb stehen. Der Chauffeur und noch ein Mann saßen drin. Zucca erschien. Er musste um die siebzig sein, herausgeputzt wie ein alter Ganove, Strohhut inbegriffen. An der Leine hatte er einen weißen Pudel. Dem Hund hinterher stieg er bis zur Fußgängerzone der Rue des Espérettes hinab. Er hielt an. Der Bus kam. Zucca überquerte die Straße. Jetzt war er auf der schattigen Seite. Dann ging er die Roucas Blanc hinunter, an der Bushaltestelle vorbei. Der Mercedes fuhr los, im Schritttempo.

Batistis Auskünfte waren ihre fünfzigtausend Francs wert. Er hatte ihn bis ins Detail eingewiesen. Nicht eine Kleinigkeit fehlte. Zucca machte diesen Spaziergang jeden Tag außer sonntags, wenn er seine Familie empfing. Um achtzehn Uhr brachte der Mercedes ihn wieder zur Villa. Aber Batisti wusste nicht, warum Zucca Manu zur Verantwortung gezogen hatte. In dieser Frage war er nicht weitergekommen. Es musste einen Zusammenhang mit dem Einbruch bei dem Anwalt geben. Das war ihm klar. Aber um ehrlich zu sein, es war ihm scheißegal. Einzig und allein Zucca interessierte ihn. Monsieur Charles.

Er fürchtete sich vor diesen ehemaligen Ganoven. Mit Bullen und Justizbeamten auf Du und Du, entgingen sie jeder Strafe. Sie waren stolz und herablassend. Zucca hatte eine Visage wie Brando in *Der Pate*. So eine Visage hatten sie alle. Hier, in Palermo, in Chicago. Auf der ganzen Welt. Und er hatte jetzt einen im Visier. Er würde einen umlegen. Aus Freundschaft. Und um sich von seinem Hass zu befreien.

Er wühlte in Loles Sachen. In der Kommode, im Schrank. Er war leicht betrunken zurückgekommen. Er suchte nichts Bestimmtes. Er wühlte, als könne er ein Geheimnis entdecken. Über Lole, über Manu. Aber es gab nichts zu entdecken. Das Leben war ihnen durch die Finger geronnen, schneller als die Kohle.

In einer Schublade fand er einen Haufen Fotos. Mehr war ihnen nicht geblieben. Es war zum Verzweifeln. Fast hätte er alles in den Müll geschmissen. Aber da waren diese drei Fotos. Dreimal das gleiche. Zur gleichen Zeit am gleichen Ort. Manu und er. Lole und Manu. Lole und er. Es war am Anfang der großen Mole, hinter dem Handelshafen. Um dorthin zu gelangen, mussten sie die Aufmerksamkeit der Wachen ablenken. Darin waren wir gut, dachte er. Hinter ihnen lag die Stadt. Am Horizont die Inseln. Ihr kamt aus dem Wasser. Außer Atem, glücklich. Ihr konntet euch nicht an den Schiffen sattsehen, die bei Sonnenuntergang hinausfuhren. Lole las laut *Exil* von Saint-John Perse. *Die Milizen des Windes im Treibsand des Exils.* Auf dem Rückweg hast du Loles Hand genommen. Du hast es gewagt. Vor Manu.

An jenem Abend habt ihr Manu in der *Bar de Lenche* zurückgelassen. Die Stimmung war umgekippt. Kein Lachen mehr, nicht ein Wort. Ihr trankt euren Pastis in verlegenem Schweigen. Die Lust hatte euch von Manu entfernt. Am nächsten Morgen musstet ihr ihn im Polizeirevier abholen. Dort hatte er die Nacht verbracht, weil er einen Streit mit zwei Legionären vom Zaun gebrochen hatte. Sein rechtes Auge war zugeschwollen, die Lippen dick und an einer Seite aufgeplatzt. Blaue Flecken am ganzen Körper.

»Ich hatte keine Chance. Aber gut, was solls!«

Lole küsste ihn auf die Stirn. Er drückte sich an sie und fing an zu heulen.

»Verflucht, ist das hart«, sagte er.

Und schlief ein, einfach so, auf Loles Knien.

Lole weckte ihn um zehn. Er hatte fest geschlafen, erwachte aber mit einem schlechten Geschmack im Mund. Kaffeeduft erfüllte die Wohnung. Lole hatte sich auf die Bettkante gesetzt und ihn sanft an der Schulter berührt. Sie hauchte einen Kuss auf seine Stirn, dann seinen Mund. Einen flüchtigen, zärtlichen Kuss. Wenn es das Glück gab, hatte es ihn soeben gestreift.

»Ich hatte ganz vergessen …«

»Wenn das stimmt, hau sofort ab!«

Sie reichte ihm eine Tasse Kaffee und stand auf, um ihre zu holen. Sie lächelte, glücklich. Als sei der Kummer nicht mit erwacht.

»Willst du dich nicht setzen. Wie eben.«

»Ich trinke meinen Kaffee …«

»… im Stehen, ich weiß.«

Sie lächelte noch immer. Er konnte sich nicht von diesem Lächeln, diesem Mund losreißen. Er klammerte sich an ihre Augen. Sie leuchteten, wie in jener Nacht. Du hattest dein T-Shirt ausgezogen, dann dein Hemd. Eure Bäuche klebten aneinander, und ihr bliebt so, ohne zu sprechen. Nur euer Atem. Und ihre Augen, die dich nicht losließen.

»Du wirst mich nie verlassen.«

Du hast geschworen.

Aber du bist gegangen. Manu ist geblieben. Und Lole hat gewartet. Aber vielleicht war Manu nur geblieben, um auf Lole Acht zu geben. Und Lole ist dir nicht gefolgt, weil es ihr ungerecht schien, Manu zu verlassen. Seit Manus Tod legte er sich solche Gedanken zurecht. Denn er musste zurückkehren. Da war er. Marseille – das kam immer wieder hoch. Und Lole, als Nachgeschmack.

Loles Augen leuchteten noch stärker, von einer zurückgehaltenen Träne. Sie ahnte, dass er etwas ausheckte und dass dieses Etwas ihr Leben verändern würde. Sie hatte die Vorahnung nach der Beerdigung Manus gehabt. In den Stunden, die sie mit Fabio verbracht hatte. Sie hatte ein Gespür für so etwas. Sie spürte auch Dramen im Voraus. Aber sie würde nichts sagen. Es war seine Sache zu reden.

Er fischte nach dem Packpapierumschlag neben seinem Bett.

»Das ist eine Fahrkarte nach Paris. Für heute, den T.G.V. um 13.54 Uhr. Das ist ein Ticket von der Gepäckaufbewahrung, am Bahnhof von Lyon. Dieses ist für den Bahnhof von Montparnasse. Zwei Koffer sind abzuholen. In jedem liegen unter alten Klamotten hunderttausend Francs. Das ist die Postkarte eines sehr guten Restaurants in Port-Mer, bei Cancale, in der Bretagne. Auf der Rückseite steht Marines Telefonnummer, ein Kontakt. Du kannst sie alles fragen. Aber handle nie einen Preis für ihre Dienste aus. Ich habe dir ein Zimmer im Hôtel des Marronniers in der Rue Jacob reserviert. Auf deinen Namen, für fünf Nächte. An der Rezeption liegt ein Brief für dich.«

Sie hatte sich nicht gerührt. Wie erstarrt. Langsam war jeder Ausdruck aus ihren Augen gewichen. Ihr Blick war leer. »Kann ich ein Wort zu alledem sagen?«

»Nein.«

»Ist das alles, was du mir zu sagen hast?«

Für das, was er zu sagen hatte, hätte er Jahrhunderte gebraucht. Er konnte es in zwei Sätzen zusammenfassen. Es tut mir Leid. Ich liebe dich. Aber ihre Zeit war abgelaufen. Oder besser gesagt, die Zeit war an ihnen vorbeigegangen. Die Zukunft lag hinter ihnen. Vor ihnen lagen nur noch Erinnerungen. Bedauern. Er sah zu ihr auf, so distanziert wie möglich.

»Mach dein Bankkonto leer. Vernichte deine Kreditkarte und dein Scheckheft. Ändere deine Identität so schnell wie möglich. Marine wird sich darum kümmern.«

»Und du?«, brachte sie mühsam hervor.

»Ich ruf dich morgen früh an.«

Er sah auf die Uhr und stand auf. Als er auf dem Weg ins Badezimmer an ihr vorbeiging, vermied er es, sie anzusehen. Hinter sich schloss er ab. Er wollte Lole unter der Dusche nicht bei sich haben. Im Spiegel betrachtete er sein Gesicht. Er mochte es nicht. Er fühlte sich alt. Er hatte das Lächeln verlernt. Um die Mundwinkel hatte sich eine bittere Falte eingegraben, die nicht mehr verschwinden würde. Er wurde fünfundvierzig, und dieser Tag würde der mieseste seines Lebens sein.

Er hörte den ersten Akkord auf der Gitarre von *Entre dos aguas.*

Paco de Lucia. Lole hatte die Lautstärke aufgedreht. Sie stand mit gekreuzten Armen vor der Stereoanlage und rauchte.

»Du versinkst in Erinnerungen.«

»Rutsch mir den Buckel runter.«

Er nahm die Pistole, lud sie, sicherte sie und klemmte sie am Rücken zwischen Hemd und Hose. Sie hatte sich umgedreht und verfolgte jede seiner Bewegungen.

»Beeil dich. Ich will nicht, dass du den Zug verpasst.«

»Was wirst du tun?«

»Für Durcheinander sorgen. Hoffe ich.«

Das Mofa schnurrte im Leerlauf, keine einzige Fehlzündung. 16.51 Uhr, Rue des Espérettes, unterhalb der Villa von Charles Zucca. Es war heiß. Der Schweiß rann ihm den Rücken runter. Er wollte es schnell hinter sich bringen.

Den ganzen Morgen hatte er die *Beurs* gesucht. Sie wechselten dauernd die Straßen. Das war ihre Regel. Wahrscheinlich war es sinnlos, aber sie hatten sicher ihre Gründe. In der Rue Fontaine-de-Caylus hatte er sie schließlich gefunden. Aus der Straße war ein Platz mit Bäumen und Bänken geworden. Sie waren die Einzigen auf dem Platz. Niemand aus dem Viertel kam hierher, um sich hinzusetzen. Die Leute blieben lieber vor ihrer Tür. Die Größeren saßen auf den Stufen eines Hauses, die Jüngeren standen. Als sie ihn kommen sahen, stand der Chef auf, die anderen hielten sich zurück.

»Ich brauch deine Mühle. Für heut Nachmittag. Bis sechs. Zweitausend in bar.«

Vorsichtig beobachtete er die Umgebung. Er hatte darauf gesetzt, dass niemand in den Bus einsteigen wollte. Wenn jemand auftauchte, würde er verzichten. Falls ein Fahrgast aus dem Bus aussteigen wollte, würde er das allerdings zu spät mitkriegen. Das war ein Risiko. Er hatte beschlossen, es darauf ankommen zu lassen. Dann sagte er sich, wenn er dieses Risiko schon einginge, könnte er sich auf das andere ebenfalls einlassen. Er begann zu rechnen. Der Bus hält. Die Tür öffnet sich. Die Person steigt ein. Der Bus fährt wieder ab. Vier Minuten. Nein, gestern hatte es nur drei Minuten gedauert. Sagen wir trotzdem vier. Zucca hätte die Straße schon überquert. Nein, er hätte das Mofa gesehen und es vorbeigelassen. Er schob alle Gedanken beiseite und zählte wieder und wieder die Minuten. Ja, es war möglich. Aber was dann kam, war wie im Western. 16.59 Uhr.

Er zog das Helmvisier herunter. Die Pistole lag gut in seiner Hand. Und die Hände waren trocken. Er gab kaum merklich Gas und fuhr am Bürgersteig entlang, die linke Hand an den Lenker geklammert. Der Pudel tauchte auf, hinter ihm Zucca. Eine innere Kälte stieg in ihm auf. Zucca sah ihn kommen. Er blieb am Kantstein stehen und hielt den Hund zurück. Er begriff, aber zu spät. Sein Mund öffnete sich, ohne dass er einen Laut von sich gegeben hätte. Die Augen weiteten sich. Die Angst. Das hätte schon gereicht, dass er sich in die Hose geschissen hätte. Er drückte auf den Abzug. Angewidert. Von sich. Von ihm. Von den Menschen. Und von der Menschheit. Er leerte das Magazin in seine Brust.

Vor der Villa machte der Mercedes einen Satz. Von rechts kam der Bus. Er fuhr an der Haltestelle vorbei, ohne abzubremsen. Da riss er die Maschine herum, überrundete den Bus und schnitt ihm den Weg ab. Um ein Haar hätte er den Kantstein gestreift, aber er kam glatt vorbei. Der Bus bremste scharf und blockierte die Straße für den Mercedes. Er floh mit Vollgas, bog links ab und noch mal links, in den Chemin du Souvenir, dann in die Rue des Roses. In der Rue des Bois-Sacrés warf er die Pistole in einen Gulli. Wenige Minuten später fuhr er ruhig die Rue d'Endoume entlang.

Dann erst dachte er an Lole. Eins nach dem anderen. Es gab nichts mehr zu sagen. Du hast dich danach gesehnt, ihren Bauch an deinem zu spüren, den Geschmack ihrer Haut und ihren Geruch nach Pfefferminz und Basilikum begehrt. Aber es lagen zu viele Jahre zwischen euch, zu viel Schweigen. Und Manu. Tot, und noch so lebendig. Fünfzig Zentimeter trennten euch. Wenn du deine Hand ausgestreckt hättest, hättest du sie um die Hüfte fassen und zu dir heranziehen können. Sie hätte ihren Bademantelgürtel öffnen und dich mit der Schönheit ihres Körpers blenden können. Ihr hättet euch leidenschaftlich geliebt, mit unersättlicher Begierde. Danach wäre danach gewesen. Worte finden. Worte, die es nicht gab. Danach hättest du sie verloren. Für immer. Du bist gegangen. Ohne Abschied. Ohne Kuss. Wieder mal.

Er zitterte. Er bremste vor dem erstbesten Bistro am Boulevard de la Corderie. Wie in Trance schloss er das Mofa ab und zog den Helm aus. Er stürzte einen Cognac hinunter. Der Alkohol brannte in seinem Innern. Die Kälte entwich. Er begann zu schwitzen. Er floh auf die Toilette, um sich endlich zu übergeben. Seine Taten und Gedanken zu erbrechen. Sich selber auszukotzen. Den, der Manu im Stich gelassen hatte. Der nicht den Mut aufgebracht hatte, Lole zu lieben. Eine entgleiste Existenz. So lange schon. Zu lange. Das Schlimmste, so viel wusste er, lag noch vor ihm. Beim zweiten Cognac zitterte er nicht mehr. Er war von sich selbst zurückgekehrt.

Er parkte in der Rue Fontaine-de-Caylus. Keine Spur von den *Beurs.* Es war 18.20 Uhr. Seltsam. Er nahm den Helm ab und hängte ihn an den Lenker, ließ aber den Motor laufen. Der Jüngste erschien. Er kickte einen Ball vor sich her, den er in seine Richtung schoss.

»Verpiss dich, es sind Bullen im Anmarsch. Die lungern vorm Haus deiner Tussi rum.«

Er fuhr los, wieder die kleine Gasse hinauf. Sicher überwachten sie die Durchgänge. Montée-des-Accoules, Montée-Saint-Esprit, quer über die Repenties. Place de Lenche, natürlich. Er hatte vergessen, Lole zu fragen, ob Franckie Malabe sich noch mal gemeldet hatte. Vielleicht hatte er eine Chance, wenn er die Rue des Cartiers ganz oben nahm. Er ließ das Mofa liegen und rannte die Treppen hinunter. Sie waren zu zweit. Zwei junge Bullen in Zivil. Unten an der Treppe.

»Polizei.«

Er hörte die Sirene weiter oben in der Straße. Eingekeilt. Türen schlugen. Sie kamen. Von hinten.

»Keine Bewegung!«

Er tat, was er tun musste. Er tauchte die Hand in seine Jacke. Er musste der Sache ein Ende machen. Nicht mehr auf der

Flucht sein. Er war da. Zu Hause. In seinem Viertel. Warum nicht hier. In Marseille sterben. Er zielte auf die beiden jungen Polizisten. Von hinten konnten sie nicht sehen, dass er keine Waffe trug. Die erste Kugel zerfetzte ihm den Rücken. Seine Lunge explodierte. Die beiden anderen Kugeln spürte er nicht mehr.

Erstes Kapitel

In dem man sogar ums Verlieren kämpfen muss

Ich hockte mich vor die Leiche von Pierre Ugolini. Ugo. Ich war gerade am Tatort angekommen. Zu spät. Meine Kollegen hatten Cowboy gespielt. Wenn sie schossen, töteten sie. So einfach war das. Anhänger von General Custer. Ein guter Indianer ist ein toter Indianer. Und in Marseille gab es fast nur Indianer.

Ugolinis Akte war auf dem falschen Schreibtisch gelandet. Bei Kommissar Argue. Seine Mannschaft hatte sich in einigen Jahren einen schmutzigen Ruf erworben, aber sie hatte sich bewährt. Man schloss gelegentlich die Augen vor ihren Ausrutschern. Die Bekämpfung des großen Bandenkrieges hat in Marseille Vorrang. An zweiter Stelle kommt die Aufrechterhaltung der Ordnung in den nördlichen Vierteln. Den Einwanderer-Vororten. Verbotenen Städten. Das war mein Job. Aber ich durfte mir keine Fehltritte leisten.

Ugo war ein alter Kumpel aus meiner Kindheit. Wie Manu. Ein Freund. Auch wenn wir uns seit über zwanzig Jahren nicht gesehen hatten. Manu und Ugo lasteten schwer auf meiner Vergangenheit. Das hatte ich vermeiden wollen. Aber ich hatte Fehler gemacht.

Als ich hörte, dass Argue mit den Ermittlungen über Ugos Anwesenheit in Marseille beauftragt war, setzte ich einen meiner Spitzel auf die Sache an. Franckie Malabe. Ich vertraute ihm. Wenn Ugo nach Marseille kam, würde er zu Lole gehen. Das war todsicher. Allen Umständen zum Trotz. Und ich war sicher, dass Ugo kommen würde. Wegen Manu. Wegen Lole. Freundschaft hat Regeln, gegen die man nicht verstößt. Ich erwartete Ugo. Seit drei Monaten. Weil auch ich fand, wir konnten Manus Tod nicht so auf sich beruhen lassen. Wir brauchten eine Erklärung. Wir brauchten einen Schuldigen. Und Gerechtigkeit. Ich wollte Ugo treffen, um darüber zu sprechen. Über Gerechtigkeit. Ich, der Polizist, und er, der Gesetzlose. Um Dummheiten zu vermeiden. Um ihn vor Argue zu schützen. Aber um Ugo zu finden, musste ich Lole wieder finden. Seit Manus Tod hatte ich ihre Spur verloren.

Franckie Malabe war effizient. Aber er lieferte seine Informationen zuerst an Argue. Ich bekam sie nur unter der Hand am nächsten Tag. Nachdem er im *Vamping* um Lole herumscharwenzelt war. Argue hatte Macht. Er war hart. Die Spitzel fürchteten ihn. Und die Spitzel, diese miesen Schleimer, hatten nur ihre eigenen kleinen Interessen im Auge. Das hätte ich wissen müssen.

Der andere Fehler war, dass ich an jenem Abend nicht selbst zu Lole gegangen war. Manchmal fehlt es mir an Mut. Ich konnte mich nicht entschließen, einfach so ins *Vamping* zu gehen, drei Monate danach. Drei Monate nach jener Nacht, die auf den Tod von Manu folgte. Lole hätte nicht einmal mit mir gesprochen. Vielleicht. Vielleicht hätte sie die Botschaft auch verstanden, wenn sie mich gesehen hätte. Vielleicht hätte Ugo verstanden.

Ugo. Er fixierte mich mit seinen leblosen Augen, ein Lächeln auf den Lippen. Ich schloss seine Augen. Das Lächeln überlebte. Wird immer überleben.

Ich richtete mich auf. Um mich herum belebte sich die Straße. Orlandi kam wegen der Fotos. Ich betrachtete Ugos Leiche. Seine offene Hand und in der Verlängerung die Smith & Wesson, die auf die Stufe gerutscht war. Foto. Was war wirklich passiert? War er bereit gewesen zu feuern? War er aufgefordert worden, sich zu ergeben? Ich würde es nie erfahren. Vielleicht, wenn ich ihn eines Tages in der Hölle wieder träfe. Denn die Zeugen waren alle von Argue ausgewählt. Die Zeugen aus dem Viertel hatten keine Bedeutung. Ihre Aussagen wurden unterschlagen. Ich sah weg. Argue hatte gerade seinen Auftritt. Er kam auf mich zu.

»Tut mir schrecklich Leid, Fabio. Wegen deinem Kumpel.«

»Verpiss dich.«

Ich ging die Rue des Cartiers wieder hinauf. Ich begegnete Morvan, dem Scharfschützen der Mannschaft. Eine Visage wie Lee Marvin. Die Visage eines Mörders, nicht die eines Polizisten. Ich legte all meinen Hass in meinen Blick. Er schlug die Augen nicht nieder. Für ihn existierte ich nicht. Ich war nichts. Nur ein Vorstadtbulle.

Oben an der Straße beobachteten die *Beurs* das Geschehen.

»Los, seht zu, dass ihr verschwindet.«

Sie sahen sich an. Schauten zum Bandenältesten hinüber. Dann zum Mofa auf der Erde hinter ihnen. Das Mofa, das Ugo fallen lassen hatte. Als die Jagd begann, hatte ich auf der Terrasse der *Bar du Refuge* gesessen und Loles Haus beobachtet. Ich hatte mich endlich entschlossen, etwas zu tun. Zu viel Zeit verging. Die Sache wurde gefährlich. In der Wohnung war niemand. Aber ich war bereit, so lange auf Lole oder Ugo zu warten wie nötig. Ugo kam nur zwei Meter entfernt an mir vorbei.

»Wie heißt du?«

»Djamel.«

»Ist das dein Mofa?« Er antwortete nicht. »Heb es auf und verzieh dich. Solange sie noch beschäftigt sind.«

Niemand rührte sich. Djamel sah mich völlig perplex an.

»Du putzt es. Und stell es für ein paar Tage weg. Kapiert?«

Ich kehrte ihnen den Rücken zu und ging zu meinem Wagen. Ohne mich nochmals umzusehen. Ich zündete eine Zigarette an, eine Winston, und warf sie wieder weg. Ein ekelhafter Geschmack. Seit einem Monat versuchte ich, von Gauloises auf Leichte umzusteigen, um weniger zu husten. Im Rückspiegel vergewisserte ich mich, dass Mofa und *Beurs* verschwunden waren. Ich schloss die Augen. Mir war zum Heulen.

Als ich ins Büro zurückkam, informierte man mich über Zucca. Und den Mörder auf dem Mofa. Zucca war zwar kein »Patron« der Unterwelt, aber ein wichtiger Stützpfeiler, seit die Chefs tot, im Gefängnis oder auf der Flucht waren. Zuccas Tod war für uns Polizisten ein Glücksfall. Letztlich natürlich für Argue. Ich stellte sofort eine Verbindung zu Ugo her. Aber ich sagte niemandem etwas davon. Was änderte es? Manu war tot. Ugo war tot. Und Zucca weinte niemand eine Träne nach.

Die Fähre nach Ajaccio fuhr von Hafenbecken 2 ab. Die *Monte d'Oro.* Der einzige Vorteil meines schäbigen Büros im Polizeihauptquartier ist ein Fenster zum Hafen Joliette hin. Vom Hafenverkehr sind fast nur die Fähren übrig geblieben. Fähren nach Ajaccio, Bastia, Algier. Einige Überseedampfer noch, für die Kreuzfahrten der älteren Generation. Und nicht wenig Frachtgut. Marseille war immer noch der drittgrößte Hafen Europas. Weit vor Genua, seinem Rivalen. Am Ende der Mole Léon Gousset schienen mir die Paletten mit Bananen und Ananas von der Elfenbeinküste Hoffnungsträger für Marseille zu sein. Die letzten.

Der Hafen war von ernsthaftem Interesse für die Immobilienhaie. Zweihundert Hektar Baufläche waren eine echte Goldgrube. Sie träumten von der Verlegung des Hafens nach Fos und von einem neuen Marseille am Meer. Die Architekten waren schon am Werk, und das Projekt ging gut voran. Ich konnte mir Marseille ohne seine Hafenbecken, alten Lagerhallen und Schiffe nicht vorstellen. Ich liebte die Schiffe. Die richtigen, großen. Ich sah ihnen gern zu. Jedes Mal versetzte es mir einen Stich ins Herz. Die *Ville de Naples* lief aus, hell erleuchtet. Ich stand am Kai. In Tränen aufgelöst. Meine Cousine Sandra war an Bord. Mit ihren Eltern und ihren Brüdern hatte sie einen Zwischenstopp von zwei Tagen in Marseille gemacht. Sie fuhren wieder nach Buenos Aires zurück. Ich liebte Sandra. Ich war neun Jahre alt. Ich habe sie nie wieder gesehen, sie hat mir nie geschrieben. Zum Glück war sie nicht meine einzige Cousine.

Die Fähre war in das große Joliette-Hafenbecken hinausgefahren. Sie glitt hinter die Kathedrale La Major. Die untergehende Sonne verlieh dem grauen, von Dreck strotzenden Stein ein wenig Wärme. Um diese Tageszeit zeigte La Major mit ihren byzantinischen Rundungen ihre wahre Schönheit. Danach wurde sie wieder, was sie immer war: ein eitler Protzbau des Second Empire. Ich folgte der Fähre mit den Augen. Sie bewegte sich langsam. Sie lag jetzt parallel zum Damm Sainte-Marie. Vor sich die unendliche Weite. Für die Touristen, die einen Tag, vielleicht eine Nacht als Zwischenstation in Marseille verbracht hatten, begann die Überfahrt. Morgen früh würden sie in Korsika sein. Von Marseille würden sie den Alten Hafen in Erinnerung behalten. Notre-Dame-de-la-Garde, die über ihn wacht. Die Corniche vielleicht. Und das Schloss im Pharo-Park, das sie jetzt auf ihrer Linken entdecken würden.

Marseille ist keine Stadt für Touristen. Es gibt dort nichts zu sehen. Seine Schönheit lässt sich nicht fotografieren. Sie teilt sich mit. Hier muss man Partei ergreifen. Sich engagieren. Dafür oder dagegen sein. Leidenschaftlich sein. Erst dann wird sichtbar, was es zu sehen gibt. Und dann ist man, wenn auch zu spät, mitten in einem Drama. Einem antiken Drama, in dem der Held der Tod ist. In Marseille muss man sogar kämpfen, um zu verlieren.

Die Fähre war nur noch ein dunkler Punkt in der untergehenden Sonne. Ich war zu sehr Polizist, um mich an die Realität zu klammern. Dinge entglitten mir. Woher wusste Ugo so schnell über Zucca Bescheid? Steckte Zucca wirklich hinter dem Mord an Manu? Warum? Und warum hatte Argue Ugo gestern Abend nicht geschnappt? Oder heute Morgen? Und wo war Lole zu der Zeit?

Lole. Wie Manu und Ugo hatte auch ich sie nicht aufwachsen und zur Frau heranreifen sehen. Dann hatte ich sie, wie die beiden, geliebt. Aber ohne Anspruch auf sie erheben zu können. Ich war nicht aus dem Panier-Viertel. Ich war dort geboren, aber als ich zwei Jahre alt war, zogen meine Eltern hinunter nach La Capelette, ins Italienerviertel. Lole war ein guter Kumpel, und das war schon viel wert. Mein Glück waren Manu und Ugo. Mit ihnen befreundet zu sein.

Ich hatte noch Familie im Viertel, Rue des Cordelles. Zwei Cousins und eine Cousine. Angèle. Gélou war schon groß, fast siebzehn. Sie kam uns oft besuchen. Sie half meiner Mutter, die schon damals kaum noch aufstand. Danach musste ich sie nach Hause bringen. Es war damals zwar nicht gefährlich, aber Gélou kehrte nicht gern allein zurück. Mir machte es Spaß, mit ihr spazieren zu gehen. Sie war schön, und ich war ziemlich stolz, wenn sie sich bei mir einhakte. Schwierig wurde es, wenn wir an der Montée-des-Accoules ankamen. In dieses Viertel ging ich nicht gern. Es war schmutzig, es stank. Ich schämte mich. Und vor allem hatte ich Schiss. Nicht mit ihr, aber auf dem Rückweg, allein. Gélou wusste das und machte sich darüber lustig. Ich wagte nicht, ihre Brüder zu bitten, mich zurückzubringen. Ich kehrte fast im Laufschritt zurück. Den Blick gesenkt. An der Ecke der Rue Panier und der Rue des Muettes lungerten oft Typen in meinem Alter herum. Ich konnte sie lachen hören, wenn ich vorbeilief. Manchmal pfiffen sie mir nach, wie einem Mädchen.

Eines Abends im Spätsommer gingen Gélou und ich die Rue des Petits-Moulins hinauf. Arm in Arm. Wie ein Liebespaar. Ihre Brust streifte meinen Handrücken. Das berauschte mich. Ich war glücklich. Dann bemerkte ich sie, alle beide. Ich war ihnen schon öfter über den Weg gelaufen. Wir mussten im gleichen Alter sein. Vierzehn. Sie kamen auf uns zu, ein fieses Grinsen auf den Lippen. Gélou drückte meinen Arm fester, und ich spürte die Wärme ihrer Brust an meiner Hand.

Als wir auf ihrer Höhe waren, trennten sie sich. Der Größere hängte sich an Gélous Seite, der Kleinere an meine. Er rempelte mich mit der Schulter an und lachte laut.

Ich ließ Gélous Arm los: »He, du Scheißspanier!«

Er drehte sich überrascht um. Ich verpasste ihm einen Faustschlag in den Magen, er krümmte sich. Dann richtete ich ihn mit einer Linken mitten ins Gesicht wieder auf. Einer meiner Onkel hatte mir ein bisschen Boxen beigebracht, aber ich prügelte mich zum ersten Mal. Er lag auf dem Boden und rang nach Atem. Der andere hatte sich nicht gerührt. Gélou auch nicht. Sie sah zu. Verängstigt. Und fasziniert, glaube ich.

Ich rückte drohend näher: »Na, du Scheißspanier, hast du genug?«

»Was fällt dir ein, ihn so zu nennen«, sagte der andere in meinem Rücken.

»Was bist denn du für einer? Itaker?«

»Was hat das damit zu tun?«

Ich fühlte den Boden unter meinen Füßen nachgeben. Ohne aufzustehen, hatte er mir ein Bein gestellt. Ich fand mich auf dem Hintern wieder. Er warf sich auf mich. Ich sah, dass seine Lippe gerissen war, dass er blutete. Wir wälzten uns auf dem Boden. Der Gestank nach Pisse und Scheiße stieg mir in die Nase. Am liebsten hätte ich geheult. Aufhören, meinen Kopf an Gélous Brust legen. Dann merkte ich, wie mich jemand kräftig am Rücken zog und mir Ohrfeigen verpasste. Ein Mann trennte uns wie Straßenjungen und drohte, dass wir im Knast landen würden. Ich habe sie nicht wieder gesehen. Bis September. In der Berufsschule. Ugo schüttelte mir die Hand, dann Manu. Wir sprachen von Gélou. Für sie war sie die Schönste des ganzen Viertels.

Es war nach Mitternacht, als ich nach Hause kam. Ich wohnte außerhalb von Marseille. In Les Goudes, dem vorletzten kleinen Hafen vor den Felsbuchten. Man folgt der Corniche bis zum Strand von Roucas Blanc, dann geht es am Meer entlang weiter. Vieille-Chapelle. Pointe-Rouge. Campagne Pastrée. Grotte-Roland. Stadtteile, aber immer noch Dörfer. Dann Madrague de Montredon. Da hört Marseille auf, könnte man glauben. Eine kleine, gewundene, in weißen Stein gehauene Straße zieht sich über dem Meer dahin. Am Ende liegt der Hafen von Les Goudes im Schutz von ausgedörrten Hügeln. Einen Kilometer weiter endet die Straße. In Callelongue, in der Sackgasse Des Muets. Dahinter die Buchten von Sormiou, Morgiou, Sugitton, En-Vau. Wahre Wunder, wie man sie an der ganzen Küste nicht noch einmal findet. Zum Glück kann man dort nur zu Fuß oder mit dem Boot hinkommen. Dahinter, weit dahinter, liegt der Hafen von Cassis. Mit seinen Touristen. Mein Haus ist eine kleine Fischerhütte, wie fast alle Häuser hier. Ziegelsteine, Bretter und ein paar Dachziegel. Meins stand auf den Felsen über dem Meer. Zwei Räume. Ein kleines Schlafzimmer und eine große Wohnküche, mit einfachem Gerümpel möbliert. Eine Filiale der Emmaus-Gemeinschaft, die mit Sperrmüll handelt. Ich hatte mein Boot acht Stufen weiter unten festgemacht, ein Fischerboot mit spitzem Bug, das ich meiner Nachbarin Honorine abgekauft hatte. Die Hütte hatte ich von meinen Eltern geerbt. Sie war ihr einziges Gut. Und ich war ihr einziger Sohn.

Samstags kam dort die ganze Familie zusammen. Es gab große Platten mit Nudeln in Sauce, kleinen Fleischrouladen und in Sauce gegarten Fleischbuletten. Die Räume waren vom Duft der Tomaten mit Basilikum, Thymian und Lorbeer erfüllt. Roséflaschen machten unter Gelächter die Runde. Am Ende der Mahlzeiten wurde immer gesungen, zuerst Lieder von Marino Marini und Renato Carosone, dann Volkslieder. Und zum Schluss sang mein Vater jedes Mal *Santa Lucia.*

Anschließend spielten die Männer die ganze Nacht Karten. Bis einer ärgerlich sein Blatt hinschmiss. »Verdammt, dem werden wir Blutegel setzen müssen, so wie der uns aussaugt!«, rief jemand. Und das Gelächter brach erneut los. Die Matratzen lagen auf dem Boden. Wir teilten uns die Betten. Wir Kinder schliefen quer im selben Bett. Ich legte meinen Kopf an Gélous knospende Brüste und schlief glücklich ein. Wie ein Kind. Mit den Träumen eines Großen.

Als meine Mutter starb, hatten die Feiern ein Ende. Mein Vater setzte keinen Fuß mehr in die Fischerhütte. Dorthin zu gelangen, war vor dreißig Jahren noch eine kleine Weltreise. Wir mussten den 19er-Bus an der Place de Préfecture, Ecke Rue Armeny, bis Madrague de Montredon nehmen. Von dort ging es mit einem alten Automobil weiter, dessen Chauffeur das Rentenalter weit überschritten hatte. Als Manu, Ugo und ich knapp sechzehn waren, begannen wir hinauszufahren. Mädchen nahmen wir nie mit. Die Hütte gehörte uns, sie war unsere Zuflucht. Wir schleppten all unsere Schätze dorthin: Bücher, Schallplatten. Wir erfanden unsere eigene Welt nach unseren Maßstäben und Vorstellungen. Ganze Tage verbrachten wir damit, uns die Abenteuer des Odysseus vorzulesen. Dann, nach Einbruch der Dunkelheit, saßen wir schweigend auf den Felsen und träumten von den Sirenen mit den schönen Haaren, die »zwischen den schwarzen, mit weißem Schaum bedeckten Felsen« sangen. Und wir verfluchten ihre Mörder.

Unser Interesse an Büchern weckte Antonin, den alten anarchistischen Antiquar am Cours Julien. Wir schwänzten die Schule, um ihn zu besuchen. Er erzählte uns Abenteuer- und Piratengeschichten. Von der Karibik, vom Roten Meer, von der Südsee … Manchmal hielt er inne, griff nach einem Buch und las uns einen Abschnitt daraus vor. Als Beweis für die Geschichten, die er uns auftischte. Dann schenkte er es uns. Das Erste war *Lord Jim* von Joseph Conrad.

Dort hörten wir auch zum ersten Mal Ray Charles. Auf Gélous altem Plattenspieler. Es waren die 45er-Scheiben des Konzerts von Newport. *What'd I Say* und *I Got a Woman.* Irre. Immer und immer wieder drehten wir die Platte um.

Honorine hielt das nicht mehr aus. »Heilige Mutter! Wollt ihr uns in den Wahnsinn treiben!«, rief sie von der Terrasse. Und die Fäuste in die kräftigen Hüften gestemmt, drohte sie, sich bei meinem Vater zu beschweren. Ich wusste wohl, dass sie ihn seit dem Tod meiner Mutter nicht mehr gesehen hatte, aber so wütend wie sie war, trauten wir ihr alles zu. Das brachte uns zur Ruhe. Außerdem mochten wir Honorine gern. Sie kümmerte sich immer um uns, kam vorbei, um zu sehen, »ob wir nichts brauchten«.

»Wissen eure Eltern, dass ihr hier seid?«

»Klar«, antwortete ich.

»Und sie haben euch kein Picknick mitgegeben?«

»Sind zu arm.«

Wir brachen in Gelächter aus. Sie zuckte die Achseln und ging lächelnd wieder hinüber. Eine Komplizin wie eine Mutter; Mutter von drei Kindern, die sie nie gehabt hat. Dann kam sie wieder mit einem Nachmittagsimbiss oder einer Fischsuppe, wenn wir am Samstagabend zum Schlafen blieben. Den Fisch hatte Toinou, ihr Mann, gefangen. Manchmal nahm er uns in seinem Boot mit. Einen nach dem anderen. Er war es, der mich auf den Geschmack der Fischerei brachte. Jetzt lag sein Boot, die *Trémolino,* unter meinem Fenster.

Wir fuhren zur Fischerhütte, bis die Armee uns trennte. Wir hatten unsere Ausbildung gemeinsam begonnen. In Toulon, dann in Fréjus, in der Kolonialarmee, mitten unter Gefreiten mit Schmissen im Gesicht und Medaillen bis über beide Ohren. Unter Überlebenden aus Indochina und Algerien, die immer noch davon träumten, wieder zuzuschlagen. Manu war in Fréjus geblieben. Ugo ging nach Nouméa. Und ich nach Dschibuti. Danach waren wir nicht mehr dieselben. Wir waren Männer geworden. Enttäuscht und zynisch. Auch ein bisschen verbittert. Wir hatten nichts. Nicht mal einen Berufsschulabschluss. Keine Zukunft. Nur das nackte Leben. Und ein Leben ohne Zukunft war noch weniger als gar nichts.

Die kleinen Drecksjobs ließen wir bald wieder fallen. Eines Morgens hatten wir uns bei Kouros vorgestellt, einem Bauunternehmer im Tal von Huveaune an der Straße nach Aubagne. Wir schauten sauer drein, wie immer, wenn wir versuchten, durch Malochen wieder auf die Beine zu kommen. Am Vorabend hatten wir unser ganzes Erspartes beim Poker verjubelt. Wir mussten früh aufstehen, den Bus nehmen, bluffen, um nicht bezahlen zu müssen, einen Passanten um Zigarettenstummel anpumpen. Ein echter Sklavenmorgen. Der Grieche bot uns 142 Francs 57 die Woche. Manu erbleichte. Es war nicht so sehr der lächerliche Lohn, der ihn aufbrachte, als die 57 Centimes.

»Ist das Ihr Ernst, mit den 57 Centimes, M'sieur Kouros?«

Der Blutsauger sah Manu an, als hätte er den Verstand verloren, dann Ugo und mich. Wir kannten unseren Manu. Er nahm kein Blatt vor den Mund.

»Nicht 56 oder 58, oder vielleicht 59? Na? Wirklich 57? 57 Centimes?«

Kouros bestätigte, er begriff nichts. Das sei ein guter Lohn, meinte er. 142 Francs 57 Centimes. Manu verpasste ihm eine Ohrfeige. Kräftig und gut platziert. Kouros fiel vom Stuhl. Die Sekretärin stieß einen Schrei aus und begann zu brüllen. Andere Arbeiter kamen ins Büro gerannt. Es kam zu einem Handgemenge. Wir waren im Nachteil. Schließlich rückten die Bullen an.

An diesem Abend hatten wir die Nase voll und beschlossen, zu ernsteren Dingen überzugehen. Wir wollten unseren Anteil vom Kuchen haben, das war alles. Vielleicht konnten wir Antonins Buchladen wieder eröffnen? Aber dafür hatten wir kein Geld. Wir steuerten unseren ersten Coup an. Eine Nachtapotheke ausrauben, oder einen Tabakladen. Eine Tankstelle. Der Gedanke war, uns etwas Betriebskapital zu verschaffen. Stehlen konnten wir. Bücher bei Tacussel auf der Canebière, Schallplatten bei Raphaël in der Rue Montgrand oder Klamotten im Magasin Général oder bei Dames de France in der Rue Saint-

Ferréol. Es war sogar ein Spiel. Aber einbrechen, damit kannten wir uns nicht aus. Noch nicht. Wir würden schnell lernen. Tagelang arbeiteten wir Strategien aus, machten den idealen Ort ausfindig.

Eines Abends trafen wir uns wieder in der Fischerhütte. Es war Ugos zwanzigster Geburtstag. Miles Davis spielte *Rouge.* Manu holte ein Paket aus seiner Tasche und legte es vor Ugo hin.

»Dein Geschenk.«

Eine 9mm Automatik.

»Wo hast du die denn ergattert?« Ugo betrachtete die Waffe. Er wagte nicht, sie zu berühren.

Manu brach in Gelächter aus, griff dann noch einmal in die Tasche und zog noch eine Waffe hervor. Eine Beretta 7.65.

»Damit sind wir ausstaffiert.« Er sah Ugo an, dann mich. »Ich konnte nur zwei kriegen. Aber das macht nichts. Wir gehen rein, du fährst die Kiste. Du bleibst am Steuer. Du passt auf, dass uns keiner stört. Aber es besteht keine Gefahr. Der Ort ist nach acht total verlassen. Der Typ ist alt. Er ist allein.«

Es war eine Apotheke. In der Rue des Trois-Mages, einer kleinen Straße nicht weit von der Canebière. Ich saß am Steuer eines Peugeot 204, den ich am Morgen in der Rue Saint-Jacques im Bourgeois-Viertel geknackt hatte. Manu und Ugo hatten sich eine Seemannsmütze bis über die Ohren gezogen und ein Halstuch über die Nase gebunden. Sie sprangen aus dem Auto, ganz wie im Kino. Der Typ hob zuerst die Arme und öffnete dann die Schublade mit der Kasse. Ugo sammelte das Geld ein, während Manu den Alten mit der Beretta bedrohte. Eine halbe Stunde später stießen wir im *Péano* an. Auf uns, Jungs. Eine Runde für alle. Wir hatten eintausendsiebenhundert Francs eingesackt. Eine schöne Summe damals. So viel wie zwei Monate bei Kouros, Centimes inklusive. So einfach war das.

Bald hatten wir die Taschen voller Geld. Wir konnten aus dem Vollen schöpfen, ohne auf Preise zu achten. Mädchen. Autos. Feten. Nachts landeten wir bei den Zigeunerinnen in L'Estaque, tranken und hörten ihrem Spiel zu. Den Verwandten von Loles Schwestern Zina und Kali. Lole begleitete jetzt ihre Schwestern. Sie war gerade sechzehn geworden. Still und in sich gekehrt blieb sie in einer Ecke sitzen, wie abwesend. Sie aß kaum und trank nur Milch.

Antonins Buchladen hatten wir schnell vergessen. Wir verschoben die Idee auf später, erst mal wollten wir ein bisschen Spaß haben. Vielleicht war die Idee auch gar nicht so gut. Was würden wir verdienen? Nicht viel, so schlecht, wie es Antonin zum Schluss ging. Eine Bar wäre vielleicht besser, oder ein Nachtlokal. Ich machte mit. Tankstellen, Tabakläden, Apotheken. Wir grasten das Département von Aix bis Martigues ab. Einmal stießen wir sogar bis Salon-de-Provence vor. Ich war immer noch dabei. Aber mit immer weniger Begeisterung. Wie im falschen Film.

Eines Abends hatten wir uns wieder eine Apotheke vorgenommen, an der Ecke der Place Sadi-Carnot und der Rue Mery, nicht weit vom Alten Hafen. Der Apotheker machte eine Bewegung. Eine Sirene heulte auf. Und der Schuss ging los. Aus dem Auto sah ich, wie der Typ zusammenbrach.

»Fahr los«, sagte Manu, während er hinten reinsprang. Ich kam zur Place du Mazeau. Ich glaubte, nicht weit hinter uns Polizeisirenen zu hören. Rechts das Panier-Viertel. Keine Straßen, nur Treppen. Auf meiner Linken die Rue de la Guirlande, Einbahnstraße. Ich nahm die Rue Caisserie, dann die Rue Saint-Laurent.

»Bist du verrückt, oder was! Das ist doch eine Rattenfalle.«

»Der Verrückte bist du! Warum hast du abgedrückt?«

Ich hielt den Wagen in der Sackgasse Belle-Marinière an. Ich zeigte auf die Treppen quer durch die neue Siedlung.

»Da rüber. Wir hauen zu Fuß ab.« Ugo hatte noch nichts gesagt. »Alles klar, Ugo?«

»Wir haben etwa fünftausend. Das war bis jetzt unser bester Coup.«

Manu verschwand über die Rue des Martégales, Ugo über die Avenue Saint-Jean. Ich nahm die Rue de la Loge. Aber ich traf mich nachher nicht wie sonst mit ihnen im *Péano.* Ich ging nach Hause und kotzte. Dann fing ich an zu trinken. Zu trinken und zu heulen. Ich saß auf dem Balkon, blickte auf die Stadt und hörte meinen Vater schnarchen. Er hatte schwer geschuftet und gelitten, aber niemals würde ich so glücklich sein wie er, dachte ich. Dann lag ich vollkommen betrunken auf meinem Bett und schwor bei meiner Mutter, vor ihrem Porträt, dass ich Priester werden würde, wenn der Typ überlebte, und Polizist, wenn er es nicht schaffte. Egal was, aber ich schwor. Am nächsten Morgen verpflichtete ich mich drei Jahre für die Kolonialarmee. Der Typ war weder tot noch lebendig, aber bis an sein Lebensende gelähmt. Ich bat darum, wieder nach Dschibuti versetzt zu werden. Dort sah ich Ugo zum letzten Mal.

All unsere Schätze waren hier, in der Fischerhütte. Unversehrt. Die Bücher, die Platten. Und ich hatte als Einziger überlebt.

»Ich hab dir Focaccia gemacht«, hatte Honorine auf einen kleinen Fetzen Papier geschrieben. Focaccia war eine Art Croque-Monsieur, aber mit Pizzateig statt mit Baguette. Die Teigtasche wird nach Belieben gefüllt und heiß serviert. Heute Abend waren gekochter Schinken und Mozzarella drin. Wie jeden Tag seit Toinous Tod vor drei Jahren hatte Honorine mir eine Mahlzeit vorbereitet. Sie hatte die siebzig erreicht und kochte gern. Aber nur für einen Mann konnte sie kochen. Ich war ihr Mann. Und ich verehrte sie. Mit der Focaccia und einer Flasche Cassis Blanc – ein Clos Boudard, Jahrgang 91 – machte ich es mir im Boot bequem. Ich ruderte hinaus, um die Nachbarn nicht in ihrem Schlaf zu stören. Hinter dem Damm ließ ich den Motor an und nahm Kurs auf die Insel Maïre.

Dort fühlte ich mich wohl. Zwischen Himmel und Meer. Vor mir erstreckte sich die ganze Marseiller Bucht wie ein Leuchtwurm. Ich ließ das Boot treiben. Mein Vater hatte die Ruder eingezogen. Er hielt mich mit beiden Händen fest und sagte: »Hab keine Angst.« Er tauchte mich bis zu den Schultern ins Wasser. Der Kahn neigte sich auf meine Seite, und sein Gesicht war direkt über meinem. Er lächelte mich an. »Das tut gut, was.« Ich nickte. Ganz und gar nicht überzeugt. Er tauchte mich noch einmal ein. Es tat wirklich gut. Das war meine erste Berührung mit dem Meer. Ich war gerade fünf. Dieses Bad war ein fester Punkt in meiner Vergangenheit, und ich kam jedes Mal darauf zurück, wenn

Traurigkeit mich übermannte. So wie man versucht, sich an sein erstes Glück zu erinnern.

An diesem Abend war ich traurig. Ugos Tod lastete mir schwer auf der Seele. Ich war bedrückt. Und allein, mehr denn je. Jedes Jahr strich ich einen Kumpel, der eine rassistische Bemerkung gemacht hatte, aus meinem Adressbuch. Diejenigen, die nur noch von neuen Autos und Ferien im Club Méd träumten, ließ ich links liegen. Ich vergaß alle, die Lotto spielten. Ich liebte das Fischen und die Stille. Spaziergänge in den Hügeln. Spät nachts gut gekühlten Cassis, Lagavulin oder Oban zu trinken. Ich sprach wenig. Zu allem hatte ich eine Meinung. Zu Leben und Tod, Gut und Böse. Ich war verrückt nach dem Kino. Hörte leidenschaftlich gern Musik. Zeitgenössische Romane las ich nicht mehr. Und mehr als alles andere verabscheute ich Schlappschwänze und Weicheier.

Mit dieser Haltung hatte ich nicht wenige Frauen verführt. Halten konnte ich keine. Es war jedes Mal die gleiche Geschichte. Kaum fühlten sie sich wohl in den neuen Leintüchern und hatten sich im Leben zu zweit eingerichtet, meinten sie, ändern zu müssen, was ihnen an mir nicht gefiel. »Dich kriege ich nicht wieder hin«, hatte Rosa gesagt, als sie vor sechs Jahren ging. Zwei Jahre lang hatte sie es versucht. Ich hatte ihr widerstanden. Besser noch als Muriel, Carmen und Alice. Irgendwann kam immer wieder die Nacht, in der ich mich vor einem leeren Glas und einem vollen Aschenbecher wiederfand.

Ich trank den Wein direkt aus der Flasche. Wieder eine von diesen Nächten, in denen ich nicht mehr wusste, warum ich Polizist war. Vor fünf Jahren hatte man mich der Brigade zur Überwachung sicherheitsgefährdeter Gebiete zugeteilt. Einer Einheit von Polizisten ohne Spezialausbildung, die den Auftrag hatte, in den Vororten für Ordnung zu sorgen. Ich hatte Erfahrung, war kaltblütig und schwer aus der Ruhe zu bringen. Genau der Typ, den man nach einigen Aufsehen erregenden Übergriffen an die Front schicken konnte. Der siebzehnjährige Lahaouri Ben Mohamed war bei einer banalen Ausweiskontrolle niedergeschossen worden. Die antirassistischen Vereine hatten laut geschrien, die linken Parteien aufgemuckt. Das ganze Theater halt. Aber er war ja nur ein Araber. Kein Grund, die Fahne der Menschenrechte zu hissen. Wirklich nicht. Aber als es im Februar 1988 Charles Dovero, den Sohn eines Taxifahrers, erwischte, war die ganze Stadt in Aufruhr. Scheiße, ein Franzose. Das war ein grober Schnitzer. Es mussten Maßnahmen getroffen werden. Die Maßnahme war ich.

Ich übernahm meine Aufgabe voller Illusionen. Ich wollte erklären und überzeugen. Antworten geben, am liebsten gute. Helfen. An jenem Tag hatte ich begonnen *abzugleiten,* wie meine Kollegen sagten. Ich wurde immer weniger Polizist, immer mehr Sozialarbeiter, Pädagoge, etwas in der Richtung. Seither hatte ich das Vertrauen meiner Vorgesetzten verloren und mir viele Feinde gemacht. Zwar hatte es keine Ausrutscher mehr gegeben, und die Kleinkriminalität war nicht angestiegen. Aber meine Erfolgsbilanz war wenig eindrucksvoll: keine spektakulären Verhaftungen, kein medienträchtiger Super-Coup. Nur gut verwaltete Routine.

Die zahlreichen Reformen verstärkten meine Isolation. Es gab keine neuen Aufgabengebiete für die Brigade mehr. Eines Morgens hatte ich überhaupt keinen Einfluss mehr. Die Anti-Kriminalitäts-Brigade, die Anti-Drogen-Brigade, die Anti-Prostitutions-Brigade und die Anti-Immigrations-Brigade hatten mich überflüssig gemacht. Ganz zu schweigen von der Brigade zur Bekämpfung der Bandenkriminalität, die Argue virtuos dirigierte. Ich war zum Vorstadtpolizisten geworden, dem alle Untersuchungen aus der Hand genommen wurden. Aber seit meiner Zeit bei der Kolonialarmee hatte ich nichts anderes gelernt, als Polizist zu sein. Niemand hatte je etwas anderes von mir erwartet. Dennoch wusste ich, dass meine Kollegen Recht hatten. *Ich glitt ab.* Ich wurde ein gefährlicher Polizist. Keiner, der einem Strolch in den Rücken schießen könnte, um einem Kumpel die Haut zu retten.

Der Anrufbeantworter blinkte. Es war spät. Alles konnte warten. Ich hatte geduscht. Ich schenkte mir ein Glas Lagavulin ein, legte eine Platte von Thelonious Monk auf und mich mit den *Geschichten der Unrast* von Conrad ins Bett. Die Augen fielen mir zu. Monk machte allein weiter.

Zweites Kapitel

In dem auch die aussichtsloseste Wette noch Hoffnung macht

Ich stellte meinen Renault 5 auf dem Parkplatz in Paternelle ab. Ein maghrebinisches Viertel. Es gab üblere. Es gab weniger schlimme. Obwohl gerade erst zehn, war es schon sehr heiß. Hier hatte die Sonne freie Bahn. Kein Baum, nichts. Die Vorstadt schlechthin. Der Parkplatz. Unbebautes Gelände. In einiger Entfernung das Meer. L'Estaque mit seinem Hafen. Wie ein fremder Erdteil. Mir fiel ein Chanson von Aznavour ein. *In der Sonne ist das Elend nicht so schlimm.* Zweifellos war er nicht bis hierher gekommen. Zu diesen Haufen aus Scheiße und Beton.

In den Vorstädten hatte ich es vom ersten Tag an mit jugendlichen Ganoven, Süchtigen und mit den Hängern zu tun. Die Ausgespienen, die anderen Furcht und Schrecken einjagen. Nicht nur denen aus dem Stadtzentrum, sondern auch den Einwohnern dieses Viertels. Die kleinen Ganoven sind bereits weit fortgeschritten in ihrer kriminellen Laufbahn: Einbrecher, Dealer, Erpresser. Einige haben mit knapp siebzehn schon zwei Jahre Gefängnis auf dem Buckel und obendrein ein ganzes Sortiment von langjährigen »Strafaussetzungen zur Bewährung«. Hartgesottene, denen das Messer locker sitzt. Bürgerschrecks. Die Süchtigen ihrerseits suchen keinen Streit. Außer dass sie häufig Kleingeld brauchen und dafür alle erdenklichen Dummheiten anstellen. Das ist ihnen an der Nasenspitze anzusehen. Wie sie ausschauen, ist schon ein Geständnis.

Die Hänger sind coole Typen. Keine Dummheiten. Kein Strafregister. Sie sind an der Berufsschule eingeschrieben, gehen aber nicht hin, wovon alle Beteiligten profitieren: Die Klassen werden entlastet, und zusätzliche Lehrer kann man leichter bekommen. Sie verbringen den Nachmittag in der Fnac oder bei Virgin. Schnorren hier eine Kippe, dort hundert Piepen. Alles recht harmlos, bis sie eines Tages anfangen, von einem BMW zu träumen, weil sie den Bus leid sind. Oder der großen »Erleuchtung« der Droge unterliegen. Und sich an die Nadel hängen.

Dann sind da noch all die anderen, die ich erst später entdeckt habe. Scharen von Kindern, deren Leben dadurch bestimmt ist, dass sie hier geboren wurden. Und Araber. Oder Schwarze, Zigeuner, Komorer. Schüler aller Klassen, Zeitarbeiter, Arbeitslose, Störenfriede, Sportler. Ihre Jugend ist ein Gang auf dem Hochseil. Mit dem Unterschied, dass alle Chancen gegen sie stehen. Wohin würden sie fallen? Das war die reinste Lotterie. Niemand konnte es sagen. Ganoven, Hänger, Süchtige. Früher oder später würden sie es erfahren. Für mich war es immer zu früh, für sie zu spät. In der Zwischenzeit ließen sie sich wegen Bagatellen schnappen. Schwarzfahren, eine Schlägerei auf dem Schulweg, kleine Ladendiebstähle.

Darüber diskutierten sie in *Radio Galère,* dem schmutzigen Radio, das die Köpfe wusch. Ein Sender, in dem man viel »tchatchte«, wie man in Marseille für »quatschen« sagte, und den ich regelmäßig im Auto hörte. Ich wartete das Ende des Programms bei offener Tür ab.

»Scheiße, Alter, uns ist nicht mehr zu helfen. Nimm mich zum Beispiel. Ich komm auf achtzehn Piepen, siehst du. Nun brauch ich aber fünfzig oder hundert, am Freitagabend. Ist doch normal, oder? Wir sind fünf bei uns zu Hause. Alter, wo soll ich fünfhundert Piepen hernehmen, kannst du mir das sagen? Also, mehr oder weniger, ich will ja nichts sagen, aber … der Junge, der müsste …«

»Taschendieb werden! Ja!«

»Red keinen Quatsch!«

»Klar doch. Und der Typ, der sich die Kohle aus der Tasche ziehen lässt, der merkt, das is 'n Araber. Und schwupp, im Handumdrehen ist er beim Front National.«

»Dabei braucht er gar kein Rassist zu sein, Mann.«

»Hätte alles sein können, was weiß ich, Portugiese, Franzose, Zigeuner.«

»Oder ein Schweizer! Idiot! Diebe gibts überall.«

»Du musst zugeben, in Marseille ist es öfter ein Araber als ein Schweizer. So ein Pech auch.«

Seit ich in dem Bereich arbeitete, hatte ich einige schwere Jungs und nicht wenige Dealer und Einbrecher geschnappt. Auf frischer Tat oder nach einer Verfolgungsjagd durch die Viertel und ihre Randgebiete. Sie kamen nach Baumettes, in den großen Knast von Marseille. Ich empfand weder Mitleid noch Hass dabei. Aber Zweifel überkamen mich jedes Mal. Das Gefängnis macht einem Achtzehnjährigen das Leben kaputt, egal wie er drauf ist. Als ich mit Manu und Ugo auf Raubzug gegangen bin, hatten wir nicht nach dem Risiko gefragt. Wir kannten die Regeln. Es war ein Spiel. Gewinnst du, umso besser. Verlierst du, Pech. Sonst bleib zu Haus.

Es galt noch immer die gleiche Regel. Aber die Risiken waren ums Hundertfache gewachsen. Die Gefängnisse liefen vor Minderjährigen über. Sechs auf einen, das wusste ich. Die Zahl ließ bei mir alle Alarmglocken klingeln.

Eine Hand voll Kids rannte hintereinander her und bewarf sich mit faustgroßen Steinen. »Jetzt machen sie wenigstens keine Dummheiten«, hatte mir eine ihrer Mütter gesagt. Eine Dummheit war es, wenn die Bullen anrücken mussten. Das hier war nur eine Kinderversion von *OK Corral*. Vor Haus Nummer C 12 diskutierten sechs Zwölf- bis Siebzehnjährige lebhaft miteinander. In dem einen Meter fünfzig schmalen Schattenstreifen, den das Gebäude spendierte. Sie sahen mich auf sie zukommen. Rachid, der Älteste, begann mit dem Kopf zu wackeln und zu pfeifen, überzeugt, dass mein Auftauchen nur Ärger verhieß. Ich hatte nicht vor, ihn zu enttäuschen.

Ich wandte mich an die ganze Bande: »Was ist, habt ihr Unterricht an der frischen Luft?«

»Nee, heut ist Lehrerkonferenz. Unterrichten sich gegenseitig«, sagte der Jüngste.

»Jaaa. Die checken, ob se fit genug sind, uns das Hirn vollzustopfen«, doppelte ein anderer nach.

»Super. Und ihr macht grad Handarbeit, nehme ich an.«

»Was denn! Was denn! Wir machen nichts Böses!«, protestierte Rachid.

Für ihn war die Schule schon lange aus. Rausgeflogen, nachdem er einen Lehrer bedroht hatte, der ihn wie einen Schwachsinnigen behandelt hatte. Dennoch ein guter Junge. Er hoffte auf eine Lehrstelle. Wie viele in den Vorstadtsiedlungen. Das war die Zukunft: warten auf eine Stelle, irgendeine. Und das war immer noch besser, als auf gar nichts zu warten.

»Ich sag nichts. Ich informiere mich.« Er trug einen blau-weißen Trainingsanzug, in den Farben von Olympique Marseille. Ich befühlte den Stoff. »Sieh mal an, der ist ja ganz neu.«

»Was denn! Ich hab ihn bezahlt. Ist von meiner Mutter.«

Ich legte meinen Arm um seine Schultern und zog ihn von der Gruppe weg. Seine Kumpel stierten mich an, als hätte ich gerade das Gesetz übertreten. Bereit, Lärm zu schlagen.

»Sag mal, Rachid, ich geh zu Nummer B 7, da drüben, siehst du. Im fünften Stock. Zu Mouloud. Mouloud Laarbi. Kennst du den?«

»Jaa. Na und?«

»Ich werde, eh, eine Stunde oder so bleiben.«

»Was geht mich das an?«

Ich führte ihn noch ein paar Schritt näher zu meinem Wagen. »Da vor dir ist mein Flitzer. Das ist kein toller Schlitten, wirst du sagen. Schon richtig. Aber ich hänge dran. Ich möchte nicht, dass er was abkriegt. Nicht mal einen Kratzer. Also, du passt auf ihn auf. Und wenn es dich juckt, pissen zu gehen, arrangierst du dich mit deinen Kumpels. Okay?«

»Bin doch kein Wachmann, M'sieur!«

»Nun, üb ein bisschen. Wird vielleicht 'ne Stelle frei.« Ich drückte seine Schulter etwas kräftiger. »Keinen Kratzer, klar, Rachid, sonst …«

»Was! Ich mach nichts. Können mir nichts vorwerfen.«

»Ich kann alles, Rachid. Ich bin Bulle. Das hast du doch nicht vergessen, oder?« Ich ließ meine Hand an seinem Rücken heruntergleiten. »Wenn ich meine Hand auf deinen Hintern lege, da in der Hosentasche, was finde ich?«

Er machte sich heftig los. Genervt. Ich wusste, dass er nichts hatte. Ich wollte nur sichergehen.

»Ich hab nichts. Ich rühr das Zeug nicht an.«

»Ich weiß. Bist ein armer kleiner Araber, dem so ein Idiot von Bulle die Scheiße in die Schuhe schiebt. Stimmts?«

»Hab ich nicht gesagt.«

»Denkst du trotzdem. Pass gut auf meinen Flitzer auf, Rachid.«

Block B 7 sah aus wie alle anderen. Der Eingang war total heruntergekommen und versifft. Er starrte vor Schmutz. Die Glühbirne war mit Steinen zerschmissen. Es stank nach Pisse. Der Fahrstuhl funktionierte nicht. Fünf Etagen zu Fuß und sicher kein Aufstieg ins Paradies. Mouloud hatte gestern Abend auf den Anrufbeantworter gesprochen. Verunsichert von der Tonbandstimme, hatte er nach einigen »Hallo! Hallo!« und einer längeren Pause schließlich eine Nachricht hinterlassen. »Bitte, du musst kommen, M'sieur Montale. Wegen Leila.«

Leila war das älteste von drei Kindern. Er hatte nur drei. Leila, Kader und Driss. Vielleicht hätte er noch mehr gehabt, wenn seine Frau Fatima nicht bei Driss' Geburt gestorben wäre. Mouloud lebte seinen Einwanderertraum ganz allein. Ende 1970 wurde er als einer der Ersten auf der Baustelle in Fos-sur-Mer eingestellt.

Fos war das Eldorado Südfrankreichs. Es gab Arbeit ohne Ende. Dort entstanden ein Hafen für gewaltige Gastanker und Stahlgießereien für den gesamten europäischen Markt. Mouloud war stolz, bei diesem Unternehmen dabei zu sein. Er mochte das, bauen und gestalten. Sein ganzes Leben und sogar seine Familie hatte er auf dieses Ziel ausgerichtet. Er zwang seine Kinder nie, sich von den anderen abzusondern, den Franzosen aus dem Weg zu gehen. Nur schlechten Umgang sollten sie meiden. Den Respekt vor sich selber nicht verlieren. Gute Manieren lernen. Und es möglichst weit bringen. Sich in die Gesellschaft integrieren, ohne sich selber zu verleugnen. Weder die eigene Rasse, noch die Vergangenheit.

»Als wir noch klein waren«, vertraute Leila mir einmal an, »mussten wir ihm nachsagen: *Allah Akbar, La ilah, illa Allah, Mohamed rasas Allah, Ayya illa Salat, Ayya illa el Fallah.* Wir verstanden kein Wort. Aber es hörte sich gut an. Es klang so wie das, was er aus Algerien erzählte.« Damals war Mouloud glücklich. Er hatte seine Familie in Port-de-Bouc untergebracht, zwischen Martigues und Fos. Auf dem Wohnungsamt waren sie »nett zu ihm gewesen«, und er hatte schnell eine schöne Sozialwohnung in der Avenue Maurice Thorez bekommen. Die Arbeit war hart, und je mehr Araber dabei waren, desto besser. So dachten jedenfalls die ehemaligen Werftarbeiter aus Italien, meist aus Sardinien, aus Griechenland, Portugal und Spanien, die jetzt in Fos arbeiteten.

Mouloud war Mitglied der CGT, des kommunistischen Gewerkschaftsbunds. Er war Arbeiter und brauchte eine Familie, die ihn verstand, ihm half, ihn verteidigte. »Die CGT ist die größte«, hatte der Gewerkschaftsvertreter Guttierez beteuert und hinzugefügt: »Wenn die Baustelle fertig ist, werden wir Schritt für Schritt in die Eisenindustrie einsteigen. Mit uns hast du dir schon einen Platz in der Fabrik gesichert.«

Das gefiel Mouloud. Er war felsenfest davon überzeugt. Auch Guttierez glaubte daran. Die CGT ebenfalls. Ganz Marseille glaubte es. Alle Städte der Umgebung glaubten es und stampften billige Wohnungen, Schulen und Straßen aus dem Boden, um die vielen Arbeiter mit offenen Armen im neuen Eldorado in Empfang zu nehmen. Frankreich selbst glaubte es. Als der erste Stahlklumpen schmolz, war Fos nur noch eine Fata Morgana. Der letzte große Traum der Siebzigerjahre. Und die brutalste Enttäuschung. Tausende von Arbeitern landeten auf der Straße. Mouloud war einer von ihnen. Aber er ließ sich nicht entmutigen.

Er streikte mit der CGT, besetzte die Baustelle und schlug sich mit der Bereitschaftspolizei, die sie vertrieben hatte. Natürlich verloren sie. Gegen die unternehmerische Willkür der Männer in Nadelstreifen gewinnt man nicht. Driss war gerade zur Welt gekommen. Fatima war tot. Und Mouloud, als Agitator gebrandmarkt, fand keine feste Arbeit mehr. Nur Gelegenheitsjobs. Zur Zeit war er Lagerarbeiter bei Carrefour. Nach vielen Jahren Arbeitslosigkeit. Ein Glücksfall, sagte er. So war Mouloud, er glaubte an Frankreich.

Es war im Büro auf dem Polizeikommissariat seines Viertels, als Mouloud mir eines Abends seine Lebensgeschichte erzählte.

Damit ich verstünde. Leila war bei ihm. Zwei Jahre war das her, ich hatte soeben Driss und Kader verhört. Ein paar Stunden zuvor hatte Mouloud Batterien für ein Transistorradio gekauft, das seine Kinder ihm geschenkt hatten. Einzelne Batterien. Die Batterien funktionierten nicht. Kader lief zur Drogerie am Boulevard, um sie umzutauschen. Driss hinterher.

»Ihr wisst bloß nicht, wie das geht. Das ist alles.«

»Doch, weiß ich«, antwortete Kader. »Ist ja nicht das erste Mal.«

»Ihr Araber wisst immer alles.«

»Das ist unhöflich, M'dame, so was zu sagen.«

»Ich bin höflich, wenn ich will. Aber nicht zu dreckigem Gesindel wie euch. Ihr stehlt mir meine Zeit. Steck deine Batterien wieder ein. Wahrscheinlich sind es alte, die du gar nicht bei mir gekauft hast.«

»Mein Vater wars. Eben gerade.«

Ihr Mann tauchte mit einem Jagdgewehr aus dem Hinterzimmer auf. »Bring ihn nur her, deinen Lügner von einem Vater. Ich werd ihm die Batterien ins Maul stopfen.« Er hatte die Batterien auf den Boden geschmissen. »Haut ab! Lumpengesindel!«

Kader stieß Driss aus dem Laden. Dann ging alles sehr schnell. Driss, der bisher noch nichts gesagt hatte, hob einen Stein auf und schmiss ihn ins Schaufenster. Er rannte davon, Kader auf seinen Fersen. Der Typ war aus dem Laden getreten und schoss hinter ihnen her. Daneben. Zehn Minuten später belagerten an die hundert Straßenjungen den Drogisten. Es brauchte zwei Stunden und einen Wagen der Bereitschaftspolizei, um die Ruhe wieder herzustellen. Keine Toten, keine Verletzten. Aber ich schäumte vor Wut. Meine Aufgabe war es gerade, den Ruf nach der Polizei zu vermeiden. Kein Aufruhr, keine Provokation und vor allem keine polizeilichen Übergriffe.

Ich hatte den Drogisten verhört.

»Die Araberschweine, davon gibt es einfach zu viele. Das ist das Problem.«

»Sie sind nun mal da. Sie haben sie nicht eingeladen. Ich auch nicht. Aber sie sind da. Und wir müssen mit ihnen leben.«

»Und Sie, sind Sie auf ihrer Seite?«

»Machen Sie sich nicht ins Hemd, Varounian. Es sind Araber. Sie sind Armenier.«

»Und stolz drauf. Was haben Sie gegen die Armenier?«

»Nichts. So wenig wie gegen die Araber.«

»Und worauf läuft das hinaus? Man kommt sich vor wie mitten in Algier oder Oran. Warn Sie da mal, da unten? Ich schon. Verdammt, hier stinkts jetzt genauso.« Ich ließ ihn reden. »Früher hast du einen Bimbo auf der Straße angerempelt, und der hat sich entschuldigt. Jetzt sagt er dir: Kannst du dich nicht entschuldigen! Arrogant sind die, das ist es. Denken, sie sind hier zu Haus, Scheiße!«

Dann hatte ich keine Lust mehr zuzuhören. Nicht mal zu diskutieren. Mir wurde übel davon. Und so war es immer. Ihn anzuhören, war wie den *Méridional* lesen. Das Blatt der extremen Rechten schürte den Hass täglich. *Früher oder später,* hatte es vor kurzem geschrieben, *werden wir mit der Bereitschaftspolizei, mobilen Wachtruppen und Polizeihunden gegen die Kasbahs in Marseille vorgehen müssen …* Wenn wir nichts unternahmen, würde es eines Tages knallen. Das war sicher. Ich hatte keine Lösung. Niemand hatte eine. Wir mussten warten. Nicht aufgeben. Alle Hoffnung darauf setzen, dass Marseille dieses neue Völkergemisch überleben würde. Wieder auferstehen würde. Marseille hatte schon ganz anderes erlebt.

Ich hatte jeden in sein Lager zurückgeschickt. Mit einer Geldstrafe wegen »Erregung öffentlichen Ärgernisses«, verbunden mit einer kleinen Moralpredigt.

Varounian ging als Erster. »Bullen wie Ihnen werden wir zeigen, wos langgeht«, sagte er schon halb in der Tür. »Bald. Wenn wir an der Macht sind.«

»Auf Wiedersehen, Monsieur Varounian«, antwortete Leila von oben herab.

Wenn Blicke töten könnten, wäre sie auf der Stelle umgefallen. Ich war mir nicht sicher, aber ich meinte, ihn zwischen den Zähnen »Schlampe« zischen zu hören. Ich hatte Leila zugelächelt. Wenige Tage später rief sie mich auf dem Polizeirevier an, um mir zu danken und mich für Sonntag zum Tee einzuladen. Ich hatte angenommen. Mouloud hatte mir gefallen.

Jetzt war Driss Lehrling in einer Autowerkstatt in der Rue Roger Salengro. Kader arbeitete bei einem Onkel in Paris, der dort einen Lebensmittelladen in der Rue de Charonne betrieb. Leila war an der Uni in Aix-en-Provence. Dieses Jahr machte sie einen Abschluss in zeitgenössischer Literatur. Mouloud war wieder glücklich. Seine Kinder hatten ihren Platz gefunden. Er war stolz auf sie, besonders auf seine Tochter. Ich konnte ihn verstehen. Leila war intelligent und schön, sie fühlte sich wohl in ihrer Haut. Das Ebenbild ihrer Mutter, hatte Mouloud erzählt. Und mir ein Foto von Fatima gezeigt, von Fatima und ihm im Alten Hafen. Am Tag ihrer Wiederbegegnung nach Jahren. Er hatte sie dort unten abgeholt, um sie ins Paradies zu führen.

Mouloud öffnete die Tür. Seine Augen waren rot gerändert.

»Sie ist verschwunden. Leila ist verschwunden.«

Mouloud machte Tee. Er hatte seit drei Tagen nichts von Leila gehört. Das war ungewöhnlich, das wusste ich. Leila hatte Respekt vor ihrem Vater. Er mochte es nicht, wenn sie Jeans trug, rauchte oder einen Aperitif trank. Das sagte er ihr auch. Sie diskutierten darüber, manchmal schrien sie sich an. Aber er hatte nie versucht, ihr seine Ideen aufzuzwingen. Er vertraute Leila. Deshalb hatte er ihr erlaubt, ein Zimmer auf dem Universitätsgelände in Aix zu nehmen, unabhängig zu leben. Sie rief jeden Tag an und kam sonntags zu Besuch. Oft blieb sie über Nacht. Driss überließ ihr dann das Sofa im Wohnzimmer und schlief bei seinem Vater.

Leilas Schweigen war besonders beunruhigend, weil sie nicht einmal angerufen hatte, um zu sagen, ob sie ihre Magisterprüfung bestanden hatte.

»Vielleicht ist sie durchgefallen. Sie schämt sich … Sie hockt in ihrer Ecke und weint. Sie traut sich nicht, zu kommen.«

»Vielleicht.«

»Du solltest sie suchen gehen, M'sieur Montale. Ihr sagen, dass es nicht schlimm ist.«

Mouloud glaubte selber nicht, was er sagte. Ich auch nicht.

Wenn sie durchgefallen wäre, hätte sie geweint, ja. Aber sich in ihrem Zimmer vergraben, nein, das konnte ich nicht glauben. Außerdem war ich überzeugt, dass sie bestanden hatte. *Die Poesie und die Pflicht zur Identität.* Ich hatte die Arbeit vor vierzehn Tagen gelesen und fand sie bemerkenswert. Aber ich war nicht die Prüfungskommission, und Leila war Araberin.

Sie hatte sich von dem libanesischen Schriftsteller Salah Stétié inspirieren lassen und einige seiner Argumente weiterentwickelt. Sie baute Brücken zwischen Morgen- und Abendland. Quer übers Mittelmeer. Sie machte darauf aufmerksam, dass unter den Zügen von Sindbad dem Seefahrer aus *Tausendundeiner Nacht* die eine oder andere Episode der Odyssee und der sprichwörtliche Scharfsinn des listigen Odysseus durchschienen.

Vor allem ihre Schlussfolgerung gefiel mir. Für sie, Kind des Orients, wurde die französische Sprache zu jenem Hafen, in dem der Einwanderer schließlich festen Boden unter die Füße bekam, auf dem er seine Koffer abstellen konnte. Die Sprachen Rimbauds, Valérys und Chars konnten miteinander verschmelzen, versicherte sie. Der Traum einer ganzen Generation von jungen *Beurs.* In Marseille war jetzt schon ein eigenartiges Französisch entstanden, eine Mischung aus Provenzalisch, Italienisch, Spanisch und Arabisch, mit einer Prise Argot und einem Hauch Verlan versetzt. Die Kids auf der Straße verstanden sich bestens darin. In der Schule und zu Hause war das ein anderes Paar Stiefel.

Als ich sie zum ersten Mal von der Uni abholte, sprangen mir die rassistischen Graffiti an den Wänden ins Auge. Verletzend und obszön. Vor dem kürzesten blieb ich stehen: »Araber und Schwarze raus!«

Ich hatte immer gedacht, die Rechtsfakultät, fünf Meter weiter, sei die faschistische. Jetzt griff der menschliche Wahnsinn schon auf die zeitgenössische Literatur über! Irgendjemand hatte hinzugefügt, damit wir es auch alle verstanden: »Die Juden auch.«

»Das motiviert nicht gerade zur Arbeit«, meinte ich.

»Ich sehe nicht mehr hin.«

»Schon, aber sie gehen dir nicht aus dem Kopf, oder?«

Sie zuckte die Schultern, steckte sich eine Camel an und zog mich fort. »Eines Tages werden wir unsere Rechte geltend machen. Darum gehe ich wählen. Und ich bin nicht mehr die Einzige.«

»Eure Rechte. Ja, vielleicht. Aber an deinem Aussehen wird das nichts ändern.«

»Ach nee. Was ist denn mit meinem Aussehen. Gefalle ich dir etwa nicht?«

»Sehr hübsch«, stotterte ich.

Sie hatte ein Gesicht wie Maria Schneider im *Letzten Tango in Paris*. Genauso rund, umrahmt von den gleichen langen, lockigen Haaren. Nur waren ihre schwarz. Wie ihre Augen, die fest in meine sahen. Ich war rot angelaufen. In den letzten zwei Jahren hatte ich Leila oft gesehen. Ich wusste mehr über sie als ihr Vater. Wir hatten uns angewöhnt, einmal in der Woche zusammen zu Mittag zu essen. Sie erzählte von ihrer Mutter, die sie kaum gekannt hatte und vermisste. Die Zeit heilt gar nichts. Im Gegenteil. Driss' Geburtstag war jedes Jahr aufs Neue ein schwerer Moment. Für alle vier.

»Deshalb ist Driss so geworden, nicht böse, aber gewalttätig, verstehst du. Wegen dem Fluch, der auf ihm lastet. Er hasst. Mein Vater hat mir mal gesagt: ›Hätte ich damals wählen können, hätte ich mich für deine Mutter entschieden.‹ Er hat es mir erzählt, weil ich ihn als Einzige verstehen konnte.«

»Das hat meiner auch gesagt, weißt du. Aber meine Mutter ist noch mal davongekommen. Und ich bin da. Der einzige Sohn. Und allein.«

»*Der Tod ist ein einsames Geschäft.*« Sie lächelte. »Das ist der Titel eines Romans. Hast du den nicht gelesen?« Ich schüttelte den Kopf. »Er ist von Ray Bradbury. Ein Krimi. Ich leihe ihn dir. Du solltest mehr zeitgenössische Romane lesen.«

»Sie interessieren mich nicht. Sie haben keinen Stil.«

»Bradbury! Fabio!«

»Bradbury vielleicht.«

Und wir schweiften ab in große Diskussionen über die Literatur. Sie, die zukünftige Literaturprofessorin, und ich, der autodidaktische Polizist. Die einzigen Bücher, die ich je gelesen hatte, waren die vom alten Antonin. Abenteuer- und Reisebücher. Und etwas Poesie: Marseiller Dichter, die heute in Vergessenheit geraten sind. Émile Sicard, Toursky, Gérald Neveu, Gabriel Audisio und Louis Brauquier, mein Lieblingsdichter.

Dann reichten unsere wöchentlichen Mittagessen nicht mehr aus. Wir trafen uns an ein oder zwei Abenden in der Woche. Wenn ich keinen Dienst hatte und sie kein Babysitting machte. Ich holte sie in Aix ab, und wir gingen ins Kino und danach irgendwo essen.

Wir stürzten uns auf alle fremdländischen Küchen zwischen Aix und Marseille, was uns monatelang beschäftigte. Wir verteilten Sterne hier, Minuspunkte dort. Ganz oben auf unserer Liste stand das *Mille et une Nuits* am Boulevard d'Athènes. Dort wurde auf orientalischen Sitzkissen von einer großen kupfernen Platte gegessen, dazu hörte man algerischen Raï. Marokkanische Küche, die raffinierteste des Maghreb. Nie wieder habe ich so gute Taubenpastete gegessen.

An jenem Abend hatte ich das *Tamaris* vorgeschlagen, ein kleines griechisches Restaurant in der Bucht von Samena nicht weit von meiner Wohnung. Es war heiß. Eine schwere, trockene Hitze wie oft Ende August. Wir hatten einfache Gerichte bestellt: Gurkensalat mit Jogurt, gefüllte Weinblätter, Tarama, Spießchen mit hundert Gewürzen, gegrillt auf Weinranken mit einer Idee Olivenöl, Ziegenkäse. Zum Befeuchten ein weißer Retsina.

Wir waren am steinigen Strand entlanggegangen und hatten uns dann auf die Felsen gesetzt. Es war eine großartige Nacht. In der Ferne zeigte der Leuchtturm von Planier das Kap an. Leila legte ihren Kopf an meine Schulter. Ihre Haare dufteten nach Honig und Kräutern. Sie ließ ihre Hand in die meine gleiten. Bei ihrer Berührung erschauerte ich. Mir blieb keine Zeit, mich loszumachen. Sie begann ein Gedicht von Brauquier zu rezitieren, auf Arabisch:

Wir sind heute ohne Schatten und Geheimnis,
arm und vom Geist verlassen.
Gib uns den Geschmack nach Sünde und Erde wieder,
der uns erregt und dem wir uns zitternd hingeben.

»Ich habe es für dich übersetzt. Damit du es in meiner Sprache hörst.« Ihre Sprache war wie ihre Stimme. Weich wie türkischer Honig.

Ich war bewegt. Ich drehte ihr mein Gesicht zu. Langsam, um ihren Kopf an meiner Schulter zu behalten und mich von ihrem Duft betören zu lassen. Im schwachen Licht des Mondes über dem Wasser sah ich ihre Augen leuchten. Ich wollte sie in die Arme nehmen und an mich drücken. Sie küssen.

Uns war beiden bewusst, dass unsere immer häufigeren Treffen dahin führen würden. Vor diesem Moment hatte ich Angst. Ich kannte meine Lust nur zu gut. Ich wusste, wie das alles enden würde. In einem Bett, dann in Tränen. Ich hatte eine Niederlage nach der anderen erlebt. Die Frau, die ich brauchte, musste ich noch finden. Wenn es sie gab. Aber Leila war es nicht. Für sie, jung wie sie war, empfand ich nur Lust. Ich hatte kein Recht, mit ihr zu spielen. Nicht mit ihren Gefühlen. Dafür war sie zu gut. Ich küsste sie auf die Stirn.

Ihre Hand streichelte meinen Oberschenkel. »Nimmst du mich mit zu dir?«

»Ich bringe dich wieder nach Aix. Es ist besser für uns beide. Ich bin nur ein alter Trottel.«

»Ich mag alte Trottel auch.«

»Vergiss es, Leila. Finde jemanden, der gescheiter ist. Und jünger.«

Ich sah starr auf die Straße vor uns. Wir tauschten nicht einen Blick. Leila rauchte. Ich hatte eine Kassette von Calvin Russel eingelegt. Er war in Ordnung. Genau das Richtige zum Fahren. Ich wäre quer durch ganz Europa gerollt, nur um die Abzweigung nach Aix nicht nehmen zu müssen. Russel sang *Rockin' the Republicans.* Leila stoppte die Kassette ohne ein Wort, bevor er *Baby I Love You* in Angriff nehmen konnte.

Sie schob eine andere rein, die ich nicht kannte. Arabische Musik. Ein marokkanisches Mandolinensolo. Die Musik, von der sie für diese Nacht mit mir geträumt hatte. Die Mandoline breitete sich im Wagen aus wie ein Geruch. Der friedliche Geruch der Oasen. Datteln, getrocknete Feigen, Mandeln. Ich riskierte einen

Blick auf sie. Ihr Rock war weit hochgerutscht. Sie war schön, schön für mich. Ja, ich begehrte sie.

»Das hättest du nicht dürfen«, sagte sie, bevor sie ausstieg.

»Was nicht dürfen?«

»Zulassen, dass ich dich liebe.«

Sie schlug die Tür zu. Aber nicht heftig. Nur traurig. Und gleichzeitig wütend. Das war jetzt ein Jahr her. Wir hatten uns nicht wiedergesehen. Sie hatte nicht mehr angerufen. Ihre Abwesenheit machte mir immer wieder zu schaffen. Vor vierzehn Tagen erinnerte sie mich per Post an ihre Prüfung. Nur eine Karte mit den Worten: »Für dich. Bis bald.«

»Ich werde sie suchen, Mouloud. Mach dir keine Sorgen.«

Ich schenkte ihm mein schönstes Lächeln. Das vom guten Polizisten, dem man trauen kann. Ich erinnerte mich, dass Leila einmal über ihre Brüder gesagt hatte: »Wenn es spät ist, und einer ist noch nicht zurückgekehrt, machen wir uns Sorgen. Hier kann alles Mögliche passieren.« Ich machte mir Sorgen.

Vor Block C 12 saß Rachid allein auf einem Skateboard. Als er mich aus dem Haus kommen sah, stand er auf und verschwand mit seinem Skateboard im Eingang. Zweifellos verfluchte er mich im Stillen. Aber das war mir wurscht. Mein Wagen auf dem Parkplatz hatte nicht einen einzigen Kratzer bekommen.

Drittes Kapitel

In dem die Ehre der Überlebenden im Überleben liegt

Marseille lag unter einer Hitzeglocke. Ich fuhr mit offenen Fenstern die Autobahn entlang. Ich hatte eine Kassette von B. B. King eingelegt. Volle Lautstärke. Nur Musik. Ich wollte nicht denken. Noch nicht. Nur meinen Kopf freikriegen, die Fragen, die auf mich einstürzten, verdrängen. Ich war auf dem Rückweg von Aix, und alle meine Befürchtungen hatten sich bestätigt. Leila war wirklich verschwunden.

Auf der Suche nach dem Sekretariat war ich durch eine verlassene Fakultät geirrt. Bevor ich zum Studentenwohnheim ging, musste ich wissen, ob Leila ihre Prüfung bestanden hatte. Die Antwort war ja. Mit Auszeichnung. Danach war sie verschwunden. Ihr alter roter Fiat Panda stand auf dem Parkplatz. Ich hatte einen Blick hineingeworfen, aber es lag nichts darin herum. Entweder hatte sie eine Panne, was ich nicht überprüft hatte, und war mit dem Bus losgefahren, oder jemand hatte sie abgeholt. Der Hausmeister, ein kleiner, rundlicher, gutmütiger Mann mit einer Baseballkappe auf dem Kopf, öffnete mir die Tür zu Leilas Zimmer. Er erinnerte sich, sie kommen gesehen zu haben, aber nicht wieder gehen. Aber gegen 18 Uhr war er kurz weg gewesen.

»Sie hat doch nichts Schlimmes getan?«

»Nein, nichts, sie ist verschwunden.«

»Scheiße«, hatte er gesagt und sich am Kopf gekratzt. »Ein nettes Mädchen, die Kleine. Und höflich. Nicht wie gewisse Französinnen.«

»Sie ist Französin.«

»Das wollte ich damit nicht sagen, M'sieur.«

Er verstummte. Ich hatte ihn verärgert. Er blieb vor der Tür stehen, während ich das Schlafzimmer durchsuchte. Es gab nichts zu suchen. Nur die Überzeugung zu bestätigen, dass Leila nicht einfach für einen Tapetenwechsel nach Acapulco geflogen war.

Das Bett war gemacht. Über dem Waschbecken: Zahnbürste, Zahnpasta, Schminkutensilien. Ihre Sachen hingen ordentlich im Schrank. Ein Sack mit schmutziger Wäsche. Auf einem Tisch einige Blätter Papier, Hefte, Bücher.

Ich fand, was ich suchte. *Die Hafenbar* von Louis Brauquier. Die Erstausgabe von 1926 auf reinem Büttenpapier mit Wasserzeichen, herausgegeben von der Zeitschrift *Das Feuer.* Nummer 36. Ich hatte es ihr geschenkt. Es war das erste Mal, dass ich mich von einem der Bücher aus meiner Fischerhütte getrennt hatte. Sie gehörten Manu und Ugo genauso wie mir. Sie symbolisierten die Erinnerung an unsere Jugend. Ich hatte oft davon geträumt, dass sie uns eines Tages alle drei wieder zusammenführen würden. Wenn Manu und Ugo mir verziehen hätten, dass ich Polizist geworden war. Wenn ich zugegeben hätte, dass es einfacher ist, Polizist zu sein als Verbrecher, und wenn ich sie wie wiedergefundene Brüder mit Tränen in den Augen hätte umarmen können. Ich wusste, dass ich an jenem Tag das Gedicht von Brauquier lesen würde, das mit den Zeilen endet:

Lange habe ich dich gesucht,
Nacht der verlorenen Nächte.

Wir hatten die Gedichte von Brauquier bei Antonin entdeckt. »Süßwasser fürs Schiff«, »Jenseits von Suez«, »Freiheit der Meere«. Wir waren siebzehn. Der alte Buchhändler erholte sich nur schlecht von einem Herzleiden. Abwechselnd schmissen wir den Laden. Während dieser Zeit warfen wir unsere Kohle nicht dem Flipper in den Rachen. Obendrein tauchten wir ein in unsere große Leidenschaft: die alten Bücher. Die Romane, Reiseberichte und Gedichte, die ich damals gelesen habe, hatten einen eigenen Geruch: nach Höhle, nach Kellergewölbe. Sie strömten einen fast würzigen Geruch aus, eine Mischung aus Staub und Feuchtigkeit. Grau-grün. Heute riechen Bücher nicht mehr. Nicht mal nach Druckerschwärze.

Die Erstausgabe von *Die Hafenbar* fand ich beim Stöbern in einem Karton, den Antonin nie geöffnet hatte. Ich hatte das Buch mitgenommen. Ich blätterte die vergilbten Seiten durch, schloss es und steckte es in die Tasche. Ich sah den Hausmeister an.

»Entschuldigen Sie wegen eben. Ich bin nervös.«

Er zuckte mit den Schultern. Einer von denen, die es gewohnt waren, angeschnauzt zu werden.

»Kannten Sie sie?«

Statt einer Antwort gab ich ihm meine Karte. Für den Fall, dass ...

Ich hatte das Fenster geöffnet und das Rollo heruntergezogen. Ich war erschöpft. Ich träumte von einem kalten Bier. Aber erst musste ich einen Bericht über Leilas Verschwinden schreiben und ihn an die Abteilung für vermisste Personen weiterleiten. Mouloud musste dann die Vermisstenmeldung unterschreiben. Ich hatte ihn angerufen. Er klang niedergeschlagen. Das ganze Elend dieser Welt hatte ihn in einer Sekunde eingeholt, um ihn nicht mehr loszulassen. »Wir werden sie finden.« Ich konnte nichts anderes sagen. Worte über dem Abgrund. Ich stellte ihn mir vor, wie er völlig weggetreten und bewegungslos am Tisch saß.

Honorines Bild legte sich über das von Mouloud. Heute Morgen in ihrer Küche. Ich war um sieben hingegangen, um es ihr zu sagen, das mit Ugo. Ich wollte nicht, dass sie es aus der Zeitung erfuhr. Argues Leute hatten sich zurückgehalten. Ein kurzer Zwischenbericht auf der Seite für vermischte Nachrichten. Ein gefährlicher, international gesuchter Verbrecher wurde gestern niedergeschossen, als er das Feuer auf die Polizei eröffnen wollte. Es folgte ein kurzer Nachruf, aber nirgends wurde erwähnt, warum Ugo gefährlich war und welche Verbrechen er begangen haben könnte.

Zuccas Tod hingegen machte Schlagzeilen. Die Journalisten hielten sich alle an dieselbe Version. Zucca war kein großer Fisch wie Mémé Guérini oder, kürzlich, Gaëtan Zampa, Jacky Le Mat oder Francis le Belge. Er hatte vielleicht gar nie jemanden getötet, es sei denn ein- oder zweimal, um sich zu beweisen. Als Rechtsanwalt und Sohn eines Rechtsanwalts war er in erster Linie Verwalter. Seit Zampas Selbstmord im Gefängnis verwaltete er das Reich der Mafia in Marseille. In die Streitereien der Clans oder einzelner Leute mischte er sich nicht ein.

Auf einen Schlag war Zuccas Hinrichtung Gesprächsthema Nummer eins. Sie konnte einen neuen Bandenkrieg auslösen, den Marseille zur Zeit wahrhaftig nicht gebrauchen konnte. Die Wirtschaftskrise lastete schon schwer genug auf der Stadt. Die Gesellschaft für die Fährverbindungen nach Korsika drohte, ihre Schiffe zu verlegen. Es war die Rede von Toulon oder La Ciotat, einer alten Werft 40 Kilometer von Marseille. Seit Monaten stand die Gesellschaft im Konflikt mit den Hafenarbeitern. Die Docker hatten seit 1947 das Einstellungsmonopol an den Kais. Diese Bestimmungen wurden nun in Frage gestellt.

Die Stadt verhielt sich angesichts dieser eisernen Unnachgiebigkeit unentschlossen. In allen anderen Häfen wurde nachgegeben. Aber für die Marseiller Hafenarbeiter ging es um die Ehre, auf die Gefahr hin, dass die Stadt verhungerte. Die Ehre steht hier an erster Stelle. »Du hast keine Ehre«, war hier die schwerste Beleidigung. Für die Ehre konnte man töten. Den Liebhaber der Ehefrau, den Schänder der Schwester oder den, der den Ruf der Mutter besudelt hatte.

Deshalb war Ugo zurückgekommen. Wegen der Ehre. Manus Ehre und Loles Ehre. Zu Ehren unserer Jugend und gemeinsamen Freundschaft und der Erinnerungen.

»Er hätte nicht zurückkommen sollen.«

Honorine schaute von ihrer Kaffeetasse auf. Ich sah ihrem Blick an, dass sie noch etwas anderes quälte. Die Falle, die über mir zuschnappte. Hatte ich Ehre? Ich war der letzte Erbe aller Erinnerungen. Konnte ein Polizist um der Gerechtigkeit willen das Gesetz übertreten? Und wer scherte sich um Gerechtigkeit, wenn es um einen Kriminellen ging? Niemand. Das sagten Honorines Augen. Sie versuchte, sich Zuversicht einzureden, glaubte aber letztendlich selber nicht daran. Und sie sah mich in der Gosse liegen. Fünf Kugeln im Rücken, wie Manu. Oder drei, wie Ugo. Drei oder fünf, was machte das schon aus. Eine reichte, um jämmerlich im Rinnstein zu krepieren. Honorine wollte das nicht. Ich war der Letzte. Die Ehre der Überlebenden liegt im Überleben. Aufrecht bleiben. Leben hieß der Stärkere sein.

Ich hatte sie vor ihrem Kaffee sitzen lassen. Das Gesicht hätte meiner Mutter gehören können. Mit den Falten einer Frau, die zwei ihrer Söhne in einem Krieg verloren hat, der ihr nichts bedeutete. Sie hatte weggeschaut. Auf das Meer.

»Er hätte mich besuchen sollen«, hatte sie gesagt.

Seit ihrer Eröffnung war ich keine zehn Mal mit der Metro der Linie 1 gefahren. Castelanne–La Rose. Aus den Schickimicki-Vierteln, in die sich das Stadtzentrum mit seinen Bars, Restaurants und Kinos verlagert hatte, in die nördlichen Viertel, in die man sich besser nicht verirrte, wenn es nicht unbedingt sein musste.

Seit einigen Tagen machte eine Bande jugendlicher *Beurs* Unfug auf der Strecke. Die Sicherheitsbeamten der Metro neigten zu drastischen Maßnahmen. »Die Araber verstehen nichts anderes.« Den Spruch kannte ich. Er hatte sich nur nicht bewährt. Weder in der Metro noch in der Eisenbahn. Harte Eingriffe der Beamten wurden vergolten. Ein blockiertes Gleis auf der Linie Marseille–Aix, gleich hinter dem Bahnhof Septêmes-les-Vallons, vor einem Jahr. Steinwürfe auf die Bahn in der Station Frais-Vallon vor sechs Monaten.

Ich hatte daher einen anderen Weg vorgeschlagen: die Verständigung mit der Bande. Nach meiner Methode. Die Metro-Sheriffs hatten mich ausgelacht. Aber die Direktion gab ihnen ausnahmsweise nicht nach, und ich hatte freie Bahn.

Pérol und Cerutti begleiteten mich. Es war 18 Uhr. Die Vorstellung konnte beginnen. Vor einer Stunde hatte ich auf einen Sprung in Driss' Garage vorbeigeschaut. Ich wollte über Leila sprechen.

Driss machte gerade Feierabend. Während ich auf ihn wartete, redete ich mit seinem Chef. Ein begeisterter Befürworter der Lehrlingsverträge. Vor allem, wenn die Lehrlinge wie die Arbeiter schuften. Und Driss ließ sich auf der Arbeit nichts nachsagen. Er rauchte Haschisch. Jeden Abend nahm er seine Dosis. Es war nicht so ungesund wie Crack oder Heroin. Hieß es. Ich glaubte das auch. Aber den Kopf benebelte es trotzdem. Driss musste sich dauernd beweisen. Und nicht vergessen: ja, Monsieur, nein, Monsieur. Und immer schön die Klappe halten, denn, Scheiße, letztendlich war er doch nur ein Araber. Noch hielt er sich gut.

Ich hatte ihn in die nächste Eckkneipe geschleppt. *Le Disque Bleu.* Eine schmierige Kneipe, ganz wie der Wirt. Seiner Fresse nach zu urteilen, hatten Araber hier allenfalls das Recht, Lotto zu spielen, Pferdewetten abzuschließen und im Stehen zu trinken. Mit einer vagen Geringschätzung à la Gary Cooper gab er mir schließlich doch noch zwei Halbe mit an den Tisch, fast hätte ich meine Polizeimarke zücken müssen. Für manche war sogar ich zu braun gebrannt.

»Hast du mit dem Training aufgehört?«, fragte ich, als ich mit dem Bier zurückkam.

Auf mein Anraten hin hatte er sich in einem Boxstudio in Saint-Louis eingeschrieben. Bei Georges Mavros, einem alten Kumpel. Mavros war nach einigen Siegen auf dem Weg zum Champion gewesen. Dann musste er sich zwischen der Frau, die er liebte, und dem Boxen entscheiden. Er heiratete. Er wurde Lastwagenfahrer. Als er mitkriegte, dass seine Frau querbeet vögelte, sobald er auf der Straße war, konnte er kein Champion mehr werden. Er warf Frau und Arbeit hin, verkaufte, was er hatte, und eröffnete dieses Studio.

Driss hatte alles, was der Sport verlangte. Intelligenz und Leidenschaft. Er konnte ebenso gut werden wie seine Idole Stéphane Haccoun oder Akim Tafer. Mavros würde einen Champion aus ihm machen. Daran glaubte ich. Vorausgesetzt er hielt durch, auch hier.

»Zu viel Stress. Stundenlang mussten wir uns prügeln! Und der Inhaber ist 'ne echte Null. Klebt mir die ganze Zeit am Arsch.«

»Du hast nicht angerufen. Mavros hat auf dich gewartet.«

»Was Neues über Leila?«

»Deshalb wollte ich mit dir reden. Weißt du, ob sie einen Freund hatte?«

Er guckte mich an, als wollte ich ihn verarschen. »Sind Sie nicht ihr Typ?«

»Ich bin ihr Freund. Wie deiner.«

»Ich dachte, Sie ficken sie.«

Fast hätte ich ihm eine runtergehauen. Es gibt Wörter, von denen mir übel wird. Dieses besonders. Vergnügen hat etwas mit Respekt zu tun. Das fängt bei den Wörtern an. So habe ich immer gedacht.

»Ich ficke keine Frauen. Ich liebe sie … Jedenfalls versuche ich es …«

»Und Leila?«

»Was hast du denn gedacht?«

»Ich hätte nichts dagegen gehabt.«

»Vergiss es. Gute Jungen in deinem Alter gibts genug.«

»Was meinen Sie damit?«

»Dass ich nicht weiß, wo sie ist, Driss. Hör mal! Nur weil ich nicht mit ihr geschlafen habe, heißt das nicht, dass ich sie nicht liebe!«

»Wir werden sie wieder finden.«

»Das habe ich deinem Vater auch gesagt. Siehst du, das hat mich zu dir geführt.«

»Sie hat keinen Freund. Nur uns. Mich, Kader und Vater. Die Uni. Ihre Freundinnen. Und Sie. Sie redet ständig von Ihnen. Finden Sie sie. Das ist Ihr Job!«

Er war gegangen, nachdem er mir die Telefonnummer von zwei ihrer Freundinnen gegeben hatte, Jasmine und Karine, denen ich einmal begegnet war, und von Kader in Paris. Aber es gab keinen Grund, warum sie ohne ein Wort nach Paris gefahren sein sollte. Selbst wenn Kader Probleme hatte, hätte sie etwas gesagt. Außerdem war Kader clever. Er schmiss den Lebensmittelladen praktisch allein.

Sie waren zu acht. Sechzehn bis siebzehn Jahre alt. Sie kamen vom Alten Hafen herauf. Wir warteten in der Metrostation des Bahnhofs Saint-Charles auf sie. Sie hatten sich im vorderen Teil eines Wagens breit gemacht. Auf den Sitzen stehend, schlugen sie zum Rhythmus aus dem Kassettenrecorder gegen Wände und Scheiben, als seien es Trommeln. Die Musik im Blut. Rap, natürlich. IAM erkannte ich. Eine Top-Band aus Marseille. Sie war oft auf Radio Grenouille zu hören, dem Gegenstück zu Nova in Paris. Es brachte alle Rap- und Ragga-Gruppen aus Marseille und dem Süden. IAM, Fabulous Trobadors, Bouducon, Hypnotic, Black Lions. Und Massilia Sound System, die im Milieu des Fanclubs der Ultras in der südlichen Kurve der Radrennbahn geboren wurde. Das Ragga- und Hip-Hop-Fieber hatte von der Gruppe auf Anhänger von Olympique Marseille und schließlich auf die ganze Stadt übergegriffen.

In Marseille wird getchatcht, wie man hier sagt. Der Rap ist nichts anderes. Tchatchen und mehr. Die Cousins aus Jamaika hatten hier ihre Brüder gefunden. Und sie diskutierten wie in der Kneipe. Über Paris, über den zentralistischen Staat, die heruntergekommenen Vororte, die Nachtbusse. Das Leben, ihre Probleme. Die Welt aus der Sicht von Marseille.

Wir überleben im Rhythmus des Rap.
Deshalb schlagen wir, tap, tap, tap!
Sie wollen die Macht und den Kies in Paris.
Ich bin 22 und hab viel zu tun.
Gegen Verrat meiner Brüder bin ich immun.
Bevor ich geh, sag ich's euch ins Gesicht:
Der Staat behandelt mich nicht
wie einen erbärmlichen Wicht.

Und es schlug und schlug im Zug. Tam, tam, tam aus Afrika, der Bronx und vom Mars. Rap war nicht mein Fall. Aber die Texte von IAM, das musste ich zugeben, kamen gut. Schön und gut. Außerdem hatten sie *groove,* wie man sagt. Ich brauchte nur den beiden Jungen zusehen, die vor meiner Nase tanzten.

Die Passagiere hatten sich in den hinteren Teil des Wagens zurückgezogen. Sie senkten die Köpfe, als hörten und sähen sie nichts. Sie dachten sich trotzdem ihren Teil. Aber wozu das Maul aufreißen? Um einen Messerstich zu kassieren? An der Station zögerten die Leute einzusteigen. Sie drängten sich im hinteren Teil zusammen. Seufzend und zähneknirschend, im Kopf den Traum einer Tracht Prügel. Und von Mordgelüsten.

Cerutti mischte sich unter sie. Er überprüfte die Funkverbindung mit dem Hauptquartier, für den Ernstfall. Pérol pflanzte sich im leeren Teil auf. Ich setzte mich mitten unter die Bande und schlug eine Zeitung auf.

»Gehts nicht mit 'n bisschen weniger Zirkus?«

Einen Moment zögerten sie.

»Was scheißt du hier rum, Alter!«, dröhnte einer und ließ sich auf den Sitz fallen.

»Störn wir dich vielleicht?«, meinte ein anderer und setzte sich neben mich.

»Genau. Wie bist du darauf gekommen?« Ich sah meinem Nachbarn in die Augen.

Die anderen hörten auf, die Wände zu bearbeiten. Es wurde ernst. Sie drängten sich um mich.

»Ey, Alter, was hast du gegen uns? Magst du keinen Rap? Gefallen dir unsere Fressen nicht?«

»Ich mag es nicht, wenn ihr mich anmacht.«

»Hast du gesehen, wie viele wir sind? Du kriegst Ärger, Alter.«

»Ja, das hab ich gesehen. Zu acht reißt ihr 's Maul auf. Alleine habt ihr keinen Mumm.«

»Und du, hast du welchen?«

»Wenn ich nicht hier wäre, könntest du mich nicht fragen.«

Hinten guckten sie hoch. Na, der hat Recht. Wir werden die doch nicht auf unseren Köpfen herumtanzen lassen. Der Mut, etwas zu sagen. Die Station Réformés-Canebière. Der Wagen füllte sich weiter. Ich spürte Leute hinter mir. Cerutti und Pérol mussten herangekommen sein.

Die Jungen kamen leicht aus der Fassung. Offenbar hatten sie keinen Chef. Sie drehten einfach so ab. Nur um Ärger zu machen, reine Provokation. Nur zum Spaß. Aber das konnte sie teuer zu stehen kommen. Eine Tausend-Francs-Strafe war schnell verhängt. Ich schlug die Zeitung wieder auf. Der mit dem Kassettenrekorder drehte wieder ein bisschen auf. Ein anderer klopfte ans Fenster. Aber leise, nur probeweise. Die anderen warteten erstmal ab. Sie zwinkerten sich zu, lächelten mit Kennermiene, knufften sich mit dem Ellenbogen. Echte Kinder. Der mir gegenüber legte fast seine Turnschuhe auf meine Zeitung.

»Wo steigst du aus?«

»Was geht dich das an?«

»Es wär besser, wenn du nicht hier wärst.«

Hundert Augen auf meinen Rücken geheftet, so kam ich mir vor. Wie ein Lehrer vor einer Klasse Rabauken. Cinq-Avenue-Longchamp. Les Chartreux. Saint-Just. Eine Station folgte der anderen. Die Gören mupften nicht mehr auf. Sie sannen auf

Rache. Der Wagen begann sich zu leeren. Malpassé. Hinter mir Leere.

»Wenn wir dir die Fresse polieren, rührt sich keiner«, sagte einer und stand auf.

»Sind nicht mal zehn. Darunter eine Tussi und zwei alte Knacker.«

»Du wirst es nicht tun.«

»Ach ja? Woher weißt du das?«

»Du hast nur eine große Schnauze.«

Frais-Vallon. Sozialbauwohnungen. Kein Horizont.

»Ai-o-li!«, rief einer von ihnen.

Sie stiegen im Laufschritt aus. Ich sprang auf und erwischte den Letzten am Arm. Fest, aber ohne Gewalt. Er wehrte sich. Die Fahrgäste beeilten sich, den Bahnsteig zu verlassen.

»Jetzt bist du allein.«

»Lass mich los, du Arschloch.« Er nahm Cerutti und Pérol, die langsam weggingen, als Zeugen. »Der spinnt, der Alte. Will mir die Fresse einschlagen.«

Cerutti und Pérol sahen nicht hin. Der Bahnsteig lag verlassen da. Ich spürte, wie die Wut in ihm aufstieg. Und auch die Angst.

»Keiner wird dich verteidigen. Du bist Araber. Ich könnte dir hier auf dem Bahnsteig die Haut abziehen. Keiner wird sich rühren. Verstehst du? Also, hört auf, Dummheiten zu machen, du und deine Kumpel. Sonst stoßt ihr eines Tages auf Typen, die euch nicht davonkommen lassen. Verstanden?«

»Ja, alles klar. Eh, du Arsch, das tut weh!«

»Gib die Botschaft weiter. Wenn ich dich noch mal erwische, breche ich dir den Arm!«

Als ich wieder an der Oberfläche auftauchte, war es schon dunkel. Fast zehn. Ich war fix und fertig. Zu ausgepumpt, um nach Hause zu gehen. Ich musste mich noch ein wenig herumtreiben. Mir war nach Gesellschaft. Nach so etwas wie pulsierendem Leben.

Ich ging zum *O'Stop*. Einem Nachtlokal am Opernplatz. Musikbegeisterte und Prostituierte saßen dort friedlich beieinander. Ich wusste, zu wem ich wollte. Und sie war da. Marie-Lou, eine junge Nutte von den Antillen. Sie war vor drei Monaten im Viertel angekommen. Sie war großartig. Der Typ Diana Ross, mit gerade mal zweiundzwanzig. Heute Abend trug sie schwarze Jeans und einen grauen, tief ausgeschnittenen Pulli. Ihre Haare hatte sie mit einem schwarzen Band zu einem Pferdeschwanz gebunden. Es war nichts Vulgäres an ihr, nicht einmal ihre Art zu sitzen. Sie war fast unnahbar. Nur wenige Männer wagten es, sie anzusprechen ohne einen einladenden Blick von ihr.

Marie-Lou war nicht auf Kundenfang. Sie organisierte sich ihre Freier übers Minitel, und da sie wählerisch war, fühlte sie ihnen hier auf den Zahn. Überprüfte ihr Äußeres. Marie-Lou erregte mich wirklich. Ich hatte sie schon ein paar Mal besucht. Wir trafen uns gern wieder. Für sie war ich ein idealer Kunde. Für mich war es einfacher, als mich zu verlieben. Und im Augenblick tat es mir gut.

Das *O'Stop* war gerammelt voll, wie immer. Viele Prostituierte, die eine Whisky-Cola-Pinkelpause machten. Verdi war bei einigen der Älteren allgemein bekannt, und Pavarotti sowieso. Ich zwinkerte hier, lächelte dort und setzte mich auf einen Barhocker an die Theke. Neben Marie-Lou. Sie starrte nachdenklich in ihr leeres Glas.

»Läuft das Geschäft?«

»Ach, hallo. Gibst du mir einen aus?«

Margarita für sie, Whisky für mich. Die Nacht fing gut an.

»Ich hatte einen Plan. Aber er hat mich nicht inspiriert.«

»Wie sah er aus?«

»Wie ein Bulle!«

Sie brach in schallendes Gelächter aus und küsste mich auf die Wange. Eine elektrische Spannung durchfuhr meinen Körper bis unter den Slip.

Als ich Molines bemerkte, waren wir bei der dritten Runde. Wir hatten sechs oder sieben Sätze gewechselt. So kurz wie nichts sagend. Wir tranken mit Hingabe. So war es uns am liebsten. Molines gehörte zu Argues Mannschaft. Er stand sich vor dem *O'Stop* die Beine in den Bauch und schien sich tödlich zu langweilen. Ich bestellte eine neue Runde und stand auf.

Meine Erscheinung schlug ein wie der Blitz. Er fuhr auf. Offensichtlich störte ihn meine Anwesenheit.

»Was hast du hier zu suchen?«

»Eins, ich trinke, zwei, ich trinke, drei, ich trinke, vier, ich esse. Ab fünf habe ich noch nichts entschieden. Und du?«

»Dienst.«

Nicht gerade gesprächig, der Cowboy. Er entfernte sich ein paar Schritte. Meine Gesellschaft war wohl unter seiner Würde. Als ich ihm mit den Augen folgte, sah ich sie. Den Rest der Mannschaft, an verschiedenen Straßenecken. Besquet und Paoli an der Ecke der Rue Saint-Saëns und Rue Molière. Sandoz und Mériel, zu denen Molines sich wieder gesellt hatte, Rue Beauvau. Cayrol spazierte vor der Oper hin und her. Die anderen konnte ich nicht sehen. Zweifellos waren sie in Autos rund um den Platz verteilt.

Aus der Rue Paradis bog ein metallic-grauer Jaguar in die Rue Saint-Saëns ein. Besquet führte sein Walkie-Talkie an den Mund. Paoli und er verließen ihren Posten. Sie überquerten den Platz, ohne sich um Cayrol zu kümmern, und gingen langsam die Rue Corneille hinauf.

Aus einem der Autos stieg Morvan. Er kreuzte den Platz und die Rue Corneille, als wolle er in die *Commanderie* gehen, ein Nachtlokal, in dem sich Journalisten, Polizisten, Rechtsanwälte und Ganoven tummelten. Er ging an einem Taxi vorbei, das direkt vor der *Commanderie* in der zweiten Reihe parkte. Ein weißer Renault 21. Das Schild stand auf »besetzt«. Im Vorbeigehen schlug Morvan mit der Hand gegen die Tür. Nachlässig. Dann setzte er seinen Weg fort, blieb vor einem Sex-Shop stehen und zündete sich eine Zigarette an. Da braute sich etwas zusammen. Ich wusste nicht, was. Aber ich sah es als Einziger.

Der Jaguar wendete und parkte hinter dem Taxi. Ich sah Sandoz und Mériel näher kommen. Dann Cayrol. Die Lage spitzte sich zu. Ein Mann stieg aus dem Jaguar. Ein Araber, vierschrötig, in Anzug und Krawatte mit offener Jacke. Ein Leibwächter. Er vergewisserte sich nach beiden Seiten, bevor er die hintere Wagentür öffnete. Ein Mann stieg aus. Al Dakhil. Scheiße! *Der Immigrant.* Der Chef der arabischen Unterwelt. Ich hatte ihn nur ein einziges Mal gesehen. Bei einer Gegenüberstellung. Aber Argue hatte nichts gegen ihn in der Hand. Sein Leibwächter schloss die Tür und ging auf die *Commanderie* zu.

Al Dakhil knöpfte seine Jacke zu und beugte sich auf ein Wort zum Fahrer hinunter. Zwei Männer stiegen aus dem Taxi. Der eine war etwa zwanzig, klein, in Jeans und Leinenjacke. Der andere war mittelgroß mit fast polierter Glatze und kein Jahr älter. Hose, schwarze Leinenjacke. Ich merkte mir die Nummer des Taxis in dem Moment, in dem es abfuhr: 675 JLT 13. Ein Reflex. Die Schießerei begann. Der Kleinste feuerte als Erster. Auf den Leibwächter. Dann drehte er sich um und schoss auf den Fahrer, der aus dem Auto stieg. Der andere leerte sein Magazin auf Al Dakhil.

Es hatte keine Vorwarnung gegeben. Morvan mit seinem rasierten Schädel warf sich zu Boden, ohne sich umzudrehen. Der andere duckte sich, die Waffe in der Hand, zwischen zwei Wagen. Nach einem kurzen Blick hinter sich – zu kurz – wich er zurück. Sandoz und Mériel schossen gleichzeitig. Schreie ertönten. Plötzlich gab es einen Menschenauflauf. Argues Männer. Neugierige.

Ich hörte Polizeisirenen. Das Taxi war links über die Rue Francis Davso hinter der Oper verschwunden. Argue kam aus der *Commanderie,* die Hände in den Jackentaschen. In meinem Rücken spürte ich Marie-Lous warme Brüste.

»Was ist los?«

»Nichts Schönes.«

Ich untertrieb. Das war eine Kriegserklärung. Aber Ugo hatte Zucca getötet. Was ich gerade gesehen hatte, haute mich um. Alles schien inszeniert gewesen zu sein. Bis ins kleinste Detail.

»Eine Abrechnung.«

»Scheiße. Das wird mein Geschäft nicht gerade beflügeln!«

Ich brauchte dringend eine Stärkung. Um mich nicht in Fragen zu verheddern. Nicht jetzt. Am liebsten hätte ich alles ausgespien. Vergessen. Die Bullen, die Ganoven. Manu, Ugo, Lole. Leila. Und vor allem mich selbst. Mich in nichts aufgelöst. Ich brauchte Alkohol und Marie-Lou. Schnell.

»Stell dein Taxameter auf ›besetzt‹. Ich lade dich zum Essen ein.«

Viertes Kapitel

In dem ein Cognac auch nicht mehr schaden kann

Ich fuhr hoch. Da war ein dumpfes Geräusch gewesen. Dann hörte ich ein Kind schreien. Im Stock über mir. Für einen kurzen Moment wusste ich nicht, wo ich war. Ich hatte einen schlechten Geschmack im Mund und einen schweren Kopf. Ich lag vollständig angezogen auf dem Bett, Loles Bett. Jetzt erinnerte ich mich. Als ich Marie-Lou am frühen Morgen verlassen hatte, war ich hierher gekommen. Ich hatte die Tür aufgebrochen.

Es hatte keinen Grund gegeben, länger am Opernplatz herumzuhängen. Das Viertel war abgesperrt. Bald würde es von Bullen aller Art wimmeln. Zu viele Leute, die ich nicht treffen wollte. Ich hatte Marie-Lou untergehakt und sie auf die andere Seite des Cours Jean Ballard, zur Place Thiars, geführt. Zu *Mario*. Ein Teller mit Mozzarella, Tomaten, Kapern, Anchovis und schwarzen Oliven. Eine Portion Spaghetti mit Muscheln. Ein Tiramisu. Das Ganze begossen mit einem Bandol aus dem Anbaugebiet Pibarnon.

Wir sprachen über alles und nichts. Sie mehr als ich. Wehmütig. Sie zog ihre Worte in die Länge, als würde sie einen Pfirsich schälen. Ich hörte ihr zu, aber nur mit den Augen. Ich ließ mich von ihrem Lächeln, dem Schwung ihrer Lippen, ihren Lachgrübchen und der erstaunlichen Beweglichkeit ihres Gesichts davontragen. Sie anzusehen und ihr Knie an meinem zu spüren, erlaubte kein Nachdenken.

»Welches Konzert?«, fragte ich schließlich.

»Aber wo lebst du denn! Das Konzert. In der *Friche*. Mit Massilia.«

Die *Friche* ist die ehemalige Tabakfabrik. Ein Gelände von hundertzwanzigtausend Quadratmetern hinter dem Bahnhof Saint-Charles. Es erinnert an die von Künstlern besetzten Häuser in Berlin oder an das Kulturzentrum PSI in New York. In der

Friche waren Ateliers, Studios, die Zeitung *Taktik, Radio Grenouille,* ein Restaurant und ein Konzertsaal eingerichtet worden.

»Fünftausend waren wir. Genial! Die Typen verstehen, dir einzuheizen.«

»Verstehst du denn provenzalisch?«

Die Hälfte von Massilias Chansons war in ihrer Mundart. Dem maritimen Provenzalischen. Dem Marseiller Französisch, wie sie in Paris sagen. *Parlam de realitat dei cavas dau quotidian,* sang Massilia.

»Was geht dich das an. Verstehen oder nicht verstehen. Wir sind Galeerensträflinge, keine Schwachsinnigen. Es reicht, wenn du das verstehst.«

Sie sah mich neugierig an. Vielleicht war ich wirklich schwachsinnig. Ich verlor immer mehr den Bezug zur Realität. Ich kreuzte blind durch Marseille. Ich sah nur noch stumpfe Brutalität und schwelenden Rassismus. Ich vergaß, dass es auch noch anderes im Leben gab. Dass man in dieser Stadt trotz allem gern lebte und feierte. Dass das Glück jeden Tag neugeboren wurde, auch wenn es mitten in der Nacht bei einer willkürlichen Ausweiskontrolle verteidigt werden musste.

Wir hatten fertig gegessen, die Flasche Bandol ausgetrunken und zwei Tassen Kaffee gekippt.

»Gehen wir 'n bisschen bummeln?«

Das war das Stichwort. Ein bisschen bummeln hieß, den richtigen Plan für diese Nacht zu machen. Ich hatte mich von ihr führen lassen. Wir hatten mit dem *Trolleybus* am Quai de Rive-Neuve angefangen. Ein Tempel, von dem ich zum ersten Mal hörte. Darüber musste Marie-Lou lächeln.

»Aber was fängst du mit deinen Nächten an?«

»Ich fange Goldbrassen.«

Sie lachte. In Marseille ist eine Goldbrasse auch ein schönes Mädchen. Das frühere Galeerenarsenal mündete in einen Gang voller Fernsehschirme. Am Ende, unter den Bögen, wurde in verschiedenen Sälen Rap, Techno, Rock und Reggae gespielt. Es gab Tequila für den Anfang und Reggae gegen den Durst. Wie lange hatte ich nicht mehr getanzt? Ein Jahrhundert. Tausend Jahre.

Wir wechselten stündlich die Kneipe. Das *Passeport,* das *Maybe Blues,* das *Pêle-Mêle.* Schauen wir weiter, gehen wir dorthin, wie in Spanien.

Schließlich landeten wir im *Pourquoi* in der Rue Fotia. Der Wirt kam von den Antillen. Wir hatten schon schwer einen in der Krone. Ein Grund mehr, weiterzumachen. Tequila. Und Salsa! Unsere Körper fanden sich schnell in den Takt. Eng aneinander geschmiegt.

Zina hatte mir das Salsatanzen beigebracht. Sie war sechs Monate lang meine Freundin gewesen, bis ich zur Armee ging. Später waren wir uns in Paris wieder begegnet, meinem ersten Arbeitsplatz als Polizist. Wir gingen nachts abwechselnd ins *Chapelle* in der Rue des Lombards und ins *L'Escale* in der Rue Monsieur-le-Prince. Ich traf mich gern mit Zina. Ihr war es egal, dass ich Bulle war. Wir waren gute Freunde geworden. Sie brachte mir regelmäßig Nachrichten »von unten«, von Manu und Lole. Manchmal von Ugo, wenn er ein Lebenszeichen von sich gab.

Marie-Lou wurde immer leichter in meinen Armen. Sie schwitzte Kräuter aus: Moschus, Zimt, Pfeffer. Auch Basilikum, wie Lole. Ich mochte würzigen Körpergeruch. Je steifer mein Schwanz wurde, desto deutlicher spürte ich ihren Bauch auf meinem. Wir wussten, dass wir im Bett landen würden, und wollten es so lange wie möglich hinausschieben. Bis die Begierde unerträglich wurde. Denn danach würde uns die Realität einholen. Ich würde wieder ein Bulle sein und sie eine Prostituierte.

Gegen sechs wachte ich auf. Marie-Lous bronzefarbener Rücken erinnerte mich an Lole. Ich trank eine halbe Flasche Badoit, zog mich an und ging hinaus. Auf der Straße überkam sie mich. Die Gewissenskrise. Wieder dieses Unbefriedigtsein, das mich quälte, seit Rosa mich verlassen hatte. Ich hatte die Frauen geliebt, mit denen ich zusammengelebt hatte. Alle. Und leidenschaftlich. Sie hatten mich auch geliebt. Aber zweifellos ernsthafter. Sie hatten mir eine Zeit ihres Lebens geschenkt. Zeit spielt eine entscheidende Rolle im Leben einer Frau. Für sie ist sie wirklich, für den Mann relativ. Sie hatten mir viel gegeben. Und was hatte ich ihnen geboten? Zärtlichkeit. Lust. Spontanes

Glück. Auf diesen Gebieten war ich nicht schlecht. Aber danach?

Nach der Liebe ging bei mir alles kaputt. Ich gab nichts mehr. Konnte nichts mehr nehmen. Nach der Liebe wechselte ich die Seiten. Ich kehrte ins fest abgesteckte Gebiet meiner Regeln, Gesetze und Codes zurück. In das Reich der fixen Ideen bis an die Grenze des Wahnsinns. Wo ich mich verliere. Wo ich die verliere, die sich hineintrauen. Leila hätte ich bis dahin mitnehmen können. In diese Wüstenei aus Trauer, Wut, Schreien, Tränen und Verachtung. All das, was am Ende des Weges steht. Und ich bin nicht da. Abgehauen. Feige. Aus Angst, zurückzukommen und zu sehen, wie es auf der anderen Seite der Grenze ist. Vielleicht mochte ich das Leben nicht, Rosa hatte das eines Abends gesagt.

Die Nacht mit Marie-Lou, mit Küssen gegen Bezahlung, hatte mich zumindest eines gelehrt: In der Liebe war ich ein Verlierer. Die geliebten Frauen hätten die Frauen meines Lebens sein können. Von der Ersten bis zur Letzten. Aber ich hatte nicht gewollt. Plötzlich war ich wütend. Wütend auf Marie-Lou, auf mich, auf die Frauen und die ganze Welt.

Marie-Lou wohnte in einem kleinen Appartement oben an der Rue d'Aubagne, gleich oberhalb der kleinen Metallbrücke, die über den Cours Lieutaud zum Cours Julien führt, in einem der neuen Viertel von Marseille, die *in* waren. Dort hatten wir schwankend noch ein letztes Glas getrunken, im *Dégust' Mars C' et Yé,* einem weiteren Raï-, Ragga- und Reggae-Schuppen. Bra, der Wirt, war ein ehemaliger Junkie, erzählte mir Marie-Lou. Er hatte im Knast gesessen. Dieser Nachtclub war sein Traum. »Hier seid ihr zu Haus«, stand in großen Buchstaben inmitten hunderter von Graffiti. Das *Dégust'* sah sich gern als ein Ort, wo das Leben strömte. Was strömte, war der Tequila. Ein letztes Glas auf den Weg. Kurz vor der Liebe. Die Augen ineinander versunken und die Körper unter Hochspannung.

Die Rue d'Aubagne hinunterzugehen, war zu jeder Tageszeit eine Weltreise. Eine nicht abbrechende Kette von Läden und so viele Restaurants, wie es Anlegeplätze gab. Italien, Griechenland, Türkei, Libanon, Madagaskar, Réunion, Thailand, Vietnam,

Afrika, Marokko, Tunesien, Algerien. An der Spitze das *Arax,* die beste orientalische Zuckerbäckerei. Ich hatte nicht den Mut, meinen Wagen vom Revier zu holen und nach Hause zu fahren. Nicht einmal zum Fischen hatte ich Lust. An der Rue Longue-des-Capucins war Markt. Koriander-, Kümmel- und Currydünste mischten sich mit frischer Minze. Die Gerüche des Orients. Ich hielt mich rechts entlang der Halle Delacroix. Schließlich kehrte ich in ein Bistro ein und bestellte einen doppelten Mokka und belegte Brote.

Die Schießerei auf dem Opernplatz war in den Schlagzeilen. Seit Zuccas Hinrichtung, so die Journalisten, verfolgte die Polizei Al Dakhils Spur. Alle erwarteten eine Abrechnung. 1:0, dabei konnte es offensichtlich nicht bleiben. Gestern Abend hatte Argues Mannschaft durch schnelles, überlegtes Handeln verhindern können, dass der Opernplatz sich in eine wahre Kampfarena verwandelte. Keine verletzten Passanten, nicht einmal ein zerbrochenes Fenster. Fünf Ganoven tot. Volltreffer. Und jeder wartete auf die Fortsetzung.

Im Geiste sah ich Morvan wieder den Platz überqueren und mit der flachen Hand gegen das geparkte Taxi schlagen. Ich sah Argue aus der *Commanderie* kommen, ein Lächeln auf den Lippen und die Hände in den Taschen. Das Lächeln hatte ich vielleicht erfunden. Ich wusste es nicht mehr.

Die beiden Ganoven, Jean-Luc Trani und Pierre Bogho, die das Feuer eröffnet hatten, standen auf der Fahndungsliste. Aber es waren nur zwei erbärmliche Schläger: ein bisschen Zuhälterei, ein bisschen Einbruch, ein paar Diebstähle. Aber nichts, was sie an die Spitze der Hitparade des Ganoventums gebracht haben könnte. Dass sie sich an so ein großes Ding herangewagt hatten, war verblüffend. Wer steckte dahinter? Das war die zentrale Frage. Aber Argue gab keinen Kommentar ab. Es war seine Art, so wenig wie möglich zu sagen.

Nach einem zweiten doppelten Mokka fühlte ich mich kein Stück besser. Ich hatte einen fürchterlichen Kater. Aber ich zwang mich weiter. Ich kreuzte die Canebière, ging den Cours Belsunce, dann die Rue Colbert hinauf. An der Avenue de la République nahm ich die Montée des Folies-Bergères und die Abkürzung durch das Panier-Viertel. Rue de Lorette, Rue du Panier, Rue des Pistoles. Kurze Zeit später fummelte ich mit meinem Dietrich in Loles Türschloss herum. Ein schlechtes Schloss. Es hielt nicht lange stand. Ich auch nicht. Im Schlafzimmer ließ ich mich aufs Bett fallen. Erschöpft. Den Kopf voller düsterer Gedanken. Nur nicht denken. Schlafen.

Ich war wieder eingeschlafen. Ich war schweißgebadet. Hinter den Fensterläden spürte ich die Hitze, schwer und drückend. Zwanzig nach zwei schon. Es war Samstag. Pérol hatte bis morgen Abend Bereitschaftsdienst. Ein freies Wochenende hatte ich nur einmal im Monat. Wenn Pérol Dienst hatte, konnte ich mir das Kissen über beide Ohren ziehen. Er war ein besonnener Polizist. Und wenn es ernst wurde, fand er mich, egal wo in Marseille. Wenn Cerutti mich vertrat, war ich unruhiger. Er war jung. Er träumte davon, sich zu prügeln. Er musste noch alles lernen. Es wurde Zeit, mich zu rühren. Morgen würde Honorine wie jeden freien Sonntag zum Essen kommen. Auf der Speisekarte stand immer Fisch. Und der Fisch, das war die Regel, musste gefangen werden.

Die kalte Dusche brachte mich nicht auf neue Gedanken. Ich irrte nackt in der Wohnung umher. Loles Wohnung. Ich wusste immer noch nicht, warum ich eigentlich hergekommen war. Lole war der gemeinsame Anziehungspunkt für Ugo, Manu und mich. Nicht nur wegen ihrer Schönheit. Sie wurde erst spät zu einer wirklichen Schönheit. Als Jugendliche war sie mager und kaum entwickelt. Im Gegensatz zu Zina und Kali, deren erotische Ausstrahlung von Anfang an nicht zu übersehen war.

Unser Begehren machte Lole schön. Dieses Begehren, das sie in unseren Augen sah. Wir wurden von der geheimnisvollen Tiefe ihres Blicks angezogen. Diesem weit entfernten Nirgendwo, aus dem sie kam und in das sie zu gehen schien. Eine Roma. Eine Reisende. Sie durchquerte den Raum, ohne dass die Zeit sie zu berühren schien. Sie war es, die gab. Ihre Liebhaber suchte sie selber aus. Sie wählte zwischen Ugo und Manu. Wie ein Mann. Auf dem Gebiet war sie unerreichbar. Eine Hand nach ihr auszustrecken, glich dem Versuch, ein Phantom umarmen zu wollen. Es blieb nur der Staub der Ewigkeit an den Fingerspitzen hängen, dieser Straßenstaub einer endlosen Reise. Das wusste ich. Weil ich ihren Weg einmal gekreuzt hatte. Wie zufällig.

Ich hatte sie am Flughafen abgeholt und zum Leichenschauhaus gefahren. Um ihn noch ein letztes Mal zu sehen. Manu hatte nur noch uns als Begleiter. Ich meine, die ihn liebten. Drei seiner Brüder kamen zum Friedhof. Ohne Frau und Kinder. Manus Tod war eine Erleichterung für sie. Sie schämten sich. Wir hatten kein Wort miteinander gesprochen. Nachdem sie gegangen waren, blieben Lole und ich vor dem Grab stehen. Ohne Tränen. Aber mit zugeschnürter Kehle. Manu war gegangen, und mit ihm ein Teil unserer Jugend. Als wir vom Friedhof kamen, hatten wir uns ein Glas genehmigt. Cognac. Zwei, drei, wortlos. Im Zigarettenqualm.

»Willst du was essen?«

Ich wollte das Schweigen brechen. Sie zuckte mit den Schultern und gab dem Kellner ein Zeichen, uns noch mal das Gleiche zu bringen. »Danach gehen wir«, sagte sie und suchte Zustimmung in meinen Augen.

Es war dunkel. Nach dem Regen der letzten Tage blies ein eisiger Mistral. Ich hatte sie bis zu dem kleinen Haus begleitet, das Manu in L'Estaque gemietet hatte. Ich war nur einmal dort gewesen. Vor fast drei Jahren. Manu und ich hatten eine stürmische Diskussion geführt. Er war in eine Schieberei mit gestohlenen Wagen nach Algerien verwickelt. Das Netz würde zusammenbrechen, und er würde in den Maschen hängen bleiben. Ich war gekommen, um ihn zu warnen. Er sollte aussteigen. Wir tranken Pastis in dem kleinen Garten. Er hatte gelacht.

»Du machst dir in die Hosen, Fabio! Misch dich da nicht ein.«

»Ich bin extra hergekommen, Manu.«

Lole sah uns schweigend an. Sie trank in kleinen Schlucken und zog langsam an ihrer Zigarette.

»Trink aus und verpiss dich. Ich habe es satt, mir deinen Blödsinn anzuhören.«

Ich hatte mein Glas ausgetrunken. Ich war aufgestanden. Er

lächelte sein zynisches Lächeln schlechter Tage. Ich hatte es zum ersten Mal nach unserem katastrophalen Einbruch in die Apotheke bei ihm gesehen. Und nie vergessen. Diese tief sitzende Verzweiflung, die aus seinen Augen sprach. Wie ein Wahn, der auf alles eine Antwort wusste. Ein Blick à la Artaud, dem er immer ähnlicher sah, seit er seinen Schnurrbart abgenommen hatte.

»Vor langer Zeit habe ich dich wie einen Scheißspanier behandelt. Das war ein Fehler. Du bist nur ein mieser Schuft.«

Und bevor er reagieren konnte, hatte ich ihm einen Kinnhaken verpasst. Er war in einen mickrigen Rosenstrauch geflogen. Ruhig und kühl war ich zu ihm gegangen.

»Steh auf, du Schuft.«

Kaum stand er, hatte er meine linke Faust im Magen und die rechte in der Fresse. Er landete wieder in den Rosen.

Lole hatte ihre Zigarette ausgedrückt und kam auf mich zu. »Hau ab. Und lass dich hier nie wieder blicken.«

Diese Worte hatte ich nicht vergessen. Vor ihrer Tür hatte ich den Motor laufen lassen. Lole sah mich an und stieg dann wortlos aus. Ich folgte ihr. Sie ging direkt ins Badezimmer. Ich hörte das Wasser laufen. Ich schenkte mir einen Whisky ein und machte Feuer im Kamin. Sie kam in einem gelben Bademantel wieder. Sie schnappte sich ein Glas und die Flasche Whisky, zog eine weiche Matratze vor den Kamin und setzte sich ans Feuer.

»Du solltest eine Dusche nehmen«, sagte sie, ohne sich umzudrehen. »Dir den Tod abwaschen.«

Wir waren stundenlang sitzen geblieben und hatten getrunken. Im Dunkeln. Schweigend. Ab und zu legten wir Holz nach. Oder eine neue Schallplatte auf: Paco de Lucia, Sabicas, Django. Schließlich Billie Holiday, ihr gesamtes Werk. Lole hatte sich an mich geschmiegt. Ihr Körper war heiß. Sie zitterte.

Es war fast Mitternacht. Geisterstunde. Das Feuer knisterte im Kamin. Seit Jahren hatte ich von Loles Körper geträumt. Jetzt war die Lust zum Berühren nahe. Ihre Schreie ließen mir das Blut in den Adern gefrieren. Millionen von Messern durchbohrten meinen Körper. Ich wandte mich wieder dem Feuer zu. Ich zündete zwei Zigaretten an und gab Lole eine.

»Wie gehts?«, hatte sie gefragt.

»Schlechter gehts nicht mehr. Und dir?«

Ich stand auf und stieg in meine Hose. Ich spürte ihren Blick auf mir, während ich mich anzog. Einen Augenblick sah ich sie lächeln. Ein mattes Lächeln, aber nicht traurig.

»Das ist widerlich«, sagte ich.

Sie stand auf und kam zu mir. Nackt, ohne Scham. Ihr Gang war zärtlich. Sie legte ihre Hand auf meine Brust. Ihre Finger glühten. Ich hatte das Gefühl, sie brandmarkte mich. Fürs Leben. »Was wirst du jetzt tun?«

Ich wusste keine Antwort auf ihre Frage. Ich wusste *die* Antwort auf ihre Frage nicht.

»Was ein Bulle halt so tun kann.«

»Ist das alles?«

»Das ist alles, was ich tun kann.«

»Du kannst mehr, wenn du willst. Zum Beispiel mit mir schlafen.«

»Hast du es deswegen gemacht?«

Ich sah die Ohrfeige nicht kommen. Sie kam aus vollem Herzen.

»Ich mache keinen Tauschhandel. Ich erpresse nicht. Ich feilsche nicht. Man kann mich weder besitzen noch einfach beiseite schieben. Ja, du hast Recht, es ist wi-der-lich.«

Sie öffnete die Tür. Dabei sah sie mir fest in die Augen. Ich fühlte mich wie das letzte Arschloch. Ehrlich. Ich schämte mich. Ein letzter Blick auf ihren Körper, ihre Schönheit. Ich wusste, was ich alles verlieren würde, als die Tür hinter mir zuschlug.

»Verpiss dich!«

Sie hatte mich zum zweiten Mal hinausgeschmissen. Ich saß auf dem Bett. Ich blätterte in einem Buch von Christian Dotremont, das auf anderen Büchern und Broschüren gelegen hatte, die unter das Bett gerutscht waren. *Grandhotel für Miet-Koffer.* Den Autor kannte ich nicht.

Lole hatte Satzteile und Gedichte mit einem gelben Marker angestrichen.

Manchmal klopfe ich nicht an dein Fenster
antworte nicht auf deine Stimme
reagiere nicht auf deine Geste
um mit dem Meer allein zu sein
das uns umschließt.

Plötzlich kam ich mir wie ein Eindringling vor. Ängstlich legte ich das Buch beiseite. Ich musste gehen. Ich warf einen letzten Blick ins Schlafzimmer, dann ins Wohnzimmer. Seltsam, alles war sehr ordentlich, die Aschenbecher sauber, die Küche aufgeräumt. Alles war da, als ob Lole von einer Minute zur nächsten wiederkommen würde. Und gleichzeitig war alles, als wäre sie für immer gegangen, als hätte sie sich endlich von dem Ballast der Erinnerungen befreit, der ihr bisheriges Leben eingeengt hatte: Bücher, Fotos, Krimskrams, Schallplatten. Aber wo war Lole? Mangels Antwort goss ich das Basilikum und die Minze. Zärtlich. Aus Liebe zu den Düften. Und zu Lole.

Drei Schlüssel hingen an einem Haken. Ich probierte sie. Die Haustür- und Briefkastenschlüssel, zweifellos. Ich schloss ab und steckte sie in die Tasche.

Ich ging an der Alten Charité vorbei, dem – unvollendeten – Meisterwerk von Pierre Puget. Das alte Hospiz hatte die Pestkranken des letzten Jahrhunderts aufgenommen, die Bedürftigen Anfang dieses Jahrhunderts und schließlich alle, die nach dem Befehl zur Zerstörung des Viertels von den Deutschen vertrieben worden waren. Es war Zeuge des Elends gewesen. Jetzt funkelte es in neuer Pracht. Großartig in seinen Linien, die der rötliche Stein hervorhob. Die Gebäude beherbergten mehrere Museen, und die große Kapelle war ein Ausstellungsort geworden. Es gab eine Bücherei und sogar eine Teestube mit Restaurantbetrieb. Alles, was Marseille an Intellektuellen und Künstlern aufzubieten hatte, kam hierher, um sich sehen zu lassen, fast so regelmäßig, wie ich fischen ging.

César hatte dort eine Ausstellung, dieses Marseiller Genie, das mit seinen »compressions« von allem möglichen Zeug einen gewaltigen Reichtum angehäuft hatte. Die Marseiller machten sich darüber lustig. Mich kotzte es an. Die Touristen kamen in Strömen. Ganze Wagenladungen. Italiener, Spanier, Engländer, Deutsche. Und natürlich Japaner. So viel Kitsch und Geschmacklosigkeit an einem Ort so vieler Leidensgeschichten schien mir symbolisch für dieses Ende des Jahrhunderts.

Marseille war dem Pariser Größenwahn verfallen. Es sah sich als Hauptstadt. Hauptstadt des Südens. Und vergaß dabei, dass es nur aufgrund des Hafens eine Großstadt war. Ein Schmelztiegel. Seit Jahrhunderten. Seit Protis seinen Fuß ans Ufer gesetzt und sich mit der schönen Gyptis, einer ligurischen Prinzessin, vermählt hatte.

Djamel kam die Rue Rodillat hinauf. Er erstarrte. Überrascht, mich zu treffen. Aber es blieb ihm nichts anderes übrig, als in meiner Richtung weiterzugehen. Zweifellos hoffte er, dass ich ihn nicht erkennen würde.

»Wie gehts, Djamel?«

»Gut, M'sieur«, murmelte er mit halb geschlossenen Lippen. Er sah sich nach allen Seiten um. Ich wusste, dass es ihm peinlich war, im Gespräch mit einem Bullen gesehen zu werden.

Ich nahm ihn beim Arm.

»Komm, ich geb dir einen aus.«

Mit dem Kopf deutete ich auf die *Bar des Treize-Coins* ein Stück weiter unten. Meine Kantine. Das Polizeihauptquartier lag nur fünfhundert Meter unterhalb der Passage des Treize-Coins auf der anderen Seite der Rue Sainte-Françoise. Ich war der einzige Polizist, der hierher kam. Die anderen hatten ihre Stammlokale weiter unten, an der Rue de l'Évêché oder am Platz Trois-Cantons, je nach Neigung.

Trotz der Hitze setzten wir uns hinein. Vor Blicken geschützt. Ange, der Wirt, brachte uns zwei Halbe.

»Und das Mofa? Hast du es gut weggestellt?«

»Ja, M'sieur. Wie Sie gesagt haben.« Er trank einen Schluck, musterte mich verstohlen. »Hörn Sie, M'sieur. Die haben mir schon 'n ganzen Haufen Fragen gestellt. Muss ich wieder von vorne anfangen?«

Jetzt war es an mir, überrascht zu sein. »Wer denn?«

»Bist du kein Bulle?«

»Ich hab dich was gefragt.«

»Die anderen.«

»Welche anderen?«

»Na, die anderen. Die geballert haben. Heiße Sache. Ham gesagt, sie können mich einkassiern wegen Beihilfe zum Mord. Wegen dem Mofa. Hat der echt einen umgelegt?«

Eine Hitzewelle durchflutete meinen Körper. Sie wussten es also. Ich trank mit geschlossenen Augen. Ich wollte nicht, dass Djamel meine Bestürzung mitbekam. Der Schweiß rann mir über die Stirn und die Wangen in den Hals. Sie wussten Bescheid. Ich bekam eine Gänsehaut bei dem Gedanken.

»Wer war der Typ?«

Ich öffnete die Augen. Ich bestellte ein neues Bier. Ich hatte einen trockenen Mund. Ich hatte Lust, Djamel zu erzählen: Manu, Ugo und ich. Die Geschichte dreier Kumpel. Aber wie ich die Geschichte auch drehen und wenden würde, er würde nur Manu und Ugo behalten. Nicht den Bullen. Beim Bullen kriegte er das Kotzen. Die Verkörperung der Ungerechtigkeit.

Polizei-Maschinerie, Brutstätte für Tollwütige
abgesegnet durch die Justiz
auf die ich pisse …

… brüllten die NTM, die Rapper von Saint-Denis. Ein Hit bei den Jugendlichen der Vororte, trotz des Boykotts der meisten Radios. Der Bullenhass vereinigte sie. Zugegeben, man half ihnen nicht, ein anderes Bild von uns zu bekommen. Für dieses Wissen wurde ich bezahlt. Und »sympathischer Bulle« stand mir nicht auf die Stirn geschrieben. Der ich übrigens nicht war. Ich glaubte an die Justiz, an das Gesetz, an das Recht. An all das, was niemand respektierte, weil wir es selber als Erste mit Füßen traten.

»Ein Ganove«, habe ich gesagt.

Djamel scherte sich einen Dreck um meine Antwort. Ein Bulle konnte nur so eine Antwort geben. Er hatte nicht erwartet, dass ich sagte: »Er war ein guter Kerl und außerdem mein Kamerad.« Aber vielleicht hätte ich genau das sagen sollen. Vielleicht. Aber ich wusste überhaupt nicht mehr, was ich Kids wie ihm antworten sollte, Jugendlichen, wie sie mir täglich in den Siedlungen begegneten. Einwanderersöhne ohne Arbeit, ohne Zukunft, ohne Hoffnung.

Sie brauchten nur die Nachrichten im Fernsehen einzuschalten, um mitzubekommen, dass man ihren Vater gelinkt hatte und sie selber noch mehr linken würde. Driss hatte mir erzählt, dass einer seiner Kumpel, Hassan, mit seinem ersten Gehalt zur Bank gegangen war. Er bebte vor Glück. Endlich fühlte er sich respektabel, sogar mit einem Hungerlohn. »Ich bräuchte 'n Kredit über 30 Mille, M'sieur. Um meinen Wagen zu bezahlen.« Bei der Bank hatten sie ihm ins Gesicht gelacht. An dem Tag hatte er verstanden. Djamel wusste es schon. Und ich erkannte Manu, Ugo und mich in seinen Augen. Vor dreißig Jahren.

»Kann ich das Mofa wieder rausholen?«

»Du solltest es einschmelzen, wenn du meine Meinung hören willst.«

»Die anderen ham gesagt, es wär kein Problem.« Er sah mich wieder verstohlen an. »Hab ihnen nicht gesagt, dass Sie mich drum gebeten ham.«

»Was?«

»Es zu verstecken. Und alles.«

Das Telefon klingelte. Ange gab mir von der Theke ein Zeichen. »Pérol, für dich.«

Ich nahm den Hörer. »Woher wusstest du, dass ich hier bin?«

»Vergiss es, Fabio. Man hat die Kleine gefunden.«

Ich fühlte, wie der Boden unter meinen Füßen nachgab. Ich sah Djamel aufstehen und die Kneipe verlassen, ohne sich umzusehen. Ich klammerte mich an die Theke wie ein Ertrinkender an eine Boje. Ange warf mir erschrockene Blicke zu. Ich bedeutete ihm, mir einen Cognac zu servieren. Einen einzigen, auf ex. Das konnte mir auch nicht mehr schaden.

Fünftes Kapitel

In dem man im Unglück bemerkt, dass man im Exil lebt

Ich hatte noch nie in meinem Leben etwas Entsetzlicheres gesehen. Und ich hatte wahrhaftig Schreckliches erlebt. Leila lag auf einem Feldweg, mit dem Gesicht zur Erde. Nackt. Sie hatte ihre Kleider unter den linken Arm geklemmt. Im Rücken: drei Kugeln. Eine davon hatte ihr Herz durchbohrt. Fette, schwarze Ameisen wanderten in Kolonien über die Einschüsse und zahlreichen Kratzer auf ihrem Rücken. Jetzt griffen auch noch die Fliegen an und machten den Ameisen ihren Anteil an getrocknetem Blut streitig.

Leilas Körper war von Insektenstichen entstellt. Immerhin schien er nicht von einem halb verhungerten Hund oder einer Maus angenagt worden zu sein. Ein schwacher Trost, sagte ich mir. Getrocknete Scheiße klebte zwischen ihren Pobacken und auf den Schenkeln. Lange, gelbliche Schlieren. Ihre Gedärme mussten sich vor Angst entleert haben. Oder bei der ersten Kugel.

Nachdem sie Leila vergewaltigt hatten, mussten sie ihr die Freiheit versprochen haben. Es muss sie erregt haben, sie nackt wegrennen zu sehen. Der Hoffnung am Ende des Weges entgegen. Am Beginn der Straße. Vor den Scheinwerfern eines entgegenkommenden Wagens. Mit wiedergefundener Stimme: Hilfe! Helft mir! Die Angst vergessen. Das Unglück, das verblasst. Der Wagen, der anhält. Die Menschheit, die zur Hilfe eilt, Rettung bringt, endlich.

Leila muss nach dem ersten Schuss weitergelaufen sein. Als hätte sie nichts gemerkt. Als wäre es nicht da gewesen, dieses Brennen im Rücken, das ihr den Atem nahm. Ein verlorenes Rennen um Leben und Tod. Sie lief schon im Jenseits. Im Reich der Scheiße, Pisse und Tränen. Und des Staubes, zu dem sie selber werden würde. Weit weg vom Vater, von den Brüdern, den Liebhabern für einen Abend, der Liebe ihres Lebens, einer zukünftigen Familie, eigenen Kindern.

Nach der zweiten Kugel muss sie geschrien haben. Weil der Körper sich trotz allem weigert zu schweigen. Er begehrt auf. Nicht mehr gegen die brüllenden Schmerzen, darüber ist er hinaus. Sondern aus Lebenswillen. Der Geist mobilisiert seine ganze Energie und sucht ein Ventil. Sucht und sucht. Vergisst, dass du dich ins Gras legen und schlafen wolltest. Schreie, weine, aber laufe. Laufe. Jetzt werden sie dich ziehen lassen. Die dritte Kugel hatte all diesen Träumen ein Ende gemacht. Sadisten.

In bitterer Wut verscheuchte ich Fliegen und Ameisen mit dem Handrücken. Ich betrachtete den Körper, den ich begehrt hatte, ein letztes Mal. Von der Erde stieg ein heißer, betäubender Duft nach wildem Thymian auf. Ich hätte dich gern hier geliebt, Leila, an einem Sommerabend. Ja, ich hätte dich geliebt. Wir hätten Lust und Glück empfunden, immer wieder. Auch wenn sich unter unseren Fingerspitzen, unter jeder neu erfundenen Zärtlichkeit die Trennung, Tränen, Desillusion, was weiß ich noch, Traurigkeit, Angst und Verachtung abgezeichnet hätten. Es hätte nichts an der Verkommenheit der Menschen geändert, die die Welt regieren. Sicher nicht. Aber wenigstens hätten wir beide in unserer Leidenschaft der Welt getrotzt. Ja, Leila, ich hätte dich lieben sollen. Worte eines alten Trottels. Ich bitte dich um Verzeihung.

Ich bedeckte Leilas Körper wieder mit dem weißen Laken, das die Gendarmen ihr übergeworfen hatten. Über ihrem Gesicht zögerte meine Hand. Der Hals von einer Verbrennung gezeichnet, das linke Ohrläppchen von einem abgerissenen Ring zerfetzt, die Lippen erdverschmiert. Ich spürte, wie sich mir der Magen umkrempelte. Zornig zog ich das Laken darüber und stand auf. Niemand sagte ein Wort. Schweigen. Nur die Grillen zirpten weiter. Ahnungslos, gleichgültig gegenüber menschlichen Tragödien.

Als ich aufstand, sah ich, dass der Himmel blau war. Von einem klaren, reinen Blau, das die dunkelgrünen Kiefernnadeln noch heller erscheinen ließen. Wie auf Postkarten. Verfluchter Himmel. Verfluchte Grillen. Verfluchtes Land. Und verfluchtes Arschloch, das ich war. Ich ging schwankend weg. Trunken von Schmerz und Hass.

Ich ging den kleinen Pfad mitten im Gezirpe der Grillen hinunter. Wir waren nicht weit von dem Dorf Vauvenargues, wenige Kilometer von Aix-en-Provence, entfernt. Ein Wanderpaar hatte Leilas Leiche gefunden. Dies ist einer der Wege, die zum Gebirgsmassiv von Sainte-Victoire führen, diesem Berg, der Cézanne so inspiriert hat. Wie oft hatte er diesen Spaziergang gemacht? Vielleicht war er sogar hier stehen geblieben, hatte seine Staffelei aufgebaut und ein weiteres Mal versucht, das Massiv in seinem ganzen Licht einzufangen.

Ich stützte mich mit den Armen auf die Motorhaube und legte den Kopf darauf. Mit geschlossenen Augen. Leilas Lächeln. Ich spürte die Hitze nicht mehr. Kaltes Blut floss in meinen Adern. Ich war wie ausgetrocknet. So viel Gewalt. Wenn es Gott gäbe, hätte ich ihn auf der Stelle erwürgt. Ohne Zögern. Mit der Wut der Verdammten.

Eine Hand berührte meine Schulter, fast schüchtern. Und Pérols Stimme: »Willst du noch warten?«

»Worauf sollte ich warten. Niemand braucht uns. Weder hier noch sonst wo. Weißt du das, Pérol? Wir sind Bullen für nichts. Wir existieren nicht. Komm, hauen wir ab.«

Er setzte sich ans Steuer. Ich ließ mich in den Sitz sinken, zündete mir eine Zigarette an und schloss die Augen.

»Wer ist an dem Fall?«

»Loubet. Er hat gerade Bereitschaftsdienst. Das passt ganz gut.«

»Ja. Er ist ein guter Mann.«

Pérol nahm die Autobahnausfahrt Saint-Antoine. Als gewissenhafter Polizist hatte er den Polizeifunk eingestellt. Das Geknister erfüllte die Stille. Wir hatten kein Wort mehr gesprochen. Aber er hatte, ohne zu fragen, erraten, was ich vorhatte: vor den anderen zu Mouloud zu gehen. Auch wenn ich wusste, dass Loubet das mit Takt machen würde. Leila gehörte zur Familie. Pérol hatte das begriffen, und ich war gerührt. Ich hatte mich ihm nie anvertraut. Ich hatte ihn nach und nach kennen gelernt, seit er bei uns arbeitete. Wir schätzten uns, aber das war auch alles. Selbst bei einem Gläschen hinderte eine übertriebene Vorsicht uns daran, darüber hinauszugehen. Freunde zu werden. Eins war sicher: Als Polizist hatte er nicht mehr Zukunft als ich.

Was er gesehen hatte, ging ihm mit ebenso viel Schmerz und Hass im Kopf herum wie mir. Und ich wusste, warum.

»Wie alt ist sie, deine Tochter?«

»Zwanzig.«

»Und … wie gehts ihr?«

»Sie hört die Doors, die Stones, Dylan. Es hätte schlimmer kommen können.« Er lächelte. »Ich meine, ich hätte sie lieber als Professorin oder Ärztin gesehen. Irgend so was, ich weiß auch nicht. Aber Kassiererin bei der Fnac, ich kann nicht behaupten, dass ich begeistert bin.«

»Und sie, glaubst du, sie ist begeistert? Weißt du, es gibt hunderte von hoch begabten jungen Leuten, die Kassierer sind. Zukunft. Die Kinder haben keine mehr. Nehmen, was sie kriegen können, ist heute ihre einzige Chance.«

»Wolltest du nie Kinder haben?«

»Ich habe davon geträumt.«

»Hast du die Kleine geliebt?«

Er biss sich auf die Lippen, weil er es gewagt hatte, so direkt zu fragen. Seine Freundschaft lag nun offen zutage. Ich war aufs Neue gerührt. Aber ich hatte keine Lust zu antworten. Ich antworte nicht gern auf intime Fragen. Antworten sind meist ambivalent und können in alle Richtungen ausgelegt werden. Sogar von einem Nahestehenden. Er spürte das.

»Du musst nicht darüber reden.«

»Siehst du, Leila hat diese Chance gehabt, die nur eins von tausend Immigrantenkindern bekommt. Das war wohl zu viel. Das Leben hat ihr alles wieder weggenommen. Ich hätte sie heiraten sollen, Pérol.«

»Das verhindert kein Unglück.«

»Manchmal reicht eine Geste oder ein Wort, um das Leben eines Menschen zu ändern. Selbst wenn das Versprechen nicht ewig hält. Hast du an deine Tochter gedacht?«

»Ich denke jedes Mal an sie, wenn sie ausgeht. Aber Dreckskerle wie die laufen nicht jeden Tag auf der Straße herum.«

»Mag sein. Aber irgendwo laufen sie in diesem Augenblick herum.«

Pérol schlug vor, im Auto auf mich zu warten. Ich erzählte Mouloud alles. Mit Ausnahme der Ameisen und der Fliegen. Ich erklärte ihm, dass noch mehr Polizisten kommen würden, dass er die Leiche identifizieren müsste, bergeweise Formulare ausfüllen. Und wenn ich etwas für ihn tun könne, wäre ich natürlich da.

Er hatte sich hingesetzt und hörte mir regungslos zu. Er sah mir in die Augen. Die Tränen kamen nicht. Er war versteinert, wie ich. Für immer. Er begann zu zittern, ohne es zu merken. Er hörte nicht mehr zu. Er alterte dort, vor meinen Augen. Die Jahre vergingen plötzlich schneller und holten ihn ein. Selbst die glücklichen Jahre bekamen in der Erinnerung einen bitteren Nachgeschmack. In den Augenblicken des Unglücks wird man daran erinnert, dass man im Exil lebt. Mein Vater hatte mir das erklärt.

Mouloud hatte gerade die zweite Frau in seinem Leben verloren. Seinen ganzen Stolz. Die Frau, die alle seine Opfer bis zum heutigen Tag gerechtfertigt hätte. Die seiner Entwurzelung einen Sinn gegeben hätte. Algerien war nicht mehr sein Land. Frankreich hatte ihn endgültig verstoßen. Jetzt war er nur noch ein armer Araber. Keiner würde sich für sein Schicksal interessieren.

Er wartete hier auf den Tod, in dieser verkommenen Stadt. Nach Algerien würde er nicht zurückkehren. Einmal war er wieder hingefahren, nach dem Job in Fos. Mit Leila, Driss und Kader. Um zu sehen, wie es »dort unten« war. Sie waren drei Wochen geblieben. Er hatte schnell begriffen. Mit Algerien verband ihn nichts mehr. Die Geschäfte lagen leer und heruntergekommen da. Das Land war unter den alten Mudschaheddin aufgeteilt worden und lag brach. Die Dörfer waren verlassen und siechten dahin. Nichts, um Träume wahr zu machen, ein neues Leben zu beginnen. Er hatte seine Jugend in den Straßen von Oran nicht wieder gefunden. Alles war »auf der anderen Seite«. Und Marseille begann ihm zu fehlen.

An dem Abend, an dem sie in diese kleine Zweizimmerwohnung eingezogen waren, hatte Mouloud seinen Kindern statt eines Gebets erklärt: »Wir werden in diesem Land leben, in Frankreich. Mit den Franzosen. Das ist kein Zuckerschlecken. Es ist auch nicht das größte Übel. Es ist das Schicksal. Passt euch an, aber vergesst nie, wer ihr seid.«

Dann rief ich Kader in Paris an. Damit er sofort käme. Und sich darauf einstellte, einige Zeit zu bleiben. Mouloud würde ihn brauchen. Driss auch. Dann sagte Mouloud einige Worte auf Arabisch zu ihm. Schließlich rief ich Mavros im Boxstudio an. Driss trainierte dort wie jeden Samstagnachmittag. Aber ich wollte Mavros haben. Ich erzählte ihm, was passiert war. »Finde ihm einen Wettkampf, Georges. Schnell. Und lass ihn arbeiten. Jeden Abend.«

»Ich bring ihn um, du Idiot, wenn ich ihn in den Ring stelle. Auch noch in zwei Monaten. Er hat das Zeug zum Boxer. Aber der Junge ist noch nicht so weit.«

»Mir ist es lieber, er bringt sich so um, als Dummheiten zu machen. Georges, mach das für mich. Kümmer dich um ihn. Persönlich.«

»Okay, okay. Ich geb ihn dir?«

»Nein, sein Vater sagt es ihm gleich. Wenn er zurückkommt.«

Mouloud nickte. Er war der Vater. Es war seine Sache, es Driss beizubringen. Als ich auflegte, erhob sich ein alter Mann aus dem Sessel.

»Du gehst jetzt besser, M'sieur. Ich möchte allein sein.«

Das war er. Und verloren.

Die Sonne war gerade untergegangen, und ich befand mich mitten auf dem Meer. Seit über einer Stunde. Ich hatte ein paar Flaschen Bier, Brot und Wurst mitgenommen. Aber ich kam nicht zum Fischen. Dazu braucht man einen freien Kopf. Wie beim Billard. Man fixiert die Kugel und konzentriert sich auf die gewünschte Laufbahn. Dann stößt man mit genau der richtigen Kraft zu. Sicher und entschlossen.

Beim Fischen wirft man die Angel aus und konzentriert sich

dann auf den Schwimmer. Man wirft die Angel nicht einfach so ins Meer. Am Wurf erkennt man den Fischer. Im Werfen liegt die Kunst des Angelns. Mit dem Köder am Haken wird man selbst Teil des Meeres. Zu wissen, dass der Fisch da unten schwimmt, reicht nicht aus. Die Angel muss federleicht im Wasser landen. Man muss die Berührung des Fisches im Voraus spüren, um ihn sofort an den Haken zu bekommen, wenn er zuschnappt.

Meine Würfe waren ohne Überzeugung. Ich hatte einen Kloß im Hals, den das Bier nicht wegspülen konnte. Ich war das reinste Nervenbündel. Weinen hätte gut getan. Aber keine Träne kam. Ich würde mit diesem schrecklichen Bild von Leila leben müssen und den Schmerz mit mir herumtragen, solange ihre Schänder und Mörder frei herumliefen. Dass Loubet den Fall bearbeitete, beruhigte mich ein wenig. Er war gründlich. Er würde kein Indiz vernachlässigen. Wenn die Chancen eins zu tausend standen, diese Dreckschweine zu fassen, würde er sie kriegen. Er hatte es bewiesen. Auf diesem Gebiet war er besser als die meisten, besser als ich.

Trotzdem hätte ich die Ermittlungen lieber selbst geführt. Nicht, weil ich eine persönliche Sache daraus machen wollte. Aber solchen Abschaum in Freiheit zu wissen, war mir unerträglich. Nein, das war es nicht wirklich. Ich wusste, was mich quälte. Der Hass. Ich hätte diese Typen am liebsten umgebracht.

Heute lief gar nichts. Aber ich wollte auch nicht zur Langleine greifen. Damit fängt man seinen Fisch sehr schnell. Rotbrassen, Goldbrassen, Rochen, Knurrhahn. Aber es machte mir keinen Spaß. Man befestigt alle zwei Meter einen Haken und lässt die Leine im Wasser treiben. Ich hatte immer eine Langleine im Boot, für den Fall, dass ich nicht mit leeren Händen im Hafen einlaufen wollte. Aber Fischen bedeutete für mich, mit der Rute zu angeln.

Durch Leila war ich wieder auf Lole gekommen und durch Lole auf Ugo und Manu. In meinem Kopf herrschte ein heilloses Durcheinander. Zu viele Fragen und keine Antwort. Aber eine Frage drängte sich auf, und die wollte ich nicht beantworten. Was würde ich tun? Für Manu hatte ich nichts getan. Weil ich überzeugt war, ohne es mir einzugestehen, dass Manu so enden musste. Auf der Straße erschossen. Von einem kleinen Ganoven im Auftrag eines anderen, wie üblich. Oder von einem Bullen. Das war logisch nach dem Gesetz der Straße. Dass Ugo im Rinnstein krepieren sollte, war es weniger. Denn er hatte nicht diesen Hass gegen die ganze Welt in sich, den Manu tief in seinem Innern genährt hatte und der mit den Jahren nur gewachsen war.

Ich konnte mir nicht vorstellen, dass Ugo sich in diesem Punkt geändert hatte. Ich traute ihm nicht zu, eine Knarre herauszuziehen und auf einen Bullen zu schießen. Er kannte das Leben. Deshalb hatte er mit Marseille und Manu gebrochen. Und auf Lole verzichtet. Jemand, der das konnte, da war ich mir sicher, würde niemals Leben und Tod gegeneinander aufrechnen. Einmal gestellt, hätte er sich verhaften lassen. Das Gefängnis ist nur ein Stück Freiheit in Klammern. Früher oder später kommt man wieder heraus. Lebend. Wenn ich etwas für Ugo tun konnte, dann war es das: verstehen, was passiert war.

Gerade als ich den Fisch am Haken spürte, kam mir die Unterhaltung mit Djamel wieder in den Sinn. Ich schlug nicht schnell genug an. Ich zog die Schnur wieder ein und befestigte einen neuen Köder. Um zu verstehen, musste ich mir in dieser Richtung Klarheit verschaffen. Hatte Argue Ugo anhand von Zeugenaussagen von Zuccas Leibwachen identifiziert? Oder hatte er ihn beschatten lassen, seit er Loles Haus verlassen hatte? Hatte er Zucca durch Ugo töten lassen? Das war eine Hypothese, aber ich konnte sie nicht halten. Ich mochte Argue nicht, aber so machiavellistisch konnte ich ihn mir nicht vorstellen. Ich kam auf eine andere Frage zurück: Woher wusste Ugo so schnell über Zucca Bescheid? Und von wem? Eine andere Spur. Ich wusste noch nicht, wie, aber ich musste ihr folgen. Ohne in Argues Fußspuren zu stapfen.

Ich hatte das Bier ausgetrunken und trotz allem einen Seewolf gefangen. Zwei bis zweieinhalb Kilo. Für einen schlechten Tag war das besser als nichts.

Honorine wartete auf mich. Sie saß auf der Terrasse und sah durch das Fenster Fernsehen.

»Armer Kerl, als Fischer wären Sie nicht reich geworden, oje, oje«, sagte sie, als sie meinen Seewolf sah.

»Ich bin nie rausgefahren, um reich zu werden.«

»Nur ein Seewolf ...« Sie sah ihn betrübt an. »Wie sollen wir ihn zubereiten?« Ich zuckte mit den Schultern. »Na ja, mit Sauce Belle Hélène wäre vielleicht nicht schlecht.«

»Dazu bräuchten wir einen Krebs, und den hab ich nicht.«

»Oh, er macht ein Gesicht wie drei Tage Regenwetter. Guter Gott, ich lass ihn lieber in Ruhe, nicht wahr? Übrigens, ich hab gestern Kabeljauzungen eingelegt. Wenn Sie wollen, bringe ich sie morgen mit?«

»Nie gegessen. Wo haben Sie die denn aufgetrieben?«

»Na, eine Nichte hat sie mir aus Sète mitgebracht. Ich hab sie nicht mehr gegessen, seit mein armer Toinou von uns gegangen ist. Nun, ich habe Ihnen Gemüsesuppe mit Basilikum aufgehoben. Sie ist noch warm. Ruhen Sie sich aus. Sie sehen aber wirklich zerknautscht aus.«

Babette zögerte nicht eine Sekunde. »Batisti«, sagte sie.

Batisti. Zum Teufel! Warum war ich nicht früher darauf gekommen? Es war so offensichtlich, dass ich überhaupt nicht daran gedacht hatte.

Batisti war einer der Handlanger von Mémé Guérini gewesen, dem Gangsterboss im Marseille der Vierzigerjahre. Er hatte sich vor zwanzig Jahren zurückgezogen. Nach dem Blutbad im *Tanagra,* einer Kneipe im Alten Hafen, wo vier Rivalen und Verbündete Zampas hingerichtet worden waren. Hatte Batisti sich als Freund Zampas bedroht gefühlt? Babette wusste es nicht.

Er hatte eine kleine Import-Export-Firma aufgebaut und führte ein beschauliches Leben, geachtet von allen Ganoven. Er hatte sich nie in die Auseinandersetzungen zwischen den Bossen eingemischt, war weder an Macht noch großen Gewinnen interessiert. Er fungierte als Berater, Briefkastenfirma und Verbindungsmann. Bei dem Einbruch von Albert Spaggiari in Nizza war er es, der mitten in der Nacht eine Truppe auf die Beine gestellt hatte, der es gelungen war, bis zu den Tresorräumen der Société Générale vorzudringen. Die Männer mit den Schneidbrennern. Als die Beute aufgeteilt wurde, verzichtete er auf seinen Anteil. Er war behilflich gewesen, mehr nicht. Sein Ansehen wuchs. Und ein gutes Ansehen im Milieu war die beste Lebensversicherung.

Manu lief eines Tages bei ihm auf. Das war unvermeidbar, wenn er nicht ewig ein kleiner Gauner bleiben wollte. Manu hatte lange gezögert. Seit Ugo weg war, lebte Manu zurückgezogen. Er traute niemandem. Aber die kleinen Einbrüche wurden gefährlich. Außerdem gab es Konkurrenz. Für viele junge Araber waren sie zu einem beliebten Sport geworden. Ein paar gelungene Streifzüge lieferten das nötige Startkapital, um Dealer zu werden und einen Bezirk oder sogar einen ganzen Stadtteil zu beherrschen. Gaëtan Zampa, der die Marseiller Szene auf Trab gebracht hatte, hatte sich in seiner Zelle erhängt. Jacky Le Mat und Francis le Belge wollten neue Auseinandersetzungen vermeiden. Sie warben Leute an.

Manu begann für Francis le Belge zu arbeiten. Hin und wieder. Batisti und Manu mochten sich. Manu hatte in ihm den Vater gefunden, den er nie gehabt hatte. Der ideale Vater, der ihm ähnelte und keine Moralpredigten hielt. Der schlimmste aller Väter, meiner Meinung nach. Ich mochte Batisti nicht. Aber ich hatte einen Vater gehabt und konnte mich nicht wirklich beschweren.

»Batisti«, wiederholte sie. »Du hättest nur daran denken müssen, mein Schatz.« Stolz auf sich, schenkte Babette sich noch einen Marc aus Garlaban ein. »Prost«, sagte sie mit erhobenem Glas, ein Lächeln auf den Lippen. Nach dem Kaffee war Honorine zu einer kleinen Siesta nach Hause gegangen. Wir räkelten uns in Badeklamotten auf Sonnenstühlen unter einem Sonnenschirm auf der Terrasse. Die Hitze brannte uns auf der Haut. Ich hatte Babette gestern Abend angerufen und Glück gehabt. Sie war zu Hause gewesen.

»Also, du Adonis, hast du endlich beschlossen, mich zu heiraten?«

»Nur, dich einzuladen, meine Hübsche. Morgen bei mir zum Frühstück.«

»Du willst mich um einen Gefallen bitten. Immer noch das

gleiche Arschloch! Wie lange haben wir uns nicht mehr gesehen? Ich wette, du weißt es nicht einmal.«

»Ehm … sagen wir, etwa drei Monate.«

»Acht, du Penner. Wo hast du denn mit dem Schwänzchen gewedelt in all der Zeit?«

»Nur bei den Huren.«

»Puh, schäm dich. Und ich sterbe vor Ungeduld.« Sie seufzte. »Nun gut, was steht auf der Karte?«

»Kabeljauzungen, gegrillter Seewolf, frische Lasagne mit Fenchel.«

»Spinnst du, oder was? Ich frage dich, worüber du reden willst. Damit ich es mir überlegen kann.«

»Dass du mir erzählst, was zur Zeit im Milieu los ist.«

»Hat es mit deinen Kumpels zu tun? Ich hab von Ugo gelesen. Tut mir Leid.«

»Da ist etwas faul.«

»Eh, was hast du gesagt? Kabeljauzungen? Sind die gut?«

»Noch nie probiert, meine Schöne. Es werden meine ersten mit dir sein.«

»Hm. Und wenn wir uns gleich eine Vorspeise genehmigen? Ich bringe mein Nachthemd mit und die Kondome. Ich habe blaue, passend zu meinen Augen!«

»Es ist Mitternacht, verstehst du, die Laken sind schmutzig, und die frischen sind nicht gebügelt.«

»Du Miststück!«

Sie hatte lachend aufgelegt.

Ich kannte Babette seit fast fünfundzwanzig Jahren. Ich hatte sie eines Nachts im *Péano* kennen gelernt. Sie war gerade als Korrektorin bei *La Marseillaise* eingestellt worden. Wir hatten eine Liaison, wie sie damals üblich war. Sie konnte eine Nacht dauern oder eine Woche. Nie länger.

Auf einer Pressekonferenz über die Reorganisation der Bereitschaftspolizei in den einzelnen Bezirken hatten wir uns wieder getroffen. Mit mir als Gaststar. Sie war Journalistin geworden, hatte sich auf vermischte Nachrichten spezialisiert, die Zeitung dann verlassen und arbeitete jetzt freiberuflich. Sie schrieb regelmäßig für den *Canard Enchaîné* und die Tageszeitungen; die Wochenzeitschriften engagierten sie oft für Hintergrundreportagen. Sie wusste mehr als ich über die Kriminalität, die Sicherheitspolitik und das Milieu. Ein wandelndes Lexikon, reizvoll aufzuschlagen. Sie hatte etwas von der *Madonna* von Botticelli. Aber ihren Augen war anzusehen, dass nicht Gott, sondern das Leben sie inspirierte. Und alle Freuden, die damit verbunden waren.

Wir hatten nochmals ein Verhältnis, so kurz wie das erste. Aber wir trafen uns gern wieder. Ein Abendessen, eine Nacht, ein Wochenende. Sie erwartete nichts. Ich verlangte nichts. Jeder ging wieder seinen Angelegenheiten nach, bis zum nächsten Mal. Bis zu dem Tag, an dem es kein nächstes Mal gab. Und beim letzten Mal wussten wir beide, sie und ich, dass es das letzte Mal war.

Ich hatte mich frühmorgens in die Küche gestellt und alten Blues von Lightnin' Hopkins gehört. Nachdem ich den Seewolf ausgenommen, mit Fenchel gefüllt und mit Olivenöl begossen hatte, bereitete ich die Sauce für die Lasagne vor. Der Rest des Fenchels hatte auf kleiner Flamme mit etwas Butter in Salzwasser gekocht. In einer gut geölten Pfanne hatte ich Zwiebelscheiben, fein gehackten Knoblauch und Paprika gedünstet. Noch einen Esslöffel Essig, dann kamen die blanchierten und in kleine Würfel geschnittenen Tomaten dazu. Als das Wasser verkocht war, hatte ich den Fenchel hinzugefügt.

Allmählich beruhigte ich mich. Kochen hatte diese Wirkung auf mich. Der Geist verlor sich nicht mehr in komplexen Gedankenwindungen. Er konzentrierte sich auf die Gerüche und den Geschmack. Die Sinnesfreuden.

Babette kam beim *Last Night Blues,* als ich mir gerade den dritten Pastis einschenkte. Sie trug hautenge, schwarze Jeans und ein blaues, zu ihren Augen passendes Polohemd. Auf den langen, lockigen Haaren eine weiße Leinenmütze. Wir waren ungefähr im gleichen Alter, aber sie schien nicht älter zu werden. Die kleinste Falte an den Augen oder im Mundwinkel machte sie nur noch verführerischer. Sie wusste das und spielte geschickt damit. Das ließ mich nie unberührt. Sie schnupperte über der Pfanne und bot mir ihre Lippen.

»Hallo, Matrose«, sagte sie. »Hmm, ich würde gern einen nehmen, einen Pastis.«

Auf der Terrasse hatte ich den Grill vorbereitet. Honorine brachte die Kabeljauzungen mit. Sie lagen in einer Marinade aus Öl, gehackter Petersilie und Pfeffer. Nach ihren Anweisungen hatte ich einen Bierteig mit zwei steif geschlagenen Eiweiß hergestellt.

»Na los, trinkt in Ruhe euren Pastis. Ich kümmere mich um den Rest.«

Kabeljauzungen waren eine Spezialität, erklärte sie beim Essen. Sie schmeckten gratiniert, in Muschelsauce, à la provençale oder in Weißwein mit Trüffel- und Champignonstückchen. Aber in Bierteig waren sie ihrer Meinung nach am besten. Babette und ich wollten die anderen Rezepte gern ausprobieren, so gut schmeckten sie.

»Bekomme ich jetzt eine Lutschstange?«, fragte Babette und leckte sich die Lippen.

»Meinst du nicht, dafür sind wir zu alt?«

»Zum Naschen ist man nie zu alt, mein Schatz!«

Ich wollte über all das nachdenken, was sie mir über das Milieu erzählt hatte. Eine verdammte Lektion. Und über Batisti. Ich brannte darauf, ihn zu besuchen. Aber das konnte bis morgen warten. Es war Sonntag, und für mich war nicht jeden Tag Sonntag. Babette musste meine Gedanken gelesen haben. »Cool, Fabio. Entspann dich, es ist Sonntag.« Sie stand auf und griff nach meiner Hand. »Gehen wir baden? Das wird deinen Eifer abkühlen!«

Wir schwammen, bis die Lungen platzten. Ich liebte das. Sie auch. Sie wollte mit dem Boot in die Baie des Singes hinausfahren. Aber ich weigerte mich. Im Boot nahm ich aus Prinzip niemanden mit. Es war meine Insel. Sie hatte getobt, mich einen Dummkopf und elenden Penner geschimpft und war ins herrlich frische Wasser gesprungen. Außer Atem und mit müden Armen machten wir den toten Mann und ließen uns treiben.

»Was willst du tun, wegen Ugo?«

»Verstehen. Dann werde ich weitersehen.«

Zum ersten Mal fasste ich die Möglichkeit ins Auge, dass verstehen nicht reichen könnte. Verstehen heißt eine Tür öffnen, aber man weiß selten, was dahinter ist.

»Pass auf, wo du hintrittst.«

Und sie tauchte. Mit Kurs auf mich.

Es war spät. Babette war geblieben. Wir hatten uns bei *Louisette* eine Pizza mit Tintenfisch geholt. Wir aßen sie auf der Terrasse mit einem Rosé Côtes de Provence vom Gut Negrel. Kühl, gerade richtig. Wir leerten die Flasche. Dann fing ich an, von Leila zu erzählen. Von der Vergewaltigung und allem. Langsam, eine Zigarette rauchend. Ich suchte nach Wörtern, um die treffendsten zu finden. Es war dunkel geworden. Ich schwieg. Leer. Die Stille umhüllte uns. Keine Musik, nichts. Nur das Plätschern des Wassers gegen die Steine. Und Geflüster in der Ferne.

Auf dem Damm saßen Familien im schwachen Licht der Campinggaslampen beim Abendessen. Die Angelruten hatten sie in den Felsen verkeilt. Ab und zu erklang ein Lachen. Dann ein »Pst«. Als wenn das Lachen die Fische verscheuchen würde. Ich fühlte mich weit weg. Weit entfernt vom Elend dieser Welt. Ich atmete Glück. Wellen. Die Stimmen in der Ferne. Den Salzgeruch. Und sogar Babette an meiner Seite.

Ich spürte ihre Hand in meinem Haar. Sie zog mich sanft an ihre Schulter. Sie roch nach Meer. Sie streichelte mir zärtlich die Wange, dann den Hals. Ihre Hand wanderte wieder in meinen Nacken. Ganz sachte. Endlich begann ich zu schluchzen.

Sechstes Kapitel

In dem die Morgendämmerung die Schönheit der Welt nur vortäuscht

Kaffeeduft weckte mich. Ein vertrauter morgendlicher Geruch, schon weit vor der Zeit mit Rosa. Sie aus dem Bett zu kriegen, war keine leichte Angelegenheit. Sie aufstehen und Kaffee kochen zu sehen, grenzte an ein Wunder. Seit Carmen vielleicht? Ich wusste es nicht mehr. Ich roch den Toast und beschloss aufzustehen. Babette war nicht nach Hause gefahren. Sie hatte sich zu mir gelegt. Ich war in ihren Armen eingeschlafen, den Kopf an ihrer Schulter. Ohne ein weiteres Wort. Ich hatte alles gesagt. Von meiner Verzweiflung, meinem Hass, meiner Einsamkeit. Auf der Terrasse war das Frühstück fertig. Bob Marley sang *Stir It Up*. Das passte gut zu diesem Tag. Blauer Himmel, spiegelglattes Meer. Die Sonne begrüßte uns schon. Babette hatte meinen Bademantel übergezogen. Sie strich Butter aufs Brot, eine Zigarette im Mundwinkel, und bewegte sich fast unmerklich zum Rhythmus der Musik. Für den Bruchteil einer Sekunde existierte das Glück.

»Ich hätte dich heiraten sollen«, sagte ich.

»Hör auf mit dem Quatsch!« Und statt der Lippen hielt sie mir die Wange hin. Sie führte neue Umgangsformen zwischen uns ein. Wir waren in eine Welt eingetreten, in der die Lüge nicht mehr existierte. Ich mochte Babette gern. Ich sagte es ihr.

»Du bist vollkommen verrückt, Fabio. Du bist krank am Herzen. Ich bins am Hintern. Unsere Wege können sich nicht kreuzen.« Sie sah mich an, als sähe sie mich zum ersten Mal. »Letztendlich ist es mir lieber so. Denn ich hab dich auch gern.«

Ihr Kaffee war hervorragend. Sie eröffnete mir, dass sie der *Libération* eine Untersuchung über Marseille vorschlagen wollte. Über die Wirtschaftskrise, die Mafia, Fußball. Es ging darum, sich ihre Informationen für mich bezahlen zu lassen. Bevor sie ging, versprach sie mir, in zwei bis drei Tagen anzurufen.

Ich blieb rauchend sitzen und sah aufs Meer. Babette hatte

mich genau ins Bild gesetzt. Mit dem Marseiller Milieu war es aus. Der Bandenkrieg der Bosse hatte es geschwächt, und niemand hatte heute mehr das Format für einen *capi.* Marseille war nur noch ein von der neapolitanischen Camorra beherrschter Umschlagplatz für Heroin und Kokain. Das Mailänder Wochenblatt *Il Mondo* hatte den Umsatz der Camorristen Carmine Alfieri und Lorenzo Nuvoletta 1991 auf sieben und sechs Milliarden Dollar geschätzt. Zwei Organisationen stritten sich seit zehn Jahren um Marseille. Die *Neue Camorra* unter Raffaele Cutolo und die *Nuova Famiglia* der Clans Volgro und Giuliano.

Zucca hatte sich entschieden, für die *Nuova Famiglia.* Prostitution, Nachtbars und Glücksspiel hatte er anderen überlassen. Einen Teil der arabischen Mafia, den anderen den Marseiller Ganoven. Für Letztere verwaltete er diesen traurigen Rest des korsischen Imperiums. Seine wirklichen Geschäfte machte er mit dem Camorristen Michèle Zaza, auch *O Pazzo,* der Verrückte, genannt. Zaza operierte auf der Achse Neapel–Marseille–Sint Maartens, dem holländischen Teil der Insel Saint Martin in der Karibik. Für ihn brachte er den Erlös aus dem Drogengeschäft in Supermärkten, Restaurants und Immobilien in Umlauf. Der Boulevard Longchamp, einer der schönsten der Stadt, gehörte praktisch ihnen.

Ich hatte Babette erzählt, dass Ugo Zucca niedergeschossen hatte. Um Manu zu rächen. Und dass ich mir nicht vorstellen konnte, wer ihm diese Idee in den Kopf gesetzt hatte und warum. Ich rief Batisti an.

»Fabio Montale. Sagt dir das was?«

»Der Bulle«, antwortete er nach einer kurzen Pause.

»Der Freund von Manu und Ugo.« Ein kurzes, ironisches Lachen. »Ich will dich sehen.«

»Ich bin im Moment sehr beschäftigt.«

»Ich nicht. Ich habe sogar mittags Zeit. Und ich möchte gern, dass du mich an einen ruhigen Ort einlädst. Um zu reden. Nur wir zwei.«

»Sonst?«

»Kann ich dich in die Scheiße reiten.«

»Ich dich auch.«

»Aber du hast die Öffentlichkeit nicht so gern, soviel ich weiß.«

In bester Form traf ich im Büro ein. Und entschlossen. Meine Gedanken waren klar, und ich wusste, dass ich bis zum Ende gehen wollte, für Ugo. Für Leila würde ich weiter nachforschen. Erstmal. Ich ging in den Versammlungsraum hinunter, um das wöchentliche Ritual der Einteilung der Trupps durchzuführen.

Fünfzig uniformierte Männer. Zehn Wagen. Zwei Busse. Tagschicht, Nachtschicht. Verteilt auf die verschiedenen Sektoren, Wohnsiedlungen, Supermärkte, Tankstellen, Banken, Postschalter und Schulen. Routine. Männer, die ich nicht oder kaum kannte. Es waren selten dieselben. Meine Mission fand nicht mehr so viel Zulauf. Junge, Alte. Familienväter, Jungverheiratete. Bedächtige Alte, junge Krieger. Keine Rassisten, nur solche gegen die Araber. Und gegen die Schwarzen und die Zigeuner. Ich hatte nichts zu sagen, musste nur die Mannschaften aufstellen. Ich begann mit dem Appell und suchte die Leute nach ihrer Nasenspitze aus. Die Ergebnisse waren nicht immer die besten.

Unter den Jungs war einer aus der Karibik, der Erste, den sie mir schickten. Groß, vierschrötig, rasierte Haare. Ich mochte das nicht. Die Typen halten sich für französischer als ein Franzose aus der Auvergne. Die Araber sind nicht ihr Bier. Die Zigeuner auch nicht.

Ich war ihnen in Paris auf dem Revier von Belleville begegnet. Sie ließen es die anderen schwer spüren, dass sie keine echten Franzosen waren. Einer hatte mir anvertraut: »*Beurs* siehst du hier nicht bei uns. Wir wissen, zu welchem Lager wir gehören, verstehst du!« Ich hatte nicht das Gefühl, Teil eines Lagers zu sein. Einfach nur im Dienst der Justiz. Aber die Zukunft sollte ihm Recht geben. Diese Typen waren bei der Post oder den Elektrizitätswerken besser aufgehoben. Luc Reiver antwortete auf den Appell. Ich teilte ihn drei Alten zu. Und los gings!

Schöne Tage gibt es nur frühmorgens. Das hätte ich wissen müssen. Die Morgendämmerung täuscht die Schönheit der Welt nur vor. Kaum machen wir die Augen auf, holt die Wirklichkeit uns ein. Und der ganze Mist beginnt von vorne. Das sagte ich mir, als Loubet in mein Büro kam. Ich begriff es, weil er stehen blieb, die Hände in den Taschen.

»Die Kleine ist gegen zwei Uhr am Samstagmorgen getötet worden. Bei der Hitze, den Mäusen … Es hätte noch widerlicher sein können als das, was du gesehen hast. Was vorher passiert ist, wissen wir nicht. Das Labor sagt, sie haben sie zu mehreren vergewaltigt. Donnerstag, Freitag. Aber nicht da, wo sie gefunden wurde … Von vorne und von hinten, wenn du es wissen willst.«

»Ich pfeif auf die Details.«

Er zog einen kleinen Plastikbeutel aus seiner rechten Jackentasche und baute nacheinander drei Kugeln vor mir auf. »Die sind aus dem Körper der Kleinen.«

Ich sah ihn an. Ich wartete. Er holte noch einen kleinen Beutel aus der linken Tasche. Er legte zwei Kugeln parallel zu den anderen. »Die stammen von Al Dakhil und seinen Leibwachen.«

Sie waren identisch. Aus den gleichen Waffen. Die beiden Killer waren die Vergewaltiger. Meine Kehle schnürte sich zu.

»Scheiße, eh!«, brachte ich mit Mühe heraus.

»Die Untersuchung ist abgeschlossen, Fabio.«

»Eine fehlt.« Ich deutete auf die dritte Kugel. Aus einer Astra-Spezial.

Er hielt meinem Blick stand. »Die haben sie Samstagabend nicht benutzt.«

»Sie waren nicht nur zu zweit. Es muss ein Dritter dabei gewesen sein.«

»Ein Dritter? Wo hast du das denn her?«

Ich hatte eine Theorie über Vergewaltigungen. Eine Vergewaltigung konnte nur von einer oder drei Personen begangen werden. Niemals von zweien. Zu zweit ist immer einer dabei, der nichts zu tun hat. Er muss warten, bis er dran ist. Allein war klassisch. Zu dritt war ein perverses Spiel. Ich hatte die Theorie auf Intuition aufgebaut. Und auf Wut. Weil ich mich weigerte zuzugeben, dass die Untersuchung abgeschlossen war. Es musste noch einer übrig sein, damit ich ihn finden konnte. Loubet sah mich bekümmert an. Er sammelte die Kugeln ein und steckte sie wieder in den Beutel. »Ich bin für alle Hypothesen offen. Aber … Und ich hab noch vier andere Fälle am Hals.«

Er hielt die Kugel der Astra-Spezial zwischen den Fingern.

»Hat sie das Herz durchbohrt?«, fragte ich.

»Keine Ahnung«, sagte er überrascht. »Warum?«

»Ich wüsste es gern.«

Eine Stunde später rief er mich an. Er bestätigte es. Es war tatsächlich die Kugel, die Leilas Herz durchlöchert hatte. Das bewies natürlich gar nichts. Es verlieh dieser Kugel nur ein Geheimnis, das ich lüften wollte. Am Ton von Loubets Antwort meinte ich zu hören, dass der Fall für ihn doch noch nicht ganz abgehakt war.

Ich traf Batisti in der *Bar de la Marine,* seinem Stammlokal. Sie war zum Treffpunkt der Skipper geworden. An der Wand hingen immer noch Louis Audiberts Gemälde mit der Kartenpartie aus *Marius* sowie das Foto von Pagnol und seiner Frau im Hafen. Der Wirt Marcel erklärte zwei italienischen Touristen an einem Tisch hinter uns, ja, der Film war wirklich hier gedreht worden. Das Tagesgericht waren gebratene Tintenfische und Auberginengratin. Dazu gab es einen kleinen Rosé aus den Kellern von Rousset, die Spezialität des Hauses.

Ich war zu Fuß gekommen. Um mit einer Portion gesalzener Erdnüsse am Hafen entlangschlendern zu können. Ich liebte diesen Spaziergang. Quai du Port, Quai des Belges, Quai de Rive-Neuve. Der Geruch des Hafens. Meer und Schmieröl.

Die Fischfrauen priesen unermüdlich aus voller Kehle den Fang des Tages an. Goldbrassen, Sardinen, Seewolf und Rotbrassen. Vor einem afrikanischen Stand feilschte eine Gruppe von Deutschen um kleine Ebenholz-Elefanten. Der Afrikaner würde sie über den Tisch ziehen. Er legte ein falsches Silberarmband mit einer falschen Eingravierung dazu. Er würde sich mit hundert Francs für alles zusammen geschlagen geben. Und gut verdient haben. Ich musste lächeln. Es war, als hätte ich sie schon immer gekannt. Mein Vater ließ meine Hand los, und ich rannte zu den Elefanten. Ich hockte mich hin, um sie mir genau anzusehen. Ich wagte nicht, sie anzufassen. Der Afrikaner schaute mich an und ließ die Augen rollen. Es war das erste Geschenk meines Vaters. Ich war vier Jahre alt.

Mit Batisti war ich beim Nachtisch angelangt.

»Warum hast du Ugo auf Zucca angesetzt? Das ist alles, was ich wissen will. Und für wen springt was dabei heraus?«

Batisti war ein alter Fuchs. Er kaute hingebungsvoll und trank seinen Wein aus. »Was weißt du?«

»Dinge, die ich nicht wissen sollte.«

Er suchte nach einem Zeichen von Bluff in meinen Augen. Ich zuckte nicht mit der Wimper.

»Meine Informanten waren eindeutig.«

»Hör auf, Batisti. Deine Informanten … dass ich nicht lache. Es gibt keine! Man hat dir gesagt, was du sagen solltest, und du hast es gesagt. Du hast Ugo losgeschickt, um zu tun, wozu niemand den Mumm hatte. Zucca stand unter Protektion. Und Ugo hat sich danach niedermetzeln lassen. Von Bullen. Gut informierten Bullen. Es war eine Falle.«

Ich kam mir vor wie beim Fischen mit der Langleine. Lauter Haken, und ich wartete darauf, dass er anbiss. Er stürzte seinen Kaffee hinunter, und ich hatte das Gefühl, meinen Kredit verspielt zu haben.

»Hör zu, Montale. Es gibt eine offizielle Version. Halte dich daran. Du bist ein Vorstadtbulle, bleib es. Du hast eine hübsche Hütte, versuch sie zu behalten.« Er stand auf. »Die Ratschläge sind gratis. Die Rechnung geht auf mich.«

»Und über Manu? Weißt du auch nichts? Das kannst du mir nicht erzählen!«

Ich sagte das aus Wut. Das war blöd. Ich hatte meine Hypothesen auf den Tisch geschmissen. Ebenso gut konnte ich Blech reden. Ich erntete nur eine kaum verhohlene Drohung. Batisti war nur gekommen, um herauszukriegen, wie viel ich wusste.

»Was für Ugo gilt, gilt auch für Manu.«

»Aber Manu mochtest du doch gern, oder nicht?«

Er warf mir einen bösen Blick zu. Ich hatte ins Schwarze getroffen. Aber er antwortete nicht. Er stand auf und ging mit der Rechnung an den Tresen.

Ich folgte ihm. »Ich sag dir was, Batisti. Du bist mir soeben ganz schön um den Bart gegangen, okay. Aber glaub ja nicht, dass ich die Sache fallen lasse. Ugo ist zu dir gekommen, weil er einen Tipp brauchte. Du hast ihn prachtvoll verarscht. Er wollte nur Manu rächen. So einfach werde ich dich nicht davonkommen lassen.« Er sammelte das Wechselgeld ein. Ich legte meine Hand auf seinen Arm und beugte mich dicht an sein Ohr. Ich murmelte: »Eins noch. Du hast solche Angst zu krepieren, dass du zu allem bereit bist. Du machst dir in die Hose. Du hast keine Ehre, Batisti. Wenn ich rauskriege, was mit Ugo passiert ist, werde ich dich nicht vergessen. Das kannst du mir glauben.«

Er machte sich los und sah mich traurig an. Mitleidig.

»Wir werden dich vorher kaltmachen.«

»Das wäre besser für dich.«

Er ging, ohne sich umzudrehen. Ich schaute ihm nach und bestellte noch einen Kaffee. Die beiden italienischen Touristen standen auf und gingen mit einem überschwänglichen »Ciao, ciao«.

Wenn Ugo noch Familie in Marseille hatte, las sie offenbar keine Zeitung. Niemand war aufgetaucht, nachdem er sich hatte niederschießen lassen, auch nicht, nachdem die Todesanzeige in den Morgenausgaben dreier Tageszeitungen erschienen war. Freitag hatte ich die Genehmigung erhalten, ihn zu bestatten. Ich musste mich entscheiden. Ich wollte ihn nicht wie einen Hund in einem Massengrab verschwinden sehen. Ich hatte mein Sparschwein geschlachtet und die Beerdigungskosten übernommen. Dieses Jahr würde ich eben nicht in Urlaub fahren. Ich fuhr sowieso nie in Urlaub. Die Typen öffneten die Gruft. Es war die meiner Eltern. Für mich war auch noch ein Platz darin. Aber ich hatte beschlossen, mir Zeit zu lassen. Ich sah nicht ein, wieso es meine Eltern stören sollte, ein bisschen Gesellschaft zu bekommen. Es war höllisch heiß. Ich betrachtete das dunkle, feuchte Loch. Das würde Ugo nicht gefallen. Niemand mochte das. Leila auch nicht. Ihre Beerdigung war morgen. Ich hatte noch nicht entschieden, ob ich hingehen würde oder nicht. Für Mouloud und seine Kinder war ich nur noch ein Fremder. Und ein Bulle, der nichts verhindern konnte.

Die Fassade bröckelte ab. Ich hatte die letzten Jahre ruhig und gleichgültig gelebt. Weltverloren. Nichts berührte mich wirklich. Die alten Kumpel, die nicht mehr anriefen. Die Frauen, die mich verließen. Meine Träume und meine Wut, die ich auf halbmast gesetzt hatte. Ich wurde wunschlos alt. Ohne Leidenschaft. Ich schlief mit Huren. Und das Glück hing am Ende einer Angelrute.

Manus Tod hatte vieles aufgerüttelt. Aber immer noch zu schwach auf meiner Richterskala. Erst der Mord an Ugo brachte alles zum Einsturz. Er riss mich aus meinem künstlichen Schlaf. Ich erwachte zum Leben. Und wurde verrückt. Was immer ich von Manu und Ugo hielt, es änderte nichts an meiner Vergangenheit. Sie hatten gelebt. Ich hätte mich gern mit Ugo unterhalten, seinen Reiseberichten gelauscht. Nachts auf den Felsen vor der Fischerhütte hatten wir nur von Abenteuerfahrten geträumt.

»Guter Gott, warum wollen sie nur so weit wegrennen?«, hatte Toinou geschimpft. Er hatte Honorine als Zeugin genommen. »Was wollen sie denn sehen, diese Gören, he? Na, kannst du mir das sagen! Alle Länder sind hier versammelt. Vertreter aller Rassen. Eine Kostprobe aus allen Breiten.« Honorine hatte uns einen Teller Fischsuppe hingestellt.

»Unsere Väter sind von woanders gekommen. Sie sind in dieser Stadt gelandet. Na und! Sie haben gefunden, was sie gesucht haben. Und wenn nicht, mein Gott, sind sie trotzdem geblieben.«

Er hatte tief Luft geholt und uns wütend angesehen.

»Probiert das!«, hatte er geschrien und auf unsere Teller gezeigt. »Das ist Medizin gegen eure Flausen!«

»Man stirbt hier«, hatte Ugo zu sagen gewagt.

»Woanders stirbt man auch, mein Junge. Das ist schlimmer!«

Ugo war zurückgekommen, und er war tot. Ende der Reise. Ich nickte den Sargträgern zu. Der Sarg wurde von dem dunklen, feuchten Loch verschlungen. Ich schluckte meine Tränen hinunter. Der Blutgeschmack im Mund blieb.

Ich hielt bei der Taxizentrale an der Ecke Boulevard de Plombière und Boulevard de la Glacière. Ich wollte die Spur des Taxis zurückverfolgen. Sie führte vielleicht nirgendwohin, aber sie war die einzige Verbindung zwischen den beiden Mördern vom Opernplatz und Leila.

Der Typ im Büro blätterte gelangweilt in einem Pornoheft. Der perfekte *Mia.* Haare hinten lang, vorn hochgeföhnt. Offenes geblümtes Hemd über schwarz behaarter Brust, dicke Goldkette, Jesusanhänger mit Diamantenaugen, zwei gewaltige Klunkern an jeder Hand, Ray-Ban-Brille auf der Nase. Der Ausdruck *Mia* kam aus Italien, von der Autofirma Lancia. Sie hatte einen Wagen auf den Markt gebracht, den *Mia,* mit einer Öffnung im Fenster, durch die der Fahrer den Ellenbogen heraushängen kann, ohne die Scheibe herunterzukurbeln. Das war zu hoch für das Marseiller Genie!

Die Bistros waren voll von *Mias.* Aufschneider, Sprücheklopfer, Schönlinge. Sie verbrachten ihren Tag mit Ricard an der Theke. Nebenbei kam es vor, dass sie ein bisschen arbeiteten.

Dieser hier fuhr bestimmt einen Renault 12, mit Scheinwerfern gespickt, dem Dédé-&-Valérie-Schriftzug auf dem Kühlergrill, Bommeln am Sitzpolster und Plüsch auf dem Lenkrad. Er blätterte um. Sein Blick blieb zwischen den Schenkeln einer üppigen Blondine hängen. Dann ließ er sich dazu herab, zu mir aufzublicken.

»Was willst du?«, fragte er mit einem starken korsischen Akzent.

Ich zeigte ihm meine Karte. Er sah kaum hin, als kenne er sie auswendig.

»Können Sie es entziffern?«, fragte ich.

Er rückte leicht an seiner Brille und sah mich desinteressiert an. Sprechen schien ihn anzustrengen. Ich erklärte ihm, dass ich wissen wolle, wer am Samstagabend den Renault 21, Zulassungsnummer 675 JLT 13, gefahren habe. Es ginge um eine überfahrene rote Ampel auf der Avenue des Aygalades.

»Nach solchen Sachen fahndet ihr?«

»Wir gehen allem nach. Sonst schreiben die Leute ans Ministerium. Wir hatten eine Beschwerde.«

»Eine Beschwerde? Wegen eines überfahrenen Rotlichts?«

Der Himmel fiel ihm auf den Kopf! In was für einer Welt lebten wir!

»Da sind überall Fußgänger«, sagte ich.

Diesmal nahm er seine Sonnenbrille ab und sah mich aufmerksam an. Bei anderer Gelegenheit hätte ich mich halb totgelacht. Ich zuckte gelangweilt mit den Schultern.

»Klar, und wir zahlen Steuern für diesen Schwachsinn. Es wär besser, ihr würdet weniger Zeit mit solchen Bagatellen verlieren. Was wir brauchen, ist Sicherheit.«

»Die Fußgänger auch.« Er begann mir auf die Nerven zu gehen. »Name, Vorname, Adresse und Telefon des Fahrers?«

»Wenn er auf dem Revier vorsprechen muss, sag ich ihm Bescheid.«

»Ich bin es, der hier vorlädt. Schriftlich.«

»Von welchem Revier sind Sie?«

»Hauptquartier.«

»Kann ich Ihren Ausweis noch mal sehen?«

Er nahm ihn und kritzelte meinen Namen auf ein Stück Papier. Mir war bewusst, dass ich übers Ziel hinausgeschossen war. Aber jetzt war es zu spät. Er gab mir die Karte zurück, als hätte er sich die Finger daran verbrannt.

»Montale, Italiener, stimmts?«

Ich nickte. Er schien schwer nachzudenken. Dann sah er mich an: »Wegen einer roten Ampel werden wir uns bestimmt einigen. Wir sind Ihnen ja immer gern behilflich.«

Noch fünf Minuten von diesem Geschwätz, und ich würde ihn mit seiner Goldkette erwürgen oder ihm den Jesus ins Maul stopfen. Er blätterte in einem Register, fand eine Seite und ließ seinen Finger über eine Liste gleiten.

»Pascal Sanchez. Notieren Sie, oder muss ich es aufschreiben?«

Pérol brachte mich auf den aktuellen Stand des Tages. 11.30 Uhr. Minderjähriger beim Diebstahl aus der Warenauslage bei Carrefour erwischt. Eine Bagatelle, aber wir mussten trotzdem die Eltern benachrichtigen und eine Akte anlegen. 13.13 Uhr. Eine Schlägerei zwischen drei Zigeunern und einem Mädchen aus dem Milieu, im *Balto,* einer Kneipe am Chemin du Merlan. Alle waren festgenommen und mangels Kläger gleich wieder entlassen worden. 14.18 Uhr. Funkruf. Eine Mutter bringt ihren Sohn mit schweren Prellungen im Gesicht ins Bezirksrevier. Die Schläge und Verletzungen wurden ihm im Gymnasium Marcel Pagnol absichtlich zugefügt. Die angeblichen Täter und ihre Eltern wurden vorgeladen. Gegenüberstellung. Die Geschichte dauerte den ganzen Nachmittag. Weder Drogen noch Erpressung, offenbar. Trotzdem zu verfolgen. Predigt an die Eltern in der Hoffnung, dass sie etwas nützt. Routine.

Aber die gute Nachricht war, dass wir endlich Nacer Mourrabed stellen konnten, einen jungen Dealer, der im Bassens-Viertel operierte. Er hatte sich am Vorabend beim Verlassen des *Miramar,* einer Kneipe in L'Estaque, geprügelt. Der Typ hatte eine Klage eingereicht. Besser noch: Er hatte sie aufrechterhalten und auf dem Revier vorgesprochen, um seine Aussage zu machen. Viele bekamen kalte Füße, und wir sahen sie nie wieder. Sogar bei einem Diebstahl ohne Gewaltanwendung. Aus Angst. Und mangelndem Vertrauen zur Polizei.

Mourrabed kannte ich in- und auswendig. Zweiundzwanzig Jahre alt, sieben Mal festgenommen. Das erste Mal mit fünfzehn, ein gutes Durchschnittsalter. Aber er war schlau. Wir konnten ihm nie etwas nachweisen. Vielleicht diesmal.

Er dealte seit Monaten im großen Stil, ohne sich die Finger schmutzig zu machen. Fünfzehn-, sechzehnjährige Burschen arbeiteten für ihn. Sie machten die Drecksarbeit. Der eine schleppte den Stoff an, der andere kassierte die Kohle. Sie waren acht bis zehn von der Sorte. Er führte vom Wagen aus die Aufsicht und sahnte später ab. In einer Kneipe, in Bus oder Bahn, im Supermarkt. Der Ort wechselte ständig. Niemand versuchte, ihn zu hintergehen. Einer hatte ihn mal ausgetrickst. Es passierte kein zweites Mal. Der kleine Schlaumeier fand sich mit einem Schmiss auf der Wange wieder. Und natürlich hielt er künftig die Klappe, wenn es um Mourrabed ging. Er hätte Schlimmeres riskiert.

Wir hatten uns die kleinen Ganoven schon öfter vorgenommen. Aber vergeblich, sie gingen lieber in den Knast, als den Namen Mourrabed auszuspucken. Als wir einen mit Stoff erwischten, machten wir ein Foto, legten eine Akte an und ließen ihn laufen.

Sie hatten nie genug dabei, um eine Verhaftung zu rechtfertigen. Wir hatten es versucht, aber der Richter hatte uns abblitzen lassen.

Pérol schlug vor, Mourrabed frühmorgens aus dem Bett zu holen. Ich war einverstanden.

Bevor er ausnahmsweise einmal früh ging, fragte Pérol: »Wars schlimm, auf dem Friedhof?«

Ich zuckte die Achseln, ohne zu antworten.

»Würd mich freuen, wenn du mal zum Essen vorbeikämst.« Er ging, ohne eine Antwort abzuwarten oder sich zu verabschieden. Pérol war so herrlich unkompliziert. Ich übernahm die Nachtschicht mit Cerutti.

Das Telefon klingelte. Es war Pascal Sanchez. Ich hatte eine Nachricht bei seiner Frau hinterlassen.

»He! Bin nie bei Rot über die Ampel gefahren. Schon gar nicht da, wo Sie sagen. Wo ich doch nie hinfahr in die Ecken. Ist nur Gesindel da.«

Ich widersprach nicht. Ich wollte Sanchez milde stimmen. »Ich weiß, ich weiß. Aber es gibt einen Zeugen, M'sieur Sanchez. Er hat sich Ihre Nummer gemerkt. Sein Wort steht gegen Ihres.«

»Wie viel Uhr war das, sagen Sie?«, fragte er nach einer Pause.

»22.38 Uhr.«

»Kann nicht sein«, antwortete er, ohne zu zögern. »Um die Zeit hab ich Pause gemacht. Hab an der *Bar de l'Hôtel de Ville* ein Glas getrunken. Eh, hab sogar Kippen gekauft. Dafür hab ich Zeugen. Eh, ich lüg Sie nicht an. Ich hab mindestens vierzig.«

»So viele brauche ich nicht. Kommen Sie morgen gegen elf im Büro vorbei. Ich nehme Ihre Aussage auf. Und Name, Adresse und Telefonnummer von zwei Zeugen. Wir dürften uns leicht einig werden.«

Ich hatte noch eine Stunde totzuschlagen, bis Cerutti kam. Ich beschloss, ein Gläschen bei Ange im *Treize-Coins* zu trinken.

»Der Kleine sucht dich«, sagte er. »Du weißt schon, den du Samstag mitgebracht hast.«

Nach einem schnellen Halben machte ich mich auf die Suche nach Djamel. Seit meiner Anstellung in Marseille hatte ich mich nie so oft in diesem Viertel aufgehalten. Ich war erst neulich wieder hergekommen, als ich Ugo treffen wollte. All die Jahre hatte ich mich in den Randgebieten bewegt. Die Place de Lenche, die Rue Baussenque und die Rue Sainte-Françoise, die Rue François-Moisson, der Boulevard des Dames, die Grand-Rue, die Rue Caisserie. Mein einziger Schlenker war die Passage des Treize-Coins und Anges Kneipe.

Was mich jetzt überraschte, war, dass die Sanierung irgendwie unfertig schien. Ich fragte mich, ob die zahlreichen Bildergalerien, Boutiquen und anderen Läden Leute anzogen. Und wen? Keine Marseiller, da war ich sicher. Meine Eltern waren nach ihrer Vertreibung durch die Deutschen nie wieder in das Viertel zurückgekehrt. Die eisernen Rollläden waren heruntergezogen. Die Straßen verlassen. Die Restaurants fast leer. Außer bei *Étienne* in der Rue de Lorette. Aber Étienne Cassaro war schon seit dreiundzwanzig Jahren da. Und er hatte die beste Pizza in ganz Marseille. »Preise und Öffnungszeiten je nach Laune«, hatte ich in einer *Geo*-Reportage über Marseille gelesen. Dank Étiennes Laune hatten wir uns oft genug umsonst satt gegessen, Manu, Ugo und ich. Auch wenn er hinter uns herschimpfte: faules Pack, Taugenichtse, Gesocks!

Ich ging die Rue du Panier wieder hinunter. Meine Erinnerungen klangen lauter als die Schritte der Passanten. Das Viertel war noch nicht Montmartre. Der schlechte Ruf blieb. Der schlechte Geruch auch. Und Djamel war unauffindbar.

Siebtes Kapitel

In dem man besser sagt, was man empfindet

Sie warteten vor meiner Haustür auf mich. Ich war mit den Gedanken woanders und erschöpft. Ich träumte von einem Glas Lagavulin. Sie waren geräuschlos wie Katzen aus dem Schatten gekommen. Als ich sie bemerkte, war es zu spät.

Sie stülpten mir einen dicken Plastiksack über den Kopf, und zwei Arme glitten unter meine Achseln, fassten mich fest um die Brust und hoben mich hoch. Zwei Stahlarme. Der Typ hing an mir wie eine Klette. Ich wehrte mich.

Der Schlag traf mich im Bauch. Mit voller Wucht. Ich öffnete den Mund und schluckte den letzten Sauerstoff im Sack. Scheiße! Womit schlug er, der Typ? Ein zweiter Schlag. Genauso hart.

Ein Boxhandschuh. Verdammt! Ein Boxhandschuh! Ich bekam keine Luft mehr. Arschloch! Ich schlug mit beiden Beinen um mich. Ins Leere. Der Druck auf meiner Brust verstärkte sich.

Ein Schlag traf mich ins Gesicht. Ich japste nach Luft, und der nächste Hieb landete im Bauch. Ich drohte zu ersticken. Ich schwitzte wie ein Wasserfall. Ich wollte mich krümmen. Meinen Bauch schützen. Stahlarm merkte es. Er ließ mich los. Den Bruchteil einer Sekunde. Er richtete mich wieder auf, immer noch eng an meinen Körper geheftet. Ich spürte seinen Schwanz an meinem Arsch. Der Hurensohn bekam einen Ständer! Links, rechts. Zwei Schläge. Wieder in den Bauch. Mit weit aufgesperrtem Mund wand ich meinen Kopf nach allen Seiten. Ich wollte schreien, kriegte aber keinen Ton heraus. Kaum ein Röcheln.

Mein Kopf schien in einem Wasserkessel zu schwimmen. Ohne Sicherheitsventil. Der Schraubstock um meine Brust ließ nicht locker. Ich war nur noch ein Punchingball. Ich verlor das Gefühl für die Zeit und die Schläge. Meine Muskeln reagierten nicht mehr. Ich brauchte Sauerstoff. Das war alles. Luft! Ein bisschen Luft! Nur ein bisschen! Dann schlugen meine Knie hart auf die Erde. Ich rollte mich instinktiv zusammen. Ein Lufthauch drang von unten in den Plastiksack.

»Eine Warnung, du Schwein! Nächstes Mal schlachten wir dich ab!«

Ein Fußtritt traf mein Steißbein. Ich stöhnte. Ein Motorradmotor. Ich riss den Plastiksack ab und atmete so tief ein, wie ich konnte.

Das Motorrad entfernte sich. Ich blieb reglos liegen. Versuchte, wieder normal zu atmen. Ein Schauer überlief mich, dann fing ich von Kopf bis Fuß an zu zittern. Beweg dich, sagte ich mir. Aber mein Körper weigerte sich. Mit der Bewegung kam der Schmerz zurück. Zusammengekrümmt spürte ich nichts. Aber ich konnte nicht so liegen bleiben.

Salzige Tränen liefen mir über die Wangen bis zu den Lippen. Ich glaube, dass ich unter den Schlägen zu heulen angefangen und nicht aufgehört hatte. Ich leckte meine Tränen auf. Der salzige Geschmack war beinahe gut. He, Fabio, wie wärs mit einem Whisky? Geh und hol dir einen. Aber dazu musst du dich aufrichten. Vorsichtig, so. Du kannst nicht. Dann geh halt auf allen vieren. Nur bis zur Tür. Da ist sie schon, siehst du. Gut. Lehn dich mit dem Rücken an die Mauer. Tief durchatmen. Na los, such deine Schlüssel. Gut, steh langsam auf, stütz dich an der Mauer, lehn dein Gewicht gegen die Tür. Mach auf. Das obere Schloss. Na also. Jetzt das mittlere. Scheiße, du hattest gar nicht abgeschlossen!

Die Tür ging auf, und ich fand mich in Marie-Lous Armen wieder. Sie verlor vor Schreck das Gleichgewicht. Ich sah uns fallen. Marie-Lou. Ich war wohl völlig hinüber. Und versank in einem tiefen, schwarzen Ozean.

Ich hatte einen kühlen, feuchten Waschlappen auf der Stirn. Ich spürte die gleiche Frische auf meinen Augen, den Wangen, dann am Hals und auf der Brust. Ein paar Wassertropfen fielen auf meine Schultern. Ich fröstelte. Ich schlug die Augen auf. Marie-Lou lächelte mich an. Ich war nackt. Auf meinem Bett.

»Gehts?«

Ich nickte und schloss die Augen. Trotz des schwachen Lichts fiel es mir schwer, sie aufzuhalten. Sie nahm den Waschlappen von meiner Stirn. Dann legte sie ihn wieder hin. Sie hatte ihn neu in kaltes Wasser getaucht. Das tat gut.

»Wie spät ist es?«, fragte ich.

»Zwanzig nach drei.«

»Hast du eine Zigarette?«

Sie zündete eine an und steckte sie mir zwischen die Lippen. Ich inhalierte und hob die linke Hand an den Mund. Diese eine Bewegung zerriss mir den Bauch. Ich öffnete die Augen. »Was machst du hier?«

»Ich musste dich sehen. Das heißt, jemanden. Da hab ich an dich gedacht.«

»Woher hast du meine Adresse?«

»Aus dem Minitel.«

Das Minitel. Verdammt! Dank Minitel konnten fünfzig Millionen Leute einfach so bei mir hereinspazieren. Was für eine idiotische Erfindung! Ich machte die Augen wieder zu.

»Ich saß vor der Tür. Honorine, die Dame von nebenan, hatte mir vorgeschlagen, bei ihr zu warten. Wir haben geplaudert. Ich hab ihr erzählt, dass ich eine Freundin bin. Da hat sie mir bei dir aufgemacht. Es war spät. Sie dachte, es wäre besser so. Sie hat gesagt, du würdest schon verstehen.«

»Was verstehen?«

»Was ist passiert?«

Ich erzählte es ihr. In Kurzform. Mit möglichst wenig Worten. Bevor sie fragen konnte, warum, rollte ich auf die Seite und setzte mich auf.

»Hilf mir. Ich brauch eine Dusche.«

Ich legte meinen rechten Arm um ihre Schultern und hievte meine siebzig Kilo mit einer gewaltigen Anstrengung hoch. Das war schwerer als die Arbeiten des Herkules! Ich blieb zusammengekrümmt. Aus Angst vor den Schmerzen, die im Bauch lauerten.

»Stütz dich auf.«

Ich lehnte mich an die Wand. Sie drehte die Wasserhähne auf. »Lauwarm«, sagte ich.

Sie zog ihre Jeans und ihr T-Shirt aus und stellte mich unter die Dusche. Ich fühlte mich schwach. Das Wasser wirkte Wunder. Ich hatte meine Arme um Marie-Lous Hals geschlungen und lehnte mich an sie. Mit geschlossenen Augen. Die Wirkung ließ nicht auf sich warten.

»Na, tot bist du jedenfalls noch nicht, du Schmutzfink«, bemerkte sie, als mein Geschlecht sich versteifte.

Ich musste trotz allem lächeln. Dabei fühlte ich mich immer wackeliger auf den Beinen. Ich zitterte.

»Willst du es heißer?«

»Nein. Kalt. Weg mit dir.« Ich stützte mich an die Kacheln.

Marie-Lou stieg aus der Dusche. »Ganz wie du willst!« Sie drehte den Wasserhahn voll auf. Ich schrie. Sie stellte das Wasser ab, schnappte sich ein Handtuch und rieb mich trocken. Ich ging bis zum Waschbecken. Für einen Blick in den Spiegel. Ich machte das Licht an. Was ich sah, gefiel mir nicht. Meine Visage war intakt. Aber die hinter mir nicht. Marie-Lous Gesicht. Ihr linkes Auge war geschwollen und fast blau. Ich drehte mich langsam um, die Hände am Beckenrand.

»Was ist das?«

»Mein Zuhälter.«

Ich zog sie an mich. Sie hatte zwei blaue Flecken an der Schulter und einen roten Bluterguss am Hals. Sie drückte sich an mich und fing leise an zu weinen. Ihr warmer Bauch lehnte an meinem. Das tat mir unheimlich gut.

Ich streichelte ihr Haar. »Wir sind zwei Jammerlappen, du und ich. Erzähl.«

Ich machte mich los, öffnete die Hausapotheke und fischte eine Schachtel Dolipran heraus. Die Schmerzen brannten im ganzen Körper.

»Hol zwei Gläser aus der Küche. Und die Flasche Lagavulin, die da rumsteht.«

Ich ging wieder ins Schlafzimmer, ohne mich anzuziehen. Ich ließ mich aufs Bett fallen und stellte den Wecker auf sieben Uhr.

Marie-Lou kam zurück. Sie hatte einen wunderschönen Körper. Sie war keine Prostituierte mehr. Ich war kein Bulle mehr. Wir waren zwei arme, vom Leben gebeutelte Gestalten. Ich schluckte zwei Dolipran mit ein bisschen Whisky. Ich bot ihr auch eine an. Sie wollte nicht.

»Da gibts nichts zu erzählen. Er hat mich geschlagen, weil ich mit dir zusammen war.«

»Mit mir?«

»Du bist Bulle.«

»Woher weiß er das?«

»Im *O'Stop* weiß man alles.«

Ich sah auf die Uhr. Ich leerte mein Glas. »Bleib da. Bis ich wiederkomme. Rühr dich nicht vom Fleck. Und ...« Ich glaube, ich habe den Satz nicht zu Ende gesprochen.

Mourrabed schnappten wir uns wie vorgesehen. Wir holten ihn aus dem Bett, mit vom Schlaf verquollenen Augen und wirrem Schopf. Mit ihm war eine Göre unter achtzehn. Er trug eine geblümte Unterhose und ein T-Shirt mit der Aufschrift: »Noch mehr«. Wir hatten niemandem Bescheid gesagt. Nicht den Drogenfahndern, die uns geraten hätten, die Finger davon zu lassen. Zwischenhändler festzunehmen, behinderte ihre Fahndung nach den Großen. Das brachte sie durcheinander, sagten sie. Und auch nicht der Bezirkswache, die umgehend die Nachricht in die Wohnsiedlungen weitergeleitet hätte, um uns ein Bein zu stellen. Das kam immer öfter vor.

Wir führten Mourrabed wie einen ganz normalen Verbrecher ab. Wegen Gewaltanwendung und Körperverletzung. Und jetzt Verführung einer Minderjährigen. Aber er war kein normaler Verbrecher. Wir nahmen ihn so mit, wie er war, er durfte sich nicht einmal anziehen. Eine Erniedrigung aus reiner Böswilligkeit. Er tobte. Schimpfte uns Faschisten, Nazis, Arschlöcher, Bastarde, Hurensöhne. Wir hatten unseren Spaß daran. Die Türen im Flur öffneten sich, und jeder konnte ihn in Handschellen, Unterhose und T-Shirt bewundern.

Draußen gönnten wir uns sogar die Zeit für eine Zigarette, bevor wir ihn in den Wagen verfrachteten. Damit ihn auch ja alle vom Fenster aus bestaunen konnten. Die Neuigkeit würde in den

Vorstädten ihre Kreise ziehen. Mourrabed in Unterhose, ein lustiges Bild, das hängen blieb. Das war etwas anderes als eine Festnahme nach einer Verfolgungsjagd durch die Vorstädte.

Wir stiegen ohne Vorwarnung auf dem Revier in L'Estaque aus. Dort waren sie nicht begeistert. Sie sahen sich schon von hunderten von jungen, bis an die Zähne bewaffneten Schlägern belagert. Sie wollten uns dorthin zurückschicken, wo wir herkamen. Auf unser Bezirksrevier.

»Die Beschwerde ist hier eingegangen«, sagte Pérol. »Wir werden den Fall also auch hier bearbeiten. Ist doch logisch, oder?« Er schob Mourrabed vor sich her. »Gleich kommt noch eine Kundin. Eine Minderjährige, die wir mit ihm aufgefischt haben. Sie zieht sich gerade an.«

Wir hatten Cerutti mit etwa zehn Jungs vor Ort gelassen. Ich wollte, dass sie eine erste Aussage des Mädchens aufnahmen. Dass sie die Wohnung und Mourrabeds Auto sorgfältig durchkämmten. Dann sollten sie die Eltern des Mädchens benachrichtigen und sie herbringen.

»Dann haben wir ja ein volles Haus«, sagte ich.

Mourrabed hatte sich hingesetzt und hörte uns zu. Er schien sich zu amüsieren. Ich ging zu ihm, packte ihn am Nacken und zog ihn hoch, ohne ihn loszulassen.

»Warum bist du wohl hier? Hast du eine Idee?«

»Klar. Hab gestern Abend 'ner Arabersau eine runtergehauen. Ich war voll.«

»Ach ja. Mit so was wie Rasierklingen in der Hand, ist es das?«

Dann verließen mich meine Kräfte. Mir wurde schwindlig. Meine Knie begannen zu zittern. Ich würde gleich zusammenbrechen und hatte Lust zu kotzen. Ohne zu wissen, was zuerst.

»Fabio!«, sagte Pérol.

»Bring mich aufs Klo!«

Seit dem Morgen hatte ich sechs Schmerztabletten, drei Guronsan und tonnenweise Kaffee geschluckt. Ich sprühte nicht gerade vor Energie, aber ich hielt mich auf den Beinen. Als der Wecker geklingelt hatte, hatte Marie-Lou gegrunzt und sich umgedreht. Ich hatte ihr ein Schlafmittel gegeben, damit sie in Ruhe ausschlafen konnte. Ich hatte Muskelkater in den Schultern und im Rücken. Und der Schmerz ließ mich nicht los. Kaum hatte ich die Füße auf dem Boden, riss es in alle Richtungen. Als hätte ich eine Nähmaschine im Bauch. Das nährte meinen Hass.

»Batisti«, sagte ich, sowie er abnahm. »Deine Kumpel hätten mich abmurksen sollen. Aber du bist nur ein mieses, fieses altes Oberarschloch. Dafür wirst du Scheiße fressen wie noch nie in deinem verrotteten Leben.«

»Montale!«, schrie er in den Hörer.

»Ich höre.«

»Was sagst du da?«

»Dass ich unter eine Dampfwalze geraten bin, du Idiot! Macht es dich heiß, wenn ich dir die Einzelheiten gebe?«

»Montale, ich hab nichts damit zu tun, ich schwörs dir.«

»Schwör nicht, du Ratte! Hast du eine Erklärung?«

»Ich hab nichts damit zu tun.«

»Du wiederholst dich.«

»Ich weiß nichts.«

»Hör zu, Batisti, für mich bist du nur ein Arschloch erster Klasse. Aber ich bin bereit, dir zu glauben. Ich geb dir vierundzwanzig Stunden, um dich zu erkundigen. Ich ruf dich morgen an. Ich sag dir, wo wir uns treffen. Und ich rate dir, ein paar gute Tipps mitzubringen.«

Pérol hatte gleich gesehen, dass ich nicht ganz auf der Reihe war, als ich wieder rauskam. Er hörte nicht auf, mir besorgte Blicke zuzuwerfen. Ich hatte ein altes Magengeschwür vorgeschoben, um ihn zu beruhigen.

»Ja, das sehe ich«, hatte er gebrummt.

Er sah nur zu gut. Aber ich hatte keine Lust, ihm von der Schlägerei zu erzählen. Auch nicht den Rest über Manu und Ugo. Ich hatte irgendwo ins Schwarze getroffen. Die Warnung war unmissverständlich. Ich verstand nur Bahnhof, aber ich hatte mir die Finger verbrannt. Ich wusste, dass ich mein Leben riskierte. Aber da war nur ich, Fabio Montale. Ich hatte weder Frau noch Kinder. Niemand würde um mich weinen. Pérol wollte ich in meine Geschichten nicht mit hineinziehen. Ich kannte ihn gut genug. Aus

Freundschaft würde er sich in jede Kloake stürzen. Und es war klar, dass es dort, wo ich hinging, scheußlich stank. Schlimmer als in den Latrinen auf unserer Wache.

Die Mauern schienen sich mit dem Pissegestank vollgesogen zu haben. Ich spie aus. Kaffeeschleim. In meinem Magen wechselten Flut und Ebbe alle dreißig Sekunden. Dazwischen pfiff ein Wirbelsturm. Ich würgte. Es hätte mich erleichtert, meine Gedärme auszukotzen. Aber ich hatte seit gestern Mittag nichts im Magen.

»Kaffee«, sagte Pérol hinter mir.

»Krieg ich nicht runter.«

»Versuchs.«

Er hielt einen Becher in der Hand. Ich wusch mir das Gesicht mit kaltem Wasser, grabschte ein Papiertuch und trocknete mich ab. Mein Magen beruhigte sich ein bisschen. Ich nahm den Becher und trank einen Schluck. Er ging einigermaßen runter. Ich brach sofort in Schweiß aus. Mein Hemd klebte auf der Haut. Sicher hatte ich Fieber.

»Es geht schon«, sagte ich.

Und mir wurde wieder schlecht. Als wenn ich die Schläge noch einmal kassieren würde. Hinter mir wartete Pérol auf eine Erklärung. Vorher würde er sich nicht vom Fleck rühren.

»Okay, kümmern wir uns um den Schwachkopf, und danach erzähl ichs dir.«

»Einverstanden. Aber überlass mir Mourrabed.«

Jetzt musste ich nur noch eine bessere Geschichte als die mit dem Magengeschwür erfinden.

Mourrabed sah mir spöttisch entgegen, ein Lächeln auf den Lippen. Pérol langte ihm eine und setzte sich ihm dann rittlings gegenüber.

»Was erhoffen Sie sich, eh?«, grölte Mourrabed und sah mich an.

»Dich hinter Gitter zu bringen«, sagte ich.

»Klar. Super. Dann kann ich Fußball spielen.« Er hob die Schultern. »Wegen 'ner Ohrfeige, das müssen Sie dem Richter erst mal erklären. Mein Rechtsanwalt wird Ihnen was erzählen.«

»Wir haben zehn Leichen im Schrank«, sagte Pérol. »Eine können wir mit Sicherheit dir anhängen. Und damit werden wir deinem Rechtsanwalt das Maul stopfen.«

»He, ich hab nie einen umgelegt.«

»Gestern aber fast, nicht wahr? Also, ich seh nicht, warum du nicht jemanden töten könntest. Klar?«

»Ja, schon gut, schon gut. Ich war voll, das ist alles. Ich hab ihm nur eine gelangt, Scheiße!«

»Erzähl.«

»Okay. Als ich aus der Kneipe komm, seh ich sie, die Arabersau. 'Ne Tussi war das, dachte ich. Weit weg halt. Mit langen Haaren. Ich frag nach 'ner Kippe. Hat keine, blöde Kuh. Machte sich 'n Scheißdreck aus mir, irgendwie. Also sag ich, wenn du keine hast, leck mich! Die Hure, die lacht! Also lang ich zu. Das ist alles. Echt. Ist abgehauen wie 'n Angsthase. War aber nur 'n Schwuler.«

»Außer dass du nicht allein warst«, nahm Pérol den Faden wieder auf. »Du hast ihn mit deinen Kumpels gejagt. Unterbrich mich, wenn ich mich irre. Er hat im *Miramar* Zuflucht gesucht. Ihr habt ihn aus der Kneipe geholt. Und ihn übel zusammengeschlagen. Bis wir gekommen sind. Und du hast keine Chance, in L'Estaque bist du ein echter Star. Deine Fresse vergisst man nicht so leicht.«

»Diese Schwulensau, der wird seine verdammte Klage zurückziehen!«

»Das hat er aber nicht vor.« Pérol musterte Mourrabed. Sein Blick blieb an seiner Unterhose hängen. »Spitze, deine Unterhose. Aber sieht das nicht ein bisschen nach Tunte aus?«

»He, ich bin nicht schwul. Ich hab 'ne Freundin.«

»Sprechen wir von ihr. War sie das bei dir im Bett?«

Ich hörte nicht mehr zu. Pérol wusste, wo er hin wollte. Mourrabed widerte das genauso an wie mich. Er war ein hoffnungsloser Fall. Er war auf die denkbar schlechteste Bahn geraten. Bereit, zu schlagen; bereit, zu töten. Der ideale Straßenjunge für die Ganoven. In zwei oder drei Jahren würde er sich von einem Stärkeren niedermetzeln lassen. Vielleicht war eine Haftstrafe von zwanzig

Jahren das Beste, was ihm passieren konnte. Aber ich wusste, dass das nicht stimmte. In Wahrheit gab es auf all das keine Antwort.

Das Telefon schreckte mich auf. Ich musste eingenickt sein. »Kannst du einen Augenblick kommen?« Cerutti war am Apparat. »Wir haben nichts Greifbares gefunden. Nichts. Nicht mal ein Gramm Marihuana.«

»Was ist mit dem Mädchen?«

»Von zu Hause abgehauen. Aus Saint-Denis in der Gegend von Paris. Ihr Vater will sie nach Algerien zurückschicken, um sie dort zu verheiraten und ...«

»Das reicht. Lass sie herbringen. Wir nehmen ihre Aussage auf. Du bleibst mit zwei Jungs da und überprüfst, ob Mourrabed der Mieter der Wohnung ist. Wenn nicht, finde heraus, wer. Bis dann.« Ich legte auf.

Mourrabed sah uns zurückkommen. Wieder sein Lächeln. »Probleme?«, fragte er.

Pérol verpasste ihm noch eine Ohrfeige, kräftiger als die erste. Mourrabed rieb sich die Wange. »Das wird meinem Rechtsanwalt gar nicht gefallen, wenn ich ihm das erzähl.«

»Also, ist sie deine Freundin?«, machte Pérol weiter, als hätte er nichts gehört.

Ich zog meine Jacke an. Ich hatte eine Verabredung mit Sanchez, dem Taxifahrer. Da musste ich hin. Ich wollte ihn nicht verpassen. Wenn die starken Arme von letzter Nacht nicht auf Batistis Konto gingen, hatten sie vielleicht mit dem Taxifahrer zu tun. Mit Leila. Das war eine andere Geschichte. Aber konnte ich Batisti Glauben schenken?

»Wir sehen uns im Büro.«

»Warte«, sagte Pérol. Er wandte sich an Mourrabed. »Du hast die Wahl, wegen deiner Freundin. Ist sie es, konfrontiere ich dich mit ihrem Vater und ihren Brüdern. In einer geschlossenen Zelle. Da du nicht Teil ihrer Familienplanung bist, wird das für dich ein wahres Fest werden. Wenn nicht, bist du wegen Verführung einer Minderjährigen dran. Überleg es dir, ich komme wieder.«

Schwere, dunkle Wolken zogen auf. Es war noch nicht zehn, und die feuchte Hitze klebte auf der Haut.

Pérol trat draußen wieder zu mir.

»Spiel nicht den Idioten, Fabio.«

»Mach dir keine Sorgen. Ich bin wegen einem Tipp verabredet. Eine Spur in Leilas Fall. Der dritte Mann.«

Er schüttelte den Kopf. Dann zeigte er mit dem Finger auf meinen Bauch. »Und das?«

»Eine Bagatelle, letzte Nacht. Wegen einem Mädchen. Mir fehlt das Training. Da hab ich mir einige eingefangen.« Ich lächelte. Das Lächeln, das den Frauen so gefiel. Der unwiderstehliche Verführer.

»Fabio, wir kennen uns inzwischen, du und ich. Hör auf mit dem Theater.« Er sah mich an, wartete auf eine Reaktion. Ich zeigte keine. »Du hast Ärger. Das weiß ich. Warum? Mir dämmert etwas. Aber du bist zu nichts verpflichtet. Behalt deine Geschichten für dich, wenn du willst. Und schieb sie dir in den Arsch. Das ist deine Sache. Wenn du drüber reden willst, bin ich da. Okay?«

Noch nie hatte er so eine lange Rede gehalten. Seine Ernsthaftigkeit rührte mich. Wenn ich in dieser Stadt noch auf jemanden zählen konnte, dann auf ihn, auf Pérol, von dem ich fast nichts wusste. Ich konnte ihn mir nicht als Familienvater vorstellen. Ich konnte mir nicht mal seine Frau vorstellen. Ich hatte mir nie Gedanken darüber gemacht. Auch nicht, ob er glücklich war. Wir waren zwei Fremde im gleichen Boot. Wir vertrauten uns. Wir respektierten uns. Und nur das zählte. Für ihn wie für mich. Warum war es nach vierzig so schwer, Freunde zu werden? Kommt es daher, dass wir keine Träume mehr haben, nur noch Bedauern?

»Genau. Ich will nicht darüber reden.«

Er drehte sich um. Ich erwischte ihn am Arm, bevor er einen Schritt machen konnte. »Wenn ichs mir recht überlege, warum kommst du Sonntagmittag nicht zu mir? Ich koch uns was.«

Wir sahen uns an. Ich ging zu meinem Auto. Die ersten Tropfen fielen. Ich sah ihn entschlossenen Schrittes ins Revier gehen. Mourrabed musste sich auf einiges gefasst machen. Ich setzte mich, legte eine Kassette von Rubén Blades ein und fuhr los.

Auf dem Rückweg fuhr ich durch das Zentrum von L'Estaque.

Der Ort war bemüht, seinen alten Charakter zu erhalten. Ein kleiner Hafen, ein Dorf. Nur wenige Minuten von Marseille entfernt. Die Bewohner sagten: Ich wohne in L'Estaque. Nicht in Marseille. Aber den kleinen Hafen umschloss heute ein Gürtel von Wohnsiedlungen, vollgepfercht mit aus dem Stadtzentrum verdrängten Immigranten.

Es ist besser, zu sagen, was man empfindet. Natürlich. Ich war ein guter Zuhörer, aber ich hatte es nie verstanden, mich anzuvertrauen. Im letzten Augenblick flüchtete ich ins Schweigen. Eher bereit zu lügen, als zu sagen, was los war. Sicher hätte mein Leben anders verlaufen können. Ich hatte nicht gewagt, meinem Vater von meinen Dummheiten mit Manu und Ugo zu erzählen. In der Kolonialarmee hatte mir das schwer zu schaffen gemacht. Ich hatte nicht daraus gelernt. Die Frauen konnten mich nicht verstehen, und ich litt darunter, wenn sie gingen. Muriel, Carmen, Rosa. Wenn ich die Hand ausstreckte und endlich den Mund aufmachte, war es zu spät.

Es fehlte mir nicht an Mut. Ich hatte kein Vertrauen. Nicht genug. Nicht ausreichend, um mein Leben und meine Gefühle in irgendjemandes Hand zu legen. Und ich rieb mich mit dem Versuch auf, alles selbst zu lösen. Der Stolz eines Verlierers. Und ich musste zugeben, dass ich im Leben immer verloren hatte. Manu und Ugo, um nur damit anzufangen.

Wie oft hatte ich mir gesagt, dass ich an jenem Abend nach dem misslungenen Einbruch nicht hätte abhauen dürfen. Ich hätte mit ihnen reden und ihnen sagen sollen, was ich schon seit Monaten auf dem Herzen hatte, dass diese Einbrüche zu nichts führten, dass wir Besseres zu tun hatten. Und das stimmte, wir hatten das Leben vor uns, die Welt zu entdecken. Das hätte uns Spaß gemacht: durch die Welt reisen. Davon war ich überzeugt. Vielleicht hätten wir uns gestritten? Vielleicht hätten sie ohne mich weitergemacht? Vielleicht. Aber vielleicht wären sie heute auch hier. Am Leben.

Ich nahm die Küstenstraße, die am Hafen und am großen Damm entlangführt. Meine bevorzugte Route nach Marseille hinein. Ein Blick auf die Hafenbecken. Bassin Mirabeau, Bassin de la Pinède, Bassin National, Bassin D'Arenc. Dort lag die Zukunft von Marseille. Das wollte ich jedenfalls glauben.

Die Stimme und der Rhythmus von Rubén Blades begannen in meinem Kopf zu wirken. Sie zerstreuten meine Ängste. Linderten meine Schmerzen. Karibisches Glück. Der graue Himmel hing tief, aber durchzuckt von heftigem Leuchten. Das Meer nahm eine metallic-blaue Farbe an. Ich mochte es, wenn Marseille in den Farben von Lissabon erstrahlte.

Sanchez wartete schon auf mich. Ich war überrascht. Ich hatte mir eine Art *Mia* mit großer Klappe vorgestellt. Er war klein und rundlich. An seiner Art zu grüßen merkte ich, dass er nicht von der mutigen Sorte war. Schlapper Händedruck, gesenkte Augen. Der Typ, der immer ja sagt, auch wenn er nein denkt.

Er hatte Angst. »Wissen Sie, ich bin Familienvater«, sagte er, als er mir ins Büro folgte.

»Nehmen Sie Platz.«

»Und ich habe drei Kinder. Rote Ampeln, Geschwindigkeitsbegrenzungen, denken Sie doch nur, wenn ich einen Patzer mache. Ich verdiene unsere Brötchen mit meinem Taxi. Also …«

Er reichte mir ein Blatt Papier. Namen, Adressen, Telefonnummern. Vier. Ich sah ihn an.

»Sie können es Ihnen bestätigen. Zu der Zeit, die Sie meinen, war ich mit ihnen zusammen. Bis elf Uhr dreißig. Danach bin ich wieder Taxi gefahren.«

Ich legte das Blatt vor mich hin, steckte mir eine Zigarette an und sah ihm in die Augen. Blutunterlaufene Schweinsaugen. Er senkte den Blick sehr schnell. Er hielt sich die Hände, hörte nicht auf, sie gegeneinander zu reiben. Auf seiner Stirn perlte der Schweiß.

»Schade, Monsieur Sanchez.« Er sah auf. »Wenn ich Ihre Freunde vorlade, müssen sie eine falsche Aussage machen. Sie werden ihnen Ärger bereiten.« Er sah mich aus seinen roten Augen an. Ich öffnete eine Schublade, griff irgendeine Akte, schön dick, legte sie vor mich hin und begann darin zu blättern.

»Sie können sich sicher denken, dass wir Sie wegen einer läppischen roten Ampel nicht herbestellt hätten.« Er bekam große Augen. Jetzt schwitzte er ganz gemein. »Es ist ernster. Viel ernster, M'sieur Sanchez. Ihre Freunde werden es bereuen, Ihnen vertraut zu haben. Und Sie …«

»Ich war da. Von neun bis elf.«

Er hatte es herausgeschrien. Die Angst. Aber er schien mir ehrlich zu sein. Das erstaunte mich. Ich beschloss, ihn nicht weiter zu überlisten.

»Nein, Monsieur«, antwortete ich fest. »Ich habe acht Zeugen. Sie wiegen mehr als Ihre. Acht Polizisten im Dienst.« Er öffnete den Mund, bekam aber keinen Laut heraus. Hinter seinen Augen konnte ich alle Katastrophen dieser Welt ablaufen sehen. »Um 22.15 Uhr war Ihr Taxi in der Rue Corneille vor der *Commanderie.* Ich kann Sie wegen Beihilfe zum Mord anklagen.«

»Das war ich nicht«, sagte er mit schwacher Stimme, »das war nicht ich. Ich werde es Ihnen erklären.«

Achtes Kapitel

In dem Schlaflosigkeit keine Fragen löst

Sanchez war schweißgebadet. Dicke Schweißtropfen rannen von seiner Stirn. Er wischte sie mit dem Handrücken weg. Am Hals schwitzte er genauso. Jetzt kramte er ein Taschentuch hervor, um sich abzutupfen. Ich begann seinen Schweiß zu riechen. Er rutschte unaufhörlich auf seinem Stuhl hin und her. Wahrscheinlich musste er pissen. Vielleicht war sein Slip schon nass.

Ich mochte Sanchez nicht, aber er war mir auch nicht völlig zuwider. Er war sicher ein guter Familienvater. Er arbeitete hart, jede Nacht. Wenn seine Kinder zur Schule gingen, schlief er noch. Wenn sie wiederkamen, stieg er in sein Taxi. Bestimmt sah er sie kaum. Nur an seinen seltenen freien Wochenenden. Einmal im Monat wahrscheinlich. Anfangs hatte er mit seiner Frau geschlafen, wenn er nach Hause kam. Er weckte sie auf, das mochte sie nicht. Er hatte aufgegeben und begnügte sich seitdem ein paar Mal wöchentlich mit einer Hure. Vor der Arbeit oder danach. Mit seiner Frau war es sicher nur noch einmal im Monat, wenn sein freier Tag auf einen Samstag fiel.

Meinem Vater war es genauso gegangen. Er war Schriftsetzer bei der Tageszeitung *La Marseillaise.* Gegen fünf Uhr abends ging er in die Redaktion. Ich war mit seiner Abwesenheit groß geworden. Wenn er spätnachts nach Hause kam, gab er mir einen Gutenachtkuss. Er roch nach Blei, Tinte und Zigaretten. Das weckte mich nicht auf. Wenn er es vergaß, und das kam vor, hatte ich schlechte Träume. Ich stellte mir vor, dass er uns verließ, meine Mutter und mich. Mit zwölf, dreizehn Jahren träumte ich oft, dass es eine andere Frau gab in seinem Leben. Sie sah aus wie Gélou. Er betätschelte sie. Später kam statt meines Vaters Gélou, um mich zu küssen. Das erregte mich. Ich hielt Gélou fest, um sie zu streicheln. Sie stieg in mein Bett. Dann kam mein Vater. Wütend. Er machte einen Aufstand. Meine Mutter stieß dazu, in Tränen aufgelöst. Ich habe nie erfahren, ob mein Vater jemals eine Geliebte hatte. Er hat meine Mutter geliebt, da war ich sicher. Aber ihr Leben blieb mir ein Rätsel.

Sanchez wurde hippelig auf seinem Stuhl. Mein Schweigen beunruhigte ihn.

»Wie alt sind Ihre Kinder?«

»Die Jungs, vierzehn und sechzehn. Die Kleine ist zehn. Laure. Laure, nach meiner Mutter.« Er holte seine Brieftasche hervor, öffnete sie und hielt mir ein Familienfoto hin. Was ich tat, gefiel mir selber nicht. Aber ich wollte, dass er sich entspannte, damit er mir so viel wie möglich erzählte. Ich betrachtete seine Gören. Alle ihre Züge waren weich. In ihren scheuen Augen glomm nicht ein Funken Protest. Sie waren schon verbittert zur Welt gekommen. Sie würden nur die Ärmeren hassen. Und alle, die ihnen ihr Brot wegnahmen. Araber, Schwarze, Gelbe. Nie die Reichen. Es war vorauszusehen, was sie sein würden. Wenig. Die Jungs würden bestenfalls Taxifahrer werden, wie Papa. Und das Mädchen Friseurgehilfin. Oder Verkäuferin in einem Kaufhaus. Franzosen der Mittelschicht. Bei denen die Angst regierte.

»Hübsche Kinder«, heuchelte ich. »Und jetzt erzählen Sie mal. Wer hat Ihr Taxi gefahren?«

»Ich will es Ihnen erklären. Ich habe einen Freund, Toni, das heißt, einen Kumpel. Weil, nun, wir sind nicht eng befreundet, verstehen Sie. Er arbeitet mit dem Pagen vom *Frantel* zusammen. Charly. Sie nehmen reiche Trottel aus. Geschäftsleute. Höhere Angestellte. So was. Toni stellt ihnen das Taxi für einen Abend zur Verfügung. Er fährt sie in Schickimicki-Restaurants und feine Bars, wo es keinen Ärger gibt. Und zum Schluss zu den Huren. Nur Edelhuren, versteht sich! Solche mit einem kleinen Studio …«

Ich bot ihm eine Zigarette an. Er fühlte sich wohler. Er schwitzte nicht mehr.

»Und an Spieltische, wo es um große Einsätze geht, nehme ich an?«

»Oh ja. Natürlich! Und was für welche! Eh, das ist wie bei den Huren. Wissen Sie, das mögen diese Heinis. Das Exotische. Araberinnen, Negerinnen und Vietnamesinnen an Land ziehen. Alle nur vom Feinsten, natürlich. Manchmal mixen sie sich sogar einen Cocktail daraus.«

Er war nicht mehr zu bremsen. Jetzt fühlte er sich wichtig. Und seine Geschichten erregten ihn. Er sollte sich gelegentlich mit Huren bezahlen lassen.

»Also, Sie leihen ihm das Taxi.«

»Genau. Er bezahlt mich, und ich lungere rum. Ich spiele eine Partie Karten mit den Kumpels. Ich gehe zu Olympique Marseille, wenn sie spielen. Ich gebe an, was auf der Uhr steht. Alle haben was davon. Das ist ja logisch. Toni sahnt von allen ab: den reichen Gimpeln, Restaurants, Bars, Huren. Überall halt.«

»Kommt das oft vor?«

»Zwei-, dreimal im Monat.«

»Und Freitagabend.«

Er nickte. Wie eine schleimige Schnecke zog er sich wieder in sein Gehäuse zurück.

Das Thema behagte ihm nicht. Die Angst packte ihn wieder. Er wusste, dass er zu viel und doch noch nicht genug gesagt hatte.

»Ja. Er hatte mich darum gebeten.«

»Was ich nicht verstehe, Sanchez, ist, dass dein Kumpel keine reichen Trottel gefahren hat. Sondern zwei Mörder.«

Ich steckte mir noch eine Zigarette an, diesmal ohne ihm eine anzubieten. Ich stand auf. Ich fühlte, wie der Schmerz wiederkam. Ein Reißen. Mach schneller, sagte ich mir. Ich sah aus dem Fenster. Der Hafen, das Meer. Die Wolken lockerten sich auf. Der Horizont erstrahlte in einem unnatürlichen Licht. Seine Hurengeschichten brachten mich auf Marie-Lou. Auf die Schläge, die sie bekommen hatte. Auf ihren Loddel. Auf die Kunden, die sie empfing. War sie in einem dieser Ringe? Wurde sie den fetten Geldschweinen bei ihren Orgien zum Fraß vorgeworfen? »Mit oder ohne Kopfkissen?«, wurde bei der Reservierung in gewissen Hotels gefragt, die speziell für Seminare und Konferenzen eingerichtet waren.

Das Meer glitzerte silbern. Was wohl Marie-Lou in diesem Augenblick bei mir tat? Ich konnte es mir nicht vorstellen. Ich konnte mir überhaupt keine Frau mehr bei mir zu Hause vorstellen.

Ein Segelboot fuhr aufs Meer hinaus. Ich wäre gern fischen gegangen. Um nicht mehr hier zu sein. Ich brauchte Ruhe. Ich hatte die Schnauze voll von wahnwitzigen Geschichten, wie ich sie mir seit heute Morgen anhören musste. Mourrabed. Sanchez und sein Kumpel, Toni. Immer die gleiche menschliche Schweinerei.

»Nun, Sanchez«, sagte ich und ging auf ihn zu. »Was hast du dazu zu sagen?«

Die vertrauliche Anrede ließ ihn zusammenzucken. Er ahnte, dass wir in die zweite Halbzeit gingen.

»Gut, nun, da gibt es nichts zu sagen. Es hat nie Ärger gegeben.«

»Hör mal«, sagte ich und setzte mich wieder hin. »Du hast eine Familie. Hübsche Kinder. Eine süße Frau, zweifellos. Du liebst sie. Du hängst an ihnen. Du würdest gern etwas mehr Kohle nach Hause bringen. Das verstehe ich. Es geht allen so. Aber jetzt bist du in eine schmutzige Sache hineingerutscht. Du sitzt in der Patsche. Viele Auswege hast du nicht. Musst schon ausspucken. Name und Adresse von deinem Kumpel Toni. Was dazugehört eben.«

Er wusste, dass es so weit kommen würde. Er fing wieder an zu schwitzen, und davon wurde mir schlecht. Er hatte Schweißringe unter den Achseln. Er wurde zum Bittsteller. Ich empfand kein Fünkchen Sympathie mehr für ihn. Er widerte mich an. Ich hätte mich sogar geschämt, ihm eine zu knallen.

»Wenn ich sie doch nicht weiß. Kann ich rauchen?«

Ich antwortete nicht. Ich öffnete die Bürotür und winkte dem Posten. »Favier, sperr mir den Typ hier ein.«

»Ich schwör es Ihnen. Ich weiß es nicht.«

»Sanchez, willst du, dass ich an deinen Toni glaube? Dann sag mir, wo ich ihn finde. Was soll ich denn sonst von der Sache denken, he? Dass du mich verscheißerst. Das denke ich.«

»Ich weiß nicht. Ich seh ihn nie. Ich hab nicht mal seine Telefonnummer. Er lässt mich arbeiten, nicht andersrum. Wenn er was von mir will, ruft er mich an.«

»Genau wie eine Hure.«

Er protestierte nicht. Das roch brenzlig, musste er sich sagen.

Sein beschränkter Kopf suchte nach einem Ausweg. »Er hinterlässt mir Nachrichten. In der *Bar de l'Hôtel de Ville.* Rufen Sie Charly an, im *Frantel.* Sie können ihn fragen. Ja! Vielleicht weiß er was.«

»Um Charly kümmern wir uns später. Führ ihn ab«, sagte ich zu Favier.

Favier fasste ihn am Arm. Kräftig. Er zog ihn hoch. Sanchez fing an zu plärren. »Warten Sie. Er hat einige feste Gewohnheiten. Er nimmt den Aperitif bei *Francis* auf der Canebière. Manchmal isst er im *Mas* zu Abend.«

Ich machte Favier ein Zeichen, und er ließ ihn los. Sanchez plumpste auf den Stuhl wie ein Müllsack.

»So ist es gut, Sanchez. Endlich verstehen wir uns. Was machst du heute Abend?«

»Nun, ich habe das Taxi, und …«

»Du erscheinst gegen sieben Uhr bei *Francis.* Du hockst dich hin. Du trinkst ein Bier. Du flirtest mit den Frauen. Und wenn dein Kumpel kommt, begrüßt du ihn. Ich werde da sein. Und keine Ausflüchte, sonst weiß ich, wo ich dich finde. Favier wird dich rausbringen.«

»Danke«, greinte er. Er stand schniefend auf und steuerte auf die Tür zu.

»Sanchez!« Er erstarrte, senkte den Kopf. »Ich werde dir sagen, was ich glaube. Dein Toni hat dein Taxi niemals gefahren. Außer Freitagabend. Täusche ich mich?«

»Nun …«

»Nun was, Sanchez? Du bist nur ein erbärmlicher Lügner. Ich hoffe für dich, dass du mir mit Toni nichts vorgemacht hast, sonst kannst du deinem Taxi auf Wiedersehen sagen.«

»Entschuldigen Sie. Ich wollte nicht …«

»Was? Sagen, dass du bei den Gaunern abkassiert hast? Wie viel hast du Freitag eingesackt?«

»Fünf. Fünftausend.«

»Wenn man bedenkt, wofür sie dein Taxi gebraucht haben, hast du dich ganz schön einwickeln lassen, wenn du meine Meinung hören willst.«

Ich ging durchs Büro, öffnete eine Schublade und holte ein Tonbandgerät heraus. Ich drückte irgendeinen Knopf. Ich zeigte es ihm.

»Da ist alles drauf. Also vergiss nicht, heute Abend.«

»Ich werde da sein.«

»Noch etwas. Für alle anderen, deine Kneipe, deine Frau, deine Kumpel ... das mit der Ampel ist geregelt. Die Bullen sind nett und so weiter und so fort.«

Favier schob ihn aus dem Büro und schloss die Tür hinter ihm. Er zwinkerte mir zu. Ich hatte eine Spur. Endlich etwas zum Festklammern.

Ich lag auf dem Bett. Loles Bett. Ich war instinktiv dort hingegangen. Wie Samstagmorgen. Ich hatte Lust, bei ihr zu sein, in ihrem Bett. Als läge ich in ihren Armen. Und ich hatte nicht gezögert. Für einen Moment bildete ich mir ein, dass Lole mir die Tür öffnete und mich hereinließ. Sie kochte Kaffee. Wir würden von Manu und Ugo sprechen. Von der Vergangenheit. Vielleicht von uns.

Die Wohnung lag im Zwielicht. Sie war kühl und hatte ihren eigenen Geruch bewahrt. Nach Pfefferminz und Basilikum. Die beiden Pflanzen brauchten Wasser. Ich hatte sie gegossen. Das war das Erste, was ich tat. Ich hatte mich ausgezogen und geduscht, fast kalt. Dann hatte ich den Wecker auf zwei Uhr gestellt und mich in den blauen Laken ausgestreckt, erschöpft. Mit Loles Blick auf mir. Ihrem Blick, wenn ihr Körper über meinen glitt. Tausendjährige Irrfahrten glänzten darin wie Anthrazit. Sie war leicht wie Straßenstaub. Suche den Wind, und du findest den Staub, sagten ihre Augen.

Ich schlief nicht lange. Eine Viertelstunde. Zu viel ging mir im Kopf herum. Wir hatten eine kleine Zusammenkunft mit Pérol und Cerutti abgehalten. In meinem Büro. Das Fenster stand weit offen, aber kein Lufthauch regte sich. Der Himmel hatte sich wieder zugezogen. Aber das erlösende Gewitter ließ auf sich warten. Pérol hatte Bier und Sandwiches geholt. Mit Tomaten, Anchovis und Tunfisch. Das war nicht leicht zu essen, aber trotzdem besser als die ewigen, ekligen Schinken-Butter-Baguettes.

»Wir haben Mourrabeds Aussage aufgenommen, dann haben wir ihn hergebracht«, fasste Pérol zusammen. »Heute Nachmittag konfrontieren wir ihn mit dem Typ, den er vermöbelt hat. Wir werden ihn vierundzwanzig Stunden festhalten. Vielleicht finden wir ja etwas, um ihn wirklich festzunageln.«

»Und das Mädchen?«

»Sie ist auch hier. Wir haben ihre Familie benachrichtigt. Ihr großer Bruder holt sie ab. Er nimmt den Schnellzug um 13.30 Uhr. Pech für sie. Sie wird sich in Algerien wiederfinden, bevor sie bis drei zählen kann.«

»Du hättest sie abhauen lassen können.«

»Klar. Und in ein oder zwei Monaten hätten wir ihre Leiche aus irgendeinem Loch gefischt«, sagte Cerutti.

Das Leben dieser Kinder hatte kaum begonnen, schon saßen sie in der Falle. Andere entschieden für sie. Zwischen zwei Übeln. Wo war der bessere Weg? Cerutti beobachtete mich aus dem Augenwinkel. So viel Einsatz wegen Mourrabed erstaunte ihn. Seit er vor einem Jahr zu uns gekommen war, hatte er mich nie so erlebt. Mourrabed verdiente nicht das geringste Mitleid. Er war immer zum Schlimmsten bereit. Seine Augen sprachen für sich. Außerdem fühlte er sich von seinen Lieferanten beschützt. Ja, ich wollte ihn fallen sehen. Und ich wollte es hier und jetzt. Vielleicht, um mir zu beweisen, dass ich noch fähig war, eine Untersuchung zu Ende zu führen. Es würde mein Vertrauen in die Möglichkeiten stärken, auch Ugos Fall zu Ende zu bringen. Und, wer weiß, vielleicht Leilas.

Es war noch etwas anderes. Ich wollte wieder an meine Arbeit als Polizist glauben. Ich brauchte einen Halt. Regeln, Codes. Und ich musste sie aussprechen, um mich daran halten zu können. Jeder Schritt würde mich weiter vom Recht entfernen. Das war mir bewusst. Ich argumentierte schon nicht mehr wie ein Polizist. Weder in Ugos noch in Leilas Fall. Ich ließ mich von meiner verlorenen Jugend davontragen. Alle meine Träume spielten auf dieser Seite meines Lebens. Wenn ich noch eine Zukunft hatte, musste ich mich dorthin zurückwenden.

Ich war wie alle Männer, die auf die fünfzig zugehen. Ich fragte mich, ob das Leben meine Hoffnungen erfüllt hatte. Ich wollte mit »Ja« antworten, und mir blieb nicht viel Zeit. Wenn dieses »Ja« keine Lüge sein sollte. Ich hatte nicht die Möglichkeit, wie die meisten Männer, einer Frau, die ich nicht mehr begehrte, noch ein Kind zu machen, um diese Lüge zu verdrängen. Mich nach der allgemein üblichen Praxis selber an der Nase herumführen zu lassen. Ich war allein und musste der Wahrheit direkt ins Gesicht sehen. Kein Spiegel würde mir sagen, du bist ein guter Vater, ein guter Ehemann. Oder ein guter Polizist.

Das Zimmer schien sich aufgeheizt zu haben. Hinter den Rollos ahnte ich das noch immer drohende Unwetter. Die Luft wurde immer schwerer. Ich schloss die Augen. Vielleicht würde ich wieder einschlafen? Ugo lag auf dem anderen Bett. Wir hatten die Betten unter den Ventilator geschoben. Es war mitten am Nachmittag. Die kleinste Bewegung kostete uns literweise Schweiß. Er hatte ein kleines Zimmer an der Place Ménélik gemietet. Er war ohne Vorwarnung drei Wochen früher in Dschibuti angekommen. Ich hatte vierzehn Tage Urlaub genommen, und wir hatten uns nach Harar abgesetzt, um Rimbaud und die gefallenen Prinzessinnen Äthiopiens zu ehren.

»Na, Sergent Montale, was sagst du dazu?«

Dschibuti war ein offener Hafen. Es gab dort jede Menge Geschäfte abzuwickeln. Man konnte Boote und Jachten zu einem Drittel ihres Werts kaufen. Man überführte eins bis nach Tunesien und verkaufte es zum doppelten Preis. Noch besser füllte man es mit Fotoapparaten, Kameras und Tonbändern und verscherbelte sie unter den Touristen.

»Ich hab noch drei Monate abzureißen, dann kehre ich zurück.«

»Und dann?«

»Und dann, scheiße, ich hab noch keine Ahnung.«

»Du wirst sehen, es ist noch schlimmer geworden. Wenn ich nicht weggegangen wäre, hätte ich gemordet. Früher oder später. Um zu essen. Um zu leben. Das vorgefertigte Glück, nein danke. Das stinkt zu sehr. Am besten ist es, nicht zurückzukehren. Ich werde nicht zurückgehen.« Er zog nachdenklich an seiner Kippe und fügte hinzu: »Ich bin gegangen, ich werde nicht wiederkommen. Du hast das verstanden.«

»Ich habe gar nichts verstanden, Ugo. Überhaupt nichts. Ich habe mich geschämt. Meinetwegen. Unseretwegen. Wegen dem, was wir gemacht haben. Ich habe nur einen Dreh gefunden, um die Brücken abzubrechen. Dahin will ich nicht zurück.«

»Und was wirst du tun?«

Ich zuckte mit den Schultern.

»Erzähl mir nicht, dass du dich bei diesen Arschlöchern verpflichtest.«

»Nein. Ich hab genug gedient.«

»Na und?«

»Keine Ahnung, Ugo. Ich habe keinen Bock mehr auf feige Raubüberfälle.«

»Na gut, dann lass dich halt bei Renault anstellen! Du Trottel!«

Er war wütend aufgestanden. Er verschwand unter der Dusche. Ugo und Manu liebten sich wie Brüder. Es war mir nie gelungen, ihre Intimität zu teilen. Aber Manu war blind vor Hass gegen die ganze Welt. Er sah nichts mehr. Nicht einmal das Meer, auf dem unsere Jugendträume noch segelten. Das war zu viel für Ugo. Er hatte sich mir zugewandt. Mit den Jahren hatte sich ein grundlegendes Einverständnis zwischen uns entwickelt. Trotz unserer Meinungsverschiedenheiten hingen wir denselben Wahnvorstellungen nach.

Ugo hatte meine »Flucht« verstanden. Später. Bei einem anderen gewalttätigen Einbruch. Er hatte Marseille und Lole verlassen in der Gewissheit, dass ich ihm folgen würde. Um unsere Lektüre und unsere Träume wieder aufzunehmen. Das Rote Meer war für uns der eigentliche Ausgangspunkt für alle Abenteuer. Deshalb war Ugo bis hierher gekommen. Aber dorthin, wo er hinwollte, mochte ich ihm nicht folgen. Ich hatte weder Lust noch den Mut zu dieser Art von Abenteuer.

Ich war zurückgekehrt. Ugo war ohne ein Wort des Abschieds nach Aden aufgebrochen. Manu freute sich nicht, mich wieder zu sehen. Lole zeigte keine übertriebene Begeisterung. Manu steckte in schmutzigen Geschäften. Lole servierte im *Cintra,* einer Kneipe am Alten Hafen. Sie lebten in der Erwartung von Ugos Rückkehr. Beide hatten ihre Liebschaften, die sie einander entfremdeten.

Manu liebte aus Verzweiflung. Jede neue Frau entfernte ihn weiter von Lole. Lole liebte, wie sie atmete. Sie ging für zwei Jahre nach Madrid, kam zurück nach Marseille, verließ es wieder, um sich bei ihren Cousins in Ariège in den Pyrenäen niederzulassen. Wann immer sie in Marseille auftauchte, war Ugo nicht da.

Vor drei Jahren war sie mit Manu nach L'Estaque gezogen, um dort gemeinsam zu leben. Für Manu kam es zu spät. Verdruss musste ihn zu dieser Entscheidung bewegt haben. Oder die Angst davor, dass Lole wieder weggehen und ihn allein zurücklassen könnte. Mit seinen gestorbenen Träumen. Und seinem Hass.

Ich hatte monatelang geschuftet. Ugo hatte Recht. Wir mussten uns anpassen. Abhauen. Oder töten. Aber ich war kein Mörder. Und ich war Polizist geworden.

Und Scheiße, sagte ich mir, wütend, weil ich nicht einschlafen konnte.

Ich stand auf, machte mir einen Kaffee und ging noch einmal unter die Dusche. Ich trank meinen Kaffee nackt. Ich legte eine Platte von Paolo Conte auf und setzte mich in den Sessel.

Guardate dai treni in corsa …

Gut, ich hatte eine Spur. Toni. Den dritten Mann. Vielleicht. Wie hatten diese Typen Leila in die Enge getrieben? Wo? Wann? Warum? Was nützte es mir, diese Fragen zu stellen? Sie hatten sie vergewaltigt und anschließend ermordet.

Das war die Antwort auf meine Fragen. Sie war tot. Warum noch Fragen stellen. Um es zu verstehen. Ich wollte immer verstehen. Manu, Ugo, Leila. Und Lole. Und all die anderen. Aber gab es heute noch etwas zu verstehen? Waren wir nicht alle dabei, mit dem Kopf gegen die Wand zu rennen? Weil es keine Antworten mehr gab. Und die Fragen nirgendwohin führten. Doch Schlaflosigkeit löste die Fragen auch nicht.

Come di come di
Die Komödie eines Tages, die Komödie des Lebens

Wohin würde Batisti mich führen? In einen Haufen Ärger. Das war klar. Gab es eine Verbindung zwischen Manus und Ugos Tod? Eine andere Verbindung als Ugos Rache für Manu? Wer hatte ein Interesse daran, Zucca töten zu lassen? Ein Marseiller Clan. Etwas anderes sah ich nicht. Aber wer? Was wusste Batisti? Auf wessen Seite stand er? Bisher hatte er nie Stellung bezogen. Warum sollte er es jetzt tun? Was sollte die Vorstellung neulich Abend? Al Dakhils Hinrichtung durch zwei Killer und dann die der Killer durch Argues Männer. War Toni Teil des Plans? Von den Bullen gedeckt? Von Argue gehalten wegen seiner Pläne? Und wie hatten die Typen Leila entführt? Ich war wieder am Ausgangspunkt.

Ecco quello che io ti daro,
e la sensualità delle vite disperate …

Die Sinnlichkeit der am Leben Verzweifelten. So können nur Dichter reden. Aber die Poesie hat nie irgendwelche Antworten gehabt. Sie ist Zeuge, das ist alles. Zeuge der Verzweiflung. Und der verzweifelten Leben. Und wer hatte mir die Fresse eingeschlagen?

Natürlich kam ich zu spät zu Leilas Beerdigung. Ich hatte mich auf der Suche nach der Ecke für Moslems verlaufen. Das Areal war neu angebaut, weit vom alten Friedhof entfernt. Ich wusste nicht, ob in Marseille mehr gestorben wurde als woanders, aber der Tod erstreckte sich, soweit das Auge reichte. Auf dieser ganzen Fläche stand nicht ein einziger Baum. Eilig geteerte Wege. Seitenwege aus festgestampfter Erde. Reihengräber. Der Friedhof hielt sich an die Geografie der Stadt. Es war wie in den nördlichen Vierteln. Genauso desolat.

Ich war überrascht, wie viele Leute da waren. Moulouds Familie. Nachbarn. Und viele junge Leute. An die fünfzig. Größtenteils Araber. Die Gesichter waren mir nicht unbekannt. Flüchtige Begegnungen in den Vorstädten. Zwei oder drei hatte ich sogar wegen einer Bagatelle auf der Wache gesehen. Zwei Schwarze. Acht Weiße, ebenfalls jung, Mädchen und Jungen. Neben Driss und Kader erkannte ich Leilas Freundinnen Yasmine und Karine. Warum hatte ich sie nicht angerufen? Ich stürzte mich blindlings auf eine Fährte und vergaß dabei sogar, ihre besten Freundinnen zu befragen. Ich war unlogisch. Aber das war ich schon immer gewesen.

Einige Schritte hinter Driss stand Mavros. Er war wirklich ein feiner Kerl. Mit Driss meinte er es ernst. Nicht nur beim Boxen. Auch als Freund. Boxen heißt nicht nur schlagen. Vor allem muss man lernen, Schläge zu kassieren. Sie einzustecken, so, dass sie möglichst wenig wehtun. Das Leben war nichts anderes als eine Folge von Boxrunden. Einstecken und wieder einstecken. Durchhalten, nicht schlappmachen. Und an der richtigen Stelle im richtigen Moment zuschlagen. Mavros brachte Driss das alles bei. Er fand ihn gut. Er war sogar der Beste in seinem Studio. Er würde sein Wissen an ihn weitergeben. Wie an einen Sohn. Mit den gleichen Konflikten. Weil Driss alles sein konnte, was er nie hatte sein können.

Das beruhigte mich. Mouloud würde diese Kraft und diesen Mut nicht mehr aufbringen. Wenn Driss eine Dummheit machte, würde er aufgeben. Die meisten Eltern der jugendlichen Delinquenten, die ich geschnappt hatte, hatten resigniert. Das Leben hatte sie dermaßen gebeutelt, dass sie sich weigerten, den Problemen ins Gesicht zu sehen. Sie schlossen die Augen vor allem. Schlechtem Umgang, Schule, Schlägereien, Diebstahl, Drogen. Täglich klatschten Millionen Ohrfeigen!

Ich erinnere mich, wie ich letzten Winter einen Jungen im Busserine-Viertel festgenommen hatte. Den Letzten aus einer Familie mit fünf Söhnen. Den Einzigen, der weder eingezogen worden war noch im Knast saß. Man hatte ihm kleinere Einbrüche nachgewiesen. Die Gesamtbeute betrug höchstens hunderttausend Francs. Seine Mutter öffnete uns. Sie sagte nur: »Ich habe Sie schon erwartet.« Dann brach sie in Tränen aus. Seit über einem Jahr presste er den letzten Pfennig aus ihr heraus, um seine Drogen zu bezahlen. Unter Androhung von Schlägen. Sie war im Viertel auf die Straße gegangen, um ihren Mann nicht damit zu belästigen. Er wusste alles, zog es aber vor, die Schnauze zu halten.

Der Himmel war bleiern. Die Luft stand. Von den Teerwegen stieg eine brennende Hitze auf. Niemand stand still. Keiner hätte das lange ausgehalten. Jemand musste das aufgefallen sein, denn die Zeremonie wurde beschleunigt. Eine Frau begann zu weinen. Stoßweise. Sie war die Einzige, die heulte. Driss wich meinem Blick zum zweiten Mal aus. Dennoch beobachtete er mich von der Seite. Ohne Hass, aber voller Verachtung. Ich hatte seinen Respekt verloren. Ich war nicht auf der Höhe gewesen. Nicht als Freund seiner Schwester, dann hätte ich sie lieben müssen. Nicht als Bulle, dann hätte ich sie schützen müssen.

Als die Reihe an mir war, Mouloud zu umarmen, fühlte ich mich deplatziert. Moulouds Augen waren zwei große, rote Löcher. Ich drückte ihn. Aber ich bedeutete ihm nichts mehr. Ich war nur noch eine schlechte Erinnerung. Ein Typ, der ihm Hoffnung gemacht hatte. Der sein Herz schneller hatte schlagen lassen. Auf dem Rückweg hing Driss mit Karine, Yasmine und Mavros hinterher, um mir aus dem Weg zu gehen. Ich hatte ein paar Worte mit Mavros gewechselt, aber sie kamen nicht von Herzen. Ich war wieder allein.

Kader legte seinen Arm um meine Schultern. »Vater spricht nicht mehr. Nimm es nicht krumm. Mit uns ist er genauso. Wir müssen ihn verstehen. Driss wird Zeit brauchen.« Er drückte mir die Schulter. »Leila hat dich geliebt.«

Ich gab keine Antwort. Ich wollte kein Gespräch über Leila anfangen. Weder über Leila noch über die Liebe. Wir gingen eine Weile schweigend nebeneinander her.

Dann sagte er: »Wie konnte sie sich von diesen Typen mitnehmen lassen?«

Immer wieder dieselbe Frage. Wenn man ein Mädchen ist, noch dazu eine Araberin, und im Vorort gelebt hat, steigt man nicht in irgendein Auto. Außer man war verrückt. Aber Leila stand mit beiden Beinen auf der Erde. Und ihr Panda war nicht kaputt. Kader hatte ihn mit Leilas Sachen von der Universität geholt. Also hatte sie jemand abgeholt. Sie war mit ihm gefahren. Jemand, den sie kannte? Wer? Ich wusste es nicht. Ich hatte den Anfang. Und das Ende. Drei Vergewaltiger nach meiner Rechnung. Zwei von ihnen waren tot. War Toni der Dritte? Oder jemand anders? War er der Mann, den Leila kannte? Wer hatte sie abgeholt?

Warum? Aber ich konnte Kader nicht in meine Gedanken einweihen. Die Untersuchung war abgeschlossen. Offiziell.

»Ein Zufall«, sagte ich. »Ein böser Zufall.«

»Glaubst du an den Zufall?«

Ich zuckte die Schultern. »Ich habe keine andere Antwort. Niemand hat eine. Die Typen sind tot und …«

»Was wäre dir lieber gewesen? Für sie? Der Knast und so?«

»Sie haben bekommen, was sie verdienen. Aber ihnen von Angesicht zu Angesicht gegenüberzustehen, lebend, das hätte ich mir gewünscht, ja.«

»Ich habe nie verstanden, wie du Polizist werden konntest.«

»Ich auch nicht. Es ist so gekommen.«

»Ich glaube, es ist schlimm gekommen.«

Yasmine trat zu uns. Sie hakte sich bei Kader ein und drückte sich leicht an ihn. Zärtlich. Kader lächelte ihr zu. Verliebt.

»Wie lange bleibst du noch?«, fragte ich Kader.

»Ich weiß nicht. Fünf oder sechs Tage. Vielleicht weniger. Ich weiß nicht. Da ist das Geschäft. Der Onkel kann sich nicht mehr darum kümmern. Er will es mir überlassen.«

»Das ist gut.«

»Zu Yasmines Vater muss ich auch gehen. Vielleicht fahren wir beide zusammen zurück.« Er lächelte, dann sah er sie an.

»Das wusste ich nicht.«

»Wir wussten es auch nicht«, sagte Yasmine. »Nicht vorher jedenfalls. Erst durch die Trennung ist es uns klar geworden.«

»Kommst du mit zu uns nach Hause?«, fragte Kader.

Ich schüttelte den Kopf. »Ich gehöre da nicht hin. Das weißt du, oder? Ich werde deinen Vater später besuchen.« Ich drehte mich nach Driss um, der immer noch hinter uns hertrödelte. »Und Driss werde ich nicht aus den Augen lassen, sei unbesorgt. Mavros auch nicht, er lässt ihn nicht im Stich.« Er stimmte mit einem Nicken zu. »Vergiss mich nicht, wegen der Hochzeit!«

Mir blieb nur noch, ihnen zuzulächeln. Ich lächelte, wie ich es immer so gut gekonnt hatte.

Neuntes Kapitel

In dem Angst den Frauen jede Sinnlichkeit raubt

Endlich regnete es. Ein heftiges, kurzes Gewitter. Ein regelrechtes Unwetter, wie es Marseille im Sommer manchmal heimsucht. Es hatte zwar keine Abkühlung gebracht, aber der Himmel war wieder klar und wolkenlos. Das Regenwasser auf den Gehwegen verdampfte in der Sonne. Ein lauer Dunst stieg auf. Ich mochte den Geruch.

Ich saß auf der Terrasse bei *Francis* unter den Platanen der Allée Meilhan. Es war fast sieben Uhr. Die Canebière leerte sich schon. In wenigen Augenblicken würden die Geschäfte ihre Rollgitter hinunterlassen. Und die Canebière würde wie ausgestorben daliegen. Eine verlassene Gegend, in der nur noch Gruppen junger Araber, Leute von der Bereitschaftspolizei und einige versprengte Touristen herumliefen.

Aus Angst vor den Arabern waren die Marseiller in andere Viertel weiter außerhalb geflohen, wo sie sich sicher fühlten: die Place Sébastopol, die Boulevards de la Blancarde und Chave, die Avenue Foch, die Rue Monte-Cristo. Und, weiter östlich, die Place Castelane, die Avenue Cantini, der Boulevard Baille, die Avenue du Prado, der Boulevard Périer und die Rues Paradis und Breteuil.

In der Gegend um die Place Castelane fiel ein Immigrant auf wie ein Haar in der Suppe. In gewissen Bars stank die Kundschaft – Schüler und Studenten, durchgestylt bis obenhin – dermaßen nach Kohle, dass sogar ich mir da deplatziert vorkam. Hier wurde selten an der Theke getrunken, und der Pastis wurde in großen Gläsern serviert, wie in Paris.

Die Araber hatten sich im Zentrum neu gruppiert, das man ihnen schließlich überlassen hatte. Mit Abscheu gegen den Cours Belsunce und die Rue d'Aix und all die engen, vom Schmutz zerfressenen Gassen zwischen der Belsunce, der Allée Meilhan und dem Bahnhof Saint-Charles. Die Heimat der Huren. Mit Elendsquartieren und verlausten Absteigen. Alle Einwanderer waren durch diese Straßen geschleust worden. Bis eine Sanierung sie an den Rand gedrängt hatte. Eine neue Sanierungswelle war im Anmarsch, und die Randgebiete lagen bereits an der Stadtgrenze. In Septème-les-Vallons. Bei Pennes-Mirabeau. Weiter und immer weiter. Raus aus Marseille.

Eins nach dem anderen hatten die Kinos und dann die Kneipen geschlossen. Die Canebière war nur noch eine eintönige Reihe von Klamotten- und Schuhgeschäften. Ein großer Trödelmarkt. Mit einem einzigen Kino, dem *Capitole.* Ein Gebäudekomplex mit sechs Sälen. Die Kunden: junge Araber. Muskelprotze am Eingang, Muskelprotze in den Sälen.

Ich trank meinen Pastis aus und bestellte einen neuen. Corot, ein alter Kumpel, wusste einen Pastis erst nach dem dritten zu schätzen. Den Ersten trinkst du gegen den Durst. Beim Zweiten kommst du langsam auf den Geschmack. Und der Dritte schließlich schmeckt! Vor dreißig Jahren waren wir abends nach dem Essen noch auf der Canebière spazieren gegangen. Wir waren nach Hause gegangen, hatten geduscht und gegessen. Dann hatten wir uns umgezogen und waren auf die Canebière gegangen. Bis zum Hafen. Wir gingen auf der linken Seite runter und auf der anderen wieder rauf. Am Alten Hafen folgte jeder seinen Gewohnheiten. Einige stießen bis zur Fischhalle und zum Bassin de Carénage vor. Andere gingen zum Rathaus oder zum Fort Saint-Jean. Wir aßen Pistazien-, Kokosnuss- oder Zitroneneis.

Mit Manu und Ugo war ich regelmäßig auf die Canebière gegangen. Wie alle jungen Leute gingen wir hin, um uns zu zeigen. Herausgeputzt wie die Prinzen. Espadrilles oder Tennisschuhe kamen nicht in Frage. Wir trugen unsere besten Schuhe, bevorzugt italienische, die wir auf halbem Weg an der Rue des Feuillants putzen ließen. Wir gingen die Canebière mindestens zweimal rauf und runter. Dort gingen wir auf Mädchenfang.

Die Mädchen gingen oft in Gruppen von vier oder fünf. Arm in Arm. Sie gingen langsam auf ihren Bleistiftabsätzen, aber ohne mit dem Hintern zu wackeln, wie in Toulon. Ihr Gang war einfach, mit der Marseille eigenen Gelassenheit. Sie redeten und lachten laut. Um auf sich aufmerksam zu machen. Auf ihre Schönheit. Und sie waren schön.

Wir folgten ihnen in etwa zehn Schritten Abstand und machten unsere Bemerkungen laut genug, damit sie sie verstanden. An einem Punkt drehte sich eine von ihnen um und rief: »He, hast du den da gesehen! Für wen hält der sich, der Geck? Für Raf Vallone!«

Sie brachen in Gelächter aus. Drehten sich um. Strahlten uns an. Wir hatten gewonnen. An der Place de Bourse war die Unterhaltung voll in Gang. Am Quai des Belges blieb uns nichts anderes übrig, als in die Tasche zu greifen, um das Eis zu bezahlen. Jeder für sein Mädchen. So gehörte es sich. Wir erkannten uns am Blick und am Lächeln. Die kleine Romanze hielt bestenfalls bis Sonntagabend nach endlosen Slows im Halbdunkel der *Salons Michel* in der Rue Montgrand.

Araber gab es schon damals viele. Auch Schwarze. Oder Vietnamesen. Oder Armenier, Griechen, Portugiesen. Aber das war kein Problem. Zu einem Problem wurden sie erst durch die Wirtschaftskrise. Je höher die Arbeitslosigkeit anstieg, desto mehr fielen die Einwanderer auf. Es war, als würde die Anzahl der Araber parallel zur Anzahl der Arbeitslosen steigen! In den fetten Siebzigerjahren waren die Tische reichlich gedeckt gewesen. Aber ihr letztes Stück Brot wollten die Franzosen allein essen. Davon gaben sie keinen Krümel ab. Das war es, was die Araber taten: Sie klauten uns auch noch den letzten Kanten Brot vom Teller.

Die Marseiller dachten nicht wirklich so, aber man hatte ihnen Angst eingejagt. Eine Angst, so alt wie die Geschichte der Stadt, nur dass sie diesmal ein Paradox überwinden mussten: Die Angst lähmte ihr Denken. Ihr erneutes Umdenken.

Immer noch kein Sanchez in Sicht. 7.10 Uhr. Was machte er, der Idiot? Es störte mich nicht, dort tatenlos zu warten. Es entspannte mich. Ich bedauerte nur, dass die vorbeigehenden Frauen es alle eilig hatten, nach Hause zu kommen. Es war eine ungünstige Stunde, um sie zu beobachten.

Sie gingen schnell. Die Handtasche fest an den Bauch gedrückt. Den Blick gesenkt. Die Angst raubte ihnen jede Sinnlichkeit. Morgen würden sie sie wieder finden, kaum dass sie in den Bus gestiegen waren. Mit diesem offenen Blick, den ich an ihnen mochte. Hier senkt ein Mädchen nicht die Augen, wenn sie dir gefällt und du sie ansiehst. Selbst wenn du sie nicht anbaggerst, solltest du zu schätzen wissen, was sie dich sehen lässt, ohne den Blick abzuwenden. Sonst macht sie dir einen Skandal, besonders wenn viele Leute drum herum stehen.

Ein grün-weißer Golf GTI mit Schiebedach fuhr auf den Bürgersteig und hielt zwischen zwei Platanen. Musik drang aus dem Innern. Etwas so Unverdauliches wie Whitney Huston! Der Fahrer kam direkt auf mich zu. Um die fünfundzwanzig. Gut aussehend. Weiße Leinenhose, leichte, fein blau-weiß gestreifte Jacke, dunkelblaues Hemd. Halblange Haare, aber gut geschnitten.

Er setzte sich hin und sah mir direkt in die Augen. Er schlug die Beine übereinander und zog dabei leicht die Hose hoch, um die Bügelfalte nicht zu ruinieren. Ich bemerkte seinen Siegelring und die Uhrkette. Wie aus der Modezeitschrift, hätte meine Mutter gesagt. Ein echter Zuhälter in meinen Augen.

»Francis, eine Mauresque«, rief er.

Er zündete sich eine Zigarette an. Ich mir auch. Ich wartete darauf, dass er etwas sagte, aber er würde nichts sagen, bevor er nicht getrunken hatte. Ganz der coole Typ. Ich wusste, wer er war. Toni. Der dritte Mann. Einer von denen, die vermutlich Leila ermordet hatten. Die sie auch vergewaltigt hatten. Aber er wusste nicht, dass ich das dachte. Er glaubte, für mich nur der Fahrer von dem Taxi am Opernplatz zu sein. Er hatte das sichere Auftreten eines Typs, der nichts riskiert. Der Protektion hatte. Er trank einen Schluck von seinem Pastis mit Mandelgeschmack, dann grinste er mich breit an. Wie ein Raubtier.

»Du wolltest mich treffen, hat man mir gesagt.«

»Eigentlich hatte ich erwartet, dass wir uns vorstellen.«

»Versuch nicht, mich reinzulegen. Ich bin Toni. Sanchez quatscht zu viel. Und er macht sich vor jedem Bullen in die Hosen. Kein Kunststück, ihn zum Reden zu bringen.«

»Und du machst dich nicht so leicht nass?«

»Was du über mich weißt oder nicht, macht keinen Unterschied. Du taugst gerade genug, um die Scheiße vor den Türen der Araber zusammenzukehren. Und selbst da scheinst du nicht gerade zu glänzen. Du steckst deine Nase in Angelegenheiten, die dich nichts angehen. Ich hab ein paar Kumpel bei dir im Revier. Die sind der Meinung, wenn du deinen Riecher nicht in deinen eigenen Mist steckst, müssen wir dir das Nasenbein brechen. Der Rat kommt von ihnen. Ich bin voll auf ihrer Seite. Klar?«

»Du machst mir Angst.«

»Lach du nur, du Schwachkopf! Ich könnte dich platt machen, ohne ein Staubkorn aufzuwirbeln.«

»Wenn ein Idiot sich niedermachen lässt, wirbelt das nie Staub auf. Das ist gut für mich. Und für dich auch. Wenn ich dich abknalle, machen deine Kumpels für dich weiter.«

»Aber so weit wird es nicht kommen.«

»Warum? Wirst du mir vorher in den Rücken schießen?«

Sein Blick trübte sich leicht. Ich hatte etwas Dummes gesagt. Es brannte mir auf der Zunge, ihm ins Gesicht zu sagen, dass ich mehr über ihn wusste, als er dachte. Aber ich bereute es nicht. Ich hatte gerade die richtige Andeutung gemacht. Um mich wieder zu fangen, fügte ich hinzu: »Du hast die Visage danach, Toni.«

»Was du denkst, geht mir am Arsch vorbei! Vergiss nicht! Ich gebe dir den Rat nur ein Mal. Eine zweite Warnung gibt es nicht. Und vergiss Sanchez.«

Das zweite Mal in achtundvierzig Stunden hatte man mich bedroht. Mich unmissverständlich gewarnt. Mit Toni war es weniger schmerzhaft gewesen als letzte Nacht, aber genauso erniedrigend. Am liebsten hätte ich ihm unter dem Tisch durch eine Kugel in den Bauch gejagt. Nur um meinen Hass zu stillen. Aber ich würde meine einzige Fährte nicht zerstören. Und außerdem hatte ich keine Waffe bei mir. Ich nahm meine Dienstwaffe selten mit. Er trank seine Mauresque aus, als sei nichts gewesen, und stand auf. Er warf mir einen Furcht einflößenden Blick zu. Ich nahm seine Worte für bare Münze. Der Typ war ein echter Killer. Vielleicht sollte ich in Zukunft bewaffnet spazieren gehen.

Toni hieß eigentlich Antoine Pirelli. Er wohnte in der Rue Clovis Hugues. Im Belle-de-Mai-Viertel, hinter dem Bahnhof Saint-Charles. Im ältesten Arbeiterviertel in der Geschichte Marseilles. Einem roten Viertel. Um den Boulevard de la Révolution ist jede Straße nach einem Helden des französischen Sozialismus benannt. Das Viertel hatte tausende von hartgesottenen Gewerkschaftlern und militanten Kommunisten hervorgebracht. Und eine stolze Reihe Ganoven. Francis le Belge war ein Kind des Viertels. Heute wurde in dem Viertel fast zu gleichen Teilen kommunistisch und Front National gewählt.

Zurück im Büro überprüfte ich als Erstes die Registrierung seines Golfs. Toni war nicht geführt. Das überraschte mich nicht. Wenn er jemals registriert gewesen war, und da war ich mir sicher, hatte jemand seine Hand im Spiel gehabt. Mein dritter Mann hatte ein Gesicht, einen Namen und eine Adresse. Alle Risiken eingerechnet, war es ein guter Tag gewesen.

Ich steckte mir eine Zigarette an. Ich kam nicht dazu, das Büro zu verlassen. Als wenn mich dort etwas festhielt. Aber ich wusste nicht, was. Ich nahm mir die Akte von Mourrabed noch einmal vor. Ich las das Verhör aufs Neue. Cerutti hatte sie fertig gestellt. Mourrabed war nicht der Mieter der Wohnung. Das Appartement lief seit einem Jahr auf den Namen Raoul Farge. Die Miete wurde jeden Monat bar bezahlt. Regelmäßig. Das war ungewöhnlich in den Vorstädten. Cerutti fand das anormal, aber er war zu spät gekommen, um dessen Akte im Büro der Wohnungsgesellschaft einzusehen. Die Büros schlossen um fünf. Er nahm sich vor, am nächsten Morgen hinzugehen.

Gute Arbeit, sagte ich mir. Was die Drogen anbelangte, war sie allerdings ein Schuss in den Ofen. Sie hatten nichts gefunden, weder in der Wohnung noch im Wagen. Dabei musste der Stoff irgendwo sein. Wegen einer Schlägerei, selbst einer blutigen, konnten wir keine Untersuchung gegen Mourrabed einleiten. Wir mussten ihn wohl laufen lassen.

Der Groschen fiel, als ich hochsah. An der Wand hing ein altes Werbeplakat. Die Weinstraße in der Bourgogne. Und darunter: Besucht unsere Weinkeller. Der Keller! Verdammt noch mal! Der

Keller war natürlich das Versteck für Mourrabeds verfluchten Stoff. Ich rief über Funk im Revier an. Ich bekam Reiver aus den Antillen an den Apparat. Ich meinte, ihn für die Tagschicht eingeteilt zu haben. Das irritierte mich.

»Du hast Nachtschicht!«

»Ich spring für Loubié ein. Er hat drei Gören. Ich bin Junggeselle. Auf mich wartet nicht mal eine Mieze zu Hause. Da ist es doch gerechter so, oder nicht?«

»Okay. Nimm dir das Bassens-Viertel vor. Erkundige dich, ob die Häuser unterkellert sind. Ich rühre mich nicht vom Fleck.«

»Sie haben Keller«, antwortete er.

»Woher weißt du das?«

»Ich kenne Bassens.«

Das Telefon klingelte. Es war Ange aus dem *Treize-Coins*. Djamel hatte zweimal vorbeigeschaut. Er würde in einer Viertelstunde wiederkommen.

»Reiver«, sagte ich. »Bleib im Bezirk. Ich komme, so schnell ich kann. In spätestens einer Stunde.«

Djamel saß an der Theke. Ein Bier vor der Nase. Er trug ein rotes T-Shirt mit schwarzer Aufschrift: »Charly Pizza«.

»Du warst verschwunden«, sagte ich im Herankommen.

»Ich jobbe bei Charly. An der Place Noailles. Ich fahr Pizzas aus.« Mit dem Daumen zeigte er auf das Mofa auf dem Bürgersteig. »Ich hab ein neues Mofa! Stark, nicht?«

»Das ist gut«, sagte ich.

»Klar. Das ist cool und bringt 'n bisschen Knete.«

»Du hast mich gestern Abend gesucht?«

»Ich hab da was, das Sie interessiern wird. Der Typ, den sie in der Passage umgelegt ham, der war nicht bewaffnet. Die Knarre, die hamse ihm später untergeschoben.«

Das ließ sämtliche Alarmglocken bei mir klingeln. So laut, dass mein Magen sich zusammenzog. Tief unten im Bauch meldete sich wieder der Schmerz. Ich stürzte den Pastis hinunter, den Ange mir ausgegeben hatte.

»Woher hast du das?«

»Die Mutter von ’nem Kumpel. Die wohnen über der Passage. Sie hat gerade Wäsche aufgehängt. Hat alles gesehen. Aber sie sagt keinen Pieps, die Mutter. Deine Kumpels sind bei ihr gewesen. Papiere und der ganze Scheiß. Sie hat Schiss. Aber es gibt keinen Zweifel.«

Er sah auf die Uhr, rührte sich aber nicht. Er wartete. Ich schuldete ihm etwas, und vorher würde er nicht gehen. Nicht mal, um etwas Knete zu verdienen.

»Der Typ, weißt du, der hieß Ugo. Er war mein Freund. Ein Freund von früher. Als ich so alt war wie du.«

Djamel verdaute das. Er musste es irgendwo in seinem Kopf einordnen. »Aha. Aus der Zeit, wo Sie noch Scheiß gebaut haben, meinen Sie.«

»Genau, ja.«

Er verdaute aufs Neue und biss sich dabei auf die Lippen. Für ihn war es zum Kotzen, dass sie Ugo so abgeschlachtet hatten. Ugo verdiente Gerechtigkeit. Ich war die Gerechtigkeit. Aber in Djamels Kopf passten Gerechtigkeit und Polizei nicht so recht zusammen. Ich war vielleicht Ugos Kumpel, aber ich war außerdem ein Bulle, und das konnte er schwer vergessen. Er war mir einen Schritt entgegengekommen, nicht mehr. Von Vertrauen konnte noch keine Rede sein.

»Schien okay, dein Kumpel.« Er schaute wieder auf die Uhr, dann sah er mich an. »Da ist noch was. Gestern, als Sie mich gesucht ham, warn zwei Typen hinter Ihnen her. Keine Bullen. Meine Kumpels ham sich drangehängt.«

»Hatten sie ein Motorrad?«

Djamel schüttelte den Kopf. »Nicht die Sorte. Spaghettifresser, die Touristen spielen.«

»Spaghettifresser?«

»Mhm. Ham untereinander so gesprochen.«

Er trank sein Bier aus und ging. Ange brachte mir noch einen Pastis. Während ich ihn trank, versuchte ich an nichts zu denken.

Cerutti wartete im Büro auf mich. Wir hatten Pérol nicht erreichen können. Schade. Ich war sicher, dass wir heute Abend das große Los ziehen würden. Wir holten Mourrabed aus seinem Loch und nahmen ihn – immer noch in Unterhosen – in Handschellen mit. Er schrie ohne Unterlass, als würden wir ihn zur Schlachtbank führen. Cerutti riet ihm, die Klappe zu halten, sonst sähe er sich genötigt, ihm eine runterzuhauen.

Keiner sagte etwas während der Fahrt. Argue wusste über unsere Inszenierung Bescheid. Ich war vor ihm an Ort und Stelle. Seine Truppe war da. Fast jedenfalls. Morvan, Cayrol, Sandoz und Mériel. Sie, ja. Eine Panne. Solche Dinge kamen vor. Eine Panne? Und wenn es keine war? Hätten sie auf jeden Fall auf Ugo geschossen, ganz gleich, ob er bewaffnet war oder nicht? Wenn sie ihm bei seiner Jagd auf Zucca gefolgt waren, hatten sie davon ausgehen müssen, dass er noch bewaffnet war.

»Verflucht«, stieß Cerutti aus. »Da ist das Empfangskomitee!«

Vor dem Hochhaus standen etwa zwanzig Jugendliche um Reivers Auto herum. Multikulturell. Reiver lehnte mit gekreuzten Armen am Wagen. Die Gören schlichen um ihn herum wie Apachen. Zum Rhythmus von *Khaled.* Auf voller Lautstärke. Einige klebten mit der Nase an der Scheibe, um die Visage von Reivers Partner zu erkennen, der im Wagen geblieben war, bereit, Verstärkung anzufordern. Reiver schien das nicht zu beunruhigen.

Wenn wir abends unsere Runde drehten, scherte sich keiner um uns. Aber wenn wir ins Viertel kommen, scheucht sie das auf. Besonders im Sommer. Der Bürgersteig ist der beliebteste Ort in der Ecke. Dort wird diskutiert und geflirtet. Das ist ein bisschen laut, richtet aber wenig Schaden an. Wir kamen langsam näher. Ich hoffte, dass die Jungen aus diesem Viertel waren. Mit ihnen konnten wir immerhin reden. Cerutti parkte hinter Reivers Wagen. Ein paar Jugendliche verteilten sich. Wie die Fliegen klebten sie jetzt an unserem Wagen.

Ich wandte mich an Mourrabed: »Du hetzt die Meute nicht auf! Kapiert?«

Ich stieg aus und ging zu Reiver. Mit sorgloser Miene.

»Wie gehts?«, fragte ich, ohne mich um die Gören um uns herum zu kümmern.

»Cool. So schnell verliere ich ihretwegen nicht den Kopf. Ich habe sie gewarnt. Dem Ersten, der sich an den Reifen vergreift, stopfe ich sie ins Maul. Stimmts, Alter?«, fragte er einen großen, mageren Schwarzen mit Rastamähne, der uns beobachtete.

Er hielt es nicht für nötig zu antworten.

»Gut«, sagte ich zu Reiver. »Legen wir los.«

»Keller Nummer 488. Der Hausmeister wartet. Ich bleibe hier. Ich höre lieber *Khaled.* Das mag ich gern.« Reiver überraschte mich. Er schmiss meine Statistiken über Leute von den Antillen über den Haufen. Er musste meine Gedanken gelesen haben. Er zeigte auf ein Haus weiter unten. »Siehst du, da bin ich geboren. Ich bin hier zu Hause.«

Die Männer zerrten Mourrabed aus dem Wagen. Cerutti nahm seinen Arm und zog ihn vorwärts.

Der große Schwarze kam näher. »Wofür ham die Arschficker dich eingelocht?«, fragte er Mourrabed, ohne uns zu beachten.

»Wegen 'nem Schwulen.«

Sechs Jungen versperrten den Eingang ins Gebäude.

»Der Schwule ist nebensächlich«, sagte ich. »Wir kommen, um seinen Keller zu durchsuchen. Da muss genug Zeug rumliegen, um die ganze Siedlung high zu machen. Dir gefällt das vielleicht. Uns nicht. Ganz und gar nicht. Wenn wir nichts finden, ist er morgen frei.«

Der große Schwarze machte eine Kopfbewegung. Die Jungen gingen auseinander.

»Wir kommen nach«, sagte er zu Mourrabed.

Der Keller war eine riesige Rumpelkammer. Kisten, Kartons, Lumpen, Mofateile.

»Sagst du uns, wo wir suchen müssen?«

Mourrabed zuckte gelangweilt mit den Schultern. »Da ist nichts. Sie werden nichts finden.«

Er sagte es ohne Überzeugung. Er schauspielerte nicht mehr. Ausnahmsweise. Cerutti und die drei anderen begannen zu wühlen. Der Flur belebte sich. Die Gören. Auch Erwachsene. Das ganze Gebäude lief zusammen. Das Licht ging regelmäßig aus, und irgendjemand machte es wieder an. Wir wollten den verborgenen Schatz wirklich finden.

»Da ist kein Stoff«, sagte Mourrabed. Er war sehr nervös geworden. Er ließ Kopf und Schultern hängen. »Er ist nicht da.«

Die Mannschaft unterbrach ihre Suche. Ich sah Mourrabed an.

»Da ist er nicht«, sagte er und nahm wieder etwas Haltung an.

»Und wo ist er dann?«, fragte Cerutti und trat an ihn heran.

»Da oben. Die Gasleitung.«

»Gehen wir?«, fragte Cerutti.

»Sucht weiter«, sagte ich.

Mourrabed spuckte aus. »Arschloch! Wenn ich dir sage, da ist nichts. Es ist da oben. Ich zeig es Ihnen.«

»Und was ist hier?«

»Das!«, rief Béraud und hielt ein Thompson Maschinengewehr hoch.

Er hatte eine Kiste geöffnet. Ein ganzes Arsenal. Knarren aller Art. Genug Munition für eine Belagerung. Da war das große Los. Der Jackpot.

Als ich aus dem Wagen stieg, vergewisserte ich mich, dass niemand mit einem Boxhandschuh auf mich wartete. Aber ich glaubte nicht wirklich daran. Sie hatten mir eine ordentliche Lektion erteilt. Den echten Ärger hoben sie sich für später auf. Wenn ich ihren Rat nicht befolgte.

Wir hatten Mourrabed wieder ins Loch gesteckt. Ein kleines Kilo Heroin, in Säckchen. Shit ohne Ende. Und zwölftausend Francs. Genug, um ihn für einige Zeit von der Bildfläche verschwinden zu lassen. Der Besitz von Waffen wog schwer. Zumal ich mir vage denken konnte, wozu sie in Zukunft verwendet werden sollten. Mourrabed hatte die Zähne nicht mehr auseinander gekriegt. Er hatte sich darauf beschränkt, seinen Anwalt zu verlangen. Er antwortete mit einem Schulterzucken auf all unsere Fragen. Aber ohne den großen Mann zu markieren.

Er saß böse in der Klemme. Er fragte sich, ob es ihnen gelingen würde, ihn da rauszuholen. Sie, das waren diejenigen, die ihre Waffen in dem Keller zwischenlagerten. Diejenigen, die ihn mit Stoff versorgten. Und die vielleicht dieselben waren.

Als ich die Tür öffnete, war das Erste, was ich hörte, Honorines Lachen. Ein glückliches Lachen. Dann ihr hübscher Akzent: »Juchu, so ein Mordsglück! Ich hab schon wieder gewonnen!«

Sie waren alle drei da. Honorine, Marie-Lou und Babette spielten auf der Terrasse Rommé. Im Hintergrund Petrucciani. *Estate.* Eine seiner ersten Platten. Es war nicht die Beste. Andere, beherrschtere waren gefolgt. Aber diese hier troff vor Gefühlsduselei im Urzustand. Ich hatte sie nicht mehr gehört, seit Rosa gegangen war.

»Ich störe euch hoffentlich nicht«, sagte ich leicht verstimmt im Hineingehen.

»Oi, verflixt! Das ist meine dritte Partie«, sagte Honorine sichtlich erregt.

Ich setzte einen Kuss auf jede Wange, schnappte mir die Flasche Lagavulin vom Tisch zwischen Marie-Lou und Babette und ging auf die Suche nach einem Glas.

»Im Schmortopf sind gefüllte Paprika«, rief Honorine. »Die können Sie sich aufwärmen, aber langsam. Gut, du gibst, Babette.«

Ich lächelte. Vor wenigen Tagen war dieses Haus noch das Haus eines Junggesellen, und jetzt spielten hier kurz vor Mitternacht drei Frauen Rommé! Alles war aufgeräumt. Die Mahlzeit fertig. Das Geschirr gespült. Auf der Terrasse trocknete Wäsche. Ich hatte den Traum aller Männer vor mir: eine Mutter, eine Schwester und eine Prostituierte!

Ich hörte sie in meinem Rücken glucksen. Sanfte Komplizinnen. Meine schlechte Laune verflog so schnell, wie sie gekommen war. Ich mochte sie gern, alle drei. Schade, dass die drei nicht in einer einzigen Frau vereint waren, die ich hätte lieben können.

»Spielst du?«, fragte Marie-Lou.

Zehntes Kapitel

In dem ein Blick töten kann

Honorine hatte eine unvergleichliche Art, gefüllte Paprika zuzubereiten. Auf rumänische Art, sagte sie. Sie füllte die Paprikaschoten mit einer gut gewürzten Masse aus Reis, Mett und etwas Rindfleisch, legte sie in einen Tontopf und bedeckte sie mit Wasser. Dann fügte sie Tomatenmark, Thymian, Lorbeer und Pfefferkraut hinzu. Das Ganze ließ sie ohne Deckel auf kleiner Flamme köcheln. Es schmeckte hervorragend, besonders wenn man im letzten Moment einen Löffel Crème fraîche darüber gab.

Während ich aß, sah ich ihnen beim Rommé zu. Sie spielten bis 51. Wer einundfünfzig Punkte hat, in einer Dreierreihe, fünfzig, hundert oder einen Vierer, legt seine Karten auf den Tisch. Wenn ein anderer Spieler schon abgelegt hat, kann man die fehlenden Karten vorn oder hinten an seine Reihe anlegen. Man kann ihm auch seinen Joker abnehmen, den er anstelle einer fehlenden Karte ausgelegt hat. Wer seine Karten als Erster los ist, hat gewonnen.

Es ist ein einfaches Spiel. Man muss allerdings gut aufpassen, wenn man gewinnen will. Marie-Lou vertraute dem Glück und verlor. Honorine und Babette kämpften um den Sieg. Beide achteten auf die Karten der anderen. Aber Honorine hatte viele Nachmittage Erfahrung im Rommé, und auch wenn sie bei jedem gewonnenen Spiel erstaunt tat, setzte ich auf sie. Sie spielte, um zu gewinnen.

Für einen Moment glitt mein Blick über die Wäsche, die zum Trocknen aushing. Mitten unter meinen Hemden, Unterhosen und Socken ein Damenslip und ein BH, weiß. Ich betrachtete Marie-Lou. Sie hatte ein T-Shirt von mir übergezogen. Ihre Brüste zeichneten sich unter der Baumwolle ab. Meine Augen glitten an ihren Beinen, ihren Schenkeln entlang. Bis zum Hintern. Als mir klar wurde, dass sie unter dem T-Shirt nichts anhatte, bekam ich einen Steifen. Marie-Lou erhaschte meinen Blick und erriet meine Gedanken. Sie schenkte mir ein umwerfendes Lächeln, zwinkerte mir leicht betreten zu und schlug die Beine übereinander.

Es folgten viel sagende Blickwechsel. Von Babette zu Marie-Lou. Von Babette zu mir. Von mir zu Babette. Von Honorine zu Babette, dann zu Marie-Lou. Ich fühlte mich nicht wohl in meiner Haut und stand auf, um unter die Dusche zu gehen. Unter dem Wasserstrahl hatte ich immer noch eine Erektion. Honorine ging gegen halb eins. Sie hatte fünf Partien gewonnen. Babette vier. Marie-Lou eine. Während sie mich küsste, fragte sie sich wohl, was ich mit zwei Frauen bei mir anfangen wollte. Marie-Lou verkündete, dass sie ein Bad nehmen würde. Ich konnte nicht anders, als ihr mit den Augen zu folgen.

»Sie ist wirklich sehr schön«, sagte Babette mit einem leichten Lächeln.

Ich nickte. »Du auch.«

Das stimmte. Sie hatte ihre Haare zu einem Pferdeschwanz gebunden. Ihre Augen wirkten riesig und ihr Mund größer. Trotz ihrer vierzig Jahre konnte sie sich vor jeder Zwanzigjährigen sehen lassen. Sogar vor Marie-Lou. Sie war jung. Ihre Schönheit war offensichtlich, sie sprang ins Auge. Babette strahlte sie aus. Freude am Leben hält jung, dachte ich.

»Vergiss es«, sagte sie und streckte mir die Zungenspitze heraus.

»Hat sie es dir gesagt?«

»Wir hatten Zeit, uns kennen zu lernen. Das ändert nichts. Das Mädchen ist schwer in Ordnung. Wirst du ihr helfen, von ihrem Zuhälter loszukommen?«

»Hat sie dir das gesagt?«

»Sie hat gar nichts gesagt. Ich stelle dir die Frage.«

»Es wird immer ein Zuhälter da sein. Außer sie will aufhören. Wenn sie den Willen aufbringt. Und den Mut. So einfach ist das nicht, weißt du. Die Mädchen werden fest an der Kandare gehalten.« Ich stotterte Banalitäten. Marie-Lou war eine Prostituierte. Sie war bei mir abgestiegen. Weil sie in der Klemme saß. Weil bei mir eine Schraube locker war. Weil ich die Sicherheit verkörperte. Weiter sah ich nicht. Nicht über morgen hinaus, und das war schon viel. »Ich muss einen Unterschlupf für sie finden. Hier kann sie nicht bleiben. Es ist nicht mehr sehr sicher bei mir.«

Die Luft war mild. Wie ein salziges Streicheln. Mein Blick verlor sich in der Ferne. Die Wellen raunten Glück. Ich versuchte, die Last der Drohungen beiseite zu schieben. Ich war mit beiden Füßen in gefährliche Gewässer geraten. Was sie noch gefährlicher machte, war, dass ich nicht wusste, woher die Strömung kam.

»Ich weiß«, sagte Babette.

»Du weißt alles«, antwortete ich leicht gereizt.

»Nein, nicht alles. Aber genug, um mir Sorgen zu machen.«

»Das ist lieb. Entschuldige.«

»Wegen Marie-Lou, ist es nur deshalb?«

Diese Diskussion ging mir auf die Nerven. Ich wurde aggressiv. Gegen meinen Willen. »Was willst du wissen? Ob ich in eine Prostituierte verliebt bin? Die Wahnvorstellung aller Männer. Eine Nutte lieben. Sie von ihrem Zuhälter losreißen. Ihr Macker sein. Sie für sich allein haben. Die Frau als Gegenstand …« Überdruss packte mich. Das Gefühl, am Ende meiner Weisheit zu sein. Ganz am Ende. Ich weiß nicht, wo sie ist, die Frau meines Lebens. Vielleicht gibt es sie nicht.

»Ich habe nur ein kleines Appartement, du kennst es.«

»Mach dir keine Gedanken. Ich finde schon was.«

Babette zog einen Umschlag aus ihrer Tasche, öffnete ihn und hielt mir ein Foto hin. »Ich bin gekommen, um dir das zu zeigen.«

Mehrere Männer an einem Tisch in einem Restaurant. Einen kannte ich. Morvan. Ich schluckte.

»Der rechts ist Joseph Poli. Ein ehrgeiziger Typ. Er hält sich für Zuccas Nachfolger. Hinter den Killern vom Opernplatz steckt mit Sicherheit er. Er ist ein Freund von Jacky Le Mat. Er war 81 beim Einbruch von Saint-Paul-de-Vence dabei.« Ich erinnerte mich. Juwelen im Wert von sieben Millionen Francs geklaut. Le Mat war nach seinem Verhör wieder auf freien Fuß gesetzt worden. Der Hauptbelastungszeuge hatte seine Aussage zurückgezogen. »Der dort steht«, fuhr Babette fort, »ist sein Bruder. Émile. Spezialisiert auf Erpressung, Spielautomaten und Diskotheken. Eine Giftkröte unter seiner gutmütigen Fassade.«

»Sie schmieren Morvan?«

»Der links ist Luc Wepler«, sprach sie weiter, ohne auf meine Frage einzugehen. »Gefährlich.«

Sein Foto verursachte mir eine Gänsehaut. In Algerien geboren, verpflichtete Wepler sich sehr jung bei den Fallschirmjägern und wurde schnell aktives Mitglied der OAS, der Geheimarmee, die gegen die Unabhängigkeit Algeriens kämpfte. 1965 taucht er im Ordnungsdienst des rechtsextremen Strafverteidigers Tixier-Vignancourt wieder auf. Nach der Wahlschlappe des Rechtsanwalts bei der Präsidentschaftskandidatur gibt er seine offizielle politische Betätigung auf. Er geht wieder zu den Fallschirmjägern. Dann als Söldner nach Rhodesien, auf die Komoren, in den Tschad. 1974 ist er in Kambodscha. Unter den amerikanischen Militärberatern gegen die Roten Khmer. Dann nacheinander: Angola, Südafrika, Benin, im Libanon bei den rechtsgerichteten christlichen Milizen von Béchir Gemayel.

»Interessant«, sagte ich und stellte mir ein Treffen von Angesicht zu Angesicht mit ihm vor.

»Seit 1990 ist er beim Front National im Einsatz. Als erfahrener Kommandant arbeitet er im Dunkeln. Nur wenige Leute in Marseille kennen ihn. Auf der einen Seite sind die Sympathisanten, mitgerissen von den radikalen Ideen des Front National. Opfer der Wirtschaftskrise. Arbeitslose. Vom Sozialismus und Kommunismus Enttäuschte. Auf der anderen die Militanten. Um die kümmert Wepler sich. Um die entschlossensten. Die aus den rechtsextremen Kampfgruppen Œuvre Française, Groupe Union Défense oder Antikommunistische Front kommen. Er organisiert sie in schlagkräftigen Zellen. Kampfbereite Männer. Er ist bei den jungen Leuten für seinen guten Drill bekannt. Mit anderen Worten, bei ihm heißt es: Du spurst, oder du fliegst.«

Ich konnte meine Augen nicht von dem Foto losreißen. Ich war wie hypnotisiert von Weplers blauem, elektrisiertem, eisigem Blick. Typen wie ihm war ich in Dschibuti begegnet. Eiskalte Profi-Killer. Die Arschficker des Imperialismus. Seine verlorenen Kinder. Mit dem Hass, »die Dummen der Geschichte« gewesen zu sein, verstoßen in die weite Welt, wie Garel, mein Chef-Adjutant, einmal gesagt hat. Dann entdeckte ich noch einen, den ich kannte. Rechts im Hintergrund. An einem anderen Tisch. Toni. Der schöne Toni.

»Den da, kennst du den?«

»Nein.«

»Den habe ich vorhin kennen gelernt.«

Ich erzählte ihr, wie und warum ich ihn getroffen hatte.

Sie zog eine Grimasse.

»Schlimm. Das Foto ist bei einem Essen der besonders Extremen aufgenommen worden. Die haben sich unabhängig von den Aktivisten des Front National organisiert.«

»Willst du damit sagen, dass die Brüder Poli Faschisten geworden sind?«

Sie zuckte die Schultern. »Sie essen zusammen. Sie lachen zusammen. Sie singen Nazi-Lieder. Wie bei *Jenny* in Paris, du weißt. Das hat nichts zu bedeuten, aber sicher ist, dass sie Geschäfte machen. Die Brüder Poli kommen auf ihre Kosten. Sonst sehe ich keinen Grund, warum sie sich mit ihnen abgeben sollten. Aber es gibt eine Verbindung. Morvan. Wepler hat ihn ausgebildet. In Algerien. Beim Ersten Fallschirmjäger-Regiment. Nach 68 ist Morvan bei der *Antikommunistischen Front* aktiv, wo er die Aktionsgruppe übernimmt. Zu der Zeit trifft er Wepler wieder, und die beiden freunden sich an ...« Sie sah mich an, lächelte und fügte, wohl wissend, welche Wirkung ihre Worte auf mich haben würden, hinzu: »Und heiratet die Schwester der Brüder Poli.«

Ich pfiff durch die Zähne. »Hast du noch mehr solche Überraschungen?«

»Batisti.«

Er war ganz vorn auf dem Foto. Aber von hinten. Ich hatte nicht darauf geachtet.

»Batisti«, wiederholte ich dümmlich. »Natürlich. Er mischt da auch mit?«

»Seine Tochter, Simone, ist die Frau von Émile Poli.«

»Die ganze Familie, was?«

»Die Familie und die anderen. Es ist die Mafia. Guérini gehörte auch dazu. Zucca hatte eine Cousine von Volgo, dem Neapolitaner, geheiratet. Wer hier seine Familie verliert, kann einpacken. Zucca hatte das begriffen. Er hatte sich eine Familie zugelegt.«

»*Nuova Famiglia*«, sagte ich mit einem bitteren Lachen. »Neue Familie und alte Schweinereien.«

Marie-Lou kam, in ein großes, dickes Handtuch gewickelt, zurück. Wir hatten sie fast vergessen. Ihre Erscheinung war wie ein frischer Luftzug. Sie sah uns an wie Verschwörer, steckte sich dann eine Zigarette an, schenkte uns großzügig Lagavulin ein und verschwand wieder im Innern der Wohnung. Kurz darauf hörten wir die Ziehharmonika von Astor Piazzolla, dann das Saxofon von Jerry Mulligan. Eine der schönsten musikalischen Begegnungen der letzten fünfzehn Jahre. *Buenos Aires, Twenty Years After.*

Die Puzzlestücke lagen vor mir ausgestreut. Ich musste sie nur noch zusammensetzen. Ugo, Zucca mit Morvan. Al Dakhil, seine Leibwächter und die beiden Killer mit Morvan und Toni. Leila mit Toni und den beiden Killern. Aber das passte alles nicht zusammen. Und wo kam Batisti ins Spiel?

»Wer ist denn das?«, fragte ich und zeigte auf einen sehr distinguierten Mann auf dem Foto rechts von Joseph Poli.

»Ich weiß nicht.«

»Wo ist das Restaurant?«

»Die *Auberge des Restanques.* Am äußeren Ende von Aix auf dem Weg über Vauvenargues.«

Sämtliche Warnleuchten blinkten in meinem Kopf. Die Erkundungen über Ugo führten mich zu Leila.

»Leila. Ihre Leiche wurde dort in der Nähe gefunden.«

»Was hat sie damit zu tun?«

»Das frage ich mich auch.«

»Glaubst du an Zufälle?«

»Ich glaube an gar nichts.«

Ich hatte Babette bis zu ihrem Wagen begleitet, nachdem ich mich vergewissert hatte, dass keine unmittelbare Gefahr auf der Straße lauerte. Niemand war hinter ihr losgefahren. Weder Auto noch Motorrad. Ich hatte noch ein paar Minuten draußen gewartet. Dann war ich beruhigt wieder hineingegangen.

»Pass auf dich auf«, hatte sie gesagt.

Sie hatte meinen Nacken gestreichelt. Ich hatte sie an mich gedrückt.

»Ich kann nicht mehr zurück, Babette. Ich weiß nicht, wo es mich hinführt. Aber ich gehe hin. Ich habe nie im Leben ein Ziel gehabt. Jetzt habe ich eins. Was immer es wert ist, mir reicht es.«

Das Leuchten in ihren Augen hatte mir gefallen, als sie sich von mir losmachte. »Das einzige Ziel ist, zu leben.«

»Genau das meine ich.«

Jetzt musste ich Marie-Lou gegenübertreten. Ich hatte gehofft, dass Babette bleiben würde. Sie hätten in meinem Bett schlafen können, ich auf dem Sofa. Aber Babette hatte geantwortet, dass ich groß genug sei, um auf dem Sofa zu schlafen, selbst wenn sie nicht da sei.

Marie-Lou hielt das Foto in der Hand. »Wer sind die Typen?«

»Ein Haufen Scheißkerle. Heiße Sache, wenn du es wissen willst.«

»Hast du mit ihnen zu tun?«

»Schon möglich.«

Ich nahm ihr das Foto aus der Hand und betrachtete es noch einmal. Es war vor drei Monaten aufgenommen worden. Das *Restanques* war an diesem Abend, einem Sonntag, normalerweise geschlossen. Babette hatte das Foto von einem Journalisten des *Méridional,* der zu der Feier eingeladen war. Sie würde versuchen, mehr über die Teilnehmer herauszufinden und vor allem darüber, was die Brüder Poli, Morvan und Wepler zusammen auskochten.

Marie-Lou saß mit angezogenen Beinen auf dem Sofa. Sie sah zu mir auf. Der Fleck von den Schlägen verblasste allmählich.

»Du willst, dass ich gehe, ist es das?«

Ich wies auf die Flasche Lagavulin. Sie schüttelte den Kopf. Ich schenkte nach und reichte ihr ein Glas.

»Ich kann dir nicht alles erklären. Ich stecke in einer schmutzigen Sache, Marie-Lou. Du hast es ja gestern Abend mitgekriegt. Die Lage spitzt sich zu. Hier wird es gefährlich. Die schrecken vor nichts zurück«, sagte ich und dachte an die Visagen von Morvan und Wepler.

Sie sah mich ununterbrochen an. Ich begehrte sie sehr stark. Am liebsten hätte ich mich auf sie geworfen und sie genommen, gleich dort, auf dem Boden. Es war die einfachste Art, einem Gespräch auszuweichen. Ich glaubte nicht, dass sie sich wünschte, dass ich über sie herfiel. Ich rührte mich nicht.

»Das habe ich verstanden. Aber was bin ich für dich?«

»Eine Nutte ... die ich sehr gern habe.«

»Arschloch!« Sie warf ihr Glas nach mir. Ich hatte es geahnt und wich aus. Das Glas zerbrach auf den Kacheln. Marie-Lou rührte sich nicht.

»Willst du ein neues Glas?«

»Ja, bitte.«

Ich schenkte ihr nach und setzte mich neben sie. Das Schlimmste war vorüber.

»Willst du deinen Zuhälter verlassen?«

»Ich habe nichts anderes gelernt.«

»Ich wünschte, du würdest etwas anderes tun.«

»Ach ja, und was? Kassiererin im Kaufhaus, meinst du das?«

»Warum nicht? Die Tochter von meinem Partner macht das. Sie ist so alt wie du, oder kaum älter.«

»Das ist die Hölle!«

»Ist es besser, dich von wildfremden Mackern fertig machen zu lassen?«

Sie gab keine Antwort. Starrte versunken in ihr Glas. Wie neulich Abend, als wir uns im *O'Stop* getroffen hatten.

»Hast du schon mal daran gedacht?«

»Ich schaff mein Pensum nicht mehr, seit einiger Zeit. Ich kann nicht mehr. Mich von all diesen Typen bumsen lassen. Daher die Abreibung.«

»Ich dachte, das war meinetwegen.«

»Du warst nur der Vorwand.«

Wir redeten bis zum Morgengrauen. Marie-Lous Geschichte war die Geschichte aller Marie-Lous dieser Welt. Aufs Komma genau. Angefangen mit der Vergewaltigung durch Papa, arbeitslos, während Mama putzen geht, um die Familie zu ernähren. Den

Brüdern, die sich einen Scheißdreck drum kümmern, weil du nur ein Mädchen bist. Außer wenn sie dich mit einem Weißen oder, noch schlimmer, mit einem Nordafrikaner erwischen. Es regnet Ohrfeigen für nichts und wieder nichts. Weil Ohrfeigen die Flüche der Armen sind.

Marie-Lou war mit siebzehn abgehauen, eines Abends, als sie aus der Schule kam. Allein. Ihr kleiner Schulfreund hatte sich dünne gemacht. Ciao, Pierrot. Und adieu, Garenne-Colombes am Stadtrand von Paris. Auf nach Süden. Der erste Lastwagenfahrer fuhr nach Rom.

»Auf der Rückfahrt habe ich begriffen, dass ich als Hure enden würde. Er hat mich in Lyon rausgeschmissen, mit fünfhundert Francs. Seine Frau und seine Gören warteten auf ihn. Er hatte mich für mehr als das gevögelt, aber was solls, es hat mir gefallen! Er hätte mich auch ohne einen Centime auf die Straße setzen können. Er war der Erste, es hätte schlimmer kommen können. All die anderen Typen, die ich später kennen gelernt habe, dachten auch nur an das eine, mich zu ficken. Keiner blieb länger als eine Woche. In ihrem beschränkten Schädel war ich zu schön für eine ehrenhafte Frau. Ich muss ihnen irgendwie Angst eingejagt haben, nachdem sie mich taxiert hatten. Ein zu gutes Schnäppchen. Oder sie haben schon die Hure in mir gesehen, die ich werden würde. Was glaubst du?«

»Ich glaube, dass der Blick der anderen eine tödliche Waffe ist.«

»Schön gesagt«, meinte sie müde. »Aber ein Mädchen wie ich wäre doch was für dich, he?«

»Die Mädchen, die ich geliebt habe, sind alle gegangen.«

»Ich könnte bleiben. Ich habe nichts zu verlieren.«

Ihre Worte wühlten mich auf. Sie meinte es ernst. Sie lieferte sich aus. Und sie gab sich hin, Marie-Lou.

»Ich könnte es nicht ertragen, von einer Frau geliebt zu werden, die nichts zu verlieren hat. Lieben heißt gerade das: die Möglichkeit, zu verlieren.«

»Du bist nicht ganz richtig im Kopf, Fabio. Du bist unglücklich, nicht wahr?«

»Ich bin nicht stolz darauf.«

Ich musste lachen. Nicht über sie. Sie sah mich an, und ich meinte, Traurigkeit in ihrem Blick zu erkennen. Ich wusste nicht, ob sie ihretwegen oder meinetwegen traurig war. Sie drückte ihre Lippen auf meine. Sie roch nach Cashewöl.

»Ich gehe ins Bett«, sagte sie. »Es ist besser so, oder nicht?«

»Das ist besser«, hörte ich mich wiederholen und stellte fest, dass es zu spät war, um über sie herzufallen. Darüber musste ich lächeln.

»Weißt du was«, meinte sie, als sie aufstand, »eine von den Gestalten auf dem Foto kenne ich.« Sie hob das Foto vom Boden auf und zeigte mit dem Finger auf einen Mann neben Toni. »Das ist mein Zuhälter. Raoul Farge.«

»Herrgottnochmal!«

Auch das beste Sofa ist unbequem. Man schläft dort nur aus Verlegenheit. Weil jemand anders in deinem Bett liegt. Ich hatte nicht mehr auf meinem geschlafen, seit Rosa das letzte Mal eine Nacht hier verbracht hatte.

In der Hoffnung, unsere Beziehung noch einmal zu retten, hatten wir bis zum Morgengrauen geredet und getrunken. Unsere Liebe stand nicht zur Debatte. Es ging um sie und um mich. Mehr um mich. Ich weigerte mich, ihren sehnlichsten Wunsch zu erfüllen: ein Kind. Ich konnte ihr keinen einzigen vernünftigen Grund nennen. Ich war nur in mir selbst gefangen.

Clara, die einzige Frau, die ich je geschwängert hatte – versehentlich, zugegeben –, hatte abgetrieben, ohne es mir zu sagen. Ich sei nicht zuverlässig, hatte sie mir vorgehalten. Hinterher, um ihre Entscheidung zu begründen. Ich war zu sehr hinter den Frauen her. Ich liebte sie zu sehr. Ich wurde schon durch einen Blick untreu. Man konnte mir nicht trauen. Ich war ein Liebhaber. Ich würde nie ein Ehemann sein. Noch weniger ein Vater. Das war natürlich das Ende unserer Beziehung. In meiner Vorstellung hatte ich den Vater getötet, obwohl er nur einen Mittagsschlaf hielt.

Rosa liebte ich. Ein Engelsgesicht, umrahmt von einer Fülle lockiger, kastanienbrauner, fast roter Haare. Sie hatte ein entwaffnendes, umwerfendes Lächeln, wenngleich fast immer mit einer

Spur von Trauer. Das war es, was mich am Anfang verführt hatte: ihr Lächeln. Heute konnte ich ohne Schmerz an sie denken. Sie war mir nicht gleichgültig geworden, hatte aber etwas Unwirkliches für mich angenommen. Es hatte gedauert, bis ich von ihr losgekommen war. Von ihrem Körper. Wenn wir zusammen waren, brauchte ich nur die Augen zu schließen, um sie zu begehren. Ihr Bild verfolgte mich noch immer. Oft fragte ich mich, ob dieses Begehren wieder aufflammen würde, wenn sie einfach so ohne Ankündigung hier auftauchen würde. Ich wusste es immer noch nicht.

Doch, ich wusste es. Seit ich mit Lole geschlafen hatte. Man konnte nie vergessen, Lole geliebt zu haben. Es war keine Frage ihrer Schönheit. Rosa hatte einen Luxuskörper mit fein gezeichneten Rundungen. Alles an ihr war sinnlich. Die kleinste Geste. Lole war schmaler, geradliniger. Federleicht bis zu ihrem Gang. Sie erinnerte an die »Gradiva« auf den Fresken in Pompeji. Sie streifte den Boden beim Gehen, ohne ihn zu berühren. Sie zu lieben, hieß, sich auf Reisen zu begeben. Sie entführte einen. Und bei der Liebe hatte man nicht das Gefühl, etwas zu verlieren, sondern etwas zu *finden.*

Das hatte ich empfunden, auch wenn ich es wenige Augenblicke danach wieder zerstört hatte. Manu hatte eines Abends in der Fischerhütte verärgert ausgerufen: »Scheiße, wenn man liebt, warum hält es nicht an!« Wir hatten nichts zu antworten gewusst. Mit Lole gab es etwas nach der Lust.

Seitdem lebte ich in diesem Danach. Ich hatte nur einen Wunsch: sie wieder zu finden, sie wieder zu sehen. Auch wenn ich mich seit drei Monaten weigerte, das zuzugeben. Auch wenn ich mich keiner Illusion hingab. Ihre Finger brannten noch auf meiner Haut. Die Scham lebte noch auf meiner Wange. Nach Lole hatte ich nur zu Marie-Lou finden können. Wir liebten uns wie zwei Verlorene. Aus Verzweiflung. Bei den Huren endet man aus Verzweiflung. Aber Marie-Lou verdiente etwas Besseres.

Ich drehte mich um. In dem Gefühl, nicht einschlafen zu können. Die unveränderte Sehnsucht nach Lole. Das verdrängte Begehren nach Marie-Lou. Was hatte ihr Macker mit der Geschichte zu tun? Leilas Tod war wie ein Stein, den man ins Wasser wirft.

Die Ringe zogen weite Kreise, in denen sich Bullen, Ganoven und Faschisten tummelten. Und jetzt Raoul Farge, der genug Material in Mourrabeds Keller deponiert hatte, um die Bank von Frankreich im Sturm zu nehmen.

Verdammt! Wofür waren diese ganzen Waffen? Eine interessante Idee kam mir in den Sinn, ertrank aber im letzten Schluck Lagavulin. Es gelang mir nicht mehr, auf die Uhr zu sehen. Als der Wecker klingelte, meinte ich, kein Auge zugemacht zu haben.

Marie-Lou musste die ganze Nacht mit Ungeheuern gekämpft haben. Die Kissen waren vom vielen Hinundherwerfen zerknüllt, die Laken zerknittert. Sie schlief auf dem Bauch, die Decke unter sich, das Gesicht abgewandt. Ich konnte es nicht sehen, nur ihren Körper. Ich kam mir ziemlich blöd vor mit meinem Kaffee und den Croissants.

Ich war eine gute halbe Stunde geschwommen. Lange genug, um alle Zigaretten dieser Welt auszuhusten und meine Muskeln bis zum Bersten anzuspannen. Immer geradeaus, bis hinter den Damm. Nicht aus Spaß. Wütend. Ich hatte aufgehört, als mein Magen sich zusammenzog. Der stechende Schmerz erinnerte mich an die Schläge, die ich abbekommen hatte. Die Erinnerung an den Schmerz verwandelte sich in Angst. Panische Angst. Eine Sekunde lang glaubte ich, ich würde ertrinken.

Erst unter der warmen Dusche beruhigte ich mich. Ich hatte ein Glas Orangensaft hinuntergestürzt, dann war ich Croissants kaufen gegangen. Ich hatte auf einen Kaffee zu *Fonfon* hineingeschaut, um die Zeitungen zu lesen. Obwohl gewisse Kunden mächtig Druck machten, hatte er nach wie vor nur *Le Provençal* und *La Marseillaise.* Nicht den rechten *Méridional.* Fonfon verdiente meine Treue.

Letzte Nacht hatte es eine Razzia gegeben, einen Großeinsatz von mehreren Brigaden, darunter der von Argue. Eine methodische Razzia nach der BBC-Regel: Bars, Bordelle und Clubs. Alle heißen Ecken waren mitgenommen worden: Place d'Aix, Cours Belsunce, Place de l'Opéra, Cours Julien, La Plaine und sogar die Place Thiars. Über sechzig Verhaftungen, ausschließlich von illegalen Arabern. Ein paar Prostituierte. Einige Schlägertypen. Aber keine führenden Ganoven. Nicht mal ein kleiner Taschendieb. Die zuständigen Beamten hatten jeden Kommentar abgelehnt, aber der Journalist ließ anklingen, dass diese Art Operation sich wiederholen könnte. Das Marseiller Nachtleben sei außer Kontrolle geraten.

Zwischen den Zeilen war die Sache klar. Die Marseiller Unterwelt war führungslos. Zucca war tot, und Al Dakhil leistete ihm im Reich der Schweinepriester Gesellschaft. Die Polizei sondierte das Terrain, und Argues Brigade setzte ihre Duftmarke. Er wollte wissen, mit wem er es künftig zu tun hatte. »Ich wette«, sagte ich mir, »dass Joseph Poli der neue Kopf sein wird.« Das ließ mich erschauern. Seinen Aufstieg hatte er einer Gruppe von Extremisten zu verdanken. Als politisch denkender Mensch hatte er seine Zukunft auf sie gebaut. Ugo, davon war ich jetzt überzeugt, war ein Werkzeug in der Hand des Teufels gewesen.

»Ich schlafe nicht«, sagte Marie-Lou, als ich mich mit meinem Tablett gerade wieder trollen wollte.

Sie zog sich die Decke über. Sie sah müde aus, und ich nahm an, dass sie genauso schlecht geschlafen hatte wie ich. Ich setzte mich auf die Bettkante, stellte das Tablett neben sie und küsste sie auf die Stirn.

»Wie gehts?«

»Das ist lieb«, sagte sie mit einem Blick auf Kaffee und Croissants. »Mir hat noch nie einer Frühstück ans Bett gebracht.«

Ich antwortete nicht. Wir tranken schweigend unseren Kaffee. Ich sah ihr beim Essen zu. Sie hielt den Kopf gesenkt. Ich reichte ihr eine Zigarette. Unsere Blicke kreuzten sich. Sie sah traurig aus. In meinen Augen lag alle Zärtlichkeit, zu der ich fähig war.

»Du hättest mit mir schlafen sollen, letzte Nacht. Das hätte mir geholfen.«

»Ich konnte nicht.«

»Ich muss wissen, dass du mich liebst. Wenn ich da rauswill. Sonst schaffe ich es nicht.«

»Du wirst es schaffen.«

»Du liebst mich nicht, stimmts?«

»Aber ja, ich liebe dich.«

»Warum hast du dann nicht mit mir geschlafen wie mit jeder anderen Frau?«

»Ich konnte nicht.«

»Was soll das heißen, du kannst nicht!« Mit einer schnellen Bewegung schob sie ihre Hand zwischen meine Schenkel. Sie griff mein Glied und zerrte es aus der Hose. Ihre Augen immer noch fest in meinen.

»Hör auf«, sagte ich, ohne mich zu bewegen.

»Du willst doch nicht sagen, dass du das nicht kannst?« Sie ließ meinen Schwanz los und packte mich blitzschnell an den Haaren. »Oder ist es da, wo du nicht kannst? Im Kopf?«

»Ja, es ist da. Du sollst keine Nutte mehr sein.«

»Ich hab aufgehört, Idiot!«, schrie sie. »Ich hab aufgehört. In meinem kleinen Kopf ist das sonnenklar. Seit ich zu dir gekommen bin. Zu dir! Siehst du denn nichts! Bist du blind? Wenn du schon nichts mitbekommst, wird niemand etwas merken. Ich werde immer eine Hure bleiben.« Sie hängte sich an meinen Hals und fing an zu heulen: »Liebe mich, Fabio. Liebe mich. Nur ein Mal. Aber liebe mich wie irgendjemand sonst.«

Sie schwieg. Meine Lippen auf ihrem Mund. Meine Zunge fand auf ihrer nie gesagte Worte. Das Tablett geriet ins Wanken. Ich hörte die Tassen auf der Erde zerschellen. Ich spürte, wie ihre Nägel meinen Rücken aufkratzten. Ich drang fast mit Freude in sie ein. Ihre Scheide war so heiß wie die Tränen, die ihr über die Wangen rannen.

Wir liebten uns, als wäre es das erste Mal. Behutsam. Leidenschaftlich. Und ohne Hintergedanken. Ihre Augenringe verschwanden. Ich ließ mich zur Seite fallen. Sie sah mich einen Augenblick lang an, etwas lag ihr auf der Zunge. Statt zu reden, lächelte sie mich an. Ihr Lächeln war so zärtlich, dass ich auch keine Worte fand. Wir blieben so liegen, still, den Blick abgewandt. Schon auf der Suche, jeder für sich, nach einem möglichen Glück. Als ich sie verließ, war sie keine Nutte mehr. Aber ich war immer noch ein verdammter Bulle.

Und das, was mich erwartete, kaum war ich zur Tür hinaus, daran bestand kein Zweifel, war die mieseste Geschichte der Welt.

Elftes Kapitel

In dem die Dinge laufen, wie sie sollen

Nach Pérols saurer Miene zu urteilen, lag Ärger in der Luft. Aber ich war auf das Schlimmste gefasst.

»Der Chef will dich sehen.«

Eine Sensation! Mein Chef hatte mich seit zwei Jahren nicht mehr zu sich gerufen. Seit dem Tumult, den Kader und Driss ausgelöst hatten. Varounian hatte dem Méridional einen Brief geschickt. Er erzählte sein Leben, wie die Araber sein Geschäft beeinträchtigten, dauernd klauten, und stellte die Ereignisse aus seiner Sicht dar. »Das Gesetz«, schloss er, »ist das Gesetz der Araber. Die Justiz ist ihre Justiz. Frankreich kapituliert vor ihrer Invasion, weil die Polizei auf ihrer Seite steht.« Er endete seinen Brief mit einem Slogan des Front National: »Liebt Frankreich, oder verlasst es!«

Nun gut, der Brief löste keine Lawine aus wie Zolas »J'accuse«. Aber die Bezirkswache, die es eh schon nicht mochte, dass wir auf ihrem Territorium jagten, hatte einen niederschmetternden Bericht über meine Brigade abgeliefert. Mich hatten sie besonders im Visier. Meine Mannschaft sicherte einwandfrei den Schutz auf öffentlichen Plätzen. Das wurde anerkannt. Aber man warf mir vor, in den Wohnsiedlungen nicht streng genug zu sein. Zu oft und zu lange mit Kriminellen, vor allem Einwanderern und Zigeunern, zu verhandeln. Es folgte eine Liste aller Fälle, in denen ich in ihrem Beisein zu lax gewesen war.

Das ganze Haus wusch mir gründlich den Kopf. Zuerst mein Chef. Danach der große Boss. Meine Aufgabe war nicht, zu verstehen, sondern zu unterbinden. Ich war da, um für Ordnung zu sorgen. Gerechtigkeit würden die Richter schon walten lassen. In der Angelegenheit, die im *Méridional* groß ausgewalzt wurde, hatte ich versagt.

Der große Boss kam dann auf den Punkt, der in aller Augen eine Majestätsbeleidigung der Polizei war: meine Zusammenkünfte mit dem Streetworker Serge. Serge hatte ich eines Abends auf dem Revier kennen gelernt. Er hatte sich zusammen mit etwa fünfzehn Kids auf dem Parkplatz des *Simiane* schnappen lassen. Das Übliche: Musik von Kassetten im Hintergrund, Schreie, Lachen, knatternde Mofas … Er hatte sich mit ihnen ein paar Biere hinter die Binde gegossen. Nicht mal seine Papiere hatte er dabei, der Idiot!

Serge amüsierte sich. Er sah aus wie ein überalterter Teenager. In den gleichen Klamotten. »Bandenchef« hatten sie ihn genannt. Er hatte nur gefragt, wo er mit den Kids hingehen könne, um Lärm zu machen, ohne jemanden zu stören. Reine Provokation, zumal weit und breit nur Betonbauten und Parkplätze zu sehen waren. Zugegeben, die Jungs waren keine Chorknaben. Vier oder fünf hatten sich schon wegen kleinerer Diebstähle und anderer Dummheiten erwischen lassen.

»Klar, und wir sind es, die deine Rente bezahlen! Also halt die Fresse!«, schrie Malik Babar an, einen der ältesten Polizisten auf dem Revier.

Ich kannte Malik. Fünfzehn Jahre alt, vier Autodiebstähle auf dem Konto. »Wir wissen nicht mehr, was wir mit ihm machen sollen«, hatte der stellvertretende Staatsanwalt erklärt. »Alle Versuche, ihn in einem geregelten Arbeitsverhältnis unterzubringen, sind gescheitert.« Als wir mit ihm fertig waren, ging er wieder in sein Viertel. Da war er zu Hause. Er hatte sich mit Serge angefreundet. Weil man mit dem verdammt noch mal reden konnte.

»Scheiße, ist doch wahr, echt, eh«, sagte er, als er mich sah. »Wir sind es, die bezahlen!«

»Halt 's Maul!«, hatte ich gesagt.

Babar war kein schlechter Kerl. Aber zu der Zeit musste er einen wahren Rekord an Verhaftungen aufweisen, um die Quoten zu erfüllen. Hundert im Monat. Schaffte er das nicht, dann adieu Budget und Mannschaftsstärke.

Ich mochte Serge. Er war ein wenig zu sehr »Priester«, als dass ich mich mit ihm hätte anfreunden können, aber ich schätzte seinen Mut und seine Liebe zu den Jungs. Serge hatte keinen Glauben. Er hatte eine Höllenmoral. Eine Großstadtmoral, wie er sagte. Danach trafen wir uns regelmäßig im *Moustiers,* einem Café in L'Estaque, nahe am Strand. Wir klönten. Er stand mit den Sozialarbeitern in Verbindung. Er half mir zu verstehen. Wenn wir einen dieser Jungs wegen irgendeiner Scheißdummheit geschnappt hatten, rief ich ihn oft noch vor den Eltern aufs Revier.

Nach dem Donnerwetter meiner Vorgesetzten wurde Serge versetzt. Aber vielleicht war auch das ein abgekartetes Spiel? Serge schickte einen offenen Brief an die Zeitungen. »Aus dem Innern eines brodelnden Vulkans.« Ein Appell an die Bevölkerung, mehr Verständnis für die Jugend in den Vorstädten aufzubringen. »Auf dieser Glut, die der kleinste Lufthauch entfachen kann«, schloss er, »liefern sich Feuerwehr und Brandstifter von nun an ein Wettrennen.« Niemand veröffentlichte den Brief. Die Journalisten wollten es sich nicht mit der Polizei verderben, die sie unter der Hand mit Informationen fütterte.

Ich hatte Serge aus den Augen verloren. Ich hatte ihn ans Messer geliefert, weil ich mit ihm kooperiert hatte. Bullen, Streetworker, Sozialarbeiter – das sind verschiedene Jobs! Das darf nicht Hand in Hand gehen! »Wir sind keine Sozialarbeiter!«, hatte der große Boss gewettert. »Prophylaktische Intervention, Abschreckung durch Präsenz und direkten Kontakt, Kontaktbereichsbeamte, all das ist Kinderkram! Begreifen Sie endlich, Montale!« Ich hatte begriffen. Man zog es vor, die Glut anzufachen. Aus politischer Sicht zahlte sich das besser aus. Mein Chef hatte klein beigegeben. Der Dienst wanderte samt Waffen und Ausrüstung in die Versenkung des Polizeihauptquartiers. Ab sofort waren wir nur noch die Putzkolonne der nördlichen Viertel.

Mit Mourrabed hatte ich festen Boden unter meinen Füßen. Eine banale Schlägerei zwischen einem Ganoven und einem Schwulen, die niemanden hinter dem Ofen hervorlockte. Mein Bericht war noch nicht fertig, also wusste keiner im Haus von unserer Jagd gestern Abend. Die Drogen, die Waffen. Unser Kriegsschatz. Ich ahnte, wofür die Waffen waren. Eines der vielen Dienstrundschreiben war mir wieder eingefallen. Es wies auf die Bildung bewaffneter Banden in den Vororten hin. Paris, Créteil, Rueil-Malmaison, Sartrouville, Vaulx-en-Velin … Bei jedem

Wutausbruch in den Vorstädten tauchten diese Kommandos auf. Halstuch bis über die Nase, umgekrempelte Lederjacken, Waffen. Ich wusste nicht mehr, wo, aber ein Bereitschaftspolizist war getötet worden. Die Waffe, ein Colt 11.45, war auch bei der Hinrichtung eines Gastwirts in Grenoble benutzt worden.

Diese Notiz konnte meinen Kollegen nicht entgangen sein. Loubet nicht, und erst recht nicht Argue. Sobald ich unseren Fund bekannt gab, würden die anderen Brigaden auf der Bildfläche erscheinen und uns den Fall entziehen. Wie üblich. Ich hatte beschlossen, diesen Augenblick so lange wie möglich hinauszuzögern. Den Zwischenfall im Keller zu verschweigen und vor allem nichts über Raoul Farge verlauten zu lassen. Als Einziger kannte ich seine Verbindungen zu Morvan und Toni.

Cerutti kam mit Kaffee. Ich kramte einen Zettel hervor, auf den Marie-Lou die Telefonnummer von Farge und seine wahrscheinliche Adresse, Chemin de Montolivet, gekritzelt hatte. Ich reichte ihn Cerutti.

»Finde heraus, ob Telefon und Adresse zusammenpassen. Und geh mit ein paar Jungs hin. Du müsstest Farge dort antreffen. Er gehört bestimmt nicht zu den Frühaufstehern.«

Sie sahen mich verdattert an. »Wo hast du das her?«, fragte Pérol.

»Von einem meiner Informanten. Ich will Farge hier haben, noch vor Mittag«, sagte ich zu Cerutti. »Überprüfe, ob er aktenkundig ist. Wenn wir seine Aussage haben, stellen wir ihn Mourabed gegenüber. Pérol, du quetschst den Kerl über Drogen und Waffen aus. Vor allem die Waffen. Von wem er sie hat und das ganze Tralala. Sag ihm, dass wir Farge eingebuchtet haben. Setz jemanden auf die Waffen an. Ich will eine Aufstellung haben, ebenfalls bis Mittag. Ach ja, und eine Liste aller Knarren, mit denen in den letzten drei Monaten gemordet wurde.« Sie wirkten wie vor den Kopf geschlagen. »Das ist ein Wettrennen, Freunde. Bald haben wir das ganze Haus im Büro. Also los! Nicht, dass ich mich in eurer Gesellschaft langweile, aber der Herrgott erwartet mich!«

Ich war in Form.

Gottes Gerechtigkeit ist blind, das ist allgemein bekannt. Der Chef machte kurzen Prozess. Er brüllte: »Herein!« Das war keine Einladung, sondern ein Befehl. Er erhob sich nicht, reichte mir nicht die Hand, sagte nicht einmal guten Tag. Ich stand da wie ein schlechter Schüler.

»Was ist das für eine Geschichte mit …« Er sah auf seine Karte: »Mourrabed. Nacer Mourrabed.«

»Eine Schlägerei. Eine einfache Schlägerei unter Ganoven.«

»Und dafür buchten Sie die Leute ein?«

»Es liegt eine Beschwerde vor.«

»Das Archiv ist voll von Beschwerden. Keine Toten, soviel ich weiß.« Ich schüttelte den Kopf. »Denn ich kann mich nicht erinnern, Ihren Bericht schon gelesen zu haben.«

»Er ist in Arbeit.«

Er schaute auf die Uhr. »Ihr Verhör mit diesem Ganoven ist genau sechsundzwanzig Stunden und fünfzehn Minuten her, und Sie erzählen mir, dass Ihr Bericht immer noch nicht fertig ist? Über eine einfache Schlägerei?«

»Ich wollte gewisse Dinge überprüfen. Das ist nicht Mourrabeds erste Straftat. Er ist ein Gewohnheitsverbrecher.«

Er musterte mich von Kopf bis Fuß. Den schlechten Schüler. Den Klassenletzten. Ich ließ mich von seinem herablassenden Blick nicht beeinflussen. Das war ich seit der Grundschule gewohnt. Prügelknabe, große Klappe, frech. Ich hatte meinen Teil an Schimpftiraden und Strafpredigten abbekommen, allein und vor versammelter Mannschaft. Ich hielt seinem Blick stand, die Hände in den Taschen meiner Jeans.

»Gewohnheitsverbrecher. Ich habe eher den Eindruck, dass Sie sich in die Sache dieses …«, er sah wieder auf seine Karte, »… Nacer Mourrabed verrennen. Sein Rechtsanwalt ist auch dieser Meinung.«

Eins zu null für ihn. Ich wusste nicht, dass der Rechtsanwalt schon im Spiel war. War Pérol informiert? Zwei zu null für ihn, als er über die Sprechanlage den Herrn Rechtsanwalt Éric Brunel hereinbat. Der Name sagte mir vage etwas. Ich hatte keine Zeit, darüber nachzudenken. Den Mann, der ins Büro marschierte, hatte ich erst letzte Nacht auf dem Foto gesehen, neben den Brüdern Poli, Wepler und Morvan. Mein Herz schlug schneller. Der Kreis hatte sich geschlossen, und ich stand knietief in der Scheiße. Total Cheops, wie die Rapper von IAM sagen. Ich war in Teufels Küche. Ich konnte nicht darauf hoffen, dass Pérol und Cerutti sich beeilten. Es war an mir, Zeit zu gewinnen. Bis Mittag.

Der Chef stand auf und ging durchs Büro, um Éric Brunel zu begrüßen. Er sah genauso geschniegelt aus wie auf dem Foto, in seinem dunkelblauen Nadelstreifenanzug. Kaum zu glauben, dass draußen dreißig oder fünfunddreißig Grad waren. Offensichtlich schwitzte der Mann nie! Der Chef bot ihm einen Stuhl an. Er stellte mich nicht vor. Sie hatten also schon über meinen Fall gesprochen.

Ich stand immer noch, und da man mich nichts fragte, steckte ich eine Zigarette an und wartete. Wie er bereits am Telefon erwähnt habe, präzisierte Brunel, fand er es zumindest ungewöhnlich, dass seinem Mandanten, der gestern früh wegen einer Schlägerei verhaftet worden war, das Recht – das Wort betonte er – verweigert wurde, seinen Anwalt zu rufen.

»Das Gesetz gestattet das«, antwortete ich.

»Das Gesetz gestattet Ihnen nicht, ihn permanent zu schikanieren. Und das tun Sie. Seit mehreren Monaten.«

»Er ist einer der größten Dealer der nördlichen Viertel.«

»Was Sie nicht sagen! Es liegt nicht der geringste Beweis gegen ihn vor. Sie haben ihn schon vor den Richter geschickt. Vergeblich. Das hat Sie heiß gemacht. Sie verfolgen ihn aus gekränktem Stolz. Was Ihre so genannte Schlägerei betrifft, habe ich meine eigenen kleinen Recherchen gemacht. Mehrere Zeugen bestätigen, dass es der Kläger war, ein kleiner drogenabhängiger Homosexueller, der meinen Klienten am Ausgang einer Kneipe angegriffen hat.«

Nun würde das Plädoyer kommen. Ich wollte ihm das Wort abschneiden.

»Fahren Sie fort, Herr Rechtsanwalt«, sagte der Chef und bedeutete mir mit der Hand, zu schweigen.

Ich ließ meine Zigarettenasche auf den Boden fallen.

Wir kamen in den Genuss der unglücklichen Kindheit seines »Mandanten«. Brunel kümmerte sich schon seit knapp einem Jahr um Mourrabed. Kinder wie er verdienten eine Chance. Er verteidigte mehrere »Mandanten« in ähnlicher Lage. Araber wie Mourrabed, und einige mit ganz französischen Namen. Die Geschworenen hätten Tränen in den Augen gehabt, das war sicher.

Und nun kam das Plädoyer.

»Mit vierzehn verlässt mein Klient die Wohnung seines Vaters. Dort ist kein Platz mehr für ihn. Er lebt seitdem auf der Straße. Er lernt schnell, sich allein durchzuboxen, sich nur auf sich selbst zu verlassen. Auch zu schlagen, hart ums Überleben zu kämpfen. In diesem Teufelskreis wird er von nun an aufwachsen.«

Wenn das so weitergeht, dachte ich, brennen meine Sicherungen durch. Ich werde mich auf Brunel stürzen und ihm seinen Mitgliedsausweis des Front National ins Maul stopfen! Aber die Uhr tickte, und mit seinem Gelaber gewann ich Zeit. Brunel machte weiter. Jetzt ging es um Zukunft. Arbeit, Familie, Vaterland.

»Sie heißt Jocelyne. Auch sie stammt aus einer Vorortssiedlung. La Bricarde. Aber sie hat eine richtige Familie. Ihr Vater ist Arbeiter in der Zementfabrik Lafarge. Ihre Mutter Stationshilfe im Krankenhaus Nord. Jocelyne war eine fleißige, brave Schülerin. Sie will Friseuse werden. Sie ist seine Freundin. Sie liebt ihn, und sie hilft ihm. Sie wird die Mutter sein, die er nicht gekannt hat. Die Frau seiner Träume. Sie werden zusammen eine Wohnung nehmen. Sie werden gemeinsam einen kleinen Zipfel vom Paradies aufbauen. Ja, Monsieur!«, sagte er, als er mich grinsen sah.

Ich hatte es mir nicht verkneifen können. Das ging zu weit. Mourrabed in Pantoffeln. Vor der Glotze. Mit drei Gören auf dem Schoß. Mourrabed als glücklicher Mindestlohnempfänger!

»Wissen Sie«, sagte Brunel und wandte sich an meinen Chef, »was dieser junge Mann, dieser angebliche Kriminelle, mir einmal erzählt hat? Siehst du, hat er gesagt, später, mit meiner Frau, werden wir in einem Haus wohnen mit einem vergoldeten ›R‹ auf einer Marmorplatte am Eingang. ›R‹ für Residenz, wie es sie in

Saint-Tronc, Saint-Marcel und La Gavotte gibt. Das ist sein Traum.«

Aus den Vierteln im Norden in die Viertel im Osten. Ein fabelhafter sozialer Aufstieg!

»Ich werde Ihnen sagen, wovon Mourrabed träumt«, unterbrach ich ihn. Denn jetzt hatte ich die Schnauze voll. »Er träumt von Einbruch und Zaster. Von einem dicken Schlitten, schicken Klamotten und goldenen Ringen. Er träumt von dem, was Sie repräsentieren. Aber er hat keine großen Sprüche zu verkaufen wie Sie. Nur Stoff. Bezogen von Typen, die genauso daherkommen wie Sie.«

»Montale!«, brüllte der Chef.

»Was denn!«, schrie ich nun. »Ich weiß nicht, wo seine kleine Braut gestern Abend war. Aber ich kann Ihnen sagen, dass er eine Sechzehnjährige gevögelt hat, die von zu Hause abgehauen ist! Nachdem er einem Typ den Schädel eingeschlagen hatte, nur weil der etwas zu lange Haare hatte. Und um die Sache perfekt zu machen, sind sie zu dritt über ihn hergefallen. Manchmal ... der Homosexuelle, wie Sie ihn nennen, weiß sich zu wehren. Nichts gegen Mourrabed, aber ich hätte es ihm gegönnt, sich von einem Schwulen eine blutige Nase zu holen!«

Und ich trat meine Zigarette auf dem Boden aus.

Brunel blieb unerschütterlich. Ein diskretes Lächeln um den Mund. Er taxierte mich. Er sah schon, wie seine Kumpel mir ein Licht aufsetzten. Mir das Maul stopften. Mir den Schädel einschlugen. Er richtete seine makellose Krawatte und stand pikiert auf.

»Wenn das so ist, Monsieur ...« Mein Chef stand ebenfalls auf. Auch er war schockiert von meinen Worten. »...verlange ich die sofortige Freilassung meines Klienten.«

»Sie gestatten«, sagte ich und nahm den Telefonhörer im Büro ab. »Eine letzte Überprüfung.«

Es war sieben Minuten nach zwölf. Pérol nahm ab.

»Alles klar«, sagte er und berichtete kurz.

Ich wandte mich an Brunel.

»Ihr Klient wird angeklagt: wegen vorsätzlicher Körperverletzung. Verführung einer Minderjährigen. Drogenhandel und Waffenbesitz, von denen eine bei der Ermordung des jungen Mädchens Leila Laarbi benutzt wurde. Ein Fall von Kommissar Loubet. Ein Komplize wird in diesem Moment verhört. Raoul Farge. Ein Zuhälter. Ich hoffe, er ist nicht auch Ihr Klient, Herr Rechtsanwalt.«

Es gelang mir, nicht zu lächeln.

Ich rief Marie-Lou an. Sie sonnte sich auf der Terrasse. Ich stellte mir ihren Körper vor. Ich habe mich schon immer gewundert, dass Schwarze sich braun brennen lassen. Für mich machte es keinen Unterschied. Für sie offenbar schon. Ich verkündete ihr die gute Nachricht. Farge war in meinem Büro und würde es so bald nicht verlassen. Sie konnte ein Taxi nehmen und ihre Koffer packen.

»Ich bin in anderthalb Stunden da«, sagte ich.

Heute Morgen hatten wir ihre Abreise beschlossen, nachdem wir lachend die zerbrochenen Tassen aufgesammelt und auf der Terrasse mit Honorine einen weiteren Kaffee getrunken hatten. Sie fuhr nur bei sich zu Hause vorbei, um ihr Gepäck zu holen. Dann würde sie eine Weile auf dem Land verbringen. Honorine hatte eine Schwester in Saint-Cannat, einem kleinen Dorf zwanzig Kilometer von Aix an der Straße nach Avignon. Sie bewirtschaftete mit ihrem Mann ein kleines Stück Land. Wein, Kirsch- und Aprikosenbäume. Die Jüngsten waren sie nicht mehr, aber gern bereit, Marie-Lou über den Sommer aufzunehmen.

Honorine war überglücklich, uns diesen Dienst erweisen zu können. Es ging ihr wie mir, sie mochte Marie-Lou gern. Sie hatte mir zugezwinkert: »Nun! Sie werden sich doch ein bisschen Zeit nehmen und sie besuchen, oder? Es ist schließlich nicht am Ende der Welt!«

»Mit Ihnen, Honorine.«

»Ach, mein Junge, für ein Kindermädchen bin ich zu alt!«

Wir hatten gelacht. Ich würde mir die Zeit nehmen müssen, ihr zu erklären, dass ich jemand anders liebte. Ich fragte mich, ob Honorine Lole mögen würde. Aber sie war ganz wie meine Mutter, unmöglich, mit ihr über Mädchen zu reden. Mit vierzehn hatte ich es ein einziges Mal gewagt. Ich hatte ihr gesagt, dass ich Gélou liebe und dass sie unglaublich schön sei. Ich hatte eine Ohrfeige kassiert. Die erste meines Lebens. Honorine hätte vielleicht genauso reagiert. Mit Cousinen spasste man nicht.

Farges Festnahme verringerte das Risiko für Marie-Lou. In der Nähe ihrer Wohnung war bestimmt ein Kumpel von Farge postiert. Ohne ihn würde er zwar nichts unternehmen, aber ich wollte lieber dabei sein. Farge stritt alles ab. Bis auf das, was wir beweisen konnten. Er gab zu, Mieter des Zwei-Zimmer-Appartements zu sein, in dem Mourrabed hauste. Er hatte es nicht mehr ausgehalten, dort zu wohnen. Nur Araber und Neger. Er hatte der Hausverwaltung seine Kündigung geschickt. Natürlich fanden wir keine Spur eines Einschreibebriefes. Aber so konnte er jede Bekanntschaft mit Mourrabed abstreiten.

»Einer dieser Hausbesetzer«, sagte er immer wieder. »Kommen da hin, um zu kiffen. Was anderes können sie nicht. Und unsere Frauen vergewaltigen.«

Da hätte ich ihm fast eine runtergehauen. Weil ich an Leila dachte. Und an die beiden Mörder. Und an Toni.

»Sag das noch mal«, sagte ich, »und ich stopf dir deine Hoden ins Maul.«

In der Kartei war nichts über ihn. Farge hatte eine schneeweiße Weste. Wie schon bei Toni hatte jemand aufgeräumt. Aber wir würden etwas finden. Dann musste er auspacken, wo die Waffen herkamen. Vielleicht nicht bei mir, aber bei Loubet. Ich war bereit, ihm Farge zu überlassen. Ich ging zu ihm, die Astra-Spezial in der Tasche. Ich erzählte ihm von meinem Fund bei Mourrabed. Er prüfte die Knarre, die ich auf seinen Schreibtisch gelegt hatte.

»Der dritte Mann läuft immer noch da draußen herum. Also, wenn du Zeit hast …«

»Du lässt nicht locker«, stellte er mit einem kleinen Lächeln fest.

»Das ist unsere Chance.«

Indem ich Farge an Loubet weitergab, war ich aus der Schusslinie. Keinen Argue am Hals. Auch keinen Morvan. Loubet wurde besser respektiert als ich. Er duldete keine Einmischungen von anderen in seine Untersuchungen. Er würde seine Arbeit machen.

Toni erwähnte ich ihm gegenüber nicht. Er hatte das Taxi gefahren. Das machte ihn weder zum Mörder noch zum Vergewaltiger. Bestenfalls musste er über seine Verbindung zu den beiden Killern Auskunft geben. Da sie tot waren, konnte Toni erzählen, was er wollte. Da ich nur eine Hypothese, aber keinen Beweis hatte, zog ich es vor, den anderen einen Schritt voraus zu sein.

»Araber in eurem Poesiealbum zu haben, macht Spaß, was?«, warf der »Hausbesetzer« Mourrabed mir in einem Wutanfall an den Kopf.

»Die Araber sind nicht das Problem. Du bist es.« Ich erzählte ihm, dass ich seinen Rechtsanwalt getroffen hatte und dass dieser jetzt leider nichts für ihn tun könne. Aus reiner Bosheit fügte ich hinzu, wenn er wolle, könnte ich seine kleine Verlobte anrufen. »Dein Rechtsanwalt hat ganz schön von der kleinen Jocelyne geschwärmt. Aber aus der Hochzeit wird wohl nichts, fürchte ich!«

Seine Augen trübten sich hinter einem Schleier unterdrückter Tränen. Er war nur noch Verzweiflung und Niedergeschlagenheit. Der Hass war verschwunden. Aber er würde wiederkommen. Nach den Jahren im Knast. Und noch gewaltiger.

Schließlich brach er zusammen. Durch Drohungen und falsche Informationen. Und Ohrfeigen. Farge versorgte ihn mit Stoff und lieferte ihm regelmäßig Schießeisen. Das Waffengeschäft lief seit einem halben Jahr. Sein Job war es, sie an Kumpel zu verscheuern, die echt Mumm hatten. Er selber rührte sie nicht an. Er fand Kunden, das war alles. Und er kassierte eine kleine Kommission. Farge war der Chef des Ladens. Zusammen mit einem anderen Typen: großer, stämmiger Kerl, sehr kurze Haare, blaue Augen, wie Eis. Das war Wepler.

»Kann ich vernünftige Klamotten kriegen?«

Er konnte einem fast Leid tun. Sein T-Shirt hatte große Schweißringe unter den Achseln, und die Unterhose war voller gelber Pissflecken. Aber ich hatte kein Mitleid mit ihm. Er hatte die Toleranzschwelle vor langer Zeit überschritten. Und seine persönliche Geschichte erklärte nicht alles. Jocelyne brauchten wir nicht vorzuladen. Sie hatte gerade irgendeinen bescheuerten Postbeamten geheiratet. Sie war nur eine Schlampe. Der Schwule war nur ihr Bruder.

Auf Marie-Lou wartete kein Empfangskomitee. Das Appartement war so, wie sie es verlassen hatte. Sie packte schnell ihre Sachen und hatte es eilig zu verschwinden. Wie bei einer Urlaubsreise.

Ich trug die Koffer bis zu ihrem Wagen, einem weißen Fiesta, oben an der Rue Estelle. Marie-Lou schloss eine letzte Tasche mit Dingen, an denen sie hing. Das waren keine Ferien, das war ein wirklicher Abschied.

Ich ging die Straße wieder hoch. Ein Motorrad, eine Yamaha 1100, parkte vor der Brücke über dem Cours Lieutaud. Marie-Lou wohnte hinter der Brücke. Das Haus war in die Treppen gehauen, die zum Cours Julien hinaufführten. Sie waren zu zweit. Der Beifahrer stieg ab, ein großer Blonder, ganz Muskelpaket. Er ließ seine Bizepse spielen, bis die Nähte seines T-Shirts krachten. Der Typ war Monsieur Muskel. Ich folgte ihm.

Marie-Lou kam aus dem Haus. Monsieur Muskel ging direkt auf sie zu und packte sie am Arm. Sie wehrte sich, dann sah sie mich.

»Gibts ein Problem?«

Monsieur Muskel drehte sich um. Auf dem Sprung, mir eine zu knallen. Er schreckte zurück. Körperlich konnte ich ihn nicht beeindrucken. Es musste etwas anderes sein. Und ich verstand. Es war mein Freund, der Boxer.

»Ich hab dich was gefragt.«

»Wer bist du?«

»Stimmt, neulich in der Nacht hat man uns nicht vorgestellt.«

Ich öffnete meine Jacke. Er konnte das Holster und meine Knarre sehen. Bevor ich das Büro verlassen hatte, hatte ich die Waffe überprüft, geladen und eingesteckt. Unter Pérols beunruhigtem Blick.

»Wir müssen reden, du und ich.«

»Später.«

»Heute Abend.«

»Versprochen. Ich hab da nur gleich ein dringendes Treffen. Mit einem Mädchen von Farge. Sie hat den Tipp gegeben.«

Er gab keinen Kommentar ab. Ein Bulle wie ich überstieg seine Fassungskraft. Übergeschnappt. Dass wir redeten, er und ich, wurde unvermeidlich. Mit Mourrabed hatten wir den Deckel von einem großen Topf Scheiße geöffnet.

»Hände an die Wand und Beine auseinander«, sagte ich.

Ich hörte das Motorrad abfahren. Ich näherte mich Monsieur Muskel und erleichterte ihn um seine Brieftasche, die aus der hinteren Jeanstasche herausguckte. Ich konnte mir nicht vorstellen, dass sie mich wegen Marie-Lou so durchgemöbelt hatten.

»Dein Kumpel Farge sitzt im Knast. Was wolltest du neulich Abend?«

Er zuckte mit den Schultern und spielte mit den Muskeln. Ich wich einen Schritt zurück. Der Typ konnte mich mit einem Fingerschnippen flachlegen.

»Frag ihn doch selbst!«

Er glaubte mir nicht richtig. Ich beeindruckte ihn kein bisschen. Allein würde es mir nicht gelingen, ihn festzunehmen. Nicht mal mit dem Schießeisen. Er wartete nur auf eine gute Gelegenheit. Ich legte den Lauf meiner Waffe an seinen Schädel. Aus den Augenwinkeln beobachtete ich die wenigen Passanten. Niemand blieb stehen. Ein kurzer Blick, und weg waren sie.

»Was soll ich tun?«, fragte Marie-Lou hinter mir.

»Geh zum Wagen.«

Ein Jahrhundert verging. Endlich trat ein, worauf ich gehofft hatte. Eine Polizeisirene ertönte auf dem Cours Lieutaud und näherte sich. Es gab noch brave Bürger. Drei Polizisten kamen. Ich zeigte ihnen meinen Ausweis. Ich war weit von meinem Bezirk entfernt, aber zum Teufel mit den guten Manieren.

»Er hat eine junge Frau belästigt. Nehmt ihn wegen Beleidigung eines Polizeibeamten fest. Liefert ihn an Inspektor Pérol aus. Er weiß, was zu tun ist. Um dich kümmere ich mich gleich.«

Marie-Lou wartete, auf die Motorhaube des Fiestas gestützt. Sie rauchte. Ein paar Männer drehten sich im Vorbeigehen nach ihr um. Aber sie schien niemanden zu sehen, nicht einmal die auf sie gerichteten Augen zu spüren. Sie hatte wieder diesen Blick, der mir heute Morgen nach der Liebe bei ihr aufgefallen war. Sie war abwesend, schon ganz woanders.

Sie drückte sich an mich. Ich vergrub mein Gesicht in ihren Haaren. Ich sog ein letztes Mal den Duft ein. Zimt. Ihr Busen brannte wie Feuer an meiner Brust. Sie streichelte mir den Rücken. Ich machte mich langsam los. Ich verschloss ihren Mund mit meinem Finger, bevor sie etwas sagen konnte. Auf Wiedersehen. Bis bald. Oder was auch immer. Ich mochte keinen Abschied. Und kein Wiedersehen. Ich mochte es einfach, wenn die Dinge so liefen, wie sie sollten.

Ich küsste sie auf die Wangen. Zärtlich, ohne Eile. Dann ging ich die Rue Estelle hinunter, zur nächsten Verabredung. Batisti erwartete mich um fünf.

Zwölftes Kapitel

In dem wir darauf stoßen, wie unendlich mies und mickrig doch die Welt ist

Wir sprangen auf die Fähre, als sie gerade ablegte. Batisti stolperte mehr, als dass er sprang. Ich hatte ihn kräftig und gezielt vorwärts gestoßen. Er landete schwungvoll mitten in der Kabine. Einen Moment glaubte ich, er würde das Gleichgewicht verlieren und sich flachlegen, aber an einer Bank fing er sich. Er drehte sich um, sah mich an und setzte sich. Er nahm seine Mütze ab und wischte sich die Stirn.

»Die Itaker«, sagte ich und ging bezahlen.

Ich hatte sie entdeckt, als ich Batisti an der Anlegestelle an der Place aux Huiles traf. Sie folgten ihm in einigen Metern Abstand. Weiße Leinenhosen, geblümte Hemden, Sonnenbrillen und Umhängetasche. Wie Djamel gesagt hatte: Sie spielten Touristen. Ich erkannte sie sofort, neulich in der *Bar de la Marine* hatten sie hinter uns gesessen. Sie waren gleich nach Batisti gegangen. Batisti hatte sie am Hals. Wenn sie mir ins Panier-Viertel gefolgt waren, dann weil sie mich mit ihm gesehen hatten. So legte ich mir das zurecht. Es schien plausibel.

Die Itaker waren nicht mir auf den Fersen. Auch sonst war da niemand. Ich hatte mich vergewissert, bevor ich zu meiner Verabredung mit Batisti gegangen war. Als ich Marie-Lou verlassen hatte, ging ich die Rue Estelle hinunter, dann bog ich in die Rue Saint-Ferréol. Die große Fußgängerstraße Marseilles. All die großen Geschäfte lagen hier beisammen. *Nouvelles-Galeries, Marks & Spencer, La Redoute, Virgin.* Sie hatten die schönen Kinos der Sechzigerjahre verdrängt: *Rialto, Rex, Pathé Palace.* Keine Kneipe war übrig geblieben. Um sieben Uhr abends wurde es hier genauso trist wie auf der Canebière.

Ich war in den Fußgängerstrom getaucht. Spießbürger, Beamte, kleine und höhere Angestellte, Einwanderer, Arbeitslose, Junge, Alte … Ab fünf Uhr abends zog ganz Marseille durch diese

Straße. Ellenbogen an Ellenbogen, ohne jede Aggression. Marseille, wie es leibt und lebt. Erst an den äußeren Enden der Straße wurden die Risse wieder sichtbar. Auf der einen Seite die Canebière, die die innere Nord-Süd-Grenze der Stadt bildete. Und auf der anderen Seite die Place Félix-Baret, nur zwei Schritte von der Präfektur entfernt, wo immer ein Streifenwagen stand. Als Vorposten zu den gutbürgerlichen Vierteln. Die Bars dahinter, darunter die *Bar Pierre,* sind seit Jahrzehnten Haupttreffpunkt der Jeunesse dorée.

Unter den Augen der Bereitschaftspolizei überkam mich immer das Gefühl, in einer Stadt im Kriegszustand zu sein. Kaum waren die Grenzen überschritten, hagelte es feindliche Blicke und Angst oder Hass, je nachdem, ob einer Paul oder Ahmed hieß. Die falsche Visage zu haben, ist hier ein Delikt.

Ich war ziellos durch die Straße gegangen, ohne in die Schaufenster zu sehen. Ich ordnete meine Gedanken. Die Ereignisse zwischen Manus und Ugos Tod spulten sich vor meinem geistigen Auge ab. Auch wenn ich sie nicht verstand, konnte ich sie einordnen. Fürs Erste reichte mir das. Die jungen Leute, die durch die Straßen schlenderten, kamen mir schöner vor als zu meiner Zeit. An ihren Gesichtern konnte man die Himmelsrichtungen der Einwanderung ablesen. Ihr Leben. Sie gingen selbstsicher ihrer Wege, stolz auf ihr gutes Aussehen. Die Mädchen hatten den verhaltenen Gang der Marseillerinnen angenommen und den frechen Blick, wenn ihnen jemand nachsah. Ich weiß nicht, wer einmal gesagt hat, sie seien Mutanten, aber es schien zu stimmen. Ich beneidete die jungen Männer von heute.

Statt die Rue Vacon bis zum Anlegeplatz der Fähre am Kai Rive-Neuve weiterzugehen, bog ich links ab, um in den unterirdischen Parkplatz des Cours d'Estienne d'Orves hinunterzusteigen. Ich hatte mir eine Zigarette angezündet und gewartet. Als Erstes tauchte eine Frau um die dreißig auf. Lachsfarbenes Leinenkostüm, rundlich, stark geschminkt. Als sie mich sah, wich sie zurück. Sie drückte ihre Handtasche an die Brust und entfernte sich sehr schnell auf der Suche nach ihrem Auto. Nach meiner Zigarette war ich wieder hinaufgegangen.

Batisti saß auf der Bank und wischte sich mit einem großen, weißen Taschentuch die Stirn. Er wirkte wie ein biederer, pensionierter Seemann, ein guter alter Marseiller. In seinem weißen Hemd, das noch immer über der blauen Leinenhose hing, Espadrilles an den Füßen und eine Seemannsmütze fest auf dem Kopf. Batisti sah den Kai in der Ferne verschwinden. Die beiden Itaker zögerten. Selbst wenn sie ein Taxi kriegten, was ein Wunder wäre, würden sie zu spät auf der anderen Seite des Hafens ankommen. Sie hatten uns verloren. Für den Moment.

Ich lehnte mich aus einem Fenster und kümmerte mich nicht um Batisti. Er sollte in seinem eigenen Saft schmoren während der Überfahrt. Ich mochte diese Überfahrt. Die Fahrrinne zwischen den beiden Festungen Saint-Nicolas und Saint-Jean, die den Eingang von Marseille bewachten, mit dem Gesicht zum Meer und nicht zur Canebière. So musste es sein: Marseille, das Tor zum Orient. Ferne. Abenteuer, Traum. Die Marseiller reisten nicht gern. Alle Welt hält sie für Seefahrer und Abenteurer, glaubt, dass jedermanns Vater oder Großvater mindestens einmal um die Welt gereist sei. Dabei waren sie höchstens bis Niolon oder Cap Croisette gekommen. Für die Kinder aus bürgerlichen Familien war das Meer tabu. Der Hafen war gut für Geschäfte, aber das Meer war schmutzig. Von dort kam das Böse. Und die Pest. Sobald die warmen Tage kamen, zogen sie aufs Land. Nach Aix und Umgebung, in die Landhäuser. Das Meer überließ man den Armen.

Der Hafen war der Spielplatz unserer Kindheit. Zwischen den beiden Forts hatten wir schwimmen gelernt. Einmal hin und zurück, hieß es eines Tages. Um ein Mann zu sein. Und die Mädchen zu beeindrucken. Beim ersten Mal mussten Manu und Ugo mich rausfischen. Ich wäre fast ertrunken und war völlig außer Atem.

»Du hast Angst.«

»Nein, ich krieg keine Luft mehr.« Luft kriegte ich schon. Aber ich hatte Angst.

Manu und Ugo waren nicht mehr da, um mir zu helfen. Sie waren untergegangen, und ich hatte sie nicht retten können. Ugo hatte nicht versucht, mich zu treffen. Lole war auch verschwunden. Ich war allein, und ich tauchte in den Morast. Aus Solidarität. Mit unserer zerbrochenen Jugend. Freundschaft duldet keine Schulden. Am Ende der Reise würde nur ich übrig sein. Wenn ich überhaupt ankam. Aber ein paar Illusionen hatte ich noch im Leben. Und einige zähe, alte Träume. Jetzt wusste ich, was leben heißt, glaube ich.

Wir näherten uns dem Kai. Batisti stand auf und ging auf die andere Seite der Fähre. Er war beunruhigt. Er warf mir einen Blick zu. Ich konnte nichts darin lesen, weder Angst noch Hass, noch Resignation. Nur kalte Gleichgültigkeit. Keine Spur von den Itakern an der Place de la Mairie. Batisti folgte mir schweigend. Wir gingen am Rathaus vorbei und stiegen die Rue de la Guirlande hinauf.

»Wo gehen wir hin?«, fragte er schließlich.

»An einen ruhigen Ort.«

An der Rue Caisserie gingen wir links. Wir standen vor *Chez Félix*. Auch ohne die Bedrohung der Itaker hatte ich ihn hierher bringen wollen. Ich nahm Batisti beim Arm, zwang ihn, sich umzudrehen, und zeigte auf den Bürgersteig. Trotz der Hitze bekam er eine Gänsehaut.

»Sieh genau hin! Da haben sie Manu niedergeschossen. Ich wette, du warst nicht dabei!«

Ich zerrte ihn in die Kneipe. Vier Alte spielten Karten und tranken Pfefferminzlimonade. Drinnen war es wesentlich kühler als draußen. Ich war seit Manus Tod nicht mehr hier gewesen. Aber Félix erwähnte es nicht. So, wie er mir die Hand schüttelte, freute er sich, mich wieder zu sehen.

»He, Céleste serviert immer noch ihr Aioli.«

»Ich komme mal wieder vorbei. Sag es ihr bitte.«

An Célestes Aioli kam nur Honorine heran. Der Stockfisch war genau richtig gewässert. Das ist selten. Die meisten weichen ihn zu stark ein, in nur zwei Wasserbädern. Mehrere Bäder sind besser. Einmal acht Stunden, dann dreimal zwei Stunden. Es empfiehlt sich auch, ihn mit Fenchel und Pfefferkörnern in siedendes Wasser zu tauchen. Céleste benutzte Olivenöl, um ihr Aioli »anzurühren«. Aus der Ölmühle von Rossi, in Mouriès. Zum Kochen oder für Salate verwendete sie andere Marken. Öle von Jacques Barles aus Éguilles, Henri Bellon aus Fontvieille oder Margier-Aubert aus Auriol. Ihre Salate schmeckten jedes Mal anders.

Bei Félix hatte Manu mit mir Verstecken gespielt. Seit ich ihm ins Gewissen geredet hatte, wich er mir aus. Er hatte übrigens eilig versucht, sich aus der Sache herauszuziehen. Vierzehn Tage bevor sie ihn umlegten, setzte er sich mir gegenüber an den Tisch. Freitag, Aioli-Tag. Wir gaben uns ein paar Runden Pastis aus, danach Rosé Saint-Cannat. Zwei Flaschen. Wir trafen uns auf eingefahrenen Wegen. Ohne Vorwürfe, nur verstimmt.

»So, wie die Dinge stehen, können wir alle drei nicht zurück.«

»Man kann immer erkennen, dass man auf dem falschen Dampfer ist.«

»Du spinnst! Es ist zu spät, Fabio. Wir haben zu lange gewartet. Wir sitzen zu tief drin. Bis zum Hals.«

»Sprich für dich!«

Er sah mich an. Seine Augen strahlten keine Bosheit aus. Nur müde Ironie. Ich konnte seinem Blick nicht standhalten. Weil er Recht hatte. Was ich aus mir gemacht hatte, war kein Stück besser. »Okay«, sagte ich, »wir stecken bis zum Hals drin.«

Wir stießen mit dem Rest der zweiten Flasche an.

»Ich habe Lole etwas versprochen, vor langer Zeit. Es ist mir nie gelungen. Sie reich zu machen, sie von hier wegzubringen. Nach Sevilla oder irgendwo in die Gegend. Jetzt werde ich es tun. Ich bin an einem sicheren Ding dran. Diesmal klappts.«

»Geld ist nicht alles. Lole ist Liebe ...«

»Vergiss es! Sie hat auf Ugo gewartet. Ich habe auf sie gewartet. Mit der Zeit sind die Würfel gefallen. Für ...« Er zuckte mit den Schultern. »Ich weiß nicht. Lole und ich, unsere Liebe dämmert schon seit zehn Jahren so vor sich hin. Wir lieben uns ohne Leidenschaft. Ugo hat sie geliebt. Dich auch.«

»Mich?«

»Wenn du dich nicht so angestellt hättest, wäre sie zu dir gekommen. Früher oder später. Mit oder ohne Ugo. Du bist solider. Und du hast Herz.«

»Heute vielleicht.«

»Immer schon. Von uns allen hast du am meisten gelitten. Deshalb, weil du Herz hast. Wenn mir was passiert, pass auf sie auf.« Er stand auf. »Ich glaube nicht, dass wir beide uns wieder sehen. Wir drehen uns im Kreis. Es gibt nichts mehr zu sagen.«

Und weg war er. Die Rechnung hatte er mir überlassen.

Ich nahm ein Bier. Batisti ein Glas Mandelmilch.

»Du magst Nutten, habe ich gehört. Das macht sich nicht gut. Bullen, die zu Nutten gehen. Das haben wir dich spüren lassen. Punkt.«

»Du bist doch ein elender Schaumschläger, Batisti. Den richtigen Schläger habe ich erst vor einer Stunde getroffen. Farge, sein Auftraggeber, ist seit heute Morgen in meinem Büro. Und glaub mir, wir reden nicht über Nutten. Sondern über Drogen. Und Waffenbesitz. In einem Appartement, das er im Bassens-Viertel gemietet hat.«

»Ah!«, sagte er lakonisch.

Wahrscheinlich wusste er schon davon. Farge, Mourrabed, meine Begegnung mit Toni. Er wartete darauf, dass ich mehr sagte. Wieder einmal saß er da, um mir die Würmer aus der Nase zu ziehen. Ich wusste es. Und ich wusste auch, wo ich ihn hinhaben wollte. Aber ich wollte nicht alle Karten auf einmal auf den Tisch legen. Nicht sofort.

»Warum kleben dir die Itaker an den Fersen?«

»Keine Ahnung.«

»Hör zu, Batisti, reden wir keine hundertsieben Jahre um den heißen Brei herum. Ich bin nicht hier, weil ich dich sympathisch finde. Wenn du redest, gewinne ich Zeit.«

»Du wirst dir eine Kugel einfangen.«

»Darüber denke ich später nach.«

Manu war der Kern des ganzen Durcheinanders. Nach seinem Tod hatte ich einige Informanten befragt. Hier und da in verschiedenen Lagern herumgehorcht. Nichts. Seltsam, niemandem der kleinste Hinweis zu Ohren gekommen, dass Manu liquidiert werden sollte. Ich hatte daraus geschlossen, dass ihn ein kleiner Gangster umgelegt hatte. Wegen irgendeinem bösen Streich aus der Vergangenheit. Etwas in der Art, ein dummer Zufall. Ich hatte mich damit zufrieden gegeben. Bis heute Mittag.

»Den Job bei Brunel, dem Rechtsanwalt, hat Manu sauber erledigt. Sauber. Wie es seine Art war, nehme ich an. Sogar noch besser, da er ja keinen Ärger riskierte. An jenem Abend habt ihr alle zusammen gefuttert. Im *Restanques.* Manu blieb keine Zeit, seine Kohle einzukassieren. Zwei Tage später war er tot.«

Während ich meinen Bericht schrieb, hatte ich Teile der Geschichte rekonstruiert. Die Ereignisse, aber nicht immer ihren Sinn. Ich hatte Lole über den berühmten Coup ausgefragt, von dem Manu gesprochen hatte. Er erzählte in der Regel wenig. Aber diesmal sei alles gut gelaufen, hatte er ihr ausnahmsweise anvertraut. Ein wirklich gutes Geschäft. Er würde letztendlich das große Geld absahnen. In jener Nacht hatten sie sich Champagner gegönnt. Zur Feier des Tages. Der Job war ein Kinderspiel, den Tresor eines Rechtsanwalts am Boulevard Longchamp knacken und alle Dokumente darin einsacken. Der Rechtsanwalt war Éric Brunel. Zuccas Vertrauensmann.

Babette hatte mir diese Information gegeben, ich hatte sie angerufen, als mein Bericht fertig war. Wir hatten vereinbart, vor meinem Treffen mit Batisti nochmals zu telefonieren. Brunel wollte Zucca hereinlegen, und der Alte musste etwas geahnt haben. Er hatte Manu geschickt, um aufzuräumen. Irgendetwas in dieser Richtung. Zucca und die Poli-Brüder waren zwei verschiedene Welten. Und verschiedene Familien. Es war zu viel Geld im Spiel. Zucca konnte es sich nicht erlauben, sich hereinlegen zu lassen.

Ein Kollege in Rom hatte Babette erzählt, dass man in Neapel nicht besonders glücklich über Zuccas Tod war. Sie würden natürlich darüber hinwegkommen, wie immer. Aber einige dicke laufende Geschäfte bekamen doch einen kräftigen Dämpfer. Zucca war offensichtlich mitten in Verhandlungen mit zwei großen französischen Unternehmen. Das Waschen von Drogengeldern war ein notwendiger Teil der wirtschaftlichen Wiederbelebung. Da waren Unternehmer und Politiker sich einig.

Ich packte vor Batisti aus, weil ich seine Reaktionen sehen wollte. Ein Schweigen, ein Lächeln, ein Wort – alles würde mir helfen, die Dinge zu kapieren. Batistis Rolle verstand ich noch immer nicht. Auch nicht, auf welcher Seite er stand. Babette glaubte, er stehe Zucca näher als den Poli-Brüdern. Aber da war Simone. Einzige Gewissheit: Er hatte Ugo auf Zucca angesetzt. Diesen Faden ließ ich nicht los. Das war der rote Faden. Von Ugo zu Manu. Und irgendwo dazwischen kämpfte Leila mit den Monstern. Ich konnte immer noch nicht an sie denken, ohne ihre von Ameisen bedeckte Leiche vor mir zu sehen. Sogar ihr Lächeln hatten die Ameisen gefressen.

»Du bist gut informiert«, sagte Batisti, ohne mit der Wimper zu zucken.

»Ich habe nichts anderes zu tun! Ich bin nur ein kleiner Bulle, wie du weißt. Deine Kumpel oder wer auch immer können mich ausradieren, ohne eine Lawine auszulösen. Und ich will nur fischen gehen. In Ruhe, ohne Ärger. Und ich habe es verdammt eilig, wieder fischen zu gehen!«

»Geh fischen. Niemand wird dich dort stören. Nicht mal, wenn du mit Huren schläfst. Das habe ich dir schon neulich zu verstehen gegeben.«

»Zu spät! Ich habe Albträume. Kapierst du das? Wenn ich nur daran denke, dass meine alten Freunde umgelegt wurden. Zugegeben, sie waren keine Heiligen …« Ich holte tief Luft und sah Batisti fest in die Augen: »Aber die Kleine, die sie in den hinteren Räumen des *Restanques* vergewaltigt haben, hatte nichts damit zu tun. Du wirst sagen, sie war nur eine Araberin. Für dich und die von deiner Sorte zählt das nicht. Das ist wie mit den Negern, diese Tiere haben keine Seele. Nicht wahr, Batisti!«

Ich hatte meine Stimme erhoben. Am Tisch hinter uns blieben die Spielkarten für den Bruchteil einer Sekunde in der Luft hängen. Félix sah von seinem Comic auf, den er gerade las. Ein alter, vergilbter *Pieds Nickelés*. Er sammelte sie. Ich bestellte noch einen Halben.

»Trumpf«, sagte einer der kleinen Alten.

Und das Leben ging wieder seinen Gang.

Batisti hatte verstanden, aber er ließ sich nichts anmerken. Er hatte ein halbes Leben an Mauscheleien und Intrigen hinter sich.

Er wollte aufstehen. Energisch legte ich meine Hand auf seinen Arm. Ein Anruf von ihm genügte, und Fabio Montale würde seinen Abend im Rinnstein beenden. Wie Manu. Wie Ugo. Aber ich war zu wütend, um mich von meinem Kurs abbringen zu lassen. Ich hatte fast alle Karten auf den Tisch gelegt, aber einen Trumpf hielt ich noch in der Hand.

»Nicht so eilig. Ich bin noch nicht fertig.«

Er zuckte die Schultern. Félix stellte den Halben vor mich hin. Sein Blick wanderte zwischen Batisti und mir hin und her. Félix war nicht bösartig. Aber hätte ich gesagt: »Wenn Manu erschossen wurde, dann wegen diesem Schweinehund hier«, hätte er ihm, Alter hin, Alter her, eine dicke Lippe verpasst. Leider ließen sich Batistis Rechnungen nicht mit Ohrfeigen begleichen.

»Ich höre.« Der Ton war schneidend. Ich fing an, ihm auf die Nerven zu gehen, und genau das wollte ich. Ihn aus der Ruhe bringen.

»Von den beiden Itakern hast du, glaube ich, nichts zu befürchten. Die Neapolitaner suchen einen Nachfolger für Zucca. Sie haben mit dir Verbindung aufgenommen, denke ich. Du stehst noch immer im Adressbuch der Mafia. Rubrik: Ratgeber. Vielleicht haben sie dich sogar schon ausgesucht.« Ich beobachtete seine Reaktion. »Oder Brunel. Oder Émile Poli. Oder deine Tochter.«

Seine Mundwinkel zuckten leicht. Zweimal. Aha. Ich schien der Wahrheit näher zu kommen.

»Du bist ja vollkommen verrückt! Dir so was auszudenken.«

»Ganz und gar nicht! Das weißt du sehr gut! Nicht verrückt. Aber vielleicht hab ich ein Brett vor dem Kopf. Ich kapier rein gar nichts. Warum du Zucca hast von Ugo umlegen lassen. Wie das alles organisiert werden konnte. Die Aktion von Ugo, kaum dass er in Marseille war. Warum dein Kumpel Morvan ihm nach dem Job aufgelauert hat. Was für ein faules Spiel du dabei spielst. Keine Ahnung. Und noch weniger, warum Manu sterben musste und durch wen. Ich habe nichts gegen dich in der Hand. So wenig wie gegen die anderen. Bleibt Simone. Die werde ich mir mal vornehmen.«

Ich war sicher, ins Schwarze getroffen zu haben. Seine Augen sprühten elektrische Funken. Er rang seine Hände, dass die Gelenke knackten.

»Rühr sie nicht an! Ich hab nur sie!«

»Ich habe auch nur sie. An ihr kann ich mich festbeißen. Loubet ist an der Sache mit der Kleinen dran. Du siehst, Batisti: Ich habe alles im Griff. Toni, seine Waffe, den Ort. Ich schiebe Loubet das alles zu, und eine Stunde später hat er Simone. Die Vergewaltigung hat bei ihr stattgefunden. Das *Restanques* gehört ihr, nicht wahr?«

Das war Babettes brandheiße Information in letzter Minute. Natürlich hatte ich keinen Beweis für all das, was ich vorbrachte. Aber das machte nichts. Batisti wusste es nicht. Das Gespräch nahm für ihn eine unerwartete Wendung. Ich führte ihn auf offenes Gelände.

»Ihre Heirat mit Émile war ein Fehler. Aber die Kinder können ja nicht hören. Die Poli-Brüder konnte ich noch nie leiden.«

Die frische Brise war verschwunden. Ich hätte mich am liebsten aus dem Staub gemacht, mit meinem Boot mitten aufs Meer. Meer und Ruhe. Mir war die ganze Menschheit zuwider. All diese Geschichten zeigten wieder einmal, wie unendlich mies und mickrig diese Welt war. In größerem Maßstab wurden daraus Kriege, Massaker, Völkermorde, Fanatismus und Diktaturen. Als hätte man schon dem ersten Menschen, der zur Welt kam, so übel mitgespielt, dass er voller Hass war. Wenn es einen Gott gibt, sind wir alle Hurenkinder.

»Durch sie haben sie dich in der Hand, stimmts?«

»Zucca war jahrelang ihr Buchhalter. Mit Zahlen konnte er besser umgehen als mit dem Schießeisen. Der Krieg der Clans, Angriff und Vergeltung, das war nicht sein Ding. Aber er hat die Punkte gezählt. Die Mafia suchte eine Vertretung in Marseille und hat ihn als Mittelsmann ausgesucht. Er hat sein Schiff gut geführt. Wie ein Wirtschaftskapitän. Das war er die letzten Jahre. Ein Geschäftsmann. Wenn du wüsstest …«

»Das will ich gar nicht wissen. Es interessiert mich nicht. Ich bin sicher, es ist zum Kotzen.«

»Man konnte besser mit ihm arbeiten als mit den Poli-Brüdern, verstehst du. Die sind nur Handwerker. Ihnen fehlt der Weitblick. Ich glaube, Zucca hätte sie früher oder später eliminiert. Sie wurden zu unbequem. Besonders seit sie unter Morvans und Weplers Einfluss standen.«

»Sie wollen Marseille säubern. Träumen davon, die ganze Stadt abzufackeln. Ein großes Inferno, ausgehend von den nördlichen Vierteln. Meuten junger Leute beim Plündern. Wepler kümmert sich darum. Sie stützen sich auf die Dealer und ihre Netze. Sie sollen Druck auf die Jungen ausüben. Wie es scheint, sind sie zu allem bereit.«

Gewalt auf der einen Seite. Angst und Rassismus am anderen Ende. Damit wollen sie ihre faschistischen Kumpel ins Rathaus bringen. Sie selbst bleiben im Hintergrund. Wie zu Zeiten Sabianis, des allmächtigen Beraters des Bürgermeisters und Freundes von Carbone und Spirito, den beiden großen Gangsterbossen der Marseiller Unterwelt in der Vorkriegszeit. Sie werden ihre Geschäfte abwickeln, den Italienern Paroli bieten. Sie träumen schon davon, Zuccas Kassenschrank zurückzuerobern.

Ich hatte genug gehört, um die Lust aufs nächste Jahrhundert zu verlieren. Zum Glück war ich vorher mausetot! Was konnte ich mit all dem anfangen? Gar nichts. Ich sah nicht, wie ich Batisti bei Loubet zum Sprechen bringen könnte. Ich hatte keinen Beweis gegen sie alle. Nur eine Anklage gegen Mourrabed. Den Letzten auf der Liste. Einen Araber. Das geborene Opfer, wie üblich. Babette konnte nicht mal einen Artikel darüber schreiben. Sie hatte strikte Anweisungen: Fakten, nichts als Fakten. Damit hatte sie sich bei der Zeitung einen Namen gemacht.

Ich wollte auch nicht den Arm der Gerechtigkeit spielen. Ich sah für mich überhaupt keine Rolle mehr. Nicht mal die des Bullen. Ich sah gar nichts mehr. Ich war durchgeknallt. Hass, Gewalt, Ganoven, Bullen, Politiker … Und das Elend als Nährboden. Arbeitslosigkeit, Rassismus. Wir waren alle wie Insekten in einem Spinnennetz. Wir strampelten, aber am Ende würde die Spinne uns fressen.

Aber ich musste noch mehr wissen. »Und was hatte Manu mit all dem zu tun?«

»Er hat Brunels Tresor nie geknackt. Er hat mit ihm verhandelt. Gegen Zucca. Er wollte noch mehr für sich herausschlagen. Sehr viel mehr. Er hat den Bogen überspannt, glaube ich. Zucca hat ihm das nicht verziehen. Als Ugo mich aus Paris anrief, begriff ich, dass ich meine Revanche bekommen würde.«

Er hatte schnell gesprochen. Als schütte er sein Gewissen aus. Aber zu schnell.

»Welche Revanche, Batisti?«

»Was?«

»Du hast von Revanche gesprochen.«

Er sah zu mir auf. Zum ersten Mal war er ehrlich. Sein Blick trübte sich. Er verlor sich in Regionen, in denen ich nicht existierte.

»Ich mochte Manu gern, weißt du«, stotterte er.

»Aber Zucca nicht, oder?«

Er antwortete nicht. Ich würde nichts mehr aus ihm herausholen. Ich hatte einen wunden Punkt getroffen. Ich stand auf.

»Du lügst immer noch, Batisti.« Er hielt den Kopf gesenkt. Ich neigte mich zu ihm: »Ich werde weitermachen. Herumschnüffeln. Bis ich Bescheid weiß. Alles. Ihr kommt alle dran. Simone auch.«

Es tat mir wahnsinnig gut, meinerseits zu drohen. Sie hatten mir nicht die Wahl der Waffen gelassen.

Schließlich sah er mich an, ein bösartiges Grinsen auf den Lippen. »Du Schwachkopf«, sagte er.

»Wenn du mich umlegen willst, mach schnell. Für mich bist du ein toter Mann, Batisti. Und die Idee gefällt mir. Weil du nur ein Stück Scheiße bist.«

Ich ließ Batisti mit seiner Mandelmilch sitzen.

Draußen knallte mir die Sonne voll ins Gesicht. Ich hatte den Eindruck, das Leben wieder gefunden zu haben. Das richtige Leben. Wo das Glück aus einer Ansammlung kleiner, unbedeutender Nichtigkeiten besteht. Ein Sonnenstrahl, ein Lächeln, Wäsche, die vor einem Fenster trocknet, ein Junge, der eine Konservendose vor sich herkickt, eine Melodie von Vincent Scotto, ein leichter Windstoß unter den Rock einer Frau …

Dreizehntes Kapitel

In dem Dinge passieren, die man nicht durchgehen lassen kann

Ich blieb ein paar Sekunden reglos vor *Chez Félix* stehen. Von der Sonne geblendet. Wenn mich jemand an dieser Stelle umgelegt hätte, ich hätte ihm glatt verziehen. Aber niemand lauerte mir an der Straßenecke auf. Das Treffen fand woanders statt. Ich hatte mir den Ort nicht ausgesucht, aber ich ging hin.

Ich spazierte die Rue Caisserie hinauf und nahm die Abkürzung über die Place de Lenche. Immer wenn ich an der Bar *Le Montmartre* vorbeikam, konnte ich mir ein Lächeln nicht verkneifen. Montmartre war hier so fehl am Platz. Ich nahm die Rue Sainte-Françoise und ging zu Ange ins *Treize-Coins,* zeigte auf die Flasche Cognac und trank ex. Er hatte sich mit der Flasche in der Hand vor mir aufgebaut. Ich bedeutete ihm, mir nachzuschenken, und trank wieder ex aus.

»Wie gehts?«, fragte er leicht beunruhigt.

»Bestens! Es ging mir nie besser!« Und hielt ihm mein Glas hin. Ich setzte mich auf die Terrasse, neben einen Tisch mit Arabern.

»Aber wir sind Franzosen, du Idiot. Wir sind hier geboren. Ich kenne Algerien überhaupt nicht.«

»Du Franzose, du. Wir sind die unfranzösischsten Franzosen, die es gibt. Ja, das sind wir.«

»Und wenn die Franzosen nichts mehr von dir wissen wollen, was machst du dann? Drauf warten, dass sie dich abknallen. Ich hau ab.«

»Was du nicht sagst. Und wohin, du Idiot? Hör auf zu spinnen.«

»Die können mich mal. Ich bin Marseiller. Ich bleibe hier. Punkt. Und wenn sie mich suchen, finden sie mich.«

Sie waren aus Marseille, mehr Marseiller als Araber. Mit derselben Überzeugung wie unsere Eltern. Wie Manu, Ugo und ich vor fünfzehn Jahren. Ugo hatte einmal gefragt: »Bei mir und Fabio zu

Hause sprechen wir Neapolitanisch. Bei dir Spanisch. In der Schule lernen wir Französisch. Was sind wir denn eigentlich?«

»Araber«, hatte Manu geantwortet.

Wir hatten gelacht. Jetzt war die nächste Generation an der Reihe. Sie machte alles noch mal durch. In den Häusern unserer Eltern. Glaubte sich im Paradies auf Erden und betete, dass es anhielt. Mein Vater hatte gesagt: »Vergiss nicht. Als ich hier eines Morgens mit meinen Brüdern ankam, wussten wir nicht, ob wir mittags etwas zu essen hatten, und wir haben trotzdem gegessen.« Das war die Geschichte von Marseille. In alle Ewigkeit. Eine Utopie. Die einzige Utopie der Welt. Ein Ort, wo jeder, egal welcher Hautfarbe, mit dem Koffer in der Hand und ohne einen Sou in der Tasche aus einem Schiff oder Zug steigen und sich in den Menschenstrom mischen konnte. Eine Stadt, wo, kaum war er gelandet, jeder Mensch sagen konnte: »Hier ist es. Ich bin zu Hause.«

Marseille gehört denen, die es bewohnen.

Ange setzte sich mit einem Pastis an meinen Tisch.

»Mach dir keine Sorgen«, sagte ich. »Alles wird sich einrenken. Es gibt immer eine Lösung.«

»Pérol sucht dich seit gut zwei Stunden.«

»Wo steckst du! Himmel, Arsch und Zwirn!«, brüllte Pérol.

»Bei Ange. Komm her. Nimm den Wagen.« Ich hängte auf und stürzte hastig einen dritten Cognac hinunter. Es ging mir schon viel besser.

Ich wartete in der Rue de l'Évêché auf Pérol, unten an den Stufen der Passage Sainte-Françoise. Da musste er vorbeikommen. Nach einer Zigarettenlänge war er da.

»Wo gehen wir hin?«

»Ferré hören, einverstanden?«

In der *Bar des Maraîchers à la Plaine* bei Hassan gab es nicht etwa Raï, Reggae oder Rock. Nur französische Chansons: Brel, Brassens und Ferré. Der Araber machte sich einen Jux daraus, die Erwartungen der Gäste zu durchkreuzen.

»Hallo, Fremde«, grüßte er, als er uns hereinkommen sah.

Hier waren alle Fremden Freunde. Egal welche Haut-, Haar-

oder Augenfarbe. Hassan hatte sich eine stolze Kundschaft aus Schülern und Studenten zugelegt. Von der Sorte, die Kurse schwänzten, am liebsten die wichtigsten. Sie nahmen vor einem Halben die Zukunft der Welt auseinander, und dann, nach sieben Uhr, gingen sie daran, sie wieder aufzubauen. Das änderte nichts, aber es war gut, so wie es war. Ferré sang:

Wir sind keine Heiligen.
Zur Glückseligkeit haben wir nur Cinzano.
Arme Waisen,
beten wir aus Gewohnheit zu unserem Vater Pernod.

Ich wusste nicht, was ich trinken wollte. Die Stunde für den Pastis hatte ich übersprungen. Nach einem Blick auf die Flaschen entschied ich mich für einen Glenmorangie. Pérol nahm einen Halben.

»Bist du noch nie hier gewesen?«

Er schüttelte den Kopf und sah mich an, als sei ich ernsthaft krank. »Du solltest öfter rausgehen. Verstehst du, Pérol, wir sollten abends mal auf Tour gehen, wir beide. Um den Bezug zur Realität nicht zu verlieren, kapierst du? Man verliert den Boden unter den Füßen, und schwuppdiwupp weiß man nicht mehr, wo die Seele abgeblieben ist. Bei den Kumpels. Bei den Frauen. Richtung Hof oder Küche. Im Schuhkarton. Eh man sichs versieht, geht man in der untersten Schublade zwischen dem Krimskrams verloren.«

»Hör auf«, sagte er ruhig, aber bestimmt.

»Was meinst du«, redete ich weiter, ohne auf seine Wut zu achten, »ein paar Goldbrassen wären jetzt genau richtig. Gegrillt, mit Thymian und Lorbeer. Und nur einen Hauch Olivenöl darüber. Deiner Frau würde das gefallen, glaubst du nicht?« Ich hatte Lust, übers Kochen zu reden. Ein Inventar aller Gerichte aufzustellen, die ich zubereiten konnte. Cannelloni mit Schinken und Spinat zu zaubern. Einen Tunfischsalat mit neuen Kartoffeln anzurichten. Marinierte Sardinen. Ich hatte Hunger.

»Hast du keinen Hunger?« Pérol antwortete nicht. »Pérol, ich muss dir gestehen, ich weiß nicht einmal mehr deinen Vornamen.«

»Gérard«, sagte er und lächelte schließlich.

»Gut, mein Gégé. Einen trinken wir noch, und dann gehen wir einen Happen essen. Was meinst du?«

Statt zu antworten, erzählte er mir von dem Schlamassel im Bullenstall. Argue hatte Anspruch auf Mourrabed angemeldet, wegen der Waffen. Brenier wollte ihn wegen der Drogen. Loubet weigerte sich, ihn rauszugeben, weil er, verflucht noch mal, in einem Mordfall ermittelte. Folglich hatte Argue sich auf Farge gestürzt. Der hatte den großen Macker herausgekehrt, war sich seiner Protektionen zu sicher gewesen. Er hatte Schläge kassiert. Argue tobte, wenn er nicht rausrücke, wo die Waffen in seinem Keller herkamen, würde er ihm den Kopf abreißen.

Am anderen Ende des Korridors brüllte Monsieur Muskel beim Anblick Farges: »Du hast mir doch befohlen, der Hure die Zähne auszuschlagen.« Kaum war das Wort »Hure« bis zur Etage darunter durchgedrungen, erschien Gravis. Kuppelei war sein Gebiet. Und Farge kannte er wie seine Westentasche.

»In diesem Moment brachte ich meine Verwunderung zum Ausdruck, dass Farge kein Strafregister hatte.«

»Gut gespielt.«

»Gravis tobte, wir seien in einem Irrenhaus. Argue tobte noch lauter, er würde Farge sein Strafregister schon schnell genug verpassen. Und er gab Farge an Morvan weiter, für eine Führung durch den Keller …«

»Und?«, fragte ich, obwohl ich die Antwort erraten konnte.

»Sein Herz hat nicht mitgespielt. Herzschlag, eine Dreiviertelstunde später.«

Wie lange blieb mir noch zu leben? Ich überlegte, was ich vor dem Sterben essen wollte. Eine Fischsuppe, vielleicht. Mit einer guten Rouille, einer mit Peperoni angerührten Knoblauchsoße, verfeinert mit Seeigelfleisch und etwas Safran. Aber ich hatte keinen Hunger mehr. Und ich war wieder nüchtern.

»Und Mourrabed?«

»Wir sind sein Geständnis noch einmal durchgegangen. Er hat es unterschrieben. Dann habe ich ihn an Loubet weitergereicht. So. Und jetzt packst du aus. In was für eine Geschichte du verwickelt bist, und so weiter. Ich hab keinen Bock, dumm zu sterben.«

»Das ist eine lange Geschichte. Lass mich erst pissen gehen.«

Im Vorbeigehen bestellte ich mir einen weiteren Glenmorangie. Das Zeug schmeckte besser als Buttermilch. Auf der Toilette hatte ein kleiner Komiker geschrieben: »Bitte lächeln, Sie werden gefilmt.« Ich lächelte mein Lächeln Nr. 5. Fabio, alles wird gut. Du bist der Schönste. Du bist der Stärkste. Dann hielt ich meinen Kopf unter den Wasserhahn.

Als wir auf das Revier zurückkehrten, wusste Pérol alles. Bis ins kleinste Detail. Er hatte zugehört, ohne mich zu unterbrechen. Es hatte gut getan, alles loszuwerden. Ich sah zwar nicht wirklich klarer, aber ich hatte das Gefühl zu wissen, wohin ich ging.

»Glaubst du, Manu wollte Zucca hereinlegen?«

Möglich war es. Nach dem, was er mir erzählt hatte. Der große Coup war nicht der Job. Sondern der Haufen Kohle, den er damit machen konnte. Andererseits, je länger ich darüber nachdachte, desto weniger passte alles zusammen. Pérol legte den Finger genau in die offene Wunde. Ich konnte mir nicht vorstellen, dass Manu Zucca übers Ohr haute. Er machte manchmal verrückte Sachen, aber die echten Gefahren konnte er wittern. Wie ein Tier. Und dann, es war Batisti, der ihn auf den Coup angesetzt hatte. Sein Wahlvater. Der einzige Mensch, dem er halbwegs vertraute. Das konnte er ihm nicht antun.

»Nein, ich glaube nicht, Gérard.«

Aber mir war schleierhaft, wer ihn hatte umlegen können.

Und dann fehlte mir noch eine andere Antwort: Wie hatte Leila Toni kennen gelernt?

Ich hatte vor, ihn zu fragen. Es war nur eine Kleinigkeit, aber sie ließ mir keine Ruhe. Das nagte wie Eifersucht. Leila verliebt … Ich hatte mich mit diesem Gedanken abgefunden, aber nicht so leicht. Zugeben, dass eine Frau, die man begehrt, mit einem anderen ins Bett geht? Ich hatte beschlossen, das zu akzeptieren, aber es war nicht einfach, wirklich nicht. Mit Leila hätte ich vielleicht wieder bei null anfangen können. Das Leben neu erfinden. Aufbauen. Befreit von der Vergangenheit, von Erinnerungen, Illusionen. Leila war Gegenwart, Zukunft. Ich steckte in meiner Vergangenheit. Wenn es für mich ein glückliches Morgen gab, musste ich zu dem verpassten Rendezvous zurückkehren. Zu Lole. So viel Zeit war zwischen uns verstrichen.

Leila mit Toni – ich verstand es nicht. Aber Toni hatte Leila einfach mitgenommen. Der Hausmeister aus dem Studentenwohnheim hatte nachmittags angerufen, sagte Pérol. Seine Frau habe sich daran erinnert, wie Leila in einen Golf mit Schiebedach gestiegen sei. Vorher habe sie auf dem Parkplatz ein paar Minuten mit dem Fahrer gesprochen. Seine Frau hatte noch gedacht: »Na, die langweilt sich bestimmt nicht, die kleine Hure!«

Hinter den Gleisen des Bahnhofs Saint-Charles, eingeklemmt zwischen der Ausfahrt der nördlichen Autobahn und den Boulevards Plombières und National, lag das Viertel Belle-de-Mai unverändert. Dort lebte man wie früher. Weit weg vom Zentrum, das nur wenige Minuten entfernt war. Es herrschte Dorfatmosphäre. Wie in Vauban, La Blancarde, Le Rouet oder La Capelette, wo ich aufgewachsen war.

Als Jungs waren wir oft nach Belle-de-Mai gegangen. Um uns zu prügeln. Häufig wegen der Mädchen, fast immer eigentlich. Es lag ständig eine Schlägerei in der Luft. Und es gab immer einen Sportplatz oder ein freies Gelände, auf dem wir uns die Fresse einschlagen konnten. Vauban gegen La Blancarde. La Capelette gegen Belle-de-Mai. Le Panier gegen Le Rouet. Nach einem Ball, einer Fete, einem Jahrmarkt oder nach dem Kino. Das war nicht die *West Side Story* – Latinos gegen Puertoricaner. Jede Gang hatte ihren Teil an Italienern, Spaniern, Armeniern, Portugiesen, Arabern, Afrikanern, Vietnamesen. Wir schlugen uns wegen des Lächelns eines Mädchens, nicht wegen der Hautfarbe. Das schuf Freundschaften, keinen Hass.

Einmal ließ ich mich hinter dem Vallier-Stadion übel von einem Itaker zurichten. Ich hatte seine Schwester am Ausgang des Tanzsaals *Alhambra* in La Blancarde »böse« angesehen. Ugo hatte dort ein paar Mädchen aufgetrieben. Das war eine Abwechslung zu den *Salons Michel*. Später entdeckten wir, dass unsere Väter aus

Nachbardörfern stammten. Meiner aus Castel San Giorgio, seiner aus Piovene. Wir gingen ein Bier trinken. Eine Woche später stellte er mir seine Schwester Ophélia vor. Wir waren »compaesani«. Das war etwas anderes. »Wenn es dir gelingt, sie zu halten, Hut ab! Ihr kommt es nur drauf an, Männer scharfzumachen.« Ophélia war eine schlimme Schlampe. Sie ist Mavros' Frau geworden. Armer Kerl, er hat es bitter bereut.

Das Zeitgefühl war mir abhanden gekommen. Ich parkte meinen Wagen fast vor Tonis Haus. Sein Golf stand fünfzig Meter weiter oben. Ich rauchte und hörte Buddy Guy. *Damn Right, He's Got the Blues.* Ein fantastisches Stück. Marc Knopfler, Eric Clapton und Jeff Beck begleiteten ihn. Ich zögerte noch, Toni einen Besuch abzustatten. Er wohnte im zweiten Stock, und es brannte Licht. Ich fragte mich, ob er allein war oder nicht.

Denn ich war allein. Pérol war ins Bassens-Viertel geeilt. Eine Schlägerei bahnte sich an. Zwischen den Jungs des Viertels und Mourrabeds Kumpeln. Eine Araber-Gang von außerhalb provozierte die Jungs aus dem Viertel. Sie hatten zugelassen, dass die Bullen Mourrabed mitnahmen. Sie waren wütend, das war klar. Der große Schwarze hatte schon eine Abreibung bekommen. Sie hatten ihn auf dem Parkplatz zu fünft in die Enge getrieben. Die aus Bassens ließen nicht zu, dass Fremde sich in ihrem Gebiet breit machten. Schon gar nicht Dealer. Die Messer wurden gewetzt.

Allein konnte Cerutti nichts ausrichten. Auch nicht mit Reivers Hilfe, der sofort gekommen war, bereit, nach seiner Tagschicht noch eine Nachtschicht zu machen. Pérol hatte die Mannschaften zusammengetrommelt. Sie mussten schnell handeln. Einige Dealer verhören, unter dem Vorwand, dass Mourrabed sie verpfiffen hatte. Das Gerücht in Gang setzen, dass er ein Spitzel war. Das würde die Gemüter beruhigen. Sie wollten verhindern, dass die Jungs aus Bassens sich mit den andern in die Haare kriegten.

»Geh essen, schnapp ein bisschen frische Luft, und mach keine Dummheiten«, hatte Pérol gesagt. »Warte damit auf mich.« Ich hatte ihm nichts von meinen Absichten für den Abend gesagt. Außerdem hatte ich gar keine. Ich fühlte nur, dass ich etwas unternehmen musste. Ich hatte Drohungen in die Welt gesetzt. Ich konnte mich nicht länger wie ein gehetztes Tier verkriechen. Ich musste sie dazu bringen, aus der Deckung zu kommen. Einen Fehler zu machen. Ich hatte Pérol gesagt, dass wir uns später treffen und gemeinsam einen Plan ausarbeiten würden. Er hatte mir angeboten, bei ihm zu schlafen, in meiner Hütte war es zu gefährlich. Ich sah das auch so.

»Weißt du, Fabio«, hatte er gesagt, nachdem er mir zugehört hatte, »natürlich empfinde ich die Dinge nicht wie du. Deine Freunde habe ich nicht gekannt, und Leila hast du mir nie vorgestellt. Aber ich verstehe deine Situation. Ich verstehe, dass es dir nicht nur um Rache geht. Es ist einfach dieses Gefühl, dass es Dinge gibt, die man nicht durchgehen lassen kann. Weil du sonst nicht mehr in den Spiegel schauen kannst.« Pérol sprach wenig, aber jetzt ereiferte er sich. Er hätte noch stundenlang weiterreden können.

»Reg dich nicht auf, Gérard!«

»Tu ich nicht. Ich will dir sagen, was ich denke. Du hast einen dicken Fisch an der Angel. Du kannst nicht allein zuschlagen. Allein kommst du aus dem Schlamassel nicht raus. Ich stehe dir bei. Ich lasse dich nicht im Stich.«

»Ich weiß, dass du mein Freund bist. Was du auch tust. Aber ich will nichts von dir, Gérard. Kennst du den Ausdruck? Ab hier ist Ihr Ticket nicht mehr gültig. Ich bin dort. Ich will dich nicht hineinziehen. Es ist gefährlich. Wir werden unsaubere Dinge tun müssen, fürchte ich. Bestimmt sogar. Du hast eine Frau und eine Tochter. Denk an sie, und vergiss mich.«

Ich öffnete die Tür. Er packte meinen Arm. »Unmöglich, Fabio. Wenn wir morgen deine Leiche finden, weiß ich nicht, was ich tun werde. Schlimmeres vielleicht.«

»Ich werde dir sagen, was du machen wirst. Noch ein Kind. Mit der Frau, die du liebst. Mit deinen Kindern hast du noch eine ordentliche Zukunft auf dieser Erde, da bin ich mir sicher.«

»Du bist ein Idiot!«

Er nahm mir das Versprechen ab, auf ihn zu warten. Oder zu ihm zu kommen, wenn ich etwas unternehmen wollte. Ich versprach es ihm. Beruhigt war er nach Bassens gefahren. Er konnte nicht wissen, dass ich mein Wort brechen würde. Verdammt noch mal! Ich drückte meine dritte Kippe aus und stieg aus dem Auto.

»Wer ist da?«

Eine Frauenstimme. Jung. Beunruhigt. Ich hatte Lachen gehört. Dann Schweigen.

»Montale. Fabio Montale. Ich möchte zu Toni.«

Die Tür ging einen Spaltbreit auf. Ich musste mich geirrt haben! Karine war genauso perplex wie ich. Wir standen uns sprachlos gegenüber. Ich trat ein. Ein starker Shit-Geruch stieg mir in die Nase.

»Wer ist da?«, hörte ich vom Ende des Flurs fragen.

Kaders Stimme.

»Kommen Sie rein«, sagte Karine. »Woher wissen Sie, dass ich hier wohne?«

»Ich wollte zu Pirelli. Toni.«

»Mein Bruder! Er ist seit Ewigkeiten nicht mehr hier.«

Die Antwort! Endlich hatte ich sie! Aber ich verstand noch immer nicht. Leila und Toni, das wollte mir nicht in den Kopf. Sie waren alle da. Kader, Yasmine, Driss. Um den Tisch versammelt. Wie Verschwörer.

»Allah ist groß«, sagte ich und zeigte auf die Flasche Whisky vor ihnen.

»Und Chivas ist sein Prophet«, antwortete Kader und griff nach der Flasche. »Stößt du mit uns an?«

Sie mussten eine ganze Menge getrunken haben. Und geraucht. Aber ich hatte nicht den Eindruck, dass sie dadurch fröhlicher wurden. Im Gegenteil.

»Ich wusste gar nicht, dass du Toni kennst«, sagte Karine.

»Nur flüchtig. Siehst du, ich wusste nicht einmal, dass er umgezogen ist.«

»Dann hast du ihn seit einem Monat nicht gesehen …«

»Ich kam gerade vorbei, sah Licht und bin hochgekommen. Alte Kumpel, verstehst du.«

Sie starrten mich an. Toni und ich passten in ihren Augen sicher nicht so ganz zusammen. Jetzt konnte ich meine Richtung nicht mehr ändern. Ihre Köpfe rauchten.

»Was wollen Sie von ihm?«, fragte Driss.

»Einen Gefallen. Ihn um einen Gefallen bitten. Nun gut«, sagte ich und trank aus, »ich werde euch nicht länger stören.«

»Du störst uns nicht«, widersprach Kader.

»Ich hatte einen langen Tag.«

»Es scheint, Sie haben einen Dealer geschnappt?«, fragte Yasmine.

»Die Neuigkeiten verbreiten sich schnell.«

»Arabisches Telefon«, warf Kader lachend ein. Ein gezwungenes, falsches Lachen.

Sie erwarteten, dass ich ihnen erklärte, was ich mit Toni am Hut hatte.

Yasmine schob mir ein Buch zu, noch im Plastikumschlag. Ich las den Titel, ohne es in die Hand zu nehmen: *Der Tod ist ein einsames Geschäft* von Ray Bradbury. »Sie können das Buch haben. Es hat Leila gehört. Kennen Sie es?«

»Sie hat oft davon gesprochen. Ich habe es nie gelesen.«

»Hier«, sagte Kader und reichte mir ein Glas Whisky. »Setz dich, wir beißen nicht.«

»Wir haben es zusammen gekauft. Am Tag bevor …«, sagte Yasmine.

»Ah«, sagte ich. Der Whisky brannte mir in der Kehle. Ich hatte den ganzen Tag nichts gegessen. Müdigkeit überfiel mich. Die Nacht war noch lang. »Hast du vielleicht einen Kaffee?«, fragte ich Karine.

»Ich hab gerade welchen gemacht. Er ist noch heiß.«

»Es war für Sie«, fuhr Yasmine fort. »In dieser Plastikfolie. Sie wollte es Ihnen schenken.«

Karine kam mit einer Tasse Kaffee wieder. Kader und Driss sagten kein Wort mehr. Sie warteten auf die nächste Folge einer Geschichte, deren Ende sie zu kennen schienen.

»Ich hab lang nicht verstanden, wie es in den Wagen meines Bruders kam«, sprach Karine weiter.

Jetzt war es draußen. Es verschlug mir die Sprache. Die Bande gab mir den Rest. Keiner von ihnen lachte mehr. Sie waren ernst.

»Samstagabend ist er vorbeigekommen, um mich ins Restaurant zum Essen einzuladen. Das macht er regelmäßig. Redet von meinem Studium, steckt mir 'n bisschen Geld zu. Ein großer Bruder halt! Das Buch lag im Handschuhfach. Ich weiß nicht mehr, was ich gesucht habe. Ich hab gefragt: ›Was ist denn das?‹ Er war mächtig erstaunt. ›Was? Das? Ah, das, ähm … Nun, das ist … ein Geschenk. Für dich. Ich dachte … Na ja, für nach dem Essen. Mach es ruhig auf.‹

Toni machte mir oft Geschenke. Aber ein Buch war ganz was Neues. Ich verstand nicht, wie er darauf gekommen war … Ich war gerührt. Ich hab ihm gesagt, dass ich ihn gern habe. Wir sind essen gegangen, und ich habe das Buch samt der Verpackung in meine Handtasche gesteckt.

Als ich zurückkam, legte ich es da aufs Regal. Dann ist das alles passiert. Leila, die Beerdigung. Ich bin bei ihnen geblieben. Wir haben bei Mouloud geschlafen. Ich hatte das Buch ganz vergessen. Heute Mittag hat Yasmine es gesehen, als sie mich abholen wollte. In unseren Köpfen ging alles durcheinander. Wir haben die Jungs angerufen. Die Sache musste geklärt werden. Verstehen Sie?« Sie hatte sich hingesetzt. Sie zitterte. »Jetzt wissen wir nicht, was wir machen sollen.«

Und sie brach in Tränen aus.

Driss stand auf und nahm sie in seine Arme. Er strich ihr zärtlich übers Haar. Ihr Weinen grenzte an einen Nervenzusammenbruch. Yasmine kniete sich vor ihr hin und nahm Karines Hände. Kader blieb reglos sitzen, die Ellenbogen auf dem Tisch. Er sog krampfhaft an seiner Zigarette. Den Blick weit weg.

Alles begann sich um mich zu drehen. Mein Herz schlug zum Zerplatzen. Nein, das war nicht möglich! Ein Satz von Karine hatte mich alarmiert. Toni. In der Vergangenheitsform.

»Und wo ist Toni?«

Kader stand auf, wie ein Roboter. Karine, Yasmine und Driss folgten ihm mit den Augen. Kader öffnete die Balkontür. Ich stand auf und trat näher. Da lag Toni. Ausgestreckt auf den Kacheln.

Tot.

»Wir wollten dich gerade anrufen.«

Vierzehntes Kapitel

In dem es besser ist, in der Hölle zu leben, als im Paradies zu sterben

Die Kids waren am Ende. Jetzt, wo sie Tonis Leiche wieder sahen, brachen sie zusammen. Karine heulte immer noch. Yasmine und Driss hatten auch angefangen. Bei Kader schienen die Sicherungen durchgebrannt zu sein. Der Shit und der Whisky hatten nichts genützt. Jedes Mal, wenn er auf Tonis Leiche hinuntersah, stieß er kurze, trockene Lacher aus. Ich begann durchzudrehen. Das war nicht der richtige Moment.

Ich schloss die Balkontür, schenkte mir einen Whisky ein und steckte mir eine Zigarette an.

»Gut«, sagte ich. »Nochmal von vorn.«

Aber ich hätte ebenso gut mit Taubstummen reden können. Kader lachte noch hysterischer.

»Driss, du bringst Karine ins Schlafzimmer. Sie soll sich hinlegen und ausruhen. Yasmine, find mir irgendein Beruhigungsmittel, Lexomil oder so was, und gib jedem eine Tablette. Nimm selber auch eine. Danach machst du mir frischen Kaffee.« Sie sahen mich an wie Marsmenschen. »Na los!«, sagte ich ruhig, aber bestimmt.

Sie standen auf. Driss und Karine verschwanden im Schlafzimmer.

»Was machen wir jetzt?«, fragte Yasmine. Sie fing sich wieder. Von den vieren war sie die verlässlichste. Das zeigte sich in jeder ihrer Gesten. Präzise, sicher. Sie hatte vielleicht genauso viel geraucht wie die anderen, aber weniger getrunken. Das war deutlich.

»Den da wieder aufrichten«, antwortete ich und wies auf Kader. Ich hob ihn aus seinem Stuhl.

»Der baut keine Scheiße mehr, was?«, sagte er und brach in Gelächter aus. »Dem haben wir das Maul für immer gestopft, diesem Arschloch.«

»Wo ist das Badezimmer?«

Yasmine zeigte es mir. Ich schob Kader hinein. Dort stand eine winzige Badewanne. Der Geruch von Erbrochenem hing in der Luft. Driss war schon da gewesen. Ich packte Kader am Nacken und zwang ihn in die Hocke. Ich öffnete den kalten Wasserhahn. Er wehrte sich.

»Mach keinen Scheiß! Sonst schmeiß ich dich rein!«

Ich reichte ihm ein Handtuch, nachdem ich ihm gründlich den Kopf gewaschen hatte. Als wir ins Wohnzimmer zurückkamen, stand der Kaffee auf dem Tisch. Wir setzten uns. Aus dem Schlafzimmer drangen immer noch Karines Schluchzer, aber schwächer. Driss redete ihr gut zu. Ich konnte nicht verstehen, was er sagte, aber es klang wie eine sanfte Melodie.

»Verdammt«, sagte ich zu Kader und Yasmine. »Warum habt ihr mich nicht angerufen?«

»Wir wollten ihn nicht umbringen«, antwortete Kader.

»Was habt ihr denn erwartet? Dass er sich bei euch entschuldigt? Der Typ war fähig, seinen Vater und seine Mutter zu erwürgen.«

»Das haben wir gesehen«, sagte Yasmine. »Er hat uns gedroht. Mit einer Waffe.«

»Wer hat ihn angegriffen?«

»Zuerst Karine, mit einem Aschenbecher.«

Ein großer Glasaschenbecher, den ich mit Kippen gefüllt hatte, seit ich hier war. Toni war vor Schreck zu Boden gegangen und hatte sein Schießeisen fallen lassen. Yasmine hatte die Waffe mit einem Fußtritt unter den Schrank befördert. Da lag sie übrigens immer noch. Toni hatte sich auf den Bauch gedreht und versucht aufzustehen. Driss hatte sich auf ihn geworfen und ihm den Hals zugedrückt. »Arschloch! Arschloch!«, schrie er.

»Mach ihn fertig!«, hatten Yasmine und Kader ihn angefeuert. Driss drückte mit aller Kraft, aber Toni wehrte sich noch. Karine schrie: »Er ist mein Bruder!« Sie weinte. Sie flehte. Sie zerrte Driss am Arm, damit er losließ. Aber Driss war nicht mehr er selbst. Er ließ seiner Wut freien Lauf. Leila war nicht nur seine Schwester gewesen. Sie war seine Mutter. Sie hatte ihn aufgezogen, verwöhnt, geliebt. Das konnte man ihm nicht antun. Ihm seine zwei Mütter nehmen.

Die vielen Stunden Training mit Mavros steckten in seinen Armen.

Toni war stark bei Schwächeren. Bei Sanchez und den anderen. Der Stärkere, mit einer Waffe in der Hand. Hier war er verloren. Er wusste es in dem Augenblick, als Driss' Hände seinen Hals packten. Und zudrückten. Tonis Augen flehten um Gnade. Das hatten seine Kumpel ihm nicht beigebracht. Der Tod, der sich Zentimeter um Zentimeter in den Körper einschleicht. Atemnot. Panik. Angst. Ich hatte neulich, in der Nacht, eine Ahnung davon bekommen. Driss war so kräftig wie Monsieur Muskel. Nein, so wollte ich nicht sterben.

Karine umklammerte Driss' Brust mit ihren schwachen Armen. Sie schrie nicht mehr. Sie weinte und wiederholte: »Nein, nein, nein.« Aber es war zu spät. Zu spät für Leila, die sie liebte. Zu spät für Toni, den sie liebte. Zu spät für Driss, den sie auch liebte. Mehr als Leila. Viel mehr als Toni. Driss hörte nichts mehr. Nicht einmal Yasmine, die schrie: »Hör auf!« Er drückte noch immer, mit geschlossenen Augen.

Lächelte Leila Driss zu? Lachte sie? Wie an jenem Tag … Wir waren zum Baden nach Sugitton gefahren. Den Wagen hatten wir auf einem flachen Stück am Gineste-Pass stehen lassen und wanderten auf einem Pfad durch das Puget-Massiv bis zum Col de la Gardiole. Leila wollte das Meer ganz oben von der Devenson-Felswand aus sehen. Sie war nie wieder hingekommen. Es war einer der erhabensten Orte der Welt.

Leila ging vor mir. Sie trug kurze, ausgefranste Jeans und ein weißes Top. Ihre Haare hatte sie unter eine weiße Leinenkappe gesteckt. Schweißperlen rannen ihren Hals hinunter. Für kurze Momente glitzerten sie wie Diamanten. Meine Augen waren der Spur der Schweißtropfen unter ihrem Oberteil gefolgt. Am Kreuz entlang bis zur Taille. Bis zur Po-Ritze.

Sie ging mit der ganzen Geschmeidigkeit ihrer Jugend. Ich sah, wie ihre Muskeln sich spannten, von den Knöcheln bis zu den Schenkeln. Sie kletterte ebenso anmutig in den Hügeln herum, wie sie auf der Straße in hohen Hacken ging. Begehren überkam mich. Es war früh, aber in der Hitze rochen die Pinien schon stark nach Harz. Ich stellte mir den Harzduft zwischen Leilas Schenkeln vor. Seinen Geschmack auf meiner Zunge. In dem Moment wusste ich, dass ich meine Hände auf ihren Hintern legen würde. Dass ich sie an mich drücken würde. Ihre Brüste in meinen Händen. Dass ich sie streicheln und ihre Shorts aufknöpfen würde.

Ich war stehen geblieben. Leila hatte sich umgedreht, ein Lächeln auf den Lippen.

»Ich gehe vor«, hatte ich gesagt.

Im Vorbeigehen hatte sie mir lachend einen Klaps auf den Hintern gegeben.

»Worüber lachst du?«

»Über dich.«

Glück. Einen Tag lang. Zehntausend Jahre ist es her.

Später, am Strand, hatte sie mich über mein Leben und die Frauen in meinem Leben ausgefragt. Ich habe nie über die Frauen sprechen können, die ich geliebt hatte. Ich wollte diese Liebesgeschichten für mich behalten. Darüber zu sprechen, brachte hässliche Worte, Tränen und knallende Türen zurück. Und die Nächte danach in Laken, so zerknittert wie das Herz. Ich wollte nicht. Ich wollte, dass meine Liebe weiterlebte. Mit der Schönheit des ersten Blicks. Der Leidenschaft der ersten Nacht. Der Zärtlichkeit des ersten Morgens. Ich hatte irgendetwas geantwortet, so vage wie möglich. Leila hatte mich seltsam angesehen. Dann hatte sie von ihren Liebhabern gesprochen. Sie konnte sie an einer Hand abzählen. Die Beschreibung ihres Traumprinzen, was sie von ihm erwartete, hatte die Züge eines Porträts. Ich mochte dieses Porträt nicht. So sah ich nicht aus. Und niemand sonst. Ich sagte ihr, sie sei ein naives kleines Mädchen. Das amüsierte sie zuerst, dann ärgerte es sie. Wir stritten uns zum ersten Mal. Ein Streit aus Begehren.

Auf dem Rückweg hatten wir das Thema nicht mehr angeschnitten. Wir kehrten schweigend zurück. Wir hatten dieses Begehren des anderen jeder für sich irgendwo in uns weggesteckt. Eines Tages mussten wir darauf antworten, sagte ich mir, aber nicht heute. Die Freude am Zusammensein, am gegenseitigen Entdecken war wichtiger. Das wussten wir. Der Rest konnte warten. Kurz bevor wir zum Auto kamen, ließ sie ihre Hand in meine gleiten. Leila war ein atemberaubendes Mädchen. Bevor wir uns an jenem Sonntag verabschiedeten, küsste sie mich auf die Wange. »Bist ein feiner Kerl, Fabio.«

Leila lächelte mich an.

Schließlich traf ich sie wieder. Am anderen Ufer des Todes. Jetzt waren ihre Mörder und Vergewaltiger krepiert. Die Ameisen konnten über das Aas herfallen. Leila war nicht mehr verletzlich. Sie ruhte in meinem Herzen, und ich trug sie durch diese Welt, die allen Menschen jeden Morgen eine Chance gibt.

Ja, sicher hatte sie in diesem Augenblick Driss zugelächelt. Ich hätte Toni auch umgebracht, das wusste ich. Um den Horror auszulöschen. Mit den eigenen Händen, wie Driss. Genauso blind. Bis das, was er getan hatte, ihm zum Hals herauskam und er daran erstickte.

Toni pisste sich voll. Driss öffnete die Augen, aber ohne seinen Griff zu lockern. Da musste Toni die Hölle gesehen haben. Ein schwarzes Loch. Er wehrte sich ein letztes Mal. Ein Aufbäumen. Der letzte Atemzug. Dann rührte er sich nicht mehr.

Karine hörte auf zu heulen. Driss erhob sich. Seine Arme hingen schlaff über Tonis Leiche. Keiner wagte, sich zu bewegen oder zu sprechen. Der Hass war weg. Nur Leere. Ihnen war nicht einmal klar, was Driss getan hatte. Was sie zugelassen hatten. Sie konnten nicht zugeben, dass sie soeben einen Menschen getötet hatten.

»Ist er tot?«, hatte Driss schließlich gefragt.

Niemand antwortete. Driss wurde schlecht, und er rannte aufs Klo. Das war vor einer Stunde gewesen, und seither kippten sie Whisky und kifften. Ab und zu warfen sie einen Blick auf die Leiche. Kader stand auf, öffnete die Balkontür und stieß Tonis Leiche mit dem Fuß hinaus. Ihn nur nicht mehr sehen. Und er schloss die Tür wieder.

Jedesmal, wenn sie wieder beschlossen hatten, mich jetzt anzurufen, schlug jemand eine andere Lösung vor. In jedem Fall mussten sie die Leiche berühren. Und das trauten sie sich nicht. Als die Whiskyflasche drei Viertel leer und die Köpfe voller Shit waren, zogen sie in Erwägung, die Bude in Brand zu setzen und abzuhauen. Ein wahnsinniges, befreiendes Lachen überkam sie. In dem Moment hatte ich an die Tür geklopft.

Das Telefon klingelte. Wie in einem schlechten Roman. Niemand rührte sich. Sie sahen mich an, warteten auf eine Entscheidung. Im Schlafzimmer war Driss verstummt.

»Nehmen wir nicht ab?«, fragte Kader.

Ich nahm hastig ab, genervt.

»Toni?«

Eine Frauenstimme. Sinnlich, rau und heiß. Erregend.

»Wer ist da?«

Schweigen. Ich hörte Besteck und Geschirr klappern. Leise Musik im Hintergrund. Ein Restaurant. Das *Restanques?* Vielleicht war es Simone.

»Hallo.« Eine Männerstimme mit leicht korsischem Akzent. Émile? Joseph? »Ist Toni da? Oder seine Schwester?«

»Soll ich ihnen etwas ausrichten?«

Es wurde aufgelegt.

»Hat Karine Toni heute Abend angerufen?«

»Ja«, antwortete Yasmine. »Dass er kommen sollte. Es sei dringend. Sie hat eine Nummer, unter der sie ihn erreichen kann. Sie hinterließ eine Nachricht. Er rief zurück.«

Ich ging ins Schlafzimmer. Sie lagen eng beieinander. Karine weinte nicht mehr. Driss war eingeschlafen. Er hielt ihre Hand. Sie waren rührend. Hoffentlich hielt ihre Liebe ein Leben lang an.

Karine hatte die Augen weit offen. Ein verstörter Blick. Sie war noch in der Hölle. Ich weiß nicht mehr, in welchem Chanson Barbara sagte: *Ich möchte lieber in der Hölle leben als im Paradies sterben.* Oder so ähnlich. Was wünschte sich Karine in diesem Moment?

»Was war das für eine Nummer, unter der du Toni vorhin angerufen hast?«, fragte ich leise.

»Wer hat angerufen?«

»Ein Kumpel von deinem Bruder, glaube ich.«

Angst verschleierte ihren Blick. »Kommen sie?«

»Keine Sorge«, sagte ich und schüttelte den Kopf. »Kennst du sie?«

»Zwei. Einer mit einem fiesen Gesicht, der andere groß und breitschultrig. Wie vom Militär. Beide sehen fies aus. Der Militärische hat komische Augen.«

Morvan und Wepler.

»Hast du sie oft gesehen?«

»Nur einmal. Aber ich habe sie nicht vergessen. Toni und ich tranken ein Glas auf der Terrasse der *Bar de l'Hôtel de Ville.* Sie haben sich an unseren Tisch gesetzt, ohne zu fragen, ob sie störten. Der Soldat hat gesagt: ›Hast du aber eine süße Schwester.‹ Es hat mir nicht gefallen, wie er das gesagt hat. Und auch nicht, wie er mich angesehen hat.«

»Und Toni?«

»Er hat gelacht, aber er fühlte sich nicht wohl in seiner Haut, glaube ich. ›Wir haben was Geschäftliches zu besprechen‹, sagte er. Das war eine Aufforderung an mich zu verschwinden. Er hat nicht einmal gewagt, mich zu küssen. ›Ich ruf dich an‹, hat er gesagt. Ich spürte den Blick des anderen in meinem Rücken. Ich habe mich geschämt.«

»Wann war das?«

»Letzte Woche, Mittwoch. Mittwochmittag. Dem Tag, an dem Leila ihre Prüfung hatte. Was machen wir jetzt?«

Driss hatte Karines Hand losgelassen und sich umgedreht. Er schnarchte leicht. Ab und zu durchfuhr ihn ein Schauer. Er tat mir Leid. Beide taten mir Leid. Sie würden mit diesem Albtraum leben müssen. Würden sie es schaffen, Karine und Driss? Kader und Yasmine? Ich musste ihnen helfen. Sie von diesen elenden Bildern befreien, die sie bis in den Schlaf verfolgen würden. Schnell. Driss zuerst.

»Was machen wir jetzt?«, wiederholte Karine.

»Hier verschwinden. Wo sind deine Eltern?«

»In Gardanne.«

Das war nicht weit von Aix. Die letzte Stadt des Departements, in der noch Bergbau betrieben wurde. Dem Untergang geweiht, wie all die Männer, die dort arbeiteten.

»Dein Vater arbeitet da?«

»Sie haben ihn vor zwei Jahren gefeuert. Er arbeitet jetzt für das Rechtsschutzkomitee der kommunistischen Gewerkschaft.«

»Kommst du mit ihnen aus?«

Sie zuckte mit den Schultern. »Ich bin aufgewachsen, ohne dass sie es gemerkt haben. Toni auch. Uns auszubilden, hieß eine bessere Welt schaffen. Mein Vater ...« Sie hielt nachdenklich inne. Dann fuhr sie fort: »Wenn du zu viel gelitten, zu lange jeden Franc umgedreht hast, geht das Leben an dir vorbei. Du willst es nur noch ändern. Wie besessen. Toni hätte das verstehen können, glaube ich. Statt ihm zu sagen, ich kann dir kein Mofa bezahlen, hat mein Vater ihm einen Vortrag gehalten. Dass er in seinem Alter auch kein Mofa hatte. Dass es Wichtigeres im Leben gab als Mofas. Der ganze Zinnober, verstehst du. Es war jedes Mal das Gleiche. Vorträge über Proletarier, Kapitalisten, die Partei. Über Klamotten, Taschengeld, das Auto ... Als die Bullen das dritte Mal zu uns nach Hause kamen, hat mein Vater Toni rausgeschmissen. Ich weiß nicht, was danach aus ihm geworden ist. Das heißt, ich weiß es doch. Es hat mir nicht gefallen. Wie er drauf war. Die Typen, mit denen er zusammen war. Ihre Bemerkungen über die Araber. Ich weiß nicht, ob sie wirklich so dachten. Oder ob ...«

»Und Leila?«

»Ich wollte, dass er meine Freunde trifft. Damit er andere Leute kennen lernt. Yasmine, Leila. Er war ihnen ein- oder zweimal begegnet. Kader und Driss auch. Und noch einigen anderen. Ich habe ihn letzten Monat zu meinem Geburtstag eingeladen. Du weißt, wie das ist. Man tanzt, trinkt, quatscht und flirtet. Er hat sich viel mit Leila unterhalten, an dem Abend. Er wollte sie natürlich abschleppen, das ist klar. Aber Leila wollte nicht. Sie ist zum Schlafen hier geblieben, mit Driss.

Er hat sie später wieder gesehen. Vier, fünf Mal, glaube ich. In Aix. Ein Gläschen auf einer Terrasse, Essen, Kino. Mehr war da nicht. Leila hat das für mich getan, glaube ich. Mehr als für ihn. Sie mochte Toni nicht besonders. Ich hatte ihr viel von ihm erzählt. Dass er nicht so war, wie es schien. Ich habe sie ihm in die Arme getrieben. Ich sagte mir, dass sie ihn ändern könnte. Mir gelang es nicht. Ich wollte einen Bruder, für den ich mich nicht zu schämen brauchte. Den ich hätte lieben können. Wie Kader und Driss.« Ihre Augen blickten irgendwo in die Ferne. Zu Leila. Zu Toni. Ihr Blick kam wieder zu mir zurück. »Ich weiß, dass Leila Sie geliebt hat. Sie hat oft von Ihnen gesprochen.«

»Sie hatte mit dem Gedanken gespielt, Sie nach ihrer Prüfung anzurufen. Sie war sicher, bestanden zu haben. Sie wollte Sie wiedersehen. Sie hat gesagt: ›Jetzt kann ich. Jetzt bin ich erwachsen.‹«

Karine lachte, dann kamen die Tränen wieder, und sie schmiegte sich an mich.

»Schon gut«, sagte ich. »Es wird alles wieder gut.«

»Ich versteh das alles nicht.«

Die Wahrheit würden wir nie erfahren. Wir konnten nur Hypothesen aufstellen. Die Wahrheit war der blanke Horror. Ich ging davon aus, dass Toni mit Leila in Aix gesehen worden war. Von einem aus der Bande. Von einem der Schlimmsten, meiner Meinung nach. Morvan. Wepler. Den fanatischen Verteidigern der weißen Rasse. Ethnische Säuberungen. Endlösungen. Und dass sie sich für Toni eine Mutprobe ausgedacht hatten. Wie eine Initiation. Um ihm die höheren Weihen zu verleihen.

Bei den Fallschirmjägern liebten sie das. Diese irren Aktionen. Einen Typ aus dem Nebenzimmer ficken. In eine Legionärskneipe einfallen, einen umlegen und seine Dienstmütze als Trophäe mitnehmen. Sich einen Jungen vornehmen, der nach Tunte roch. Sie hatten einen Pakt mit dem Tod unterschrieben. Das Leben war nichts wert. Weder ihr eigenes noch das der anderen. In Dschibuti hatte ich die völlig Durchgeknallten erlebt. Nach ihrem Gang durch die Viertel an der alten Place Rimbaud ließen sie die Huren tot liegen. Mit aufgeschnittener Kehle. Manchmal verstümmelt.

Hier, in der Großstadt Marseille, ging es jetzt zu wie in unseren alten Kolonien. Hier wie dort gab es kein Leben. Nur den Tod. Und Sex, mit Gewalt. Sich mächtig vorkommen, aus Hass auf die eigene Bedeutungslosigkeit. Einem Phantom nachjagen. Die unbekannten Soldaten der Zukunft. In Afrika, Asien, im Mittleren Osten. Oder nachmittags um zwei bei uns. Dort, wo das Abendland in Gefahr war. Überall, wo unreine Elemente sich erhoben, um unsere Frauen zu vögeln. Weiß und palmoliv. Die Rasse zu entehren.

Das hatten sie wohl von Toni verlangt. Ihnen die Araberin zu bringen. Und sie flachzulegen. Einer nach dem anderen kam dran. Toni zuerst. Er war sicher der Erste. Mit seiner Begierde. Und seiner Wut, zurückgewiesen worden zu sein. Eine Frau ist nur eine Fotze. Allesamt Huren. Arabersau mit Hurenarsch. Wie diese Judenschlampen. Bei den Jüdinnen ist der Arsch runder, höher. Bei den Araberinnen sitzt er ein bisschen tief, nicht? Wie bei den Negerweibern. Negerärsche, ah! Sprich nicht davon! Die sind eine Versetzung wert.

Danach kamen die beiden anderen dran. Nicht Morvan oder Wepler. Nein, die beiden anderen. Die Nazi-Aspiranten. Die auf dem Straßenpflaster am Opernplatz krepiert sind. Zweifellos waren sie nicht auf der Höhe, als sie auf Leila ballern sollten. Araberinnen ficken war eine Sache. Sie umzubringen, ohne dass der Arm zittert, war sicher nicht ganz so einfach.

Morvan und Wepler hatten zugeschaut. So stellte ich mir das vor. Wie Zeremonienmeister. Hatten sie sich während der Vorstellung einen runtergeholt? Oder hatten sie sich danach gepaart, in Erinnerung an die alten SS-Liebschaften. Männerliebe. Kriegerliebe. Und wann hatten sie beschlossen, dass derjenige diese Nacht überleben würde, dessen Kugel am dichtesten an Leilas Herz saß?

Hatte Toni Mitleid mit Leila gehabt, als er in sie eindrang? Zumindest eine Sekunde. Bevor er selbst im Schrecken versank. Unwiderruflich.

Ich erkannte Simones Stimme. Und sie erkannte meine. Die Nummer, unter der Karine Nachrichten für ihren Bruder hinterließ, war tatsächlich das *Restanques.* Dort hatte sie ihn heute Abend angerufen.

»Gib mir Émile. Oder Joseph.«

Immer noch die ekelhafte Musik. Caravelli und seine magischen Violinen oder eine ähnliche Geschmacklosigkeit. Aber weniger Geschirr- und Besteckgeklapper. Das *Restanques* leerte sich, es war zehn nach Mitternacht.

»Émile«, sagte eine Stimme. Die von vorhin.

»Montale. Nicht nötig, dir eine Zeichnung zu machen. Du weißt, wer ich bin.«

»Ich höre.«

»Ich komme. Ich will mit dir reden. Waffenstillstand. Ich will dir was vorschlagen.«

Ich hatte keinen Plan. Außer sie alle umzubringen. Aber das war nur eine Utopie, die ich brauchte, um durchzuhalten. Zu tun, was zu tun war. Vorwärts kommen. Überleben. Noch eine Stunde. Ein Jahrhundert.

»Allein?«

»Ich habe noch keine Armee aufgestellt.«

»Toni?«

»Er hat ins Gras gebissen.«

»Ich hoffe für dich, dass der Vorschlag gut ist. Denn für uns bist du bereits ein toter Mann.«

»Angeber. Wenn ich tot bin, seid ihr alle dran. Ich hab die Geschichte an eine Zeitung verkauft.«

»Kein Schleimscheißer wird wagen, das zu drucken.«

»Hier nicht. In Paris schon. Wenn ich bis zwei Uhr nicht anrufe, kommt es in die letzte Ausgabe.«

»Du hast nur eine Geschichte. Keine Beweise.«

»Ich habe alles. Alles, was Manu bei Brunel eingesackt hat. Namen, Bankauszüge, Scheckbücher, Einkäufe, Lieferanten. Eine Aufstellung der erpressten Bars, Kneipen und Restaurants. Noch besser: die Namen und Adressen aller Industriellen aus der Gegend, die den Front National unterstützen.«

Ich übertrieb ein bisschen, aber das ging in Ordnung. Batisti hatte mich auf der ganzen Linie geblufft. Wenn Zucca auch nur den leisesten Verdacht gegen Brunel gehegt hätte, hätte er zwei Männer in sein Büro geschickt. Ein Kopfschuss, und fertig. Er hätte die Angelegenheit im Handumdrehen erledigt. Zucca hatte das Alter der Winkelzüge überschritten. Er hatte eine klare Linie. Und nichts hätte ihn davon abgebracht. Das war das Geheimnis seines Erfolgs.

So einen Job hätte Zucca Manu niemals anvertraut. Er war kein Killer. Batisti hatte Manu auf seine eigene Verantwortung zu Brunel geschickt. Warum, wusste ich nicht. Welches Spiel spielte er auf diesem vergifteten Schachbrett? Babette hatte da eine klare Meinung: Er mischte nicht mehr mit. Manu war in die Falle getappt. Einen Auftrag für Zucca lehnt man nicht ab. Er vertraute Batisti. Wenn es um so viel Moos ging, kniff man nicht.

Das waren meine Schlussfolgerungen. Sie hinkten. Sie warfen mehr Fragen auf, als sie beantworteten. Aber ich war dicht dran. Und ich war zu weit gegangen. Ich wollte sie alle haben, von Angesicht zu Angesicht. Es ging um die Wahrheit. Und wenn ich dabei draufging.

»Wir schließen in einer Stunde. Bring den Papierkram mit.«

Er legte auf. Batisti hatte also die Dokumente. Und er hatte Zucca durch Ugo umlegen lassen. Und Manu?

Mavros kam zwanzig Minuten nach meinem Anruf. Ich hatte keine andere Lösung gefunden, als ihn anzurufen. Den schwarzen Peter an ihn weiterzureichen. Ihm Driss und Karine anzuvertrauen. Er schlief nicht. Er sah gerade *Apocalypse Now* von Coppola. Mindestens zum vierten Mal. Der Film faszinierte ihn, und er verstand ihn nicht. Ich erinnerte mich an den Song der Doors. *The End.*

Das Ende kündigte sich an, es kam unaufhaltsam auf uns zu. Wir brauchten nur die Zeitung auf der Seite für Internationales oder bei den vermischten Nachrichten aufzuschlagen. Atomwaffen waren nicht nötig. Wir brachten uns mit vorgeschichtlicher Wildheit gegenseitig um. Wir waren nichts anderes als Dinosaurier. Schlimmer noch: Wir wussten es.

Mavros zögerte nicht. Driss war jedes Risiko wert. Er hatte den Jungen von Anfang an gemocht. Diese Dinge waren nicht zu erklären. Wie die erotische Spannung, die einen mehr zu einem

Menschen zieht als zu einem anderen. Er würde Driss in den Ring stellen. Er würde ihm das Kämpfen beibringen. Und das Denken. Denken mit der Linken, mit der Rechten. Mit der Verlängerung des Arms. Er würde ihn zum Sprechen bringen. Von sich, von der Mutter, die er nicht gekannt hatte, von Leila. Von Toni. Bis verarbeitet war, was er aus Liebe und aus Hass getan hatte. Mit Hass konnte man nicht leben. Auch nicht boxen. Es gab Regeln. Sie waren oft ungerecht, zu oft. Aber Respekt vor den Regeln rettete einem die Haut. Und in dieser versauten Welt war es immer noch das höchste aller Gefühle, am Leben zu bleiben. Driss würde Mavros zuhören. Er konnte selber eine ganze Latte Dummheiten berichten. Mit neunzehn hatte er ein Jahr Knast gekriegt, weil er seinen Trainer verprügelt hatte. Der hatte ihn um seinen Sieg betrogen. Als man die beiden endlich trennte, war der Trainer halb tot. Und Mavros hatte nie beweisen können, dass das Match arrangiert worden war. Im Knast konnte er über all das nachdenken.

Mavros zwinkerte mir zu. Wir waren uns einig. Wir konnten keinem der vier Kinder zumuten, die Verantwortung für den Mord zu tragen. Toni hatte nichts anderes verdient. Heute Abend hatte ihn sein gerechtes Schicksal ereilt. Sie aber sollten eine Chance haben. Sie waren jung, sie liebten sich. Selbst mit einem guten Rechtsanwalt hielt die Verteidigung nicht stand. Notwehr? Das musste man erst nachweisen können. Leilas Vergewaltigung? Dafür existierte kein Beweis.

Bei einem Prozess oder schon vorher würde Karine verstört berichten, was passiert war. Driss war dann nur noch ein Araber aus den nördlichen Vierteln, der kaltblütig einen jungen Mann umgebracht hatte. Einen Verbrecher, sicher, aber einen Franzosen, einen Arbeitersohn. Zwei Araber und ein Mädchen, die junge Schwester, unter ihrem Einfluss. Ich war mir nicht einmal sicher, ob Karines Eltern auf Anraten ihres Rechtsanwalts nicht sogar Driss, Kader und Yasmine beschuldigen würden. Um für ihre Tochter mildernde Umstände zu erwirken.

Als wir Tonis Leiche wegschafften, begab ich mich außerhalb des Gesetzes. Und ich zog Mavros mit. Aber die Frage stellte sich nicht mehr. Mavros hatte schon alles in die Wege geleitet. Er schloss das Boxstudio bis September und fuhr mit Driss und Karine in die Berge. In die Alpen, nach Orcières. Dort hatte er ein kleines Ferienhaus. Ausflüge, Schwimmbad und Fahrräder inbegriffen. Karine hatte keine Kurse mehr, und Driss stand in seiner Garage kurz vor der Überdosis. Kader und Yasmine brachen morgen nach Paris auf. Mit Mouloud, wenn er wollte. Er konnte mit ihnen leben. Der Lebensmittelladen warf genug für drei ab, da war Kader sicher.

Ich hatte Tonis Golf vor die Tür gefahren. Kader stand draußen Schmiere. Aber es gab nichts zu befürchten. Die reinste Wüste. Keine Katze. Nicht einmal eine Ratte. Nur wir, mit unserem Versuch, die Wahrheit zu vertuschen, weil wir die Welt nicht ändern konnten. Mavros öffnete die Heckklappe, und ich schob Tonis Leiche hinein. Ich ging um den Wagen herum, öffnete und setzte Toni hin. Ich befestigte ihn mit dem Sicherheitsgurt. Driss kam zu mir. Ich wusste nicht, was ich sagen sollte. Ihm ging es gleich. Schließlich umarmte er mich und drückte mich fest. Und küsste mich. Dann Kader, Yasmine und Karine. Niemand sagte ein Wort.

Mavros legte seinen Arm um meine Schultern. »Ich lass von mir hören.«

Ich sah, wie Kader und Yasmine in Leilas Panda stiegen, Driss und Karine in Mavros' 404 kletterten. Sie fuhren los. Alle waren weg. Ich dachte an Marie-Lou. *Bonjour Tristesse.* Ich setzte mich ans Steuer des Golfs. Ein Blick in den Rückspiegel. Immer noch Wüste. Ich legte den ersten Gang ein. Und auf gings!

Fünfzehntes Kapitel

In dem der Hass das Drehbuch schreibt

Ich kam eine halbe Stunde zu spät, und das rettete mich. Das *Restanques* hatte Festbeleuchtung wie zum Nationalfeiertag. Etwa dreißig Blaulichter. Gendarmerie- und Polizeifahrzeuge, Krankenwagen. Genau die halbe Stunde, die ich gebraucht hatte, um Tonis Golf auf das dritte unterirdische Parkdeck der Zentralen Börse zu fahren, alle Fingerabdrücke abzuwischen, ein Taxi zu finden und zurück nach Belle-de-Mai zu kommen, um meinen Wagen zu holen.

Ich hatte Schwierigkeiten, ein Taxi zu finden. Es hätte noch gefehlt, sagte ich mir, auf Sanchez zu stoßen. Aber nein. Ich hatte nur seinen Abklatsch mit einem Aufkleber der Flamme des Front National über der Zähluhr als Krönung. Auf dem Cours Belsunce hätte mich jeder Streifenwagen anhalten können. Um diese Zeit allein zu Fuß unterwegs zu sein, war schon ein Delikt. Keiner kam vorbei. Man hätte mich leicht umlegen können. Aber ich traf auch keinen Mörder. Alle Welt schlief friedlich.

Ich parkte auf der anderen Seite des Parkplatzes des *Restanques.* Auf der Straße, zwei Räder im Gras, hinter einem Wagen von *Radio France.* Die Nachricht hatte sich schnell verbreitet. Alle Journalisten schienen da zu sein, mühsam von einer Absperrung der Gendarmerie vor dem Eingang des *Restanques* zurückgehalten.

Irgendwo musste Babette sein. Obwohl nicht für aktuelle Meldungen zuständig, war sie gern vor Ort. Eine alte Gewohnheit der Lokaljournalisten.

Ich erblickte sie, wie sie locker beim Team von *France 3* stand. Ich ging auf sie zu, legte meinen Arm um ihre Schulter und flüsterte ihr ins Ohr: »Und mit dem, was ich dir erzählen werde, hast du die größte Story deines Lebens.« Ich küsste sie auf die Wange. »Hallo, meine Schöne.«

»Du kommst zu spät fürs Massaker.«

»Ich wäre fast mit draufgegangen. Also, ich bin eher stolz auf mich!«

»Red keinen Stuss.«

»Weiß man, wer liquidiert wurde?«

»Émile und Joseph Poli. Und Brunel.«

Ich schnitt eine Grimasse. Blieben also die beiden Gefährlichsten auf freiem Fuß. Morvan und Wepler. Batisti ebenfalls. Da Simone lebte, lebte Batisti wohl auch. Wer war für den Überfall verantwortlich? Die Italiener hätten alle liquidiert. Morvan und Wepler? Arbeiteten sie für Batisti? Ich verlor mich in Mutmaßungen.

Babette nahm mich bei der Hand und zog mich weg von den Journalisten. Wir setzten uns auf den Boden, mit dem Rücken an die kleine Mauer des Parkplatzes gelehnt, und sie erzählte mir, was passiert war. Oder das, was man ihnen gesagt hatte.

Gegen Mitternacht, kurz vor Feierabend, hatten zwei Männer das Restaurant gestürmt. Ein letztes Gästepaar war gerade gegangen. In den Küchenräumen war keiner mehr. Es war nur noch einer der Kellner da. Er war verletzt, aber nur leicht. Ihrer Meinung nach war er mehr als ein Kellner. Ein Leibwächter. Er hatte sich unter den Tresen geduckt und auf die Angreifer geschossen. Er war immer noch drinnen. Argue hatte ihn sofort verhören wollen, ebenso wie Simone.

Ich erzählte alles, was ich wusste. Zum zweiten Mal an diesem Tag. Die Geschichte endete mit Toni und den unteren Parkdecks am Börsenzentrum.

»Was Batisti betrifft, hast du Recht. Aber bei Morvan und Wepler bist du auf dem Holzweg. Deine beiden Itaker haben den Überfall ausgeführt. Im Auftrag von Batisti. Und im Einverständnis mit der Camorra. Aber lies erst mal das.«

Sie reichte mir die Fotokopie eines Zeitungsausschnitts. Ein Artikel über das Massaker im *Tanagra.* Einer der ermordeten Ganoven war Batistis älterer Bruder Tino gewesen. Es war allgemein bekannt, dass Zucca hinter dem Gemetzel steckte. Jeder wollte Zampas Nachfolger werden. Tino mehr als alle anderen. Zucca hatte ihn überholt. Und Batisti hatte sich drangehängt. Rache im

Herzen. Batisti hatte alle Register gezogen. Ein scheinbares Einvernehmen mit Zucca, nachdem er sich von jeglicher Einmischung in seine Geschäfte losgesagt hatte. Familienbande mit den Poli-Brüdern, daher freundschaftlichen Umgang mit Brunel und später mit Morvan und Wepler. Gute und direkte Beziehungen zu den Neapolitanern. Seit Jahren drei Eisen im Feuer. Jetzt ergab unsere Unterhaltung bei *Félix* einen Sinn.

Er begann an seine Revanche zu glauben, als *O Pazzo,* der Verrückte, festgenommen wurde. Zucca war nicht mehr unantastbar. Babettes Kollege in Rom hatte im Laufe des Abends angerufen. Er hatte neue Informationen. In Italien fackelten die Richter nicht mehr lange. Jeden Tag fielen Köpfe, die wertvolle Informationen lieferten. Wenn Michele Zaza gefallen war, dann weil sein Draht nach Marseille faul war. Er musste dringend durchtrennt werden. Ein neuer Mann wurde gebraucht. Es lag auf der Hand, dass die *Nuova Famiglia* mit Batisti Verbindung aufnahm, um die Geschäfte auf einen neuen Kurs zu bringen.

Er war sauber. Er wurde nicht mehr polizeilich überwacht. Sein Name war seit fünfzehn Jahren nirgendwo aufgetaucht. Batisti wusste durch Simone, über die Brüder Poli und Morvan, dass das Netz um Zucca sich zusammenzog. Argues Brigade behielt ihn rund um die Uhr im Auge. Sie verfolgten ihn sogar auf seinen Spaziergängen mit seinem Pudel. Batisti informierte die Neapolitaner und schickte Manu zu Brunel, um alle kompromittierenden Papiere sicherzustellen. Sie wechselten den Besitzer.

Zucca bereitete seinen Rückzug nach Argentinien vor. Batisti fügte sich gezwungenermaßen. Ugo kam an. Hasserfüllt genug, um die Falle nicht zu bemerken, die auf ihn wartete. Hier war ich am Ende meines Lateins, aber eins war sicher: Ugo hatte Zucca in Batistis Auftrag umgelegt, ohne dass Argues Brigade sich einmischte. Sie hatten ihn danach niedergestreckt. Bewaffnet oder nicht, Argue hätte ihn auf jeden Fall liquidiert. Aber eine Frage blieb noch immer völlig offen: Wer hatte Manu umgebracht, und warum?

»Batisti«, sagte Babette. »Wie er die anderen hinrichten ließ. Großreinemachen.«

»Glaubst du, dass Morvan und Wepler auch darunter fallen?«

»Ja. Das glaube ich.«

»Aber es gibt nur drei Leichen.«

»Die anderen kommen noch, per Eilpost.« Sie sah mich an. »Na los, lächle, Fabio.«

»Das kann es nicht sein. Nicht für Manu. Er hatte mit all dem nichts zu tun. Er wollte sich nach dem Coup aus dem Staub machen. Das hat er Batisti gesagt. Verstehst du, Batisti hat mich auf ganzer Linie verarscht. Außer in einem Punkt. Er mochte Manu gern. Ehrlich.«

»Du bist zu romantisch, mein Süßer. Das kostet dich noch den Kopf.«

Wir sahen uns wie verkatert an.

»Total Cheops, was?«

»Du sagst es, meine Schöne.«

Und ich stand mitten im Sumpf. Ich watete durch die Scheiße der anderen. Das Ganze war nicht mehr als eine banale Gaunergeschichte. Eine mehr und mit Sicherheit nicht die letzte. Geld, Macht. Die Geschichte der Menschheit. Und der Hass der Welt als einziges Drehbuch.

»Alles in Ordnung?«

Babette schüttelte mich leicht. Ich war eingenickt. Die Müdigkeit und zu viel Alkohol. Ich erinnerte mich, dass ich die Flasche Chivas mitgenommen hatte, als ich Moulouds Kinder verlassen hatte. Es war noch ein guter Rest drin. Ich schenkte Babette so etwas wie ein Lächeln und stand mühsam auf.

»Mir fehlt Kraftstoff. Ich hab das Nötige im Auto. Willst du auch was?«

Sie schüttelte den Kopf. »Hör auf zu saufen!«

»Ich ziehe es vor, so zu sterben. Wenn du nichts dagegen hast.«

Vor dem *Restanques* ging das Theater weiter. Die Leichen wurden herausgebracht. Babette ging arbeiten. Ich gönnte mir zwei große tiefe Züge aus der Whiskyflasche. Ich spürte, wie der Alkohol bis zum Bauchnabel ging und seine Wärme im ganzen Körper ausbreitete. Mir wurde schwindlig. Ich stützte mich auf die Motorhaube. Mein Magen krempelte sich um. Ich drehte mich zur

Seite und kotzte ins Gras. Da sah ich sie. Ausgestreckt im Graben. Zwei reglose Körper. Zwei weitere Leichen. Ich schluckte meinen Mageninhalt wieder runter, ekelhaft.

Ich ließ mich vorsichtig in den Graben gleiten und hockte mich neben die Leichen. Sie hatten ein ganzes Magazin im Rücken. Von einer Maschinenpistole. Für sie war es aus mit dem Tourismus und den geblümten Hemden. Ich erhob mich mit dröhnendem Schädel. Die Eilpost hatte die falschen Leichen geliefert. All unsere Theorien brachen zusammen. Ich wollte mich gerade aus dem Graben ziehen, als ich weiter auf dem Feld einen dunklen Fleck entdeckte. Ich riskierte einen Blick Richtung *Restanques.* Alle waren beschäftigt. Hofften auf eine Aussage, eine Erklärung von Argue. Nach drei großen Schritten stand ich neben einer dritten Leiche. Das Gesicht zur Erde. Ich nahm ein Papiertaschentuch und drehte das Gesicht leicht zu mir, dann hielt ich mein Feuerzeug dicht dran. Morvan. Seine 38er Spezial in der Hand. Ende der Karriere.

Ich packte Babette am Arm. Sie drehte sich um. »Was hast du? Du bist ja ganz blass.«

»Die Itaker. Krepiert. Und Morvan auch. Im Graben und auf dem Feld … Neben meiner Karre.«

»Mein Gott!«

»Du hattest Recht. Mit den Itakern hat Batisti das Großreinemachen gestartet.«

»Und Wepler?«

»Irgendwo da draußen. Ich denke, Morvan ist es zu Beginn der Schießerei gelungen, sich zu verpissen. Die Itaker haben ihn verfolgt. Und Wepler vergessen. Nach dem wenigen, das du mir erzählt hast, war es Morvans Art, sich irgendwo in der Gegend zu verstecken. Mir aufzulauern und sicherzugehen, dass ich wirklich allein war. Die beiden Itaker müssen seine Neugier geweckt haben. Er war nicht beunruhigt. Als er schaltete, knallte es schon. Als die Itaker aus dem Graben stiegen, nachdem sie Morvan erledigt hatten, erwischte Wepler sie von hinten.«

Kameras begannen zu blitzen. Besquet und Paoli stützten eine

Frau. Simone. Argue folgte zehn Schritte dahinter. Die Hände tief in den Jackentaschen, wie üblich. Mit ernster Miene. Sehr ernst.

Simone überquerte den Parkplatz. Ein ausgemergeltes Gesicht mit feinen Zügen, von schwarzen, halblangen Haaren umrahmt. Schlank, groß für eine Frau aus dem Mittelmeerraum. Sie hatte Klasse. Sie trug ein grobes Leinenkostüm, das ihren dunklen Teint zur Geltung brachte. Sie war so wie ihre Stimme, schön und sinnlich. Und stolz, wie die korsischen Frauen.

Sie blieb stehen, von einem Weinkrampf geschüttelt. Berechnete Tränen. Damit die Fotografen ihre Arbeit machen konnten. Langsam kehrte sie ihnen ihr erschüttertes Gesicht zu. Sie hatte prächtige, große, schwarze Augen.

»Gefällt sie dir?«

Es war weit mehr als das. Sie war der Typ Frau, hinter der Ugo, Manu und ich herliefen. Simone ähnelte Lole. Und jetzt begriff ich. »Ich mach mich vom Acker«, sagte ich zu Babette.

»Sag mir, was los ist.«

»Keine Zeit.« Ich fischte eine Visitenkarte heraus. Unter meinen Namen schrieb ich Pérols private Telefonnummer. Auf die Rückseite eine Adresse. Die von Batisti. »Versuch Pérol zu erreichen. Im Büro. Zu Haus. Egal wo. Finde ihn, Babette. Sag ihm, er soll zu dieser Adresse kommen. Schnell. Okay?«

»Ich komme mit.«

Ich nahm sie bei den Schultern und schüttelte sie. »Kommt nicht in Frage! Misch dich da nicht ein. Aber du kannst mir helfen. Finde Pérol für mich. Ciao.«

Sie hielt mich an der Jacke fest. »Fabio!«

»Mach dir keine Sorgen. Ich bezahl fürs Telefon.«

Batisti wohnte in der Rue des Flots-Bleus, oberhalb der Brücke Fausse-Monnaie, in einer Villa über der Landspitze Malmousque. In einem der schönsten Viertel von Marseille. Die Villen, die in den Felsen gehauen waren, hatten eine einmalige Aussicht, soweit das Auge reichte. Von Madrague de Montredon auf der Linken bis weit hinter L'Estaque auf der Rechten. Geradeaus die Inseln Endoume, Fortin, La Tour du Canoubier, das Château d'If und die Inseln Frioul, Pomègues und Ratonneaux.

Ich ließ den Wagen rollen, die Füße auf dem Boden, und hörte eine alte Aufnahme von Dizzy Gillespie. Als ich die Place d'Aix erreichte, war er bei *Manteca,* einem meiner Lieblingsstücke. Eine der ersten Begegnungen von Jazz und Salsa.

Die Straßen lagen verlassen da. Ich fuhr am Hafen entlang, am Quai de Rive-Neuve, wo noch einige Gruppen Jugendlicher vor dem *Trolleybus* herumhingen. Ich dachte wieder an Marie-Lou. An die Nacht, die ich mit ihr getanzt hatte. Die Freude, die ich dabei empfunden hatte, hatte mich um Jahre zurückversetzt. In jene Zeit, als noch alles ein Vorwand war, die Nacht durchzumachen. An irgendeinem Morgen, als ich zum Schlafen heimkam, muss ich älter geworden sein. Und ich hatte es nicht gemerkt.

Ich schlug mir eine weitere durchwachte Nacht um die Ohren. In einer schlafenden Stadt, in der nicht einmal mehr vor dem *Vamping* eine einzige Prostituierte zu sehen war. Ich setzte jetzt meine ganze Vergangenheit beim russischen Roulett aufs Spiel. Meine Jugend und meine Freundschaften. Manu, Ugo. All die Jahre danach. Die besten und die schlechtesten. Die letzten Monate, die letzten Tage. Für eine Zukunft, in der ich ruhig schlafen konnte.

Der Einsatz war nicht hoch genug. Ich konnte Batisti nicht einfach mit den Träumen eines Anglers gegenübertreten. Was blieb mir in meinem Spiel? Vier Damen. Babette für eine gefundene Freundschaft. Leila für ein verpasstes Rendezvous. Marie-Lou für ein Versprechen. Lole verloren und erwartet. Kreuz, Pik, Karo, Herz. So viel zur Liebe der Frauen, sagte ich mir und parkte hundert Meter vor Batistis Villa.

Er wartete sicher auf einen Anruf von Simone. Leicht beunruhigt, trotz allem, weil er sich nach meinem Anruf im *Restanques* sehr schnell hatte entscheiden müssen. Uns alle auf einmal zu liquidieren. Überstürztes Handeln war nicht Batistis Art. Er war berechnend, wie alle Ränkeschmiede. Er handelte eiskalt. Aber die Gelegenheit war zu verlockend. Sie würde sich nicht wiederholen, und er war nahe am Ziel, das er sich nach Tinos Beerdigung gesetzt hatte.

Ich ging einmal um die Villa. Das Eingangstor war verschlossen und ließ sich unmöglich knacken. Überdies war es bestimmt mit einer Alarmanlage verbunden. Ich konnte schlecht klingeln und sagen: »Hallo, Batisti. Ich bin es, Montale.« Ich saß in der Klemme. Dann fiel mir ein, dass all diese alten Villen zu Fuß über einen Pfad zu erreichen waren, der direkt zum Meer führte. Ich hatte dieses Viertel mit Manu und Ugo bis in die hintersten Ecken durchkämmt. Ich setzte mich wieder in den Wagen und ließ ihn im Leerlauf bis zur Corniche rollen. Dann legte ich einen Gang ein und fuhr nach fünfhundert Metern links durch das kleine Baudille-Tal. Ich parkte und stieg über die Treppen der Traverse Olivary zu Fuß wieder hoch.

Ich landete genau im Osten von Batistis Villa. Vor der Mauer, die sein Grundstück einfasste. Ich folgte ihr und fand, was ich suchte. Eine alte Holztür, die in den Garten führte. Wilder Wein rankte sich darum herum. Sie schien seit vielen Jahren unbenutzt und hatte weder Schloss noch Klinke. Ich stieß die Tür auf und ging hinein.

Das Erdgeschoss war erleuchtet. Ich ging einmal ums Haus. Ein Oberlicht stand offen. Ich sprang, fing mich und glitt hinein. Das Badezimmer. Ich zog meine Waffe und stieß weiter ins Haus vor. In einem großen Wohnzimmer war Batisti in Shorts und Unterhemd vor dem Fernsehschirm eingeschlafen. Eine Videokassette. *Drei Bruchpiloten in Paris,* mit Louis de Funès. Er schnarchte leise. Ich ging vorsichtig zu ihm und setzte meine Knarre an seine Schläfe. Er fuhr hoch.

»Ein Gespenst.«

Er riss die Augen auf, begriff und erblasste.

»Ich habe die anderen im *Restanques* gelassen. Familienfeiern sind nicht mein Ding. Der Valentinstag auch nicht. Willst du Einzelheiten? Die Zahl der Leichen und so weiter?«

»Simone?«, brachte er hervor.

»In bester Verfassung. Sie ist sehr schön, deine Tochter. Du hättest sie mir wirklich vorstellen können. Ich mag diesen Frauentyp auch sehr gern. Scheiße! Alles für Manu und nichts für seine kleinen Freunde.«

»Wovon redest du?« Er wurde wach.

»Keine Bewegung, Batisti. Steck die Hände in die Taschen deiner Shorts, und rühr dich nicht. Ich bin müde und hab mich nicht mehr sehr gut unter Kontrolle.«

Er gehorchte. Er dachte nach.

»Mach dir keine Hoffnung mehr. Deine beiden Itaker sind auch tot. Erzähl mir von Manu. Wann hat er Simone kennen gelernt?«

»Vor zwei Jahren. Vielleicht etwas früher. Seine Freundin war, ich weiß nicht mehr wo. In Spanien, glaube ich. Ich hatte ihn ins *Épuisette* im Vallon des Auffes zur Bouillabaisse eingeladen. Simone war dazugekommen. Das *Restanques* hatte Ruhetag. Sie sind aufeinander abgefahren, aber ich habe es nicht gemerkt. Nicht sofort. Simone und Manu, ich hatte nichts dagegen. Die Poli-Brüder hatte ich nie ausstehen können. Besonders Émile.

Dann kam das Mädchen aus Spanien zurück. Ich dachte, es sei aus, zwischen ihm und Simone. Mir fiel ein Stein vom Herzen. Ich hatte Angst vor den Verwicklungen. Émile ist gewalttätig. Ich hatte mich geirrt. Sie machten weiter und …«

»Spar dir die Details.«

»Eines Tages sagte ich zu Simone: ›Manu erledigt noch einen Job für mich, und dann haut er mit seiner Freundin ab nach Sevilla.‹ ›Ah‹, stieß Simone aus, ›das wusste ich nicht.‹ Da hab ich begriffen, dass es zwischen den beiden nicht aus war. Aber es war zu spät. Ich hatte einen Fehler gemacht.«

»Hat sie ihn umgebracht? Ist es das?«

»Er hatte ihr gesagt, dass sie zusammen weggehen würden. Nach Costa Rica oder irgendwo in die Gegend. Ugo hatte ihm erzählt, das sei ein nettes Land.«

»Hat sie ihn umgebracht? Ist das wahr?«, wiederholte ich. »Sag schon! Raus damit, verdammt noch mal!«

»Ja.«

Ich knallte ihm eine. Die Hand juckte mir schon die ganze Zeit. Und noch eine und noch eine. Weinend. Weil ich wusste, dass ich nicht abdrücken konnte. Ich konnte ihn nicht einmal erwürgen. Ich verspürte keinen Hass. Nur Ekel. Nichts als Ekel.

Konnte ich Simone vorwerfen, dass sie so schön war wie Lole? Konnte ich Manu vorwerfen, dass er einer trügerischen Liebe verfallen war? Konnte ich Ugo vorwerfen, Loles Herz gebrochen zu haben?

Ich hatte meine Waffe weggelegt und mich auf Batisti gestürzt. Ich hatte ihn aus dem Sessel gezerrt und schlug ihn immer weiter.

Er war nur noch eine Gummipuppe. Ich ließ ihn los, und er sackte auf allen vieren zu Boden. Er warf mir einen ängstlichen Hundeblick zu.

»Du verdienst nicht einmal eine Kugel in den Kopf«, sagte ich und dachte, dass ich genau das am liebsten getan hätte.

»Du sagst es!«, rief eine Stimme hinter uns. »Arschloch, leg dich flach auf die Erde, die Beine breit und die Arme über den Kopf. Alter, bleib, wie du bist.«

Wepler.

Ich hatte ihn vergessen.

Er ging um uns herum, hob meine Waffe auf, prüfte, ob sie geladen war, und entsicherte sie. Sein Arm blutete. »Danke, dass du mir den Weg gezeigt hast, Arschloch!«, sagte er und verpasste mir einen Fußtritt.

Batisti schwitzte wie ein Wasserfall.

»Wepler, warte!«, flehte er.

»Du bist schlimmer als das ganze arschfickende Gesindel zusammen. Schlimmer als diese verdammten Araber.« Mit meiner Waffe in der Hand ging er auf Batisti zu. Er stieß ihm mit der Kanone an die Schläfe. »Steh auf. Du bist nur ein Wurm, aber du wirst im Stehen sterben.«

Batisti richtete sich auf. Das war obszön: dieser halb nackte Mann in Shorts, dem der Schweiß über die Fettwülste rann. Und diese Angst in seinen Augen. Töten war einfach. Sterben …

Der Schuss ging los. Der Raum hallte von mehreren Detonationen wieder. Batisti brach über mir zusammen. Ich sah Wepler zwei Schritte machen, wie Luftsprünge. Noch ein Schuss ging los und zerschmetterte die Glastür.

Ich war voller Blut. Batistis verdorbenes Blut. Seine Augen standen weit offen. Sie sahen mich an. Er stammelte:

»Ma-nu … ich hab … ge-mocht.«

Ein Blutstrahl spritzte mir ins Gesicht. Und ich kotzte.

Dann sah ich Argue. Und die anderen. Seine Brigade. Dann Babette, die auf mich zulief. Ich stieß Batistis Leiche beiseite.

Babette kniete sich neben mir hin. »Fehlt dir nichts?«

»Pérol? Ich hab dir gesagt, Pérol.«

»Ein Unfall. Sie haben einen Wagen verfolgt. Einen Mercedes. Mit Zigeunern. Cerutti hat auf der Autobahn auf der Höhe des Radoub-Beckens die Kontrolle über den Wagen verloren. Die Leitplanke. Er war sofort tot.«

»Hilf mir«, sagte ich und reichte ihr die Hand.

Ich war wie betäubt. Der Tod war überall. An meinen Händen. Auf meinen Lippen. In meinem Mund. In meinem Körper. In meinem Kopf. Ich war ein lebender Toter.

Ich schwankte. Babette schob ihren Arm unter meine Schultern. Argue baute sich vor uns auf. Die Hände in den Taschen, wie immer. Sicher. Stolz. Stark.

»Gehts?«, fragte er und sah mich an.

»Wie du siehst. Ich schwebe im siebten Himmel.«

»Du hast alles vermasselt, Fabio. In wenigen Tagen hätten wir sie alle auffliegen lassen. Du hast den ganzen Laden aufgemischt. Und wir haben nur noch Leichen.«

»Du wusstest Bescheid? Morvan? Alles?«

Er nickte. Zufrieden mit sich, alles in allem. »Sie haben einen Fehler nach dem anderen gemacht. Der erste war dein Kumpel. Das war eine Nummer zu groß.«

»Über Ugo wusstest du auch Bescheid? Du hast ihn machen lassen?«

»Wir mussten es bis zum Ende durchziehen. Wir bereiteten den Coup des Jahrhunderts vor! Festnahmen in ganz Europa!«

Er bot mir eine Zigarette an. Ich schlug ihn mit einer Kraft in die Fresse, die ich aus den tiefsten, finstersten und feuchtesten Löchern schöpfte, in denen Manu, Ugo und Leila vermoderten. Ich schrie.

Und ich wurde ohnmächtig, schien mir.

Epilog

In dem sich nichts ändert und ein neuer Tag anbricht

Der Pinkeldrang weckte mich gegen Mittag. Der Anrufbeantworter vermeldete sechs Botschaften. Sie gingen mich eigentlich nichts an. Ich tauchte sofort wieder in tiefste Finsternis, als hockte ich in einem Amboss, auf den ich selbst geschlagen hatte. Als ich wieder auftauchte, ging die Sonne unter. Elf Nachrichten, die ebenso gut noch warten konnten. In der Küche, ein kurzer Gruß von Honorine: »Hab nicht gesehen, dass Sie schlafen. Im Kühlschrank stehen gefüllte Auberginen. Marie-Lou hat angerufen. Es geht ihr gut. Kuss von ihr. Babette hat Ihren Wagen zurückgebracht. Kuss auch von ihr.« Und darunter: »Sagen Sie, ist Ihr Telefon kaputt, oder was? Dicker Kuss von mir.« Und noch darunter: »Ich hab die Zeitung gelesen.«

Ich konnte mich nicht ewig so abkapseln. Vor der Haustür drehte die Erde sich weiter. Es liefen ein paar Mistkerle weniger auf dem Planeten herum. Es war ein neuer Tag. Aber geändert hatte sich nichts. Draußen roch es immer noch faul. Ich konnte nichts dafür. Niemand konnte etwas dafür. Das nannte sich Leben, dieser Cocktail aus Hass und Liebe, Stärke und Schwäche, Gewalt und Passivität. Und das Leben wartete auf mich. Meine Chefs, Argue, Cerutti. Pérols Frau. Driss, Kader, Yasmine, Karine. Mouloud. Mavros. Djamel, vielleicht. Marie-Lou, die mir einen Kuss schickte. Und Babette und Honorine, die mir auch einen Kuss schickten.

Ich hatte Zeit. Brauchte Ruhe. Wollte nicht rausgehen und noch weniger reden. Ich hatte die gefüllten Auberginen, zwei Tomaten und drei kleine Zucchini. Mindestens sechs Flaschen Wein, darunter zwei weiße Cassis. Eine kaum angebrochene Stange Zigaretten. Genug Lagavulin. Ich konnte es aushalten. Noch eine Nacht. Und einen Tag. Und vielleicht noch eine Nacht.

Jetzt, wo ich geschlafen hatte, wo sich die Benommenheit der letzten vierundzwanzig Stunden verzogen hatte, hatten die Phantome freie Bahn. Sie hatten ihren Angriff begonnen. Mit einem Totentanz. Ich saß rauchend in der Badewanne, ein Glas Lagavulin neben mir. Ich hatte die Augen einen Moment geschlossen. Sie waren alle aufgetaucht. Unförmige Massen, knorpelig und blutig. Halb verwest. Unter Batistis Anleitung gruben sie geschäftig die Leichen von Manu und Ugo aus. Und von Leila, der sie die Kleider vom Leib rissen. Es gelang mir nicht, das Grab zu öffnen, um hinunterzusteigen und sie zu retten. Sie diesen Ungeheuern zu entreißen. Angst, einen Fuß in das schwarze Loch zu setzen. Aber Argue hinter mir, die Hände in den Taschen, stieß mich mit Fußtritten in den Arsch in die Tiefe. Ich taumelte in den klebrigen Abgrund. Ich streckte den Kopf aus dem Wasser. Heftig atmend. Dann spritzte ich mich mit kaltem Wasser ab.

Nackt, mein Glas in der Hand, betrachtete ich das Meer durchs Fenster. Eine sternenlose Nacht. Das war mein Glück! Ich traute mich nicht auf die Terrasse, aus Angst, Honorine zu treffen. Ich hatte mich gewaschen und abgerubbelt, aber der Todesgeruch klebte mir noch immer auf der Haut. Er saß im Kopf, das war viel schlimmer. Babette hatte mir das Leben gerettet. Argue auch. Ich mochte sie. Ich verabscheute ihn.

Ich hatte noch immer keinen Hunger. Und das Rauschen der Wellen war mir unerträglich. Es ging mir auf die Nerven. Ich nahm zwei Lexomil und ging wieder ins Bett.

Als ich am nächsten Morgen gegen acht aufstand, tat ich drei Dinge. Ich trank auf der Terrasse mit Honorine einen Kaffee. Wir redeten banales Zeug, sprachen vom Wetter, von der Trockenheit und den Bränden, die sich schon wieder entzündeten. Dann schrieb ich meine Kündigung. Kurz und knapp. Ich wusste nicht mehr recht, wer ich war, aber bestimmt kein Polizist. Danach schwamm ich fünfunddreißig Minuten. Ohne mich zu hetzen. Locker. Als ich aus dem Wasser stieg, betrachtete ich mein Boot. Es war noch zu früh, es anzurühren. Ich musste für Pérol fischen gehen, für seine Frau und seine Tochter. Im Moment hatte ich aber keinen Grund hinauszufahren. Überhaupt keinen. Vielleicht morgen. Oder übermorgen.

Die Freude am Fischen würde wiederkommen. Und mit ihr

die Freude an einfachen Dingen. Honorine beobachtete mich oben von der Treppe aus. Es stimmte sie traurig, mich so zu sehen. Aber sie würde keine Fragen stellen. Sie würde warten, bis ich von selber redete, wenn mir danach war.

Ich zog Wanderschuhe an, nahm eine Mütze und einen Rucksack mit einer Thermoskanne Wasser und einem dicken Handtuch. Ich brauchte Auslauf. Der Weg über die Felsbuchten hatte mein Gemüt immer beruhigt. Ich hielt bei einem Blumenhändler am Mazargue-Kreisel. Ich suchte zwölf Rosen aus und schickte sie Babette. Ich ruf dich an. Danke. Und ich verdrückte mich Richtung Col de la Gineste.

Ich kam spät zurück. Ich war gelaufen. Von einer Bucht zur nächsten. Hatte mich auf meine Beine, meine Arme, meine Muskeln konzentriert. Und den Atem. Ein, aus. Ein Bein vor, ein Arm vor. Und noch ein Bein und noch ein Arm. Den ganzen Dreck ausschwitzen, trinken, noch mehr schwitzen. Ein Sauerstoffaustausch. Total. Ich konnte wieder unter die Lebenden zurückkehren.

Minze und Basilikum. Der Duft füllte meine erneuerten Lungen. Mein Herz begann wie wild zu schlagen. Ich atmete tief ein. Auf dem niedrigen Tisch standen die Pfefferminz- und Basilikumpflanzen, die ich bei jedem Besuch in Loles Wohnung gegossen hatte. Daneben ein Leinenkoffer und ein kleinerer, schwarzer Lederkoffer.

Lole erschien in der Terrassentür. In Jeans und schwarzem Top. Ihre Haut glänzte kupfern. Sie sah aus wie immer. Wie in meinen Träumen. Schön. Sie hatte die Zeit unbeschadet überstanden. Ein Lächeln erhellte ihr Gesicht. Sie ließ ihre Augen auf mir ruhen.

Ihr Blick. Auf mir.

»Ich habe angerufen. Keine Antwort. Ein Dutzend Mal. Dann habe ich ein Taxi genommen und bin gekommen.«

Wir standen uns gegenüber. Kaum einen Meter voneinander entfernt. Bewegungslos. Mit hängenden Armen. Wie überrascht, uns vor dem anderen wiederzufinden. Lebend. Eingeschüchtert.

»Ich bin froh, dass du da bist.«

Reden.

Ich sprudelte ohne Punkt und Komma Banalitäten hervor. Die Hitze. Eine Dusche. Wartest du schon lange? Hast du Hunger? Durst? Willst du Musik? Einen Whisky?

Sie lächelte wieder. Ende der Banalitäten. Sie setzte sich auf das Sofa, vor die Pfefferminz- und Basilikumpflanzen.

»Ich konnte sie nicht da unten lassen.« Noch ein Lächeln. »Das konntest nur du gewesen sein.«

»Irgendeiner musste es tun, meinst du nicht?«

»Ich glaube, ich wäre auch sonst zurückgekommen. Was immer du gemacht oder nicht gemacht hast.«

»Sie zu begießen hieß, den Geist der Wohnung am Leben zu erhalten. Du hast uns das beigebracht. Da, wo der Geist lebt, ist der andere nicht weit. Ich brauchte dich. Um weiterzukommen. Die Türen um mich herum zu öffnen. Ich lebte abgeschlossen. Aus Faulheit. Man ist mit immer weniger zufrieden. Eines Tages ist man mit allem zufrieden. Und glaubt, das sei das Glück.«

Sie stand auf und kam zu mir. Mit ihrem leichten Gang. Meine Arme waren offen. Ich brauchte sie nur noch an mich zu drücken. Sie küsste mich. Ihre Lippen waren so samtig wie die Rosen, die ich Babette heute Morgen geschickt hatte, und fast ebenso dunkelrot. Ihre Zunge suchte die meine. So hatten wir uns noch nie geküsst.

Die Welt war wieder in Ordnung. Unsere Leben. Alles, was wir verloren, verpasst, vergessen hatten, bekam schließlich einen Sinn. Durch einen einzigen Kuss.

Diesen Kuss.

Wir hatten die gefüllten Auberginen gegessen, aufgewärmt, mit einem Hauch Olivenöl. Ich öffnete eine Flasche Terrane, einen Roten aus der Toskana, den ich für eine besondere Gelegenheit aufgehoben hatte. Souvenir einer Reise mit Rosa nach Volterra. Ich erzählte Lole alles. Bis ins Detail. Wie man die Asche eines Verstorbenen verstreut. Und der Wind sie davonträgt.

»Ich wusste es. Mit Simone. Aber ich habe nicht an Manu und Simone geglaubt. Auch nicht mehr an Manu und Lole. Ich glaubte an gar nichts mehr. Als Ugo angekommen ist, wusste ich, dass alles zu Ende ging. Er ist nicht wegen Manu zurückgekommen. Er ist für sich selbst zurückgekommen. Weil er seiner Seele nicht mehr hinterherlaufen konnte. Er brauchte einen guten Grund, um zu sterben.«

»Weißt du, ich hätte Manu umgebracht, wenn er bei Simone geblieben wäre. Nicht aus Liebe. Auch nicht aus Eifersucht. Sondern aus Prinzip. Manu hatte keine Prinzipien mehr. Das Gute war das, was er haben konnte. Das Schlechte, was er nicht haben konnte. So kann man nicht leben.«

Ich packte Pullover, Decken und die Flasche Lagavulin ein. Ich nahm Lole an der Hand und führte sie zum Boot. Ich ruderte am Damm vorbei, dann ließ ich den Motor an und nahm Kurs auf die Frioul-Inseln. Lole setzte sich zwischen meine Beine, ihren Kopf an meiner Brust. Wir reichten uns die Flasche, Zigaretten. Schweigend. Marseille kam näher. Ich ließ Pomègues, Ratonneaux und das Château d'If an Backbord liegen und hielt geradeaus auf die Fahrrinne zu.

Hinter dem Damm Sainte-Marie, unter dem Leuchtturm, machte ich den Motor aus und ließ das Boot treiben. Wir hatten uns in die Decken gewickelt. Meine Hand ruhte auf Loles Bauch. Direkt auf ihrer Haut, weich und heiß.

So offenbart sich Marseille. Vom Meer aus. So wie ein Phäake es vor Jahrhunderten an einem Morgen entdeckt haben musste. Mit dem gleichen Entzücken. Port of Massilia. Ich kannte dort ein glückliches Paar, hätte ein Marseiller Homer schreiben können, der an Gyptis und Protis erinnerte. Der Seefahrer und die Prinzessin. Hinter den Hügeln ging die Sonne auf. Lole murmelte:

Oh, Zug von Zigeunern.
Nach dem Glanz unserer Haare richte dich …

Eines von Leilas Lieblingsgedichten.

Alle waren eingeladen. Unsere Freunde, unsere Geliebten. Lole legte ihre Hand auf meine. Die Stadt war wie in Glut getaucht. Erst weiß, dann gelblich und rosa.

Eine Stadt nach unserem Herzen.

Chourmo

Für Isabelle und Gennaro,
ganz einfach meine Mutter und mein Vater

Es sind schmutzige Zeiten, das ist alles.
Rudolph Wurlitzer

In Gedenken an Ibrahim Ali,
ermordet von Plakatklebern
des Front National
am 24. Februar 1995
in den nördlichen Vorstädten
von Marseille.

Prolog

Endstation, Marseille, Bahnhof Saint-Charles

Guitou – wie seine Mutter ihn immer noch nannte – stand oben an der Treppe vor dem Bahnhof Saint-Charles und betrachtete Marseille. »Die große Stadt«. Seine Mutter war hier zur Welt gekommen, aber sie war nie mit ihm hergefahren. Dabei hatte sie es versprochen. Jetzt war er hier. Allein. Wie ein Großer.

In zwei Stunden würde er Naïma wiedersehen.

Deshalb war er hier.

Die Hände in den Taschen seiner Jeans vergraben und eine Camel zwischen den Lippen, stieg er langsam die Stufen hinunter. Der Stadt entgegen.

»Wenn du die Treppen runtergehst, kommst du auf den Boulevard d'Athènes«, hatte Naïma gesagt. »Du folgst ihm bis zur Canebière. Dort gehst du rechts. Richtung Alter Hafen. Wenn du da bist, findest du etwa zweihundert Meter weiter, wiederum rechts, eine große Eckkneipe. Sie heißt *La Samaritaine*. Dort treffen wir uns. Um sechs. Du kannst sie nicht verfehlen.«

Diese zwei Stunden, die vor ihm lagen, beruhigten ihn. Er würde die Kneipe ausfindig machen. Pünktlich sein. Naïma wollte er nicht warten lassen. Er hatte es eilig, sie wieder zu sehen. Ihre Hand zu nehmen, sie in seine Arme zu schließen, sie zu küssen. Heute Abend würden sie miteinander schlafen. Zum ersten Mal. Das erste Mal für sie und für ihn. Mathias, ein Klassenkamerad Naïmas, hatte ihnen sein Appartement überlassen. Sie würden ganz allein sein. Endlich.

Bei dem Gedanken musste er lächeln. Schüchtern, wie bei seiner ersten Begegnung mit Naïma.

Dann zog er ein Gesicht, als ihm seine Mutter einfiel. Wenn er zurückkäme, würde er mit Sicherheit eine unangenehme Viertelstunde über sich ergehen lassen müssen. Nicht nur, dass er ohne Erlaubnis drei Tage vor Schulbeginn abgehauen war, vorher hatte er auch noch tausend Francs aus der Ladenkasse stibitzt. Einer Boutique für Konfektionskleidung im Ortszentrum von Gap, alles hochmodisch und elegant.

Er zuckte mit den Schultern. Es waren nicht die tausend Francs, die den Familienfrieden gefährdeten. Mit seiner Mutter würde er schon klarkommen. Wie immer. Aber der andere machte ihm Kopfschmerzen. Der Obertrottel, der sich für seinen Vater hielt. Er hatte ihn schon einmal wegen Naïma geschlagen.

Als er die Allée de Meilhan überquerte, sah er eine Telefonzelle. Er sagte sich, dass er seine Mutter doch besser anrufen sollte, damit sie sich keine Sorgen machte.

Er stellte seinen kleinen Rucksack ab und griff in die Gesäßtasche seiner Jeans. Verdammt! Da war keine Brieftasche mehr! Entsetzt fühlte er auf der anderen Seite und sogar in der Innentasche seiner Jacke nach, obwohl er sie dort nie aufbewahrte. Nichts. Wie hatte er sie nur verlieren können? Als er aus dem Bahnhof trat, hatte er sie noch. Er hatte seine Fahrkarte hineingesteckt.

Dann erinnerte er sich. Auf der Bahnhofstreppe hatte ihn ein *Beur* um Feuer gebeten. Er hatte sein Zippo gezückt. Im selben Moment hatte ihn ein anderer *Beur,* der die Stufen hinunterrannte, von hinten angerempelt, beinahe gestoßen. Wie ein Dieb, hatte er noch gedacht. Um ein Haar wäre er die Treppe runtergefallen, hätte der andere ihn nicht aufgefangen. Er hatte sich prächtig leimen lassen.

Schwindel packte ihn. Wut, und Besorgnis. Keine Papiere mehr, keine Telefonkarte, keine Fahrkarte und vor allem fast kein Geld. Ihm blieb nur das Wechselgeld von der Fahrkarte und der Schachtel Camel. Dreihundertzehn Francs. »Scheiße!«, fluchte er laut.

»Alles in Ordnung?«, fragte eine alte Dame.

»Jemand hat mir die Brieftasche geklaut.«

»Oh! Armer Junge! So ein Pech! Da kann man gar nichts machen! So was kommt jeden Tag vor.« Sie sah ihn voller Mitgefühl an. »Aber besser nicht zur Polizei gehen. Hören Sie! Besser nicht! Die machen Ihnen nur noch mehr Ärger!«

Und sie ging weiter, ihre kleine Handtasche fest an die Brust gepresst. Guitou sah ihr nach. Sie verschwand in der bunten Menge von Passanten, größtenteils Schwarze und Araber.

Marseille fing ja gut an!

Um das Unheil zu vertreiben, küsste er die Goldmedaille mit der Jungfrau Maria, die er auf seiner vom Sommer in den Bergen noch gebräunten Brust trug. Seine Mutter hatte sie ihm zur Kommunion geschenkt. An jenem Morgen hatte sie die Kette von ihrem Hals gelöst und sie ihm umgelegt. »Sie kommt von weit her«, hatte sie gesagt, »sie wird dich beschützen.«

Er glaubte nicht an Gott, aber wie alle Söhne aus italienischen Familien war er abergläubisch. Und außerdem – die Jungfrau zu küssen, war, als küsse er seine Mutter. Als er noch klein war, hatte seine Mutter ihm immer einen Gutenachtkuss auf die Stirn gegeben. Dabei war die Medaille von ihren vollen Brüsten bis auf seine Lippen herabgeglitten.

Er verscheuchte dieses Bild, das ihn immer noch erregte. Und dachte an Naïma. Ihre Brüste, wenn auch kleiner, waren ebenso schön wie die seiner Mutter. Ebenso dunkel. Eines Abends, als er Naïma hinter der Scheune der Reboules küsste, hatte er seine Hand unter ihren Pullover gleiten lassen und sie gestreichelt. Sie hatte es geduldet. Langsam hatte er den Pulli hochgeschoben, um sie zu bewundern. Mit zitternden Händen. »Gefallen sie dir?«, hatte sie leise gefragt. Er hatte nicht geantwortet, nur den Mund geöffnet, um sie mit den Lippen zu umschließen, erst die eine, dann die andere. Er bekam eine Erektion. Er würde Naïma wieder sehen, alles andere war nicht so wichtig.

Er würde schon zurechtkommen.

Naïma wachte ruckartig auf. Ein Geräusch im Stockwerk über ihnen. Ein ungewöhnliches Geräusch. Dumpf. Ihr Herz schlug schneller. Sie horchte mit angehaltenem Atem. Nichts. Stille. Durch die Fensterläden drang schwaches Licht. Wie spät mochte es sein? Sie hatte keine Uhr dabei. Guitou schlief friedlich. Auf dem Bauch. Mit dem Gesicht zu ihr. Sie konnte kaum seinen Atem hören. Das beruhigte sie, dieses regelmäßige Atmen. Sie streckte sich wieder aus und kuschelte sich mit offenen Augen an ihn. Sie hätte gern eine geraucht, zur Beruhigung. Um wieder einzuschlafen.

Sanft legte sie ihre Hand auf seine Schultern und strich ihm zärtlich über den Rücken. Er hatte eine seidige Haut. Weich. Wie seine Augen, sein Lächeln, seine Stimme, die Worte, die er ihr sagte. Wie seine Hände auf ihrem Körper. Fast weiblich. Die anderen Jungs, die sie kennen gelernt hatte, und sogar Mathias, mit dem sie geflirtet hatte, waren rauer in ihrer Art. Guitou hatte sie nur einmal angelächelt, und schon sehnte sie sich danach, in seine Arme zu kommen und den Kopf an seine Brust zu schmiegen.

Sie hätte ihn gern geweckt. Damit er sie streichelte, wie eben. Das hatte ihr gefallen. Seine Finger auf ihrem Körper, sein bewundernder Blick, der sie schön machte. Und verliebt. Mit ihm zu schlafen, war ihr ganz natürlich vorgekommen. Auch das hatte ihr gefallen. Würde es beim zweiten Mal noch genauso schön sein? War es immer so? Bei der Erinnerung durchlief sie ein wohliger Schauer. Sie lächelte, drückte einen Kuss auf Guitous Schulter und kuschelte sich noch enger an ihn. Er war sehr warm.

Er bewegte sich. Sein Bein glitt zwischen die ihren. Er öffnete die Augen.

»Du bist wach?«, murmelte er und strich ihr übers Haar.

»Ein Geräusch. Ich hab ein Geräusch gehört.«

»Hast du Angst?«

Hocine schlief in der Etage über ihnen. Sie hatten sich vorhin ein wenig mit ihm unterhalten. Als sie die Schlüssel geholt hatten, bevor sie eine Pizza essen gegangen waren. Er war ein algerischer Historiker. Ein Historiker für die Geschichte der Antike. Er interessierte sich für die archäologischen Ausgrabungen in Marseille. »Von unglaublichem Reichtum«, hatte er zu erklären begonnen. Er schien leidenschaftlich bei der Sache zu sein. Aber sie hatten ihm nur mit halbem Ohr zugehört. Sie hatten es eilig, allein zu sein. Sich zu sagen, dass sie sich liebten. Und sich danach zu lieben.

Mathias' Eltern hatten Hocine seit über einem Monat aufgenommen. Sie waren übers Wochenende zu ihrem Landhaus in Sanary im Departement Var gefahren. Und Mathias hatte ihnen sein Appartement im Erdgeschoss zur Verfügung stellen können.

Es war eines dieser prachtvollen renovierten Häuser im Panier-Viertel, an der Ecke der Straßen Belles-Écuelles und Puits-Saint-Antoine, in der Nähe der Place Lorette. Der Vater von Mathias, ein Architekt, hatte die Innenräume neu gestaltet. Drei Etagen. Bis hinauf zur Dachterrasse *à l'italienne,* von wo man die ganze Reede überblicken konnte, von L'Estaque bis Madrague-de-Montredon. Großartig.

Naïma hatte zu Guitou gesagt: »Morgen früh gehe ich Brot holen. Wir frühstücken auf der Terrasse. Du wirst sehen, wie herrlich das ist.« Sie wollte, dass er Marseille liebte. Ihre Stadt. Sie hatte ihm so viel von ihr erzählt. Guitou war ein bisschen eifersüchtig auf Mathias gewesen. »Bist du mit ihm ausgegangen?« Sie hatte gelacht, ihm aber nicht geantwortet. Später, als sie ihm anvertraut hatte: »Weißt du, es stimmt, es ist das erste Mal«, hatte er Mathias vergessen. Das versprochene Frühstück. Die Terrasse. Und Marseille.

»Angst? Wovor denn?«

Sie ließ ihr Bein über seinen Körper gleiten und zog es an den Bauch. Ihr Knie streifte seinen Penis, und sie spürte, wie er steif wurde. Sie legte ihre Wange auf seine jungenhafte Brust. Guitou nahm sie fest in die Arme. Er streichelte ihren Rücken. Naïma erschauerte wohlig.

Er spürte schon wieder ein unbändiges Verlangen nach ihr, wusste aber nicht, ob er ihm nachgeben durfte. Ob es das war, was sie wollte. Er hatte keine Ahnung von Mädchen oder der Liebe. Aber er begehrte sie wahnsinnig. Sie sah zu ihm auf. Und ihre Lippen begegneten sich. Er zog sie an sich, und sie schob sich auf ihn. Da hörten sie ihn schreien: Hocine.

Der Schrei ließ ihnen das Blut in den Adern gefrieren.

»Mein Gott«, sagte sie tonlos.

Guitou stieß Naïma beiseite und sprang aus dem Bett. Er schlüpfte in seine Unterhose.

»Wo gehst du hin?«, fragte sie starr vor Angst.

Er wusste es nicht. Er hatte selber Angst. Aber er konnte nicht einfach so liegen bleiben. Zeigen, dass er Angst hatte. Er war jetzt ein Mann. Und Naïma sah ihn an.

Sie hatte sich im Bett aufgesetzt.

»Zieh dich an«, sagte er.

»Warum?«

»Weiß nicht.«

»Was ist los?«

»Weiß nicht.«

Im Treppenhaus hallten Schritte.

Naïma flüchtete ins Badezimmer. Auf dem Weg sammelte sie ihre verstreuten Sachen ein. Guitou lauschte mit dem Ohr an der Tür. Weitere Schritte im Treppenhaus. Geflüster. Er öffnete die Tür, ohne wirklich zu wissen, was er tat. Wie von seiner Angst überwältigt. Zuerst sah er die Waffe. Dann den Blick des Mannes. Brutal, so brutal. Er begann am ganzen Körper zu zittern. Den Knall hörte er nicht. Er fühlte nur, wie sich ein brennender Schmerz in seinem Bauch ausbreitete, und dachte an seine Mutter. Er stürzte. Sein Kopf schlug heftig auf die Steintreppe. Eine Augenbraue platzte. Er bemerkte den Geschmack von Blut im Mund. Es schmeckte scheußlich.

»Wir hauen ab«, war das Letzte, was er hörte. Und er spürte, wie jemand über ihn hinwegstieg. Wie über eine Leiche.

Erstes Kapitel

In dem mit Blick aufs Meer das Glück eine klare Sache ist

Es gibt nichts Angenehmeres, als morgens am Meer zu frühstücken, wenn man nichts zu tun hat.

Fonfon hatte dafür ein Anchovispüree zubereitet, das er gerade aus dem Ofen holte. Ich kam vom Fischen zurück, glücklich. Der Fang bestand aus einem kapitalen Seewolf, vier Goldbrassen und einem Dutzend Meeräschen. Das Anchovispüree machte mein Glück perfekt. Für mich war das Glück sowieso immer einfach gewesen.

Ich öffnete eine Flasche Rosé aus Saint-Cannat. Die Qualität der Roséweine aus der Provence begeisterte mich von Jahr zu Jahr mehr. Wir stießen an, um auf den Geschmack zu kommen. Dieser Wein aus der alten Komturei Bargemone war ein besonders edler Tropfen. Man schmeckte die sonnenüberfluteten, flachen Rebhänge der Gebirgskette Trévaresse förmlich unter der Zunge. Fonfon zwinkerte mir zu, dann machten wir uns daran, unsere Brotscheiben in das mit Pfeffer und gehacktem Knoblauch angemachte Anchovispüree zu tunken. Mein Magen erwachte beim ersten Bissen.

»Teufel, tut das gut!«

»Du sagst es.«

Mehr gab es nicht zu sagen. Jedes weitere Wort wäre zu viel gewesen. Wir aßen schweigend. Den Blick über dem Meer verloren. Ein schönes, tiefblaues, fast samtenes Herbstmeer. Ich konnte mich nicht satt daran sehen. Es überraschte mich jedes Mal, mit welcher Kraft es mich anzog. Der Ruf des Meeres. Aber ich war weder Seemann noch Reisender. Ich hatte Träume dort in der Ferne, hinter dem Horizont. Träume eines Jugendlichen. Aber ich hatte mich nie so weit vorgewagt. Nur einmal. Bis zum Roten Meer. Das war vor langer Zeit.

Ich ging auf die fünfundvierzig zu, und wie viele Marseiller hörte ich lieber Reiseberichte, als selber loszuziehen. Ich konnte mir nicht vorstellen, in ein Flugzeug nach Mexico City, Saigon oder Buenos Aires zu steigen. In meiner Generation hatten Reisen noch einen Sinn. Das Zeitalter der Überseedampfer und Frachter. Die Seefahrt. Wo das Meer die Zeit bestimmt. Die Häfen. Die aufs Kai ausgebrachte Gangway und der Rausch neuer Gerüche, unbekannter Gesichter.

Ich begnügte mich damit, mein flaches Fischerboot, das *Trémolino,* hinter der Insel Maïre und der Inselgruppe Riou aufs offene Meer hinauszufahren und ein paar Stunden, umgeben von der Stille des Meeres, zu fischen. Etwas anderes hatte ich nicht mehr zu tun. Als fischen zu gehen, wenn es mich überkam. Und zwischen drei und vier Uhr nachmittags Karten zu spielen. Beim Pétanque die Aperitifs ausspielen.

Ein wohlgeordnetes Leben.

Manchmal machte ich einen Ausflug in die Calanques, die Buchten vor Marseille: Sormiou, Morgiou, Sugiton, En-Vau … Ich wanderte stundenlang, den Rucksack auf dem Buckel. Schwitzend und keuchend. Das hielt mich in Form. Es besänftigte meine Zweifel und Befürchtungen, meine Ängste. Ihre Schönheit brachte mich wieder in Einklang mit der Welt. Jedes Mal. Sie sind wirklich schön, die Calanques. Sie zu beschreiben, ist müßig, man muss sie gesehen haben. Aber man erreicht sie nur zu Fuß oder im Boot. Die Touristen überlegen es sich zweimal, und das ist gut so.

Fonfon stand mindestens ein Dutzend Mal auf, um seine Gäste zu bedienen. Typen wie ich, die regelmäßig kamen. Vor allem alte Leute. Sein Dickschädel hatte sie nicht vertreiben können. Nicht einmal, dass er die rechte Zeitung *Le Méridional* aus seiner Kneipe verbannt hatte. Nur *Le Provençal* und *La Marseillaise* waren zugelassen. Fonfon war früher aktives Mitglied der SFIO, der französischen Sozialisten, gewesen. Er war ein toleranter Mensch, aber so weit, Parolen des Front National zu akzeptieren, ging er nicht. Schon gar nicht bei ihm, in seiner Kneipe, in der nicht wenige politische Zusammenkünfte stattgefunden hatten. Einmal war »Gastounet«, wie sie den ehemaligen Bürgermeister Gaston Defferre unter sich nannten, sogar in Begleitung von Milou gekommen, um den radikalen Sozialisten die Hand zu schütteln. Das war 1981. Dann kam die Zeit der Desillusionen. Und der Verbitterung.

Eines Morgens hatte Fonfon das Porträt des Präsidenten der Republik, das über der Kaffeemaschine thronte, von der Wand gerissen und in seine große rote Plastikmülltonne gestopft. Man konnte das Geräusch von zerbrochenem Glas hören. Fonfon hatte hinter seiner Theke gestanden und uns einen nach dem anderen angesehen, aber keiner hatte aufgemuckt.

Dennoch hatte Fonfon sein Banner nicht niedergelegt. Er bekannte weiterhin Farbe. Fifi-mit-den-großen-Ohren, einer unserer Partner beim Kartenspiel, hatte letzte Woche versucht, ihm einzureden, dass der *Méridional* sich gewandelt habe. Immer noch eine Zeitung der Rechten, einverstanden, aber doch liberal. Außerdem seien die Lokalseiten im *Provençal* und im *Méridional* außerhalb Marseilles im ganzen Departement gleich. Also, was soll das Gerede …

Fast wären sie sich an die Kehle gegangen.

»He, eine Zeitung, deren Erfolg auf tödlicher Hetze gegen die Araber basiert – also mir kommt da die Galle hoch. Wenn ich so was nur sehe, möchte ich denen am liebsten den Hals umdrehen.«

»Großer Gott! Es hat ja keinen Sinn, mit dir zu reden.«

»Weil du Unsinn redest, mein Bester. He, ich hab nicht gegen die *Boches* gekämpft, um mir deinen Schwachsinn anzuhören.«

»Boing! Es geht wieder los«, bemerkte Momo und knallte eine Karo-Acht auf Fonfons Kreuz-Ass.

»Du bist nicht gefragt! Du hast mit dem Pack von Mussolini gekämpft! Sei froh, dass du mit uns an einem Tisch sitzen darfst!«

»Ich habe gewonnen«, sagte ich.

Aber es war zu spät. Momo hatte seine Karten hingeschmissen. »He! Ich kann auch woanders spielen.«

»Genau. Geh zu Lucien. Bei ihm sind die Karten blau-weiß-rot, wie die Nationalfahne. Und der Pik-König trägt ein schwarzes Faschistenhemd.«

Momo war gegangen und hatte nie wieder einen Fuß in die Kneipe gesetzt. Aber er ging auch nicht zu Lucien. Er spielte nicht mehr mit uns Karten, und damit basta. Das war schade, denn wir mochten Momo gern. Aber Fonfon hatte Recht. Bloß weil man älter wurde, brauchte man nicht die Klappe zu halten. Mein Vater wäre genauso gewesen. Vielleicht noch schlimmer, denn er war Kommunist gewesen, und der Kommunismus war heute nur noch ein Haufen kalter Asche.

Fonfon kam mit einem Teller Brote zurück, die erst mit Knoblauch und dann mit frischen Tomaten eingerieben worden waren. Nur um den Gaumen zu besänftigen. Dazu fand der Rosé eine neue Daseinsberechtigung in unseren Gläsern.

Mit den ersten warmen Sonnenstrahlen erwachte der Hafen langsam zum Leben. Es herrschte nicht so ein lärmendes Durcheinander wie auf der Canebière. Nein, nur ein Gemurmel. Hier und da Stimmen oder Musik. Losfahrende Autos. Bootsmotoren, die angeworfen wurden. Und der erste Bus, der kam und die Schüler einsammelte.

Les Goudes, knapp eine halbe Stunde vom Stadtzentrum entfernt, war nach dem Sommer nur ein Dorf von sechshundert Einwohnern. Seit ich vor gut zehn Jahren nach Marseille zurückgekehrt war, hatte ich mich nicht entscheiden können, irgendwo anders zu wohnen als hier, in Les Goudes. In einer kleinen Hütte – zwei Zimmer, Küche –, die ich von meinen Eltern geerbt hatte. Während meiner müßigen Stunden hatte ich sie mehr schlecht als recht wieder instand gesetzt. Es war alles andere als luxuriös, aber acht Stufen unter meiner Terrasse lagen das Meer und mein Boot. Und das war bestimmt besser als jede Hoffnung auf das Paradies im Jenseits.

Kaum zu glauben für jemanden, der noch nie hier draußen war, dass dieser kleine, sonnenverbrannte Hafen ein Stadtteil von Marseille ist. Der zweitgrößten Stadt Frankreichs. Hier ist man am Ende der Welt. Die Straße geht einen Kilometer vorher, bei Callelongue, in einen steinigen Pfad über, der durch sonnengebleichtes, karg bewachsenes Gelände führt. Hier begann ich meine Wanderungen. Durch das Tal der Mounine und die Cailles-Ebene, von der man zu den Pässen von Cortiou und Sormiou hinaufsteigen kann.

Das Boot der Taucherschule verließ die Fahrrinne und nahm

Kurs auf die Frioul-Inseln. Fonfon sah ihm nach, dann schaute er mich an und sagte ernst: »Nun, was hältst du davon?«

»Ich glaube, wir werden beschissen.«

Ich hatte keine Ahnung, worauf er hinauswollte. Er konnte alles Mögliche meinen: den Innenminister, die Islamische Heilsfront, Clinton. Den neuen Trainer von Olympique Marseille. Oder sogar den Papst.

Aber meine Antwort stimmte in jedem Fall. Weil wir mit Sicherheit beschissen wurden. Je mehr sie uns die Ohren voll quatschten von Sozialstaat, Demokratie, Freiheit, Menschenrechten und dem ganzen Blabla, desto gründlicher wurden wir beschissen. So sicher, wie zwei und zwei gleich vier ist.

»Ja«, sagte er, »das glaube ich auch. Es ist wie beim Roulette. Du setzt und setzt, und es ist doch nur ein Loch da, und du bist immer der Verlierer. Immer der Dumme.«

»Aber solange du setzt, lebst du noch.«

»Schon wahr! Nur, heutzutage muss man hoch pokern. Was mich betrifft, mein Freund, mir gehen die Chips aus.«

Ich trank den letzten Schluck Rosé und sah ihn an. Sein Blick ruhte auf mir. Er hatte dicke, fast lilafarbene Augenringe. Sie betonten die Magerkeit seines Gesichts. Ich hatte Fonfon nicht altern sehen, wusste nicht einmal, wie alt er war. Fünfundsiebzig, sechsundsiebzig. So alt war das nun auch wieder nicht.

»Ich fang gleich an zu heulen«, sagte ich im Spaß.

Aber ich wusste, dass er nicht scherzte. Es kostete ihn jeden Morgen große Überwindung, die Kneipe aufzumachen. Er ertrug die Gäste nicht mehr. Er ertrug die Einsamkeit nicht mehr. Vielleicht würde er eines Tages auch mich nicht mehr ertragen können, und das musste ihn beunruhigen.

»Ich höre auf, Fabio.«

Er deutete mit einer allumfassenden Geste in den Raum. Der große Saal mit seinen zwanzig Tischen, der Babystuhl in der Ecke – eine Rarität aus den Sechzigerjahren –, hinten die Theke aus Holz und Zink, die Fonfon jeden Morgen sorgfältig blank putzte. Und die Gäste. Zwei Gestalten an der Theke. Der erste in die Lektüre von *L'Équipe* vertieft und der zweite, der über seine Schulter auf die

Sportergebnisse schielte. Zwei Alte, die sich fast gegenübersaßen. Der eine mit dem *Provençal,* der andere mit *La Marseillaise.* Drei Schüler, die sich ihre Ferienerlebnisse erzählten, während sie auf den Bus warteten.

Fonfons Welt.

»Erzähl keine Geschichten!«

»Ich hab mein ganzes Leben hinter einer Theke gestanden. Seit ich mit meinem armen Bruder Luigi nach Marseille gekommen bin. Du hast ihn nicht kennen gelernt. Mit sechzehn haben wir angefangen. In der *Bar de Lenche.* Er ist Hafenarbeiter geworden. Ich hab im *Zanzi* gearbeitet, im *Jeannot* an den Cinq-Avenues und im *Wagram* am Alten Hafen. Als ich nach dem Krieg ein bisschen Geld hatte, hab ich mich hier niedergelassen, in Les Goudes. Es ging uns gut, oh ja. Das ist vierzig Jahre her.

Früher kannten wir uns alle. Den einen Tag halfst du Marius, seine Kneipe neu zu streichen. Den anderen war er es, der dir beim Aufmöbeln deiner Terrasse zur Hand gegangen ist. Wir sind zusammen zum Fischen rausgefahren. Mit der alten *Tartane,* einem Segelboot. Damals lebte der arme Toinou noch, Honorines Mann. Und was für Fänge wir machten! Wir haben sie nie aufgeteilt. Nein, wir kochten riesige Töpfe Bouillabaisse, mal beim einen, mal beim anderen. Mit Frauen und Kindern. Zwanzig, dreißig Leute waren wir manchmal. Und lustig war es! Ja, deine Eltern, wo immer sie jetzt sein mögen – Gott hab sie selig –, erinnern sich sicher noch daran.«

»Ich weiß es noch, Fonfon.«

»Ja, du wolltest nur Suppe mit Croutons. Keinen Fisch. Du hast vor deiner armen Mutter einen Riesenzirkus veranstaltet.«

Er schwieg, verloren in den Erinnerungen an die »gute, alte Zeit«. Dreckspatz, der ich war, spielte ich am Hafen seine Tochter Magali ertränken. Wir waren gleich alt. Alle sahen uns schon als verheiratetes Paar, uns beide. Magali war meine erste Liebe. Die Erste, mit der ich geschlafen habe. Im Bunker über der Disko *La Maronnaise.* Am nächsten Morgen wurden wir kräftig zusammengestaucht, weil wir nach Mitternacht nach Hause gekommen waren.

Wir waren sechzehn.

»All das ist lange her.«

»Das ist es ja, was ich sagen will. Wir hatten jeder unseren eigenen Kopf, verstehst du. Wir beschimpften uns schlimmer als die Fischweiber. Und du kennst mich, ich war nicht der Letzte. Ich hatte immer eine große Klappe. Aber wir respektierten uns. Heute spuckt man dir ins Gesicht, wenn du Leute, die ärmer als du sind, nicht mit Füßen trittst.«

»Was wirst du tun?«

»Ich mache zu.«

»Hast du mit Magali und Fredo darüber gesprochen?«

»Tu nicht dümmer, als du bist! Wann hast du Magali zum letzten Mal hier gesehen? Und die Kinder? Sie kehren seit Jahren die Pariser raus. Mit dem ganzen Krempel, der dazugehört, und dem entsprechenden Auto. Im Sommer ziehen sie es vor, sich den Hintern bei den Türken, in Benidorm oder auf was weiß ich für Inseln braun brennen zu lassen. Das hier ist nur ein Ort für Versager wie wir. Und Fredo, nun, vielleicht ist er längst tot. Als er mir letztes Mal geschrieben hat, wollte er ein *ristorante* in Dakar aufmachen. Inzwischen haben ihn die Neger wahrscheinlich bei lebendigem Leibe verspeist! Willst du einen Kaffee?«

»Gern.«

Er stand auf. Er legte eine Hand auf meine Schulter und beugte sich zu mir herab, seine Wange streifte die meine.

»Fabio, du brauchst nur einen Franc auf den Tisch zu legen, und die Kneipe gehört dir. Ich hab immer wieder darüber nachgedacht. Du willst doch nicht ewig so weitermachen, ohne was zu tun, oder? Geld kommt und geht, aber es bleibt nie lange. Also, ich behalte mein Häuschen, und du musst mir nur versprechen, mich neben meiner Louisette zu begraben, wenn ich sterbe.«

»Verdammt! Aber du bist doch noch nicht tot!«

»Ich weiß. Das gibt dir etwas Zeit, darüber nachzudenken.«

Und er verschwand Richtung Theke, ohne dass ich noch ein Wort hinzufügen konnte. Um ehrlich zu sein, ich wusste auch nicht, was ich sagen sollte. Sein Vorschlag machte mich sprachlos.

Vor allem seine Großzügigkeit. Denn ich, ich sah mich nicht hinter seiner Theke. Ich sah mich nirgends.

Ich wartete ab. Kommt Zeit, kommt Rat, wie man so sagt.

Was sofort kam, war Honorine. Meine Nachbarin. Mit ihrem Korb unter dem Arm schritt sie munter aus. Die Energie der guten Frau von zweiundsiebzig überraschte mich immer wieder.

Ich las die Zeitung bei meiner zweiten Tasse Kaffee. Die Sonne wärmte mir wohlig den Rücken. Das half mir, nicht allzu sehr an der Welt zu verzweifeln. Der Krieg in Ex-Jugoslawien ging weiter. In Afrika war ein neuer ausgebrochen. An den Grenzen Kambodschas brodelte es. Und ohne Zweifel würde es in Kuba jeden Moment losgehen. Oder irgendwo da unten in Mittelamerika.

Bei uns in der Nähe war es kein bisschen erfreulicher.

»Blutiger Einbruch im Panier-Viertel«, machte der *Provençal* die Lokalseite auf. Ein knapper Bericht kurz vor Redaktionsschluss. Zwei Personen waren ermordet worden. Die Eigentümer hatten erst gestern Abend bei ihrer Rückkehr aus dem Wochenende in Sanary die Leichen von Freunden gefunden, die bei ihnen wohnten. Alles, was sich verscherbeln ließ, war ausgeräumt: Fernseher, Videorecorder, Stereoanlage, CD … Nach den Angaben der Polizei waren die Opfer in der Nacht von Freitag auf Samstag gegen drei Uhr morgens ermordet worden.

Honorine kam direkt auf mich zu. »Ich hab mir gedacht, dass ich Sie hier finde«, sagte sie und stellte ihren Korb auf die Erde.

Fonfon erschien prompt, ein Lächeln auf den Lippen. Sie mochten sich gern, die beiden. »Hallo, Honorine.«

»Machen Sie mir ein Tässchen Kaffee, Fonfon. Aber nicht zu stark, hören Sie, ich hab schon zu viel getrunken.« Sie setzte sich und zog ihren Stuhl zu mir heran. »Sie haben Besuch.« Sie sah mich an, gespannt auf meine Reaktion.

»Wo denn das? Bei mir?«

»Aber ja, bei Ihnen. Nicht bei mir. Wer sollte mich schon besuchen?« Sie wartete auf meine Frage, aber der Klatsch brannte ihr auf der Zunge. »Sie raten nicht, wer es ist!«

»Nein, sicher nicht.« Ich konnte mir nicht vorstellen, wer mich besuchen sollte. Einfach so, an einem Montagmorgen um halb zehn. Die Frau meines Lebens war bei ihrer Familie zwischen Sevilla, Córdoba und Cádiz, und ich wusste nicht, wann sie wiederkam. Ich wusste nicht einmal, ob Lole überhaupt jemals wiederkommen würde.

»Na, das wird eine Überraschung sein.« Sie sah mich schelmisch an. Sie konnte nicht mehr an sich halten. »Es ist Ihre Cousine. Ihre Cousine Angèle.«

Gélou. Meine schöne Cousine. Die Überraschung war gelungen. Ich hatte Gélou seit zehn Jahren nicht mehr gesehen. Seit der Beerdigung ihres Mannes. Gino wurde eines Nachts umgelegt, als er sein Restaurant in Bandol schloss. Da er kein Ganove war, dachten alle an eine böse Erpressergeschichte. Die Ermittlungen verliefen im Sand, wie so viele andere. Gélou verkaufte das Restaurant, klemmte ihre drei Kinder unter den Arm und fing woanders ein neues Leben an. Ich hatte nie wieder etwas von ihr gehört.

Honorine neigte sich zu mir und sagte in vertraulichem Ton: »Die Arme, ach, sie scheint mir nicht gut auf dem Posten zu sein. Ich könnte schwören, dass sie Ärger hat.«

»Wie kommen Sie darauf?«

»Nicht, dass sie nicht freundlich gewesen wäre, nein. Sie hat mich zur Begrüßung geküsst und gelächelt. Wir haben beim Kaffee unsere Neuigkeiten ausgetauscht. Aber ich hab wohl gemerkt, dass sie unter der Fassade ganz verrückt vor Sorgen ist.«

»Vielleicht ist sie einfach müde.«

»Ich denke, sie hat Ärger. Und deshalb ist sie zu Ihnen gekommen.«

Fonfon kam mit drei Kaffees wieder. Er setzte sich uns gegenüber. »Du nimmst sicher auch noch einen, dachte ich mir. Alles klar?«, fragte er und sah uns an.

»Es ist Gélou«, sagte Honorine. »Erinnern Sie sich?« Er nickte. »Sie ist gerade angekommen.«

»Na und?«

»Sie hat Ärger, sag ich.«

Honorines Einschätzungen waren unfehlbar. Ich sah auf das Meer und sagte mir, dass es mit der Ruhe zweifellos vorbei war. Ich hatte in einem Jahr zwei Kilo zugenommen. Der Müßiggang begann auf mir zu lasten. Also, Ärger oder nicht, Gélou war willkommen. Ich leerte meine Tasse und stand auf.

»Ich gehe.«

»Wie wärs mit *Fougasse,* mit gefülltem Fladenbrot, zum Mittag?«, meinte Honorine. »Sie wird doch zum Essen bleiben, oder?«

Zweites Kapitel

In dem man immer zu viel sagt, wenn man redet

Gélou drehte sich um, und meine ganze Jugend sprang mir entgegen. Sie war die Schönste aus dem Viertel. Sie hatte mehr als einem den Kopf verdreht, und mir allen voran. Sie hatte meine Kindheit begleitet, die Träume meiner Jugend genährt. Sie war meine heimliche Liebe gewesen. Unerreichbar. Gélou war eine Erwachsene. Sie war fast drei Jahre älter als ich.

Sie lächelte mich an, und zwei Grübchen erhellten ihr Gesicht. Das Lächeln von Claudia Cardinale. Gélou wusste das. Und auch, dass sie ihr ähnlich sah. Frappierend ähnlich. Sie hatte oft damit kokettiert, war so weit gegangen, sich wie der italienische Star zu kleiden und zu frisieren. Wir verpassten keinen ihrer Filme. Mein Glück war, dass Gélous Brüder Kino nicht mochten. Sie zogen Fußball vor. Sonntagnachmittag holte Gélou mich ab, damit ich sie begleitete. Bei uns ging ein siebzehnjähriges Mädchen nie allein aus. Nicht mal, um sich mit ihren Freundinnen zu treffen. Es musste immer ein Junge aus der Familie dabei sein. Und Gélou hatte mich gern.

Ich liebte es abgöttisch, mit ihr zusammen zu sein. Wenn sie mich auf der Straße unterhakte, ging ich auf Wolken! Im Kino, bei Viscontis *Leopard,* wäre ich beinahe wahnsinnig geworden. Gélou hatte sich zu mir geneigt und mir ins Ohr geraunt: »Schau doch, wie schön sie ist!«

Alain Delon nahm sie in die Arme. Ich hatte meine Hand auf Gélous gelegt und ihr fast lautlos geantwortet: »Wie du!«

Ich hielt ihre Hand die ganze Vorstellung hindurch. Von dem Film bekam ich überhaupt nichts mit, so erregt war ich. Ich war vierzehn. Aber ich sah Alain Delon nicht im Geringsten ähnlich, und Gélou war meine Cousine. Als das Licht anging, nahm das Leben wieder seinen Lauf, und mir wurde klar, dass es hochgradig ungerecht war.

Es war ein flüchtiges Lächeln. Das Aufblitzen von Erinnerungen. Gélou kam auf mich zu. Kaum bemerkte ich, dass ihre Augen sich mit Tränen füllten, lag sie auch schon in meinen Armen.

»Es ist schön, dich zu sehen«, sagte ich und drückte sie an mich.

»Ich brauche deine Hilfe, Fabio.«

Die gleiche gebrochene Stimme wie die Schauspielerin. Aber das war keine Antwort aus einem Film. Wir waren nicht mehr im Kino. Claudia Cardinale hatte geheiratet, Kinder bekommen und führte ein glückliches Leben. Alain Delon hatte Fett angesetzt und verdiente viel Geld. Wir waren älter geworden. Wie vorauszusehen, hatte das Schicksal uns ziemlich ungerecht behandelt. Und tat es immer noch. Gélou hatte Probleme.

»Na, dann schieß mal los.«

Guitou, der Jüngste ihrer drei Jungen, war abgehauen. Freitag früh. Ohne eine Nachricht zu hinterlassen, kein Wort. Er hatte nur tausend Francs aus der Ladenkasse mitgehen lassen. Seitdem: Funkstille. Sie hatte gehofft, dass er anrufen würde. So wie er es immer machte, wenn er in den Ferien zu seinen Cousins nach Neapel fuhr. Sie hatte gedacht, er würde Samstag zurückkommen. Sie hatte den ganzen Tag gewartet. Dann den ganzen Sonntag. Letzte Nacht war sie zusammengebrochen.

»Was glaubst du, wo er hingegangen ist?«

»Hierher. Nach Marseille.«

Sie hatte nicht einen Moment gezögert. Unsere Blicke kreuzten sich. Gélous Augen verloren sich in der Ferne, dort, wo es bestimmt nicht einfach war, Mutter zu sein.

»Lass es mich erklären.«

»Nur zu!«

Ich setzte zum zweiten Mal Kaffee auf. Ich hatte eine Platte von Bob Dylan aufgelegt. Das Album *Nashville Skyline.* Mein Lieblingsalbum. Mit *Girl from the North Country* im Duo mit Johnny Cash. Ein wahrer Schatz.

»Das ist aber eine alte Platte. Die hab ich schon ewig nicht mehr gehört. Du hörst so was immer noch?« Die letzten Worte klangen beinahe angewidert.

»Das und andere Sachen. Mein Geschmack hat sich kaum geändert. Aber ich kann Antonio Machin für dich auflegen, wenn dir das lieber ist. *Dos gardenias por amor ...*«, summte ich und deutete ein paar Schritte Bolero an.

Es brachte sie nicht zum Lachen. Vielleicht bevorzugte sie Julio Iglesias! Ich vermied es, sie danach zu fragen, und verschwand Richtung Küche.

Wir hatten uns auf der Terrasse niedergelassen, mit Blick aufs Meer. Gélou saß in einem Korbstuhl – meinem Lieblingssessel. Sie rauchte nachdenklich, mit übergeschlagenen Beinen. Ich beobachtete sie aus dem Augenwinkel von der Küche her, während ich auf den Kaffee wartete. Irgendwo in einem meiner Schränke habe ich eine hervorragende elektrische Kaffeemaschine, aber ich benutze weiterhin meine alte italienische Kaffeekanne. Geschmacksfrage.

Die Zeit schien spurlos an Gélou vorbeigegangen zu sein. Obgleich sie auf die fünfzig zuging, war sie nach wie vor eine schöne, begehrenswerte Frau. Feine Fältchen in den Augenwinkeln, ihre einzigen Falten, machten sie noch verführerischer. Aber irgendetwas ging von ihr aus, das mich störte. Seit dem Moment, als sie sich aus meinen Armen befreit hatte. Sie schien einer Welt anzugehören, in die ich nie einen Fuß gesetzt hatte. Eine ehrbare Welt. Wo es mitten auf dem Golfplatz nach Chanel Nr. 5 riecht. Wo ohne Ende Kommunion, Verlobung, Hochzeit, Taufe gefeiert wird. Wo alles voller Harmonie ist, bis hin zu den Daunendecken, Nachthemden und Puschen. Und die Freunde, Menschen von Welt, die man einmal im Monat zum Essen einlädt und die sich auf gleiche Weise revanchieren. Ich hatte einen schwarzen Saab vor meiner Tür parken sehen und war bereit, zu wetten, dass Gélous graues Kostüm nicht von der Stange kam.

Seit Ginos Tod hatte ich wohl einige Phasen im Leben meiner schönen Cousine verpasst. Ich brannte darauf, mehr von ihr zu erfahren, aber das war nicht der richtige Weg für den Anfang.

»Guitou hat seit dem Sommer eine Freundin. Einen Flirt halt. Sie hatte mit ein paar Freunden am Stausee von Serre-Ponçon gezeltet. Er hat sie auf einem Dorffest kennen gelernt. In Manse, glaube ich. Solche Feste mit Tanz und allem finden auf den Dörfern den ganzen Sommer über statt. Von dem Tag an waren sie unzertrennlich.«

»Das ist das Alter.«

»Schon. Aber er ist erst sechzehneinhalb. Und sie achtzehn, verstehst du.«

»Nun, dein Guitou muss ein hübscher Junge sein«, sagte ich im Scherz.

Immer noch kein Lächeln. Sie war nicht aufzuheitern. Die Angst schnürte ihr die Kehle zu. Es gelang mir nicht, sie zu beruhigen. Sie griff nach der Tasche zu ihren Füßen. Eine teure Tasche. Sie nahm eine Brieftasche heraus, öffnete sie und reichte mir ein Foto. »Das war beim Skilaufen, letzten Winter. In Serre-Chevalier.«

Sie und Guitou. Dünn wie eine Bohnenstange, war er gut einen Kopf größer als sie. Lange, wirre Haare fielen ihm ins Gesicht. Ein fast weibliches Gesicht. Gélous Gesicht. Und das gleiche Lächeln. Neben ihr wirkte er verlegen. Während sie Selbstsicherheit und Entschlossenheit ausstrahlte, wirkte er nicht zart, sondern zerbrechlich. Ich sagte mir, dass er ein Nachzügler war, das Nesthäkchen, das sie und Gino nicht mehr erwartet hatten, und dass sie ihn noch und noch verwöhnt haben musste. Was mich überraschte, war, dass nur sein Mund lächelte, nicht seine Augen. Sein im Nirgendwo verlorener Blick war traurig. So wie er die Skier hielt, schien er sich maßlos zu langweilen. Das sagte ich Gélou aber nicht.

»Ich bin sicher, dass er dir mit achtzehn auch das Herz gebrochen hätte.«

»Findest du, dass er Gino ähnlich sieht?«

»Er hat dein Lächeln. Schwer zu widerstehen. Du kennst das ...«

Sie ging nicht auf die Andeutung ein. Vielleicht wollte sie nicht. Sie zuckte die Schultern und steckte das Foto wieder weg. »Guitou setzt sich schnell etwas in den Kopf, verstehst du. Er ist ein Träumer. Ich weiß nicht, von wem er das hat. Er kann stundenlang lesen. Von Sport hält er gar nichts. Die kleinste

Anstrengung scheint ihn Mühe zu kosten. Marc und Patrice sind nicht so. Sie sind … praktischer. Stehen mit beiden Beinen auf der Erde.«

Das konnte ich mir vorstellen. Realistisch, sagt man heute.

»Wohnen Marc und Patrice bei dir?«

»Patrice ist verheiratet. Seit drei Jahren. Er leitet eins meiner Geschäfte in Sisteron. Mit seiner Frau. Es geht ihnen wirklich gut. Marc ist seit einem Jahr in den Vereinigten Staaten. Er studiert Tourismus. Vor zehn Tagen ist er zurückgeflogen.« Sie hielt nachdenklich inne. »Sie ist Guitous erste Freundin. Jedenfalls die erste, von der ich weiß.«

»Hat er dir von ihr erzählt?«

»Nach ihrer Abfahrt am 15. August haben sie andauernd telefoniert. Von morgens bis abends. Abends dauerte es stundenlang. Das fing an, ins Geld zu gehen! Wir mussten wohl oder übel darüber reden.«

»Was hast du denn gedacht? Dass es einfach so aufhört? Ein letzter Kuss und tschüss, auf Wiedersehen?«

»Nein, aber …«

»Du glaubst, dass er hergekommen ist, um sie zu sehen. Hab ich Recht?«

»Ich glaube es nicht, ich weiß es. Erst wollte er, dass ich seine Freundin übers Wochenende zu uns einlade, und ich habe mich geweigert. Dann wollte er meine Erlaubnis, sie in Marseille zu besuchen, und ich habe Nein gesagt. Er ist zu jung. Außerdem fand ich das so kurz vor Schulbeginn nicht gut.«

»Findest du es jetzt besser?«, fragte ich und stand auf.

Das Gespräch ging mir auf die Nerven. Die Angst davor, den Kleinen an eine andere Frau zu verlieren, konnte ich verstehen. Besonders den Jüngsten.

Die italienischen Mütter beherrschen dieses Spiel sehr gut. Aber da war noch etwas anderes. Gélou sagte mir nicht alles, das spürte ich.

»Ich will keinen Rat, Fabio, sondern deine Hilfe.«

»Wenn du glaubst, dich an einen Polizisten zu wenden, hast du dich in der Adresse geirrt«, sagte ich kühl.

»Ich weiß. Ich habe bei der Polizei angerufen. Du bist seit über einem Jahr nicht mehr dabei.«

»Ich habe gekündigt. Eine lange Geschichte. Wie dem auch sei, ich war sowieso nur ein kleiner Vorstadtbulle. In den nördlichen Stadtteilen!«

»Ich bin zu dir gekommen, nicht zu dem Polizisten. Ich will, dass du ihn suchst. Ich habe die Adresse von dem Mädchen.«

Jetzt verstand ich gar nichts mehr.

»Warte, Gélou. Erklär mir das. Warum bist du nicht direkt hingegangen, wenn du die Adresse hast? Warum hast du nicht wenigstens angerufen?«

»Ich habe angerufen. Gestern. Zweimal. Ihre Mutter war am Apparat. Sie hat gesagt, sie kenne keinen Guitou. Sie habe ihn nie gesehen. Und ihre Tochter sei nicht da. Sie sei bei ihrem Großvater, und der habe kein Telefon. Irgend so was.«

»Vielleicht stimmt das.« Ich dachte nach, versuchte, Ordnung in das ganze Durcheinander zu bringen. Aber mir fehlten noch einige Fakten, da war ich sicher.

»Woran denkst du?«

»Was für einen Eindruck hat sie auf dich gemacht, die Kleine?«

»Ich hab sie nur einmal gesehen. Am Tag ihrer Abreise. Sie hat Guitou zu Hause abgeholt, damit er sie zum Bahnhof begleitete.«

»Wie ist sie?«

»So lala.«

»Wie so lala? Ist sie hübsch?«

Sie zuckte die Schultern. »Mhm.«

»Ja oder nein? Verdammt! Was hat sie? Ist sie hässlich? Behindert?«

»Nein. Sie ist … Nein, sie ist hübsch.«

»Na, man könnte denken, das tut dir weh. Meinst du, sie hat es nicht ernst gemeint?«

Sie zuckte wieder mit den Schultern, und das Ganze begann mir langsam auf den Geist zu gehen.

»Ich weiß es nicht, Fabio.« Das sagte sie mit Panik in der

Stimme. Ihre Augen wurden unstet. Wir kamen der Wahrheit dieser Geschichte näher.

»Was heißt, du weißt es nicht? Hast du nicht mit ihr gesprochen?«

»Alex hat sie rausgeschmissen.«

»Alex?«

»Alexandre. Der Mann, mit dem ich zusammenlebe, seit … fast seit Ginos Tod.«

»Aha. Und warum hat er das gemacht?«

»Sie … Die Kleine ist Araberin. Und … Die mögen wir halt nicht so.«

Es war heraus. Da lag des Pudels Kern. Plötzlich konnte ich Gélou nicht mehr ansehen. Ich drehte mich weg, zum Meer. Als wenn es auf alles eine Antwort hätte. Ich schämte mich. Am liebsten hätte ich Gélou rausgeschmissen, aber sie war meine Cousine. Ihr Sohn war abgehauen, er lief Gefahr, den Schulanfang zu verpassen, und sie war beunruhigt. Und das konnte ich trotz allem verstehen.

»Wovor hattet ihr Angst? Dass die kleine Araberin ein Schandfleck für euch ist? Das kann doch wohl nicht wahr sein, verflucht noch mal! Weißt du, wo du herkommst? Erinnerst du dich noch, wer dein Vater war? Wie sie ihn gerufen haben? Ihn, meinen? Alle *Nabos,* alle, die aus Neapel stammten? Hafenköter! Ja! Sag bloß, dass du nicht darunter gelitten hast, dort geboren zu sein, im Panier-Viertel bei den Hafenkötern! Und du erzählst mir was von Arabern! Nur weil du einen Saab fährst und ein bescheuertes Schneiderkostüm trägst, bist du heute was Besseres. Wenn man für den Personalausweis einen Abstammungstest machte, würdest du als Araberin abgestempelt werden.«

Sie stand auf, außer sich. »Ich habe italienisches Blut. Wir Italiener sind keine Araber.«

»Der Süden ist nicht Italien. Er ist das Land der Mischlinge. Weißt du, wie sie im Piemont sagen? *Mau-Mau.* Ein Sammelbegriff für Araber, Zigeuner und alle Italiener südlich von Rom! Und, verflucht! Erzähl mir nicht, dass du an diesen Blödsinn glaubst, Gélou!«

»Alex war in Algerien. Er hat schwer gelitten. Du weißt, wie sie sind. Heimtückisch und …«

»Richtig. Und du hast Angst, dass sie deinem Jungen Aids anhängt, wenn sie an seinem Schwanz lutscht!«

»Du bist wirklich widerlich.«

»Ja. Bei so viel Dummheit fällt mir nichts anderes ein. Nimm deine Tasche und geh. Schick deinen Alex zu den Arabern. Vielleicht kommt er lebend zurück und bringt deinen Sohn mit.«

»Alex hat keine Ahnung. Er ist nicht da. Er ist verreist. Bis morgen Abend. Bis morgen muss ich mit Guitou zurück sein, sonst …«

»Sonst was?«

Sie ließ sich in den Sessel fallen und brach in Tränen aus. Ich hockte mich vor sie hin.

»Sonst was, Gélou?«, fragte ich etwas sanfter.

»Wird er ihn wieder schlagen.«

Honorine kam endlich zum Vorschein. Sie hatte sicher kein Wort meines Streits mit Gélou verpasst, aber sie hatte sich gehütet, auf ihrer Terrasse zu erscheinen. Das war nicht ihre Art. Sich in meine Angelegenheiten zu mischen. Zumindest, solange ich sie nicht dazu aufforderte.

Zwischen Gélou und mir herrschte ein drückendes Schweigen. Wenn man redet, sagt man immer zu viel. Nachher muss man zu jedem seiner Worte stehen. Und das wenige, was Gélou mir von ihr und Alex erzählt hatte, reimte sich nicht unbedingt auf ein glückliches Leben.

Sie gab sich damit zufrieden. Weil – fügte sie hinzu – sogar eine attraktive Frau mit fünfzig keine große Wahl mehr hat. Ein Mann ist wichtiger als alles andere. So wichtig wie materielle Sicherheit. Das war einiges Leiden und einige Demütigungen wert. Und auch einige Opfer. Sie gab schamlos zu, Guitou dabei irgendwo auf der Strecke gelassen zu haben. Aus den besten Gründen der Welt. Das heißt, aus Angst. Angst vor einer Auseinandersetzung mit Alex. Angst, fallen gelassen zu werden. Angst vor der Einsamkeit. Guitou würde eines Tages aus dem Haus gehen. Wie Patrice und nach ihm Marc.

Es stimmt, dass sie und Gino Guitou nicht mehr gewollt hatten. Er war weit nach den anderen gekommen. Sechs Jahre. Ein Versehen. Die beiden anderen waren schon groß. Sie wollte nicht mehr Mutter sein, sondern Frau. Dann war Gino gestorben. Das Kind war ihr geblieben. Und ein unermesslicher Kummer. Sie wurde wieder Mutter.

Alex hatte sich gut um die Kinder gekümmert. Es lief zwischen ihnen. Ohne Probleme. Aber als er älter wurde, begann Guitou diesen falschen Vater zu hassen. Sein Vater, den er nicht mehr kennen gelernt hatte, verkörperte für ihn alle Vorzüge und Tugenden der Welt. Guitou fing an, alles zu lieben und zu hassen, was Alex hasste und liebte. Nachdem seine beiden Brüder ausgezogen waren, wuchs die Feindschaft zwischen Guitou und Alex. Alles war ihnen recht als Vorwand für eine Auseinandersetzung. Sogar die Wahl des Fernsehfilms endete mit einem Streit. Guitou schloss sich dann in seinem Zimmer ein und drehte die Musik auf. Rock und Reggae. Seit einem Jahr Raï und Rap.

Alex begann Guitou zu schlagen. Ohrfeigen, nichts wirklich Schlimmes. Wie Gino es vielleicht auch getan hätte. Die Jungs verdienten es manchmal. Und Guitou mehr als einmal. Als die kleine Araberin im Haus auftauchte, war die Ohrfeige ausgeartet. Guitou hatte rebelliert. Alex musste zugeschlagen haben. Heftig. Sie war dazwischengegangen, aber Alex hatte ihr befohlen, sich rauszuhalten. Es ging viel zu viel nach dem Kopf des Jungen. Sie hatten schon genug hingenommen. Arabische Musik bei sich zu Hause wollte er ja noch durchgehen lassen. Aber deren Mädchen einladen – das ging entschieden zu weit. Man kannte das. Erst sie, dann ihre Brüder. Und die ganze Sippschaft. Im Grunde war Gélou durchaus einverstanden mit Alex.

Jetzt geriet Gélou in Panik. Weil sie nicht mehr weiterwusste. Sie wollte Alex nicht verlieren, aber Guitous Flucht und sein Schweigen verstärkten ihre Schuldgefühle. Er war ihr Kind. Sie war seine Mutter.

»Ich hab ein paar *Panisses* gebacken«, sagte Honorine zu Gélou. »Sieh nur, sie sind ganz warm.« Sie reichte mir den Teller und die Fladenbrote, die sie sich unter den Arm geklemmt hatte.

Im Sommer hatte ich einen schmalen Durchgang zwischen unseren beiden Terrassen gebaut. Mit einer kleinen Holztür. So brauchte sie nicht mehr außen rum zu gehen, wenn sie zu mir wollte. Vor Honorine hatte ich nichts mehr zu verbergen. Weder meine schmutzige Wäsche noch meine Liebesgeschichten. Ich war für sie der Sohn, den Toinou ihr nicht hatte schenken können.

Ich lächelte, dann ging ich Wasser und den Pastis holen. Danach bereitete ich den Grill für die Goldbrassen vor. Wenn der Ärger schon mal da ist, eilt nichts mehr.

Drittes Kapitel

In dem dort Leben ist, wo Wut ist

Die Jungen spielten großartig. Mit Leib und Seele. Sie spielten zum Spaß. Um dazuzulernen und eines Tages die Besten zu sein. Der ziemlich neue Basketballplatz nahm einen Teil des Parkplatzes vor den beiden lang gestreckten Hochhäusern des Vorstadtviertels La Bigotte auf der Höhe von Notre-Dame-Limite ein, an der »Grenze« zwischen Marseille und Septème-les-Vallons. Eine der größten Neubausiedlungen im Norden der Stadt.

Hier ist nichts schlimmer als woanders. Oder besser. Beton in einer verzerrten Landschaft aus Stein und Kalk. Und dort unten links die Stadt. Weit weg. Hier ist alles weit weg. Nur das Elend nicht. Sogar die Wäsche, die zum Trocknen vor den Fenstern hängt, ist ein Beweis dafür. Obgleich in Wind und Sonne flatternd, wirkt sie immer farblos. Arbeitslosenwäsche eben. Aber im Gegensatz zu »denen da unten« hat man hier eine gute Aussicht. Prachtvoll. Die schönste in Marseille. Man braucht nur das Fenster zu öffnen und hat das ganze Meer für sich. Umsonst. Wenn man nichts hat, ist es viel, das Meer – dieses Mittelmeer – zu besitzen. Wie ein Kanten Brot für den Hungrigen.

Die Idee für den Basketballplatz kam von einem der Jungen, der OubaOuba genannt wurde. Nicht, weil er ein wilder Neger aus dem Senegal war, sondern weil er vor dem Korb flink wie ein Marsupilami springen konnte, oder fast. Ein wahrer Künstler.

»Wenn ich all diese Klapperkisten sehe, die den ganzen Platz wegnehmen, könnte ich in die Luft gehen«, hatte er zu Lucien gesagt, einem eher sympathischen Vertreter des Sozialamtes. »Bei mir zu Hause ist ja auch nicht viel Platz. Aber diese Parkplätze, Scheiße …!«

Die Idee war ihren Weg gegangen. Schließlich kam es unter den amüsierten Augen des Leiters der Stadtverwaltung, der gerade nicht im Wahlkampf stand, zwischen dem Bürgermeister und dem

Abgeordneten zu einem regelrechten Wettrennen. Ich kann mich noch gut daran erinnern. Die Jungen warteten nicht einmal die offizielle Eröffnung ab, um »ihren« Platz in Beschlag zu nehmen. Er war noch gar nicht fertig. Das wurde er übrigens nie, und die dünne Asphaltschicht zerbröckelte jetzt an allen Ecken und Enden.

Ich sah ihnen rauchend beim Spielen zu. Es war ein komisches Gefühl, wieder hier zu sein, in den nördlichen Vierteln. Das war mein Bezirk gewesen. Seit meiner Kündigung hatte ich keinen Fuß mehr hineingesetzt. Ich hatte keinen Grund, herzukommen. Weder hierher noch nach Bricarde, Solidarité, Savine oder Paternelle. Vorstädte, in denen nichts ist. Nichts zu sehen. Nichts zu tun. Nicht mal eine Cola kann man sich dort kaufen, wie in Plan d'Aou, wo wenigstens ein Lebensmittelladen mehr schlecht als recht überlebt hat.

Man musste schon hier wohnen oder Bulle oder Sozialarbeiter sein, um so weit hinauszukommen. Für die meisten Marseiller sind die nördlichen Viertel nur abstrakte Realität. Orte, die existieren, die man aber nicht gesehen hat und nie sehen wird. Die man nur aus dem Fernsehen kennt. Genauso wie die Bronx. Mit den dazugehörigen Wahnvorstellungen. Und den Ängsten.

Natürlich hatte ich mich von Gélou herumkriegen lassen, Guitou zu suchen. Während der Mahlzeit vermieden wir das Thema. Es war uns beiden peinlich. Ihr, was sie erzählt hatte. Mir, was ich gehört hatte. Zum Glück bestritt Honorine die Unterhaltung.

»Also, ich weiß nicht, wie du das machst, da oben in deinen Bergen. Ich hab Marseille nur einmal verlassen. Weil ich nach Avignon musste. Louise, eine meiner Schwestern, brauchte mich. Was war ich unglücklich … Dabei bin ich nur zwei Monate geblieben. Das Meer hat mir am meisten gefehlt. Hier kann ich es stundenlang betrachten. Es ist nie gleich. Da oben gibt es natürlich die Rhone. Aber das ist nicht dasselbe. Sie ändert sich nie. Sie ist immer grau und geruchlos.«

»Man kann sich das Leben nicht immer aussuchen«, hatte Gélou unendlich müde geantwortet.

»Du wirst sagen, das Meer ist nicht alles. Glück, Kinder, Gesundheit gehen vor.«

Gélou war den Tränen nahe. Sie hatte sich eine Zigarette angesteckt. Ihre Goldbrasse hatte sie kaum angerührt. »Geh hin, ich bitte dich«, hatte sie gemurmelt, als Honorine verschwand, um die Kaffeetassen zu holen.

Und da war ich. Vor dem Betonklotz der Familie Hamoudi. Gélou wartete auf mich. Auf uns, Guitou und mich. Trotz Honorines beruhigender Gesellschaft ängstlich bangend.

»Sie hat Ärger, ich hab Recht, nicht wahr«, hatte sie mich in der Küche gefragt.

»Mit ihrem Jüngsten. Guitou. Er ist abgehauen. Sie glaubt, er ist hier, in Marseille. Bearbeite sie nicht zu sehr, während ich weg bin.«

»Sie werden ihn suchen gehen?«

»Einer muss es tun, oder?«

»Es könnte sein … Ich weiß ja nicht … Lebt sie ganz allein?«

»Wir sprechen später darüber, einverstanden?«

»Sehen Sie, ich hab es ja gleich gesagt. Ihre Cousine hat Probleme. Und nicht nur mit ihrem Jüngsten.«

Ich steckte mir eine neue Zigarette an. OubaOuba erzielte einen Treffer, der seine Kumpels sprachlos machte. Diese Jungen waren eine verdammt gute Mannschaft. Und ich konnte mich nicht entscheiden. Mir fehlte der Mut. Die Überzeugung, besser gesagt. Wie sah denn das aus, so bei den Leuten mit der Tür ins Haus zu fallen: »Guten Tag, ich heiße Fabio Montale. Ich bin gekommen, um den Jungen zu holen. Das hat jetzt schon zu lang gedauert. Du sei bloß still, deine Mutter macht sich schon genug Sorgen.« Nein, das konnte ich nicht tun. Ich würde die beiden mit zu mir nach Hause nehmen, dort sollten sie mit Gélou in Ruhe reden.

Ich bemerkte eine bekannte Gestalt. Serge. Ich erkannte ihn an seinem linkischen, fast kindlichen Gang. Er kam aus Block D4 direkt vor mir. Er schien abgenommen zu haben. Ein dicker Bart wucherte auf der unteren Gesichtshälfte. Er überquerte die Straße Richtung Parkplatz. Die Hände in den Taschen einer Jeansjacke. Gebeugte Schultern. Der gute Serge wirkte eher traurig.

Ich hatte ihn seit zwei Jahren nicht mehr gesehen. Ich dachte sogar, er hätte Marseille verlassen. Nachdem er sich jahrelang für die Jugendlichen in den nördlichen Vierteln eingesetzt hatte, war er gefeuert worden. Daran war ich nicht ganz unschuldig. Wenn ich die Jungs wegen einer Dummheit einsammelte, rief ich ihn noch vor den Eltern aufs Kommissariat. Er klärte mich über ihre Familienverhältnisse auf und gab mir Ratschläge. Die Jungs waren sein Leben. Deswegen hatte er sich für diese Arbeit entschieden. Weil er es leid war, die Jugendlichen im Loch enden zu sehen. Zunächst mal vertraute er ihnen. Mit diesem Glauben an die Menschheit, den manche Priester haben. Für meinen Geschmack war er ein wenig zu sehr Priester. Wir mochten uns, waren aber keine Freunde geworden. Wegen dieses Hangs zum Priesterlichen. Ich habe nie an das Gute im Menschen geglaubt. Nur an das Recht auf Chancengleichheit.

Meine Verbindung zu Serge gab Anlass zu Tratsch. Und meinen Chefs gefiel das überhaupt nicht. Ein Bulle und ein Sozialarbeiter! Wir mussten dafür zahlen. Serge kam es teuer zu stehen. Mit mir rechnete man etwas subtiler ab. Einen Beamten, dem erst vor wenigen Jahren auf eigenen Wunsch die nördlichen Viertel zugeteilt worden waren, feuerte man nicht so einfach. Man verringerte meine Mannschaft und entzog mir allmählich jede Verantwortung. Ich machte ohne Überzeugung weiter, weil ich nichts anderes gelernt hatte, als Bulle zu sein. Es mussten erst zu viele geliebte Menschen sterben, ehe die Abscheu die Oberhand gewann und mich erlöste.

Ich kam nicht mehr dazu, Serge zu fragen, was er dort zu suchen hatte. Ein schwarzer BMW mit verdunkelten Scheiben tauchte plötzlich aus dem Nichts auf. Er fuhr im Schritttempo, und so achtete Serge nicht darauf. Als er auf seiner Höhe war, erschien ein Arm im hinteren Fenster. Ein Arm mit einem Revolver in der Hand. Drei Schüsse aus nächster Nähe. Der BMW schwenkte herum und verschwand so schnell, wie er aufgetaucht war.

Serge sackte auf dem Asphalt zusammen. Tot, daran bestand kein Zweifel.

Die Schüsse hallten zwischen den Wohnblöcken wieder. Fenster wurden geöffnet. Die Jungs unterbrachen ihr Spiel, und der Ball rollte auf die Straße. Für einen Moment stand die Zeit still. Dann kamen sie von allen Seiten angerannt.

Ich lief zu Serge.

»Macht Platz«, schrie ich alle an, die sich um die Leiche scharten. Als ob Serge noch Platz und Luft brauchte.

Ich ging neben ihm in die Hocke. Eine Bewegung, die mir vertraut geworden war. Zu vertraut. Wie der Tod. Die Jahre vergingen, und alles, was ich machte, war ein Knie auf die Erde zu setzen, um mich über eine Leiche zu beugen. Scheiße! Das konnte nicht schon wieder losgehen, immer wieder von vorne. Warum war mein Weg mit Leichen gepflastert? Und warum waren es immer öfter Menschen, die ich kannte oder liebte? Manu und Ugo, die Freunde meiner Kindheit und Jugend. Leila, so schön und so jung, dass ich es nicht gewagt hatte, mit ihr zu leben. Und jetzt mein Kumpel Serge.

Der Tod ließ mich nicht mehr los, wie eine Art klebriges Pech, in das ich eines Tages getreten sein musste. Aber warum? Warum? Verfluchter Mist!

Serge hatte die Ladung voll in den Bauch bekommen. Großes Kaliber, eine 38er wahrscheinlich. Wie sie die Profis benutzen. Wo war der Idiot nur hineingeraten. Ich sah auf Block D4. Wo kam er her? Und warum? Wen immer er besuchen wollte, er würde nicht ans Fenster treten und sich zu erkennen geben.

»Hast du ihn schon mal gesehen?«, fragte ich OubaOuba, der leise neben mich getreten war.

»Nie gesehen, den Typ.«

Polizeisirenen waren von der Einfahrt in den Häuserblock zu hören. Endlich mal schnell! Die Jungs lösten sich in Windeseile in Luft auf. Es blieben nur die Frauen, Kinder und einige alterslose Senioren. Und ich.

Sie kamen angesaust wie die Großstadtcowboys. Nach ihrem Bremsmanöver kurz vor der Menschenansammlung zu urteilen, hatten sie ausgiebig *Starsky und Hutch* im Fernsehen geguckt. Sie mussten ihren Auftritt sogar geprobt haben, denn er saß bis aufs i-Tüpfelchen.

Die vier Türen öffneten sich gleichzeitig und spuckten in derselben Bewegung die Beamten aus. Bis auf Babar. Er war der älteste Polizist auf dem Bezirksrevier und hatte schon lange keinen Spaß mehr daran, Polizeiserien nachzuspielen. Er hoffte, seine Rente so zu bekommen, wie er seine Karriere begonnen hatte: ohne viel Aufhebens. Und lebend, nach Möglichkeit.

Pertin, von allen Vorstadtjungen Deux-Têtes, Doppelkopf, genannt wegen der Ray-Ban-Sonnenbrille, die er ständig trug, warf einen Blick auf Serges Leiche, dann sah er mich lange scharf an.

»Was hast du hier zu suchen?«

Pertin und ich waren nicht gerade Freunde. Obgleich er Kommissar war, war ich es, der sieben Jahre lang für die nördlichen Viertel verantwortlich gewesen war. Sein Bezirkskommissariat war nur eine Antenne für die Sicherheitsbrigaden unter meiner Leitung gewesen. Zu unserer Verfügung.

Pertin und ich hatten uns von Anfang an bekämpft. »In den Arabervierteln«, pflegte er zu wiederholen, »funktioniert nur eins: Härte.« Das war sein Credo. Er hatte es jahrelang buchstabengetreu angewandt. »Ab und zu schnappst du dir einen *Beur* und verpasst ihm in einem verlassenen Steinbruch eine ordentliche Abreibung. Irgendwas haben sie immer auf dem Kerbholz, wovon du nichts weißt. Du prügelst sie ein bisschen durch und kannst sicher sein, dass dieses Ungeziefer schon weiß, warum. Das ist besser als all die Ausweiskontrollen. Es erspart dir den Papierkrieg auf dem Kommissariat. Und es beruhigt deine Nerven, auf denen diese Araberschweine herumgetrampelt haben.«

Das hieß für ihn, »gewissenhaft seine Arbeit machen«, hatte er vor Journalisten erklärt. Den Abend davor hatte seine Mannschaft bei einer einfachen Ausweiskontrolle »versehentlich« einen siebzehnjährigen *Beur* niedergemetzelt. Das war 1988. Diese grobe Fahrlässigkeit seitens der Polizei hatte Marseille in Aufruhr versetzt. In jenem Jahr katapultierte man mich an die Spitze der Sicherheitsbrigaden. Der Superbulle, der Friede und Ordnung in den nördlichen Vierteln wieder herstellen sollte. Wir standen tatsächlich kurz vor einer Rebellion.

Mein ganzes Vorgehen zeigte ihm jeden Tag aufs Neue, dass er falsch lag. Selbst, wenn auch ich mich irrte, weil ich zu viel abdämpfen und schlichten wollte. Zu sehr versuchte, das Unbegreifliche zu verstehen. Elend und Verzweiflung. Sicherlich war ich nicht Bulle genug. So erklärten es meine Vorgesetzten. Später. Ich glaube, sie hatten Recht. Aus dem Blickwinkel der Polizei, meine ich.

Nach meiner Kündigung hatte Pertin seine Macht über die Vorstädte wiedergewonnen. Sein »Gesetz« regierte. Die Abreibungen in verlassenen Steinbrüchen waren wieder an der Tagesordnung. Ebenso Verfolgungsjagden mit dem Auto. Hass. Der Hass wuchs. Die schlimmsten Fantasien wurden Wirklichkeit. Jeder x-beliebige Staatsbürger mit einem Gewehr in der Hand konnte auf alles schießen, was ihm in die Quere kam und nicht eindeutig weiß war. So starb Ibrahim Ali, ein siebzehnjähriger Zuwanderer von den Komoren an einem Februarabend 1995, als er mit seinen Freunden hinter dem Nachtbus herlief.

»Ich hab dich was gefragt. Was hast du hier zu suchen?«

»Tourismus. Die Viertel haben mir gefehlt. Die Leute und alles.«

Von den Vieren lachte nur Babar. Pertin beugte sich über Serges Leiche. »Scheiße! Das ist dein Kumpel, der Schwule! Er ist tot.«

»Das habe ich gesehen.«

Er sah mich an. Bösartig. »Was hatte er hier zu suchen?«

»Keine Ahnung.«

»Und du?«

»Das hab ich doch schon gesagt, Pertin. Ich kam zufällig vorbei. Ich hatte Lust, den Jungs beim Spielen zuzusehen. Da bin ich stehen geblieben.«

Das Basketballfeld war leer.

»Was für Jungs? Hier spielt niemand.«

»Mit den Schüssen war das Spiel zu Ende. Du weißt, wie sie sind. Nicht, dass sie was gegen euch haben. Aber sie ziehen es vor, euch aus dem Weg zu gehen.«

»Spar dir deine Kommentare, Montale. Die sind mir scheißegal. Erzähl.«

Ich berichtete.

Ich berichtete ein zweites Mal. Auf dem Kommissariat. Diese kleine Freude konnte Pertin sich nicht versagen. Mir gegenüberzusitzen und mich zu verhören. In diesem Kommissariat, wo ich jahrelang einziger Herr im Hause gewesen war. Es war eine mickrige Revanche, aber er genoss sie mit der Gehässigkeit eines Kleingeistes und würde sie bis ins Letzte auskosten. So eine Gelegenheit ergab sich vielleicht nie wieder.

Und Pertin legte sich hinter seiner verfluchten Ray-Ban-Brille eine Strategie zurecht. Serge und ich waren Kumpel gewesen. Vielleicht waren wir es immer noch. Jemand hatte Serge umgelegt. Wegen einer schmutzigen Sache zweifellos. Ich war da, am Tatort. Zeuge. Ja, aber warum nicht Komplize? Mit einem Mal konnte ich eine Spur sein. Nicht, um Serges Mördern nachzusetzen, sondern um mich festzunageln. Ich konnte mir gut das unermessliche Vergnügen vorstellen, das er dabei empfand.

Seine Augen konnte ich zwar nicht sehen, aber genau das hätte ich dort lesen können. Dummheit hindert nicht an logischem Denken.

»Beruf?«, sagte er voller Verachtung.

»Arbeitslos.«

Er lachte los. Carli unterbrach seine Tipperei auf der Maschine und amüsierte sich ebenfalls.

»Nein! Du gehst stempeln und all das? Wie die Bimbos und Kameltreiber?«

Ich drehte mich zu Carli um. »Notierst du das nicht?«

»Ich notier nur die Antworten.«

»Ja, wer wird sich denn gleich ärgern, Superman«, nahm Pertin wieder auf. Er neigte sich zu mir: »Und wovon lebst du?«

»He, Pertin, wo glaubst du, dass du bist? Im Fernsehen? Im Zirkus?«

Ich hatte nur leicht die Stimme gehoben. Um die Dinge wieder an ihren Platz zu rücken. Daran zu erinnern, wer ich war: ein Zeuge. Über die Sache wusste ich nichts. Ich hatte nichts zu verbergen, außer dem Grund für meinen Ausflug in die Gegend. Meine Geschichte konnte ich hundertmal vorbeten, immer die gleiche Leier.

Pertin hatte das schnell begriffen, und es machte ihn rasend. Am liebsten hätte er mir eine geknallt. Er war dazu fähig. Er war zu allem fähig. Als er mir noch unterstellt war, ließ er die Dealer informieren, wenn ich eine Suchaktion vorbereitete. Oder er benachrichtigte die Drogenfahndung, wenn er spürte, dass ein saftiger Fang ins Netz gehen könnte. Der Fehlschlag einer Operation in Petit-Séminaire, einer anderen Wohnsiedlung im Norden, war mir noch gut in Erinnerung. Die Dealer arbeiteten im Familienbetrieb. Brüder, Schwestern, Eltern waren in den Coup verwickelt. Sie lebten eng beisammen, ganz wie gute Nachbarn. Die Jungs bezahlten in Form von Hi-Fi-Geräten aus Einbrüchen. Material, das sie sofort zum dreifachen Preis weiterverscherbelten. Der Erlös wurde wieder in »Stoff« investiert. Wir scheiterten. Drei Jahre später hatte die Drogenfahndung Erfolg, mit Pertin an der Spitze.

Er lächelte. Ein hinterhältiges Lächeln. Ich hatte ein paar Punkte gemacht, und er merkte es.

Um mir zu zeigen, wer hier Herr der Lage war, nahm er Serges Pass, der vor ihm auf dem Tisch lag, und wedelte mir damit vor der Nase herum. »Sag mal, Montale, weißt du, wo er gehaust hat, dein Kumpel?«

»Keine Ahnung.«

»Sicher?«

»Sollte ich?«

Er öffnete den Pass, und das Lächeln war wieder da. »Bei Arno.«

Verflixt! Was war denn das für eine Geschichte. Pertin beobachtete meine Reaktion. Ich zeigte keine. Ich wartete. Aus Hass gegen mich würde er den Fehler machen, Informationen an einen Zeugen weiterzugeben.

»Das steht hier nicht drin«, sagte er und bewegte den Pass wie einen Fächer. »Aber wir haben unsere Quellen. Zuverlässiger sogar, seit du nicht mehr da bist. Zumal wir keine Priester sind. Wir sind Polizisten. Siehst du den Unterschied?«

»Ich sehe ihn«, antwortete ich.

Er neigte sich zu mir. »Sag mal, das war doch einer deiner Lieblinge, nicht wahr, dieser dreckige kleine Zigeuner?«

Arno. Arno Gímenez. Ich habe nie herausbekommen, ob bei ihm ein Irrtum vorlag. Achtzehn Jahre alt, unbesonnen, verschlagen, manchmal stur wie ein Holzkopf. Leidenschaftlicher Motorradliebhaber. Der einzige Typ, der auf der Straße einen heißen Ofen einschließlich Motorradbraut klauen konnte. Und damit abhauen, ohne dass einer Zeter und Mordio schrie. Ein begnadeter Mechaniker. Jedes Mal, wenn er in eine Gaunerei verstrickt war, erschienen erst Serge und dann ich auf der Bildfläche.

Eines Abends hatten wir ihn im *Balto,* einer Bar in L'Estaque, erwischt.

»Warum versuchst du nicht zu arbeiten?«, hatte Serge gefragt.

»Na klar, super. Ich könnte mir einen Fernseher kaufen, mit Videorecorder, Rentenbeiträge zahlen und zusehen, wie die Kawas auf der Straße vorbeiziehen. Wie Kühe, die den Zügen nachglotzen. Das ist was, nicht? Klar, super, Leute. Das ist supercool ...«

Er machte sich über uns lustig. Zugegeben, es war nicht unsere Stärke, die Errungenschaften der bürgerlichen Gesellschaft anzupreisen. Aber Vorträge über Moral – das beherrschen wir. Sie verschwanden im schwarzen Loch.

Arno redete weiter: »Die Leute wollen Maschinen. Ich besorge ihnen Maschinen. Ich richte sie ihnen her, und sie sind zufrieden. Es ist günstiger als beim Händler, und Mehrwertsteuer ist auch nicht drauf, also ...«

Ich hatte in mein Glas geschaut, über die Nutzlosigkeit solcher Diskussionen nachdenkend. Serge wollte noch ein paar schöne Sätze anbringen, aber Arno schnitt ihm das Wort ab. »Für Klamotten gibts das Kaufhaus Carrefour. Freie Auswahl. Fürs Futtern genauso. Brauchst nur zu bestellen.« Er sah uns spöttisch an: »Wollt ihr nicht mal mitkommen?«

Ich musste oft an Serges Credo denken: »Wo Revolte ist, ist Wut. Wo Wut ist, ist Leben.« Das war schön gesagt. Vielleicht hatten wir zu viel Vertrauen in Arno gesetzt. Oder zu wenig. Auf jeden Fall nicht so viel, dass er an jenem Abend zu uns gekommen wäre, als er beschloss, in eine Apotheke am Boulevard de la Libération, Ecke Canebière, einzubrechen. Ganz allein, wie ein Blödmann. Und nicht mal mit einer Kaufhauspistole aus Plastik. Nein, mit einer echten, dicken, schwarzen Pistole mit echten, tödlichen Kugeln. Nur weil Mira, sein großes Schwesterherz, die Gerichtsvollzieher im Nacken hatte. Und weil sie fünftausend Francs in bar brauchte, damit sie mit ihren beiden Gören nicht auf der Straße landete.

Arno hatte fünf Jahre aufgebrummt bekommen. Mira war aus der Wohnung geflogen. Sie hatte ihre beiden Kinder genommen und war zu ihrer Familie in Perpignan zurückgekehrt. Die Sozialarbeiterin hatte nichts für sie tun, das Bezirksamt im Viertel nichts verhindern können. Weder Serge noch ich konnten etwas für Arno tun. Unsere Zeugenaussagen wurden einfach das Klo hinuntergespült. Die Gesellschaft muss ab und zu ein Exempel statuieren, um der Allgemeinheit zu zeigen, dass sie die Lage fest im Griff hat. Und aus war der Traum der Gímenez-Gören.

Wir waren auf einen Schlag älter geworden, Serge und ich. In seinem ersten Brief hatte Arno geschrieben: »Mir geht hier alles tödlich auf den Geist. Mit den Typen hab ich nichts am Hut. Da ist einer, der ohne Ende von seinen Heldentaten erzählt. Der hält sich für Mesrine. So ein Idiot! Der andere, ein *Rebeu,* interessiert sich nur für deine Kippen, deinen Zucker, deinen Kaffee … Die Nächte sind lang. Aber ich kann nicht schlafen, obwohl ich total kaputt bin. Fertig mit den Nerven. Also wälze ich pausenlos Gedanken …«

Pertin hatte mich nicht aus den Augen gelassen, so glücklich war er über seine Wirkung. »Wie erklärst du das, he? Dass er bei diesem Hurensohn untergekrochen ist?«

Ich stemmte mich langsam aus dem Stuhl und näherte mein Gesicht dem seinen. Ich griff nach seiner Ray-Ban und zog sie ihm die Nase runter. Er hatte kleine Augen. Gelbe, fiese Augen. Hyänen mussten genau solche Augen haben. Es war ziemlich abstoßend, gerade in diese Augen zu schauen. Er zuckte nicht mit der Wimper. Wir verharrten so für den Bruchteil einer Ewigkeit. Mit einem heftigen Fingerstoß schob ich ihm die Ray-Ban wieder hoch.

»Wir haben genug voneinander gesehen. Ich hab noch was zu tun. Vergiss mich.«

Carli hielt seine Finger über den Tasten in der Schwebe und starrte mich mit offenem Mund an.

»Wenn du deinen Bericht fertig hast«, sagte ich, »unterschreibst du ihn für mich und wischst dir den Arsch damit ab. Okay.« Ich wandte mich zu Pertin. »Ciao, Deux-Têtes.«

Ich ging hinaus. Niemand versuchte, mich aufzuhalten.

Viertes Kapitel

In dem unweigerlich die Leute sich treffen

Als ich wieder im Bigotte-Viertel ankam, war die Dunkelheit hereingebrochen. Zurück zum Ausgangspunkt. Vor Haus D4. Die Kreideumrisse von Serges Leiche auf der Fahrbahn verblassten schon. In den Wohntürmen hatte man bestimmt bis zu den Zwanzig-Uhr-Nachrichten über den Typ geredet, der vor ihrer Haustür umgenietet worden war. Danach war wieder Alltag eingekehrt. Auch morgen würde es im Norden grau und im Süden schön sein. Und das fanden selbst die Arbeitslosen toll.

Ich sah an den Hochhäusern hinauf und fragte mich, aus welchem Appartement Serge gekommen war, wen er besucht hatte und warum. Und was er wohl angestellt hatte, um wie ein Schwein abgeschlachtet zu werden.

Mein Blick blieb an den Fenstern der Familie Hamoudi hängen. Im neunten. Dort, wo Naïma wohnte, eins ihrer Kinder. Guitous Mädchen. Aber mein Gefühl sagte mir, dass die beiden nicht hier waren. Nicht in diesen Betonklötzen. Auch nicht in einem der Schlafzimmer, bei Musik. Oder brav vor dem Fernseher im Wohnzimmer. Diese Wohnsilos waren nicht der richtige Ort, um sich zu lieben. Alle Jungs und Mädchen, die hier geboren und aufgewachsen waren, wussten das. Hier herrscht kein Leben, hier herrscht Endzeitstimmung. Und die Liebe lebt von Träumen und Zukunft. Anders als bei ihren Eltern, würde das Meer ihr Herz nicht erwärmen, sondern sie locken, das Weite zu suchen.

Ich kannte das. Sobald wie möglich war ich mit Manu und Ugo aus dem Panier-Viertel »geflohen«, um die Frachter auslaufen zu sehen. Dort, wo sie hinfuhren, war das Leben besser als in den feuchten, engen Gassen unseres Elendsviertels. Wir waren fünfzehn, und daran glaubten wir. Wie mein Vater vor sechzig Jahren im Hafen von Neapel. Oder meine Mutter. Und zweifellos tausende von Spaniern und Portugiesen. Armenier, Vietnamesen, Afrikaner. Algerier und Komoraner.

Das machte ich mir klar, als ich über den Parkplatz ging. Und auch, dass die Familie Hamoudi keinen kleinen Franzosen beherbergen konnte. Genauso wenig, wie Gélou eine kleine Araberin aufgenommen hätte. Das war nun mal Tradition, und – es ließ sich nicht leugnen – der Rassismus funktionierte in beide Richtungen. Heute mehr denn je.

Aber da war ich. Ohne Illusionen und immer noch bereit, an Wunder zu glauben. Guitou zu finden und ihn seiner Mutter und diesem Esel, dessen Wortschatz sich auf die fünf Finger der Hand beschränkte, zurückzubringen. Ich hatte beschlossen, behutsam vorzugehen, wenn ich ihn fand. Nichts über den Zaun zu brechen. Nicht mit den beiden. Ich glaubte noch an die erste Liebe. An *das erste Mädchen, das man umarmte,* wie Brassens singt.

Den ganzen Nachmittag hatte ich über Magali nachgedacht. Das war mir seit Jahren nicht mehr passiert. Seit dieser ersten Nacht im Bunker war viel Zeit vergangen. Wir hatten uns noch öfter getroffen. Aber diese Nacht hatte ich nie wieder aus meinen Erinnerungen ausgegraben. Ich neigte zu der Ansicht, dass das erste Mal, wenn man mit jemandem schläft, ob mit fünfzehn, sechzehn, siebzehn oder gar achtzehn, entscheidend ist, da man sich dadurch endgültig von Vater oder Mutter abnabelt. Da geht es um mehr als Sex. Nämlich um die Einstellung, die man fortan den anderen, Frauen und Männern gegenüber an den Tag legt. Die Lebenseinstellung. Und den Eindruck, ob richtig oder falsch, schön oder schlecht, den man für immer von der Liebe davonträgt.

Magali habe ich geliebt. Ich hätte sie heiraten sollen. Mein Leben wäre anders verlaufen, da bin ich mir sicher. Ihres auch. Aber zu viele warteten darauf, dass genau das passierte, was wir uns so sehr wünschten. Meine Eltern, ihre, Onkel, Tanten … Wir wollten den Alten nicht Recht geben, die alles wissen, alles durchsetzen. Also haben Magali und ich ein Spiel daraus gemacht, uns wehzutun. Ihr Brief erreichte mich in Dschibuti, wo ich meinen Militärdienst ableistete. »Ich bin im dritten Monat schwanger.

Papa wird mich verheiraten. Im Juni. Kuss.« Magali war die erste Dummheit meines Lebens. Die anderen folgten.

Ich weiß nicht, ob Guitou und Naïma sich so liebten, wie wir uns liebten. Aber ich wollte nicht, dass sie in den Abgrund stürzten, sich zerstörten. Ich wollte, dass sie zusammen sein konnten, ein Wochenende, einen Monat, ein Jahr. Oder für immer. Ohne, dass die Erwachsenen sie unter Druck setzten. Oder ihnen zu sehr auf die Nerven gingen. Das war ich Magali schuldig, die seit zwanzig Jahren fast vor Ungeduld verging, an der Seite eines Mannes, den sie nie wirklich geliebt hatte, wie sie mir Jahre später schrieb.

Ich holte tief Luft und stieg bis zu den Hamoudis hinauf. Denn der Fahrstuhl war natürlich »vorübergehend außer Betrieb«.

Hinter der Tür hämmerte Rap in voller Lautstärke. Ich erkannte die Stimme von MC Solaar. *Prose Combat.* Einer seiner Hits. Seit er an einem ersten Mai zwischen zwei Konzerten mit den Vorstadtjugendlichen an einer Rap-Text-Werkstatt teilgenommen hatte, war er das Idol. Eine Frau brüllte. Das Geräusch wurde leiser. Ich nutzte die Gelegenheit, um ein zweites Mal zu klingeln. »Es klingelt«, rief die Frau. Mourad machte auf.

Mourad war einer der Jungen, denen ich vorhin beim Basketball zugesehen hatte. Er war mir aufgefallen. Er spielte mit einem wachen Mannschaftsgeist.

»Ah«, sagte er und wich zurück. »Hallo.«

»Wer ist da?«, fragte die Frau.

»Ein Herr«, antwortete er, ohne sich umzudrehen. »Sind Sie von der Polizei?«

»Nein, warum?«

»Na ja …« Er musterte mich. »Nun, wegen vorhin halt. Als sie den Franzosen abgeknallt haben. Ich dachte. Wie Sie da mit den Bullen gesprochen haben. Als wenn Sie die kennen.«

»Du bist ein guter Beobachter.«

»Nun, wir reden eigentlich nicht mit denen. Wir gehen denen aus 'm Weg.«

»Hast du den Typ gekannt?«

»Ich hab ihn fast gar nicht bemerkt. Aber die anderen sagen, sie haben ihn hier noch nie rumhängen sehen.«

»Dann hast du ja keinen Grund zur Besorgnis.«

»Nein.«

»Aber du dachtest, ich sei Bulle. Und du hast Angst. Gibt es dafür einen Grund?«

Die Frau erschien im Flur. Sie war nach europäischer Art gekleidet, an den Füßen trug sie Pantoffeln mit dicken roten Bommeln. »Worum gehts, Mourad?«

»Guten Abend, Madame«, sagte ich.

Mourad zog sich hinter seine Mutter zurück, blieb aber in Hörweite.

»Worum gehts?«, wiederholte sie, diesmal an mich gerichtet.

Sie hatte wunderschöne, schwarze Augen. Ihr ganzes Gesicht war hinreißend, umrahmt von dicken, lockigen, hennarot gefärbten Haaren. Knapp vierzig. Eine schöne Frau mit einigen Rundungen. Ich stellte sie mir zwanzig Jahre jünger vor und konnte mir ein Bild von Naïma machen. Guitou hat einen guten Geschmack, sagte ich mir mit einem Anflug von Bewunderung.

»Ich hätte gern Naïma gesprochen.«

Mourad trat wieder in den Vordergrund. Sein Blick hatte sich verfinstert. Er sah seine Mutter an. »Sie ist nicht da«, sagte sie.

»Kann ich einen Moment reinkommen?«

»Sie hat doch nichts angestellt?«

»Das wüsste ich auch gern.«

Sie legte zwei Finger aufs Herz.

»Lass ihn rein«, sagte Mourad. »Er ist kein Bulle.«

Bei Pfefferminztee leierte ich meine Geschichte herunter. Das ist nach zwanzig Uhr nicht gerade mein Lieblingsgetränk. Ich träumte von einem Glas Clos-Cassivet, einem Weißen mit Vanilleblume, den ich vor kurzem auf einem meiner Streifzüge durch das Hinterland entdeckt hatte.

Das tat ich normalerweise zu dieser Stunde: Ich saß auf meiner Terrasse mit Blick aufs Meer und trank voller Genuss und Hingabe. Dazu hörte ich Jazz. In letzter Zeit meistens Coltrane oder

Miles Davis. Ich entdeckte sie gerade neu. An Abenden, an denen Loles Abwesenheit mir zu sehr aufs Gemüt schlug, hatte ich die alten *Sketches of Spain* wieder ausgegraben, ich spielte *Saeta* und *Solea* wieder und wieder. Die Musik entführte mich bis nach Sevilla. Dort wäre ich jetzt gern hingefahren. Aber dazu war ich zu stolz. Lole war gegangen. Sie würde wiederkommen. Sie war ein freier Mensch, und ich durfte ihr nicht hinterherlaufen. Das war natürlich die Logik eines Idioten, das war mir klar.

In meinem Wunsch, Naïmas Mutter zu überzeugen, spielte ich auf Alex an, den ich als einen »unerfreulichen Charakter« darstellte. Ich hatte erzählt, wie Guitou und Naïma sich kennen gelernt hatten. Über Guitous Flucht, dem aus der Kasse entwendeten Geld, seinem Schweigen seitdem und von der Besorgnis seiner Mutter – meiner Cousine – berichtet.

»Das verstehen Sie sicher«, meinte ich.

Madame Hamoudi verstand, aber sie antwortete mir nicht. Ihr französischer Wortschatz schien sich auf: »Ja, nein, vielleicht, ich weiß, weiß nicht«, zu beschränken. Mourad ließ mich nicht aus den Augen. Ich spürte ein Band der Sympathie zwischen uns. Dennoch blieb sein Gesicht verschlossen. Ich begann zu ahnen, dass alles nicht so einfach sein würde, wie ich es mir vorgestellt hatte.

»Mourad, es ist ernst, verstehst du.«

Er sah seine Mutter an, die ihre Hände fest auf dem Schoß umklammert hielt. »Sprich mit ihm, Mama. Er will uns nichts Böses.«

Sie drehte sich zu ihrem Sohn, nahm ihn bei den Schultern und drückte ihn an ihre Brust. Als wenn ihr in diesem Moment jemand ihr Kind entreißen könnte. Aber wie ich später lernte, war es die Geste einer algerischen Frau, die sich das Recht nahm, mit der Einwilligung eines Mannes zu sprechen.

»Sie wohnt nicht mehr hier«, fing sie mit gesenkten Augen an. »Seit einer Woche. Sie lebt bei ihrem Großvater. Seit Farid in Algerien ist.«

»Mein Vater«, präzisierte Mourad.

»Vor etwa zehn Tagen«, erzählte sie weiter, immer noch ohne mich anzusehen, »haben die Islamisten das Dorf meines Mannes angegriffen. Um Jagdgewehre zu requirieren. Der Bruder meines Mannes lebt noch da unten. Was dort geschieht, beunruhigt uns. Also sagte Farid, ich werde meinen Bruder holen gehen.«

»Ich wusste nicht, wie wir zurechtkommen sollten«, fügte sie nach einem Schluck Tee hinzu, »denn viel Platz ist hier nicht. Deshalb ist Naïma zu ihrem Großvater gezogen. Die beiden verstehen sich gut.« Sie fügte sehr schnell hinzu, und diesmal sah sie mir dabei in die Augen: »Nicht, dass sie es nicht gut bei uns hat, aber … Nun … Nur mit den Jungen … Und dann ist da Redouane, Redouane ist der Älteste, er ist … wie soll ich sagen … religiöser. Darum ist er dauernd hinter ihr her. Weil sie Hosen trägt, weil sie raucht, weil sie mit Freundinnen ausgeht …«

»Und weil sie französische Freunde hat«, unterbrach ich.

»Ein *Roumi* im Haus, nein, das geht wirklich nicht, Monsieur. Nicht für ein Mädchen. Das gehört sich nicht. Das ist Tradition, wie Farid sagt. Wenn wir nach Algerien zurückkehren, will er sich nicht anhören müssen: Du wolltest unbedingt nach Frankreich, und das hast du nun davon, es hat deine Kinder gefressen.«

»Im Moment sind es die Bärtigen, die eure Kinder fressen.« Ich bereute meine Direktheit sofort. Sie verstummte abrupt und sah sich bestürzt um. Ihr Blick wanderte wieder zu Mourad, der schweigend zuhörte. Er machte sich behutsam aus der Umarmung seiner Mutter los.

»Es steht mir nicht zu, darüber zu sprechen«, nahm sie den Faden wieder auf. »Wir sind Franzosen. Großvater hat im Krieg für Frankreich gekämpft. Er hat Marseille befreit. Mit dem algerischen Infanterieregiment. Er hat einen Orden dafür bekommen …«

»Er war schwer verletzt«, fügte Mourad hinzu. »Am Bein.«

Die Befreiung von Marseille. Mein Vater hatte auch einen Orden erhalten. Eine Auszeichnung. Aber das alles war weit weg. Fünfzig Jahre. Geschichte aus grauer Vorzeit. Mir war nur die Erinnerung an die amerikanischen Soldaten auf der Canebière geblieben. Mit ihren Coladosen und ihren Päckchen Lucky Strike. Und die Mädchen, die sich ihnen für ein Paar Nylonstrümpfe an den Hals warfen. Die Befreier. Die Helden. Die blindwütigen Bombenangriffe auf die Stadt waren vergessen. Ebenso der verzweifelte Sturmangriff der algerischen Infanteristen auf Notre-Dame-de-la-Garde, um die Deutschen zu vertreiben. Kanonenfutter, von französischen Offizieren dorthin befohlen.

Marseille hatte den Algeriern nie dafür gedankt. Frankreich auch nicht. Gleichzeitig unterdrückten andere französische Offiziere mit Gewalt die ersten Anzeichen einer Unabhängigkeitsbewegung in Algerien. Auch die Massaker von Sétif, bei denen weder Frauen noch Kinder verschont wurden, waren vergessen … Wenn es uns gelegen kommt, verfügen wir über ein sehr kurzes Gedächtnis …

»Franzosen, aber auch Moslems«, sprach sie weiter. »Früher ging Farid in Cafés, trank Bier, spielte Domino. Damit hat er aufgehört. Jetzt betet er. Vielleicht wird er eines Tages den Hadsch, die Pilgerfahrt nach Mekka, machen. Das ist so bei uns, alles hat seine Zeit. Aber … wir brauchen niemanden, der uns erzählt, was wir zu tun haben und was nicht. Die FIS macht uns Angst. Das sagt jedenfalls Farid.«

Diese Frau war voller Güte. Und raffiniert. Sie sprach jetzt sehr korrektes Französisch. Langsam. Sie legte Wert aufs Detail, ohne jedoch, als gute Orientalin, direkt auf den Punkt zu kommen. Sie hatte ihre eigene Meinung, verbarg sie aber hinter der ihres Mannes. Ich wollte sie nicht vor den Kopf stoßen, aber ich musste es wissen.

»Redouane hat sie rausgeschmissen, hab ich Recht?«

»Sie gehen jetzt besser«, sagte sie und stand auf. »Sie ist nicht hier. Und den jungen Mann, von dem Sie gesprochen haben, kenne ich nicht.«

»Ich muss mit ihrer Tochter sprechen«, sagte ich und erhob mich ebenfalls.

»Das geht nicht. Großvater hat kein Telefon.«

»Ich könnte hinfahren. Es wird nicht lange dauern. Ich muss mit ihr sprechen. Und vor allem mit Guitou. Seine Mutter macht sich Sorgen. Ich muss ihn zur Vernunft bringen. Ich will ihnen nichts tun. Und …« Ich zögerte einen Moment: »Und es wird unter uns bleiben. Redouane braucht nichts davon zu erfahren. Sie können später darüber sprechen, wenn Ihr Mann zurück ist.«

»Er ist nicht mehr bei ihr«, mischte Mourad sich ein.

Seine Mutter sah ihn vorwurfsvoll an.

»Hast du dich mit deiner Schwester getroffen?«

»Er ist nicht mehr mit ihr zusammen. Er ist zurückgefahren, hat sie gesagt. Sie hätten sich gestritten.«

So ein Mist auch. Wenn das stimmte, dann musste Guitou irgendwo in der Landschaft herumlaufen und seinen ersten Liebeskummer verdauen.

»Ich muss trotzdem mit ihr sprechen«, sagte ich zur Mutter. »Guitou ist noch immer nicht zu Hause angekommen. Ich muss ihn finden. Das müssen Sie doch verstehen«, fügte ich hinzu.

In ihren Augen lagen Panik und viel Zärtlichkeit. Und Fragen. Ihr Blick ging durch mich hindurch und verlor sich in der Ferne, als suche sie in mir eine mögliche Antwort. Oder eine Zusicherung. Für Immigranten ist Vertrauen fassen der schwierigste Schritt. Sie schloss die Augen für den Bruchteil einer Sekunde.

»Ich gehe sie beim Großvater besuchen. Morgen. Morgen früh. Rufen Sie mich gegen Mittag an. Wenn der Großvater einverstanden ist, wird Mourad Sie begleiten.« Sie ging zur Eingangstür. »Sie müssen jetzt gehen. Redouane kann jeden Moment zurückkommen, es ist seine Zeit.«

»Danke«, sagte ich. Ich sah Mourad an. »Wie alt bist du?«

»Fast sechzehn.«

»Mach weiter mit dem Basketball. Du bist verdammt gut.«

Als ich aus dem Haus trat, zündete ich mir eine Zigarette an und ging zu meinem Auto. In der Hoffnung, es unversehrt vorzufinden. OubaOuba beobachtete mich offensichtlich schon seit einer ganzen Weile. Denn er kam direkt auf mich zu, bevor ich den Parkplatz auch nur erreicht hatte. Wie ein Schatten. Schwarzes T-Shirt, schwarze Hosen. Und die dazu passende Rangermütze. »Hallo«, sagte er, ohne stehen zu bleiben. »Ich hab einen Tipp für dich.«

»Ich höre«, sagte ich, während ich ihm folgte.

»Der *Céfran*, den sie umgelegt haben, der soll überall rumgeschnüffelt haben. In den Vierteln Savine und Bricarde, überall.

Und vor allem in Plan d'Aou. Hier bei uns wurde er zum ersten Mal gesehen.«

Wir gingen weiter Seite an Seite an den Hausmauern entlang und plauderten wie zwei x-beliebige Passanten.

»Wie rumgeschnüffelt?«

»Er hat Fragen gestellt. Über die Jungen. Nur über die *Rebeus.*«

»Was für Fragen?«

»Wegen der Bärtigen.«

»Was weißt du?«

»Was ich dir sage.«

»Und was noch?«

»Der *Keum,* der die Kiste gefahren hat, den haben wir hier schon 'n paar mal gesehen, mit Redouane.«

»Redouane Hamoudi?«

»Da kommst du doch gerade her, oder?«

Wir waren einmal um den Block gegangen und näherten uns wieder dem Parkplatz und meinem Auto. Die Informationen waren am Versiegen.

»Warum erzählst du mir das alles?«

»Ich weiß, wer du bist. Ein paar Freunde auch. Und dass Serge ein Kumpel von dir war. Von früher. Als du noch Sheriff warst.« Er lächelte, und eine Mondsichel erhellte sein Gesicht. »Der Typ war in Ordnung. Er hat geholfen, heißt es. Du auch. Eine Menge Jungs sind dir was schuldig. Die Mütter wissen das. Du hast Kredit bei ihnen.«

»Wie heißt du eigentlich?«

»Anselme. Hab noch keine so große Dummheit angestellt, um bis aufs Kommissariat zu kommen.«

»Erzähl weiter.«

»Meine Alten sind okay. Das Glück haben nicht alle. Und dann Basketball ...« Er lächelte. »Und dann gibt es ja noch *chourmo.* Weißt du, was das ist?«

Ich wusste es. »Chourmo«, auf provenzalisch »chiourme«, die Ruderer der Galeerenschiffe. Mit Galeeren und Knästen kannte man sich in Marseille aus. Es war nicht nötig, wie vor zweihundert Jahren, Vater und Mutter zu ermorden, um dort zu landen. Nein, heute reichte es, jung zu sein, Einwanderer oder nicht. Der Fanclub von Massilia Sound System, der ausgeflipptesten Gruppe von *Raggamuffins,* die es gab, hatte den Ausdruck aufgegriffen.

Inzwischen war *chourmo* ein lockerer Zusammenhang, in dem man sich traf, und eine Unterstützer- oder Fangruppe geworden. Sie waren etwa zweihundertfünfzig bis dreihundert und »unterstützten« mehrere Musikgruppen wie Massilia, Fabulous, Bouducon, Black Lions, Hypnotik, Wadada ... Zusammen hatten sie jüngst ein echtes Höllenalbum herausgebracht. Im *Ragga Baletti.* Da ging es hoch her am Samstagabend! Aioli!

Chourmo kümmerte sich um die Soundsysteme, und mit Hilfe der Einnahmen wurde eine Fanzeitschrift herausgegeben; man verteilte Kassetten mit Live-Aufnahmen und arrangierte günstige Reisen, um die Bands auf ihren Tourneen zu begleiten. Mit den Ultras, den Winners oder den Fanatics im Stadium rund um Olympique Marseille lief es genauso. Aber das war für *chourmo* nicht entscheidend. Entscheidend war, dass die Leute zusammenkamen. Sich »mischen«, wie man in Marseille sagt. Sich umeinander kümmern. Es gab einen *chourmo*-Geist. Man gehörte nicht mehr zu einem Viertel oder einer Vorstadt. Man war *chourmo.* Man ruderte in derselben Galeere! Um rauszukommen. Zusammen.

Rastafada eben!

»Ist was Besonderes los in den Wohnsiedlungen?«, fragte ich auf gut Glück, als wir den Parkplatz erreicht hatten.

»Hier ist immer was los, das müsstest du wissen. Denk darüber nach.« Und bei meinem Auto angekommen, ging er grußlos weiter.

Ich fand eine Kassette von Bob Marley im Handschuhfach. Ich hatte immer mindestens eine dabei, für Momente wie diesen. Und *So Much Trouble in the World* passte gut zu einer Nachtfahrt durch Marseille.

Fünftes Kapitel

In dem ein Körnchen Wahrheit niemandem wehtut

An der Place des Baumes in Saint-Antoine war meine Entscheidung gefallen. Statt über die Küstenschnellstraße nach Hause zu fahren, fuhr ich einmal um den Kreisel und nahm die Abzweigung nach Saint-Joseph. Richtung Merlan.

Das Gespräch mit Anselme wollte mir nicht aus dem Kopf. Etwas musste dahinter stecken, wenn er es für nötig hielt, mit mir über Serge zu sprechen. Ich wollte herauskriegen, was. Verstehen, wie immer. Eine wahre Krankheit. Im Geist war ich wohl immer noch Bulle. Um einer so plötzlichen Eingebung zu folgen. Aber vielleicht war ich auch schon *chourmo!* Egal. Ein Körnchen Wahrheit tut niemandem weh, sagte ich mir. Jedenfalls nicht den Toten. Und Serge war nicht irgendjemand. Er war ein guter Kerl, den ich respektierte.

Ich hatte mindestens eine Nacht Vorsprung, um seine Sachen zu durchsuchen. Pertin war ehrgeizig und voller Hass. Aber er war kein guter Polizist. Ich konnte mir nicht vorstellen, dass er sich dazu herablassen würde, auch nur eine einzige Stunde damit zu vergeuden, die Wohnung eines Toten zu durchkämmen. Das überließ er lieber den »Schreibtischbullen«, wie er seine Kollegen im Hauptquartier nannte. Er hatte Interessanteres zu tun. In den Vorstädten des Nordens Cowboy spielen. Vor allem nachts. Ich hatte alle Chancen, ungestört zu sein.

Ehrlich gesagt, ich wollte Zeit gewinnen. Wie konnte ich mit leeren Händen nach Hause zurückkehren und Gélou gegenübertreten? Was sollte ich ihr sagen? Dass Guitou und Naïma ruhig noch eine Nacht zusammen verbringen konnten. Dass es niemandem schadete. Irgend so was. Lügen. Es würde nur ihren Mutterstolz verletzen. Aber sie hatte schon schlimmere Verletzungen erlitten. Und mir fehlt manchmal der Mut. Besonders bei den Frauen. Speziell, wenn ich sie liebe.

In Merlan-Village sah ich eine freie Telefonzelle. Bei mir nahm keiner ab. Ich rief Honorine an.

»Ach, wir haben nicht auf Sie gewartet. Wir haben schon gegessen. Ich hab Spaghetti mit Basilikum und Knoblauch gemacht. Haben Sie den Kleinen gefunden?«

»Noch nicht, Honorine.«

»Es ist nur, dass sie sich vor Sorge verzehrt. Was ich noch fragen wollte, bevor ich sie Ihnen gebe, wegen der Meeräschen, die Sie heut Morgen gefangen haben, es ist genug Rogen für eine gute *Poutargue* da. Wären Sie einverstanden?«

Die *Poutargue* war eine Spezialität aus Martigues. Wie Kaviar. Ich hatte sie seit Ewigkeiten nicht mehr gegessen.

»Machen Sie sich keine Umstände, Honorine, das ist viel zu viel Arbeit.« Tatsächlich musste man die beiden Eistränge entfernen, ohne die Hülle der Fischeier zu beschädigen, sie salzen, pressen und trocknen lassen. Diese Vorbereitung dauerte gut eine Woche.

»Aber nein, das macht keine Mühe. Und außerdem ist es eine gute Gelegenheit. Sie könnten den armen Fonfon zum Essen einladen. Ich hab das Gefühl, dass er im Herbst nicht so recht auf der Höhe ist.«

Ich musste lächeln. Es war wirklich eine Ewigkeit her, seit ich Fonfon eingeladen hatte. Und wenn ich ihn nicht einlud, luden die beiden sich auch nicht ein. Als ob es für zwei Alleinstehende in den Siebzigern unanständig wäre, sich zueinander hingezogen zu fühlen.

»Gut, ich geb Ihnen Gélou, sie stirbt vor Ungeduld.«

Ich war bereit.

»Hallo.«

Claudia Cardinale live. Am Telefon klang Gélous Stimme noch sinnlicher. Sie ging mir runter wie ein Glas Lagavulin. Weich und warm.

»Hallo«, wiederholte sie.

Ich musste die Erinnerungen vertreiben. Auch die an Gélou. Ich holte Luft und sagte meinen Spruch auf. »Hör zu, die Sache ist komplizierter, als ich dachte. Sie sind nicht bei ihren Eltern. Auch nicht beim Großvater. Bist du sicher, dass er nicht zurückgekommen ist?«

»Nein. Ich habe deine Telefonnummer zu Hause hinterlassen. Auf seinem Bett. Und Patrice weiß Bescheid. Er weiß, dass ich hier bin.«

»Und … Alex?«

»Er ruft nie von unterwegs an. Zum Glück. Das … war schon immer so. Seit wir uns kennen. Er geht seinen Geschäften nach. Ich stelle keine Fragen.« Sie schwieg einen Moment und fuhr dann fort: »Guitou ist … Vielleicht sind sie bei einem Freund von ihr. Mathias. Er gehörte zu der Bande, mit der sie gezeltet hat. Dieser Mathias war bei ihr, als sie sich von Guitou verabschiedet hat und …«

»Kennst du seinen Namen?«

»Fabre. Aber ich weiß nicht, wo er wohnt.«

»Das Telefonbuch von Marseille ist voller Fabres.«

»Ich weiß. Sonntagabend habe ich nachgesehen. Ich habe mehrere angerufen. Jedes Mal kam ich mir schrecklich blöd vor. Bei der zwölften Nummer habe ich frustriert aufgegeben. Und entnervt. Und noch ratloser als vorher.«

»Den Schulanfang wird er auf jeden Fall verpassen, fürchte ich. Ich werde sehen, was ich heute Abend noch tun kann. Sonst werde ich morgen versuchen, etwas mehr über diesen Mathias herauszubekommen. Und ich werde dem Großvater einen Besuch abstatten.«

Ein Körnchen Wahrheit inmitten der Lügen. Und die Hoffnung, dass Naïmas Mutter mir nicht etwas vorgemacht hatte. Dass es den Großvater gab. Dass Mourad mich zu ihm führen würde. Dass der Großvater mich empfangen würde. Dass Guitou und Naïma da sein würden oder nicht weit …

»Warum nicht gleich?«

»Gélou, weißt du, wie spät es ist?«

»Ja, aber … Fabio, glaubst du, es geht ihm gut?«

»Na, na, er liegt mit einem netten Mädchen im Bett. Er weiß gar nicht mehr, dass es uns gibt. Denk mal zurück – das war doch nicht schlecht, oder?«

»Ich war zwanzig. Und so gut wie mit Gino verheiratet.«

»Es muss trotzdem schön gewesen sein, oder? Das frage ich dich.«

Sie schwieg erneut. Dann hörte ich sie am anderen Ende schniefen. Das hatte nichts Erotisches. Hier spielte nicht der italienische Weltstar. Das war einfach meine Cousine, die weinte wie eine Mutter.

»Ich glaube, mit Guitou habe ich einen Riesenfehler gemacht. Meinst du nicht?«

»Gélou, du bist sicher müde. Iss auf und leg dich hin. Warte nicht auf mich. Nimm mein Bett, und versuch zu schlafen.«

»Ja«, seufzte sie. Sie schniefte erneut. Im Hintergrund hörte ich Honorine husten. Ihre Art, mir zu sagen, ich solle mir keine Sorgen machen, sie würde sich schon um Gélou kümmern. Honorine hustete sonst nie.

»Ich umarme dich«, sagte ich zu Gélou. »Du wirst sehen, morgen sind wir alle wieder zusammen.«

Und ich hängte ein. Ein wenig abrupt sogar, weil sich seit ein paar Minuten zwei Taugenichtse um meinen Wagen herumdrückten.

Ich hatte fünfundvierzig Sekunden, um mein Autoradio zu retten. Ich rannte schreiend aus der Kabine. Mehr zu meiner Befreiung, als um ihnen Angst zu machen. Ich jagte ihnen tatsächlich einen Schreck ein, aber meine wirren Gedanken lichteten sich nicht. Als das Mofa mit Vollgas an mir vorbeisauste, schleuderte mir der Beifahrer ein »Arschloch« ins Gesicht, das nicht einmal den Preis meines altersschwachen Autoradios wert war.

Arno wohnte an einem Ort namens »Le Vieux Moulin«, einem von den Baulöwen seltsamerweise verschonten Gelände an der Strecke nach Merlan. Davor und dahinter gab es nur noch provenzalische Billigwohnungen. Eine flache Ausgabe der Betonsilos für Bank- und andere mittlere Angestellte.

Ich war manchmal mit Serge dort gewesen. Die Gegend war trostlos. Vor allem nachts. Nach halb neun fuhr kein Bus mehr und nur selten ein Auto.

Ich parkte vor der alten Mühle, aus der ein Möbel-Verkaufslager geworden war. Vor mir erstreckte sich der Autoschrottplatz von Saadna, einem Zigeuner und entfernten Cousin von Arno. Dahinter war Arnos Hütte aus Hohlbausteinen und mit einem Blechdach. Saadna hatte sie gebaut, um dort eine kleine Mechanikerwerkstatt einzurichten.

Ich ging um die Mühle herum und am Kanal der Stadtwerke von Marseille entlang. Hundert Meter weiter, direkt hinter dem Schrottplatz, machte er eine Biegung. Ich rutschte einen Müllberg hinunter und landete vor Arnos Bude. Ein paar Hunde bellten, es passierte aber nichts weiter. Die Hunde schliefen alle in den Häusern. Wo sie vor Angst schlotterten wie ihre Herrchen. Was Saadna betraf, er mochte keine Hunde. Er mochte niemanden.

Um die Hütte verstreut lagen einige Motorradgerippe. Gestohlen, natürlich. Nachts bastelte Arno daran herum, in Pantoffeln, mit nacktem Oberkörper und einem Joint zwischen den Lippen.

»Lass dich nicht erwischen«, hatte ich ihn gewarnt, als ich eines Abends vorbeikam, um mich zu vergewissern, dass er brav zu Hause war und nicht bei den Auseinandersetzungen mitmischte, die sich im Bellevue-Viertel anbahnten. In einer Stunde würden wir die Keller stürmen und alles hochnehmen, was wir fanden. Rauschgift, Dealer und anderes Gelichter.

»Mach dir nicht ins Hemd, Montale! Misch dich nicht auch noch ein. Serge und du, ihr geht mir langsam auf den Geist. Das ist Arbeit. Okay, ich bin nicht versichert, aber das ist mein Leben. Ich schlag mich durch. Weißt du, was das heißt, sich durchschlagen?« Er hatte wie wild an seinem Joint gezogen, ihn wütend weggeworfen und mich mit seinem Schraubenschlüssel in der Hand angesehen. »Ja nun! Ich will hier nicht mein ganzes Leben verbringen, verstehst du. Also schufte ich. Was glaubst du …«

Ich glaubte gar nichts. Das war es, was mich bei Arno beunruhigte. »Gestohlenes Geld ist verdientes Geld.« Mit eben dieser Argumentation waren Manu, Ugo und ich mit zwanzig ins Leben getreten.

Es ist schön und gut, sich immer wieder zu sagen, dass fünfzig Millionen eine feine Summe zum Schlussmachen sind. Eines Tages geht immer einer zu weit. Manu hatte geschossen. Ugo hatte gejubelt, weil es unser bester Coup war. Ich hatte die Schnauze voll und mich bei der Kolonialarmee verpflichtet. Eine Seite war brutal umgeblättert worden. Die Seite unserer Jugend, unserer Träume von Reisen und Abenteuern. Das Glück, frei zu sein, nicht arbeiten zu müssen. Keine Chefs, keine Bosse. Weder Gott noch Herren und Meister.

Zu einer anderen Zeit hätte ich mich auf einem Postdampfer einschiffen können. Nach Argentinien. Buenos Aires. »Sonderangebot. Einfache Fahrt«, war auf den alten Plakaten der Schifffahrtslinien zu lesen. Aber 1970 gab es keine Postdampfer mehr. Die Welt war ziellos geworden, wie wir. Ohne Zukunft.

Ich war weggegangen. Gratis. Nach Dschibuti. Für fünf Jahre. Dort hatte ich einige Jahre zuvor schon meinen Militärdienst abgeleistet. Schlimmer als das Gefängnis war es auch nicht. Oder die Fabrik. Mit »Exil« von Saint-John Perse in der Tasche, um durchzuhalten, den Verstand nicht zu verlieren. Die Ausgabe, aus der Lole uns auf der Digue du Large mit Blick aufs Meer vorgelesen hatte.

Einst hatte ich so viel Freude daran, unter den Menschen zu leben,
doch nun haucht die Erde ihre Seele in der Fremde aus …

Zum Heulen.

Dann war ich Polizist geworden, ohne recht zu wissen, wie und warum. Und hatte meine Freunde verloren. Heute waren Manu und Ugo tot. Und Lole war wohl irgendwo, wo man ohne Erinnerungen leben konnte. Ohne Gewissensbisse. Ohne Groll. Sein Leben in Ordnung bringen hieß seine Erinnerungen in Ordnung bringen. Das hatte Lole mir eines Abends erklärt. Am Abend vor ihrer Abreise. In diesem Punkt war ich ihrer Meinung. Es nützt nichts, in der Vergangenheit zu wühlen. Die Fragen müssen der Zukunft gestellt werden. Ohne Zukunft ist die Gegenwart nur Chaos. Ja, klar. Aber mich ließ meine Vergangenheit nicht los. Das war mein Problem.

Heute war ich nichts mehr. Ich glaubte nicht an Räuber. Ich glaubte nicht an Gendarmen. Den Vertretern des Gesetzes war jegliche moralische Wertvorstellung abhanden gekommen, und die wahren Diebe hatten nie eine Handtasche klauen müssen, um abends etwas zu essen zu haben. Auch Minister wanderten natürlich ins Gefängnis, aber das waren nur Zwischenfälle am Rande des politischen Lebens. Mit Gerechtigkeit hatte das nichts zu tun. Sie würden alle früher oder später wieder auf der Bühne erscheinen. In der wirtschaftsorientierten Gesellschaft wäscht die Politik immer rein. Die Mafia ist das beste Beispiel. Aber für tausende von Jugendlichen aus den Vorstädten war der Knast der große Absturz. Nach ihrer Freilassung waren sie schlechter dran als vorher. Das Beste lag weit hinter ihnen. Für sie war das Leben gegessen. Es war ohnehin nur trockenes Kommissbrot gewesen.

Ich stieß die Tür auf. Sie hatte nie ein Schloss gehabt. Im Winter schob Arno einen Stuhl davor, um sie zuzuhalten. Im Sommer schlief er draußen, in einer kubanischen Hängematte. Die Inneneinrichtung war so, wie ich sie in Erinnerung hatte. In einer Ecke ein Bett mit Eisengestell aus Armeebeständen. Ein Tisch, zwei Stühle. Ein kleiner Schrank. Ein kleiner Gaskocher. Ein Elektroofen. Neben der Spüle das abgewaschene Geschirr einer Mahlzeit. Ein Teller, ein Glas, eine Gabel, ein Messer. Serge wohnte allein hier. Ich konnte mir auch schlecht vorstellen, dass er eine Freundin hierher eingeladen hätte. Hier musste man leben wollen. Überhaupt hatte Serge meines Wissens nie ein Mädchen gehabt. Vielleicht war er wirklich schwul.

Ich wusste nicht genau, was ich eigentlich suchte. Irgendeinen Hinweis dafür, wo er hineingeraten und warum er auf der Straße erschossen worden war. So recht glaubte ich nicht daran, aber es konnte nichts schaden, wenn ich es versuchte. Ich begann mit dem Schrank, darauf, darunter. Darin fand ich ein Jackett, einen Blouson, zwei Jeans. Nichts in den Taschen. Der Tisch hatte keine Schublade. Oben auf lag ein geöffneter Brief, den steckte ich ein. Nichts unter dem Bett. Nichts unter der Matratze. Ich setzte mich und dachte nach. Es gab hier kein mögliches Versteck mehr.

Auf einem Stapel Zeitungen neben dem Bett lagen zwei Taschenbücher. *Die große Meeresstille* von Jean Giono und *Die Signatur des Feuers* von Blaise Cendrars. Die Bücher hatte ich gelesen. Sie standen bei mir zu Hause. Ich blätterte sie durch. Keine

Zettel. Keine Notizen. Ich legte sie wieder hin. Ein drittes Buch, diesmal gebunden, gehörte nicht zu meinen Klassikern. *Erlaubtes und Unerlaubtes im Islam* von Youssef Qaradhawi. Ein Zeitungsausschnitt nahm Bezug auf eine Verfügung, die den Verkauf und die Verbreitung des Buches »wegen der eindeutig antiwestlichen Färbung und der darin enthaltenen Thesen, die im Gegensatz zu grundlegenden freiheitlichen Rechten und Werten stehen«, verboten hatte. Auch hier keine Notizen.

Ich stieß auf ein Kapitel mit dem Titel: »Was zu tun ist, wenn die Frau sich stolz und widerspenstig zeigt.« Das entlockte mir ein Lächeln, weil ich mir sagte, dass ich dort vielleicht lernen würde, wie ich mit Lole umgehen sollte, wenn sie eines Tages zurückkam. Aber konnte man das Leben zweier Menschen durch ein Gesetz bestimmen? Nur ein religiöser Fanatiker – Mohammedaner, Christ oder Jude – konnte auf so eine Idee kommen. In der Liebe glaubte ich nur an Freiheit und Vertrauen. Dadurch wurden meine Liebesbeziehungen allerdings nicht einfacher. Das hatte ich schon immer gewusst. Ich erlebte es jetzt.

Die Zeitungen waren vom Vortag. *Le Provençal, Le Méridional, Libération, Le Monde, Le Canard enchaîné* von dieser Woche. Einige neuere Nummern der algerischen Tageszeitungen *Liberté* und *El Watan.* Und, schon überraschender, ein Stapel des *Al Ansar,* des heimlichen Bulletins der Bewaffneten Islamischen Gruppen (GIA). Unter den Zeitungen und in Sammelmappen mehrere Zeitungsausschnitte: »Der Prozess von Marrakesch: Ein Prozess vor dem Hintergrund der französischen Vorstädte«, »Noch nie da gewesene Razzia in fundamentalistischen Kreisen«, »Terrorismus – wie die Islamisten in Frankreich rekrutieren«, »Die islamische Spinne webt ihr Netz in Europa«, »Islam: Widerstand gegen den Fundamentalismus«.

Diese Dinge, das Buch von Qaradhawi, die Ausgaben von der *Liberté, El Watan* und *Al Ansar,* waren vielleicht der Anfang einer Spur. Was hatte Serge nur getrieben, seit ich ihn aus den Augen verloren hatte? Journalismus? Eine Recherche über den Islam in Marseille? Er hatte sechs Mappen voller Zeitungsausschnitte. Ich erblickte eine Plastiktüte aus dem Supermarkt unter der Spüle und packte das Buch und den ganzen Papierkram hinein.

»Keine Bewegung!«, ertönte es hinter mir.

»Mach keinen Scheiß, Saadna, ich bins, Montale!« Ich hatte seine Stimme erkannt. Mir war überhaupt nicht nach einer Begegnung mit ihm zumute. Deswegen war ich am Kanal entlanggegangen.

Das Licht im Raum ging an. Die einzige Glühbirne, die an einem Kabel von der Decke hing. Ein grelles, weißes, gnadenloses Licht. Die Hütte kam mir noch trostloser vor. Blinzelnd, mit meiner Plastiktüte in der Hand, drehte ich mich langsam um. Saadna hielt mich mit einem Jagdgewehr in Schach. Er machte einen Schritt mit seinem Hinkebein. Eine schlecht verheilte Kinderlähmung.

»Du bist am Kanal langgeschlichen, was?«, sagte er mit einem Lächeln, das nichts Gutes verhieß. »Wie ein Dieb. Hast du dich neuerdings auf Einbrüche spezialisiert, Fabio?«

»Keine Gefahr, dass ich hier reich werde«, sagte ich ironisch.

Saadna und ich verabscheuten uns offen. Er war der Urtyp des Zigeuners. Die *Gadze,* wie er die Nichtzigeuner nannte, waren alle dumme Säcke. Immer, wenn ein junger Zigeuner eine Dummheit beging, war natürlich der *Gadzi* schuld. Wir hatten sie seit Ewigkeiten im Visier. Wir existierten nur zu ihrem Unglück. Eine Erfindung des Teufels. Um den lieben Gott zu ärgern, der in seiner unendlichen Güte den Zigeuner nach seinem Ebenbild geschaffen hatte. Den Roma. Den Menschen. Seitdem hatte der Teufel gewütet. Er hatte Millionen von Arabern in Frankreich angesiedelt, nur um die Zigeuner noch mehr zu ärgern.

Er spielte den alten Weisen mit Bart und langen, grau gesprenkelten Haaren. Die Jungen holten sich oft Rat bei ihm. Es war immer der schlechteste. Geprägt von Hass und Verachtung. Zynismus. Damit rächte er sich für seinen Hinkefuß, den er seit seinem zwölften Lebensjahr hinter sich herzog. Wenn Arno ihm nicht so viel Sympathie entgegengebracht hätte, wäre er möglicherweise nicht kriminell geworden. Er wäre nie im Gefängnis gelandet. Und er würde noch leben.

Als Arnos Vater Chano starb, hatten Serge und ich für ihn eine Erlaubnis erwirkt, auf die Beerdigung zu gehen. Arno war zutiefst erschüttert. Er wollte unbedingt zur Trauerfeier. Ich hatte sogar die Bewährungshelferin – laut Arno »williger als die Sozialpädagogin« – bezirzt, damit sie ebenfalls persönlich intervenierte. Wir bekamen die Erlaubnis. Sie wurde jedoch unter dem Vorwand, Arno sei unverbesserlich, auf ausdrückliche Anweisung des Direktors wieder zurückgezogen. Man erlaubte ihm nur, seinen Vater ein letztes Mal im Leichenschauhaus zu sehen. Zwischen zwei Beamten. Vor Ort wollten sie ihm die Handschellen nicht abnehmen. Also weigerte Arno sich, hineinzugehen. »Ich wollte nicht, dass er mich mit den Dingern an den Händen sieht«, hatte er uns danach geschrieben.

Bei der Rückkehr brach er zusammen, machte einen Heidenkrach und landete in Einzelhaft. »Ich hab die Schnauze voll von dem Sauhaufen, versteht ihr. Dass man mich duzt und überhaupt. Die Mauern, Verachtung, Beleidigungen ... Es stinkt! Ich habe zweitausendmal an die Decke gestarrt, und ich kann nicht mehr.«

Als er aus der Einzelhaft kam, schnitt er sich die Pulsadern auf.

Saadna senkte die Augen. Und sein Gewehr. »Ehrliche Leute benutzen den Haupteingang. Du hattest wohl keine Lust, mir guten Abend zu sagen?« Er ließ seinen Blick durch den Raum streifen. An der Plastiktüte blieb er hängen. »Was lässt du da mitgehen?«

»Papiere. Serge braucht sie nicht mehr. Er wurde erschossen. Vor meinen Augen. Heute Nachmittag. Morgen hast du die Bullen hier.«

»Erschossen, sagst du?«

»Hast du eine Ahnung, was Serge in letzter Zeit getrieben hat?«

»Ich brauch erst mal nen Schluck. Komm mit.«

Selbst wenn Saadna etwas wusste, hätte er es mir nicht gesagt. Dennoch ließ er sich nicht zweimal zum Reden auffordern und verlor sich nicht in unerträglich weitschweifigen Erklärungen, wie es seine Art war, wenn er log. Das hätte mich stutzig machen müssen. Aber ich hatte es zu eilig, sein Rattenloch zu verlassen.

Er hatte zwei klebrige Gläser mit einer übel riechenden Brühe gefüllt, die er Whisky nannte. Ich hatte das Zeug nicht angerührt. Nicht mal zum Anstoßen. Saadna gehörte zu jenen Leuten, mit denen ich nicht anstieß.

Serge hatte ihn letzten Herbst aufgesucht, um ihm vorzuschlagen, in Arnos Bude einzuziehen. »Ich brauche sie für eine Weile«, hatte er gesagt. »Brauche einen Unterschlupf.« Saadna hatte versucht, ihm die Würmer aus der Nase zu ziehen, aber umsonst. »Du gehst kein Risiko ein, aber je weniger du weißt, desto besser.« Sie begegneten sich selten, sprachen kaum miteinander. Vor etwa vierzehn Tagen hatte Serge ihn gebeten, sich davon zu überzeugen, dass ihm niemand folgte, wenn er abends nach Hause kam. Dafür hatte er tausend Francs springen lassen.

Saadna mochte Serge auch nicht besonders. Sozialarbeiter und Bullen waren für ihn ein und dasselbe verfluchte Pack. Aber Serge habe sich um Arno gekümmert. Er schrieb ihm, schickte ihm Päckchen, besuchte ihn. Das sagte Saadna mit seiner üblichen Gehässigkeit, um deutlich zu machen, dass er zwischen Serge und mir trotz allem einen Unterschied sah. Ich sagte nichts. Ich hatte keine Lust, mich mit Saadna zu verbrüdern. Was ich tat, ging nur mich und mein Gewissen etwas an.

Es stimmt, dass ich Arno nicht oft geschrieben habe. Briefe waren nie mein Ding. Die Einzige, der ich massenhaft geschrieben habe, war Magali. Als sie sich in Caen darauf vorbereitete, Lehrerin zu werden. Ich erzählte ihr von Marseille, von Les Goudes. Das fehlte ihr so sehr. Aber das geschriebene Wort ist nicht meine Stärke. Ich verheddere mich. Selbst sprechen fällt mir schwer. Von dem, was in uns ist, meine ich. Mit dem Rest, dem typischen Marseiller *tchatche,* dem Gequatsche, komme ich bestens zurecht.

Aber ich habe Arno alle vierzehn Tage besucht. Zuerst im Jugendgefängnis in Luynes, in der Nähe von Aix-en-Provence. Dann im Hauptknast Baumettes. Nach einem Monat war er auf die Krankenstation verlegt worden, weil er die Nahrung verweigerte. Und weil er den Scheißer hatte. Er schiss sich aus. Ich hatte ihm Pepitos, kleine Schokoriegel, mitgebracht, die liebte er.

»Ich will dir erzählen, wie das kommt, mit den Pepitos«, sagte er. »Eines Tages – ich war acht oder neun Jahre alt – zog ich mit meinen großen Brüdern los. Sie hatten von einem Dussel eine Kippe geschnorrt, rauchten und gaben Zoten zum Besten. Du glaubst nicht, wie mich das faszinierte! Plötzlich sagt der bauernschlaue Pacho: ›Marco, wie viele Kalorien hat ein Naturjogurt?‹

Marco hatte natürlich keine Ahnung. Mit fünfzehn war Jogurt nicht gerade seine Spezialität. ›Und ein hart gekochtes Ei?‹ fragte Pacho weiter. ›Komm schon auf den Punkt‹, fielen die anderen ein, die nicht sahen, worauf er hinauswollte. Pacho hatte gehört, dass man beim Bumsen achtzig Kalorien verbrennt. Und dass die in einem hart gekochten Ei oder einem Jogurt stecken. Ernsthaft. ›Wenn du sie isst, kann es gleich wieder von vorne losgehen!‹ Gelächter! Marco wollte sich nicht lumpen lassen: ›Ich hab gehört, wenn du das nicht zur Hand hast, frisst du fünfzehn Pepitos und hast den gleichen Effekt!‹ Seitdem habe ich es mit den Pepitos. Man kann nie wissen! Obgleich du sagen wirst, dass es sich hier nicht lohnt. Du hast die Fresse der Krankenschwester gesehen!«

Wir hatten gelacht.

Ich brauchte plötzlich frische Luft. Keinen Bock, mit Saadna über Arno zu reden. Oder über Serge. Saadna zog alles in den Dreck. Was er anfasste, seine ganze Umgebung hatte er beschmutzt. Und alle, mit denen er sprach. Er hatte Serge nicht aus Freundschaft zu Arno dort wohnen lassen, sondern weil er im Dreck steckte. Das verband.

»Du hast dein Glas nicht angerührt«, sagte er, als ich aufstand.

»Du weißt, Saadna. Mit Typen wie dir trinke ich nicht.«

»Das wirst du eines Tages bereuen.«

Und er trank mein Glas in einem Zug aus.

Im Wagen knipste ich die Deckenleuchte an und sah mir den Brief an, den ich eingesteckt hatte. Er war Samstag im Postamt Colbert im Zentrum aufgegeben worden. Statt seinen Namen und seine Adresse auf der Rückseite anzugeben, hatte der Absender linkisch geschrieben: »Weil die Karten schlecht verteilt worden sind, erreichen wir einen Grad von Unordnung, bei dem das Leben nicht mehr möglich ist.« Ich schauderte. Es war nur ein Blatt darin, aus einem Heft gerissen. Dieselbe Schrift. Zwei kurze Sätze. Die ich hektisch las, aufgewühlt durch einen so dringenden Hilfeschrei. »Ich kann nicht mehr. Komm her. Pavie.«

Pavie. Mein Gott! Sie hatte gerade noch gefehlt in dieser Geschichte.

Sechstes Kapitel

In dem du dir das Leben nicht aussuchen kannst

Als ich blinkte, um rechts in die Rue de la Belle-de-Mai einzubiegen, bemerkte ich meinen Verfolger. Ein schwarzer Renault Safrane hing mir in einiger Entfernung, aber raffiniert, an der Stoßstange. Auf dem Boulevard Fleming hatte er sich sogar einen Spaß daraus gemacht, mich nach einer roten Ampel zu überholen. Er hatte in zweiter Reihe geparkt. Ich spürte ein Paar Augen auf mir. Ich sah kurz zu dem Wagen hinüber. Aber die getönten Scheiben schützten den Fahrer vor neugierigen Blicken. Ich erhaschte nur mein eigenes Spiegelbild.

Dann war der Safrane vor mir her gefahren, wobei er peinlich genau auf die Geschwindigkeitsbegrenzung achtete. Das hätte mich stutzig machen müssen. Nachts hält sich niemand an die Geschwindigkeitsbegrenzung. Nicht einmal ich mit meinem alten R 5. Aber ich war zu sehr damit beschäftigt gewesen, meine Gedanken zu sortieren, um einen eventuellen Verfolger zu berücksichtigen. Außerdem war ich weit von der Vorstellung entfernt, jemand könne sich an meine Fersen heften.

Ich dachte über das nach, was man das Zusammentreffen mehrerer Umstände nennt, das bewirkt, dass man morgens sorglos aufwacht und abends einen getürmten Neffen am Hals hat, einen vor den eigenen Augen ermordeten Kumpel, einen praktisch fremden Jungen, der um Freundschaft wirbt, und dass man mit einem Typ schwatzen musste, der einem zuwider war. Dazu die Erinnerungen, die hochkamen. Magali. Manu, Ugo. Und Arno, der sich mir durch seine Exfreundin, die permanent unter Stoff stand, brutal ins Gedächtnis rief. Pavie, die kleine Pavie, die zu viel geträumt hatte. Und zu schnell erkannt, dass das Leben ein schlechter Film ist, an dem auch Technicolor nichts ändert. Pavie, die um Hilfe rief, und Serge, der für immer gegangen war.

Das Leben ist eine Kette von Zufallsbegegnungen. Und von Entscheidungen, die uns einen Weg statt des anderen einschlagen lassen, was nicht immer zum verhofften Ziel führt. Ein »Ja« hier, ein »Nein« dort. Ich befand mich nicht zum ersten Mal in so einer Lage. Manchmal hatte ich das Gefühl, immer in die falsche Richtung zu gehen. Aber wäre der andere Weg besser gewesen? Hätte es einen Unterschied gemacht?

Das bezweifelte ich. Aber sicher war ich nicht. In irgendeinem Drei-Groschen-Roman hatte ich gelesen, dass »der Mensch sich von dem Blinden in uns führen lässt«. Wie wahr. So tasten wir uns vorwärts. Blind. Unsere freie Entscheidung ist nur eine Illusion. Eine Abwechslung, die das Leben bietet, damit die bittere Pille besser runtergeht. Nicht unsere Entscheidungen bestimmen das Leben, sondern unsere Verfügbarkeit für andere.

Als Gélou heute Morgen bei mir auftauchte, stand mein Leben still. Sie war wie ein Funke, der eine Kettenreaktion auslöst. Die Welt um mich herum hatte sich wieder in Bewegung gesetzt. Und es knallte, wie gehabt. Willkommen in der Galeere!

Ein Blick in den Rückspiegel bestätigte mir, dass ich immer noch verfolgt wurde. Wer? Warum? Seit wann? Müßige Fragen, weil ich auch nicht den Anflug einer Antwort wusste. Ich konnte nur annehmen, dass mein Schatten mir bei Saadna aufgelauert hatte. Oder auch nach meinem Gespräch mit Anselme. Oder vor dem Kommissariat. Oder zu Hause. Nein, unmöglich, nicht zu Hause, das ergab überhaupt keinen Sinn. Aber »irgendwo« nach dem Anschlag auf Serge, ja, das leuchtete ein.

Ich legte die Kassette von Bob Marley mit *Slave Driver* wieder ein, um mir Mut zur Tat zu machen. Entlang der Eisenbahngleise an der Rue Honorat beschleunigte ich ein wenig. Der Safrane reagierte kaum auf meine siebzig Stundenkilometer. Ich ging wieder auf normale Geschwindigkeit hinunter.

Pavie. Sie war bei Arnos Prozess dabei gewesen. Ohne aufzumucken, ohne zu weinen, wortlos. Stolz, wie Arno. Dann wurde sie rückfällig, beging wieder ihre kleinen Betrügereien, um sich Stoff zu besorgen. Ihr Leben mit Arno war letztendlich nur ein Strohhalm des Glücks gewesen. Arno war für sie das Sprungbrett in ein besseres Leben gewesen. Aber sein Brett war mit dem gleichen Elend beschmiert. Er war ausgerutscht, sie war gestürzt.

An der Place d'Aix fuhr der Safrane bei Gelb über die Ampel. Gut, sagte ich mir, es ist fast elf, und ich kriege allmählich Hunger. Und Durst. Ich bog ohne Blinker in die Rue Sainte-Barbe ein, gab aber auch kein Gas. Dann in die Rue Colbert, Rue Méry und Rue Caisserie, in Richtung Vieux-Quartiers, wo ich aufgewachsen war. Dort, wo meine Eltern gelebt hatten, nachdem sie aus Italien geflohen waren. Wo Gélou geboren war. Wo ich Manu und Ugo kennen gelernt hatte. Und Lole, deren Gegenwart die Straßen immer noch zu beleben schien.

An der Place de Lenche parkte ich wie bei uns üblich, das heißt im Halteverbot, vor der Einfahrt eines kleinen Gebäudes, mit dem rechten Rad kurz vor den Eingangsstufen. Auf der anderen Straßenseite war wohl ein Parkplatz, aber ich wollte meinen Verfolger glauben lassen, dass ich nicht lange bliebe, wenn ich mir keine Parklücke suchte. So ist das hier. Manchmal war es sogar für eine Viertelstunde das Beste, mit Warnblinklichtern in der zweiten Reihe zu parken.

Die Nase des Safrane kam zum Vorschein, als ich meine Tür abschloss. Ich achtete nicht darauf. Ich steckte mir eine Zigarette an und ging entschlossenen Schrittes die Place de Lenche hinauf, bog dann rechts in die Rue des Accoules und noch mal rechts in die Rue Fonderie-Vieille. Eine Stufenflucht hinunter, und ich war wieder in der Rue Caisserie. Ich brauchte nur noch zur Place de Lenche zurückzugehen, um zu sehen, was aus meinem Verfolger geworden war.

Er hatte sich nicht geziert und den von mir freigelassenen Parkplatz genommen. Eine perfekt legale Parklücke. Das Fenster auf der Fahrerseite war offen, und es stiegen Rauchwölkchen heraus. Der Typ hatte die Ruhe weg. Ich machte mir keine Sorgen um ihn. Solche Kutschen hatten sicher Stereo. Der Safrane war im Departement Var registriert. Ich notierte mir die Nummer. Das brachte mich für den Moment nicht weiter. Aber morgen war auch noch ein Tag.

Jetzt wird gegessen, sagte ich mir.

Im *Félix* beendeten zwei Paare ihr Abendessen. Félix war hinten im Restaurant. Seine Gitanes mit Filter auf der einen Seite, den Pastis auf der anderen saß er an einem Tisch und las *Les Pieds Nickelés à Deauville.* Sein Lieblingscomic. Etwas anderes schaute er nicht an, nicht mal eine Zeitung. Er sammelte die *Piéds-Nickelés-* und die *Bibi-Fricotin*-Comics und freute sich in jeder freien Minute daran.

»Oh! Céleste«, rief er, als er mich hereinkommen sah. »Wir haben einen Gast.«

Seine Frau kam aus der Küche und wischte sich die Hände an ihrer schwarzen Schürze ab, die sie erst auszog, wenn das Restaurant schloss. Céleste hatte noch gut drei Kilo zugelegt. Da, wo es am meisten auffällt. An der Brust und an den Hüften. Kaum sah man sie, bekam man schon Appetit.

Ihre Bouillabaisse war eine der besten in Marseille. Drachenkopf, Rotbarsch, Meeraal, Petersfisch, Seeteufel, Petermännchen, Meerbarbe, Rotbrasse, Knurrhahn, Wolfsbarsch ... Dazu ein paar Krebse und gelegentlich eine Languste. Nur Felsenfische. Nicht wie bei so vielen anderen. Für die Rouille hatte sie ihr einzigartiges Geheimnis, Knoblauch und Pfeffer mit Kartoffeln und Seeigelfleisch zu verbinden. Aber die Bouillabaisse stand nie auf der Speisekarte. Man musste regelmäßig anrufen und fragen, wann sie eine kochte. Denn eine gute Bouillabaisse lohnte sich nur für mindestens sieben oder acht Personen, wenn sie möglichst viele Fischsorten in ausreichender Menge enthalten sollte. So genossen wir sie immer unter Freunden und Feinschmeckern. Sogar Honorine »gab zu«, dass Céleste eine hervorragende Köchin war. »Aber schließlich, nicht wahr, das ist ja auch nicht mein Beruf ...«

»Sie kommen gerade recht«, sagte sie und umarmte mich. »Ich habe ein paar Reste gekocht. Venusmuscheln in Sauce, wie ein Frikassee, wenn Sie so wollen. Und ich wollte ein paar Schweineleberwürstchen grillen. Möchten Sie ein paar eingelegte Sardinen als Vorspeise?«

»Machen Sie sich meinetwegen keine Umstände.«

»Meine Güte! Was fragst du! Trag auf!«, sagte Félix.

Er stürzte sein Glas hinunter, ging hinter den Tresen und spendierte eine Runde. Félix trank durchschnittlich zehn bis zwölf Pastis am Mittag und zehn bis zwölf am Abend. Heute trank er sie aus einem normalen Glas mit einem Tröpfchen mehr Wasser. Zuvor hatte er sie nur in *mominettes* ausgeschenkt, ganz kleinen Schnapsgläsern, in denen kaum noch Platz für Wasser blieb. Wir tranken unzählige Runden *mominettes*. Je nach Anzahl der Kumpel beim Aperitif konnte eine Runde acht bis zehn Pastis bedeuten. Niemals weniger. Wenn Félix sagte: »Die geht auf mich«, fingen wir von vorn an. In anderen Lokalen, im *Péano* und im *Unic*, war das genauso, bevor das eine ein Schickimickiladen und das andere eine Rockbar wurde. Pastis und *Kémia* – schwarze und grüne Oliven, Cornichons und alle möglichen, in Essig gegarten Gemüsesorten – gehörten zur Marseiller Lebensart. In einer Zeit, in der die Leute sich noch zu unterhalten verstanden, weil sie sich noch etwas zu sagen hatten. Das machte natürlich durstig. Und es dauerte. Aber Zeit zählte nicht. Niemand hatte es eilig. Es gab nichts, was nicht fünf Minuten warten konnte. Damals war es nicht schlechter oder besser als heute. Aber Freud und Leid wurde einfach und ohne falsche Scham geteilt. Man sprach über das Elend. Und war niemals allein. Man brauchte nur zu Félix zu kommen. Oder zu Marius. Oder Lucien. Und die in unruhigem Schlaf geborenen Dramen erstarben im Anisdunst.

Und Céleste schnauzte dann und wann einen Kunden an: »Hallo! He! Soll ich dir den Tisch decken?«

»Nein. Ich gehe zum Essen nach Hause.«

»Und deine Frau, weiß sie, dass du zum Essen kommst?«

»Aber natürlich! Ich habe es ihr heute Morgen gesagt!«

»Die wartet sicher nicht mehr auf dich, du. Hast du gesehen, wie spät es ist?«

»Oh! Verflixt!« Und er setzte sich vor einen Teller Spaghetti mit Venusmuscheln, die er schnell aß, um pünktlich wieder zur Arbeit zu kommen.

Félix stellte das Glas vor mich hin, prostete mir zu und sah mich mit blutunterlaufenen Augen an. Glücklich. Wir kannten uns seit fünfundzwanzig Jahren. Aber seit vier Jahren brachte er mir väterliche Gefühle entgegen. Ihr einziger Sohn, Dominique, der sich leidenschaftlich für die Wracks interessierte, die den Meeresboden zwischen den Inseln Riou und Maïre bevölkern, war von einem Tauchgang nicht zurückgekehrt. Er hatte gehört, dass sich die Netze der Fischer aus Sanary regelmäßig in den Fischgründen des Plateau de Blauquières, zwanzig Kilometer von der Küste entfernt und in der Mitte zwischen Toulon und Marseille, festhakten. Das konnte ein vorstehender Felsen sein. Oder etwas anderes. Dominique kam nie wieder, um es zu erzählen.

Aber Dominique hatte den »richtigen Riecher« gehabt. Vor einigen Monaten hatten Henri Delauze und Popof, zwei Taucher einer Bergungsfirma, ganz zufällig genau an der Stelle in hundertzwanzig Metern Tiefe das intakte Wrack der *Protée* geortet. Das französische U-Boot, das 1943 zwischen Algier und Marseille vermisst gemeldet wurde. Die Lokalpresse hatte die Entdeckung in höchsten Tönen gelobt und auch Dominique ein paar Zeilen gewidmet. Mittags war ich bei Félix aufgekreuzt. Die Entdeckung der *Protée* erweckte seinen Sohn nicht wieder zum Leben. Aber sie erhob ihn zum Pionier. Er ging in die Geschichte ein. Das haben wir gefeiert. Und vor Glück geheult.

»Prost!«

»Freut mich, wirklich.«

Seitdem war ich nicht mehr hergekommen. Vier Monate. Wenn man nichts zu tun hat, vergeht die Zeit wahnsinnig schnell. Das wurde mir plötzlich klar. Seit Loles Abreise hatte ich meine Hütte nicht mehr verlassen. Und die wenigen Freunde vernachlässigt, die mir blieben.

»Kannst du mir einen Gefallen tun?«

»Na klar«, nickte er. Ich konnte ihn um alles bitten, solange ich nicht verlangte, dass er Wasser trank.

»Ruf bitte Jo in der *Bar de la Place* an. Ein schwarzer Safrane parkt fast vor seiner Tür. Lass dem Fahrer einen Kaffee von dem Typ aus dem R 5 bringen.« Er nahm den Hörer ab. »Und sag ihnen, sie sollen sich den Kerl ansehen. Er klebt mir schon seit einer Stunde an den Fersen, wie ein Blutegel.«

»Die Idioten vermehren sich wie die Karnickel. Hast du ihm Hörner aufgesetzt?«

»Nicht, dass ich wüsste.«

Jo hatte abends gern ein bisschen Spaß. Das wunderte mich nicht. *Engatses,* Scherereien, gehörten zum Stil des Hauses. Ich mied seine Bar übrigens. Etwas zu *mia* für meinen Geschmack. Zu spießig. Ich hatte andere Stammkneipen. Félix, natürlich. Étienne oben im Panier-Viertel an der Rue de Lorette. Und Ange an der Place des Treize-Coins, gleich hinter dem Polizeihauptquartier.

»Und nach dem Kaffee?«, fragte Jo. »Halten wir ihn fest? Wir sind zu acht hier.«

Félix hielt mir den Hörer hin und sah mich an. Ich schüttelte den Kopf. »Vergiss es«, antwortete Félix. »Der Kaffee genügt. Das ist nur ein frisch gehörnter Ehemann.«

Eine Viertelstunde später rief Jo zurück. Wir hatten schon einen Côteaux d'Aix geöffnet, einen Roten aus der Domaine des Béates. 1988.

»Oh! Félix! Wenn du dem Kerl Hörner aufgesetzt hast, solltest du besser aufpassen.«

»Wieso?«, fragte Félix.

»Er heißt Antoine Balducci.«

Félix warf mir einen fragenden Blick zu. Ich kannte niemanden mit diesem Namen. Und noch weniger seine Frau.

»Kenn ich nicht«, sagte Félix.

»Er ist Stammgast im *Rivesalte,* in Toulon. Der Typ verkehrt dort in der Unterwelt. Das sagt jedenfalls Jeannot. Ich hab ihn mitgenommen, als ich den Kaffee rausgebracht hab. Dachte, wir hätten vielleicht unseren Spaß haben können, du verstehst schon. Jeannot ist Kellner da unten gewesen. Da hat er Balducci kennen gelernt. Zum Glück war es dunkel, Teufel auch! Wenn er ihn erkannt hätte, dann wärs Essig gewesen … Wo sie auch noch zu zweit waren, begreifst du.«

»Zwei?«, wiederholte Félix und sah mich fragend an.

»Wusstest du das nicht?«

»Nein.«

»Der andere«, sprach Jo weiter, »ich kann dir nicht mal sagen, was er für 'ne Visage hat. Hat sich nicht gerührt. Kein Wort gesagt.

Hat nicht mal geatmet, der Typ. Also der ist ein Obergangster, wenn du mich fragst, Beziehung zu Balducci … Sag mal, hast du Ärger, Félix?«

»Nein, nein … Es ist ein … Nur ein guter Kunde.«

»Na dann, sag ihm, er soll sich dünn machen. Wenn du meine Meinung hören willst – die beiden haben es faustdick hinter den Ohren.«

»Ich werde deinen Rat weitergeben. Ach, Jo, bist du sicher, dass es dir keine Schwierigkeiten eingebrockt hat?«

»Aber nein, Balducci hat gelacht. Etwas verkrampft. Aber er hat gelacht. Diese Typen können einiges einstecken, weißt du.«

»Sind sie noch da?«

»Weg. ›Der wurde mir ausgegeben?‹, hat er gefragt und auf den Kaffee gezeigt. ›Ja, Monsieur‹, hab ich gesagt. Er hat mir zehn Francs in die Tasse getan. Der ganze Kaffee lief mir über die Finger. ›Für die Bedienung.‹ Du verstehst.«

»Ich verstehe. Danke, Jo. Komm dieser Tage mal auf einen Aperitif vorbei. Ciao.«

Céleste brachte die knusprig gegrillten Leberwürstchen mit Petersilienkartoffeln. Félix setzte sich und entkorkte eine neue Flasche. Dieser Wein war eine kleine Meisterkomposition mit seinem Duft nach Thymian, Rosmarin und Eukalyptus. Wir konnten nicht genug davon kriegen.

Beim Essen sprachen wir über den traditionellen Thunfischfang-Wettbewerb, den der Wassersportclub jedes Jahr Ende September am Alten Hafen organisierte. Das war die Saison. In Marseille, in Port-de-Bouc, in Port-Saint-Louis. Vor drei Jahren hatte ich bei Saintes-Maries-de-la-Mer einen dreihundert Kilo schweren Thunfisch aus fünfundachtzig Metern Tiefe geholt. Eine Dreieinviertelstunde Kampf. Ich hatte ein Foto in der Arler Ausgabe des *Provençal* verdient. Seitdem war ich Ehrenmitglied von »La Rascasse«, dem Wassersportverein in Les Goudes.

Wie jedes Jahr bereitete ich mich auf diesen Wettbewerb vor. Seit kurzem war es dabei erlaubt, *au broumé* zu fischen, mit Anfüttern. Eine traditionelle Methode des Fischfangs in der Gegend von Marseille. Man wirft aus dem verankerten Boot zerstückelte

Sardinen und Brot als Köder ins Meer. Das bildet eine ölige Wolke, die mit der Strömung schwimmt. Wenn der Fisch, der gegen die Strömung schwimmt, auf diesen Geruch stößt, hält er auf das Boot zu. Was danach kommt, ist etwas anderes. Echter Sport!

»Dann bist du also keinen Schritt weiter, stimmts«, warf Félix leicht beunruhigt ein, als Céleste den Käse holen ging.

»Mhm«, antwortete ich einsilbig. Ich hatte die Typen aus dem Safrane ganz vergessen. Félix hatte Recht, ich war kein Stück weiter. Wo war ich hineingeraten, dass ich zwei Ganoven aus dem Var am Hals hatte? In Toulon kannte ich niemanden. Ich mied die Stadt seit dreißig Jahren. Dort hatte ich meine Ausbildung als einfacher Soldat gemacht. Ich hatte die Schnauze voll. Gestrichen. Toulon hatte ich aus meinem Gedächtnis gelöscht. Und ich hatte nicht vor, meine Meinung zu ändern. Bei den letzten Kommunalwahlen hatte die Stadt sich dem Front National »ergeben«. Jetzt war es wahrscheinlich nicht schlimmer als unter der alten Stadtverwaltung. Es war nur eine Frage des Prinzips. Wie bei Saadna. Mit Leuten voller Hass trank ich nie.

»Du hast doch nichts angestellt?«, hakte er väterlich nach.

Ich zuckte mit den Schultern. »Über das Alter bin ich hinaus.«

»Das finde ich auch … Sag mal, ich will mich ja nicht in Dinge einmischen, die mich nichts angehen, aber … Ich dachte, du schiebst eine ruhige Kugel in deiner Hütte. Mit Lole, die dich umsorgt.«

»Ich schiebe eine ruhige Kugel, Félix. Aber ohne Lole. Sie hat mich verlassen.«

»Entschuldige«, sagte Félix ganz betroffen. »Ich dachte. So, wie ihr letztes Mal zusammen wart …«

»Lole hat Ugo geliebt. Sie hat Manu geliebt. Mich hat sie auch geliebt. Alles in zwanzig Jahren. Ich war der Letzte.«

»Sie hat immer nur dich geliebt.«

»Manu hat es mir einmal gesagt. Kurz bevor er dort vor deiner Tür erschossen wurde. Wir hatten Aioli gegessen, weißt du noch?«

»Er hatte immer Angst, dass du sie ihm eines Tages wegnimmst. Er dachte, ihr passt gut zusammen, ihr zwei.«

»Lole nimmt man nicht weg. Ugo brauchte sie. Er hätte ohne sie nicht leben können. Manu brauchte sie auch. Ich nicht. Damals nicht. Heute ja.«

Wir schwiegen. Félix füllte unsere Gläser.

»Wir müssen die Flasche leer machen«, sagte er leicht verlegen.

»Ja … Ich hätte der Erste sein können, und alles wäre anders gekommen. Für sie und für mich. Auch für Ugo und Manu. Aber nein, ich bin der Letzte. Dass wir uns lieben, ist eine Sache. Aber man kann nicht in einem Museum leben, mitten unter Erinnerungen. Die Menschen, die wir einmal geliebt haben, sterben nie. Wir leben mit ihnen. Immer … Es ist wie mit dieser Stadt, verstehst du, sie lebt von all denen, die hier gelebt haben. Alle haben hier geschwitzt, geschuftet, gehofft. Mein Vater und meine Mutter leben noch immer in diesen Straßen.«

»Weil wir in der Verbannung leben.«

»Marseille ist verbannt. Diese Stadt wird nie etwas anderes sein als die letzte Stufe der Welt. Ihre Zukunft gehört denen, die ankommen. Niemals denen, die sie verlassen.«

»Oh! Und was ist mit denen, die bleiben?«

»Sie sind wie die auf See, Félix. Man weiß nie, ob sie tot oder lebendig sind.«

Wie wir, dachte ich und trank mein Glas aus. Damit Félix nachfüllte.

Was er natürlich eilig tat.

Siebtes Kapitel

In dem empfohlen wird, den schwarzen und den weißen Faden zu entwirren

Ich war spät nach Hause gekommen, hatte nicht wenig getrunken, zu viel geraucht und schlecht geschlafen. Der Tag konnte nur scheußlich werden.

Dabei war prächtiges Wetter, wie es das nur hier im September gibt. Hinter dem Lubéron oder den Alpilles war schon Herbst. In Marseille behält der Herbst manchmal bis Ende Oktober einen sommerlichen Beigeschmack. Schon die leiseste Brise belebt die Thymian-, Minze- und Basilikumdüfte.

So roch es heute Morgen. Nach Minze und Basilikum. Loles Düfte. Ihr Liebesduft. Ich fühlte mich plötzlich alt und müde. Und traurig. Aber so geht es mir immer, wenn ich zu viel getrunken, zu viel geraucht und schlecht geschlafen habe. Ich konnte mich nicht dazu aufraffen, das Boot rauszuholen. Ein schlechtes Zeichen. Das war mir schon lange nicht mehr passiert. Sogar nach Loles Abschied war ich weiter aufs Meer gefahren.

Es war lebensnotwendig für mich, jeden Tag diesen Abstand zu den Menschen zu gewinnen. In der Abgeschiedenheit neue Kraft zu schöpfen. Fischen war nebensächlich. Nur eine Huldigung an diese unendliche Weite. Dort draußen lernte man wieder Bescheidenheit. Und ich kam immer voller Liebe zu den Menschen an Land zurück.

Lole wusste das und noch so manches andere, das ich ihr nie erzählt hatte. Sie erwartete mich zum Essen auf der Terrasse. Dann legten wir Musik auf und liebten uns. So lustvoll wie beim ersten Mal. Genauso leidenschaftlich. Unsere Körper schienen für diese Feste geboren zu sein. Das letzte Mal hatten wir unsere Zärtlichkeiten bei *Yo no puedo vivir sin ti* begonnen. Einem Album der Zigeuner aus Perpignan. Cousins von Lole. Danach sagte sie mir, dass sie gehen wolle. Sie brauchte das »Woanders« wie ich das Meer.

Ich stellte mich mit einem kochend heißen Kaffee in der Hand vor das Meer und ließ meinen Blick in die Ferne schweifen. Dorthin, wo nicht mal die Erinnerungen Zugang haben. Dort, wo sich alles auflöst. Am Leuchtturm von Planier, zwanzig Seemeilen von der Küste entfernt.

Warum war ich nicht für immer fortgegangen? Warum wurde ich in dieser schäbigen Hütte alt und sah den Frachtern nach? Natürlich, Marseille gab den Ausschlag. Ob man hier geboren oder eines Tages gelandet ist – in dieser Stadt bekommt man schnell Blei an den Füßen. Man reist lieber mit dem Blick des anderen. Der zurückkommt, nachdem er dem Schlimmsten ausgesetzt war. Wie Odysseus. Odysseus ist hier beliebt. Und die Marseiller haben ihre Geschichte über die Jahrhunderte immer neu gestrickt, wie die arme Penelope. Die Tragödie heute ist, dass die Stadt gar nicht mehr nach dem Orient schaut, sondern nur noch auf den Abglanz ihrer eigenen Geschichte.

Ich war genauso. Und was ich dort sah, war verschwindend gering. An Stelle der Illusionen war vielleicht ein Lächeln getreten. Von meinem Leben hatte ich nichts verstanden, so viel stand fest. Der Leuchtturm von Planier lotste die Schiffe übrigens nicht mehr. Er war geschlossen. Aber dieses Jenseits der Meere war mein einziger Glauben.

Ich komme zurück, um tief im Inneren der Schiffe zu stranden …

Dieser Vers von dem Marseiller Dichter Louis Brauquier, meinem Lieblingsdichter, kam mir in den Sinn. Ja, sagte ich mir, wenn ich tot bin, gehe ich an Bord dieses Frachters, der mich zu den Träumen meiner Kindheit bringt. Endlich in Frieden. Ich trank meinen Kaffee aus und ging zu Fonfon.

Als ich Félix um ein Uhr morgens verließ, hatte niemand an meinem Wagen auf mich gewartet. Mir war auch niemand gefolgt. Ich bin nicht ängstlich, aber hinter Madrague-de-Montredon im äußersten Südosten der Stadt wird die Straße in Richtung Les Goudes nachts ziemlich furchteinflößend. Eine wahre Mondlandschaft und ebenso verlassen. Die bebauten Grundstücke enden an der Bucht von Samena. Danach ist nichts mehr. Die schmale, serpentinenreiche Straße führt einige Meter über den Klippen am Meer entlang. Die drei Kilometer waren mir noch nie so lang erschienen. Ich hatte es eilig, nach Hause zu kommen.

Gélou schlief bei brennender Nachttischlampe. Sie musste auf mich gewartet haben. Sie lag zusammengerollt wie ein Igel im Bett und krallte sich mit der rechten Hand am Kopfkissen fest wie an einer Rettungsboje. Ihr Schlaf war wie ein Schiffbruch. Ich löschte das Licht. Mehr konnte ich im Moment nicht für sie tun.

Ich hatte mir ein Glas Lagavulin eingeschenkt und mich für die Nacht mit den *Geschichten der Unrast* von Joseph Conrad auf dem Sofa eingerichtet. Das Buch kann ich jeden Abend wieder lesen. Es beruhigt mich und hilft mir in den Schlaf. So wie Brauquiers Gedichte mir zum Leben helfen. Aber meine Gedanken waren woanders. Im Hier und Jetzt. Ich musste Guitou zu Gélou zurückbringen. So einfach war das. Danach würde ich eine kleine Unterhaltung mit Gélou führen müssen, auch wenn sie die Hauptsache zweifellos schon begriffen hatte. Ein Kind verdiente es, dass man mit ihm bis zum Ende ging. Keine Frau hatte mir die Gelegenheit gegeben, Vater zu werden, aber davon war ich überzeugt. Natürlich war es nie einfach, ein Kind aufzuziehen. Es ging nicht ohne Schmerz ab. Aber es war die Mühe wert. Wenn es eine Zukunft für die Liebe gab.

Ich war eingeschlafen, um sogleich wieder aufzuwachen. Was mich beschäftigte, saß tiefer. Serge, sein Tod. Und alles, was er aufgewühlt hatte. Arno und Pavie, irgendwo in der Nacht verloren. Und was er ausgelöst hatte. Wenn zwei Ganoven hinter mir her waren, dann deshalb. Wegen Serges dunkler Geschäfte. Ich konnte keinen Zusammenhang zwischen den exaltierten, bärtigen Islamisten und der Varer Unterwelt erkennen. Aber zwischen Marseille und Nizza war alles möglich. Man hatte schon allerhand erlebt. Und ich war immer auf das Schlimmste gefasst.

Ich fand es auch nicht normal, dass ich kein Adress- oder Notizbuch oder etwas in der Art aufgestöbert hatte. Nicht mal einen einfachen Zettel. Vielleicht waren Balducci und sein Partner vor mir da gewesen, sagte ich mir. Ich war zu spät gekommen. Aber ich konnte mich nicht entsinnen, auf meinem Weg zum Vieux Moulin einen Safrane gesehen oder passiert zu haben. Diese ganze Dokumentation über die Islamisten musste etwas zu bedeuten haben.

Nachdem ich mir ein zweites Glas Lagavulin genehmigt hatte, vertiefte ich mich in die Zeitungen und Presseausschnitte, die ich mitgebracht hatte. Daraus ging hervor, dass dem Islam in Bezug auf Europa mehrere Wege offen standen. Der erste war *Dar el-Suhl,* wörtlich »Land des Vertrages«, wonach man sich an die Gesetze des jeweiligen Landes anpassen muss. Der zweite, *Dar el-Islam,* bedeutete: Land, in dem der Islam unweigerlich die Mehrheit erhalten wird. So eine Studie von Habib Mokni, einem führenden Mitglied der islamistischen Bewegung aus Tunesien, der in Frankreich Zuflucht gesucht hatte. Das war 1988.

Inzwischen war *Dar el-Suhl* von den Bärtigen zurückgewiesen worden. Und Europa, insbesondere Frankreich, war zum Spielfeld und Basislager geworden, wo Pläne und Aktionen zur Destabilisierung des Heimatlandes geschmiedet wurden. Das Attentat 1994 auf das Hotel Atlas Asni in Marrakesch, Marokko, hatte seinen Ursprung in einer Wohnsiedlung von Courneuve im Norden von Paris. Dieser Zusammenprall von Bestrebungen führte uns Europäer und sie, die Integristen, auf einen dritten Weg, *Dar el-Harb,* laut Koran »Land des Krieges.«

Nach der Attentatswelle in Paris im Sommer 1995 war es unmöglich, den Kopf in den Sand zu stecken. Auf unserem Boden war ein Krieg ausgebrochen. Ein schmutziger Krieg. Dessen »Helden« wie Khaled Kelkal in den Vorstädten von Paris oder Lyon groß geworden waren. Waren die nördlichen Viertel von Marseille vielleicht auch eine Brutstätte der »Gotteskämpfer«? Hatte Serge sich mit dieser Frage beschäftigt? Aber warum? Und für wen?

Auf der letzten Seite von Habib Moknis Artikel hatte Serge an den Rand geschrieben: »Seine am deutlichsten sichtbaren Opfer sind die der Attentate. Andere fallen ohne erkennbare Verbindung.« Außerdem hatte er ein Zitat aus dem Koran mit einem gelbem Marker angestrichen: »Bis sich für euch das eine vom anderen unterscheidet wie der weiße vom schwarzen Faden.« Das war alles.

Erschöpft hatte ich die Augen geschlossen. Und war sofort in einem gewaltigen Knoten aus schwarzen und weißen Fäden versunken. Um mich anschließend im wirrsten aller Irrgärten zu verlieren. Ein wahres Spiegelkabinett. Aber die Spiegel warfen nicht mein Bild zurück, sondern die Bilder meiner verlorenen Freunde und geliebten Frauen. Ich wurde von einem zum anderen gestoßen. Ein Gemälde voller Gesichter und Namen. Ich bewegte mich dazwischen wie die Kugel in einem Flipperautomaten. Ich war in einem Flipperautomaten. Schweißgebadet wachte ich auf. Kräftig durchgeschüttelt.

Tilt.

Gélou stand vor mir. Mit verschlafenen Augen. »Alles in Ordnung?«, fragte sie besorgt. »Du hast geschrien.«

»Alles okay. Ein Albtraum. Das kommt vor, wenn ich auf diesem verfluchten Sofa schlafe.«

Sie schaute die Whiskyflasche und mein leeres Glas an. »Und es mit einer Überdosis Alkohol versuchst.«

Ich zuckte die Schultern und setzte mich auf. Mit dickem Kopf. Zurück auf der Erde. Es war vier Uhr morgens.

»Tut mir Leid.«

»Leg dich zu mir. Dann gehts dir besser.«

Sie reichte mir die Hand und zog mich hoch. So sanft und warm wie mit achtzehn. Sinnlich und mütterlich. Sicher kannte Guitou die Zärtlichkeit dieser Hände, wenn sie seine Wangen streichelten, als sie ihm einen Kuss auf die Stirn gab. Was war zwischen den beiden schief gelaufen? Warum, zum Donnerwetter!

Im Bett drehte Gélou sich um und war sofort wieder eingeschlafen. Ich wagte nicht, mich zu rühren, aus Angst, sie erneut aufzuwecken.

Als wir das letzte Mal zusammen geschlafen hatten, waren wir wohl zwölf Jahre alt. Im Sommer traf sich die Familie fast jeden Samstagabend hier in Les Goudes. Wir Kinder wurden zum Schlafen alle zusammen auf eine Matratze auf der Erde gepackt. Gélou und ich waren die Ersten im Bett. Wir lauschten dem Lachen und Singen unserer Eltern und schliefen Händchen haltend ein. Von *Maruzzella, Guaglione* und anderen durch Renato

Carosone bekannt gewordenen neapolitanischen Liedern in den Schlaf gewiegt.

Später, als meine Mutter krank wurde, kam Gélou zwei oder drei Abende die Woche zu uns nach Hause. Sie wusch, bügelte und bereitete die Mahlzeiten. Sie war knapp sechzehn. Kaum lagen wir im Bett, kuschelte sie sich an mich und wir erzählten uns Horrorgeschichten. Zum Fürchten. Dann schob sie ihr Bein zwischen meine und wir hielten uns noch fester. Ich spürte ihren schon wohlgeformten Busen ganz hart auf meiner Brust. Das erregte mich wahnsinnig. Sie wusste es. Aber natürlich sprachen wir nicht über diese Dinge, die noch Sache der Großen waren. Und so schliefen wir ein, im Gefühl der Zärtlichkeit und Sicherheit.

Ich drehte mich vorsichtig zur Seite, um diese zerbrechlichen Erinnerungen wieder an ihren Platz zu verbannen. Den Wunsch zu verdrängen, meine Hand auf ihre Schulter zu legen und sie in meine Arme zu nehmen. Wie früher. Nur um unsere Angst zu verjagen.

Ich hätte es tun sollen.

Fonfon fand, ich sah fürchterlich aus. »Ja«, sagte ich, »man kann sich sein Aussehen nicht immer aussuchen.«

»Oh, und schlecht geschlafen haben Monsieur auch.«

Ich lächelte und setzte mich auf die Terrasse. An meinen angestammten Platz. Mit Blick aufs Meer. Fonfon kam mit einer Tasse Kaffee und dem *Provençal* zurück. »Da! Ich hab ihn dir stark gemacht. Ich weiß nicht, ob er dich aufweckt, aber vielleicht macht er dich wenigstens etwas menschenfreundlicher.«

Ich schlug die Zeitung auf und machte mich auf die Suche nach einem Artikel über den Mord an Serge. Sie hatten ihm nur eine kurze Notiz gewidmet. Kein Kommentar, keine Einzelheiten. Es wurde nicht einmal erwähnt, dass Serge mehrere Jahre als Gassenarbeiter in den Vorstädten gearbeitet hatte. Er wurde als »ohne Beruf« eingestuft, und der Artikel endete mit der lakonischen Bemerkung: »Die Polizei neigt zu der Auffassung, es handle sich um eine Abrechnung zwischen Ganoven.« Pertin hatte sich offensichtlich so knapp wie möglich gefasst. Wegen einer Geschichte unter Ganoven würde keine Untersuchung eingeleitet werden. Das hieß es im Klartext, Pertin behielt den Fall für sich. Wie einen Knochen, an dem er sich die Zähne wetzen konnte. Der Knochen war wahrscheinlich ganz einfach ich.

Ich blätterte automatisch um, während ich aufstand, um die *Marseillaise* zu holen. Die fette Schlagzeile oben auf Seite 5 ließ mich zur Salzsäure erstarren: »Doppelmord im Panier: Halbnackte Leiche eines nicht identifizierten jungen Mannes.« In einem Kasten in der Mitte des Artikels: »Der Eigentümer des Hauses, der Architekt Adrien Fabre, ist fassungslos.«

Ich setzte mich, benommen. Vielleicht war es nur ein Zusammentreffen von Zufällen. Das redete ich mir jedenfalls ein, um den Artikel ohne Zittern lesen zu können. Ich hätte mein Leben gegeben, um die Zeilen vor meinen Augen nicht sehen zu müssen. Denn ich wusste, was ich dort finden würde. Eine Gänsehaut lief mir über den Rücken. Der bekannte Architekt Adrien Fabre beherbergte seit einer Weile den algerischen Historiker Hocine Draoui, Spezialist für den Mittelmeerraum in der Antike. Von der Islamischen Heilsfront (FIS) mit dem Tod bedroht, war er wie viele andere algerische Intellektuelle aus seinem Land geflohen. Er hatte politisches Asyl beantragt.

Natürlich dachte man sofort an eine Aktion der FIS. Aber für die Untersuchungsbeamten war das eher unwahrscheinlich. Bis heute hatte sich die FIS – zumindest offiziell – nur zu einer Hinrichtung bekannt, der Ermordung des Imam Sahraoui am 11. Juli 1995 in Paris. In Frankreich lebten Dutzende von Hocine Draouis. Warum er und nicht ein anderer? Außerdem gab Adrien Fabre zu, dass Hocine Draoui ihm gegenüber nie von irgendeiner Morddrohung gesprochen hatte. Er machte sich lediglich Sorgen um seine Frau, die in Algerien geblieben war und nachkommen würde, sobald sein Asyl anerkannt war.

Adrien Fabre schilderte seine Freundschaft mit Hocine Draoui, den er 1990 auf einem großen Kolloquium über »Das griechische Marseille und Gallien« kennen gelernt hatte. Seine Arbeiten über die Lage des Hafens – erst phönizisch, dann römisch – gaben der Entwicklung unserer Stadt seiner Meinung nach ein neues Gesicht und halfen ihr, ihre Herkunft zu verstehen. Unter dem Titel »Am Anfang war das Meer« veröffentlichte die Zeitung Auszüge von Hocine Draouis Beiträgen zu diesem Kolloquium.

Die Polizei hielt sich vorerst an die These des gestörten Einbruchs. Einbrüche waren im Panier an der Tagesordnung. Dadurch wurde die Renovierungspolitik des Viertels natürlich gebremst. Die meist wohlhabenden Neuankömmlinge wurden zur Zielscheibe von Kriminellen, größtenteils jugendlichen Arabern. In einige Häuser war in wenigen Monaten drei- bis viermal eingebrochen worden, sodass die neuen Eigentümer dem Viertel entnervt den Rücken kehrten.

Das Haus der Fabres hatte es zum ersten Mal erwischt. Würden sie ausziehen? Seine Frau, sein Sohn und er selbst waren noch zu aufgewühlt, um sich darüber Gedanken zu machen.

Blieb das Rätsel der zweiten Leiche.

Die Fabres kannten den etwa sechzehnjährigen jungen Mann nicht, der nur mit einer Unterhose bekleidet tot vor der Tür des Appartements ihres Sohnes gefunden wurde. Die Untersuchungsbeamten hatten das ganze Haus auf den Kopf gestellt, aber nichts gefunden als seine Kleider – Jeans, T-Shirt, Jeansjacke –, einen kleinen Rucksack mit Toilettenartikeln und etwas Wäsche zum Wechseln, aber keine Spur von einer Brieftasche oder Ausweispapieren. Eine Kette, die er um den Hals trug, war ihm mit Gewalt abgerissen worden. Die Spuren waren noch zu sehen.

Laut Adrien Fabre hätte Hocine Draoui nie ohne Rückfrage jemanden bei ihnen untergebracht. Nicht einmal einen Verwandten auf der Durchreise oder einen Freund. Wenn er es aus irgendeinem Grund doch getan hätte, dann nicht ohne vorher in Sanary anzurufen. Er behandelte seine Gastgeber ausgesprochen respektvoll.

Wer war dieser junge Mann? Woher kam er? Was machte er da? Kommissar Loubet, der die Untersuchungen leitete, suchte die Lösung dieser dramatischen Affäre.

Ich hatte die Antworten.

»Fonfon!«

Fonfon kam mit zwei Kaffees auf dem Tablett. »Kein Grund zu schreien, der Kaffee ist fertig! Siehst du, ich hab mir gedacht, noch ein schön starker wird dir nicht schaden. Da«, sagte er und stellte die Tassen auf den Tisch. Dann sah er mich an: »Oh! Bist du krank? Du bist ja ganz weiß, sag mal!«

»Hat du die Zeitung gelesen?«

»Bin noch nicht dazu gekommen.«

Ich schob ihm die Seite des *Provençal* hin. »Lies!«

Er las, langsam. Ich rührte meine Tasse nicht an, unfähig zur kleinsten Bewegung. Mein ganzer Körper bebte. Ich zitterte von Kopf bis Fuß.

»Na und?«, sagte er und sah hoch.

Ich erzählte. Gélou, Guitou, Naïma.

»Scheiße!« Er sah mich an und vertiefte sich dann wieder in den Artikel. Als ob eine zweite Lektüre die traurige Wahrheit ungeschehen machen könnte.

»Gib mir einen Cognac.«

»Fabre …«, begann er.

»Das ganze Telefonbuch ist voll davon, ich weiß. Bring mir einen Cognac, mach schon!« Ich musste das Blut in meinen Adern auftauen.

Er kam mit der Flasche zurück. Ich trank zwei, auf ex, schloss die Augen und hielt mich mit einer Hand am Tisch fest.

Ich trank einen dritten Cognac. Mir wurde schlecht. Ich lief ans Ende der Terrasse und kotzte auf die Felsen. Eine Welle brach sich darüber und verschlang meinen Ekel vor dieser Welt. Ihrer nutzlosen Unmenschlichkeit und Gewalt. Ich sah zu, wie der weiße Schaum die tiefen Furchen in den Felsen leckte, ehe er sich zurückzog. Meine Galle war in Aufruhr. Aber ich hatte nichts mehr auszukotzen. Außer einer unendlichen Traurigkeit.

Fonfon hatte mir neuen Kaffee gemacht. Ich stürzte einen weiteren Cognac und den Kaffee hinunter, bevor ich mich setzte.

»Was wirst du tun?«

»Nichts. Ich werde ihr nichts sagen. Fürs Erste. Er ist tot, das ist nicht mehr zu ändern. Und für sie ändert es auch nichts, ob sie jetzt, heute Abend oder morgen leidet. Ich werde das alles überprüfen. Ich muss das Mädchen finden. Und den Jungen, diesen Mathias.«

»Hm, ja«, machte er und schüttelte skeptisch den Kopf.

»Glaubst du nicht …«

»Ich verstehe das nicht. Dieser Junge hat seine Ferien mit Guitou verbracht, sie haben fast jeden Abend zusammen gefeiert. Warum behauptet er, dass er ihn nicht kennt? Ich bin der Meinung, Guitou und Naïma wollten das Wochenende dort in dem Appartement verbringen. Freitagabend hat Guitou dort übernachtet, um die Kleine am Morgen zu treffen. Er muss einen Schlüssel gehabt haben, oder jemand hat ihn eingelassen.«

»Hocine Draoui.«

»Ja. Das ist sicher. Und die Fabres, sie wissen, wer Guitou ist. Dafür lege ich meine Hand ins Feuer, Fonfon.«

»Vielleicht wollte die Polizei es geheim halten.«

»Das glaube ich nicht. Ein anderer als Loubet, vielleicht. Er ist nicht so machiavellistisch. Wenn er wüsste, wer Guitou ist, hätte er seine Identität bekannt gegeben. Er sagt selber, dass die Identifizierung der Leiche Licht in die Angelegenheit bringen würde.«

Loubet kannte ich gut. Er war bei der Antikriminalitäts-Brigade. Auch sein Weg war mit Leichen gepflastert. Er war in die verzwicktesten Geschichten getaucht, um an die Oberfläche zu bringen, was besser nie hochgekommen wäre. Er war ein guter Polizist. Ehrlich und gerecht. Einer von denen, für die die Polizei im Dienst der republikanischen Ordnung steht. Ein Bürger. Was immer das heißen mag. Er hatte keinen großen Glauben mehr, aber er hielt sich tapfer. Und wenn er eine Untersuchung führte, mischte sich besser niemand ein. Er ging immer bis zum Ende. Ich habe mich oft gefragt, durch welchen glücklichen Zufall er noch am Leben war. Und auf diesem Posten.

»Na?«

»Irgendwas stimmt nicht.«

»Du glaubst nicht an einen Einbruch?«

»Ich glaube gar nichts.«

Doch: Ich hatte geglaubt, dieser Tag würde scheußlich werden. Er war noch schlimmer.

Achtes Kapitel

In dem die Geschichte nicht die einzige Form des Schicksals ist

Die Tür öffnete sich, und ich war sprachlos. Vor mir stand eine junge Asiatin. Wahrscheinlich Vietnamesin. Aber ich konnte mich täuschen. Sie war barfuß und traditionell gekleidet. Das über der Schulter geknöpfte, scharlachrote Oberteil fiel halb über die Oberschenkel über eine kurze, dunkelblaue Hose. Die langen, schwarzen Haare waren zur Seite gekämmt und verdeckten zum Teil ihr rechtes Auge.

Ihr Gesichtsausdruck war ernst, ihr Blick vorwurfsvoll, sicher weil ich bei ihr geklingelt hatte. Bestimmt gehörte sie zu der Sorte Frauen, die sich immer gestört fühlen, egal zu welcher Zeit. Immerhin war es kurz nach elf.

»Ich hätte gern mit Monsieur und Madame Fabre gesprochen.«

»Ich bin Madame Fabre. Mein Mann ist in seinem Büro.«

Wieder blieb mir die Stimme weg. Ich hatte nicht eine Sekunde daran gedacht, dass Adrien Fabres Frau Vietnamesin sein könnte. Und so jung. Sie musste um die fünfunddreißig sein. Ich fragte mich, in welchem Alter sie Mathias gekriegt hatte. Aber vielleicht war sie nicht seine Mutter.

»Guten Tag«, brachte ich schließlich heraus, ohne jedoch aufzuhören, sie mit den Augen zu verschlingen.

Das war einigermaßen unverschämt von mir. Aber mehr noch als ihre Schönheit hielt mich der Charme dieser Frau gefangen. Er vibrierte in meinem Körper. Wie eine elektrische Spannung. Das passiert manchmal auf der Straße. Man begegnet dem Blick einer Frau und dreht sich um, weil man hofft, diesen Blick noch einmal zu erhaschen. Ohne sich auch nur zu fragen, ob die Frau hübsch, wie sie gebaut, wie alt sie ist. Nur wegen der Sprache ihrer Augen in diesem Moment: Traum, Erwartung, Verlangen. Ein ganzes Leben voller Möglichkeiten.

»Worum geht es?«

Sie hatte kaum die Lippen bewegt, und ihre Stimme klang wie eine vor deiner Nase zugeschlagene Tür. Aber die Tür blieb offen. Leicht nervös strich sie ihr Haar zurück, sodass ich ihr Gesicht sehen konnte.

Sie musterte mich von Kopf bis Fuß. Marineblaue Leinenhose, blaues Hemd mit weißen Punkten – ein Geschenk von Lole –, weiße Espadrilles. Schön aufrecht mit meinen einsfünfundsiebzig und die Hände in den Taschen eines blaugrauen Blousons. Honorine hatte mich sehr elegant gefunden. Ich hatte ihr nichts von dem Zeitungsartikel erzählt. Für sie und Gélou machte ich mich auf die Suche nach Guitou.

Unsere Augen begegneten sich, und ich hielt ihrem Blick stand, ohne ein Wort zu sagen. Ihre Miene wurde hart.

»Ich höre«, sagte sie mit schneidender Stimme.

»Wir könnten uns ebenso gut drinnen unterhalten.«

»Worum geht es?« Trotz ihrer gewohnten Selbstsicherheit war sie in der Defensive. Nach einem Wochenendausflug zwei Leichen bei sich zu Hause vorgefunden zu haben, machte sie nicht gerade gastfreundlicher. Und auch wenn ich mir mit meiner Kleidung Mühe gegeben hatte, sah ich mit meinen schwarzen, leicht welligen Haaren und meinem matten, fast dunklen Teint wie ein Mischling aus. Der ich ja auch war.

»Um Mathias«, sagte ich so einfühlsam wie möglich. »Und um seinen Freund, mit dem er die Sommerferien verbracht hat. Guitou. Der tot bei ihnen gefunden wurde.«

Ihr ganzes Wesen verschloss sich. »Wer sind Sie?«, stammelte sie, als ob die Worte ihr den Mund verbrannten.

»Ein Angehöriger.«

»Kommen Sie rein.« Sie zeigte auf eine Treppe am Ende der Eingangshalle und trat zur Seite, um mich durchzulassen. Nach ein paar Schritten blieb ich vor der ersten Stufe stehen. Der Stein – ein weißer Stein aus Lacoste, wo der Marquis de Sade ein Schloss hatte – war von Guitous Blut durchtränkt. Ein dunkler Fleck blockierte die Stufe wie ein Trauerflor. Auch der Stein trug Schwarz.

»Ist es da?«, fragte ich.

»Ja«, murmelte sie.

Bevor ich mich zum Handeln entschloss, hatte ich lange aufs Meer geschaut und mehrere Zigaretten geraucht. Ich wusste, was ich tun würde und in welcher Reihenfolge, aber ich fühlte mich schwer. Wie aus Blei. Ein Zinnsoldat. Der darauf wartete, von einer Hand in Bewegung gesetzt zu werden. Und diese Hand war das Schicksal. Das Leben, der Tod. Vor dieser Hand gab es kein Entkommen. Für niemanden. Zum Besseren oder zum Schlimmeren.

Das Schlimme war das, was ich am besten kannte.

Ich hatte Loubet angerufen. Ich kannte seine Gewohnheiten. Er war ein harter Arbeiter und Frühaufsteher. Es war halb neun, und er hob beim ersten Klingeln ab.

»Hier ist Montale.«

»Oh! Ein Wiederauferstandener! Schön, von dir zu hören.«

Er war einer der wenigen, die bei meinem Abschied selber für ihr Getränk bezahlt hatten. Ich hatte es aufmerksam registriert. Das Begießen meiner Kündigung enthüllte Spaltungen innerhalb der Polizei genauso wie jede Gewerkschaftswahl. Nur, dass es hier nicht geheim blieb.

»Ich habe die Antwort auf deine Fragen. Wegen des Jungen im Panier.«

»Was! Wovon sprichst du, Montale?«

»Von deiner Untersuchung. Ich weiß, wer der Junge ist. Wo er herkommt und alles andere.«

»Woher weißt du das?«

»Es ist der Sohn meiner Cousine. Er ist Freitag abgehauen.«

»Was hatte er da zu suchen?«

»Ich werde es dir erzählen. Können wir uns treffen?«

»Und ob! Wann kannst du da sein?«

»Lass uns zu Ange gehen, das wäre mir lieber. Im *Treize-Coins,* einverstanden?«

»Okay.«

»Gegen Mittag, halb eins.«

»Halb eins! Oh! Montale, was hast du denn vorher noch alles zu tun?«

»Fischen gehen.«

»Bist ein verdammter Lügner.«

»Stimmt. Bis nachher, Loubet.«

Ich wollte tatsächlich fischen gehen. Aber auf Informationsfang. Seewölfe und Goldbrassen konnten warten. Das waren sie gewohnt. Ich war kein echter Fischer, nur ein Amateur.

Cuc – so hieß sie, und sie war wirklich Vietnamesin, aus Dalat im Süden, »der einzigen kalten Stadt des Landes«, – sah mich an, und ihr Blick verlor sich erneut unter einer Haarmatte. Sie schob sie nicht zur Seite. Sie hatte es sich im Schneidersitz auf dem Sofa bequem gemacht.

»Wer weiß noch Bescheid?«

»Niemand«, log ich.

Der Sessel, den sie mir angewiesen hatte, stand im Gegenlicht. Soweit ich beurteilen konnte, waren ihre kohlrabenschwarzen Augen nur noch zwei Schlitze, scharf und hart wie Diamant. Sie hatte ihre Sicherheit wiedergewonnen. Oder zumindest genug Kraft, um mich auf Distanz zu halten. Unter der ruhigen Erscheinung konnte ich das Energiebündel in ihr erahnen. Sie bewegte sich wie eine Sportlerin. Cuc war nicht nur wachsam, sondern mit ausgefahrenen Krallen sprungbereit. Seit ihrer Ankunft in Frankreich hatte sie gewiss viel verteidigen müssen. Erinnerungen, Träume. Ihr Leben. Das Leben als Ehefrau von Adrien Fabre. Ihr Leben als Mutter von Mathias. Ihren Sohn. »Mein eigener Sohn«, wie sie betont hatte.

Ich war nahe daran, ihr einen Haufen indiskreter Fragen zu stellen. Aber ich hielt mich ans Wesentliche. Wer ich war. Meine Verwandtschaft mit Gélou. Und ich erzählte ihr die Geschichte von Guitou und Naïma. Seine Flucht. Marseille. Was ich in der Zeitung gelesen hatte, und wie ich den Zusammenhang hergestellt hatte.

»Warum haben Sie der Polizei nichts gesagt?«

»Worüber?«

»Über Guitous Identität.«

»Die habe ich eben erst von Ihnen erfahren. Wir hatten keine Ahnung.«

Ich konnte es nicht fassen. »Aber Mathias … Er kannte ihn und …«

»Mathias war nicht bei uns, als wir Sonntagabend zurückgekommen sind. Wir hatten ihn bei meinen Schwiegereltern in Aix abgesetzt. Er fängt dieses Jahr mit dem Studium an und hatte noch einige Formalitäten zu erledigen.«

Das war glaubhaft, aber nicht überzeugend.

»Und« – die Ironie konnte ich mir nicht verkneifen – »Sie haben ihn natürlich nicht angerufen. Er weiß nichts von dem Drama, das hier stattgefunden hat und dass einer seiner Ferienfreunde hier ermordet wurde?«

»Mein Mann hat ihn angerufen. Mathias hat geschworen, niemandem seinen Schlüssel geliehen zu haben.«

»Und Sie haben ihm geglaubt?«

Sie schüttelte ihre Haare zurück. Eine Geste, die Ernsthaftigkeit demonstrieren sollte. Das hatte ich inzwischen begriffen.

»Warum hätten wir ihm nicht glauben sollen, Monsieur Montale?«, fragte sie und neigte sich leicht zu mir herüber.

Ich stand zunehmend unter dem Einfluss ihres Charmes, und das machte mich nervös. »Weil Hocine Draoui Ihnen Bescheid gegeben hätte«, sagte ich härter, als ich wollte, »wenn jemand in Ihrer Wohnung gewesen wäre. Das sagt Ihr Mann jedenfalls in der Zeitung.«

»Hocine ist tot«, sagte sie leise.

»Guitou auch!«, schrie ich, am Ende meiner Geduld. Es war Mittag. Ich musste noch mehr herausbekommen, bevor ich Loubet traf. »Wo kann ich telefonieren?«

»Mit wem?« Sie war aufgesprungen. Und sie stand mir gegenüber. Aufrecht, reglos. Sie wirkte größer, ihre Schultern breiter. Ich spürte ihren Atem auf meiner Brust.

»Mit Kommissar Loubet. Es ist Zeit, dass er von Guitous Identität erfährt. Ich weiß nicht, ob er Ihre Geschichte schlucken wird. Auf jeden Fall wird sie ihn in seiner Untersuchung weiterbringen.«

»Nein. Warten Sie.« Sie strich ihr Haar mit beiden Händen zurück. Sie schätzte mich ab. Zu allem bereit. Sogar, mir in die Arme zu fallen. Und darauf wollte ich ja eigentlich nicht hinaus.

»Sie haben wunderschöne Ohren«, hörte ich mich murmeln.

Sie lächelte. Ein fast unmerkliches Lächeln. Sie legte ihre Hand auf meinen Arm, und diesmal sprang der Funke über. Blitzartig. Ihre Hand brannte.

»Bitte.«

Ich kam zu spät im *Treize-Coins* an. Loubet trank ein großes Glas Mauresque, Pastis mit Mandelgeschmack. Ange brachte mir einen Pastis, als er mich kommen sah. Schwer, seine Gewohnheiten zu ändern. Diese Kneipe hinter dem Polizeihauptquartier hatte mir jahrelang als Kantine gedient. Weit weg von den anderen Polizisten, die ihren Stammtisch in der Rue de l'Évêché oder an der Place des Cantons hatten. Dort, wo die Bedienung Liebesgesäusel gurrte, um Trinkgeld einzuheimsen.

Ange war nicht von der gesprächigen Sorte. Er rannte seinen Gästen nicht hinterher. Als die Raggagruppe IAM beschlossen hatte, den Clip zu ihrem neuen Album bei ihm zu drehen, hatte er nur bemerkt: »Ach! Was habt ihr bloß mit meiner Kneipe?« Eine Spur von Stolz klang dabei dennoch mit.

Er war ein Liebhaber der Geschichte. Der großen Geschichte. Er nahm alles, was er in die Finger bekommen konnte. Decaux, Castellot. Aber auch ein kunterbuntes Durcheinander von den Bouquinisten: Zévaes, Ferro, Rousset. Zwischen zwei Gläschen brachte er mich auf den neuesten Stand. Als ich das letzte Mal bei ihm vorbeigekommen war, hatte er mir detailliert die triumphale Ankunft Garibaldis im Hafen von Marseille am 7. Oktober 1870 geschildert. »Genau um zehn Uhr.« Beim dritten Pastis hatte ich gesagt, dass ich Geschichte nicht als die einzige Form des Schicksals betrachtete. Ich weiß bis heute nicht, was ich damit meinte, aber es scheint mir richtig zu sein. Er hatte mich verblüfft angesehen und nichts mehr gesagt.

»Wir haben dich erwartet«, sagte er und schob mir das Glas hin.

»Hast du einen guten Fang gemacht, Montale?«

»Nicht schlecht.«

»Wollt ihr essen?«, fragte Ange dazwischen.

Loubet sah mich an.

»Später«, sagte ich matt.

Ich hatte keine große Lust, ins Leichenschauhaus zu gehen. Aber Loubet bestand darauf. Nur Mathias, Cuc und ich wussten, dass der Tote wirklich Guitou war. Ich war nicht scharf darauf, Loubet von meiner Begegnung mit Cuc zu berichten. Das hätte ihm gar nicht gefallen, und außerdem wäre er überstürzt zu ihr gerannt. Ich hatte Cuc versprochen, ihr Zeit zu lassen. Bis zum Nachmittag. Damit sie mit ihrem Mann und Mathias eine glaubhafte Lüge auftischen konnte. Das hatte ich versprochen. Es kann nichts schaden, hatte ich mir gesagt. Dennoch ein wenig beschämt, weil ich mich so leicht hatte verführen lassen. Aber ich bin nun mal empfänglich für die Schönheit der Frauen, das lässt sich nicht ändern.

Ich leerte mein Glas wie ein zum Tode Verurteilter.

Während meiner Karriere war ich nur dreimal im Leichenschauhaus gewesen. Die eisige Atmosphäre umfing mich gleich hinter der Empfangstür. Wir kamen aus der Sonne ins Neonlicht. Weiß, fahl. Feucht. Das war die Hölle. Der kalte, nackte Tod. Nicht nur hier. Auf dem Boden einer Gruft war es genauso, sogar im Sommer.

Ich vermied es, an diejenigen zu denken, die ich schon begraben hatte, die ich geliebt hatte. Als ich die erste Hand voll Erde auf den Sarg meines Vaters geworfen hatte, sagte ich mir: »So, jetzt bist du allein.« Seitdem hatte ich Schwierigkeiten mit den anderen. Sogar mit Carmen, meiner damaligen Freundin. Ich war schweigsam geworden. Weil ich nicht erklären konnte, dass der Abwesende plötzlich wichtiger für mich war als ihre Gegenwart. Ihre Liebe. Das war idiotisch. Mein Vater war tatsächlich ein richtiger Vater gewesen. Aber wie Fonfon oder Félix. Wie viele. Wie ich es auch ganz einfach und natürlich hätte sein können.

Was mich in Wahrheit aufrieb, war der Tod an sich. Ich war zu jung, als meine Mutter von uns ging. Als mein Vater starb, fraß sich der Tod zum ersten Mal in mein Bewusstsein und nagte seitdem an mir. Im Kopf, in den Knochen. Im Herzen. Der Nager führte sein zerstörerisches Werk immer weiter. Seit Leilas entsetzlichem Tod war mein Herz nur noch eine einzige Wunde, die nicht heilen wollte.

Ich konzentrierte meine Aufmerksamkeit auf eine Angestellte, die den Boden feudelte. Eine dicke Afrikanerin. Sie sah hoch, und ich lächelte ihr zu. Weil es letztendlich verdammt viel Mut kostete, dort zu arbeiten.

»Wegen der 747«, sagte Loubet und zeigte seine Kennmarke.

Die Tür öffnete sich mit einem metallischen Klicken. Die Leichenhalle war im Keller. Der typische Krankenhausgeruch schlug mir auf den Magen. Das gefilterte Tageslicht war genauso gelblich wie das Wischwasser der Putzfrau.

»Gehts?«, fragte Loubet.

»Geht schon«, sagte ich.

Guitou kam auf einem verchromten Wagen, den ein kleiner, glatzköpfiger Mann mit einer Kippe im Mundwinkel schob.

»Ist der für Sie?«

Loubet nickte. Der Typ stellte den Wagen vor uns ab und verschwand ohne ein weiteres Wort. Loubet hob das Laken langsam bis zum Hals. Ich hatte die Augen geschlossen. Ich holte tief Luft, dann sah ich Guitous Leiche schließlich an. Gélous geliebter Sohn.

Derselbe wie auf dem Foto. Aber sauber, blutleer und tiefgefroren glich er einem Engel. In freiem Fall aus dem Paradies auf die Erde gestürzt. Hatten Naïma und er Zeit, sich zu lieben? Cuc hatte gesagt, dass sie Freitagabend angekommen waren. Sie hatte Hocine gegen zwanzig Uhr angerufen. Seitdem gingen mir pausenlos Fragen durch den Kopf: Wo konnte Naïma gewesen sein, als Guitou getötet wurde? Schon weg? Oder bei ihm? Und was hatte sie gesehen? Ich musste bis fünf Uhr warten, um vielleicht einige Antworten zu erhalten. Mourad sollte mich zum Großvater bringen.

Das war das Erste, was ich tat, nachdem ich Loubet angerufen hatte. Ich ging Naïmas Mutter besuchen. Es hatte ihr gar nicht gefallen, noch dazu so früh. Redouane hätte da sein können, und ihr war daran gelegen, ihn aus der Geschichte rauszuhalten. »Das Leben ist so schon kompliziert genug«, hatte sie gesagt. Ich war das Risiko eingegangen, denn meine Zeit war knapp. Es war mir wichtig, Loubet einen Schritt voraus zu sein. Das war verrückt, aber ich wollte vor ihm Bescheid wissen.

Naïmas Mutter war eine gute Frau. Sie sorgte sich um ihre Kinder. Deshalb beschloss ich, ihr Angst einzuflößen.

»Naïma ist möglicherweise in eine schmutzige Geschichte verwickelt. Wegen diesem Jungen.«

»Der Franzose?«

»Der Sohn meiner Cousine.«

Sie hatte sich langsam auf das Sofa gesetzt und ihr Gesicht in den Händen verborgen. »Was hat sie getan?«

»Nichts. Zumindest nicht, dass ich wüsste. Sie hat den jungen Mann nur zuletzt gesehen.«

»Warum lassen Sie uns nicht in Ruhe. Die Kinder machen mir im Moment schon genug Sorgen.« Sie sah mich an. »Vielleicht ist der junge Mann wieder nach Hause gefahren. Oder er wird es tun. Redouane war auch drei Monate ohne Nachricht verschwunden. Dann ist er wiedergekommen. Jetzt geht er nicht mehr weg. Er hat sich gefangen.«

Ich ging vor ihr in die Knie. »Ich glaube Ihnen, Madame. Aber Guitou wird nie zurückkommen. Er ist tot. In jener Nacht war Naïma bei ihm.«

Ich sah die Panik in ihren Augen. »Tot? Und Naïma …«

»Sie waren zusammen. Alle beide im gleichen … Im gleichen Haus. Sie muss mit mir sprechen. Wenn sie noch da war, als es passiert ist, muss sie etwas gesehen haben.«

»Meine arme Kleine.«

»Ich bin der Einzige, der das alles weiß. Wenn sie nicht da war, wird niemand davon erfahren. Die Polizei kann unmöglich bis zu ihr vordringen. Sie weiß nichts von ihrer Existenz. Verstehen Sie. Darum kann ich nicht länger warten.«

»Großvater hat kein Telefon. Das ist wahr, Sie müssen mir schon glauben, Monsieur. Er sagt, das Telefon ist nur ein Vorwand, um sich nicht mehr zu besuchen. Ich wollte hinfahren, wie ich versprochen hatte. Es ist weit, in Saint-Henri. Von hier muss man den Bus nehmen. Das ist nicht so einfach.«

»Wenn Sie wollen, bringe ich Sie hin.«

»Das geht nicht, Monsieur. Ich in Ihrem Auto. Wenn das die Leute mitkriegen. Hier spricht sich alles rum. Und Redouane wird wieder Theater machen.«

»Geben Sie mir die Adresse.«

»Nein!«, sagte sie bestimmt. »Mourad kommt heute Nachmittag um drei aus der Schule. Er wird Sie begleiten. Warten Sie um vier an der Busendstation am Cours Joseph-Thierry auf ihn.«

»Danke«, sagte ich.

Ich schrak hoch. Loubet nahm meinen Arm und bedeutete mir, Guitous Leiche genauer anzusehen. Er hatte das Laken bis zum Bauch hinuntergezogen.

»Er hat eine 38er-Spezial benutzt. Eine einzige Kugel. Aus allernächster Nähe. Guitou hatte keine Chance. Mit einem guten Schalldämpfer versehen macht die nicht mehr Lärm als eine Fliege. Der Typ war ein echter Profi.«

Mir schwindelte. Nicht wegen dem, was ich sah. Sondern was ich mir vorstellte. Guitou nackt, und der andere mit der Knarre in der Hand. Hatte er den Jungen angesehen, bevor er abdrückte? Weil er nicht einfach so nach Augenmaß geschossen hat, auf der Flucht. Nein, von Angesicht zu Angesicht. Ich bin in meinem Leben nicht vielen Typen begegnet, die das können. Einige in Dschibuti. Legionäre, Fallschirmspringer. Überlebende aus Indochina, Algerien. Selbst an langen Saufabenden sprachen sie nicht darüber. Sie hatten ihre Haut gerettet, das war alles. Ich konnte das verstehen. Man konnte aus Eifersucht, Wut oder Verzweiflung töten. Auch das konnte ich verstehen. Aber dies, nein.

Hass stieg in mir auf.

»Der Augenbrauenbogen«, sagte Loubet und zeigte mit dem Finger darauf, »das muss passiert sein, als er gefallen ist.« Dann fuhr er mit dem Finger bis zum Hals. »Das dort ist interessanter, siehst du. Sie haben ihm die Kette abgerissen, die er um den Hals trug.«

»Wegen ihres Wertes? Meinst du, sie hatten es auf eine Goldkette abgesehen?«

Er zuckte mit den Schultern. »Vielleicht hätte die Kette ihn identifizieren können.«

»Was interessierte das die Typen?«

»Zeit gewinnen.«

»Bist du so gut, mir das zu erklären? Das kapier ich nicht.«

»Es ist nur eine Annahme. Dass der Mörder Guitou kennt. Hocine Draoui trug ein wertvolles Goldarmband. Er trägt es immer noch.«

»Dieser Gedankengang führt zu nichts.«

»Ich weiß. Ich mache Feststellungen, Montale. Stelle Hypothesen auf. Ich habe mindestens hundert. Sie führen auch zu nichts. Also sind sie alle gut.« Er ließ seinen Finger wieder über Guitous Leiche wandern. Zu seiner Schulter. »Der blaue Fleck ist älter. Fünfzehn, zwanzig Tage ungefähr. Ein teuflisches Blau. Du siehst, das identifiziert ihn genauso gut wie die Kette und bringt uns auch nicht weiter.«

Loubet deckte Guitous Leiche wieder zu und sah mich an. Mir war klar, dass ich jetzt das Protokoll unterschreiben musste. Das Schwerste aber stand mir noch bevor.

Neuntes Kapitel

In dem es keine unschuldige Lüge gibt

Mitten auf der Rue Sainte-Françoise vor dem *Treize-Coins* wusch ein gewisser José sein Auto, einen Renault 21 in den Farben von Olympique Marseille. Unten blau, oben weiß. Mit passenden Wimpeln am Rückspiegel und dem Fan-Schal auf der Heckablage. Drinnen Musik. Die Gipsy Kings. *Bamboleo, Djobi Djoba, Amor, amor* ... The Best of.

Der Straßenarbeiter Sicard hatte den Hydranten am Rinnstein für ihn aufgedreht. José hatte, wenn er wollte, das Wasser der ganzen Stadt zur Verfügung. Ab und zu kam er an Sicards Tisch, setzte sich und trank einen Pastis, ohne seinen Wagen aus den Augen zu lassen. Als sei er ein Sammlerstück. Aber vielleicht träumte er auch nur von dem Pin-up-Girl, das er darin zu einer Spritztour nach Cassis einladen würde. Seinem zufriedenen Lächeln nach zu urteilen, dachte er jedenfalls nicht ans Finanzamt. Und José nahm sich Zeit.

Hier im Viertel lief das immer so, wenn jemand seinen Wagen waschen wollte. Die Jahre vergingen, aber es gibt immer einen Sicard, der dir Wasser anbietet, wenn du seinen Pastis bezahlst. Man musste schon ein Angeber aus dem vornehmen Stadtteil Saint-Giniez sein, um in eine Waschanlage zu fahren.

Wenn hier ein anderes Auto kam, musste es warten, bis José fertig war. Bis er die ganze Karosserie sorgfältig mit einem Ledertuch abgerieben hatte. In der Hoffnung, dass nicht gerade in dem Moment eine Taube draufschiss.

War der Fahrer aus dem Viertel, trank er gemütlich seinen Aperitif mit José und Sicard, wobei sie über die Fußballmeisterschaft sprachen und sich natürlich über die schlechten Ergebnisse von Paris Saint-Germain lustig machten. Und die konnten nur schlecht sein, auch wenn die Pariser sich auf der Rangliste ganz vorn tummelten. Wenn ein »Tourist« vorbeikam und unpassenderweise auf die Hupe drückte, konnte es zu Handgreiflichkeiten kommen. Aber das kam selten vor. Wenn man nicht aus dem Panier kommt, macht man dort keinen Ärger. Man hält den Mund und trägt sein Unglück mit Fassung. Aber es kam kein Auto vorbei, und Loubet und ich konnten in Ruhe essen. Ich persönlich hatte nichts gegen die Gipsy Kings.

Ange hatte uns einen Tisch auf der Terrasse gegeben, dazu einen Rosé aus Puy-Sainte-Réparade. Auf der Speisekarte standen gefüllte Tomaten, Kartoffeln, Zucchini und Zwiebeln. Ich hatte Hunger, und es schmeckte köstlich. Ich esse gern. Aber es wird schlimmer, wenn ich Sorgen habe, und noch schlimmer, wenn ich mit dem Tod in Berührung komme. Dann muss ich Nahrungsmittel – Gemüse, Fleisch, Fisch, Nachtisch oder Süßigkeiten – verschlingen. Mich mit ihrer Würze durchtränken. Ich hatte kein besseres Mittel gefunden, um dem Tod zu trotzen. Mich davor zu schützen. Gute Küche und guter Wein. Eine Überlebenskunst. Bis heute war mir das nicht schlecht gelungen.

Loubet und ich bewahrten Schweigen. Bei der Vorspeise hatten wir nur einige Banalitäten ausgetauscht. Er grübelte über seinen Hypothesen. Ich über meinen. Cuc hatte mir einen Tee angeboten, einen schwarzen Tee. »Ich glaube, ich kann Ihnen vertrauen«, hatte sie begonnen. Ich hatte geantwortet, dass es vorerst keine Frage des Vertrauens, sondern nur der Wahrheit war. Einer Wahrheit, die dem zuständigen Beamten mitgeteilt werden musste. Guitous Identität.

»Ich werde Ihnen nicht mein ganzes Leben erzählen«, erklärte sie. »Aber Sie werden besser verstehen, wenn ich Ihnen gewisse Dinge berichte. Ich bin mit siebzehn nach Frankreich gekommen. Mathias war gerade geboren. Das war 1977. Meine Mutter hatte entschieden, dass es Zeit war, zu gehen. Die Tatsache, dass ich gerade niedergekommen war, hat ihren Entschluss möglicherweise beeinflusst. Ich weiß es nicht mehr.«

Sie warf mir einen flüchtigen Blick zu, griff nach einer Schachtel Craven A und steckte sich nervös eine Zigarette an. Ihr Blick verlor sich in einer Rauchspirale. Weit weg. Sie sprach weiter. Ihre Sätze mündeten manchmal in langes Schweigen. Ihre Stimme klang entfernt. Wörter blieben in der Luft hängen, und sie schien sie zusammen mit ihrem Zigarettenrauch mit dem Handrücken wegwischen zu wollen. Ihr Körper rührte sich nicht. Nur ihre langen Haare wiegten sich im Rhythmus des Kopfes, den sie wie auf der Suche nach einem verlorenen Detail neigte.

Ich hörte aufmerksam zu. Es fiel mir schwer, zu glauben, dass ich der Erste war, dem sie ihr Leben anvertraute. Ich wusste, dass sie am Ende ihres Berichts eine Gegenleistung von mir erwarten würde. Aber durch diese plötzliche Vertrautheit verführte sie mich. Und es funktionierte.

»Meine Mutter, meine Großmutter, meine drei jüngeren Schwestern, das Kind und ich sind zurückgekehrt. Meine Mutter war sehr mutig. Wir waren, was man Repatriierte nennt, verstehen Sie. Meine Familie war seit 1930 eingebürgert. Ich habe übrigens die doppelte Staatsbürgerschaft. Wir waren praktisch Franzosen. Aber unsere Ankunft in Frankreich hatte nichts Idyllisches. Vom Flughafen Charles de Gaulle in Roissy brachte man uns in ein Arbeiterwohnheim in Sarcelles. Dann warf man uns raus, und wir landeten in Le Havre.

Dort haben wir vier Jahre in einer kleinen Zweizimmerwohnung gelebt. Meine Mutter hat sich um uns gekümmert, bis wir allein zurechtkamen. In Le Havre habe ich Adrien kennen gelernt. Ein Zufall. Ohne ihn … Ich bin im Modegeschäft, wissen Sie. Ich entwerfe orientalisch inspirierte Kollektionen und Stoffe. Die Werkstatt und das Geschäft sind am Cours Julien. Und vor kurzem habe ich eine Boutique in Paris eröffnet, in der Rue de la Roquette. Und bald eine in London.«

Bei den letzten Worten hatte sie sich aufgerichtet.

Mode war in Marseille der letzte Schrei. Die vorherige Stadtverwaltung hatte einen Riesenhaufen Geld für ein Zentrum mit mediterraner Mode an der Canebière verpulvert. In den ehemaligen Räumen des Kaufhauses Thierry. Das »Centre Pompidou der Haute Couture«. So hatten die Zeitungen es genannt. Ich war einmal aus Neugier hingegangen. Weil ich mir nicht vorstellen konnte, was da vor sich geht. In Wirklichkeit passiert dort gar nichts. Aber, so hatte man mir erklärt, »in Paris gibt das ein besseres Bild von uns«.

Wirklich lächerlich! Ich gehörte zu jener Sorte Marseiller, die sich einen Dreck darum scheren, was für ein Bild man sich in Paris oder sonstwo von uns macht. Das Bild hat nichts zu sagen. Für Europa sind wir immer noch die erste Stadt der Dritten Welt.

Das Wichtigste war meiner Meinung nach, etwas für Marseille zu tun. Nicht, um in Paris Eindruck zu schinden. Alles, was wir gewonnen haben, haben wir immer gegen Paris gewonnen. Dafür stand die alte Marseiller Bourgeoisie, die Frassinets, Touaches und Paquets. Die Familien, die, wie Ange mir erzählt hatte, 1870 Garibaldis Feldzug nach Marseille finanzierten, um die preußische Invasion zurückzuschlagen. Aber heute begehrte diese Bourgeoisie nicht mehr auf, nahm keinen Einfluss mehr. Sie dämmerte in ihren Luxusvillen in Roucas Blanc vor sich hin. Gleichgültig gegenüber Europas Plänen für die Stadt.

»Ah«, antwortete ich ausweichend. Cuc, die Geschäftsfrau. Das löste den Zauber, der von ihr ausging. Auf jeden Fall brachte es uns zurück auf den Boden der Tatsachen.

»Denken Sie nicht, ich sei Anfängerin. Nur zwei Jahre. Ich hatte einen guten Start, bin aber noch nicht so weit wie Zazza von Marseille.«

Zazza kannte ich. Auch sie hatte sich in die Modebranche gestürzt. Ihre handgefertigte Konfektionskleidung erlangte allmählich Weltruhm. Ihr Foto war in allen Zeitschriften zu sehen, die Marseille dem Rest der Franzosen näher bringen wollten. Das Beispiel des Erfolgs. Das Symbol mediterraner Kreativität. Aber vielleicht war ich nicht objektiv. Kann schon sein. Tatsache war, dass es in Les Goudes heute nur noch sechs Berufsfischer gab, und in L'Estaque sah es keinen Deut besser aus. Dass die Frachter im Joliette-Hafenbecken immer seltener wurden. Dass die Piers praktisch verwaist dalagen, während La Spezia in Italien und Algeciras in Spanien ihren Güterverkehr vervierfacht hatten.

In Anbetracht all dessen fragte ich mich oft, warum ein Hafen nicht in erster Linie als Hafen genutzt und entwickelt wurde. So sah ich die Kulturrevolution in Marseille. Mit den Füßen voran ins Wasser.

Cuc erwartete eine Reaktion von mir. Ich zeigte keine. Ich wartete. Ich war hier, um zu begreifen.

»Ich sage all das, um Ihnen klarzumachen«, nahm sie den Faden jetzt sicherer und ohne über ihre Worte zu stolpern wieder auf, »dass ich an dem hänge, was ich aufgebaut habe. Ich habe es für Mathias aufgebaut. Mein ganzes Leben gilt ihm.«

»Er hat seinen Vater nicht kennen gelernt?«, unterbrach ich.

Die Frage warf sie aus dem Gleis. Die Haare fielen ihr wieder wie ein Schutzschild über die Augen.

»Nein ... Warum?«

»Guitou auch nicht. In der Beziehung ging es ihnen bis Freitagabend gleich. Und ich nehme an, dass Mathias' Verhältnis zu Adrien nicht gerade einfach ist.«

»Woher nehmen Sie das Recht zu dieser Unterstellung?«

»Weil ich gestern eine ähnliche Geschichte gehört habe. Guitous Geschichte. Von einem Typ, der sich für seinen Vater hält. Und von einem idealisierten Vater. Das geheime Einverständnis mit der Mutter ...«

»Ich kann Ihnen nicht folgen.«

»Nein? Dabei ist es ganz einfach. Ihr Mann wusste nicht, dass Mathias Guitou sein Appartement übers Wochenende zur Verfügung gestellt hatte. Das war sicher nicht seine Art, nehme ich an. Nur Sie wussten davon. Und Hocine Draoui, natürlich. Er war eingeweiht. Er stand Ihnen näher als Ihrem Mann ...«

Ich war etwas zu weit gegangen. Sie hatte ihre Zigarette wütend ausgedrückt und war aufgestanden. Hätte sie mich rausschmeißen können, hätte sie es getan. Aber sie brauchte mich. Sie sah mich mit der gleichen Selbstsicherheit an wie zuvor. Genauso aufrecht. Genauso stolz.

»Sie sind ein Ekel. Aber Sie haben Recht. Mit einem einzigen Unterschied: Hocine hat diese ... Verbundenheit, wie Sie es nennen, nur Mathias zuliebe akzeptiert. Er dachte, das fragliche junge Mädchen, Naïma, das oft hergekommen ist, sei Mathias' Freundin. Seine ... Geliebte, meine ich. Er wusste nichts von dem anderen Jungen.«

»Na also«, sagte ich. Ihre Augen fixierten mich, und ich spürte die extreme Spannung, unter der sie stand. »Sie hätten mir nicht Ihr Leben zu erzählen brauchen, um mir das ganz einfach zu sagen.«

»Dann verstehen Sie überhaupt nichts.«

»Ich will nichts verstehen.«

Zum ersten Mal lächelte sie. Und es stand ihr hervorragend. *»Ich will nichts verstehen,* eine Antwort wie von Bogart, könnte man meinen!«

»Danke. Aber das sagt mir immer noch nicht, was Sie jetzt vorhaben.«

»Was würden Sie an meiner Stelle tun?«

»Ich würde Ihren Mann anrufen. Danach die Polizei. Wie ich Ihnen eben schon sagte. Erzählen Sie Ihrem Mann die Wahrheit, finden Sie eine glaubhafte Lüge für die Polizei.«

»Haben Sie eine in petto?«

»Hunderte. Aber ich, ich kann nicht lügen.«

Ich sah die Ohrfeige nicht kommen. Ich hatte sie verdient. Warum hatte ich das gesagt? Die Luft zwischen uns war zu sehr mit Spannung aufgeladen. Zweifellos. Wir würden einen tödlichen Stromschlag bekommen. Das wollte ich nicht. Wir mussten den Stromkreis unterbrechen.

»Ich bedaure.«

»Ich gebe Ihnen zwei Stunden. Dann wird Kommissar Loubet an Ihrer Tür klingeln.«

Ich war gegangen, zu Loubet. Draußen, fern ihrer Anziehungskraft, fing ich mich wieder. Cuc war ein Rätsel. Hinter ihrer Geschichte verbarg sich eine andere. Das spürte ich. Man lügt nicht unschuldig.

Mein Blick kreuzte Loubets. Er beobachtete mich. »Was denkst du über die Sache?«

»Nichts. Du bist der Polizist, Loubet. Du hast alle Karten in der Hand, nicht ich.«

»Erzähl keinen Blödsinn, Montale. Du hast immer eine Meinung gehabt, sogar mit leeren Händen. Und hier – ich weiß, dass deine grauen Zellen arbeiten.«

»So auf den ersten Blick würde ich sagen, es besteht kein Zusammenhang zwischen dem Mord an Hocine Draoui und an dem von Guitou. Sie sind nicht auf die gleiche Art getötet worden. Ich glaube, Guitou war im falschen Moment dort, das ist alles. Dass es sich nicht vermeiden ließ, ihn umzubringen, aber ein Irrtum ihrerseits war.«

»Du glaubst nicht an den gestörten Einbruch.«

»Ausnahmen gibt es immer. Kann ich in zwei Wochen noch mal wiederkommen, Chef?«

Er lächelte. »Ich sehe das auch so.«

Zwei Rastaköpfe gingen über die Terrasse und zogen eine Wolke Shit hinter sich her. Einer von ihnen hatte gerade in einem Film mitgespielt, aber er »machte keine Krankheit daraus«, wie man hier sagt. Sie gingen in die Bar und setzten sich an die Theke. Der Shitgeruch kitzelte mir in der Nase. Ich hatte seit Jahren nicht mehr geraucht. Aber ich vermisste den Geruch. Manchmal versuchte ich, ihn mit einer Camel heraufzubeschwören.

»Was weißt du über Hocine Draoui?«

»Alles weist darauf hin, dass die Bärtigen ihn aus dem Weg schaffen wollten. Zunächst einmal war er eng mit Azzedine Medjoubi befreundet, dem kürzlich ermordeten Direktor des algerischen Nationaltheaters. Außerdem war er einige Jahre Mitglied des PAGS, der Partei der Sozialistischen Avantgarde, der algerischen Kommunisten. Das sind heute in erster Linie die aktiven Radikalen der FAIS, der Föderation algerischer Künstler, Intellektueller und Wissenschaftler. Sein Name wird in Verbindung mit einer Gruppe zur Vorbereitung eines Treffens der FAIS erwähnt, das in einem Monat in Toulouse stattfinden soll.

Meiner Meinung nach ein verdammt mutiger Typ, dieser Draoui. 1990 ist er zum ersten Mal nach Frankreich gekommen. Er ist ein Jahr geblieben, aber zwischendurch häufig nach Algerien gefahren. 1994 ist er zurückgekommen, nachdem er auf einem algerischen Kommissariat einen Messerstich abgekriegt hatte. Seit einiger Zeit stand sein Name an der Spitze der Abschussliste. Sein Haus wurde rund um die Uhr von der Armee bewacht. Als er nach Frankreich kam, hat er mit einem Touristenvisum zunächst in

Lille, dann in Paris gelebt. Schließlich kümmerten sich Komitees zur Unterstützung intellektueller Algerier in Marseille um ihn.«

»Und dort hat er Adrien Fabre kennen gelernt.«

»Sie waren sich schon 1990 auf einem Kolloquium über Marseille begegnet.«

»Stimmt. Er hat in der Zeitung darauf hingewiesen.«

»Die beiden mochten sich. Fabre unterstützt seit Jahren die Liga für Menschenrechte. Das muss geholfen haben.«

»Ich wusste gar nicht, dass er politisch tätig ist.«

»Nur in Menschenrechtsfragen. Andere politische Aktivitäten sind bei ihm nicht bekannt. Er hat sich nie für etwas eingesetzt. Außer 1968. Da war er an der Bewegung des 22. März beteiligt. Wahrscheinlich hat er ein paar Pflastersteine auf die Flics geworfen. Wie alle guten Studenten damals.«

Ich sah ihn an. Loubet hatte Jura studiert. Er hatte davon geträumt, Rechtsanwalt zu werden. Dann war er Polizist geworden. »Ich habe genommen, was in der Verwaltung am meisten einbringt«, hatte er einmal gescherzt. Aber das hatte ich ihm nicht abgenommen.

»Bist du auch auf die Barrikaden gegangen?«

»Ich bin vor allem mit vielen Mädchen ins Bett gegangen«, sagte er lächelnd. »Und du?«

»Hab nie studiert.«

»Wo warst du 68?«

»In Dschibuti. In der Armee ... Das war sowieso nichts für uns.«

»Du meinst für dich, Ugo und Manu?«

»Ich meine, es gibt keine leibhaftige Revolution, auf die man als gutes Beispiel mit dem Finger zeigen kann. Wir wussten nicht viel, aber das wussten wir. Unter den Pflastersteinen hat noch nie der Strand gelegen. Sondern Macht. Die Radikalsten enden immer in der Regierung und finden Geschmack daran. Macht korrumpiert nur Idealisten. Wir waren kleine Gauner. Wir liebten schnelles Geld, Mädchen und Autos. Wir hörten Coltrane und lasen Gedichte. Und wir schwammen quer durch den Hafen. Spaß und Knete. Mehr verlangten wir nicht vom Leben. Wir schadeten niemandem, und es ging uns gut.«

»Und dann bist du Polizist geworden.«

»Ich wollte diesen Weg gehen. Ich habe daran geglaubt. Und ich bereue nichts. Aber du weißt … Ich hatte nicht die richtige Einstellung.«

Wir schwiegen, bis Ange den Kaffee brachte. Die beiden Rastaköpfe hatten sich auf die Terrasse gesetzt und sahen José bei den letzten Handgriffen seiner Autowäsche zu. Als sei er ein Marsmensch, aber trotzdem mit einem Hauch von Bewunderung. Der Straßenarbeiter schaute auf die Uhr: »He! José! Ich hab Feierabend«, rief er und trank aus. »Werd dir den Hahn abdrehen müssen, mein Freund.«

»Hier lässt es sich leben«, sagte Loubet und streckte die Beine aus.

Er zündete sich einen Zigarillo an und sog den Rauch genussvoll ein. Ich mochte Loubet. Er war nicht einfach, aber bei ihm gab es keine faulen Tricks. Außerdem aß er mit Begeisterung, und das war für mich lebensnotwendig. Leuten, die wenig und egal was essen, traue ich nicht. Ich brannte vor Neugier, ihn über Cuc auszufragen. Herauszubekommen, was er wusste. Aber ich tat nichts dergleichen. Loubet eine Frage zu stellen, war, wie einen Boomerang zu werfen – sie fiel immer auf dich zurück.

»Du warst noch nicht fertig mit Fabre.«

»Puh … Aus bürgerlicher Familie. Er hat klein angefangen. Heute ist er einer der angesehensten Architekten, nicht nur in Marseille, sondern an der ganzen Küste. Besonders im Var. Ein großes Büro. Er ist Spezialist für Großbaustellen. Für Privatleute, aber auch für den Staat. Viele Abgeordnete wenden sich an ihn.«

Was er mir dann über Cuc erzählte, sagte mir nichts. Was wollte ich noch wissen? Einzelheiten in erster Linie. Nur, damit ich mir eine genauere Vorstellung machen konnte. Ein neutrales Bild. Ohne Gefühlsduselei. Ich hatte während der ganzen Mahlzeit ununterbrochen an sie gedacht. Es gefiel mir gar nicht, so unter ihrem Einfluss zu stehen.

»Eine schöne Frau«, stellte Loubet fest. Dann sah er mich mit einem Lächeln an, das nichts Unschuldiges hatte. War es möglich, dass er schon von unserer Begegnung wusste?

»Ah, ja«, antwortete ich ausweichend.

Er lächelte wieder und sah auf die Uhr. Dann drückte er seinen Zigarillo aus und beugte sich vor. »Ich möchte dich um einen Gefallen bitten, Montale.«

»Schieß los.«

»Guitous Identität bleibt unter uns. Noch ein paar Tage.«

Das überraschte mich nicht. Da Guitou ein »Irrtum« der Killer war, blieb er eine der Schlüsselfiguren der Untersuchung. Sobald seine Identität offiziell bekannt gegeben wurde, brachte das Bewegung in die Sache. Vonseiten der Schweine, die das getan hatten. Zwangsläufig.

»Und was sage ich meiner Cousine?«

»Es ist deine Familie. Dir wird schon was einfallen.«

»Leicht gesagt.«

Um ehrlich zu sein, passte mir das ganz gut. Ich schob den Gedanken an den Moment, in dem ich Gélou gegenübertreten musste, seit heute Morgen weit vor mir her. Ich konnte mir vorstellen, wie sie reagieren würde. Kein schöner Anblick. Und hart durchzustehen. Sie würde ihrerseits die Leiche identifizieren müssen. Formalitäten kamen auf sie zu. Die Beerdigung. Ich wusste jetzt schon, dass sie in der Sekunde der Wahrheit in eine andere Welt fallen würde. Die Welt des Schmerzes. Wo man unwiderruflich altert. Gélou, meine wunderschöne Cousine.

Loubet stand auf und legte eine Hand auf meine Schulter. Mit festem Griff. »Noch was, Montale. Mach die Sache mit Guitou bitte nicht zu deiner persönlichen Angelegenheit. Ich weiß, was du empfindest. Und ich kenne dich. Also vergiss nicht: Das ist mein Fall. Ich bin der Polizist, nicht du. Wenn du etwas herausfindest, ruf mich an. Die Rechnung geht auf mich. Ciao.«

Ich sah ihm nach, als er die Rue du Petit-Puits hinaufging. Er ging festen Schrittes, mit erhobenem Haupt und straffen Schultern. Er war aus dem Holz dieser Stadt geschnitzt.

Ich steckte mir eine Zigarette an und schloss die Augen. Sofort spürte ich die sanfte Wärme der Sonne auf meinem Gesicht. Das tat gut. Ein kurzer Moment des Glücks in dieser Welt, wo man willkürlich sechzehnjährige Jungen umbringen konnte. In den

Vorstädten, direkt vor einer Disko. Oder auch in einer Privatwohnung. Diese Jungen lernten die vergängliche Schönheit der Welt nie kennen. Oder der Frauen.

Nein, ich würde Guitou nicht zu einer persönlichen Angelegenheit machen. Es war mehr als das. Wie ein Blutsturz. Das Bedürfnis, zu heulen. »Wenn dir gleich die Tränen kommen«, hatte meine Mutter gesagt, »und du sie gerade noch zurückhalten kannst, sind es die anderen, die weinen werden.« Sie streichelte mir den Kopf. Ich war wohl elf oder zwölf. Sie lag in ihrem Bett, unfähig, sich zu bewegen. Sie wusste, dass sie bald sterben würde. Ich wusste es auch, glaube ich. Aber ich hatte den Sinn der Worte nicht verstanden. Ich war zu jung. Tod, Leiden, Schmerz waren nicht greifbar für mich. Seitdem hatte ich in meinem Leben viele Tränen vergossen und ebenso viele hinuntergeschluckt.

Von Geburt an *chourmo,* hatte ich Freundschaft und Treue in den Straßen des Panier und an den Piers des Joliette-Hafens gelernt. Und den Stolz auf die großen Vorsätze, die wir uns auf der Digue du Large gesetzt hatten, als wir einem Frachter nachsahen, der aufs offene Meer hinausfuhr. Grundlegende Werte. Dinge, die sich nicht in Worte fassen lassen. Wenn es jemandem schlecht ging, hielten wir zu ihm wie eine Familie. So einfach war das. Aber es gab zu viele besorgte, trauernde Mütter in dieser Geschichte. Auch zu viele verlorene, schon aufgegebene Jungen. Und Guitou war tot.

Loubet würde das verstehen. Ich konnte nicht unbeteiligt bleiben. Er hatte mir außerdem kein Versprechen abgenommen. Nur einen Rat gegeben. Zweifellos überzeugt, dass ich mich darüber hinwegsetzen würde. In der Hoffnung, dass ich meine Nase in Dinge steckte, an die er nicht herankam. So legte ich es mir jedenfalls zurecht, dann genau das hatte ich vor. Mich einmischen. Nur, um meiner Jugend treu zu bleiben. Bevor ich endgültig zum alten Eisen zählte. Weil wir alle durch unsere Gleichgültigkeit, unsere Rückzieher und unsere Feigheit altern. Und aus der Verzweiflung heraus, dies alles zu wissen.

»Wir werden alle alt«, sagte ich zu Ange und stand auf.

Er gab keinen Kommentar ab.

Zehntes Kapitel

In dem es schwer fällt, an Zufälle zu glauben

Ich hatte noch zwei Stunden bis zu meiner Verabredung mit Mourad. Ich wusste, was ich tun würde: Pavie suchen. Ihre Nachricht an Serge beunruhigte mich. Offensichtlich steckte sie nach wie vor im Schlamassel. Jetzt, wo Serge tot war, bestand die Gefahr, dass sie sich an mir festklammern würde. Ich konnte sie nicht sitzen lassen. An Pavie und Arno hatte ich geglaubt.

Ich beschloss, mein Glück in ihrer letzten mir bekannten Wohnung zu versuchen. Rue des Mauvestis, am anderen Ende des Panier-Viertels. Vielleicht, so hoffte ich, konnte sie mir etwas über Serges Aktivitäten sagen. Wenn sie gewusst hatte, wo er zu finden war, hieß das, dass sie noch Kontakt miteinander gehabt hatten.

Das Panier glich einer riesigen Baustelle. Die Renovierung war voll in Gang. Hier konnte jeder für einen Appel und ein Ei ein Haus kaufen und es noch dazu mit Hilfe spezieller Kredite von der Stadt komplett restaurieren. Häuser, ja ganze Straßenzüge wurden abgerissen, um hübschen kleinen Plätzen zu weichen und Licht in dieses Viertel zu bringen, das immer im Schatten seiner engen Gassen gelebt hatte.

Gelb- und Ockertöne gewannen allmählich die Oberhand. Marseille auf Italienisch. Mit denselben Gerüchen, dem Lachen und Stimmengewirr wie auf den Straßen in Neapel, Palermo oder Rom. Auch derselbe Fatalismus. Panier würde immer Panier bleiben. Niemand kann seine Geschichte ändern. Ebenso wenig, wie die Geschichte der Stadt. Hier waren schon immer Menschen ohne einen Centime in der Tasche gelandet. Es war das Viertel der Verbannten. Der Einwanderer, Verfolgten, Obdachlosen und Seeleute. Ein Armenviertel. Wie das Grands-Carmes hinter der Place d'Aix. Oder der Cours Belsunce und die kleinen Straßen, die sanft zum Bahnhof Saint-Charles ansteigen.

Mit der Renovierung sollte den Straßen der schlechte Ruf

genommen werden, der ihnen anhaftete. Aber die Marseiller verirrten sich nicht dorthin. Nicht einmal diejenigen, die dort geboren waren. Sowie sie etwas Geld hatten, wechselten sie zur »anderen Seite« des Alten Hafens über. Nach Endoume und Vauban. Nach Castellane, Baille, Lodi. Oder noch weiter, nach Saint-Tronc, Sainte-Marguerite, Le Cabot, La Valbarelle. Und wenn sie sich doch einmal wieder über die Canebière wagten, dann um ins Einkaufszentrum an der Börse zu gehen. Weiter stießen sie nicht vor. Was darüber hinauslag, war nicht mehr ihre Stadt.

Ich war in diesen Gassen aufgewachsen, in denen Gélou »die Schönste des Viertels« war. Mit Manu und Ugo. Und Lole, die, obgleich jünger als wir, schnell zur Prinzessin unserer Träume wurde. Mein Herz war auf dieser Seite der Stadt geblieben. In »diesem Kessel, in dem das unglaubliche Leben brodelt«, wie Brauquiers Freund Gabriel Audisio zu sagen pflegte. Daran würde sich nichts ändern. Ich war Teil der Verbannung. Drei Viertel der Einwohner dieser Stadt konnten von sich das Gleiche sagen. Aber sie taten es nicht. Nicht genug jedenfalls für meinen Geschmack. Dabei hieß, Marseiller zu sein, genau das. Zu wissen, dass man hier nicht zufällig geboren war.

»Wenn man Herz hat«, erklärte mein Vater mir eines Tages, »kann man nichts verlieren, wo man auch hingeht. Man kann nur finden.« Er hatte Marseille wie einen Glücksfall gefunden. Und wir gingen glücklich am Hafen spazieren. Inmitten anderer Menschen, die von Yokohama, Schanghai oder Diégo-Suares in Madagaskar sprachen. Meine Mutter hakte sich bei ihm ein, und mich hielt er an der Hand. Ich trug noch kurze Hosen und eine Fischermütze auf dem Kopf. Das war Anfang der Sechzigerjahre. Die glücklichen Jahre. Abends trafen wir uns alle beim Bummel entlang der Piers. Mit Pistazieneis. Oder einem Päckchen mit gebrannten Mandeln oder gesalzenen Erdnüssen. Oder auch – Gipfel des Glücks – einer Tüte Fruchtbonbons.

Aber auch danach, als das Leben härter wurde und mein Vater seinen fantastischen Dauphine verkaufen musste, dachte er noch genau so. Wie oft habe ich an ihm gezweifelt? An seiner Moral eines Einwanderers. Kleinkariert und ambitionslos, dachte ich.

Später hatte ich *Die Brüder Karamasow* von Dostojewski gelesen. Gegen Ende des Romans sagt Aljoscha zu Krassotkin: »Hören Sie, Kolja, Sie werden im Leben unter anderem auch ein sehr unglücklicher Mensch sein. Aber alles in allem werden Sie dennoch das Leben segnen.« Worte, die mit der Betonung meines Vaters in meinem Herzen widerklangen. Aber es war zu spät, danke zu sagen.

Ich klammerte die Finger an die Gitter des Baustellenzauns an der Vieille-Charité. Ein großes Loch anstelle der Rue des Pistoles und der Rue Rodillat. Man hatte ein unterirdisches Parkhaus geplant, aber wie immer bei Grabungen rund um den Alten Hafen waren die Bauarbeiter auf Überreste der antiken Phokäerstadt gestoßen. Hier war das Zentrum der Festung gewesen. Die Griechen hatten auf jeder der drei Anhöhen einen Tempel errichtet. Moulins, Carmes und Saint-Laurent. Mit einem Theater direkt neben dem letzten Tempel und einer Agora an der Stelle der heutigen Place de Lenche.

Das behauptete jedenfalls Hocine Draoui in seinem Kolloquiumsbeitrag über Marseille, den der *Provençal* neben dem Interview mit Adrien Fabre abgedruckt hatte. Draoui stützte sich dabei auf alte Schriften, insbesondere des griechischen Geografen Strabon. Denn die Überreste dieser Monumente wurden fast nie entdeckt. Aber, so die Zeitung, der Beginn der Ausgrabungen an der Place Jules-Verne, direkt am Alten Hafen, schien seine Thesen zu bestätigen. Von dort bis zur Vieille-Charité war es eine überraschende Zeitreise durch fast ein ganzes Jahrtausend. Er betonte den außerordentlichen Einfluss der antiken Stadt und stellte vor allem ihren Niedergang nach der Eroberung durch Cäsar in Frage.

Der Bau des Parkhauses wurde sofort unterbrochen. Die mit den Arbeiten beauftragte Firma knirschte natürlich mit den Zähnen. In der Innenstadt war das schon einmal passiert. Beim Einkaufszentrum an der Börse waren die Verhandlungen lang und zäh gewesen. Zum ersten Mal kamen die Festungsmauern von Massilia zum Vorschein. Der hässliche Betonbunker wurde trotzdem durchgepaukt, als Gegenleistung für die Zusicherung eines

»Ruinengartens«. Nichts und niemand hatte allerdings verhindern können, dass das Parkhaus an der Place du Général-de-Gaulle, nur wenige Schritte vom Alten Hafen entfernt, gebaut wurde. Hier, an der Vieille-Charité, musste es natürlich zu einer neuen Kraftprobe kommen.

Vier junge Archäologen, drei Männer und eine Frau, machten sich in dem Loch zu schaffen. Ohne Eile. Einige alte Steine waren von der gelben Erde befreit worden, das waren die Festungsmauern der Stadt unserer Vorfahren. Kurioserweise benutzten sie weder Hacke noch Schaufel. Ihre Arbeit erschöpfte sich im Zeichnen von Grundrissen und dem Katalogisieren der Steine. Ich hätte mein schönes, gepunktetes Hemd wetten können, dass auch hier der Beton den großen Sieg davontragen würde. Wie schon woanders würden sie ihre Stippvisite nach vollendeter Arbeit mit einer Dose Coca-Cola oder Kronenbourg »datieren«. Es würde alles verloren gehen. Nur die Erinnerung würde bleiben. Die Marseiller würden sich damit abfinden. Sie alle wissen, was sich unter ihren Füßen befindet und tragen die Geschichte ihrer Stadt im Herzen. Es ist ihr Geheimnis, das ihnen kein Tourist jemals wegnehmen kann.

Auch Lole hatte dort gewohnt, bevor sie zu mir zog. Auf der unzerstörten Seite der Rue des Pistoles. Die Fassade ihres Hauses war noch genauso vergammelt und bis zur ersten Etage mit Graffiti bedeckt. Das Gebäude schien verlassen zu sein. Alle Fensterläden waren geschlossen. Als ich zu ihren Fenstern hochsah, blieb mein Blick an dem Schild der Parkhausbaustelle hängen. Vor allem an einem Namen. Dem Namen des Architekten. Adrien Fabre.

»Ein Zufall«, sagte ich mir. Aber ich glaube nicht an Zufälle. Auch nicht ans Schicksal. Nichts passiert ohne Grund, ohne Sinn. Worüber konnten der Architekt eines Parkhauses und ein in Massilia verliebter Altertumsforscher sich unterhalten, fragte ich mich, während ich die Rue du Petit-Puits hinaufging. Verstanden sie sich so gut, wie Fabre behauptete?

Das Schild hatte eine Flut von Fragen ausgelöst. Die letzte von allen war unausweichlich: Konnte es sein, dass Fabre erst Hocine

Draoui und dann Guitou genau deshalb ermordet hatte, weil der ihn hätte identifizieren können? Das passte. Und bestätigte mich in der Annahme, dass Fabre nichts von der Anwesenheit des Jungen im Haus wusste. Dennoch, auch ohne ihn zu kennen, konnte ich mir nicht vorstellen, dass er erst Hocine und dann Guitou umgebracht hatte. Nein, das passte nicht. Es war schon schwierig genug, einmal auf den Abzug einer Pistole zu drücken, aber ein zweites Mal zu schießen, noch dazu aus nächster Nähe auf einen unschuldigen Jungen, das war wirklich etwas anderes. Etwas für Profis. Echte Killer.

Wie dem auch sei: Um das Haus auszuräumen, mussten sie zu mehreren gewesen sein. So viel war klar. Fabre hätte den anderen nur die Tür öffnen müssen. Das war schon besser. Aber er hatte ein felsenfestes Alibi, das Cuc und Mathias bestätigten. Sie waren zusammen in Sanary. Gewiss, die Strecke ließ sich nachts mit einem guten Wagen in weniger als zwei Stunden bewältigen. Nur – warum hätte Fabre das tun sollen? Das war eine gute Frage. Aber ich sah nicht, wie ich sie ihm so direkt stellen konnte. Oder, davon mal abgesehen, eine andere. Vorläufig.

Auf dem Briefkasten stand immer noch Pavies Name. Das Gebäude war genauso baufällig wie Loles ehemaliges Haus. Die Mauern waren von Feuchtigkeit zerfressen, und es stank nach Katzenpisse. In der ersten Etage klopfte ich an die Tür. Keine Antwort. Ich klopfte noch mal und rief: »Pavie!«

Ich drehte am Türknopf. Die Tür öffnete sich. Der Geruch von indischem Weihrauch hing in der Luft. Von draußen kam kein Licht herein. Totale Finsternis.

»Pavie«, sagte ich leiser.

Ich fand den Lichtschalter, aber keine Lampe ging an. Ich machte Licht mit meinem Feuerzeug. Auf dem Tisch fand ich eine Kerze, zündete sie an und hielt sie vor mir her. Ich konnte beruhigt sein. Pavie war nicht da. Einen Moment hatte ich das Schlimmste befürchtet. In ihrem Einzimmerappartement waren mindestens zehn Kerzen verteilt. Das Bett auf dem Boden war gemacht. Weder in der Spüle noch auf dem kleinen Tisch neben dem Fenster stand schmutziges Geschirr. Es war sogar sehr sauber. Das beruhigte mich endgültig. Pavie ging es vielleicht schlecht, aber sie schien standzuhalten. Ordnung und Sauberkeit waren für eine ehemalige Drogenabhängige ein recht gutes Zeichen.

Das waren leere Worte, das wusste ich. Ein gutes Gefühl. Wer einmal an der Nadel hing, leidet oft unter Depressionen. Fast schlimmer als »vorher«. Pavie hatte ein erstes Mal aufgehört, als sie Arno kennen lernte. Mit Arno war es ihr ernst. Sie war ihm hinterhergelaufen. Monatelang. Wo er auch hinging, tauchte sie auf. Er konnte kaum noch in Ruhe einen Halben im *Balto* trinken. Eines Abends saß eine ganze Bande von ihnen am Tisch. Sie war auch da, wie eine Klette. Er hatte ausgetrunken und gesagt: »Ich für meinen Teil gehe nicht einmal mit einem Kondom mit einer Fixerin ins Bett.«

»Hilf mir.« Das war alles, was sie sagte. Es gab nur noch sie beide auf der Welt. Die anderen zählten nicht mehr.

»Willst du es wirklich?«, fragte er.

»Ich will dich. Das will ich.«

»Okay.« Er nahm sie bei der Hand und zog sie aus der Kneipe. Er brachte sie zu sich nach Hause, hinter Saadnas Schrottplatz und schottete sie von der Welt ab. Einen Monat. Zwei Monate. Er kümmerte sich nur noch um sie, ließ alles andere stehen und liegen. Sogar seine Motorräder. Nicht eine Sekunde ließ er sie aus den Augen. Er führte sie täglich in die Buchten der Côte Bleue. Carry, Carro, Ensues, La Redonne. Er zwang sie, von einer kleinen Bucht zur nächsten zu wandern, zu schwimmen. Er liebte seine Pavie. Wie sie nie zuvor geliebt worden war.

Danach war sie rückfällig geworden. Nach seinem Tod. Letztendlich war das Leben einen Dreck wert.

Serge und ich hatten Pavie schließlich im *Balto* gefunden. Vor einer Tasse Kaffee. Seit vierzehn Tagen war sie uns immer wieder entwischt.

Ein Junge hatte uns einen Wink gegeben: »Sie lässt sich von jedem vögeln, in den Kellern. Für dreihundert Francs.« Das reichte kaum für einen miesen Trip.

Irgendwie hatte sie uns an jenem Tag im *Balto* erwartet. Wie eine Hoffnung. Die letzte. Das allerletzte Aufbäumen vor dem Untergang. In zwei Wochen war sie um zwanzig Jahre gealtert. Sie hing schlaff vor der Glotze. Hohle Wangen, trüber Blick. Fettige Haare. Vor Dreck strotzende Klamotten.

»Was machst du da?«, fragte ich blöd.

»Das siehst du doch, ich gucke fern. Ich warte auf die Nachrichten. Es scheint, der Papst ist tot.«

»Wir haben dich überall gesucht«, sagte Serge.

»Ach, ja. Kann ich deinen Zucker haben?«, fragte sie, als Rico, der Wirt, ihm einen Kaffee brachte. »Blitzschnell seid ihr nicht gerade, was. Vor allem du, Bulle. Wir können ruhig alle verschwinden, ihr findet uns bestimmt nicht. Alle, hörst du. Kannst du mir verraten, warum man uns suchen sollte? He?«

»Hör auf«, sagte ich.

»Wenn du mir ein Sandwich ausgibst. Seit gestern nichts gegessen, verstehst du. Für mich ist das nicht so einfach wie für euch. Mich ernährt keiner. Euch füttert der Staat. Wenn es uns nicht gäbe mit unseren Dummheiten, würdet ihr vor Hunger krepieren.« Das Sandwich kam, und sie hielt den Mund.

Serge legte los. »Du hast die Wahl, Pavie. Entweder du gehst freiwillig zum Entzug in die psychiatrische Klinik Édouard Toulouse, oder Fabio und ich lassen dich in eine geschlossene Anstalt einweisen. Aus medizinischen Gründen. Du kennst die Masche. Wir werden schon einen guten Grund finden.«

Wir diskutierten seit Tagen darüber. Ich war nicht glücklich damit. Aber mir war nichts Besseres zu Serges Argumenten eingefallen. »Die psychiatrische Klinik hat Jahrzehnte lang als Altersheim für Bedürftige gedient. Einverstanden? Nun gut, und heute ist es der einzige Ort, der die ganzen zwanzigjährigen Penner aufnimmt. Alkoholiker, Drogenabhängige, Aidskranke ... Ich meine, es ist das einzige zuverlässige Asyl. Kannst du mir folgen?«

Ich konnte, ohne Frage. Und unsere Grenzen waren mir nur allzu klar. Wir beide zusammen konnten Arno nicht ersetzen. Wir konnten ihr nicht genug Liebe geben. Nicht immer für sie da sein. Es gab tausende von Pavies, und wir standen nur im Dienst des kleineren Übels.

Ich hatte Amen zu den Worten des »Pfarrers« gesagt.

»Ich hab Lily wieder gesehen«, sagte Pavie mit vollem Mund. »Sie erwartet ein Kind. Wird heiraten. Total glücklich, Lily.« Für einen Moment glomm das alte Funkeln in ihren Augen. Man hätte meinen können, sie sei die zukünftige Mutter. »Ihr Typ ist echt stark. Fährt einen GTI. Sieht gut aus. Hat einen Schnurrbart. Erinnert mich an …« Sie brach in Tränen aus.

»Schon gut, schon gut«, sagte Serge und legte einen Arm um ihre Schultern. »Wir sind ja da.«

»Ich bin einverstanden«, murmelte sie. »Sonst raste ich aus, das weiß ich. Und das würde Arno nicht wollen. Stimmts?«

»Nein, das würde er nicht wollen«, sagte ich.

Nur leere Worte. Immer und ewig.

Seitdem hieß es für sie rein in die Klinik, raus aus der Klinik. Sowie sie in desolatem Zustand im *Balto* auftauchte, rief Rico uns an, und wir kamen vorbei. So waren wir verblieben. Und Pavie hatte das in ihrem Hinterkopf gespeichert. Den Rettungsanker. Das war keine Lösung, das war mir bewusst. Aber wir hatten keine Lösung. Nur die. Wenn sie sich einen Schuss setzte, hieß es, ab in die Heilanstalt. Immer wieder.

Das letzte Mal hatte ich Pavie vor etwas über einem Jahr gesehen. Sie jobbte in der Obst- und Gemüseabteilung im Géant Casino, in La Valentine, im Osten der Stadt. Es schien ihr besser zu gehen. Sie wirkte fit. Ich hatte sie für den darauf folgenden Abend zu einem Gläschen eingeladen. Sie hatte spontan akzeptiert, glücklich. Ich hatte drei Stunden auf sie gewartet. Sie war nicht gekommen. Wenn sie meine Visage nicht sehen will, hatte ich mir gesagt, kann ich damit leben. Aber ich war nicht zum Supermarkt zurückgekehrt, um mich zu vergewissern. Lole beanspruchte damals meine Tage, und meine Nächte.

Mit der Kerze in der Hand durchwühlte ich alle Winkel des Zimmers. Ich spürte jemandem in meinem Rücken. Ich drehte mich um.

»Was hast du da zu suchen?« Im Türrahmen stand ein großer Schwarzer. Marke Rausschmeißer im Nachtclub. Knapp zwanzig. Ich hatte Lust, zu antworten, dass ich Licht gesehen hatte und hereingekommen war. Aber ich war mir nicht sicher, ob er Spaß verstand.

»Ich wollte zu Pavie.«

»Und wer bist du, Alter?«

»Ein Freund. Fabio.«

»Nie von dir gehört.«

»Auch ein Freund von Serge.«

Er entspannte sich. Vielleicht hatte ich eine Chance, auf beiden Beinen durch die Tür zu gehen.

»Der Bulle.«

»Ich hatte gehofft, sie hier zu finden«, sagte ich, ohne darauf einzugehen. Für viele würde ich bis ans Ende meines Lebens »der Bulle« bleiben.

»Wie war der Name noch mal, Alter?«

»Fabio. Fabio Montale.«

»Montale, richtig. Sie nennt dich nur so. Der Bulle oder Montale. Ich bin Randy. Der Nachbar. Direkt drüber.« Er reichte mir die Hand. Meine versank wie in einem Eimer. Fünf Finger in einem Schraubstock.

Es war schnell erklärt, dass ich mit Pavie reden musste. Wegen Serge. »Er hatte ein paar Probleme«, stellte ich klar, ohne mich mit Details aufzuhalten.

»Weiß nicht, wo sie ist, Alter. Sie ist heute Nacht nicht nach Hause gekommen. Abends kommt sie zu uns rauf. Ich wohne da mit meinen Eltern, meinen beiden Brüdern und meiner Freundin. Wir haben die ganze Etage für uns. In dem Haus wohnt sonst niemand mehr. Pavie, und Madame Guttierez im Erdgeschoss. Aber die geht nicht mehr raus. Sie hat Angst vor der Räumung. Sie will dort sterben, sagt sie. Wir sind es, die für sie einkaufen. Pavie kommt hoch, um guten Abend zu sagen. Auch, wenn sie nicht zum Essen bleibt, nur dass sie da ist eben.«

»Passiert es oft, dass sie nicht nach Hause kommt?«

»Schon lange nicht mehr.«

»Wie geht es ihr?«

Randy sah mich an. Er schien mich abzuschätzen. »Sie gibt sich Mühe, verstehst du, Alter. Wir helfen, wo wir können, aber … Sie ist vor ein paar Tagen rückfällig geworden, wenn du das meinst. Hat den Job geschmissen und alles. Rose, meine Freundin, hat letzte Nacht bei ihr geschlafen. Dann hat sie hier ein bisschen aufgeräumt. War nicht gerade Luxus.«

»Verstehe.«

Und plötzlich fügten die Puzzleteile sich in meinem Kopf zusammen. Als Untersuchungsbeamter war ich noch immer keinen Pfifferling wert. Ich folgte meiner Eingebung, ohne mir jemals Zeit zum Nachdenken zu nehmen. In meiner Überstürzung hatte ich ganze Episoden ausgelassen. Die Reihenfolge, den zeitlichen Ablauf. Solche Dinge. Das Abc der Polizei.

»Hast du Telefon?«

»Nein. Am Ende der Straße ist eins. Eine Telefonzelle, meine ich. Die ohne Münzen funktioniert. Du nimmst ab, und das wars. Sogar für die Vereinigten Staaten!«

»Danke, Randy. Ich komm noch mal vorbei.«

»Und wenn Pavie wieder aufkreuzt?«

»Sag ihr, sie soll sich nicht von der Stelle rühren. Es ist besser, sie bleibt bei euch.«

Aber wenn ich mich nicht täuschte, war dies der letzte Ort, den Pavie aufsuchen würde. Hier. Selbst wenn sie bis obenhin voll Drogen steckte. Je näher der Tod, desto stärker der Lebenswille.

Elftes Kapitel

In dem es nichts Nettes zu sehen gibt

Mourad brach das Schweigen. »Ich hoffe, dass sie da ist, meine Schwester.« Ein einziger Satz. Lakonisch.

Ich war von der Rue de Lyon abgefahren, um quer durch die nördlichen Vorstädte nach Saint-Henri zu gelangen, wo ihr Großvater wohnte. Saint-Henri liegt kurz vor L'Estaque. Vor zwanzig Jahren war es noch ein ganz kleines Dorf, von dem aus man den nördlichen Vorhafen und das Bassin Mirabeau überblicken konnte.

Ich grummelte ein leicht gereiztes »Ich auch«. Zu viele Gedanken wirbelten mir durch den Kopf. Das absolute Chaos! Mourad hatte die Zähne nicht auseinander gekriegt, seit er im Wagen saß. Ich hatte ihm Fragen gestellt. Über Naïma, über Guitou. Er hatte stur mit »Ja« und »Nein« geantwortet. Ein paar »Weiß nicht« dazwischen gestreut. Zuerst hatte ich gedacht, er stelle sich bockig. Aber nein, er machte sich Sorgen. Das konnte ich verstehen. Ich auch.

»Ja, ich auch«, wiederholte ich etwas einfühlsamer, »ich hoffe, sie ist da.«

Er warf mir einen Seitenblick zu. Nur um zu sagen: Okay, wir sind auf derselben Wellenlänge. Wir hoffen, aber wir sind nicht sicher. Und diese Ungewissheit macht uns ganz krank. Der Junge war wirklich Klasse.

Ich legte eine Kassette von Lili Boniche ein. Ein algerischer Sänger aus den Dreißigerjahren. Ein Künstler im Vermischen unterschiedlicher Stilrichtungen. Seine Rumbas, Pasodobles und Tangos hatten den ganzen Maghreb zum Tanzen gebracht. Auf dem Flohmarkt von Saint-Lazare hatte ich einen Stapel seiner Platten aufgestöbert. Lole und ich waren sonntags oft und gern hingegangen. Danach tranken wir einen Aperitif in einer Bar in L'Estaque und beendeten den Ausflug mit einem Teller Muscheln bei *Larrieu*.

An jenem Sonntag hatte sie einen schönen, langen, roten Rock mit weißen Punkten gefunden. Einen Zigeunerrock. Abends kam ich in den Genuss einer Flamenco-Probe. Zu Los Chunguitos. *Apasionadamente.* Ein heißes Album. Wie das Ende des Abends.

Lili Boniche hatte uns dann begleitet, bis wir einschliefen. Auf der dritten Platte stößt man auf *Ana fil houb.* Eine arabische Fassung von *Mon histoire, c'est l'histoire d'un amour!* Wenn ich ein Liedchen pfiff, kam mir diese Melodie als erste in den Sinn. Das und *Besame mucho.* Lieder, die meine Mutter pausenlos vor sich hin summte. Ich hatte schon mehrere Versionen. Diese war ebenso schön wie die Fassung der Mexikanerin Tish Hinojosa. Und hundertmal besser als die von Gloria Lasso. Absolut Spitze. Ein wahres Glücksgefühl.

Immer noch pfeifend kehrte ich in Gedanken zu dem zurück, was Rico, der Wirt vom *Balto,* mir erzählt hatte. Wenn ich daran dachte, wie klar er bestimmte Dinge gesagt hatte, hätte ich mich ohrfeigen können. Seit Anfang der Woche war Pavie jeden Nachmittag ins *Balto* gekommen. Sie trank einen Halben und knabberte an einem Schinkensandwich, das sie sich kommen ließ. Sie sah aus wie an ihren schlechten Tagen, sagte Rico. Also hatte er Serge angerufen. Bei Saadna. Aber Serge war am nächsten Tag nicht gekommen. Auch nicht am übernächsten.

»Warum hast du mich nicht angerufen?«, hatte ich gefragt.

»Ich weiß nicht mehr, wo ich dich erreichen kann, Fabio. Du stehst nicht mal im Telefonbuch.«

Ich hatte eine Geheimnummer. Mit Minitel riskierst du auf einen Freund, der dich sucht, fünfzig Millionen Idioten, die bei dir auflaufen. Ich schätze meine Ruhe, und die Freunde, die mir geblieben waren, kennen meine Telefonnummer. Notfälle hatte ich ganz einfach vergessen.

Serge war gestern da gewesen. Wegen Pavies Brief. So viel war sicher.

»Um wie viel Uhr?«

»Gegen halb drei. Er wirkte nervös. Wortkarg. Nicht ganz auf der Höhe. Sie haben einen Kaffee getrunken. Wie lange sie geblieben sind? Eine Viertelstunde, zwanzig Minuten. Sie sprachen leise, aber ich hatte den Eindruck, Serge schimpfte mit Pavie. Sie hielt den Kopf gesenkt wie ein Kind. Dann sah ich, wie Serge Luft ausblies. Als sei er erschöpft. Er ist aufgestanden, hat Pavie bei der Hand genommen, und sie sind gegangen.«

Das war es, was mir Kopfzerbrechen machte. Weil ich nicht eine Sekunde an Serges Auto gedacht hatte. Wie hätte er ohne Auto nach Bigotte kommen sollen? Nur Einwanderer fahren im Bus dorthin. Und selbst dann! Ich konnte mich im Moment nicht einmal daran erinnern, ob ein Bus bis dort oben hinfuhr oder ob man zu Fuß hinauflatschen musste!

»Hatte er seinen alten Ford Fiesta noch?«

»Aber ja.«

Ich konnte mich nicht erinnern, ihn auf dem Parkplatz gesehen zu haben. Aber ich erinnerte mich überhaupt nicht an viel. Außer an die Hand mit der Waffe. Und die Schüsse. Und Serge, der auf dem Pflaster zusammengesackt war, ohne sich vom Leben zu verabschieden.

Sogar, ohne sich von Pavie zu verabschieden.

Denn sie war sicher dort, im Wagen. Ganz nah. Auch nah von mir. Pavie musste alles gesehen haben. Sie hatten das *Balto* zusammen verlassen. Richtung Bigotte, wo Serge eine Verabredung hatte. Bestimmt hatte er ihr versprochen, sie anschließend in die Klinik zu fahren. Danach. Und er hatte sie im Wagen sitzen lassen.

Sie hatte gewartet. Brav. Beruhigt, weil er endlich da war. Wie immer. Um sie ins Krankenhaus zu bringen. Um ihr wieder einmal zu helfen. Einen weiteren Schritt Richtung Hoffnung. Vielleicht den entscheidenden Schritt. Bestimmt den entscheidenden! Diesmal würde sie es schaffen. Sicher hatte Pavie daran geglaubt. Ja, da im Auto war ihr Glaube hart wie Stahl. Danach würde das Leben wiederkehren. Freunde. Arbeit. Liebe. Eine Liebe, die sie von Arno heilen würde. Ein gut aussehender Kerl mit einem hübschen Wagen und ein bisschen Knete. Und er würde ihr ein wunderschönes Baby machen.

Danach hatte es kein danach mehr gegeben.

Serge war tot. Und Pavie hatte sich dünn gemacht. Zu Fuß? Im Auto? Nein, sie hatte keinen Führerschein. Es sei denn. Vielleicht doch, inzwischen. Mein Gott! War dieser verdammte Wagen immer noch da oben? Und wo war Pavie jetzt?

Mourads Stimme unterbrach mein Gegrübel. Sein Ton überraschte mich. Traurig. »Das hat mein Vater früher auch gehört. Meine Mutter mochte es gern.«

»Warum? Hört er es nicht mehr?«

»Redouane sagt, es ist Sünde.«

»Der Sänger da? Lili Boniche?«

»Nein, die Musik. Dass Musik zu Alkohol, Zigaretten und Mädchen gehört. Zu all dem.«

»Aber du hörst Rap?«

»Nicht, wenn er da ist. Er ...«

Oh großer Gott, erbarme dich,
Lass mich meine Lieben sehen
und die Herzenspein vergehen ...

Jetzt sang Lili Boniche *Alger, Alger.* Mourad hüllte sich wieder in Schweigen. Ich fuhr um die Kirche von Saint-Henri herum. »Rechts«, sagte Mourad. »Dann die erste links.« Der Großvater wohnte in der Impasse des Roses. Hier gab es nur kleine ein- bis zweistöckige Häuser. Alle zum Meer ausgerichtet. Ich stellte den Motor ab.

»Sag mal, hast du zufällig einen alten Ford Fiesta auf dem Parkplatz gesehen? Blau ist er. Schmutzigblau.«

»Ich glaub nicht. Warum?«

»Nichts. Wir werden später sehen.«

Mourad klingelte einmal, zweimal, dreimal. Die Tür öffnete sich nicht. »Vielleicht ist er ausgegangen«, sagte ich.

»Er geht nur zweimal die Woche aus. Auf den Markt.« Er sah mich besorgt an.

»Kennst du die Nachbarn?«

Er zuckte mit den Schultern. »Ihn, ja, glaube ich. Ich ...«

Ich ging die Straße runter bis zum nächsten Haus und klingelte ein paar Mal kurz. Nicht die Tür, sondern das Fenster ging auf. Hinter dem Gitter erschien ein Frauenkopf. Ein großer Kopf voller Lockenwickler.

»Was gibts?«

»Guten Tag, Madame«, sagte ich und näherte mich dem Fenster. »Ich wollte zu Monsieur Hamoudi. Sein Enkelsohn ist bei mir. Aber er macht nicht auf.«

»Das wundert mich. Heute Mittag haben wir noch im Garten miteinander geplaudert. Später hält er immer seine kleine Siesta. Also, bei Gott, er muss da sein.«

»Vielleicht geht es ihm nicht gut?«

»Nein, nein, nein ... Es geht ihm bestens. Warten Sie, ich mache Ihnen auf.«

Wenige Sekunden später ließ sie uns rein. Sie hatte ein Kopftuch über die Lockenwickler gebunden. Ihr Körperumfang war stattlich. Sie ging langsam und keuchend, als sei sie sechs Etagen hinaufgerannt. »Ich pass auf, wen ich reinlass. Mit all den Drogen und den Arabern, die von überall herkommen, wird man noch in seinem eigenen Haus überfallen, verstehen Sie.«

»Sie haben ganz Recht«, sagte ich und konnte mir ein Schmunzeln nicht verkneifen. »Man muss vorsichtig sein.«

Wir folgten ihr in den Garten, der von dem des Großvaters nur durch eine niedrige Mauer von knapp einem Meter Höhe getrennt war.

»Hallo! Monsieur Hamoudi!«, rief sie. »Monsieur Hamoudi, Sie haben Besuch!«

»Kann ich rübergehen?«

»Bitte, gehen Sie nur, gehen Sie. Oh! Heilige Mutter Gottes! Wenn ihm nur nichts zugestoßen ist.«

»Warte auf mich«, sagte ich zu Mourad. Ich gelangte ohne Schwierigkeiten auf die andere Seite. Der Garten war genauso angelegt wie ihrer, ebenso gepflegt. Ich hatte kaum die Stufen erreicht, als Mourad mich einholte. Er war der Erste im Wohnzimmer.

Großvater Hamoudi lag auf dem Boden. Den Kopf in einer

Blutlache. Er war übel zugerichtet. Bevor sie abgehauen waren, hatten die Dreckschweine ihm seine Ehrenmedaille in den Mund gestopft. Ich befreite ihn von der Medaille und fühlte seinen Puls. Er atmete noch. Er war nur bewusstlos. K.o. Ein Wunder. Aber vielleicht wollten seine Angreifer ihn nicht töten.

»Mach der Dame die Tür auf«, sagte ich zu Mourad. Er hatte sich neben seinen Großvater niedergekniet. »Und ruf deine Mutter an. Sag ihr, sie soll sofort kommen. Sie soll ein Taxi nehmen.« Mourad rührte sich nicht von der Stelle. Er war wie gelähmt. »Mourad!«

Er stand langsam auf. »Wird er sterben?«

»Nein. Na los! Beeil dich!«

Die Nachbarin kam herein. Sie war dick, aber behände. »Heilige Jungfrau Maria!«, stieß sie mit einem gewaltigen Seufzer aus.

»Sie haben nichts gehört?« Sie schüttelte den Kopf.

»Keinen Schrei?«

Sie schüttelte wieder mit dem Kopf. Es schien ihr die Sprache verschlagen zu haben. Sie stand da und knetete nervös ihre Finger. Ich nahm noch einmal den Puls des alten Mannes, tastete ihn von oben bis unten ab. Dann fiel mein Auge auf eine Schlafcouch in einer Ecke des Raumes. Ich hob ihn auf. Er wog nicht mehr als ein Sack Laub. Ich bettete ihn auf die Couch und schob ein Kissen unter seinen Kopf. »Bringen Sie mir eine Schüssel und ein Handtuch. Und Eiswürfel. Und schauen Sie, ob Sie etwas Warmes machen können. Kaffee. Oder Tee.«

Als Mourad zurückkam, wusch ich seinem Großvater das Gesicht. Er hatte aus der Nase geblutet. Seine Oberlippe war geplatzt. Das Gesicht war voller blauer Flecken. Außer vielleicht seiner Nase war nichts gebrochen. Offenbar hatten sie ihn nur ins Gesicht geschlagen.

»Meine Mutter kommt.« Er setzte sich neben seinen Großvater und hielt seine Hand.

»Er wird wieder«, sagte ich. »Es hätte schlimmer kommen können.«

»Naïmas Schultasche steht im Flur«, stotterte er schwach. Dann brach er in Tränen aus.

Scheißleben, sagte ich mir.

Ich konnte es kaum abwarten, bis der Großvater zu sich kam und berichtete. Was sie ihm angetan hatten, sah nicht nach einem unüberlegten Verbrechen aus. Das war Profiarbeit. Der Großvater hatte Naïma aufgenommen. Naïma hatte am Freitag die Nacht mit Guitou verbracht. Und Guitou war tot. Hocine Draoui auch.

Naïma musste etwas gesehen haben. Das war sicher. Sie war in Gefahr. Wo immer sie steckte.

Um den Großvater brauchten wir uns keine Sorgen zu machen. Der Arzt, den ich gerufen hatte, bestätigte uns, dass nichts gebrochen war. Nicht einmal die Nase. Er brauchte nur Ruhe. Während er sein Rezept schrieb, riet er Mourads Mutter, eine Anzeige zu machen. Natürlich würde sie das tun, sagte sie. Die Nachbarin, Marinette, bot ihr an, sie zu begleiten. »Das ist doch keine Art, die Leute in ihrem eigenen Haus umzubringen.« Aber diesmal machte sie keine Anspielung auf all die Araber, die herumliefen und Leute ermordeten. Das wäre unpassend gewesen. Und sie war eine gute Frau.

Während der Großvater einen Tee trank, stürzte ich ein Bier herunter, das Marinette mir angeboten hatte. Auf die Schnelle. Nur, um den Kopf abzukühlen. Marinette ging wieder zu sich nach Hause. Wenn wir sie brauchten, war sie da.

Ich rückte einen Stuhl ans Bett. »Wie fühlen Sie sich? Können Sie sprechen?«, fragte ich den Großvater.

Er nickte. Seine Lippen waren geschwollen. Sein Gesicht hatte eine violette, stellenweise blutrote Färbung angenommen. Der Mann, der ihn geschlagen hatte, trug einen gewaltigen Siegelring an der rechten Hand, erzählte er. Er hatte nur mit dieser einen Hand zugeschlagen.

Das Gesicht des Großvaters kam mir vertraut vor. Ein ausgemergeltes Gesicht. Hohe Wangenknochen. Dicke Lippen. Lockiges, ergrautes Haar. So könnte mein Vater heute aussehen. Jung – wie ich ihn von Fotos her kannte – glich er einem Tunesier. »Wir kommen alle aus dem gleichen Bauch«, hatte er gesagt. »Dem Mittelmeer. Daher haben wir zwangsläufig alle einen arabischen Einschlag«, antwortete er, wenn man ihn damit aufzog.

»Haben sie Naïma mitgenommen?«

Er schüttelte den Kopf. »Als sie hereinkam, haben sie mir eins übergezogen. Sie kam aus der Schule. Sie hat sie überrascht. Sie hat einen Schrei ausgestoßen, und ich hab gesehen, wie sie weggelaufen ist. Einer ist hinter ihr hergerannt. Der andere hat mir mit voller Wucht auf die Nase geschlagen. Ich merkte, dass ich ohnmächtig wurde.«

In diesen Gassen hatte ein Auto keine Chance gegen ein laufendes Mädchen. Sie war wohl davongekommen. Für wie lange? Und wo mochte sie hingegangen sein? Das war eine andere Geschichte.

»Sie waren zu zweit?«

»Ja, hier jedenfalls. Einer hielt mich auf dem Stuhl fest. Der andere hat mir Fragen gestellt. Der mit dem Siegelring. Er hat mir die Medaille in den Mund gestopft. Wenn ich schreie, würde er sie mir in den Rachen schieben, hat er gesagt. Aber ich hab nicht geschrien. Ich hab nichts gesagt. Gott kann mich wiederhaben, verstehst du. Das Leben ist heutzutage nicht mehr lebenswert.«

»Was wollten die Typen wissen?«

»Ob Naïma jeden Abend hierher kam. Wo sie zur Schule geht. Ob ich weiß, wo sie Freitagabend war. Ob ich was von einem gewissen Guitou gehört hatte … Wie dem auch sei, ich wusste nichts. Außer, dass sie hier bei mir wohnt – ich weiß nicht mal, wo ihre Schule ist.«

Das bestätigte meine Befürchtungen. »Dann hat sie Ihnen nichts gesagt?«

Der Alte schüttelte den Kopf. »Als sie Samstag nach Hause gekommen ist …«

»Wie spät war es da?«

»Ungefähr sieben. Ich war gerade aufgestanden. Und ich habe mich gewundert. Sie wollte erst Sonntagabend zurückkommen, hatte sie gesagt. Sie war ungekämmt. Ihr Blick war verängstigt, sie wirkte verstört. Dann hat sie sich da oben im Schlafzimmer eingeschlossen und sich den ganzen Tag nicht mehr sehen lassen. Abends hab ich an die Tür geklopft, um sie zum Essen zu rufen.

Sie wollte nicht. ›Ich fühl mich nicht wohl‹, hat sie geantwortet. Später kam sie dann runter. Zum Telefonieren. Ich habe gefragt, was los ist. ›Oh! Lass mich‹, hat sie gesagt. ›Ich bitte dich!‹ Nach einer Viertelstunde ist sie wiedergekommen. Und hochgegangen, ohne ein Wort zu sagen.

Am nächsten Morgen ist sie spät aufgestanden und zum Frühstück runtergekommen. Da war sie freundlicher. Sie entschuldigte sich für den letzten Abend. Ein Freund macht ihr Kummer, hat sie gesagt. Ein Junge, den sie sehr gern hatte. Aber dass es aus ist. Dass jetzt alles wieder gut ist. Und sie hat mir ganz rührend einen Kuss auf die Stirn gegeben. Ich hab ihr natürlich kein Wort geglaubt. Ihr war anzusehen, dass gar nichts gut war. Dass sie nicht die Wahrheit sagt. Ich wollte nicht grob zu ihr sein, verstehen Sie. Mir war klar, dass die Sache ernst war. Ich dachte an Liebeskummer. Der Freund und so weiter. Wehwehchen ihres Alters. Deshalb hab ich nur gesagt: ›Wenn du darüber reden willst, ich bin da, einverstanden?‹ Sie hat zaghaft gelächelt, sehen Sie. Ganz traurig. ›Das ist lieb von dir, Großvater. Aber darüber besser nicht.‹ Sie hätte fast geweint. Dann gab sie mir noch einen Kuss und ging wieder hoch ins Schlafzimmer.

Abends ist sie wieder zum Telefonieren runtergekommen. Diesmal hat es länger gedauert als am Abend davor. Ziemlich lange sogar. Ich hab mir schon Sorgen gemacht, weil sie nicht zurückkam, und bin auf den Bürgersteig rausgegangen, um nach ihr zu sehen. Sie hat so getan, als würde sie etwas essen, dann hat sie sich hingelegt. So, und Montag ist sie in die Schule gegangen und …«

»Sie geht nicht mehr zur Schule«, unterbrach Mourad.

Wir starrten ihn alle drei an.

»Nicht mehr zur Schule!«, schrie seine Mutter fast.

»Sie hat keine Lust mehr. Sie ist zu traurig, hat sie gesagt.«

»Wann hast du sie gesehen?«, fragte ich.

»Montag. Vor meiner Schule. Sie hat auf mich gewartet. Wir wollten abends zusammen ins Konzert gehen. Akhénaton sehen. Den Sänger von IAM. Er hatte einen Soloauftritt.«

»Was hat sie gesagt?«

»Nichts, nichts … Was ich Ihnen gestern Abend schon erzählt hab. Dass es aus war zwischen Guitou und ihr. Dass er zurückgefahren ist. Dass sie traurig war.«

»Und sie wollte nicht mehr ins Konzert gehen?«

»Sie musste zu einem Freund von Guitou. Es war dringend. Wegen Guitou und der ganzen Geschichte. Sodass ich schon dachte, ganz so aus ist es vielleicht doch nicht zwischen den beiden. Dass sie es ernst meinte mit diesem Guitou.«

»Und sie ist nicht zur Schule gegangen?«

»Nein. Sie hat gesagt, sie würde ein paar Tage nicht hingehen. Wegen der ganzen Sache. Dass sie im Moment nicht in der Stimmung war, den Lehrern zuzuhören.«

»Dieser andere Freund, kennst du den?«

Er zuckte mit den Schultern. Das konnte nur Mathias sein. Ich ahnte das Schlimmste. Wenn sie zum Beispiel Adrien Fabre gesehen hatte. Und wenn sie Mathias alles erzählt hatte. In welchem Zustand mussten die beiden sein! Was hatten sie dann getan? Mit wem hatten sie gesprochen? Mit Cuc?

Ich wandte mich an den Großvater. »Machen Sie immer einfach so die Tür auf, wenn jemand klingelt?«

»Nein. Ich schaue erst aus dem Fenster. Wie alle hier.«

»Warum haben Sie denen dann aufgemacht?«

»Ich weiß nicht.«

Ich erhob mich. Ich hätte gern noch ein Bier getrunken. Aber Marinette war nicht mehr da.

Der Großvater musste es erraten haben. »Ich habe Bier im Kühlschrank. Ich trinke selber Bier, wissen Sie. Ab und zu. Im Garten. Das tut gut. Mourad, geh, hol ein Bier für den Herrn.«

»Lass«, sagte ich. »Ich finde es schon.« Ich musste mir die Beine vertreten. In der Küche trank ich direkt aus der Flasche. Einen großen Schluck. Das entspannte mich ein wenig. Dann nahm ich ein Glas, füllte es und ging zurück ins Wohnzimmer. Ich setzte mich neben das Bett und sah sie alle drei an. Keiner hatte sich gerührt.

»Hören Sie zu, Naïma ist in Gefahr. In Todesgefahr. Die Leute, die hierher gekommen sind, scheuen vor nichts zurück. Sie haben schon zwei Menschen umgebracht. Guitou war keine siebzehn. Ist Ihnen klar, was das bedeutet? Also, ich frage noch mal: Warum haben Sie die Männer reingelassen?«

»Redouane …«, begann der Großvater.

»Es war mein Fehler«, unterbrach Mourads Mutter. Sie sah mir gerade in die Augen. Sie hatte schöne Augen. Voller Schmerz. Anstelle des stolzen Funkens, der normalerweise aufflammt, wenn Mütter über ihre Kinder sprechen.

»Ihr Fehler?«

»Ich habe Redouane alles erzählt. Gestern Abend. Nach Ihrem Besuch. Er wusste, dass Sie da waren. Er weiß immer genau, was los ist. Manchmal habe ich den Eindruck, wir werden ständig beobachtet. Er wollte wissen, wer Sie sind, was Sie von uns wollen. Ob es was mit dem anderen zu tun hatte, der am Nachmittag nach ihm gefragt hatte und …«

Ich war kurz vorm Ausflippen. »Welcher andere, Madame Hamoudi?«

Sie hatte zu viel gesagt. Ich merkte, wie sie in Panik geriet. »Der andere.«

»Der, den sie umgelegt haben. Dein Kumpel, wie es scheint. Er hat Redouane gesucht.«

War das alles, oder kommt noch mehr?, fragte ich mich.

In meinem Kopf erschien der Bildschirm: »Game over.« Was hatte ich Fonfon neulich früh noch gesagt? »Solange man setzt, lebt man.« Ich hatte mich auf ein neues Spiel eingelassen.

Nur, um zu sehen.

Zwölftes Kapitel

In dem man nachts Geisterschiffen begegnet

Alle drei starrten mich schweigend an. Ich ließ meinen Blick von einem zum anderen wandern.

Wo mochte Naïma sein? Und Pavie?

Beide hatten den Tod mit eigenen Augen gesehen, die grausame Wirklichkeit, keinen Fernsehfilm, und sie waren auf der Flucht. Verschwunden. In Luft aufgelöst.

Dem Großvater fielen die Augen zu. Die Beruhigungsmittel würden bald ihre Wirkung tun. Er kämpfte gegen den Schlaf. Dennoch war er es, der als Erster wieder das Wort ergriff. Weil es dringend war, und damit er endlich schlafen konnte.

»Ich dachte, er war ein Freund von Redouane. Der, mit dem ich durchs Fenster gesprochen hatte. Er wollte zu Naïma. Ich hab gesagt, sie ist noch nicht da. Dann hat er gefragt, ob er bei mir auf sie warten kann. Er hat es nicht eilig, meinte er. Er wirkte nicht ... Er machte einen guten Eindruck. Gut angezogen, im Anzug, mit Schlips und Kragen. Also hab ich aufgemacht.«

»Solche Freunde hat Redouane?«

»Einmal hat er mich mit zwei Leuten besucht, die genauso gut angezogen waren. Sie waren älter als er. Der eine hatte, glaube ich, mit Autos zu tun. Der andere hatte ein Geschäft in der Nähe der Place d'Aix. Sie sind vor mir auf die Knie gegangen. Haben mir die Hand geküsst. Sie wollten, dass ich an einer religiösen Versammlung teilnehme. Um zu jungen Leuten aus unserer Heimat zu sprechen. Das war Redouanes Idee, haben sie gesagt. Mir würden sie zuhören, wenn ich von Religion spreche. Ich hatte für Frankreich gekämpft. Ich war ein Held. Also konnte ich den jungen Leuten erklären, dass Frankreich nicht die Rettung ist. Dass es ihnen im Gegenteil jede Selbstachtung nimmt. Mit Drogen, Alkohol und dem ganzen Teufelszeug ... Sogar mit der Musik, die sie heute alle hören ...«

»Der Rap«, präzisierte Mourad.

»Ja, die ist auch wirklich zu laut. Hören Sie das gern?«

»Es ist nicht gerade meine Lieblingsmusik. Aber damit ist es ein bisschen wie mit den Jeans: Sie klebt ihnen auf der Haut.«

»Das muss das Alter sein, ja … Zu meiner Zeit …«

»Er da«, sagte Mourad und zeigte auf mich, »er hört alte arabische Sachen. Wie heißt er noch, Ihr Sänger?«

»Lili Boniche.«

»Oh!« Der Großvater lächelte und hielt nachdenklich inne. Verloren in der guten alten Zeit. Seine Augen kehrten zu mir zurück. »Wo war ich stehen geblieben? Ach ja. Redouanes Freunde meinten, wir müssten unsere Kinder retten. Es ist Zeit, unsere Jugend zu Gott zurückzuführen, haben sie gesagt. Damit sie unsere Werte wieder lernen. Tradition. Achtung. Das sollte ich ihnen beibringen.«

»Wir dürfen Redouane nicht vorwerfen, dass er sich Gott zugewandt hat«, unterbrach Mourads Mutter. »Das ist sein Weg.« Sie sah mich an: »Vorher hat er viele Dummheiten gemacht. Von daher … Besser, er betet, als mit zwielichtigen Gestalten herumzuziehen.«

»Dagegen sage ich nichts«, antwortete der Großvater. »Das weißt du auch. Es sind die Übertreibungen, die das Unheil anrichten. Zu viel Alkohol oder zu viel Religion ist das Gleiche. Das macht krank. Leute, die anderen ihre Sichtweise aufzwingen wollen, sind schon immer die Schlimmsten gewesen! Ihre Lebensweise. Ich behaupte nicht, dass Redouane so ist. Obgleich … in letzter Zeit …

Bei uns zu Hause«, nahm er den Faden wieder auf, nachdem er einmal tief Luft geholt hatte, »in unserer Heimat würde er deine Tochter umbringen. So läuft das inzwischen da unten. Ich habe es in der Zeitung gelesen. Sobald ein Mädchen singt, vergewaltigen sie es. Sowie unsere Mädchen glücklich sind. Ich will nicht sagen, dass Redouane so etwas tun würde, aber die anderen … Mit Islam hat das nichts zu tun. Und dabei ist Naïma ein braves Mädchen. Wie der da«, fügte er hinzu und zeigte auf Mourad. »Ich habe nie gegen Gott gehandelt. Alles, was ich sage, ist, dass wir nicht mit der Religion, sondern mit dem Herzen leben.« Er sah mich an. »Das habe ich auch jenen Herren gesagt. Und als Redouane heute Morgen gekommen ist, habe ich es ihm auch noch mal gesagt.«

»Ich hab Ihnen nicht die Wahrheit gesagt, als Sie vorhin bei uns waren«, sprach Mourads Mutter weiter. »An dem Abend hat Redouane gesagt, ich soll mich in diese Geschichten nicht einmischen. Die Erziehung seiner Schwester ist Männersache, meinte er. Seine Sache. Meine Tochter, Sie können sich vorstellen …«

»Er hat sie bedroht«, sagte Mourad.

»Ich hatte vor allem Angst um Naïma. Redouane ist sehr früh abgehauen wie ein Verrückter. Er wollte sie nach Hause zurückholen. Diese Geschichte mit dem jungen Mann hat das Fass zum Überlaufen gebracht. Redouane hat gesagt, das reicht. Dass er sich seiner Schwester schämt. Dass sie eine ordentliche Strafe verdient. Ach! Ich weiß auch nicht mehr …«

Sie nahm ihren Kopf in beide Hände. Am Rande eines Zusammenbruchs. Hin- und hergerissen zwischen ihrer Mutterrolle und ihrer Erziehung zum Gehorsam den Männern gegenüber.

»Und was war dann mit Redouane?«, fragte ich den Großvater.

»Nichts. Naïma hat letzte Nacht nicht hier geschlafen. Ich hab mir große Sorgen gemacht. Das war noch nie vorgekommen. Dass sie nichts gesagt und auch keine Nachricht hinterlassen hat. Freitag wusste ich, dass sie das Wochenende bei Freunden verbrachte. Sie hatte sogar eine Telefonnummer hinterlassen, unter der ich sie für alle Fälle erreichen konnte. Ich habe ihr immer vertraut.«

»Wo ist sie hingegangen? Haben Sie eine Vorstellung?« Ich hatte meine eigene Vorstellung, aber ich wollte sie aus anderem Munde hören.

»Sie hat heute Morgen angerufen. Damit ich mir keine Sorgen mache. Sie ist in Aix geblieben. Bei der Familie eines Schulfreundes, glaube ich. Einer von denen, mit denen sie in den Ferien war.«

»Mathias? Sagt Ihnen der Name etwas?«

»Mathias? Könnte sein.«

»Mathias«, sagte Mourad, »der ist voll in Ordnung. Er ist Vietnamese.«

»Ein Vietnamese?«, fragte seine Mutter. Das ging über ihre Kräfte. Das Leben ihrer Kinder entglitt ihr. Redouanes, Naïmas. Mourads sicher auch.

»Nur durch seine Mutter«, stellte Mourad klar.

»Kennst du ihn?«, fragte ich.

»Ein bisschen. Eine Zeit lang gingen sie zusammen aus, er und meine Schwester. Ich bin mit ihnen ins Kino gegangen.«

»Es läuft alles aufs Gleiche hinaus«, fasste der Großvater zusammen. »Sie hatte Sorgen. Deshalb hat sie sich so seltsam benommen. Ich hätte das begreifen müssen.« Er dachte ein paar Sekunden nach. »Aber ich konnte es doch nicht wissen. So ein Drama. Warum … Warum haben sie den jungen Mann umgebracht?«

»Ich weiß es nicht. Naïma ist die Einzige, die uns erzählen kann, was passiert ist. Und was war mit Redouane heute Morgen?«

»Ich habe ihm gesagt, seine Schwester ist schon weg. Er hat mir natürlich nicht geglaubt. Aber er hätte mir sowieso nicht geglaubt. Nur, was er glauben wollte. Oder hören. Er wollte ins Schlafzimmer seiner Schwester gehen. Sich überzeugen, dass sie wirklich nicht da war. Oder sehen, ob sie wirklich hier geschlafen hatte. Aber ich habe ihn nicht gelassen. Da hat er mich angeschrien. Ich habe ihn daran erinnert, dass der Islam Achtung vor dem Alter lehrt. Vor den Alten. Das ist die erste Regel. ›Ich habe kein bisschen Achtung vor dir‹, hat er geantwortet. ›Du bist nur ein Ungläubiger. Schlimmer als die Franzosen!‹ Ich habe meinen Stock genommen und ihm vor die Nase gehalten. ›Ich bin immer noch stark genug, dir eine Tracht Prügel zu verpassen!‹, habe ich geschrien. Und ihn rausgeschmissen.«

»Trotz alledem haben Sie dem Mann die Tür aufgemacht.«

»Ich dachte, wenn ich mit ihm spreche, könnte er Redouane zur Vernunft bringen.«

»Hatten Sie die beiden schon zusammen gesehen?«

»Nein.«

»War er Algerier?«

»Nein. Von außen, mit seiner Sonnenbrille, habe ich gedacht, er ist Tunesier. Ich war nicht misstrauisch, aber dann …«

»Er war kein Araber?«

»Ich weiß nicht. Aber er sprach nicht arabisch.«

»Mein Vater war Italiener, wurde aber oft für einen Tunesier gehalten, als er jung war.«

»Ja, vielleicht war er Italiener. Aber aus dem Süden. Aus der Gegend von Neapel. Oder Sizilien. Das könnte sein.«

»Wie sah er aus?«

»Ungefähr Ihr Alter. Ein schöner Mann. Etwas kleiner und dicker. Nicht fett, aber kräftiger. Angegraute Schläfen. Grau melierter Schnurrbart … Und … Er trug diesen protzigen, goldenen Siegelring.«

»Dann muss er Italiener gewesen sein«, sagte ich lächelnd. »Oder Korse.«

»Nein, kein Korse. Der andere, ja. Der, der mich angegriffen hat, als ich die Tür geöffnet habe. Ich habe nur seinen Revolver gesehen, den er mir unters Kinn gehalten hat. Er hat mich zurückgestoßen, und ich bin gefallen. Der, ja. Er hatte einen korsischen Akzent. Den werde ich nie vergessen.«

Er war am Ende seiner Kräfte.

»Ich lasse Sie jetzt schlafen. Vielleicht komme ich noch einmal wieder und stelle ein paar Fragen. Wenn es sein muss. Machen Sie sich keine Sorgen. Es wird schon alles wieder in Ordnung kommen.«

Er lächelte glücklich. Für den Moment verlangte er nicht mehr. Nur die Versicherung, dass für Naïma alles gut ausgehen würde.

Mourad beugte sich zu ihm und küsste ihn auf die Stirn. »Ich bleibe bei dir.«

Letztendlich blieb Mourads Mutter beim Großvater. Zweifellos hoffte sie, dass Naïma heimkam. Aber vor allem ging sie Redouane aus dem Weg.

»Sie hat ein wenig Angst vor ihm«, gestand Mourad auf dem Rückweg. »Er ist verrückt geworden. Er verlangt von meiner Mutter, dass sie einen Schleier trägt, wenn er da ist. Und bei Tisch muss sie ihn mit gesenkten Augen bedienen. Mein Vater sagt nichts. Er sagt, das vergeht.«

»Wie lange ist er schon so?«

»Etwas über ein Jahr. Seit er aus dem Knast gekommen ist.«

»Wie lange hat er gesessen?«

»Zwei Jahre. Ist in einen Hi-Fi-Laden in Chartreux eingebrochen. Mit zwei Kumpels. Die waren total high.«

»Und du?«

Er sah mir gerade in die Augen. »Ich spiele in Anselmes Mannschaft, falls dich das interessiert. Basketball. Wir rauchen nicht, wir trinken nicht. Das ist die Regel. Keiner von uns. Sonst schmeißt Anselme uns raus. Ich gehe oft zu ihm. Zum Essen und Schlafen. Das ist cool.«

Er versank in Schweigen. Die Viertel im Norden der Stadt mit ihren tausendfach erleuchteten Fenstern glichen Schiffen. Große verlorene Schiffe. Geisterschiffe. Jetzt begannen die schlimmsten Stunden. Die Stunden der Heimkehr. Die Stunden, in denen man merkte, dass man in den Betonklötzen weit weg von allem war.

In meinem Kopf ging es drunter und drüber. Ich musste das alles erst mal verdauen, was ich soeben gehört hatte, aber dazu war ich nicht in der Lage. Was mir am meisten Kopfzerbrechen machte, waren die beiden Typen, die hinter Naïma her waren. Die den Großvater zusammengeschlagen hatten. Hatten sie Hocine und Guitou auf dem Gewissen? Waren es dieselben, die mich letzte Nacht verfolgt hatten? Ein Korse. Der Fahrer des Safrane? Balducci? Nein, unmöglich. Woher konnten sie wissen, dass auch ich Naïma suchte? Und so schnell? Herausfinden, wer ich bin und so weiter. Undenkbar. Die Typen von letzter Nacht mussten mit Serge zu tun haben. Ganz offensichtlich. Die Bullen hätten mich hochgenommen. Sie waren mir gefolgt. Ich war am Tatort gewesen. Ich konnte ein Kumpel von Serge sein. Sein Komplize bei was weiß ich für einem Ding. Worauf Pertin übrigens spekulierte. Deshalb wollten sie mir das Fell gerben. Das war logisch. Oder einfach nur rauskriegen, was ich in der Hand hatte. Ja, so musste es sein.

Bei Notre-Dame-Limite trat ich so hart auf die Bremse, dass Mourad aus seinen Gedanken aufschreckte. Ich hatte eine Telefonzelle entdeckt. »Nur zwei Minuten.«

Marinette hob beim zweiten Klingeln ab.

»Entschuldigen Sie vielmals, dass ich Sie noch einmal störe«, sagte ich, nachdem ich mich vorgestellt hatte. »Aber Sie haben heute Nachmittag nicht zufällig ein etwas auffälliges Auto bemerkt?«

»Das von Monsieur Hamoudis Angreifern?« Marinette redete nicht lange um den heißen Brei herum. In diesen Vierteln bleibt nichts unbemerkt, ebenso wenig wie in den Vorstädten. Ganz besonders ein neues Auto. »Ich nicht. Ich hatte meine Haare aufgedreht. Dann gehe ich nicht auf die Straße. Aber Émile, mein Mann, ja. Ich hab ihm das alles erzählt, verstehen Sie. Da hat er gesagt, dass er ein großes Auto gesehen hat, als er aus dem Haus gegangen ist. Gegen drei. Es fuhr die Straße hinunter. Émile war auf dem Weg in die andere Richtung, zu *Pascal*. Das ist die Bar an der Ecke. Er spielt dort jeden Nachmittag Belote. Dann hat er etwas zu tun, der arme Kerl. Was meinen Sie, wie er das Auto bestaunt hat! So was kriegt man nicht alle Tage zu sehen. Und schon gar nicht in unserem Viertel! Höchstens im Fernsehen.«

»Ein schwarzes Auto?«

»Warten Sie ’n Moment. Émile! War er schwarz, der Wagen?«, rief sie ihrem Mann zu.

»Ja genau. Schwarz. Ein Safrane«, hörte ich die Antwort. »Und sag dem Monsieur, dass er nicht von hier war. Er kam aus dem Var.«

»Er war schwarz.«

»Ich habe es gehört.« Ja, ich hatte gehört. Und es lief mir kalt den Rücken herunter. »Danke, Marinette.« Ich legte mechanisch auf. Entgeistert.

Ich tappte im Dunkeln, aber es handelte sich um dieselben Leute, daran bestand kein Zweifel. Seit wann hatten die beiden

Schweinehunde mich im Visier? Gute Frage. Die Antwort hätte mir die Erleuchtung gebracht, aber ich konnte sie nicht herbeizaubern. Ich hatte sie bis zu den Hamoudis geführt, so viel war sicher. Gestern. Vor oder nach meinem Besuch auf dem Kommissariat. Wenn sie am Abend nicht weiter nachgehakt hatten, dann nicht etwa, weil sie ausgetrickst worden waren. Nein, sie hatten sich ausgerechnet, dass ich kaum weiter als bis zu Félix gehen würde. Und … Scheiße! Wussten sie etwa auch, wo ich wohnte? Die Frage schob ich schnell beiseite. Sonst lief ich Gefahr, den letzten Nerv zu verlieren.

Also noch mal von vorn, sagte ich mir. Heute Morgen waren sie in Bigotte aufgetaucht und hatten darauf gewartet, dass sich etwas tat. Und Redouane tat etwas. Er ging zum Großvater. Woher wussten sie, dass er es war? Ganz einfach. Du steckst irgendeinem Straßengör hundert Francs zu, und die Sache ist geritzt.

»Wir fahren schnell bei dir vorbei«, sagte ich zu Mourad. »Du packst ein paar Sachen für einige Tage ein, und ich bringe dich wieder zu deinem Großvater.«

»Was läuft hier ab?«

»Nichts. Ich möchte nicht, dass du dort schläfst, das ist alles.«

»Und Redouane?«

»Wir lassen ihm eine Nachricht da. Es wäre besser, er würde das Gleiche tun.«

»Kann ich nicht lieber zu Anselme gehen?«

»Wie du willst. Aber ruf Marinette an. Damit deine Mutter weiß, wo du bist.«

»Wirst du meine Schwester finden?«

»Das hoffe ich.«

»Aber du bist nicht sicher, hm?«

Wobei konnte ich mir schon sicher sein? Bei gar nichts. Ich hatte mich auf die Suche nach Guitou gemacht, wie man auf den Markt geht. Die Hände in den Taschen. Ohne Eile. Ein Blick hier, ein Blick dort. Nur Gélous Angst hatte mich angetrieben. Ich war nicht scharf darauf, der Liebesgeschichte zweier Kinder ein Ende zu machen. Und jetzt war Guitou tot. Aus nächster Nähe von Killern erschossen. Unterwegs hatten andere Killer einen alten Kumpel umgelegt. Und zwei Mädchen waren auf der Flucht. Beide in höchster Gefahr.

Daran gab es keinen Zweifel. Und der andere Junge auch. Mathias. Ich musste ihn finden. Auch ihn an einen sicheren Ort bringen.

»Ich komme mit hoch«, sagte ich zu Mourad, als wir in La Bigotte angekommen waren. »Ich muss noch ein paar Anrufe machen.«

»Ich hab schon angefangen, mir Sorgen zu machen«, sagte Honorine. »Weil Sie den ganzen Tag nicht angerufen haben.«

»Ich weiß, Honorine. Ich weiß. Aber …«

»Sie können ruhig offen mit mir reden. Ich habe die Zeitung gelesen. Nun denn!«

»Ah!«

»Wie kann so etwas Schreckliches nur passieren?«

»Wo haben Sie die Zeitung gelesen?«, fragte ich, um nicht auf ihre Frage antworten zu müssen.

»Bei Fonfon. Ich bin hingegangen, um ihn einzuladen. Für Sonntag. Zur *Poutargue.* Sie erinnern sich doch noch? Er hat gemeint, ich soll nichts sagen, wegen Guitou. Sie würden schon wissen, was zu tun ist. Wie soll es denn jetzt eigentlich weitergehen, hm?«

Um ehrlich zu sein, ich hatte keine Ahnung. »Ich war bei der Polizei, Honorine«, sagte ich, um sie zu beruhigen. »Und Gélou, hat sie die Zeitung auch gelesen?«

»Natürlich nicht! Ich hab heute Mittag nicht einmal die Lokalnachrichten eingeschaltet.«

»Macht sie sich sehr große Sorgen?«

»Sozusagen …«

»Geben Sie sie mir, Honorine. Und warten Sie nicht auf mich. Ich weiß nicht, wann ich zurück sein werde.«

»Ich habe schon gegessen. Aber Gélou ist nicht mehr da.«

»Nicht mehr da! Ist sie zurückgefahren?«

»Nein, nein. Ich meine, sie ist nicht mehr bei Ihnen. Aber sie ist noch in Marseille. Ihr … Freund hat sie heute Nachmittag angerufen.«

»Alexandre.«

»Genau. Alex nennt sie ihn. Er war gerade nach Gap zurückgekehrt. Zu ihnen nach Hause. Er hat die Nachricht auf dem Bett des Kleinen gelesen. Da hat er nicht lange gezögert, sich ins Auto gesetzt und ist nach Marseille gekommen. Sie haben sich in der Stadt getroffen. Gegen fünf muss das gewesen sein. Sie sind im Hotel. Warten Sie, ich soll Ihnen sagen, wo Sie sie finden können. *Hotel Alizé*. Das ist am Alten Hafen, oder?«

»Ja. Oberhalb vom *New York*.«

Gélou brauchte nur irgendeine Zeitung aufzuschlagen, dann würde sie von Guitous Tod erfahren. Wie ich es getan hatte. Es konnte nicht unzählige Fabres geben, deren Sohn Mathias hieß. Und noch weniger Fabres, in deren Haus ein sechzehneinhalbjähriger Junge ermordet worden war.

Alexandres Anwesenheit änderte einiges. Ich konnte über den guten Mann denken, was ich wollte, aber er war es, den Gélou liebte. Den sie nicht verlieren wollte. Sie waren seit zehn Jahren zusammen. Er hatte Patrice und Marc mit aufgezogen. Und Guitou, trotz allem. Sie hatten ihr eigenes Leben, und nur weil sie Rassisten waren, hatte ich nicht das Recht, das alles zu leugnen. Gélou stützte sich auf diesen Mann, und ich musste es auch tun.

Sie mussten über Guitou Bescheid wissen. Das heißt, vielleicht.

»Ich rufe sie an, Honorine. Ich umarme Sie.«

»Fabio?«

»Ja?«

»Alles in Ordnung bei Ihnen?«

»Natürlich. Warum?«

»Weil ich Sie kenne, Mensch. Ich höre es Ihnen doch an, dass Sie ganz durcheinander sind.«

»Ich bin ein bisschen nervös, das stimmt schon. Aber machen Sie sich keine Sorgen.«

»Ich mache mir aber Sorgen. Besonders, wenn Sie mir so kommen.«

»Ich umarme Sie.«

Die gute Frau war eine Heilige. Ich vergötterte sie. Wenn ich eines Tages sterbe, wird sie es sein, die mir in der Tiefe meiner Gruft am meisten fehlt. Wahrscheinlich würde es andersrum sein, aber daran mochte ich gar nicht denken.

Loubet war noch im Büro. Die Fabres hatten zugegeben, in der Sache mit Guitou gelogen zu haben. Jetzt blieb uns nichts anderes übrig, als ihnen zu glauben. Sie wussten nichts von dem jungen Mann in ihrem Haus. Es war ihr Sohn Mathias, der ihn eingeladen und ihm seinen Schlüssel geliehen hatte. Freitag, bevor sie nach Sanary gefahren waren. Sie hatten sich diesen Sommer kennen gelernt. Sie hatten sich angefreundet und ihre Telefonnummern ausgetauscht …

»So weit, so gut. Als sie zurückkamen, war Mathias nicht bei ihnen. Sondern in Aix. Und sie wollten ihn mit der Tragödie nicht schockieren … Lauter Geschwätz. Aber wir kommen voran.«

»Du glaubst nicht, dass sie diesmal die Wahrheit sagen?«

»Dieses plötzliche ›Jetzt sagen wir die Wahrheit‹ macht mich immer skeptisch. Wenn einer einmal lügt, steckt etwas dahinter. Entweder sie haben mir nicht alles gesagt, oder Mathias verbirgt noch etwas.«

»Wie kommst du darauf?«

»Weil dein Guitou nicht allein in dem Appartement war.«

»Ach so«, versetzte ich unschuldig.

»Wir haben ein Kondom in den Laken gefunden. Und es stammt nicht aus der Urzeit. Der Junge war mit einem Mädchen zusammen. Wenn er von zu Hause abgehauen ist, dann vielleicht ihretwegen. Mathias müsste das wissen. Ich denke, er wird es mir erzählen, wenn ich ihn morgen sehe. Unter vier Augen mit einem Polizisten blufft ein Junge nicht lange. Und dann wüsste ich gern, wer das Mädchen ist. Sie müsste doch etwas zu erzählen haben, oder? Meinst du nicht?«

»Schon, schon …«

»Stell dir vor, Montale. Die beiden liegen im Bett. Oder siehst du das Mädchen morgens nach Hause gehen? Um zwei oder drei Uhr früh? Allein? Ich nicht.«

»Vielleicht hatte sie ein Mofa.«

»Oh! Tu nicht so, verdammt, es reicht!«

»Nein, du hast Recht.«

»Kann schon sein«, sprach er weiter.

Ich ließ ihn nicht ausreden. Und jetzt spielte ich wirklich den Clown, das merkte ich selber.

»Vielleicht war sie noch dort, wie festgenagelt. Meinst du das?«

»Genau. Etwas in der Richtung.«

»Ein bisschen an den Haaren herbeigezogen, findest du nicht? Die Typen legen Draoui um. Dann einen Jungen. Sie werden sich vergewissert haben, dass niemand mehr da war.«

»Du kannst noch so ausgekocht sein, Montale, manchmal geht alles schief. Dies war so ein Abend, denke ich. Sie hatten sich Hocine Draoui vorgenommen, ganz lässig. Plötzlich kommt etwas dazwischen. Guitou. Frag mich nicht, was er halb nackt im Flur zu suchen hatte. Der Lärm, zweifellos. Er hatte Angst. Und schon geriet alles ins Schleudern.«

»Hm«, machte ich, als dächte ich nach. »Willst du, dass ich meiner Cousine ein paar Fragen über Guitou stelle? Und eine eventuelle Freundin in Marseille. Eine Mutter müsste so etwas wissen.«

»Siehst du, Montale, es wundert mich, dass du das nicht schon längst gemacht hast. Ich an deiner Stelle hätte dort angefangen. Wenn ein Junge abhaut, steckt häufig ein Mädchen dahinter. Oder ein guter Freund. Weißt du das nicht mehr? Oder hast du vergessen, dass du einmal Polizist warst?« Ich antwortete mit Schweigen. Er sprach weiter: »Ich sehe immer noch nicht, auf welcher Spur du Guitou bis dahin gefolgt bist.«

Montale in der Rolle des Dorftrottels.

Das ist das Problem mit dem Lügen. Entweder man nimmt all seinen Mut zusammen und sagt die Wahrheit. Oder man bleibt hartnäckig bei der Lüge, bis man eine Lösung gefunden hat. Meine Lösung war, Naïma und Mathias an einen sicheren Ort zu bringen. In ein Versteck. Ich hatte schon eine Vorstellung, wohin. Bis wir in dieser Sache klar sahen. Ich vertraute Loubet, aber nicht der ganzen Polizei. Die Polizei und die Unterwelt hatten schon zu viel miteinander gemauschelt. Die Funkverbindung zwischen ihnen funktioniert nach wie vor, da kann man sagen, was man will.

»Willst du mit Gélou sprechen?«, fragte ich, um mir aus der Patsche zu helfen.

»Nein, nein. Mach du das. Aber behalte die Antworten nicht für dich. Damit kann ich viel Zeit gewinnen.«

»Okay«, stimmte ich ernsthaft zu.

Dann fiel mir Guitous Gesicht wieder ein. Seine Engelhaftigkeit. Sie durchzuckte mich wie ein roter Blitz. Sein Blut. Sein Tod zog mich mit in den Schmutz. Wie konnte ich noch die Augen schließen, ohne seine Leiche zu sehen? Seine Leiche im Leichenschauhaus. Es war nicht die Frage, ob ich Loubet die Wahrheit sagen sollte oder nicht, die mir keine Ruhe ließ. Es waren die Killer. Diese beiden Mistkerle. Ich wollte sie in die Finger kriegen. Den vor mir haben, der Guitou ermordet hatte. Ja, von Angesicht zu Angesicht. Ich hatte genug Hass in mir, um ihn umzubringen.

Ich hatte nichts anderes mehr im Kopf. Nur noch das.

Töten.

Chourmo! Montale. *Chourmo!*

Das Leben ist wie eine Galeere!

»He! Du bist noch da?«

»Ich hab nachgedacht.«

»Lass es sein, Montale. Das bringt einen nur auf dumme Gedanken. Wenn du meine Meinung hören willst, stinkt die ganze Geschichte zum Himmel. Vergiss nicht, dass Hocine Draoui nicht zufällig umgelegt wurde.«

»Daran dachte ich gerade, weißt du.«

»Wie gesagt, lass es. Na gut, bist du zu Hause, wenn ich dich brauche?«

»Ich rühre mich nicht vom Fleck. Außer zum Fischengehen, wie du weißt.«

Dreizehntes Kapitel

In dem wir alle davon geträumt haben, wie ein Fürst zu leben

Mourad stand vor mir, bereit. Einen Rucksack auf dem Rücken, seine Schultasche in der Hand. Steif. Ich legte auf.

»Hast du Deux-Têtes angerufen?«

»Nein, warum?«

»Aber du hast mit einem Bullen gesprochen.«

»Ich war Bulle, wie du wissen müsstest. Sie sind nicht alle wie Deux-Têtes.«

»Von der Sorte hab ich noch nie einen getroffen.«

»Es gibt sie aber.«

Er starrte mich an. Wie er es schon öfter getan hatte. Er suchte nach einem Grund, mir zu vertrauen. Das war nicht einfach. Ich kannte diesen Blick nur zu gut. Die meisten Jungs, mit denen ich in den Vorstädten zu tun gehabt hatte, wussten nicht, was ein Erwachsener war. Ein echter.

Wegen Wirtschaftskrise, Arbeitslosigkeit und Rassismus waren ihre Väter in ihren Augen nur noch Verlierer. Versager. Machtlos. Männer, die Kopf und Arme hängen ließen. Die nicht diskutierten. Nicht Wort hielten. Nicht einmal wegen eines Fünfzig-Francs-Scheins zum Wochenende. Und diese Kinder gingen auf die Straße. Fallen gelassen. Vom Vater. Ohne Glauben. Gesetzlos. Mit einem einzigen Vorsatz: Nicht so zu werden wie ihr Vater.

»Können wir?«

»Ich muss noch eine Sache erledigen«, sagte ich. »Deshalb bin ich mit hochgekommen. Nicht nur, um zu telefonieren.«

Jetzt war es an mir, ihn anzusehen. Mourad stellte seine Schultasche ab. Seine Augen füllten sich mit Tränen. Er hatte erraten, was ich vorhatte.

Als ich den Großvater von Redouane sprechen hörte, hatte sich unmerklich ein Gedanke in meinem Kopf festgesetzt. Mir war wieder eingefallen, was Anselme mir anvertraut hatte. Redouane war schon mit dem Typen gesehen worden, der den BMW gefahren hatte, aus dem die Schüsse gefallen waren. Und Serge war aus Hamoudis Wohnung gekommen.

»Ist das sein Zimmer?«, fragte ich.

»Nein, das gehört den Eltern. Seins ist dort hinten.«

»Ich muss das tun, Mourad. Ich muss einige Dinge wissen.«

»Warum?«

»Weil Serge mein Kumpel war«, sagte ich, während ich die Tür öffnete. »Ich mag es nicht, wenn man meine Freunde einfach so umlegt.«

Er blieb gerade stehen, steif. »Nicht einmal meine Mutter darf hinein. Auch nicht, um das Bett zu machen. Niemand.«

Das Zimmer war winzig. Ein kleiner Schreibtisch mit einer alten Japy-Schreibmaschine. Darauf lagen mehrere Publikationen, sorgfältig geordnet. Einige Nummern von *Al Ra'id* und des *Musulman,* einer Monatszeitschrift, herausgegeben von der Vereinigung islamischer Studenten in Frankreich, und ein Heft von Ahmed Deedat: *Wie Salman Rushdie den Westen getäuscht hat.* Eine Ausziehliege aus den Sechzigern mit dem ungemachten Bett. Einige Bügel mit Hemden und Jeans auf einer Garderobenstange. Ein Nachttisch mit einer Ausgabe des Koran.

Ich setzte mich zum Nachdenken auf das Bett und blätterte im Koran. Vor einer Seite steckte ein zusammengefalteter Zettel. In der ersten Zeile stand: »Jedes Volk ist dem Untergang geweiht, und wenn die Zeit gekommen ist, kann es ihn nicht eine Sekunde verzögern oder beschleunigen.« Schöne Aussichten, dachte ich. Dann faltete ich den Zettel auseinander. Ein Pamphlet. Ein Flugblatt des Front National. Verdammt! Ein Glück, dass ich saß! Das war das Letzte, was ich dort erwartet hatte.

Der Text griff eine Erklärung des Front National auf, die in *Minute-la-France* (Nr. 1552) erschienen war. »Dank der FIS gleichen die Algerier immer mehr den Arabern und immer weniger den Franzosen. Die FIS ist für das Recht der Abstammung. Wir auch! Die FIS ist gegen die Integration der Einwanderer in die französische Gesellschaft. WIR AUCH!« Und als Schlussfolgerung: »Der Sieg der FIS ist die unverhoffte Chance, einen Iran vor unserer Tür zu haben.«

Warum hob Redouane dieses Flugblatt im Koran auf? Wo hatte er es her? Ich konnte mir nicht vorstellen, dass die Radikalen der extremen Rechten es in den Briefkästen der Vorstädte verteilt hatten. Aber vielleicht täuschte ich mich. Die Rückzug der Kommunisten bei den Wahlen in diesen Vierteln hatte Platz für jede Form von Demagogie gemacht. Die Extremisten des Front National brauchten nur noch einen Aufguss ihrer alten Parolen zu machen, um sich gut zu verkaufen. Selbst bei den Einwanderern, wie es scheint.

»Willst du es lesen?«, fragte ich Mourad, der sich neben mich gesetzt hatte.

»Ich habe über deine Schulter mitgelesen.«

Ich faltete das Flugblatt wieder zusammen und legte es zurück an dieselbe Stelle im Koran. In der Nachttischschublade: Vier Fünfhundert-Francs-Scheine, eine Schachtel Präservative, ein Feuerzeug, zwei Passfotos. Ich machte die Schublade wieder zu. Da sah ich die Gebetsteppiche, aufgerollt in einer Ecke des Zimmers. Ich löste sie. Und fand noch mehr Flugblätter. Etwa hundert. Diese trugen einen arabischen Titel. Der Text, in Französisch, war kurz: »Beweist, dass ihr keine Strohköpfe seid! Schmeißt einen Stein, lasst eine Bombe hochgehen, legt eine Mine, entführt ein Flugzeug!«

Ohne Unterschrift, versteht sich.

Ich hatte genug gesehen. Vorerst. »Komm. Das reicht, gehen wir.«

Mourad rührte sich nicht von der Stelle. Er schob seine rechte Hand zwischen die Polster der Ausziehliege und zog eine blaue Plastiktüte hervor. Einen aufgerollten Müllsack.

»Und das willst du nicht sehen?«

Darin waren eine 22er-Kanone und etwa zehn Schuss Munition.

»Scheiße!«

Ich weiß nicht, wie viel Zeit verging. Bestimmt nicht mehr als eine Minute. Aber diese Minute zog sich hin wie einige Jahrhunderte. Bis in die Vorzeit. Vor dem Feuer. Dort, wo es nur Nacht, Bedrohung und Angst gab. In der Etage unter uns brach ein Streit aus. Die Frau hatte eine schrille Stimme. Die des Mannes war rau, müde.

Mourad brach das Schweigen. Voller Überdruss. »Das geht fast jeden Abend so. Er ist arbeitslos. Langzeitarbeitsloser. Schläft den ganzen Tag. Und säuft. Und dann fängt sie an zu zetern.« Schließlich sah er mich an. »Du glaubst doch aber nicht, dass er ihn umgebracht hat?«

»Ich glaube gar nichts, Mourad. Aber du hast deine Zweifel, nicht wahr? Du kannst es nicht ganz ausschließen.«

»Nein, das habe ich nicht gesagt! Das kann ich nicht glauben. Dass mein Bruder das macht. Aber … Es stimmt, ich habe Angst um ihn, verstehst du. Dass er in etwas hineinschlittert, das ihm über den Kopf wächst, und eines Tages, nun … Dass er es benutzt, so ein Ding.«

»Ich glaube, er sitzt schon drin. Tief.«

Das Schießeisen lag zwischen uns auf dem Bett. Waffen hatten mich immer mit Entsetzen erfüllt. Sogar als Bulle. Meine Dienstwaffe hatte ich nur zögerlich benutzt. Ich wusste: Ein Druck auf den Abzug reichte. Der Tod lauerte unter der Fingerspitze. Ein einziger Schuss, und für den anderen konnte es böse enden. Eine einzige Kugel für Guitou. Drei für Serge. Wenn man einmal abgedrückt hat, kann man auch dreimal schießen. Oder öfter. Und noch mal. Töten.

»Es ist so, verstehst du. Sowie ich aus der Schule komme, sehe ich nach, ob sie noch da ist. Solange sie da ist, kann er keine Dummheiten machen, denke ich mir. Hast du schon mal getötet?«

»Nie. Nicht mal ein Kaninchen. Ich habe auch nie auf jemanden geschossen. Nur auf Pappe bei den Schießübungen. Und auf dem Jahrmarkt. Treffer sogar. Ich war als guter Schütze bekannt.«

»Nicht als Bulle?«

»Nein, nicht als Bulle. Ich hätte nie auf jemanden schießen können. Nicht einmal auf den hinterletzten Dreckskerl. Das heißt, vielleicht doch. In die Beine. Meine Kollegen wussten das. Meine Chefs natürlich auch. Ansonsten weiß ich nicht. Ich habe nie meine Haut retten müssen. Durch töten, meine ich.«

In den Fingern hatte es mich schon gejuckt. Aber das erzählte ich Mourad nicht. Es reichte schon, zu wissen, dass ich das manchmal in mir hatte. Diesen Wahn. Denn ja, Herrgott noch mal, den, der Guitou mit einer einzigen Kugel getötet hatte, ohne ihm die geringste Chance zu lassen, den hätte ich gern abgeknallt. Natürlich würde das nichts, aber auch gar nichts ändern. Mörder wachsen nach. Immer. Aber es würde mein Herz erleichtern. Vielleicht.

»Du solltest das Ding mitnehmen«, sagte Mourad. »Du wirst schon wissen, wohin damit. Mir wäre es lieber, wenn es nicht mehr da ist.«

»Okay.« Ich wickelte die Waffe wieder in den Plastiksack.

Mourad stand auf und ging nervös im Zimmer auf und ab, die Hände in den Taschen. »Anselme sagt, Redouane ist nicht böse, weißt du. Aber dass er gefährlich werden könnte. Dass er das macht, weil er keinen Halt mehr hat. Er ist durch die Abschlussprüfung gefallen und hat dann Gelegenheitsjobs angenommen. Bei den Elektrizitätswerken hatte er eine Stelle … Wie sagt man noch?«

»Auf Zeit.«

»Ja, genau, auf Zeit. Nicht von Dauer.«

»Das stimmt.«

»Danach Obstverkäufer, an der Rue Longue. *Le 13* hat er auch ausgetragen. Du weißt schon, die kostenlose Zeitung. Nur solche Sachen. Zwischen zwei Jobs hing er im Treppenhaus rum, hat geraucht und Rap gehört. Hat sich ausstaffiert wie MC Solaar! Da hat er mit dem Blödsinn angefangen. Und sich immer mehr voll Drogen gepumpt. Anfangs musste meine Mutter ihm Stoff mitbringen, wenn sie ihn im Knast besucht hat. Im Besucherzimmer! Sie hat es gemacht, stell dir das vor! Hat gesagt, sonst bringt er uns alle um, wenn er rauskommt.«

»Willst du dich nicht setzen?«

»Nein, ich stehe lieber.« Er warf mir einen Blick zu. »Es ist nicht einfach, über Redouane zu reden. Er ist mein Bruder, ich hab ihn gern. Zuerst hat er seinen ganzen Lohn mit uns auf den Kopf gehauen. Er hat uns ins Kino eingeladen, Naïma und mich.

Ins Capitole, verstehst du, auf der Canebière. Er hat uns Popcorn gekauft. Und wir sind im Taxi zurückgefahren! Wie die Fürsten.«

Dabei schnalzte er mit den Fingern. Ein Lächeln um den Mund. Diese Augenblicke mussten wirklich großartig gewesen sein. Die drei Kinder auf dem Bummel über die Canebière. Der Große, der Kleine und in der Mitte die Schwester. Voller Stolz auf ihre Prinzessin, das war klar.

Leben wie ein Fürst – davon hatten Manu, Ugo und ich auch geträumt. Wir waren es leid, für nichts und wieder nichts zu ackern, während der Alte sich auf unsere Kosten die Taschen voll schaufelte. »Wir sind keine Nutten«, pflegte Ugo zu sagen. »Von diesen dummen Säcken lassen wir uns nicht ficken.« Manu war außer sich wegen der Centimes beim Stundenlohn. Die Centimes waren wie der Knochen vom Schinken, an dem er sich die Zähne ausbiss. Ich war wie sie, ich wollte saftiges Fleisch sehen.

Wie viele Apotheken und Tankstellen hatten wir überfallen? Ich wusste es nicht mehr. Eine ganze Latte. Wir machten das am laufenden Band. Erst in Marseille, dann in der Umgebung. Wir waren nicht auf einen Rekord aus. Nur darauf, vierzehn, zwanzig Tage bequem zu leben. Dann fingen wir von vorn an. Weil es so schön war, mit Geld um sich zu schmeißen, ohne auf den Centime zu achten. Anzugeben. Gut gekleidet und alles. Wir haben uns sogar Maßanzüge schneidern lassen. Bei Cirillo. Ein italienischer Schneider in der Avenue Foch. Die Auswahl des Tuches, des Schnitts. Die Anproben, die letzten Feinheiten. Mit der Bügelfalte, die haarscharf über die Schuhe fiel, italienische natürlich. Das hatte Klasse!

Eines Nachmittags, daran erinnere ich mich noch, hatten wir eine Tour bis nach San Remo beschlossen. Um uns mit Kleidern und Schuhen einzudecken. José, ein Kumpel aus einer Autowerkstatt und Rennwagennarr, hatte uns einen Alpine-Coupé überlassen. Ledersitze und Armaturenbrett aus Holz. Ein Meisterwerk. Drei Tage sind wir geblieben. Es war die reinste Prasserei. Hotel, Mädchen, Restaurants, Nachtclubs und in den frühen Morgenstunden die höchsten Einsätze im Casino.

Leben im großen Stil. La Belle Époque.

Heute war das nicht mehr so einfach. Einen kleinen Supermarkt um tausend Francs zu erleichtern, ohne drei Tage später geschnappt zu werden, war schon ein kleines Kunststück. Vor diesem Hintergrund war der Drogenmarkt aufgeblüht. Dort gab es bessere Garantien. Und es brachte mehr ein. Heute musste man schon Dealer werden.

Vor zwei Jahren hatten wir einen erwischt, Bachir. Sein Traum war, vom Heroinverkauf eine Kneipe aufzumachen. »Ich hab das Gramm für acht, neun, zehn Francs gekauft«, hatte er uns erzählt. »Ich hab es versetzt und beim Verkauf fast eine Million Umsatz gemacht. Manchmal hatte ich viertausend am Tag …«

Er hatte die Kneipe schnell vergessen und sich in den Dienst eines Obermackers begeben, wie er sagte. Ein großer Dealer, nichts anderes. Halbe-halbe. Er trug das ganze Risiko. Die Pakete rumschleppen, warten. Eines Abends weigerte er sich, die Einnahmen rauszurücken, eine Erpressung, um mehr Prozente herauszuschlagen. Am nächsten Tag genehmigte er sich stolz einen Aperitif in der *Bar des Platanes* in Merlan. Ein Typ spazierte herein und jagte ihm zwei Kugeln in die Beine. Je eine. Da haben wir ihn aufgesammelt. Er war vorbestraft, und es gelang uns, ihm zweieinhalb Jahre anzuhängen. Aber über seine Lieferanten hatte er nichts ausgespuckt. »Ich komme aus diesem Milieu«, hatte er gesagt. »Ich kann niemanden anklagen. Aber ich kann mein Leben vor dir ausbreiten, wenn du willst …« Das wollte ich mir nicht anhören. Sein Leben kannte ich.

Mourad sprach weiter. Redouanes Leben glich dem von Bachir und von hunderten anderen.

»Als Redouane mit den Drogen anfing, hat er uns nicht mehr ins Kino eingeladen, verstehst du. Er hat uns die Knete so zugeschoben. ›Da, kauf dir, was du willst.‹ Fünfhundert, tausend Francs. Einmal hab ich mir davon Reebocks gekauft. Die waren genial. Aber eigentlich war ich nicht sehr glücklich damit. Das war kein Geschenk. Zu wissen, wo das Geld herkam, gefiel mir nicht. An dem Tag, als Redouane geschnappt wurde, habe ich sie weggeworfen.«

Woran lag es, fragte ich mich, dass Kinder aus derselben Familie unterschiedliche Wege gingen? Die Mädchen, das verstand ich. Ihr Streben nach Erfolg war ihre Fahrkarte in die Freiheit. Unabhängigkeit. Freie Wahl des Ehemannes. Eines Tages würden sie die Vorstädte im Norden verlassen. Ihre Mütter halfen ihnen dabei. Aber die Jungen? Wann hatte sich zwischen Redouane und Mourad ein Graben aufgetan? Wie? Warum? Das Leben war voller solcher Fragen ohne Antwort. Dort, wo es keine Antworten gab, verbarg sich manchmal gerade ein Schlupfloch für ein kleines Glück. Als wollte es den Statistiken eine lange Nase drehen.

»Was ist passiert, dass er sich so geändert hat?«

»Das Gefängnis. Zu Anfang hat er den Gangsterboss gespielt. Sich geschlagen. Er hat gesagt: ›Du musst ein Mann sein. Wenn du kein Mann bist, bist du verraten und verkauft. Man trampelt auf dir herum. Du bist nur ein dreckiger Hund.‹ Dann hat er Saïd kennen gelernt. Einen Gefängnisgeistlichen.«

Von Saïd hatte ich gehört. Ein ehemaliger Knastbruder, der Prediger geworden war. Ein Anhänger der fundamentalistischen Tabligh-Bewegung, die ursprünglich aus Pakistan kam und ihre Anhänger vor allem in den armen Vorstädten rekrutiert.

»Den kenne ich.«

»Nun, von dem Tag an wollte er nichts mehr von uns wissen. Er hat uns einen abgedrehten Brief geschrieben. Von der Art …« Er dachte nach, suchte die passenden Worte. »›Saïd ist wie ein Engel, der zu mir gekommen ist.‹ Oder: ›Seine Stimme ist weich wie Honig und weise wie die des Propheten.‹ Durch Saïd hatte er das Licht gesehen, das schrieb mein Bruder. Er hat angefangen, Arabisch zu lernen und den Koran zu studieren. Und er hat im Gefängnis keinen mehr schikaniert.

Als er wegen guter Führung auf Bewährung rausgekommen ist, war er verändert. Er trank nicht mehr, rauchte nicht mehr. Er hatte sich ein kleines Bärtchen stehen lassen und grüßte die Leute, die nicht in die Moschee gingen, nicht mehr. Er las tagein, tagaus im Koran. Laut rezitierend, als wollte er Sätze daraus auswendig lernen. Naïma erzählte er von Schamhaftigkeit und Würde. Wenn wir unseren Großvater besuchten, hat er mit heiligen Sprüchen gekatzbuckelt. Der Großvater fand das zum Lachen, er war schon lange nicht mehr in der Moschee gewesen! Verstehst du, er hat sogar versucht, seinen Akzent abzulegen … Im Viertel hat ihn niemand wiedererkannt.

Dann hat er Besuch gekriegt. Von bärtigen Typen in Dschellabas, und mit dicken Schlitten. Redouane ist nachmittags mit ihnen losgezogen und spät abends wiedergekommen. Danach kamen noch andere Typen in weißer *Abaya* und mit Turban. Eines Morgens hat er seine Sachen gepackt und ist abgehauen. Um Mohammeds Lehren zu folgen, hat er meinem Vater und meiner Mutter gesagt. Mir hat er anvertraut, und daran erinnere ich mich ganz genau: Dass er auf die Suche nach einer Waffe ging, um unser Land zu befreien. ›Wenn ich zurückkomme, nehme ich dich mit‹, hatte er hinzugefügt.

Er ist über drei Monate weggeblieben. Als er zurückkam, hatte er sich noch mehr verändert, aber er hat sich nicht um mich gekümmert. Hat nur gesagt, ich soll dies nicht machen, das nicht machen. Und dann: ›Ich will nichts mehr von Frankreich wissen, Mourad. Das sind nur Arschlöcher. Hämmer das in deinen kleinen Schädel rein! Bald wirst du stolz auf deinen Bruder sein, du wirst schon sehen. Er wird von sich reden machen. Mit großen Taten. Inschallah.‹«

Wo Redouane hingegangen war, konnte ich mir vorstellen. In Serges ganzem Papierkram war ein dickes Dossier über die »Wallfahrten«, die der Tabligh – aber nicht nur er – für seine neuen Anhänger organisiert. Pakistan vor allem, aber auch Arabien, Saudiarabien, Syrien, Ägypten … Mit Besuchen der Hochburgen des Islam, Koranstudium und, an erster Stelle, Einführung in den bewaffneten Kampf. Die fand in Afghanistan statt.

»Weißt du, wo er während der drei Monate hingegangen ist?«

»Nach Bosnien.«

»Bosnien!«

»Mit einer Hilfsorganisation, Merhamet. Redouane ist in die Französische Islamische Assoziation eingetreten. Die verteidigen die Bosnier. Das sind Moslems, weißt du. Sie führen einen Glaubenskrieg gegen die Serben und auch gegen die Kroaten. So hat Redouane mir das erklärt. Zu Anfang … Denn später, verstehst du, hat er kaum noch mit mir gesprochen. Ich war ein blöder Minderjähriger. Ich hab nichts mehr erfahren. Auch nicht von den Leuten, die ihn besucht haben. Oder was er den ganzen Tag tat. Oder von dem Geld, das er jede Woche nach Hause brachte. Alles, was ich weiß, ist, dass sie eines Tages mit anderen die Dealer am Plan d'Aou vermöbeln wollten. Heroindealer. Nicht Shit und das andere Zeug. Ein paar Kumpel haben sie gesehen. Daher weiß ich das.«

Wir hörten die Eingangstür aufgehen, gefolgt von Stimmen. Mourad war als Erster im Esszimmer. Um ihm auf dem Flur den Weg abzuschneiden.

»Geh aus dem Weg, Kleiner, ich habs eilig.«

Ich kam aus dem Zimmer, den Plastiksack in der Hand. Hinter Redouane noch ein junger Mann.

»Scheiße, wir hauen ab!«, schrie Redouane.

Es hätte nichts genützt, ihnen hinterherzulaufen.

Mourad zitterte von Kopf bis Fuß. »Der andere, das ist Nacer. Er war der Fahrer des BMW. Nicht nur Anselme denkt das. Wir wissen es alle. Wir haben ihn hier schon mit der Kiste rumhängen sehen.«

Und er fing an zu heulen. Wie ein kleines Kind. Ich ging zu ihm und drückte ihn an mich. Er reichte mir bis zur Brust. Seine Tränen verdoppelten sich.

»Schon gut«, sagte ich. »Ist ja schon gut.«

Nur, dass es zu viel Scheiße auf dieser Welt gab.

Vierzehntes Kapitel

In dem nicht sicher ist, dass es woanders weniger schlimm ist

Ich hatte das Zeitgefühl verloren. In meinem Kopf ging es rund. Ich hatte Mourad vor Anselmes Haus abgesetzt. Er hatte den Plastikbeutel mit der Knarre ins Handschuhfach geschoben und »Adieu« gesagt. Ohne sich auch nur umzudrehen und mir zuzuwinken.

Er hatte großen Kummer, daran bestand kein Zweifel. Anselme würde mit ihm reden können. Ihn wieder aufbauen. Letztendlich sah ich ihn lieber bei ihm als beim Großvater.

Bevor ich La Bigotte verließ, hatte ich den Parkplatz nach Serges Wagen abgesucht. Aber ohne mir große Hoffnungen zu machen. Ich wurde nicht enttäuscht, er war nicht da. Pavie musste darin weggefahren sein. Ich hoffte, dass sie wirklich einen Führerschein hatte und keine Dummheiten anstellte. Fromme Wünsche, wie immer. Wie zu glauben, dass sie jetzt an einem sicheren Ort war. Bei Randy, zum Beispiel. Ich glaubte nicht daran, aber so konnte ich wieder in mein Auto steigen und ins Zentrum fahren.

Art Pepper spielte gerade *More for Less*. Ein Schmuckstück. Jazz hatte immer diese Wirkung auf mich: Scherben zusammenzufügen. Das funktionierte mit Gefühlen. Mit dem Herzen. Aber das hier war etwas ganz anderes. Es gab zu viele Bruchstücke. Zu viele Blickwinkel, zu viele Fährten. Und zu viele Erinnerungen, die an die Oberfläche kamen. Ich brauchte dringend ein Glas. Oder zwei.

Ich fuhr an den Kais entlang, vorbei am großen Joliette-Becken bis zum Quai de la Tourette, dann um die Kirche Saint-Laurent herum. Dort lag der Alte Hafen, von Lichtern umringt.

Ein Gedicht von Brauquier kamen mir in den Sinn:

Das Meer
wiegte mich in seinen schlummernden Armen
wie es einen verirrten Fisch umfangen hätte …

Vor dem *Hotel Alizé* fuhr ich langsamer. Das hatte ich mir als Ziel vorgenommen. Aber ich brachte nicht den Mut auf, anzuhalten. Gélou gegenüberzutreten. Alex zu begegnen. Das ging zu dieser Stunde über meine Kräfte. Ich fand tausend Vorwände, um nicht aus dem Auto zu steigen. Erst mal gab es keinen Parkplatz. Dann mussten sie gerade irgendwo beim Essen sein. Solche Sachen. Ich nahm mir fest vor, später anzurufen.

Das Wort eines Betrunkenen! Ich war bereits beim dritten Whisky. Mein R5 hatte mich mit geschlossenen Augen zu Hassan in die *Bar des Maraîchers* im La-Plaine-Viertel gefahren, wo man immer willkommen ist. Eine Kneipe mit jungem Publikum, die angenehmste im Viertel. Vielleicht sogar in ganz Marseille. Ich ging seit einigen Jahren dorthin. Schon bevor in all den kleinen Straßen von La Plaine bis zum Cours Julien reihenweise Kneipen, Restaurants und Boutiquen für modische Fummel und Fetzen aufgemacht hatten. Heute war das Viertel reichlich aufgemotzt. Aber das war alles relativ. Immerhin stolzierte man dort nicht in Lacoste-Hemden herum, und der Pastis floss bis in die frühen Morgenstunden.

Vor ein paar Monaten war Hassans Kneipe über Nacht in Brand geraten. Weil sein Bier das billigste in ganz Marseille war, hieß es. Vielleicht stimmte das. Vielleicht auch nicht. Es wird immer viel erzählt. In dieser Stadt nährt eine Geschichte die nächste. Noch mysteriöser. Noch geheimnisvoller. Sonst ist sie nur eine simple Nachricht auf den Seiten für Vermischtes und keinen Pfifferling wert.

Hassan hatte seine Kneipe wieder hergerichtet. Alles neu gestrichen und so weiter. Dann hatte er ruhig, als sei nichts geschehen, das Foto an die Wand gehängt, auf dem Brel, Brassens und Ferré zusammen zu sehen sind. Sie sitzen an einem Tisch. Für Hassan war dieses Foto ein Symbol. Und eine Empfehlung. Bei ihm hörte man keinen Schund. Musik hatte nur einen Sinn, wenn sie von Herzen kam. Als ich eintrat, sang Ferré gerade:

O Marseille, man könnte meinen, das Meer habe geweint.
Seine Tränen sind deine Worte in den Straßen vereint,

wo die Leidenschaft nicht mehr alles verzehrt
und in deinen Menschen die Trauer einkehrt.
O Marseille …

Ich hatte mich zu einer Gruppe junger Leute an einen Tisch gesetzt, die ich flüchtig kannte. Stammgäste. Mathieu, Véronique, Sébastien, Karine, Cédric. Als ich mich setzte, hatte ich eine Runde ausgegeben, und die anderen folgten meinem Beispiel. Jetzt spielte Sonny Rollins *Without a Song*. Mit Jim Hall an der Gitarre. Das war sein schönstes Album, *The Bridge*.

Es tat mir wahnsinnig gut, dort in einer normalen Welt zu sein. Unter jungen Leuten, die sich wohl in ihrer Haut fühlten. Fröhliches Lachen zu hören. Gespräche, die glücklich über dem Alkoholdunst schwebten.

»Aber verflucht, wir dürfen nicht danebenzielen«, ereiferte sich Mathieu. »Was hast du gegen die Pariser? Den Staat müssen wir angreifen. Was sind schon die Pariser? Sie sind bloß direkter betroffen, das ist alles. Sie leben Seite an Seite mit dem Staat, deshalb. Wir sind weiter weg, dadurch gehts uns zwangsläufig besser.«

Das andere Marseille. Ein Hauch von Anarchie in der Erinnerung. Hier hatte während der Commune von 1871 für achtundvierzig Stunden die schwarze Flagge über der Präfektur geweht. Fünf Minuten später sprachen sie ohne Übergang von Bob Marley. Von den Jamaikanern. Sie würden sich gegenseitig beweisen, dass ein multikultureller Mensch zweifellos mehr Verständnis für die anderen aufbrachte. Die Welt. Davon konnten sie die ganze Nacht reden.

Ich stand auf und bahnte mir einen Weg an den Tresen, um zu telefonieren. Sie nahm nach dem ersten Klingeln ab, als hätte sie neben dem Telefon gesessen und auf einen Anruf gewartet.

»Montale hier«, sagte ich. »Ich habe Sie hoffentlich nicht geweckt?«

»Nein«, sagte Cuc. »Ich dachte mir schon, dass Sie noch mal anrufen würden. Früher oder später.«

»Ist Ihr Mann da?«

»Er ist in Fréjus, geschäftlich. Er kommt morgen zurück. Warum?«

»Ich wollte ihn etwas fragen.«

»Vielleicht kann ich Ihnen antworten?«

»Das würde mich wundern.«

»Fragen Sie trotzdem.«

»Hat er Hocine umgebracht?«

Sie legte auf.

Ich wählte noch einmal. Sie nahm sofort ab.

»Das ist keine Antwort«, meinte ich. Hassan stellte mir einen Whisky hin. Ich zwinkerte ihm dankend zu.

»Das war keine Frage.«

»Dann habe ich eine andere. Wo kann ich Mathias treffen?«

»Warum?«

»Beantworten Sie eine Frage immer mit einer Gegenfrage?«

»Ich bin nicht verpflichtet, Ihnen zu antworten.«

»Naïma muss bei ihm sein!«, rief ich.

Die Kneipe war brechend voll. Um mich herum rieb sich Ellenbogen an Ellenbogen. B. B. King füllte die Lautsprecher mit *Rock My Baby* und alle brüllten mit.

»Na und?«

»Na und! Hören Sie auf, die Unwissende zu spielen! Sie wissen, was los ist. Sie ist in Gefahr. Und ihr Sohn auch. Daran besteht kein Zweifel! Kein Zweifel!«, wiederholte ich, diesmal laut schreiend.

»Wo sind Sie?«

»In einer Kneipe.«

»Das höre ich. Wo?«

»Im *Maraîchers*. Im La-Plaine-Viertel.«

»Das kenne ich. Bleiben Sie, wo Sie sind. Ich komme.« Sie legte auf.

»Alles klar?«, fragte Hassan.

»Ich weiß nicht.«

Er schenkte mir nach, und wir stießen an. Ich ging wieder an den Tisch meiner jungen Freunde.

»Du bist uns voraus«, stellte Sébastien fest.

»Das ist so bei den Alten.«

Cuc bahnte sich einen Weg zu meinem Tisch. Sie zog die Blicke auf sich. In hautengen schwarzen Jeans und T-Shirt unter einer Jeansjacke. Ich hörte Sébastien ein »Donnerwetter, ist die knackig!« zischen. Es war bescheuert, sie hier herkommen zu lassen, aber ich war nicht mehr klar genug im Kopf, um irgendetwas einschätzen zu können. Nur sie. Ihre Schönheit. Neben ihr verblasste sogar Jane March.

Sie fand auf wunderbare Weise einen Stuhl und setzte sich mir gegenüber. Die jungen Leute machten sich sofort unsichtbar. Sie überlegten, ob sie »woanders« hingehen sollten. Ins *Intermédiaire* zwei Schritte weiter, wo der Bluessänger Doc Robert verkehrte? Ins *Cargo,* eine neue Szenekneipe an der Rue Grignan? Jazz, mit dem Mola-Bopa-Quartett? Damit konnten sie auch Stunden zubringen. Plätze in Erwägung ziehen, wo sie die Nacht beenden würden, ohne sich vom Fleck zu rühren.

»Was trinkst du?«

»Das Gleiche.«

Ich machte Hassan ein Zeichen.

»Hast du schon gegessen?«

Sie schüttelte den Kopf. »Eine Kleinigkeit, gegen acht.«

»Trinken wir ein Glas, und dann lade ich dich zum Essen ein. Ich habe Hunger.«

Sie zuckte mit den Schultern und schob sich das Haar hinter die Ohren. Die tödliche Geste. Sie kehrte mir ihr ganzes, freies Gesicht zu. Ein Lächeln erschien auf den diskret nachgezogenen Lippen. Sie fixierte mich. Wie ein Falke, der sein sicheres Opfer erspäht hat. Cuc schien auf dem schmalen Grad zwischen menschlicher Rasse und animalischer Schönheit zu wandern. Das hatte ich vom ersten Moment an begriffen.

Jetzt war es zu spät.

»Prost«, sagte ich. Weil ich nichts anderes zu sagen wusste.

Cuc hörte sich gern reden und tat sich während der ganzen Mahlzeit keinen Zwang an. Ich hatte sie zu *Loury* am Carré Thiars in der Nähe des Alten Hafens geführt. Man isst gut dort, ob es dem »Gault Millau« nun gefällt oder nicht. Und sie haben den besten Vorrat an provenzalischen Weinen. Ich wählte einen Château-Sainte-Roseline. Ohne Frage der edelste Rote aus der Provence. Und der sinnlichste.

»Meine Mutter stammt aus gutem Hause. Gebildeter Adel. Mein Vater war Ingenieur. Er hat für die Amerikaner gearbeitet. 1954 haben sie den Norden verlassen. Nach der Teilung des Landes. Er hat durch diesen Schritt seine Wurzeln verloren. Danach wurde er nie mehr glücklich. Die Kluft zwischen ihm und meiner Mutter wuchs. Er hat sich immer mehr in sich selbst zurückgezogen. Hätten sie sich doch nur nie kennen gelernt ... Sie gehörten zwei verschiedenen Welten an. In Saigon empfing man nur die Freunde meiner Mutter. Man sprach nur von Dingen, die aus den Vereinigten Staaten oder Frankreich herüberkamen. Damals wussten wir alle schon, dass der Krieg verloren war, aber ... Es war seltsam, wir bekamen vom Krieg nichts mit. Später ja, während der Großoffensive der Kommunisten. Das heißt, es herrschte Kriegsklima, aber kein Krieg. Wir lebten nur in ständiger Angst. Viele Kontrollen, nächtliche Haussuchungen.«

»Ist dein Vater dort geblieben?«

»Er wollte nachkommen. Das hatte er gesagt. Ich weiß nicht, ob er es wirklich wollte. Er wurde verhaftet. Wir haben herausgefunden, dass er im Lager Lolg-Giao sechzig Kilometer von Saigon interniert wurde. Aber wir haben nichts mehr von ihm gehört. Sonst noch Fragen?«, fragte sie und trank aus.

»Sie könnten indiskret werden.«

Sie lächelte. Dann schob sie sich wieder mit dieser Geste das Haar hinter die Ohren. Jedes Mal bröckelte meine Selbstverteidigung. Ich fühlte mich dieser Geste ausgeliefert. Ich wartete darauf, sehnte sie herbei.

»Adrien habe ich nie geliebt, wenn es das ist, was du wissen willst. Aber ich schulde ihm alles. Als ich ihn kennen lernte, war er voller Enthusiasmus und Liebe. Durch ihn konnte ich aus dem Elend herauskommen. Er hat mir Sicherheit gegeben und es mir ermöglicht, mein Studium zu Ende zu führen. So schöpfte ich plötzlich neue Hoffnung. Für mich, für Mathias. Ich glaubte an ein Danach.«

»Und wenn Mathias' Vater zurückkommt?«

In ihren Augen blitzte es gefährlich auf, aber das Donnerwetter blieb aus. Sie schwieg und sprach dann ernst weiter.

»Mathias' Vater war ein Freund meiner Mutter. Ein Französischlehrer. Er gab mir Hugo, Balzac und später Céline zu lesen. Ich fühlte mich wohl in seiner Gesellschaft. Wohler als mit den Mädchen aus dem Gymnasium, die sich für meinen Geschmack etwas zu sehr mit romantischen Geschichten beschäftigten. Ich war fünfzehneinhalb. Ich war ein ziemlicher Wildfang und kühn obendrein ... Eines Abends habe ich ihn provoziert. Ich hatte Champagner getrunken. Zwei Schalen oder so. Wir feierten seinen fünfunddreißigsten Geburtstag. Ich habe ihn gefragt, ob er der Liebhaber meiner Mutter sei. Er hat mir eine Ohrfeige verpasst. Die erste meines Lebens. Ich habe mich auf ihn gestürzt. Er hat mich in die Arme genommen ... Er war meine erste Liebe. Der einzige Mann, den ich je geliebt habe. Der einzige, der mich besessen hat. Verstehst du das?«, fragte sie und neigte sich zu mir. »Er hat mich entjungfert und mir ein Kind gemacht. Mathias war sein Vorname.«

»War?«

»Er musste bis zum Ende des Schuljahres in Saigon bleiben. Er wurde auf der Straße erstochen. Auf dem Weg zur französischen Botschaft, wo er Nachricht von uns zu bekommen hoffte. So hat der Schulrektor es uns später erzählt.«

Cuc hatte mein Knie zwischen ihre geklemmt, und ich spürte, wie ihre Wärme von mir Besitz ergriff. Ihre Spannung. Geladen mit Gefühlen und Bedauern. Sehnsüchten. Sie sah mir fest in die Augen.

Ich füllte unsere Gläser und hob ihr meines entgegen. Eine Frage musste ich ihr noch stellen. Von äußerster Wichtigkeit.

»Warum hat dein Mann Hocine töten lassen? Warum war er dort, vor Ort? Wer sind die Killer? Wo hat er sie kennen gelernt?«

Ich wusste, dass dies der Wahrheit sehr nahe kam. Ich hatte es den ganzen Abend in meinem Kopf hin- und hergewälzt. Whisky für Whisky. Und es passte alles. Naïma hatte Adrien Fabre in jener Nacht gesehen. Ich wusste nicht wie, aber sie hatte ihn gesehen. Sie kannte ihn, da sie öfters bei den Fabres gewesen war. Bei ihrem Exfreund Mathias. Und sie hatte ihm die ganze Schreckensgeschichte erzählt. Ihm, der diesen »Vater«, den nicht einmal seine Mutter liebte, nicht ausstehen konnte.

»Wie wärs, wenn wir bei dir darüber reden?«

»Nur eins noch, Cuc ...«

»Ja«, sagte sie ohne Zögern. »Ja, ich wusste es, als du gekommen bist. Mathias hat mich angerufen.« Sie legte ihre Hand auf meine. »Da, wo die beiden im Moment sind, sind sie in Sicherheit. Bestimmt. Glaub mir.«

Mir blieb nichts anderes übrig. Hoffen, dass sie Recht hatte.

Sie war mit dem Taxi gekommen, also lud ich sie in meine Klapperkiste. Sie machte keine Bemerkung, weder über den äußeren noch den inneren Zustand des Fahrzeugs. Ein Geruch aus abgestandenem Tabak, Schweiß und, wenn ich mich nicht irre, Fisch hing in der Luft. Ich kurbelte das Fenster herunter und legte eine Kassette von Lightnin' Hopkins, meinem bevorzugten Bluesmann, ein. *Your own fault, baby, to treat me the way you do.* Und auf in den Kampf. Wie 1914. Wie 1940. Und zu allen Dummheiten bereit, zu denen die Menschen fähig sind.

Ich nahm den Weg über die Corniche. Nur, um die Bucht von Marseille in voller Pracht vor Augen zu haben und der Küste wie einer Weihnachtsgirlande zu folgen. Ich musste mich davon überzeugen, dass es das alles wirklich gab. Dass Marseille ein Schicksal war. Mein Schicksal. Das Schicksal aller, die dort leben und leben bleiben. Es war keine Frage von Geschichte oder Tradition, von Geografie oder Wurzeln, von Erinnerung oder Glauben. Nein, es war einfach so.

Wir waren *von hier,* als seien die Würfel schon vor uns gefallen. Und weil wir uns trotz allem nicht sicher waren, ob es woanders nicht noch schlimmer war.

»Woran denkst du?«

»Dass es woanders auf jeden Fall schlimmer ist. Und ich bin mir auch nicht sicher, ob das Meer woanders schöner ist.«

Ihre Hand, die sie schon die ganze Zeit auf meinem Schenkel hin- und herbewegt hatte, blieb ganz oben zwischen den Beinen liegen. Ihre Finger brannten.

»Was ich von woanders kenne, ist zum Kotzen. Letzte Woche habe ich gehört, dass viertausend vietnamesische Boatpeople einen Aufstand gewagt haben. In einem Flüchtlingslager in Sungai Besi in Malaysia. Ich weiß nicht, wie viele Tote es gegeben hat … Aber was hat das schon zu bedeuten, nicht wahr?«

Sie zog ihre Hand zurück, um Zigaretten anzuzünden. Sie reichte mir eine.

»Danke.«

»Massentod gibt es nicht. Je mehr sterben, desto weniger zählen sie. Zu viele Tote sind wie die Fremde. Zu weit weg. Nicht greifbar. Nur ein einzelner Tod ist greifbar. Der dich persönlich betrifft. Direkt. Der Tod, den wir mit eigenen Augen oder durch die eines anderen sehen.«

Sie verlor sich in Schweigen. Sie hatte Recht. Deshalb kam es nicht in Frage, den Mord an Guitou auf sich beruhen zu lassen. Nein, das konnte ich nicht. Und Gélou auch nicht. Und auch Cuc nicht. Ich verstand, was sie empfand. Sie hatte Guitou gesehen. Als sie nach Hause kam. Sein engelhaftes Gesicht. Schön, wie auch Mathias sein musste. Wie alle Jungen in dem Alter waren. Wer sie auch sind, welcher Rasse sie auch angehören. Egal wo. Cuc hatte dem Tod in die Augen gesehen. Ich auch, im Leichenschauhaus. Ein einziger Tod, ungerecht wie dieser, ohne Sinn und Verstand, und die ganze Abscheulichkeit dieser Erde springt einen an.

An der Pointe-Rouge fuhr ich rechts in die Avenue d'Odessa am neuen Jachthafen entlang. Dann bog ich links in den Boulevard Amphitrite und noch mal links auf die Avenue de Montredon. Richtung Stadtzentrum.

»Was machst du da?«, fragte sie.

»Nur eine einfache Kontrolle«, antwortete ich und warf einen Blick in den Rückspiegel.

Aber niemand schien uns zu folgen. Dennoch trieb mich die Vorsicht bis zur Avenue des Goumiers, wo ich mich in das Gewirr der kleinen Straßen um die Vieille-Chapelle einfädelte, bevor ich auf der Avenue de la Madrague-de-Montredon wieder herauskam.

»Du lebst ja am Ende der Welt«, bemerkte sie, als ich auf die kleine Straße in Richtung Les Goudes fuhr.

»Da bin ich zu Hause. Am Ende der Welt.«

Sie lehnte ihren Kopf an meine Schulter. Ich kannte Vietnam nicht, aber all seine Gerüche strömten mir entgegen. Jedem Begehren sein eigener Geruch, dachte ich. Alle gleich angenehm. Eine einfache Rechtfertigung für alles, was kommen mochte.

Und Rechtfertigungen brauchte ich. Ich hatte es versäumt, Gélou anzurufen. Und sogar vergessen, dass ich mit einer Knarre im Handschuhfach spazieren fuhr.

Als ich mit den beiden Gläsern und der Flasche Lagavulin zurückkam, sah Cuc mich an. Nackt. Schwach beleuchtet von der kleinen blauen Lampe, die ich beim Hereinkommen angeknipst hatte. Ihr Körper war perfekt. Sie machte einige Schritte auf mich zu. Sie schien für die Liebe geschaffen zu sein. Von jeder ihrer Bewegungen ging eine kaum gezügelte Wollust aus. Dumpf, heftig. In meinen Augen fast unerträglich.

Ich stellte die Gläser hin, behielt aber die Flasche in der Hand. Ich brauchte dringend einen Schluck. Sie war fünfzig Zentimeter von mir entfernt. Es gelang mir nicht, sie aus den Augen zu lassen. Fasziniert. Aus ihrem Blick sprach absolute Gleichgültigkeit. Nicht ein Muskel bewegte sich in ihrem Gesicht. Die Maske einer Göttin. Matt, glatt. Wie ihre Haut, von einer so feinen, ebenen Beschaffenheit, dass sie, so kam es mir vor, gleichzeitig nach Zärtlichkeiten und Bisswunden schrie.

Ich nahm einen tiefen Schluck Whisky aus der Flasche. Einen sehr tiefen. Dann versuchte ich, an ihr vorbeizugucken. Hinter sie, aufs Meer. Aufs offene Meer. Bis zum Horizont. Auf der Suche nach der Planier-Insel, nach dem Leuchtturm, der mir den Kurs hätte angeben können.

Aber ich war allein mit mir selbst.

Und mit Cuc zu meinen Füßen.

Sie hatte sich hingekniet und folgte mit ihrer Hand den Umrissen meines Geschlechts. Mit einem einzigen Finger fuhr sie der Länge nach daran entlang. Dann öffnete sie ohne Eile einen

Knopf nach dem anderen. Die Spitze meines Glieds sprang aus dem Slip. Meine Hose rutschte mir über die Beine. Ich spürte Cucs Haare und dann ihre Zunge auf meinen Schenkeln. Sie umfasste meine Pobacken. Ihre Fingernägel gruben sich schmerzhaft darin ein.

Am liebsten hätte ich laut geschrien.

Ich nahm noch einen tiefen Zug. Mein Kopf drehte sich. Der Alkohol brannte in den Tiefen meines Magens. Ein Faden Sperma tropfte aus meinem Schwanz. Sie würde ihn in den Mund nehmen, heiß und feucht, wie ihre Zunge, und ihre Zunge …

»Hast du das auch mit Hocine …«

Sie zog ihre Fingernägel ein. Cucs ganzer Körper sackte in sich zusammen. Meiner begann zu zittern. Dass ich diese Worte hatte ausstoßen können. Die Anstrengung, sie zu artikulieren. Ich trank noch mehr. Zwei kurze Schlucke. Dann bewegte ich mich. Mein Bein. Cucs Körper rollte, plötzlich schlaff, auf die Fliesen. Ich zog meine Hose wieder hoch.

Ich hörte sie leise weinen. Ich ging um sie herum und sammelte ihre Sachen ein. Sie weinte lauter, als ich mich neben sie kauerte. Sie wurde von Schluchzern geschüttelt. Wie eine Raupe im Todeskampf.

»Da, zieh dich bitte an.«

Ich sagte es sanft.

Aber ohne sie zu berühren. Mein ganzes Begehren nach ihr war da. Es hatte mich nicht losgelassen.

Fünfzehntes Kapitel

In dem zum Glück auch Bedauern gehört

Der Morgen zog herauf, als ich Cuc zum nächsten Taxistand begleitete, der so nah auch wieder nicht war. Wir mussten bis zur Vieille-Chapelle zurückkehren, um einen Wagen zu finden.

Wir waren rauchend dahingefahren, ohne ein Wort zu wechseln. Ich mochte diese dämmrige Stunde vor Tagesanbruch. Sie war von einer Unberührtheit, die niemand für sich beanspruchen konnte. Nicht mit Geld zu bezahlen.

Cuc sah mich an. Ihre Augen hatten immer noch diesen kohlrabenschwarzen Glanz, dem ich sofort verfallen war. Müdigkeit und Kummer hatten einen kaum wahrnehmbaren Schleier darüber gelegt. Aber vor allem hatten sie jetzt, von der Lüge befreit, ihre Gleichgültigkeit verloren. Es war ein menschlicher Blick. Mit seinen Wunden und Narben. Und Hoffnungen.

Während unseres gut zweistündigen Gesprächs hatte ich einen Whisky nach dem anderen gekippt. Die Flasche Lagavulin war dabei draufgegangen. Cuc hatte sich mitten im Satz unterbrochen, um zu fragen: »Warum trinkst du so viel?«

»Aus Angst«, hatte ich ohne weitere Erklärung geantwortet.

»Ich habe auch Angst.«

»Das ist nicht dieselbe Angst. Je älter wir werden, desto mehr Dinge tun wir, die nicht wieder gutzumachen sind. Verstehst du? Ich versuche es zu vermeiden, so wie mit dir. Aber das sind nicht die schlimmsten Sachen. Es sind die anderen, unausweichlichen. Weicht man ihnen aus, kann man morgens nicht mehr in den Spiegel schauen.«

»Und das macht dich fertig?«

»Ja, genau. Jeden Tag etwas mehr.«

Sie hatte geschwiegen. Gedankenverloren. Dann hatte sie weitergefragt: »Und Guitou rächen: Ist das so eine Sache?«

»Töten ist immer eine nicht wieder gutzumachende Tat. Den

Abschaum zu töten, der das getan hat, scheint mir unausweichlich zu sein.« Das hatte ich sehr überdrüssig gesagt. Cuc hatte ihre Hand auf meine gelegt. Nur um diesen Überdruss zu teilen.

Ich hielt hinter dem letzten Wagen am Taxistand. Ein Fahrer, der seinen Tag begann. Cuc küsste mich auf die Lippen. Flüchtig. Der letzte Kuss. Der einzige. Denn wir wussten: Was nicht geschehen war, würde auch nicht mehr geschehen. Auch das Bedauern gehörte zum Glück.

Ich sah sie ins Taxi steigen, ohne sich umzudrehen. Wie Mourad. Das Taxi fuhr los, entfernte sich, und als ich die Rücklichter aus den Augen verloren hatte, kehrte ich um und fuhr nach Hause.

Endlich schlafen.

Jemand schüttelte mich sanft bei den Schultern. »Fabio ... Fabio ... He! He! ...« Ich kannte diese Stimme. Sie war mir vertraut. Die Stimme meines Vaters. Aber ich hatte keine Lust, aufzustehen und in die Schule zu gehen. Nein. Außerdem war ich krank. Ich hatte Fieber. Ja, genau. Mindestens neununddreißig. Mein Körper glühte. Was ich wollte, war Frühstück im Bett. Und dann *Tarzan* lesen. Ich war sicher, dass Mittwoch war. Die neue Nummer von Tarzans Abenteuern musste herausgekommen sein. Meine Mutter würde sie mir kaufen. Sie konnte es mir nicht abschlagen, weil ich krank war.

»Fabio.«

Das war nicht die Stimme meines Vaters. Aber der Tonfall war derselbe. Sanft. Ich spürte eine Hand auf meinem Schädel. Mein Gott, tat das gut! Ich versuchte, mich zu bewegen. Ein Arm. Den rechten, glaube ich. Schwer. Wie ein Baumstamm. Scheiße! Ich war unter einem Baum eingeklemmt. Nein. Ich hatte einen Unfall gehabt. Allmählich lichtete sich der Nebel in meinem Kopf. Einen Autounfall. Auf der Heimfahrt. Das war es. Ich hatte keinen Arm mehr. Und vielleicht auch keine Beine. »Nein!«, schrie ich und drehte mich um.

»Oh! Verdammt! Schrei doch nicht gleich wie ein Ochs am Spieß«, sagte Fonfon. »Ich hab dich doch kaum berührt!«

Ich befühlte mich von oben bis unten. Es schien noch alles

dran zu sein. Unversehrt. Die Kleider auch. Ich schlug die Augen auf.

Fonfon. Honorine. Mein Schlafzimmer. Ich lächelte.

»Sie haben mir aber einen ganz schönen Schrecken eingejagt. Ich dachte schon, Ihnen sei was zugestoßen. Ein Schlaganfall oder so. Da hab ich Fonfon geholt.«

»Wenn ich sterbe, hinterlass ich Ihnen am Vorabend eine Nachricht. Auf dem Tisch. Damit Sie keinen Schreck kriegen.«

»Hör dir das an«, sagte Fonfon zu Honorine, »kaum ist er wach, schon macht er sich über uns lustig! Und ich vertrödel meine Zeit mit diesem Blödsinn. Dafür bin ich wirklich zu alt!«

»Oh! Fonfon, sachte, sachte. In meinem Kopf hämmern die Spechte um die Wette! Hast du mir einen Schluck Kaffee mitgebracht?«

»Was wünschen Monsieur denn noch? Croissant? Brioche? Auf einem Tablett, für Monsieur.«

»Nun, das wäre wirklich ganz reizend gewesen.«

»Ja, hat man denn Töne!«

»Der Kaffee kommt gleich«, sagte Honorine. »Ich habe ihn schon aufgesetzt.«

»Ich stehe schon auf.«

Es war ein großartiger Tag. Keine Wolke. Kein Wind. Ideal zum Fischen, wenn man Zeit hat. Ich betrachtete mein Boot. Es war genauso traurig wie ich, heute wieder nicht aufs Meer fahren zu können. Fonfon war meinem Blick gefolgt.

»Was meinst du, wirst du es schaffen, bis Sonntag rauszufahren? Oder muss ich Fisch bestellen?«

»Bestell Muscheln, das ja. Aber der Fisch ist meine Sache. Also bring nicht alles durcheinander.«

Er lächelte und trank seinen Kaffee aus. »Na gut, ich geh wieder rüber. Die Gäste werden sonst unruhig. Danke für den Kaffee, Honorine.« Er drehte sich väterlich zu mir. »Komm vorbei, bevor du wieder weggehst.«

Es tat gut, sie um mich zu haben, Honorine und Fonfon. Mit ihnen war immer ein Morgen gesichert. Ein Danach. Wenn man ein gewisses Alter überschritten hatte, war das wie das ewige

Leben. Man machte Pläne für morgen. Dann für übermorgen. Und nächsten Sonntag, und übernächsten. Und die Tage schreiten voran. Dem Tod abgerungen.

»Möchten Sie vielleicht noch einen Kaffee?«

»Gern, Honorine, Sie sind ein Engel.«

Und sie verschwand wieder in der Küche. Ich hörte sie herumkramen. Aschenbecher leeren, Gläser spülen. Leere Flaschen wegschmeißen. Resolut, wie sie war, brachte sie es sogar fertig, mein Bett neu zu beziehen. Ich steckte mir eine Zigarette an. Sie schmeckte scheußlich, wie die erste immer. Aber mir war nach dem Geruch. So ganz wusste ich noch nicht, wo ich war. Als würde ich gegen den Strom schwimmen. So in der Art.

Himmel und Meer waren in den verschiedensten Blauschattierungen verschmolzen. Für den Touristen, ob aus dem Norden, dem Osten oder dem Westen, ist Blau immer Blau. Erst später, wenn man sich die Zeit nimmt, Himmel und Meer zu betrachten und die Landschaft mit den Augen zu liebkosen, unterscheidet man Graublau, Schwarzblau, Leuchtendblau, Tiefblau, Lavendelblau. Oder das Auberginenblau der Gewitternächte. Das Blaugrün bei hohem Seegang. Die kupfernen Blautöne des Sonnenuntergangs kurz vor dem Mistral. Oder das fast weiße Blassblau.

»Oh! Schlafen Sie?«

»Ich habe nachgedacht, Honorine. Nachgedacht.«

»Ach, mit Ihrem Kopf lohnt es die Mühe nicht. Besser gar nicht denken, als alles nur flüchtig zu streifen, pflegte meine selige Mutter zu sagen.«

Da gab es nichts zu erwidern.

Honorine setzte sich, rückte ihren Stuhl zu mir heran, zupfte an ihrem Rock und sah mir beim Kaffeetrinken zu. Ich stellte die Tasse ab.

»Nun, da ist noch etwas. Gélou hat angerufen. Zweimal. Einmal um acht und noch einmal um Viertel nach neun. Ich hab gesagt, Sie schlafen. Na ja, das stimmte ja auch. Und dass ich Sie noch nicht gleich wecken wollte. Dass Sie spät ins Bett gegangen sind.« Sie sah mich aus ihren schelmischen Augen an.

»Wie spät ist es?«

»Fast zehn.«

»Man kann nicht einmal sagen, dass ich ins Bett gegangen bin. Macht sie sich Sorgen?«

»Nun, darum geht es nicht …« Sie hielt inne und versuchte, wütend auszusehen. »Es war nicht gut, sie nicht anzurufen. Die arme Mutter, natürlich macht sie sich Sorgen. Sie ist zum Essen nur schnell ins *New York* gegangen, falls Sie vorbeikommen sollten. Im Hotel lag eine Nachricht für Sie. Also manchmal verstehe ich Sie nicht.«

»Versuchen Sie es gar nicht erst, Honorine. Ich werde sie anrufen.«

»Ja, denn ihr … Ihr Alex da, er will, dass sie nach Gap zurückkehrt. Er sagt, er möchte mit Ihnen sprechen, wegen Guitou. Und dass es nichts nützt, wenn sie ewig in Marseille bleibt.«

»Ja«, sagte ich nachdenklich. »Vielleicht weiß er Bescheid. Wäre möglich, dass er die Zeitung gelesen hat. Und sie schonen will. Ich weiß es nicht. Ich kenne den Mann nicht.«

Sie sah mich lange an. In ihrem Kopf arbeitete es auf Hochtouren. Schließlich zupfte sie noch einmal an ihrem Rock. »Was ich fragen wollte, glauben Sie, dass er ein anständiger Mann ist? Für sie, meine ich.«

»Sie sind zusammen, Honorine. Seit zehn Jahren. Er hat die Kinder großgezo-gen …«

»Also, für mein Gefühl würde ein anständiger Mann …« Sie dachte nach. »Gut, er ruft an, das ist schon richtig. Aber … Vielleicht bin ich altmodisch, aber ich finde, ich weiß ja nicht, er könnte sich herbemühen, oder nicht? Sich vorstellen … Verstehen Sie, was ich meine? Ich sag das nicht meinetwegen. Aber Ihnen gegenüber. Wir wissen ja nicht mal, wie der Kerl aussieht.«

»Er kam aus Gap, Honorine. Und dann, nach einigen Tagen Abwesenheit zurückzukommen und Guitous Verschwinden zu entdecken … Gélou zu sehen, war ihm sicher am wichtigsten. Alles andere …«

»Hm ja«, sagte sie ohne Überzeugung. »Seltsam ist es trotzdem …«

»Sie sehen überall Schwierigkeiten. Davon haben wir doch schon genug, denken Sie nicht? Außerdem …« Ich suchte nach

Argumenten. »Er will sich mit mir besprechen, wie wir vorgehen sollen, nicht? Gut, und was sagt Gélou zu alledem?«

»Sie will nicht zurückfahren. Macht sich Sorgen, die Arme. Sieht schon alles verloren. Sie sagt, ihr platzt bald der Kopf. Ich glaube, sie rechnet langsam mit dem Schlimmsten.«

»Ihre bösen Ahnungen sind wohl noch weit von der Realität entfernt.«

»Deswegen hat sie angerufen. Um mit Ihnen darüber zu sprechen. Gewissheit zu bekommen. Sie braucht Ihren Zuspruch. Wenn Sie ihr sagen, sie soll zurückfahren, nun, dann wird sie es tun … Sie werden ihr die Wahrheit nicht mehr lange verschweigen können.«

»Ich weiß.«

Das Telefon klingelte.

»Wenn man vom Teufel spricht …«, sagte Honorine. Aber es war nicht Gélou. »Loubet am Apparat.«

Schlecht gelaunt.

»Oh! Hast du was Neues?«

»Wo warst du zwischen Mitternacht und vier Uhr morgens?«

»Warum?«

»Montale, ich stelle hier die Fragen. Es ist in deinem Interesse, erstens zu antworten und zweitens nicht zu bluffen. Es wäre besser für dich. Also, ich höre.«

»Zu Hause.«

»Allein?«

»Oh! Loubet, was ist los?«

»Antworte, Montale. Allein?«

»Nein. Mit einer Frau.«

»Du weißt, wie sie heißt, hoffe ich?«

»Das kann ich nicht, Loubet. Sie ist verheiratet und …«

»Wenn du eine Frau aufreißt, informier dich vorher. Danach ist es zu spät, du Idiot!«

»Loubet, verflucht! Was für ein Spiel spielst du da mit mir? Das ist ja wie im Kindergarten!«

»Hör gut zu, Montale. Ich kann dir ein Verbrechen anhängen. Nur dir und niemandem sonst. Verstehst du das? Oder willst du, dass ich alles in Bewegung setze? Mit Sirenen und dem ganzen

Tralala. Du sagst mir jetzt ihren Namen. Ob es Zeugen gibt, die euch zusammen gesehen haben. Davor, dabei, danach. Ich sehe, ob das passt, hänge auf und in einer Viertelstunde bist du hier. Drücke ich mich klar aus?«

»Adrien Fabres Frau. Cuc.«

Und ich berichtete in allen Einzelheiten. Der Abend. Die Orte. Und die Nacht. Nun, fast. Den Rest konnte er sich selbst zusammenreimen.

»Sehr gut«, sagte er. Seine Stimme wurde milder. »Cucs Aussage stimmt mit deiner überein. Wir müssen nur noch das Taxi überprüfen. Dann ist alles okay. Also los, komm her. Adrien Fabre ist heute Nacht ermordet worden, am Boulevard des Dames. Zwischen zwei und vier Uhr morgens. Drei Kopfschüsse.«

Es war Zeit, aus dem Koma zu erwachen.

Verstehe wer will, es gibt Tage, an denen nichts läuft. Am Kreisel von La Plage, dort wo David – eine Kopie der Statue von Michelangelo – seine Nacktheit dem Meer präsentiert, war ein Unfall. Man leitete uns über die Avenue du Prado und das Stadtzentrum um. An der Kreuzung Prado-Michelet staute sich der Verkehr bis zur Place Castellane.

Ich fuhr geradeaus über den Boulevard Rabatau und dann aus Trotz auf die Umgehungsstraße von Jarret. So gelangte man wieder an den Hafen, ohne durch die Stadt fahren zu müssen. Diese Umgehungsstraße über einem kleinen Bach, heute nur noch Abwasserkanal, ist eine der scheußlichsten Verkehrsachsen von ganz Marseille.

Als ich hinter Chartreux das Schild »Malpassé–La Rose–Le Merlan« sah, folgte ich der plötzlichen Eingebung, nach Pavies Unterschlupf zu suchen.

Ich zögerte nicht eine Sekunde. Ohne Blinker. Hinter mir hupte es. Loubet kann warten, sagte ich mir. Sie konnte mit dem Wagen nur dort hingefahren sein. Zu Arno. In diese Bruchbude, wo sie glückliche Tage verlebt hatte. Direkt in Saadnas Arme. Ich hätte vorher daran denken müssen, in Gottes Namen. Was war ich nur für ein Volltrottel!

Ich nahm die Abkürzung über Saint-Jérôme und seine kleinen Villen, in denen viele Armenier lebten. Ich fuhr an der wissenschaftlichen und technischen Fakultät vorbei und landete an der Traverse des Pâquerettes. Knapp oberhalb von Saadnas Schrottplatz. Wie letztes Mal.

Ich parkte in der Rue du Muret am Canal de Provence und schlich zu Arnos Bude. Weiter unten auf dem Schrottplatz hörte ich Saadnas Transistorradio plärren. Es stank nach Gummi. Schwarzer Qualm stieg gen Himmel. Dieses Ekelpaket verbrannte noch immer seine alten Reifen. Es hatte Beschwerden gegeben, aber Saadna scherte sich einen Dreck darum. Kaum zu glauben, aber sogar die Bullen hatten Schiss vor ihm.

Arnos Tür stand offen. Ein einziger Blick hinein bestätigte meine Befürchtungen. Decken und Laken waren zerknüllt. Auf der Erde lagen mehrere Spritzen. Mein Gott, warum war sie nicht ins Panier zurückgekehrt? Zu Randys Familie. Sie hätten gewusst, wie …

Ich stieg so unauffällig wie möglich über die Müllhalde. Weit und breit keine Pavie. Ich sah, wie Saadna weitere Reifen in die Tonnen schob, wo er sie verbrannte. Dann verschwand er. Ich machte noch ein paar Schritte in dem Versuch, ihn zu überraschen. Ich hörte das Klicken seines Klappmessers. In meinem Rücken.

»Ich hab dich gerochen, Blödmann! Vorwärts«, sagte er und piekste mir die Messerspitze in den Rücken.

Wir gingen zu ihm rein. Er angelte sich sein Jagdgewehr und schob ein Magazin hinein. Dann schloss er die Tür.

»Wo ist sie?«

»Wer denn?«

»Pavie.«

Er lachte laut. Eine widerliche Schnapsfahne. »Wolltest du sie auch flach legen? Das wundert mich nicht. Unter all deinem Getue bist du auch nur ein fieser Arsch. Genau wie der andere. Dein Kumpel Serge. Nur, dass er Pavie nichts getan hätte. Miezen waren nicht sein Ding. Er bevorzugte kleine Jungs aus der Gosse.«

»Ich schlag dir die Fresse zu Brei, Saadna.«

»Spiel dich nicht auf«, warnte er und fuchtelte mit seinem Gewehr. »Da, setz dich da hin.« Er deutete auf einen alten, verschlissenen und verlausten, rotbraunen Ledersessel. Man sackte hinein wie in einen Misthaufen. Fast bis auf den Boden. Schwierig, wieder hochzukommen. »Das wusstest du nicht, was Montale? Dass dein Kumpel Serge ein Päderast von der übelsten Sorte war? Ein Kinderficker.«

Er nahm einen Stuhl und setzte sich in sicherer Entfernung von mir hin. An einen Resopal-Tisch, auf dem eine Flasche Rotwein und ein schmieriges Glas standen. Er schenkte sich ein.

»Was erzählst du da für Schweinereien?«

»Ah! Ah! Ich bin gut informiert. Ich bin auf dem Laufenden. Was hast du denn gedacht? Dass man ihn rausgeschmissen hat, weil ihr dunkle Geschäfte gemacht habt? Der Bulle und der Priester! Meine Fresse, ja!« Er amüsierte sich. Ein Lachen schwarzer Zähne. »Es hat Klagen gegeben. Die Eltern von dem kleinen José Esparagas, zum Beispiel.«

Das konnte ich nicht glauben. José Esparagas war ein schmächtiger Junge. Einziger Sohn einer allein erziehenden Mutter. In der Schule musste er viel einstecken. Von allen Seiten. Ein armer kleiner Schlucker. Er wurde geschlagen. Und vor allem erpresst. Hundert Francs hier, hundert Francs da. An dem Tag, als sie tausend Francs von ihm verlangten, versuchte er, sich umzubringen. Der Junge konnte nicht mehr. Ich hatte seine beiden Peiniger festgenommen. Serge hatte eingegriffen, und es war ihm gelungen, José auf eine andere Schule zu bekommen. Für ein paar Monate ging Serge abends bei ihnen vorbei und half José, wieder Anschluss an seine Klasse zu kriegen. José hatte sein Abitur gemacht.

»Tratsch und Klatsch. Das sagt mir nicht, wo Pavie ist.«

Er goss sich ein Glas Rotwein ein und trank es in einem Zug aus. »Es stimmt also, dass du der kleinen Schlampe auch hinterherläufst. Neulich Abend habt ihr euch verpasst. Du gingst, sie kam. So ein Pech aber auch! Aber ich war da. Ich bin immer noch da. Wer will, findet mich. Immer zu Diensten. Ich stehe zur Verfügung. Allzeit hilfsbereit.«

»Mach mal halblang.«

»Du wirst mir nicht glauben. Sie hat dich gesehen, als du zu Serge gelaufen bist, als sie ihn umgelegt haben. Als die Bullen kamen, hat sies mit der Angst gekriegt. Also ist sie abgehauen. Getürmt. Sie ist mit der Kiste immer im Kreis gefahren. Schließlich ist sie hier aufgekreuzt. Sicher, dass du auch erscheinen würdest. Dass du darauf kommen müsstest. Ich hab sie reden lassen. Das hat mir Spaß gemacht. Aber dass sie dich für Zorro hielt, ist mir dann doch auf den Sack gegangen. Da habe ich es ihr gesagt. Dass du gerade weg warst.« Er lachte wieder. »Dass du deswegen wie ein Hase davongerannt bist.« Er zeigte auf das Gewehr. »Und dass du bestimmt nicht so schnell wiederkommen würdest. Ihre Fresse hättest du sehen sollen!

Mit hängenden Armen stand sie hier, Pavie. Vor mir. Nicht mehr stolz, wie vorher, als sie mit Arno zusammen war. Als man ihren Arsch bewundern, aber nicht berühren durfte. Nun, jetzt hat sie nach kurzem Zögern gern die Beine breit gemacht. Wenn ich eine kleine Dosis für sie auftun würde. Ich bin hilfsbereit, wie gesagt. Ich brauchte nur einen Telefonanruf machen. An Kohle fehlt es nicht. Ich konnte ihr schon ein paar Schuss besorgen.«

»Wo ist sie?«, schrie ich, weil die Angst mir die Kehle zuzuschnüren drohte.

Er gönnte sich noch ein Glas. »Ich hab sie nur zweimal gefickt, weißt du. Statt Bezahlung. Aber das war es trotzdem wert. Ein bisschen verwelkt, die Gute. Hat sich unterkriegen lassen, verstehst du … Aber schöne Titten und einen hübschen kleinen Arsch. Sie hätte dir bestimmt gefallen. Du bist genauso ein geiler alter Bock wie ich, da kannst du mir nichts vormachen. Ran an die Jugend!, dachte ich, als ich in sie eindrang.«

Wieder lachte er lauthals. Hass stieg in mir hoch. Gefährlich. Ich suchte Halt mit meinen Füßen, um bei der kleinsten Gelegenheit aufspringen zu können.

»Keine Bewegung, Montale«, wiederholte er. »Du bist ein alter Fiesling, sag ich, also behalt ich dich gut im Auge. Wenn du auch nur den kleinen Zeh bewegst, knall ich dir 'ne Kugel in den Leib. In die Eier, vorzugsweise.«

»Wo ist sie?«, fragte ich, so ruhig ich konnte.

»Du wirst es mir nicht glauben, aber die dumme Gans war so gierig nach dem Zeug, dass sie sich mit einem einzigen Schuss in die

Luft gejagt hat. Stell dir das vor! Sie muss geschwebt haben wie nie zuvor in ihrem elenden Leben! So eine dumme Gans, ehrlich. Dabei hatte sie hier alles. Kost und Logis. Alle nur erdenklichen Trips, auf Kosten des Hauses. Und mich, um sie hier und da zu vögeln.«

»Du bist es, den sie nicht ertragen konnte. Bis oben hin voll Scheiße. Selbst im Drogenkoma wittert man den Abschaum. Was hast du mit ihr gemacht, Saadna? Antworte! Verdammt noch mal!«

Er lachte. Ein nervöses Lachen diesmal. Er füllte sein Glas mit Fusel und kippte ihn runter. Den Blick nach draußen verloren. Dann deutete er mit dem Kopf auf das Fenster. Man konnte den schwarzen, dicken Rauch aufsteigen sehen. In meiner Kehle formte sich ein Knoten.

»Nein«, sagte ich schwach.

»Was hätte ich denn mit ihr tun sollen, he? Auf dem Feld begraben? Und ihr jeden Abend Blumen bringen? Deine Pavie war nur eine Fixerin. Gerade gut genug, sich zu verkaufen. Das ist doch kein Leben, oder?«

Ich schloss die Augen.

Pavie.

Ich brüllte wie ein gereizter Stier. Schrie die Wut heraus, die mich überkommen hatte. Wie ein glühendes Eisen, das sich in mein Herz bohrte. Und die schrecklichsten aller Bilder, die in meinem Kopf gespeichert waren, liefen vor meinen Augen ab. Massengräber in Auschwitz. Hiroshima. Ruanda. Bosnien. Ein einziger Todesschrei.

Reichlich zum Kotzen.

Wirklich.

Und ich fuhr hoch, mit gesenktem Kopf.

Saadna begriff nicht.

Ich fegte ihn um wie ein Wirbelsturm. Der Stuhl kippte um und er mit ihm. Das Gewehr fiel ihm aus den Händen. Ich erwischte es am Lauf, hob es hoch und schlug mit aller Kraft gegen sein Knie.

Ich hörte es brechen. Und das war meine Rettung.

Saadna schrie nicht einmal. Er war ohnmächtig geworden.

Sechzehntes Kapitel

In dem wir mit der kalten Asche des Unglücks in Berührung kommen

Ich weckte Saadna mit einem Eimer Wasser. »Arschloch«, fluchte er.

Aber die kleinste Bewegung wurde ihm zur Qual. Ich packte ihn am Nacken und zerrte ihn zum Sessel. Er lehnte sich mit dem Rücken gegen eine der Armstützen. Er stank nach Exkrementen. Er musste sich voll geschissen haben. Ich fasste das Gewehr wieder mit beiden Händen am Lauf.

»Dein kaputtes Knie war erst der Anfang, Saadna. Ich werd dir auch noch das andere Bein zerschmettern. Du wirst nie mehr laufen können. Ich glaub, ich werde dir sogar die Ellenbogen zertrümmern. Du wirst nur noch ein Krüppel sein. Mit einem einzigen Traum: zu krepieren.«

»Ich hab was für dich.«

»Zu spät zum Feilschen.«

»Etwas, das ich in Serges Wagen gefunden habe. Als ich ihn auseinander genommen hab.«

»Erzähl.«

»Hörst du auf, zu schlagen?«

Mir ging ohnehin die Luft aus. Hass und Gewalt ebbten ab. Ich fühlte mich ausgelaugt. Wie ein Halbtoter. Auskadavert. In meinen Adern floss nur noch Kotze. Mein Kopf drohte zu zerplatzen.

»Erzähl, dann sehen wir weiter.« Sogar meine Stimme gehorchte mir nicht mehr.

Er sah mich an und dachte, ich hätte angebissen. Für ihn bestand das Leben nur aus Feilschen und Gemauschel. Er grinste.

»Unterm Ersatzreifen klebte ein Heft. In einer Plastiktüte. Ganz schön ausgekocht. Voll geschrieben – hab nicht alles gelesen. Weil ich mit Arabern nichts zu tun hab. Mit Islam und so Geschichten. Von mir aus können die allesamt verrecken! Aber da sind Listen mit Namen und Adressen. Viertel für Viertel. Wie ein

Netz, verstehst du. Falsche Papiere. Kohle. Dope. Waffen. Ich geb dir das Heft, und du verpisst dich. Warst nie hier. Hast nichts gesehen. Nicht wahr, wir kennen uns nicht, wir zwei.«

Ich hatte vermutet, dass ein Notizbuch existierte. Ich weiß nicht, was Serge ausheckte, aber ich kannte ihn. Er war gewissenhaft. Während unserer gemeinsamen Arbeit hatte er alles aufgeschrieben. Tag für Tag.

»Hast du es immer noch nicht kapiert, Saadna? Ich hau dir eins auf die Rübe, und du sagst mir, wo das verdammte Heft ist.«

»Das traust du dich ja doch nicht, Montale. Weil du Schiss vor deinem eigenen Hass hast. Mit deiner Kaltblütigkeit ist es nicht weit her. Mach doch, schlag zu …« Er streckte mir sein Bein hin.

Ich vermied es, ihm in die Augen zu sehen. »Wo ist dieses Heft?«

»Schwöre. Bei deinen Alten.«

»Wer sagt, dass mich dein Heft interessiert?«

»Verdammt! Das ist ein Adressbuch. Du liest es, verstehst du, und dann machst du damit, was du willst. Friss es oder verkauf es. Ich sag dir, mit dem Ding kriegst du sie alle. Die blechen schon für eine einzige rausgefetzte Seite!«

»Wo ist es? Ich schwöre: Danach hau ich ab.«

»Hast du mal ne Kippe?«

Ich zündete eine Zigarette an und steckte sie ihm zwischen die Lippen. Er sah mich an. Natürlich konnte er mir nicht hundertprozentig trauen. Und ich war mir nicht sicher, ob ich ihn nicht mitsamt seinen Reifen in eine Tonne stecken wollte.

»Nun?«

»In der Tischschublade.«

Es war ein dickes Heft. Die Seiten waren von Serges feiner, enger Schrift bedeckt. Ich las aufs Geratewohl: »Die Radikalen schöpfen die Möglichkeiten der von der Stadtverwaltung vernachlässigten sozialen Einrichtungen voll aus. Sie schieben humanitäre Zwecke vor, Freizeitgestaltung, Nachhilfe oder Arabischunterricht …« Und, weiter unten: »Die Zielsetzung dieser Agitatoren geht weit über den Kampf gegen die Drogensucht hinaus. Sie wollen einen städtischen Guerillakrieg.«

»Na, zufrieden?«, fragte Saadna.

Die zweite Hälfte des Heftes glich einem Verzeichnis. Die erste Seite begann mit folgendem Kommentar: »Die nördlichen Viertel quellen über vor jungen *Beurs,* die bereit sind, Kamikaze zu machen. Ihre Drahtzieher sind der Polizei bekannt (siehe Abdelkader). Über ihnen sitzen weitere Köpfe. Viele.«

Ein einziger Name aus Bigotte: Redouane. Serges Angaben stimmten mit dem überein, was Mourad mir erzählt hatte. Ausführlicher. Mit allem, was Redouane seinem Bruder nicht anvertraut hatte.

Redouanes Paten in den nördlichen Vierteln waren Nacer und ein gewisser Hamel. Beide, so ging aus den Aufzeichnungen hervor, kampferprobte Extremisten. Seit 1993. Vorher waren sie beim Ordnungsdienst der islamischen Jugendbewegung. Hamel war sogar für die Sicherheit bei dem großen Meeting zur Unterstützung Bosniens in La Plaine-Saint-Denis zuständig gewesen.

In einem Ausschnitt eines Artikels aus dem *Nouvel Observateur* wurde über dieses Meeting berichtet: »Auf der Tribüne finden wir den Kulturattaché der iranischen Botschaft und den algerischen Intellektuellen Rachid Ben Aïssa, Sympathisant der Algerischen Bruderschaft in Frankreich. Rachid Ben Aïssa ist nicht irgendwer. In den Achtzigerjahren hat er zahlreiche Tagungen im iranisch-islamischen Zentrum in der Rue Jean-Bart in Paris veranstaltet. Dort wurden die meisten Mitglieder des terroristischen Netzes angeworben, das von Fouad Ali Salah geleitet wurde, der für die Pariser Attentate von 1986 verantwortlich war.«

Bevor Redouane mit der »Siebten Internationalen Brigade der Moslemischen Brüder« nach Sarajevo ging, hatte er an einem Überlebenstraining am Fuß des Mont Ventoux teilgenommen.

Ein gewisser Rachid (Rachid Ben Aïssa?, fragte Serge sich) kümmerte sich um die Organisation und Unterbringung in Landferienhäusern im Dorf Bédoin am Fuß des Mont Ventoux. »Wer dieses Training mitgemacht hat«, führte er aus, »kann nicht mehr zurück. Abweichler werden bedroht. Das Schicksal, das Verrätern in Algerien blüht, wird mit Hilfe von Fotos veranschaulicht. Fotos von Männern, die wie Hammel abgeschlachtet wurden.« Serges Angaben zufolge finden diese Kommando-Schulungen viermal im Jahr statt.

»Ein gewisser Arroum hat die jungen Rekruten nach Bosnien begleitet. Dieser Arroum war gut abgesichert. Als Mitglied der *Lowafac Foundation* mit Sitz in Zagreb war er für jeden seiner Einsätze in Bosnien durch das UNO-Hochkommissariat für Flüchtlinge akkreditiert.« Am Rand hatte Serge notiert: »Arroum, am 28. März festgenommen.«

Der Eintrag über Redouane schloss: »War seit seiner Rückkehr nur an Aktionen gegen Heroindealer beteiligt. Anscheinend noch nicht vertrauenswürdig genug. Bleibt aber unter Beobachtung. Orientierungslos. Steht schwer unter Nacers und Hamels Einfluss. Zwei Hartgesottene. Kann gefährlich werden.«

»Was hatte Serge vor? Eine Untersuchung?«

Saadna lachte hämisch. »Er hat die Seiten gewechselt. Nicht ganz freiwillig, aber … Er arbeitete für den Verfassungsschutz.«

»Serge!«

»Nach seinem Rausschmiss damals hat der Verfassungsschutz sich auf ihn gestürzt. Mit einem Dossier voller Elternaussagen. Klagen. Dass er Kinder gefickt hat.«

Diese Wahnsinnigen, dachte ich. Ja, das waren ihre Methoden. Um irgendein Netz zu unterwandern, schreckten sie vor nichts zurück. Schon gar nicht vor dem Spiel mit Menschen. Reuige Ganoven. Illegale Algerier …

»Und dann?«

»Was dann? Ich weiß nicht, ob an diesen Kindergeschichten was dran ist. Sicher ist, dass er eines Morgens, als sie mit dem Dossier und allem bei ihm aufgetaucht sind, mit nem Strichjungen im Bett gelegen hat. Nicht mal zwanzig. Vielleicht nicht mal mündig, verdammt. Stell dir vor, Montale! Echt widerlich. Der war doch reif fürs Zuchthaus. Da hätte er jeden Abend einen haben können, der es ihm besorgt.«

Ich stand auf und nahm das Gewehr wieder in die Hand. »Noch so ein Spruch, und ich brech dir auch das andere Knie.«

»Ich mein ja nur«, sagte er und zuckte die Schultern. »Da, wo er jetzt ist …«

»Eben. Woher weißt du das alles?«

»Von Deux-Têtes. Er und ich, wir kommen gut miteinander klar.«

»Hast du ihm verraten, dass Serge bei dir gewohnt hat?«

Er nickte.

»Mit seinem Herumstochern im Dreck hat Serge sich nicht nur Freunde gemacht. Deux-Têtes gibt sich mit den Typen aus dem Heft nicht ab. Die räumen schon selber auf, meint er. Die Dealer und so. Das entlastet. Drückt die Statistiken. Und er profitiert davon. Wenn die Bärtigen in Algerien erst die Herrschaft übernommen haben, sagt er, können wir das ganze Gesindel immer noch ins Boot setzen. Ab in die Heimat.«

»Was weiß der denn davon, dieser Idiot?«

»Er hat so seine Ideen. Ist was dran, sag ich dir.«

Dabei fiel mir wieder das Flugblatt des Front National ein, das Redouane in seinen Koran gesteckt hatte. »Verstehe.«

»Es lief das Gerücht, dass jemand aus den Vorstädten gesungen hat. Deux-Têtes hatte mich gebeten, mich mal umzuhören. Das habe ich, und ob. Ich hatte ihn am Wickel …« Er lachte sich halb tot.

Deux-Têtes hatte mich auf dem Kommissariat wirklich für blöd verkauft. Es musste ihn beunruhigt haben, mich dort in Bigotte anzutreffen. Das war im Programm nicht vorgesehen. Er hatte bestimmt gedacht, dass sich dahinter etwas verbirgt. Serge und ich, ein Team. Wie früher.

Mit einem Mal verstand ich, warum man Serges Tod unter den Teppich gekehrt hatte. Keine Öffentlichkeit für einen Typen vom Verfassungsschutz, der umgelegt wird. Nur keine schlafenden Hunde wecken.

»Das Heft? Hast du mit irgendjemandem darüber gesprochen?«

»Mir gehts schlecht«, sagte er.

Ich hockte mich vor ihm hin. In sicherer Entfernung. Nicht aus Angst, dass er mich angriff, sondern wegen des Ekel erregenden Gestanks, der von ihm ausging. Er schloss die Augen. Wahrscheinlich ging es ihm wirklich nicht gut. Ich berührte das zerschmetterte Knie leicht mit dem Gewehrkolben. Der Schmerz öffnete ihm die Augen. Ich sah blanken Hass darin.

»Wem hast du davon erzählt, Dreckskerl?«

»Ich hab Deux-Têtes nur gesagt, dass er einen dicken Fang machen könnte. Ein gewisser Boudjema Ressaf. Ein Kerl, der 1992 aus Frankreich ausgewiesen wurde. Ein Radikaler von der GIA. Serge hatte ihn ausfindig gemacht. In Plan d'Aou. Das steht alles im Heft. Wo er pennt und so weiter.«

»Hast du ihm von dem Heft erzählt?«

Er senkte die Augen. »Ich habs erwähnt, ja.«

»Du hast Schiss vor ihm, stimmts?«

»Hm ja.«

»Wann hast du ihn angerufen?«

»Vor zwei Stunden.«

Ich stand auf. »Es wundert mich, dass du noch lebst.«

»Wieso!«

»Wenn Deux-Têtes die Bärtigen in Ruhe lässt, heißt das, er macht Geschäfte mit ihnen, du Trottel. Das hast du mir selbst erklärt.«

»Glaubst du?«, stammelte er, mittlerweile zitternd vor Angst. »Gib mir nen Schluck, bitte.«

Verdammt, fluchte ich, er wird sich noch mehr einsauen. Ich füllte sein Glas mit dem scheußlichen Fusel und reichte es ihm. Es wurde höchste Zeit für mich, von hier zu verschwinden.

Ich betrachtete Saadna. Ich war mir nicht einmal mehr sicher, ob man ihn der menschlichen Rasse zuordnen konnte. So wie er dort neben dem Sessel zusammengesackt war, glich er einem eitrigen Furunkel.

Saadna begriff meinen Blick. »He, Montale, du … Du wirst mich doch nicht umlegen, oder?«

Im selben Moment krachte es. Eine zerbrochene Flasche. Rechts fing ein Schrotthaufen Flammen. Noch eine Flasche explodierte. Molotowcocktails, die Schweine! Ich ging runter und erreichte mit dem Gewehr in der Hand das Fenster.

Ich sah Redouane ans untere Ende der Müllhalde laufen. Nacer konnte nicht weit sein. Und der andere, Hamel, war er auch da? Ich hatte wirklich keine große Lust, in diesem Rattenloch zu krepieren.

Saadna auch nicht. Er robbte stöhnend in meine Richtung. Dicke Schweißperlen rannen an ihm herunter. Er stank nach Verwesung. Scheiße und Verwesung. Nach allem, was sein Leben gewesen war.

»Hilf mir, Montale, ich hab reichlich Knete.« Und er fing an zu flennen, der Mistkerl.

Der Schrottplatz war ein Flammenmeer. Dann sah ich Nacer kommen. Mit einem Satz war ich an der Eingangstür. Ich lud das Gewehr. Aber Nacer hielt sich nicht damit auf, hineinzukommen. Schwungvoll warf er eine ihrer verfluchten Flaschen durchs offene Fenster. Sie zerbrach mitten im Raum. Dort, wo Saadna noch vor wenigen Minuten gesessen hatte.

»Montale!«, schrie er. »Lass mich nicht im Stich!«

Das Feuer griff auf seine Bude über. Ich rannte zum Tisch, um Serges Heft mitzunehmen. Ich steckte es in mein Hemd, ging zurück zur Tür und öffnete sie vorsichtig. Aber ich rechnete nicht damit, dass auf mich geschossen würde. Redouane und Nacer mussten schon längst über alle Berge sein.

Die Hitze schnürte mir die Kehle zu. Die Luft war ein einziger stinkender Ofen. Es gab eine Explosion. Benzin, zweifellos. Gleich würde alles in die Luft fliegen.

Saadna war bis zur Tür gekrochen. Wie ein Wurm. Er erwischte mich am Knöchel und klammerte sich unerwartet kräftig mit beiden Händen daran fest. Die Augen drohten ihm aus dem Kopf zu springen.

Er verlor den Verstand. Vor Angst.

»Hol mich hier raus!«

»Du wirst krepieren!« Ich zog ihn heftig an den Haaren und zwang ihn, aufzusehen. »Schau! Siehst du, das ist die Hölle. Die echte. Die Hölle für Aasgeier wie dich! Jetzt holt dein Hundeleben dich ein. Denk an Pavie.«

Und ich verpasste ihm einen harten Schlag mit dem Kolben auf das Handgelenk. Er schrie auf und ließ meine Wade los. Ich stürmte hinaus und rannte ums Haus. Das Feuer griff um sich. Ich warf das Gewehr so weit wie möglich in die Flammen und rannte fort, ohne anzuhalten.

Als ich am Kanal ankam, ging Saadnas Bruchbude in Flammen auf. Mir war, als hörte ich ihn schreien. Aber er brüllte nur in meinem Kopf. Wie die Ohren im Flugzeug nach der Landung noch weitersummen. Saadna verbrannte, und sein Tod zerknallte mir das Trommelfell. Aber ich bereute nichts.

Es gab noch eine Explosion. Eine brennende Pinie fiel auf Arnos Baracke.

So, dachte ich, es ist vorbei. All das wird bald nicht mehr existieren. Dem Erdboden gleichgemacht. In ein oder zwei Jahren würden auf dem Schrottplatz Landhäuser stehen. Zur allgemeinen Zufriedenheit. Junge, selbstzufriedene mittlere Angestellte würden sich hier niederlassen. Sie würden sich beeilen, ihrer Frau ein Kind zu machen. Und sie würden noch viele glückliche Jahre im neuen Jahrtausend leben. Auf der kalten Asche von Arnos und Pavies Unglück.

Als die ersten Sirenen der Feuerwehr zu hören waren, fuhr ich los.

Siebzehntes Kapitel

In dem weniger manchmal mehr ist

Es war klar, dass Loubet tobte. Rasend vor Wut. Seit Stunden wartete er auf mich. Außerdem hatte Cuc ihm mitgeteilt, dass er Mathias nicht treffen könne. Sie wisse nicht mehr, wo er steckte.

»Die verarscht mich doch, oder was!« Da ich nicht sicher war, ob das eine Frage oder eine Feststellung war, schwieg ich. Er wütete weiter. »Jetzt wo du mit der Dame intim bist, wirst du ihr raten, ihren Bengel zu finden! Und zwar fix!«

Von meinem Platz aus konnte ich eine dicke, schwarze Rauchsäule von Saadnas Müllhalde aufsteigen sehen. Feuerwehrautos kamen aus allen Richtungen. Ich war nur eben weit genug gefahren, um ihnen nicht in die Quere zu geraten. In einem Ort namens Four-de-Buze hatte ich an einer Telefonzelle angehalten. »Gib mir nur noch eine Stunde«, bat ich.

»Was!«

»Eine Stunde noch.«

Er tobte erneut. Er hatte Recht, aber es war langweilig. Ich wartete. Hörte nicht zu. Sagte kein Wort.

»He! Montale, bist du noch dran?«

»Tu mir einen Gefallen. Ruf mich in einer Viertelstunde an. Bei Pertin auf dem Revier.«

»Warte. Das musst du mir erst mal erklären?«

»Lohnt sich nicht. Ruf mich nur an. Dann komme ich auch ganz bestimmt. Lebend, meine ich.« Ich legte auf.

Manchmal ist es besser, möglichst wenig zu erklären. Für den Moment kam ich mir vor wie ein Holzpferd auf dem Karussell. Ich drehte mich im Leerlauf. Niemand überholte mich. Ich überholte niemanden. Wir landeten immer wieder am Ausgangspunkt. In diesem verdammten Jammertal von Welt.

Ich rief Gélou an.

»Zimmer Nummer 406, bitte.«

»Ich verbinde.« Schweigen. »Tut mir Leid, Madame und Monsieur Narni sind ausgegangen. Ihr Schlüssel hängt am Brett.«

»Sie haben nicht zufällig eine Nachricht für mich hinterlassen? Montale. Fabio Montale.«

»Nein, Monsieur. Möchten Sie eine hinterlegen?«

»Sagen Sie ihnen nur, dass ich gegen zwei, halb drei noch einmal anrufen werde.«

Narni. Fein, dachte ich. Der Morgen war nicht ganz verloren. Jetzt wusste ich immerhin Alexandres Nachnamen. Damit konnte ich verdammt viel anfangen!

Als ich das Revier betrat, sprang mir als Erstes ein Aufruf ins Auge, bei den Gewerkschaftswahlen der Polizei den Front National zu wählen. Als ob das Plakat der Polizeigewerkschaft nicht schon ausreichte.

Ein mit Heftzwecken daran befestigtes Flugblatt proklamierte: »Die Aufrechterhaltung der Ordnung wird von den Führungskräften zu lasch betrieben. Wir sind gezwungen, Auseinandersetzungen weitgehend zu vermeiden und halbherzige Befehle zu erteilen.

Effizienz und Durchschlagskraft sind gesunken, die Anzahl der Verletzten in unseren Reihen ist gestiegen. Lachende Dritte sind die Kriminellen, die ihre Beute nur noch einzusammeln brauchen.

Dieser nihilistischen Neigung in unseren Abteilungen muss Einhalt geboten werden. Der Gegner muss Angst bekommen. Vor allem muss deutlich werden, dass Demonstranten keine braven Bürger sind, sondern Abschaum, der gekommen ist, um ›Bullen aufzumischen‹. Sorgen wir dafür, dass wir schlagen und nicht geschlagen werden!«

Wenn man sich ernsthaft informieren wollte, kam letztendlich nichts einem Umweg über ein Polizeirevier gleich. Das war besser als die Abendnachrichten!

»Das ist gerade rausgekommen«, sagte Babar in meinem Rücken.

»Es lebe die Rente, nicht wahr!«

»Du sagst es. Das alles stinkt gewaltig.«

»Ist er da?«

»Hm ja. Aber man könnte meinen, er leidet unter Hämorrhoiden. Hält es nicht auf seinem Stuhl aus.«

Ich trat ein, ohne anzuklopfen.

»Nur keine Hemmungen!«, grummelte Pertin.

Ich nahm ihn beim Wort, setzte mich und steckte mir eine Zigarette an. Er wanderte einmal um den Schreibtisch, stützte sich mit den flachen Händen darauf und hielt mir sein rotes Gesicht entgegen. »Was verschafft mir die Ehre?«

»Ich hab mich blöd verhalten, Pertin. Neulich. Du weißt schon, als sie Serge umgelegt haben. Wenn ichs mir recht überlege, würde ich meine Aussage doch gern unterschreiben.«

Er richtete sich verblüfft auf. »Erzähl keinen Unsinn, Montale. Schwulengeschichten locken niemanden hinterm Ofen hervor. Es sind die Nigger und Kameltreiber, mit denen wir uns ernsthaft befassen müssen. Du hast ja keine Ahnung! Als ob diese Kröten den Richtern den Schwanz lutschen würden. Morgens fängst du einen, und abends ist er schon wieder frei … Also hör auf!«

»Das meine ich eben, verstehst du. Vielleicht war das keine Geschichte zwischen Schwulen, die ein böses Ende genommen hat. Vielleicht war Serges Tod eher die Folge von Araberaffären. Denkst du nicht?«

»Und was sollte Serge mit ihnen zu tun gehabt haben?«, blaffte er unschuldig.

»Das müsstest du eigentlich wissen, Pertin. Dir entgeht doch nichts. Schließlich bist du ein verdammt gut informierter Bulle. Oder etwa nicht?«

»Komm auf den Punkt, Montale.«

»Gut, ich werde es dir erklären.«

Er setzte sich, kreuzte die Arme vor der Brust und wartete. Ich hätte gern gewusst, woran er hinter seiner Ray-Ban-Brille dachte. Aber ich ging jede Wette ein, dass er mir mit Freuden die Fresse poliert hätte.

Ich tischte ihm eine Geschichte auf, die ich selber nur zur Hälfte glaubte. Aber eine plausible Geschichte. Serge war vom Verfassungsschutz »angeheuert« worden. Weil er pädophil war. Zumindest hatte man ihm das anhängen können.

»Interessant.«

»Aber es kommt noch besser, Pertin. Du wusstest, dass der Verfassungsschutz einen Spitzel in die Vorstädte geschickt hatte, um eventuelle Netze à la Kelkal zu entschärfen. Seit es überall wie in Paris und Lyon zu offenen Aufständen kam, ist mit denen nicht mehr zu spaßen. Aber Serges Rolle dabei hast du erst vor ein paar Monaten erfahren. Als Serge ›ausgestiegen‹ war und die Staatsschützer ihn aus den Augen verloren haben. Niemand wusste, wo er wohnte. Ich kann mir die Aufregung vorstellen.«

Ich legte eine Pause ein. Nur um meine Gedanken neu zu ordnen. Denn so musste es gewesen sein. Schwul oder nicht, die Jungs und Mädchen der Vorstädte waren Serges Leben gewesen. Er konnte sich nicht einfach so von heute auf morgen geändert haben. Unparteiisch werden. Die Jugendlichen am »Rande der Gesellschaft« ausspionieren. Alle potenziellen Kelkals, und sie dann bei den Bullen anschwärzen. Die sie dann nur noch – höchst medienwirksam, das verstand sich von selbst – morgens aus dem Bett zu holen brauchten.

Es hatte schon ein paar tolle Razzien gegeben. In Paris, in den Vorstädten von Lyon. Auch einige Festnahmen in Marseille. Am Hafen. Und am Cours Belsunce. Aber natürlich keine dicken Fische. Die Netze der Terroristen in den nördlichen Vierteln wurden nicht angetastet. Man hob sie sicher als Bonbon auf.

Davon war ich überzeugt. So etwas hätte Serge nie gemacht. Nicht einmal, um Prozess und Knast zu entgehen. Der Schande. Jeder Typ, dessen Namen er den Bullen preisgegeben hätte, wäre zum Abschuss freigegeben gewesen. Immer die gleiche Geschichte, er kannte sie auswendig. Die hohen Tiere, die Chefs und Geldgeber kamen immer davon. Es waren die Kleinen, die lebenslänglich kriegten. Wenn nicht eine Kugel in den Kopf.

Man konnte das Schweigen mit dem Messer schneiden. Ein zentnerschweres Schweigen. Vergiftet. Pertin hatte keinen Mucks von sich gegeben. Er musste hart nachdenken. Ich hatte mehrmals das Telefon klingeln hören. Auf seinem Schreibtisch war kein

Gespräch angekommen. Loubet hatte mich vergessen. Oder er war ernsthaft wütend auf mich. Jetzt, wo ich einmal hier war, blieb mir nichts anderes übrig, als weiterzumachen.

»Soll ich weiterreden?«, fragte ich.

»Ich bin beeindruckt.«

Ich fuhr also fort. Mir war halbwegs klar, dass meine Sicht der Dinge den Tatsachen sehr nahe kam. Eine Wahrheit, an der ich mich festklammerte.

Serge hatte sich etwas in den Kopf gesetzt, was noch niemand gewagt hatte. Er suchte die jungen Leute auf, die auf dem Kelkal-Kurs waren, und sprach mit ihnen. Dann mit ihren Eltern, Brüdern und Schwestern. Gleichzeitig informierte er die anderen Jugendlichen. Damit sie sich einmischten. Damit alle in den Vorstädten sich einmischten. Wie Anselme. Das *chourmo*-Prinzip.

Serge hatte das jahrelang praktiziert. Es war eine gute, wirksame Methode. Er hatte hervorragende Ergebnisse damit erzielt. Die jungen Leute, die für die Bärtigen arbeiteten, waren nicht anders als die Kriminellen, mit denen er zuvor zu tun gehabt hatte. Aber durch den Knast abgehärtet. Auch aggressiver. Und besessen vom Koran als großem Befreier. Fanatisch. Wie ihre arbeitslosen Brüder in den Vorstädten Algiers.

Serge war in den Vorstädten allgemein bekannt. Man hörte ihm zu. Man vertraute ihm. Anselme hatte es auf den Punkt gebracht: »Der Typ war in Ordnung.« Er hatte die besseren Argumente, weil er das System zur Rekrutierung junger *Beurs* Stück für Stück auseinander genommen hatte. Krieg den Dealern, zum Beispiel. Sie waren aus Plan d'Aou vertrieben worden, ebenso aus Savine. Alle Welt hatte applaudiert. Das Rathaus, die Zeitungen. »Das sind brave Jungs …« Wie wenn sie von »edlen Wilden« gesprochen hätten. Aber der Handel mit Heroin war dadurch nicht zurückgegangen. Er hatte sich verlagert. Ins Stadtzentrum. Neu strukturiert. Aber am *grass* und den anderen Dingen hatte sich nichts geändert. Ein kleines Pfeifchen, ein kurzes Gebet – das fügte sich nach wie vor in Allahs Weltordnung.

Die Dealer wurden jetzt von eben denjenigen kontrolliert, welche die jungen Leute dazu aufforderten, sie zu bekämpfen.

Serges Aufzeichnungen hatte ich entnommen, dass eine der Gebetsstätten – der Hinterraum eines Tuchhändlers nahe der Place d'Aix – als Treffpunkt für Dealer diente. Den Lieferanten der nördlichen Viertel. Der Ladeninhaber war kein anderer als Nacers Onkel. Der mysteriöse Abdelkader.

»Wo willst du hinsteuern?«, warf Pertin schließlich ein.

»Hierher«, sagte ich lächelnd. Endlich biss er an. »Zunächst, dass die Verfassungsschützer dir aufgetragen haben, Serge ausfindig zu machen. Aber das hattest du ja schon getan. Mit Saadnas Hilfe. Dann, einen Weg zu finden, seinem Kreuzzug ein Ende zu setzen. Ihn umzulegen, mit anderen Worten. Schließlich, mich für dumm zu verkaufen, indem du vorgabst, dir meine Geschichte anzuhören. Weil du sie auswendig kennst. Oder fast. Und du spielst sie geschickt aus, besonders mit Hilfe von einigen Ganoven, die sich zum Islam bekehrt haben. Wie Nacer und Hamel. Mir scheint, du hast vergessen, die beiden den Richtern zu übergeben. Vielleicht lutschen die ja auch deinen Schwanz!«

»Nur weiter so, und ich schlag dir die Fresse ein.«

»Siehst du, Pertin, du hättest ausnahmsweise einmal zugeben können, dass ich nicht so blöd bin, wie ich aussehe.«

Er stand auf und rieb sich die Hände. »Carli!«, brüllte er.

Das würde ein Fest für mich werden. Carli kam herein und sah mich böse an. »Ja.«

»Schöner Tag heute, nicht? Wie wärs mit etwas frischer Luft. Am Steinbruch. Wir haben einen Gast. Den König der Narren höchstpersönlich.«

Vorne klingelte das Telefon. Dann auf Pertins Tisch.

»Ja«, sagte Pertin. »Wer ist da?« Pause. »Hallo. Ja, alles klar.« Er sah erst mich an, dann Carli und ließ sich mehr auf seinen Stuhl plumpsen, als dass er sich setzte. »Ja, ja. Ich geb ihn Ihnen. – Für dich«, sagte er eisig und reichte mir den Hörer.

»Ich war beinahe fertig, alter Freund«, antwortete ich Loubet, der fragte, was ich bei diesem Arschloch machte. »Was? Ja … Sagen wir … Warte. Sind wir durch, wir zwei?«, fragte ich Pertin ironisch. »Oder gilt die Einladung zu den Steinbrüchen noch?« Er gab keine Antwort. »Ja, in einer halben Stunde. Okay.« Ich wollte schon auflegen, besann mich aber eines Besseren und fügte zu Pertins Verwirrung hinzu: »Ja, ja, ein gewisser Boudjema Ressaf.« Und dann: »Ach ja, wo du gerade dabei bist, schau mal nach, was du über einen gewissen Narni hast. Alexandre Narni. Okay. Erklär ich dir später, Loubet.«

Er hatte aufgelegt. Aufgeknallt, besser gesagt. Ich sei eine Nervensäge, hatte er noch gesagt. Damit hatte er sicher Recht.

Ich stand auf. Ich hatte das Lächeln besserer Tage wieder gefunden. Das einen von der unschönen Geste abhält, den Scheusalen ins Gesicht zu spucken.

»Und du, lass uns allein«, schrie Pertin Carli an.

»Was soll der ganze Zirkus?«, bellte er, als der andere draußen war.

»Zirkus sagst du? Ich hab gar keinen Clown gesehen.«

»Hör auf, den Spaßvogel zu spielen, Montale. Das passt nicht zu dir. Und Loubet ist auch keine kugelsichere Weste.«

»Das wirst du doch trotz allem nicht tun, Pertin? Heute Morgen bei Saadna Feuer legen zu lassen, war schon keine gute Idee, wenn du mich fragst. Vor allem weil die beiden Jungs – du weißt, wen ich meine – sich nicht einmal die Zeit genommen haben, nachzusehen, ob Saadna wirklich gegrillt wurde oder nicht. Nun wirst du natürlich sagen, dass du ihm keine Träne nachweinst.«

Der Hieb saß. Es war wie mit den Thunfischen. Irgendwann wurden sie immer schwach. Man musste nur lange genug aushalten. Um erneut zuzuschlagen.

»Was weißt denn du davon?«

»Ich war dort, verstehst du. Saadna hat dich angerufen, um dir Infos über Boudjema Ressaf durchzugeben. Er dachte, das sei ein höllisch heißer Tipp, für den du ihn mit Knete überhäufen würdest. Ich kann dir sogar sagen, wen du gleich danach angerufen hast.«

»Ach ja …«

Ich bluffte, aber nur fast. Ich zog das Notizbuch hervor. »Da steht alles drin. Siehst du, du brauchst es nur zu lesen.« Ich schlug es aufs Geratewohl auf. »Abdelkader. Nacers Onkel. Dieses Heft ist eine Goldgrube. Ich würde sogar so weit gehen zu behaupten, dass dieser Abdelkader vielleicht einen schwarzen BMW fährt. Die Sorte, die neulich am Nachmittag in Bigotte gesehen wurde. Sie waren ihrer Sache so sicher, dass sie Abdelkaders Auto benutzt haben. Als sei es ein Spaziergang. Nur dass …«

Pertin lachte nervös und riss mir das Heft aus der Hand. Er blätterte es durch. Es enthielt nur weiße Seiten. Das Original lag sicher in meinem Wagen, und ich hatte ein neues gekauft, bevor ich gekommen war. Das nützte zwar nichts. Aber es war das Tüpfelchen auf dem i.

»Du verarschst mich, du Sack!«

»Na klar! Du hast verloren. Loubet hat das Original in der Hand.«

Er warf das Heft auf seinen Schreibtisch.

»Ich will dir was sagen, Pertin. Es macht wirklich einen schlechten Eindruck, dass du dich mit deinen Leuten verdrückst, während irgendwelche Mistkerle haltlose Jungs manipulieren, damit sie Frankreich in Schutt und Asche legen.«

»Noch was vorzubeten?«

»Dass ich nie ein Freund von Sadam Hussein war. Ich bevorzuge Araber ohne Bart und Marseille ohne euch. Leb wohl, Deux-Têtes. Behalt das Heft für deine Memoiren.«

Auf dem Weg hinaus riss ich das Plakat mit dem Flugblatt des Front National ab. Ich knüllte es zusammen und zielte auf die Mülltonne am Eingang. Treffer.

Babar pfiff bewundernd.

Achtzehntes Kapitel

In dem sich die Wahrheit nicht erzwingen lässt

Es gelang mir, Loubet zu überreden, im *L'Oursin* am Alten Hafen essen zu gehen. Einer der besten Orte, um Austern, Seeigel, Venusmuscheln und Seefeigen zu genießen. Genau das bestellte ich, als ich hereinkam, zusammen mit einer Flasche Cassis. Einem Weißen aus Fontcreuse. Loubet war offensichtlich schlecht gelaunt.

»Fang an, womit du willst«, sagte er. »Aber erzähl mir alles, was du weißt. Kapiert? Ich mag dich gern, Montale, aber so langsam fängst du an, den Bogen zu überspannen.«

»Nur eine Frage, darf ich?« Er lächelte. »Hast du wirklich geglaubt, ich hätte Fabre umgebracht?«

»Nein. Weder du noch sie.«

»Warum hast du mir dann so ein Theater vorgespielt?«

»Ihr, um ihr Angst einzujagen. Dir, damit du mit deinen Extratouren aufhörst.«

»Bist du weitergekommen?«

»Du hast gesagt: eine Frage. Das ist die dritte. Also, ich höre. Aber erzähl mir zuerst, was du bei Pertin zu suchen hattest.«

»Einverstanden, rollen wir es von dort auf. Das hat aber nichts mit Guitou, Hocine Draoui, Fabre und der ganzen Geschichte zu tun.«

Ich fing also von vorn an. Mit meiner Ankunft in Bigotte, ohne den wahren Grund dafür anzugeben. Vom Attentat auf Serge bis zu Saadnas Tod. Und meine kleine Unterhaltung mit Pertin. »Serge«, fügte ich hinzu, »war mit Sicherheit schwul, pädophil sogar, was solls. Mich interessiert das einen feuchten Dreck. Er war ein ehrlicher, friedlicher Kerl. Er mochte die Menschen. Mit der Naivität jener, die glauben. Aufrichtig glauben. An die Menschen und Gottes Hilfe. Die Jungs und Mädchen waren sein Leben.«

»Vielleicht mochte er sie ein bisschen zu sehr, meinst du nicht?«

»Und wenn schon. Selbst, wenn das stimmt. Bei ihm hatten sie es nicht am schlechtesten, oder?«

Mir ging es mit Serge wie mit den Leuten, die ich liebte. Sie hatten mein Vertrauen. Ich ließ ihnen Dinge durchgehen, die ich nicht verstand. Nur beim Rassismus hatte meine Toleranz ihre Grenzen. Während meiner ganzen Kindheit hatte ich das Leiden meines Vaters mit angesehen. Nicht wie ein Mensch behandelt zu werden, sondern wie ein Hund. Ein Hafenköter. Und dabei war er nur Italiener! Viele Freunde hatte ich, ehrlich gesagt, nicht mehr.

Ich hatte keine Lust, diese Diskussion über Serge weiterzuführen. Mir war dabei trotz allem nicht wohl. Ich wollte dieses Kapitel abschließen. Es bei diesem Schmerz bewenden lassen. Serge. Pavie. Arno. Dieses Kapitel der bereits langen Verlustliste meines Lebens hinzufügen.

Loubet blätterte in Serges Notizbuch. Bei ihm konnte ich hoffen, dass all die sorgfältig festgehaltenen Daten nicht in der hintersten Ecke einer Schreibtischschublade vergammeln würden. Zumindest das Wesentliche. Und vor allem, dass Pertin die Affäre nicht unbeschadet überstehen würde. Er war nicht direkt für Serges Tod verantwortlich. Auch nicht für den von Pavie. Er war nur das Symbol einer Polizei, die mir Übelkeit verursachte. Einer Polizei, bei der politische oder persönliche Ambitionen vor den Werten der Verfassung stehen. Gerechtigkeit. Gleichheit. Pertins gab es massenhaft. Bereit, über Leichen zu gehen. Wenn die Vorstädte eines Tages explodierten, dann wegen Leuten wie ihnen. Wegen ihrer Verachtung. Fremdenfeindlichkeit. Ihrem Hass. Und wegen all ihrer kleinlich berechnenden Schikanen, um eines Tages als »großer Polizist« dazustehen.

Pertin kannte ich. Für mich war er kein anonymer Bulle. Er hatte ein Gesicht. Es war fett, rot angelaufen. Mit seiner Ray-Ban-Brille, um die Schweinsaugen zu verbergen. Seinem arroganten Grinsen. Ich wollte Deux-Têtes »fallen« sehen. Aber ich machte mir keine falschen Hoffnungen.

»Ich sehe einen Weg, die Ermittlungen wieder aufzunehmen«, sinnierte Loubet. »Ich müsste sie mit der anderen Untersuchung in Verbindung bringen.«

»Es gibt aber keine Bezugspunkte?«

»Ich weiß. Außer wir schieben Hocine Draouis Tod der Islamischen Heilsfront oder den Bewaffneten Islamischen Gruppen unter. Ich nehme mir deinen Abdelkader vor und schüttle ihn so lange durch, bis er plaudert. Wir werden ja sehen, ob Pertin sich hält.«

»Ein wenig an den Haaren herbeigezogen, oder nicht?«

»Ich will dir mal was sagen, Montale. Wir nehmen, was wir kriegen können. Wir können die Wahrheit nicht erzwingen. Nicht immer. Eine Wahrheit ist so viel wert wie die andere.«

»Aber was ist mit den anderen, den echten Mördern von Draoui und Guitou?«

»Mach dir keine Sorgen, ich werde sie kriegen. Glaub mir. An Zeit fehlt es uns am wenigsten. Nehmen wir noch ein Dutzend Austern und Seeigel?«

»Gern.«

»Hat du mit ihr geschlafen?«

Einem anderen hätte ich nicht geantwortet. Und selbst ihm unter anderen Umständen wahrscheinlich auch nicht. Aber in diesem Moment war es eine Frage des Vertrauens. Der Freundschaft.

»Nein.«

»Bereust du es?«

»Und wie!«

»Was hat dich zurückgehalten?«

Bei Vernehmungen war Loubet unschlagbar. Er hatte immer die Frage bereit, die zu Erklärungen führte.

»Cuc ist eine Männerfresserin. Weil sie den einzigen Mann, den sie je geliebt hat, den ersten und einmaligen, Mathias' Vater, verloren hat. Er ist tot. Und was man einmal verloren hat, verstehst du, Loubet, das verliert man immer wieder, auch wenn es gar nicht mehr da ist. Ich weiß, wovon ich spreche. Es ist mir nie gelungen, die Frauen, die ich liebte, in meiner Nähe zu halten.«

»Hast dus mit vielen probiert?«, fragte er lächelnd.

»Mit Sicherheit zu vielen. Ich werde dir etwas verraten, und dann kommen wir wieder auf unser Thema zurück. Ich weiß selber nicht, was ich bei den Frauen suche. Und solange ich das nicht weiß, verletze ich sie nur. Eine nach der anderen. Bist du verheiratet?«

»Ja. Und zwei Kinder. Jungen.«

»Bist du glücklich?«

»Mir scheint, ja. Ich habe selten Zeit, mir die Frage zu stellen. Oder ich nehme sie mir nicht. Vielleicht, weil die Frage sich nicht stellt.«

Ich trank aus und steckte mir eine Zigarette an. Ich betrachtete Loubet. Er war ein solider Mann. Beruhigend zuversichtlich. Heiter, obwohl seine Arbeit nicht immer ein Honigschlecken war. Ein Mann, der wusste, was er wollte. Das Gegenteil von mir.

»Hättest du mit ihr geschlafen?«

»Nein«, sagte er lachend. »Aber ich muss zugeben, dass sie etwas Unwiderstehliches hat.«

»Draoui hat ihr nicht widerstanden. Sie brauchte ihn. So wie sie Fabre gebraucht hatte. Sie weiß, wie man einen Mann einfängt.«

»Und hat sie dich gebraucht?«

»Sie wollte, dass Draoui ihr hilft, Fabre zu retten«, fuhr ich fort, ohne auf seine Frage einzugehen.

Weil es mir schwer fiel, mit »Ja« zu antworten. Ja, sie hatte versucht, mit mir zu spielen, wie sie es mit Hocine Draoui getan hatte. Ja, ich konnte ihr nützlich sein. Aber ich zog es insgeheim vor, weiterhin zu glauben, dass sie mich ohne Hintergedanken begehrt hatte. Das bekam meinem männlichen Stolz besser. Schließlich war ich nicht umsonst Südländer!

»Glaubst du, sie hat ihren Mann geliebt?«, fragte er unbeirrt weiter.

»Ich kann dir nicht sagen, ob sie ihn geliebt hat oder nicht. Sie sagt, nein. Aber sie schuldet ihm alles, was sie heute ist. Er hat ihr einen Namen gegeben. Mit seiner Hilfe konnte sie Mathias aufziehen. Und mehr als anständig leben. Nicht alle vietnamesischen Flüchtlinge haben so viel Glück gehabt.«

»Du hast gesagt, sie wollte Fabre retten. Retten wovor?«

»Warte. Cuc ist außerdem eine unternehmungslustige Frau. Sie will etwas aufbauen, verdienen, Erfolg haben. Der Traum aller, die einmal alles verloren haben. Juden, Armenier, Algerienfranzosen – sie alle sind so. Sie sind keine Einwanderer. Verstehst du? Ein Einwanderer ist jemand, der nichts verloren hat, weil er dort, wo er gelebt hat, nichts hatte. Er will nur ein bisschen besser überleben.

Cuc wollte in die Modebranche einsteigen. Fabre hat ihr das Geld dafür besorgt. Viel Geld. Die Mittel, um sich sehr schnell in Frankreich und Europa einen Namen zu machen. Sie hatte genug Talent, um die Geldgeber von dem Geschäft zu überzeugen. Die hätten ohnehin in fast alles investiert. Solange das Geld nur seinen Verwendungszweck fand. Wasserdichte Sache.«

»Willst du damit sagen, es handelt sich um schmutziges Geld?«

»Cucs Unternehmen ist eine Aktiengesellschaft. Die Aktionäre sind Banken aus der Schweiz, Panama, Costa Rica. Sie ist die Direktorin, das ist alles. Nicht einmal ihr Markenzeichen gehört ihr. Sie hat das nicht sofort verstanden. Bis zu dem Tag, als wichtige Bestellungen angeliefert wurden und ihr Mann ihr erklärte, es sei nicht nötig, sie zu bezahlen. Sie solle nur den Empfang bestätigen. Die Summe würde auf ein anderes Konto der Gesellschaft überwiesen werden, nicht auf ihr laufendes. Ein Schweizer Konto, für das sie keine Unterschriftsvollmacht hat. Kapierst du?«

»Wenn ich dich recht verstehe, sprechen wir von der Mafia.«

»Der Begriff macht uns Franzosen so viel Angst, dass wir ihn kaum auszusprechen wagen. Worum dreht sich die Welt, Loubet? Um Geld. Und wer hat am meisten Geld? Die Mafia. Weißt du, auf welchen Umfang der Drogenhandel weltweit geschätzt wird? Auf 1,65 Milliarden Francs im Jahr. Das ist mehr als der Welterdölmarkt! Fast das Doppelte.«

Babette, eine Journalistin und Freundin von mir, hatte mir das mal erklärt. Sie kannte sich mit der Mafia aus. Seit einigen Monaten war sie in Italien. Dort bereitete sie zusammen mit einem italienischen Kollegen ein Werk über die Mafia in Frankreich vor. Explosiv, hatte sie angekündigt.

Für sie war klar, dass Frankreich in zwei Jahren in einer ähnlichen Lage sein würde wie Italien. Schwarzgeld, dessen Herkunft laut Definition im Dunkeln bleiben musste, war zum gängigsten

Lebensmittel der Politiker geworden. So weit, hatte Babette vor kurzem am Telefon gesagt, »dass wir unmerklich von einer politischen Gesellschaft mit Mafiamethoden in ein Mafiasystem hineingerutscht sind«.

»Hatte Fabre Verbindungen zur Mafia?«

»Wer war Fabre? Hast du dich damit ein wenig beschäftigt, hm?«

»Architekt, talentiert, eher links und erfolgreich.«

»Ein Mann mit einem goldenen Händchen, meinst du. Cuc hat mir anvertraut, dass sein Büro wärmstens für einen europaweiten Umbau der Mittelmeerhäfen empfohlen worden war.«

Euroméditerranée war das neue Schlagwort, um Marseille über seinen Hafen wieder ins internationale Geschehen zu bringen. Ich hatte da meine Zweifel. Der Entwurf einiger Technokratenhirne in Brüssel würde sich kaum mit Marseilles Zukunft beschäftigen. Nur mit den Hafenaktivitäten. Die Karten rund ums Mittelmeer zwischen Genua und Barcelona neu verteilen. Aber die zukünftigen Häfen für Europa hießen schon jetzt Antwerpen und Rotterdam.

Man verschaukelte uns, wie immer. Marseille hatte man nur als ersten Mittelmeerhafen für Obst und Gemüse vorgesehen. Und als Anlaufstelle für internationale Kreuzfahrten. Darauf lief die aktuelle Planung im Wesentlichen hinaus. Auf den hundertzehn Hektar des Bassins und des Hafenbeckens zeichnete sich eine riesige Baustelle ab. Einkaufszentren, Zentren für internationale Kommunikation und Telekommunikation, Tourismus … Eine Goldgrube für private und öffentliche Bauunternehmer.

»Gefüllte Kassen für Fabre! Das ist ein anderes Kaliber als Serge und die Bärtigen.«

»Kaum. Es ist etwas anderes, das ist alles. Es stinkt ganz genauso. Ich will dir etwas sagen. In Serges Papieren habe ich Unterlagen der FAIS, der Föderation algerischer Künstler, Intellektueller und Wissenschaftler gefunden. Du hast mir erzählt, dass Draoui dort Mitglied war. Für sie ist Algerien im selben Mafiasumpf versunken. Der Krieg der Islamischen Heilsfront gegen die derzeitige Regierung ist kein Glaubenskrieg. Es ist nur ein Kampf um ein

Stück des Kuchens. Deshalb wurde Boudiaf ausgeschaltet. Weil er es als Einziger deutlich ausgesprochen hatte.«

»Hier«, meinte er und füllte unsere Gläser nach. »Das können wir brauchen.«

»In Russland ist es genauso, weißt du. Von der Seite haben wir nichts zu erwarten. Das bringt uns noch um. Prost«, sagte ich und hob mein Glas.

Wir schwiegen einen Moment, die Gläser in der Hand. Gedankenversunken. Bis die zweite Platte Muscheln kam und uns erlöste.

»Du bist ein seltsamer Mensch, Montale. Ich werde den Eindruck nicht los, dass du etwas von einer Sanduhr hast. Wenn der Sand vollständig durchgerieselt ist, kommt zwangsläufig jemand, der sie wieder umdreht. Cuc muss eine gewaltige Wirkung auf dich gehabt haben!«

Ich lächelte. Das Bild von der Sanduhr gefiel mir. Von der Zeit, die verrinnt. Wir leben unser Leben in dieser Frist. Bis niemand mehr kommen würde, um die Uhr umzudrehen. Weil wir den Geschmack am Leben verloren hatten. »Nicht Cuc hat die Sanduhr umgedreht, wie du es nennst. Sondern der Tod. Die Nähe des Todes. Überall um uns herum. Ich glaube noch an das Leben.«

Diese Diskussion führte zu weit. In Regionen, die ich normalerweise mied. Je mehr Zeit verging, desto weniger konnte ich dem Leben abgewinnen. Deshalb hielt ich mich lieber an die einfachen Dinge. Wie essen und trinken. Und fischen.

»Um auf Cuc zurückzukommen«, nahm ich den Faden wieder auf, »sie hat die Dinge nur ausgelöst. Weil sie wollte, dass Fabre mit seinen Mafiafreunden brach. Sie hat angefangen, in seinen Geschäften herumzuschnüffeln. Verträge. Die Leute, mit denen er sich traf. Sie begann, in Panik zu geraten, und vor allem fühlte sie sich bedroht. In ihrem Unternehmen. In den Zielen, die sie sich eines Nachts in einer armseligen Zweizimmerwohnung in Le Havre gesetzt hatte. Ihr Leben war bedroht, und das hieß Mathias.

Sie hat Fabre angefleht, aufzuhören. Fortzugehen. Nach Vietnam. Sie drei. Um ein neues Leben zu beginnen. Aber Fabre war mit Händen und Füßen gefesselt. Der klassische Trick. Wie bei gewissen Politikern. Sie beißen die Zähne zusammen, um einen Platz an der Sonne zu ergattern. Sie meinen, wenn sie einmal ganz oben auf der Leiter stehen, würden sie stark genug sein, um aufzuräumen. Schluss mit den schlechten Angewohnheiten, der schlechten Gesellschaft. Aber nein. Das ist unmöglich. Mit dem ersten Schmiergeldumschlag bist du tot. Und mit dem ersten krummen Geschäft auch.

Fabre konnte nicht einfach einen Strich unter das Ganze ziehen. Ciao Freunde. War schön mit euch. Er wollte nicht untergehen. Sich ganz unten wiederfinden, wie es heute vielen passiert. Er begann zu trinken, bekam Wutanfälle, wurde unausstehlich. Kam abends immer später nach Hause. Manchmal gar nicht. Nur deshalb hat Cuc Hocine Draoui verführt. Um ihren Mann zu demütigen. Ihm zu sagen, dass sie ihn nicht liebte. Dass sie ihn verlassen würde. Erpressung aus Verzweiflung. Weil sie ihn tief drinnen, glaube ich, doch liebte.

Fabre hat nichts davon verstanden. Oder er wollte nicht. Jedenfalls hat er es nicht ertragen. Cuc war sein Leben. Er hat sie über alles geliebt, glaube ich. Vielleicht hat er das alles nur für sie getan. Ich weiß es nicht … Wir werden es nie erfahren. Sicher ist, dass er sich von ihr betrogen fühlte. Und von Hocine Draoui … Schon, dass all seine Forschungen dem geplanten Parkhaus an der Vieille-Charité entgegenstanden … Fabres Büro hatte die Oberleitung. Das habe ich auf dem Schild an der Baustelle gelesen.«

»Ich weiß, ich weiß. Aber … Siehst du, Montale, die Ausgrabungen an der Vieille-Charité sind wahrhaftig nichts Besonderes. Und Fabre hat nur durch Hocine Draoui davon erfahren können, denke ich. Seine Argumentation zur Verteidigung des Parkhauses gegenüber den entsprechenden Stellen war klar und deutlich. Er ließ den Archäologen keine Chance. Draoui hat übrigens selbst nicht recht daran geglaubt. Ich habe seinen Beitrag vom Kolloquium 1990 gelesen. Die spannendste Baustelle ist die an der Place Jules-Verne. Die Funde dort gehen bis ins sechste Jahrhundert vor Christus zurück. Hier wird vielleicht der Anlegeplatz des Hafens Ligure freigelegt werden. Dort, wo Protis an Land gegangen ist. An der Stelle werden wir nie ein Parkhaus sehen, dafür lege ich meine Hand ins Feuer … Meiner Meinung nach hatten Draoui und Fabre einen gewissen Respekt voreinander. Das glaube ich. Das erklärt, warum Fabre Draoui eine Unterkunft gegeben hat, als er wusste, in welcher Klemme er steckte.

Soweit ich in Erfahrung bringen konnte«, fuhr er fort, »war Fabre ein kultivierter Mann. Er liebte seine Stadt. Sein Land. Das Mittelmeer. Ich bin überzeugt, dass die beiden vieles gemeinsam hatten. Seit sie sich 1990 begegnet sind, ist der Kontakt nie abgerissen. Ich habe einige von Draouis Briefen an Fabre gelesen. Sie sind faszinierend. Ich bin sicher, sie würden dich interessieren.«

»Was für eine unglaubliche Geschichte«, sagte ich, weil mir nichts anderes einfiel. Ich konnte mir denken, worauf er hinauswollte, und das setzte mich unter Zugzwang. Ich konnte nicht weiter den Dummen spielen. Mein Wissen verschweigen.

»Ja, die bezaubernde Geschichte einer Freundschaft«, nahm er in lockerem Ton wieder auf. »Die böse endet. Wie es jeden Tag in der Zeitung steht. Der Freund, der mit deiner Frau schläft. Der gehörnte Ehemann, der Gerechtigkeit walten lässt.«

Ich dachte einen Moment nach. »Aber das passt nicht zu deinem Bild von Fabre, meinst du das?«

»Um so weniger, als der gehörnte Ehemann kurz danach umgelegt wird. Sie hat ihn nicht umgebracht. Du auch nicht. Es waren Killer. Genau wie bei Draoui. Und bei Guitou, der leider zur falschen Zeit am falschen Ort war.«

»Du glaubst, es gibt noch einen anderen Grund.«

»Ja. Draouis Tod hat nichts damit zu tun, dass er mit Cuc geschlafen hat. Es ist etwas Ernsteres.«

»So ernst, dass dafür extra zwei Killer aus Toulon kommen. Um Hocine Draoui zu töten.«

Scheiße! Jetzt musste ich es ihm sagen.

Er zuckte nicht mit der Wimper. Sah mich fest an. Ich hatte das eigenartige Gefühl, dass er schon wusste, was ich ihm gerade gesagt hatte. Die Anzahl der Killer. Ihre Herkunft. Aber woher hätte er das wissen sollen?

»Ah! Und woher weißt du das? Dass sie aus Toulon gekommen sind?«

»Sie haben sich am ersten Tag an meine Fersen geheftet, Loubet. Sie suchten die Kleine. Naïma. Die, die mit Guitou im Bett war. Ich wusste, wer sie war und …«

»Darum warst du in Bigotte.«

»Darum, ja.«

Er sah mich mit einer Wildheit an, die ich an ihm nicht kannte. Er stand auf. »Einen Cognac!«, rief er der Bedienung zu. Und verschwand in Richtung Toilette.

»Zwei«, ergänzte ich. »Und noch einen Kaffee.«

Neunzehntes Kapitel

In dem es zu spät ist, wenn der Tod uns erst einmal eingeholt hat

Als Loubet vom Klo zurückkam, hatte er sich beruhigt. Er stellte nur fest: »Du hast Glück, dass ich eine Schwäche für dich habe, Montale. Denn am liebsten würde ich dir den Hals umdrehen!«

Ich breitete alles vor ihm aus, was ich wusste. Guitou, Naïma, die Familie Hamoudi. Schließlich alles, was Cuc mir letzte Nacht erzählt hatte und was ich noch nicht an ihn weitergegeben hatte. Bis ins Detail. Wie ein guter Schüler.

Naïma war nach Aix zu Mathias gefahren. Montagabend. Den Abend vorher hatte sie ihm das Wesentliche am Telefon mitgeteilt. Mathias hatte seine Mutter angerufen. Gleichzeitig in Panik und rasend vor Wut. Cuc fuhr selbstverständlich nach Aix. Naïma berichtete von der schrecklichen Nacht.

Adrien Fabre war da gewesen. Sie hatte ihn nicht gesehen. Sie hatte nur seinen Namen rufen hören. Nachdem sie Guitou getötet hatten: »Verdammt! Was hatte der Junge da zu suchen? Fabre!«, hatte einer der Kerle geschrien. »Komm her!« Sie konnte sich genau an die Worte erinnern. Die würde sie nie vergessen.

Sie selber hatte sich in der Dusche versteckt. Im Duschbecken zusammengekauert. Starr vor Angst. Sie konnte einen Aufschrei nur unterdrücken, weil Wasser auf ihr Knie tropfte, erklärte sie. Das linke. Nach dem ersten Tropfen hatte sie angefangen zu zählen, bis ein weiterer Tropfen auf ihrem Knie landete.

Zwischen den Männern vor der Appartementtür war ein Streit ausgebrochen. Drei Stimmen, darunter die von Fabre. »Ihr habt ihn umgebracht! Ihr habt ihn umgebracht!«, schrie er. Er weinte fast. Der, der offenbar der Chef war, war ihm über den Mund gefahren. Dann gab es ein dumpfes Geräusch, wie eine Ohrfeige. Da fing Fabre wirklich an zu heulen. Eine der Stimmen mit einem starken, korsischen Akzent fragte, was sie tun sollten. Der Chef antwortete, er solle zusehen, wo er einen Lieferwagen herbekäme.

Mit drei oder vier Möbelpackern. Um den Laden auszuräumen. Das Gröbste. Die entscheidenden Sachen. Er würde »den anderen« wegschaffen, bevor er einen Nervenzusammenbruch bekam.

Wie lange sie unter der Dusche gehockt und Tropfen gezählt hatte, wusste Naïma nicht mehr. Sie erinnerte sich nur daran, dass es plötzlich ruhig war. Grabesstille. Nur ihr Schluchzen. Sie schlotterte. Eiseskälte war ihr unter die Haut gekrochen. Nicht die Kälte der Wassertropfen. Die Kälte des Grauens um sie herum und in ihrer Vorstellung.

Sie hatte ihre Haut gerettet, so viel begriff sie. Aber sie blieb dort, unter der Dusche, die Augen geschlossen. Bewegungslos. Wie erstarrt. Schluchzend und schlotternd. Auf das Ende des Albtraums wartend. Guitou würde einen Kuss auf ihre Lippen drücken. Sie würde die Augen aufschlagen, und er würde flüstern: »Komm, es ist vorbei.« Aber das Wunder blieb aus. Ein neuer Wassertropfen fiel auf ihr Knie. So wirklich, wie das gerade Erlebte. Sie stand mühsam auf. Resigniert. Und zog sich an. Das Schlimmste, dachte sie, wartete vor der Tür. Sie würde über Guitous Leiche steigen müssen. Sie näherte sich mit abgewandtem Kopf, um nicht hinsehen zu müssen. Aber das konnte sie nicht tun. Er war ihr Guitou. Sie kniete neben ihm nieder, um ihn ein letztes Mal zu sehen. Ihm Adieu zu sagen. Sie zitterte nicht mehr. Die Angst war auch weg. Als sie aufstand, dachte sie, jetzt ist alles egal und …

»Und wo sind sie jetzt, sie und Mathias?«

Ich setzte eine Unschuldsmiene auf und antwortete: »Nun, da liegt das Problem. Wir wissen es nicht.«

»Machst du dich über mich lustig, oder was?«

»Ich schwöre.«

Er sah mich böse an. »Ich werde dich einlochen, Montale. Zwei oder drei Tage.«

»Du spinnst!«

»Du hast genug Unheil angerichtet. Und ich will dich nicht mehr zwischen den Füßen haben.«

»Auch nicht, wenn ich die Rechnung bezahle?«, fragte ich dümmlich.

Loubet musste lachen. Ein ehrliches, offenes Lachen. Ein männliches Lachen. Es konnte allen Niederträchtigkeiten dieser Welt die Stirn bieten.

»Jetzt hast du einen Schreck gekriegt, hm?«

»Und ob! Sie wären alle gekommen, um mich zu begaffen. Wie im Zoo. Sogar Pertin hätte mir Erdnüsse gebracht.«

»Die Rechnung teilen wir uns«, meinte er ernst. »Ich werde einen Fahndungsbefehl für Balducci und den anderen herausgeben. Narni.« Er sprach seinen Namen langsam aus. Dann sah er mir fest in die Augen. »Wie bist du auf ihn gestoßen?«

»Narni, Narni«, wiederholte ich. »Aber ...«

Der Vorhang ging über einer der verruchtesten und unvorstellbarsten Schweinereien auf. Ich spürte, wie mein Magen sich umkrempelte. Mir wurde schlecht.

»Was hast du, Montale? Bist du krank?«

Halt durch, sagte ich mir, halt durch. Nicht auf den Tisch kotzen. Reiß dich zusammen. Konzentrier dich. Atme. Na, mach schon, atme. Langsam. Wie bei einer Wanderung in den Calanques. Atme. Na bitte, es geht doch. Weiteratmen. Und ausatmen. Gut so. Ja, so gehts ... Siehst du, alles ist verdaulich. Sogar Scheiße im Reinzustand.

Ich wischte mir den Schweiß von der Stirn. »Geht schon, geht schon. Mein Magen spielt verrückt.«

»Du siehst zum Fürchten aus.«

Ich sah Loubet nicht mehr. Vor mir stand der andere. Der schöne Mann. Mit den ergrauenden Schläfen. Und grau meliertem Haar. Und mit einem dicken, goldenen Siegelring an der rechten Hand. Alexandre. Alexandre Narni.

Mir wurde wieder schlecht, aber das Schlimmste war vorbei. Wie hatte Gélou es fertig gebracht, sich im Bett eines Killers wiederzufinden? Zehn Jahre lang, mein Gott!

»Es ist nichts«, sagte ich. »Das geht vorbei. Noch einen Cognac auf den Weg?«

»Bist du sicher, dass alles okay ist?«

»Schon okay.«

»Narni«, fuhr ich locker fort. »Keine Ahnung, wer das ist.

Nur ein Name, der mir vorhin eingefallen ist. Boudjema Ressaf, Narni … Ich wollte vor Pertin etwas angeben. Ihm weismachen, dass wir zusammenarbeiten, du und ich.«

»Ah!«, sagte er. Loubet ließ mich nicht aus den Augen.

»Und wer ist dieser Narni?«

»Der Name ist dir doch nicht aus heiterem Himmel eingefallen. Das kannst du mir nicht erzählen. Du musst von Narni gehört haben. Zwangsläufig. Einer der Waffenträger von Jean-Louis Fargette.« Er lächelte ironisch. »Aber an Fargette kannst du dich doch erinnern? Oder? Die Mafia, das Ganze …«

»Ja, klar.«

»Dein Narni hat sich jahrelang an der ganzen Küste als Erpresserkönig hervorgetan. Er kam wieder ins Gespräch, als Fargette in San Remo ermordet wurde. Vielleicht war er sogar der Täter. Hat die Familie gewechselt, du weißt, wie das läuft. Seitdem ist Narni untergetaucht.«

»Und was macht er jetzt, wo Fargette tot ist?«

Loubet lächelte. Das Lächeln desjenigen, der weiß, dass er den anderen in Staunen versetzen wird. Ich war auf das Schlimmste gefasst.

»Er ist Finanzberater bei einer internationalen Gesellschaft für Wirtschaftsmarketing. Die Gesellschaft, die das zweite Konto von Cucs Gesellschaft führt. Ebenso das zweite Konto von Fabres Architektenbüro. Und noch mehr … Ich hatte keine Zeit, die Liste genau durchzusehen. Dahinter steckt die neapolitanische Camorra. Das wurde mir kurz vor unserem Essen hier bestätigt. Du siehst also: Fabre steckte schwer in der Klemme. Aber nicht so, wie du glaubst.«

»Und doch«, sagte ich ausweichend.

Ich hörte nicht mehr richtig hin. Mein Magen verkrampfte sich. Er war total aufgewühlt. Seeigel, Seefeigen, Austern. Der Cognac war mir keine Hilfe gewesen. Am liebsten hätte ich geheult.

»Dieses Wirtschaftsmarketing – was verstehen die Typen deiner Meinung nach darunter?« Ich wusste es. Babette hatte es mir erklärt.

»Wucher. Sie leihen Firmen, die in Schwierigkeiten stecken, Geld. Schmutziges Geld, versteht sich. Zu astronomischen Zinsen. Fünfzehn, zwanzig Prozent. Aber viel. Ganz Italien funktioniert schon so. Sogar einige Banken! Die Mafia hat den französischen Markt überrollt. Die Affäre um die Industriegruppe Schneider kürzlich, mit ihren belgischen Filialen, war das erste Beispiel. Nun gut, der Kopf des ganzen Unternehmens heißt Antonio Sartanario. Narni arbeitet für ihn. Er kümmert sich vor allem um die, die nicht zurückzahlen können. Oder die Spielregeln ändern wollen.«

»Und wo kommt Fabre da hinein?«

»Er hat angefangen, Geld aufzunehmen, um sein Büro in Schwung zu bringen. Dann sehr viel, um Cuc einen guten Start in der Modebranche zu verschaffen. Er war ein regelmäßiger Kunde. Aber in den letzten Monaten ist er mit seinen Rückzahlungen ein wenig ins Hintertreffen geraten. Ich habe seine Konten sorgfältig überprüfen lassen und festgestellt, dass enorme Summen auf ein Sparkonto gegangen sind. Auf Mathias' Namen. Hocine Draoui war eine Warnung für Fabre, verstehst du. Die erste. Deshalb haben sie ihn dort bei ihm zu Hause vor seiner Nase umgebracht. Seit Montag hat Fabre auffallend hohe Beträge abgehoben.«

»Aber sie haben ihn trotzdem umgelegt.«

»Der Tod des Jungen muss für Fabre dennoch ein harter Schlag gewesen sein. Was also hatte er mit dem Geld vor, wenn er es nicht zurückzahlen wollte? Was ging ihm durch den Kopf? Auspacken? Erpressung, um seine Ruhe zu haben …? Oh! Hörst du mir zu, Montale?«

»Ja, ja.«

»Du siehst, was für ein dreckiges Geschäft das ist. Balducci. Narni. Mit den Gestalten ist nicht zu spaßen. Hörst du, Montale?« Er sah auf die Uhr. »Verdammt, jetzt muss ich aber wirklich los.« Er stand auf. Im Gegensatz zu mir. Ich traute meinen Beinen noch nicht. Loubet legte seine Hand auf meine Schulter, wie letztens bei Ange. »Ein Rat: Wenn du was Neues von den Kindern hörst, vergiss nicht, mich anzurufen. Ich möchte nicht, dass ihnen etwas zustößt. Du doch auch nicht, nehme ich an?«

Ich nickte zustimmend. »Loubet«, hörte ich mich sagen, »ich mag dich gern.«

Er beugte sich zu mir hinab. »Dann tu mir einen Gefallen, Fabio. Geh fischen. Das ist gesünder … Für deinen Magen.«

Ich ließ mir einen dritten Cognac kommen und trank ihn in einem Zug. Er hatte die gewünschte Wirkung. Löste den Sturm in meinem Bauch aus. Ich stand vorsichtig auf und steuerte auf die Toiletten zu.

Vor dem Klo ging ich in die Knie, hielt mich mit beiden Händen an der Klobrille fest und erbrach. Alles. Bis auf die letzte Muschel. Ich wollte nichts von dieser schrecklichen Mahlzeit bei mir behalten. Den Magen von schmerzenden Krämpfen gerüttelt, begann ich leise zu weinen. Du siehst, dachte ich, so geht es immer aus. Weil die Dinge aus dem Gleichgewicht geraten sind. Sie können nicht anders enden, als sie begonnen haben. Man möchte immer, dass sich schließlich alles einrenkt. Aber nein, das tut es nie.

Nie.

Ich richtete mich auf und zog die Wasserspülung. Wie man eine Alarmglocke schlägt.

Draußen war wunderschönes Wetter. Ich hatte ganz vergessen, dass es die Sonne gab. Der Cours d'Estiennes-d'Orves war in ihrem Licht gebadet. Ich ließ mich von der sanften Hitze tragen. Die Hände in den Taschen ging ich bis zur Place aux Huiles. Am Alten Hafen.

Vom Wasser stieg ein strenger Geruch auf. Eine brackige Mischung aus Motorenöl und schmutzigem Salzwasser. Offen gestanden, es roch nicht besonders gut. Normalerweise hätte ich gesagt, es stank. Aber in diesem Moment tat mir der Geruch unendlich gut. Ein Glücksduft. Echt, menschlich. Als wenn Marseille mich in die Nase biss. Das »tuck-tuck« meines Boots kam mir in den Sinn. Ich sah mich beim Fischen auf dem Meer. Ich lächelte. Das Leben hatte mich wieder. Durch die einfachsten Dinge.

Die Fähre kam. Ich gönnte mir eine Hin- und Rückfahrkarte

für die kürzeste und schönste aller Reisen. Einmal quer durch Marseille. Quai du Port – Quai de Rive-Neuve. Um diese Zeit fuhren nicht viele mit. Ein paar Alte. Eine Mutter, die ihrem Baby die Flasche gab. Ich überraschte mich mit der Melodie *Chella llà* auf den Lippen. Ein altes, neapolitanisches Stück von Renato Carosone. Ich fand meine Bezugspunkte wieder. Mit den dazugehörigen Erinnerungen. Mein Vater hatte mich auf der Fähre ans Fenster gesetzt und gesagt: »Schau, Fabio. Schau nur. Das ist die Hafeneinfahrt. Siehst du. Fort Saint-Nicolas. Und dort, der Pharo-Park. Guck mal, und dahinter ist das Meer. Das große, weite Meer.« Ich spürte seine starken Hände unter den Achseln. Wie alt mochte ich gewesen sein? Sechs oder sieben, mehr nicht. In jener Nacht hatte ich davon geträumt, Seemann zu werden.

An der Place de la Mairie machten die Alten neuen Alten Platz. Die junge Mutter sah mich an, bevor sie von Bord ging. Ich lächelte ihr zu.

Eine Schülerin stieg zu. Von der Art, wie sie in Marseille mehr als anderswo aufblühen. Vater oder Mutter mochten von den Antillen sein. Lange, lockige Haare. Kleine, feste Brüste. Ein geblümter Rock. Sie bat mich um Feuer, weil ich sie angesehen hatte. Dabei warf sie mir einen ernsten Blick à la Lauren Bacall zu. Dann postierte sie sich auf der anderen Seite der Kabine. Ich kam nicht dazu, ihr zu danken. Für die Freude, die sie mir mit ihrem Blick gemacht hatte.

Als ich zurück war, machte ich mich am Kai entlang auf den Weg zu Gélou. Bevor ich das *Oursin* verlassen hatte, hatte ich im Hotel angerufen. Sie erwartete mich im *New York*. Ich wusste nicht, was ich tun würde, wenn Narni da war. Vielleicht würde ich ihn auf der Stelle erwürgen.

Aber Gélou war allein.

»Alexandre ist nicht da?«, fragte ich, als ich sie umarmte.

»Er wird in einer halben Stunde hier sein. Ich wollte dich unter vier Augen sprechen. Fürs Erste. Was ist los, Fabio? Mit Guitou.«

Gélou hatte Ringe unter den Augen. Sie war von Angst gezeichnet. Die Warterei, Übermüdung, all das. Aber schön war sie, meine Cousine. Immer noch. Ich wollte sie noch einmal bewundern, so wie sie hier und jetzt aussah. Warum hatte das Leben es nicht gut mit ihr gemeint? Hatte sie ihre Hoffnungen zu hoch geschraubt? Zu viel erwartet? Aber sind wir nicht alle so? Von dem Moment an, in dem wir die Augen aufschlagen? Gibt es Leute, die nichts vom Leben verlangen?

»Er ist tot«, sagte ich sanft. Ich nahm ihre Hände. Sie waren noch warm. Dann sah ich ihr in die Augen. Mit all der Liebe, die ich für magere Zeiten aufgehoben hatte.

»Nein«, stammelte sie.

Ich fühlte, wie das Blut aus ihren Händen wich. »Komm«, sagte ich.

Und ich zwang sie, aufzustehen, hinauszugehen. Bevor sie zusammenbrach. Ich legte meinen Arm um ihre Schultern wie ein Liebhaber. Sie fasste mich um die Taille. Wir gingen über die dicht befahrene Straße. Ohne uns um die quietschenden Bremsen zu kümmern. Hupen. Der Hagel von Beschimpfungen. Es gab nur noch uns. Uns zwei. Und diesen geteilten Schmerz.

Wir gingen am Kai entlang. Schweigend. Eng aneinander geschmiegt. Einen Augenblick überlegte ich, wo dieser Mistkerl war. Denn weit konnte Narni nicht sein. Er musste irgendwo auf der Lauer liegen. Und sich fragen, wann er mir endlich eine Kugel in den Kopf schießen konnte. Davon träumte er bestimmt. Ich auch. Dafür war die Knarre, die ich seit gestern Abend mit mir herumkutschierte. Und ich hatte einen Vorteil gegenüber Narni: Ich wusste jetzt, was für ein mieses Stück Dreck er war.

Gélous Schulter begann unter meiner Hand zu zucken. Die Tränen kamen. Ich blieb stehen und drehte Gélou zu mir hin. Ich nahm sie in die Arme. Sie presste sich mit ihrem ganzen Körper an mich. Wie zwei Liebende, die ganz verrückt nacheinander waren. Die Sonne verschwand bereits hinter dem Kirchturm von Accoules.

»Warum?«, fragte sie durch die Tränen.

»Das spielt jetzt keine Rolle mehr. Fragen. Oder Antworten. Es ist einfach so, Gélou. So und nicht anders.«

Sie sah mich an. Am Boden zerstört. Ihr Make-up war natürlich verlaufen. Lange, blaue Striemen. Ihre Wangen sahen aus wie von Rissen durchzogen, wie nach einem Erdbeben. Ich konnte zusehen, wie sie sich nach innen zurückzog. Für immer. Gélou verließ uns. Weit weg. Ins Land der Tränen.

Dennoch klammerte sie sich verzweifelt mit Händen und Augen an mir fest. An allem, was uns seit unserer Kindheit verband. Sie wollte auf der Erde bleiben. Aber ich konnte ihr nicht helfen. Ich hatte kein Kind zur Welt gebracht. War keine Mutter. Nicht mal Vater. Und alle Worte, die ich ihr sagen konnte, stammten aus dem Lexikon menschlicher Unzulänglichkeit. Es gab nichts zu sagen. Ich hatte nichts zu sagen.

»Ich bin da«, flüsterte ich nah an ihrem Ohr.

Aber es war zu spät.

Wenn der Tod uns erst einmal eingeholt hat, ist es immer zu spät.

»Fabio …« Sie brach ab. Legte ihre Stirn an meine Schulter. Langsam beruhigte sie sich. Das Schlimmste würde später kommen. Ich strich ihr zärtlich übers Haar, dann hob ich ihr Kinn, damit sie mich ansah.

»Hast du ein Tempo?«

Sie nickte. Sie machte sich los, öffnete ihre Handtasche, zog ein Tempo und einen kleinen Spiegel hervor. Sie wischte die Make-up-Spuren fort. Mehr tat sie nicht.

»Wo ist dein Wagen?«

»Im Parkhaus hinter dem Hotel. Warum?«

»Frag nicht, Gélou. Auf welchem Parkdeck. Eins? Zwei?«

»Eins. Auf der rechten Seite.«

Ich legte meinen Arm wieder um ihre Schultern und wir gingen zum *New York* zurück. Die Sonne versank hinter den Häusern auf der Anhöhe des Panier-Viertels und tauchte die Gebäude am Kai von Rive-Neuve in ihren rötlichen Glanz. Diese Momente erhabener Schönheit gaben mir den Halt, den ich dringend brauchte.

»Erzähl«, bat sie. Wir standen vor einem der Metroeingänge am Alten Hafen. Es gab drei. Diesen. Einen unten an der Canebière. Den anderen an der Place Gabriel-Péri.

»Nachher. Jetzt gehst du zu deinem Wagen. Du steigst ein und wartest, bis ich komme. Ich bin in weniger als zehn Minuten bei dir.«

»Aber ...«

»Schaffst du das?«

»Ja.«

»Gut. Ich lasse dich gleich allein. Du tust so, als würdest du ins Hotel zurückkehren. Davor zögerst du ein paar Sekunden. Als wenn du an etwas dächtest. Etwas, das du vergessen hast, zum Beispiel. Dann gehst du gemächlich zum Parkhaus. Einverstanden?«

»Ja«, sagte sie mechanisch.

Ich umarmte sie wie zum Abschied. Drückte sie an mich. Zärtlich. »Es ist wichtig, dass du genau tust, was ich dir gesagt habe, Gélou«, sagte ich sanft, aber bestimmt. »Hast du verstanden?« Sie nahm meine Hand. »Na los, geh schon.«

Sie ging. Steif. Wie ein Roboter.

Ich sah, wie sie die Straße überquerte. Dann fuhr ich auf der Rolltreppe in die Metrostation hinunter. Ohne Eile. Kaum unten, rannte ich. Quer durch die ganze Station bis zum Ausgang Gabriel-Péri. Ich nahm zwei Stufen auf einmal und landete auf dem Platz. Dort ging ich nach rechts und kam vor dem Palais de la Bourse auf die Canebière. Das Parkhaus war gegenüber.

Wenn Narni oder der andere, Balducci, mich beobachteten, war ich ihnen einen Schritt voraus. Dort, wo Gélou und ich hingingen, konnten wir niemanden gebrauchen. Ich ging bei Rot über die Straße und tauchte ab in das Parkhaus.

Scheinwerfer blitzen auf, und ich erkannte Gélous Saab.

»Rutsch rüber«, sagte ich als ich die Tür öffnete. »Ich fahre.«

»Wohin, Fabio? Was hast du vor?« Die letzten Worte hatte sie geschrien.

»Nur eine Spazierfahrt«, antwortete ich besänftigend. »Wir müssen reden, oder nicht?«

Wir sagten nichts, bis wir auf der nördlichen Autobahn waren. Ich war im Zickzack durch Marseille gefahren, ein Auge im Rückspiegel. Aber es hatte sich kein Auto an uns drangehängt. Beruhigt erzählte ich Gélou dann endlich, was passiert war. Ich sagte ihr, dass der zuständige Kommissar einer meiner Freunde war. Dass wir ihm vertrauen konnten. Sie hatte zugehört, ohne Fragen zu stellen und dann nur festgestellt: »Das ändert jetzt auch nichts mehr.«

Ich nahm die Ausfahrt Les Arnavaux und fuhr die Straßen nach Sainte-Marthe hinauf.

»Wie hast du Narni kennen gelernt?«

»Wie bitte?«

»Alexandre Narni, wo hast du ihn getroffen?«

»In dem Restaurant, das ich mit Gino hatte. Er war Gast. Ein guter Kunde. Er kam oft. Manchmal mit Freunden, manchmal allein. Er wusste Ginos Küche zu schätzen.«

Ich auch. Ich konnte mich noch an einen Teller *Lingue di passero* mit Trüffeln erinnern. So gute hatte ich nie wieder gegessen. Nicht einmal in Italien.

»Hat er dir den Hof gemacht?«

»Nein. Das heißt, Komplimente …«

»Wie ein gut aussehender Mann sie einer schönen Frau macht.«

»Ja, wenn du willst … Aber für mich war er wie jeder andere Gast. Nicht mehr, nicht weniger.«

»Hm … Und er?«

»Wieso er? Fabio, was willst du damit sagen? Hat das etwas mit Guitous Tod zu tun?«

Ich zuckte mit den Schultern.

»Ich muss einige Dinge aus deinem Leben erfahren. Um zu verstehen.«

»Was verstehen?«

»Wie meine geliebte Cousine Gélou Alexandre Narni, einen Profikiller der Mafia, kennen gelernt hat. Und wie sie zehn Jahre mit ihm schlafen konnte, ohne etwas zu merken.«

Und ich bremste scharf. Damit mich die Ohrfeige nicht in voller Fahrt erwischte.

Zwanzigstes Kapitel

In dem ein beschränktes Weltbild vorgeschlagen wird

Nur wenige Monate nach der Eröffnung wurde Narni einer der besten Gäste des Restaurants. Er kam immer mit bekannten Persönlichkeiten. Bürgermeister, Abgeordnete. Lokale Größen. Minister. Leute aus dem Showgeschäft. Vom Film.

Das sind meine Freunde, schien er zu sagen. Ihr habt Glück, dass ich eure Küche mag. Und dass wir Landsleute sind. Sowohl Narni als auch Gino stammten aus Umbrien. Dort gab es unumstritten die beste regionale Küche in ganz Italien. Sogar noch vor der Toskana. Das war wirklich ein Glück. Zugegeben. Das Restaurant war immer voll. Manche kamen nur zum Essen, um die eine oder andere Berühmtheit zu sehen.

An den Wänden häuften sich ihre Fotos. Gélou posierte mit jedem von ihnen. Wie ein Star. Star der Stars in diesem Restaurant. Einmal hatte ihr ein italienischer Regisseur – den Namen wusste sie heute nicht mehr – sogar eine Rolle in seinem nächsten Film angeboten. Sie hatte gelacht. Sie liebte das Kino, aber vor laufender Kamera konnte sie sich nicht sehen. Außerdem war Guitou gerade geboren worden. Also, mit dem Kino …

Sie machten gutes Geld. Eine glückliche Zeit. Auch wenn sie abends völlig erschöpft ins Bett fielen. Besonders am Wochenende. Gino hatte eine Küchenhilfe und zwei Kellnerinnen angestellt. Gélou bediente nicht mehr an den Tischen. Sie empfing die Gäste von Rang und nahm den Aperitif mit ihnen ein. Und alles was dazugehörte. Narni besorgte ihr Einladungen zu offiziellen Anlässen und Galaempfängen. Mehr als einmal sogar zum Filmfestival in Cannes.

»Bist du allein hingegangen?«, fragte ich.

»Ohne Gino, ja. Das Restaurant musste laufen. Außerdem hielt er nicht viel von der Schickeria, verstehst du. Er ließ sich nicht so leicht den Kopf verdrehen. Nur von mir«, fügte sie mit einem traurigen Lächeln hinzu. »Er stand mit beiden Beinen fest auf der Erde. Ein bodenständiger Bauer. Dafür habe ich ihn geliebt. Er hat mir Ausgeglichenheit gegeben. Er hat mir beigebracht, zwischen Echt und Falsch zu unterscheiden. Kitsch zu erkennen. Weißt du noch, wie ich als junges Mädchen war? Ich bin hinter jedem Jungen hergerannt, der mit Papas Geld angab.«

»Du wolltest sogar den Sohn eines Marseiller Schuhfabrikanten heiraten. Der war eine gute Partie.«

»Er war eine Vogelscheuche.«

»Gino …«

Sie verlor sich in Gedanken. Wir standen immer noch in derselben Straße, in der ich so scharf gebremst hatte. Gélou hatte mich nicht geohrfeigt. Sie hatte sich nicht einmal gerührt. Wie gelähmt. Dann hatte sie sich langsam zu mir umgedreht. Ihre Augen schrien um Hilfe. Ich hatte mich nicht gleich getraut, sie anzusehen.

»Damit also hast du deine Zeit verbracht«, stellte sie fest. »In meinem Leben herumzustochern.«

»Nein, Gélou.« Und dann erzählte ich ihr alles. Nun, fast alles. Nur das, worauf sie ein Recht hatte, es zu erfahren. Danach rauchten wir schweigend.

»Fabio«, begann sie von Neuem.

»Ja.«

»Wonach suchst du?«

»Ich weiß nicht. Es ist, als ob ein Stein im Puzzle fehlt. Ich sehe das Bild vor mir, aber dieser fehlende Stein macht alles kaputt. Verstehst du?«

Die Nacht war hereingebrochen. Trotz der offenen Fenster war die Luft im Wagen rauchgeschwängert.

»Ich bin mir nicht sicher.«

»Gélou, der Typ lebt mit dir. Er hilft dir, deine Kinder großzuziehen. Patrice, Marc und Guitou. Guitou hat er aufwachsen sehen … Er muss mit ihm gespielt haben. Es gab Geburtstage, Weihnachten …«

»Wie konnte er …? Meinst du das?«

»Ja, wie konnte er. Und wie … Stell dir vor, wir hätten nichts davon gewusst. Angenommen, du wärst nicht zu mir gekommen. Narni kommt daher und bringt diesen Hocine Draoui um. Und anschließend Guitou, der unglücklicherweise im Weg stand. Er schlüpft durch das Netz der Polizei. Wie immer. Er kommt zurück nach Gap … Wie hätte er … Verstehst du, er zieht seinen Schlafanzug an, frisch gewaschen und gebügelt, legt sich zu dir ins Bett und …«

»Wo wir gerade Hypothesen aufstellen, ich glaube nicht … Ich glaube nicht, dass ich nach Guitous Tod noch einen Mann in meinem Bett ertragen kann. Alex oder einen anderen.«

»Ah«, stieß ich ungehalten hervor.

»Ich brauchte einen Mann für die heranwachsenden Kinder, besonders für Guitou. Einen … Vater, ja.« Gélou wurde immer nervöser. »Oh! Fabio, ich gerate ganz durcheinander. Es gibt Dinge, verstehst du, die eine Frau von einem Mann erwartet. Liebenswürdigkeit. Zärtlichkeit. Lust. Lust zählt, weißt du. Und all die anderen Sachen. Die einen echten Mann ausmachen. Stabilität. Sicherheit. Ein Mann im Haus eben. Eine Stütze … Allein erziehende Mutter mit drei Kindern, nein, dazu hatte ich nicht den Mut. Das ist die Wahrheit.« Mechanisch zündete sie sich eine neue Zigarette an. Nachdenklich. »Das ist alles nicht so einfach.«

»Ich weiß, Gélou. Sag mal, hatte er nie den Wunsch, ein Kind mit dir zu bekommen?«

»Ja. Er, schon. Aber ich nicht. Drei waren genug. Findest du nicht?«

»Warst du in den letzten Jahren glücklich?«

»Glücklich? Ja, ich denke schon. Alles lief glatt. Du siehst ja, was ich für einen Wagen fahre!«

»Verstehe. Das heißt nicht unbedingt, dass du glücklich bist.«

»Ich weiß. Aber was willst du hören? Du brauchst nur den Fernseher einzuschalten … Wenn du siehst, was sich bei uns oder anderswo abspielt … Ich kann nicht behaupten, dass ich unglücklich war.«

»Was hat Gino von Narni gehalten?«

»Er mochte ihn nicht besonders. Das heißt, anfangs schon. Sie kamen einigermaßen miteinander aus. Sprachen über ihre Heimat. Aber Gino war nie gesellig, verstehst du. Für ihn zählte nur die Familie.«

»War er eifersüchtig? Ist das der Grund?«

»Ein bisschen schon. Wie jeder gute Italiener. Aber es war nie ein Problem. Nicht mal, als ich zu meinem Geburtstag einen riesengroßen Rosenstrauß bekam. Das hatte ihn nur daran erinnert, dass er meinen Geburtstag vergessen hatte. Aber es war nicht weiter schlimm. Gino liebte mich, und ich wusste das.«

»Was war es dann?«

»Ich weiß nicht. Gino … Manchmal brachte Alex auch seltsame Leute mit. Gut gekleidet, aber … in Begleitung von … wie Leibwächter, verstehst du. Mit denen kam ein Foto nicht in Frage! Gino sah die nicht gern in seinem Restaurant. Er sagte, die seien von der Mafia. Dass er ihnen das an der Nase ansehen konnte. Sie waren echter als im Kino!«

»Hat er Narni darauf angesprochen?«

»Nein, wo denkst du hin. Er war ein Gast. Wenn du ein Restaurant hast, klopfst du keine großen Sprüche. Du servierst ihnen das Essen, und das wars.«

»Hat Gino seine Haltung ihm gegenüber zu dem Zeitpunkt verändert?«

Sie drückte ihre Zigarette aus. Das alles lag weit zurück. Vor allem hatte sie mit dieser Phase ihres Lebens noch nicht abgeschlossen. Nach zehn Jahren. In ihrer Erinnerung bewahrte sie Ginos Bild zweifellos in einem Goldrahmen mit einer Rose an der Seite.

»An einem Punkt ist Gino nervös geworden. Ängstlich. Er wachte nachts auf. Überarbeitung, sagte er. Es stimmt, dass wir keine Pause machten. Das Restaurant war immer voll, und dennoch schwammen wir nicht im Geld. Wir lebten. Manchmal hatte ich den Eindruck, wir verdienten weniger als zu Anfang. Gino sagte, das Restaurant sei ein Fass ohne Boden. Er begann, ans Verkaufen zu denken. Woanders hingehen. Weniger arbeiten. Wir würden genauso glücklich sein.«

Gino und Gélou. Adrien Fabre und Cuc. Die Mafia nahm mit einer Hand, was sie mit der anderen gegeben hatte. Sie machte keine Geschenke. Man entkam ihrem Würgegriff nicht. Schon gar nicht, wenn der Erpresser die Kundschaft angeschleppt hatte. Egal welche. Das lief überall so. Nur die Dimensionen waren unterschiedlich. Selbst in den kleinsten Stammkneipen, von Marseille bis Menton. Nichts Großes, nur ein Flipper, der nicht in der Buchhaltung auftauchte. Oder zwei.

Außerdem liebte Narni die Wirtin. Gélou. Meine Cousine. Meine Claudia Cardinale. Noch vor zehn Jahren, erinnerte ich mich, war sie schöner als in ihrer Jugend. Eine reife Frau in der Blüte ihrer Jahre. Wie ich sie liebe.

»Eines Abends haben sie sich gestritten«, fuhr Gélou fort. »Jetzt fällt es mir wieder ein. Ich weiß nicht, worum es ging. Gino wollte nicht darüber sprechen. Alex war allein zum Essen gekommen, wie er das manchmal tat. Gino hat sich auf ein Glas Wein zu ihm an den Tisch gesetzt, und sie haben geredet. Alex hat nur seine Nudeln aufgegessen und ging dann. Er hat nichts weiter bestellt. Sich knapp verabschiedet. Aber er hat mich lange angesehen. Bevor er ging.«

»Wann war das?«

»Einen Monat bevor Gino umgebracht wurde … Fabio!«, rief sie, »du willst doch nicht sagen, dass …«

Eben. Ich wollte nichts sagen.

Nach jenem Abend setzte Narni keinen Fuß mehr in das Lokal. Einmal hatte er Gélou angerufen. Um ihr zu sagen, dass er auf Geschäftsreise ginge, aber bald zurückkäme. Er tauchte erst zwei Tage nach Ginos Tod wieder auf. Zur Beerdigung, genau gesagt. In dieser Zeit war er sehr präsent, half Gélou bei allem und jedem, stand ihr beratend zur Seite.

Sie weihte ihn damals in ihre Verkaufspläne ein, sagte ihm, dass sie in eine andere Gegend ziehen wolle. Woanders neu anfangen. Auch dabei half er ihr. Er war es, der den Verkauf des Restaurants in die Hand nahm und einen sehr guten Preis erzielte. Von einem seiner Verwandten. Mit der Zeit stützte Gélou sich auf ihn. Mehr als auf ihre Familie. Es stimmt, dass sie sich nach dem Unglück wieder ihren Angelegenheiten zuwandte. Und mir den Rücken.

»Du hättest mich anrufen können«, protestierte ich.

»Ja, vielleicht. Wenn ich allein gewesen wäre. Aber Alex war da und ... Ich hatte keinen Grund, um Hilfe zu bitten, verstehst du.«

Fast ein Jahr später schlug Narni ihr vor, mit ihm nach Gap zu ziehen. Er hatte dort etwas Vielsprechendes gefunden. Auch eine Villa an den Hängen des Bayardpasses. Mit herrlichem Blick auf das Tal. Die Kinder, hatte er gesagt, wären glücklich dort. Ein neues Leben.

Sie besichtigten das Haus wie ein junges Paar auf Wohnungssuche. Lachend. Pläne schmiedend hinter vorgehaltener Hand. Abends waren sie nicht gleich zurückgekehrt, sondern zum Essen in Gap geblieben. Es wurde spät. Narni schlug vor, im Ort zu übernachten. Das Restaurant gehörte zu einem Hotel, und es waren zwei Zimmer frei. Ohne recht zu wissen, wie ihr geschah, hatte Gélou sich in seinen Armen wiedergefunden. Aber sie bereute es nicht.

»Es war schon zu lange her ... Ich ... Ich konnte nicht ohne Mann leben. Anfangs dachte ich, ich könnte es. Aber ... Ich war achtunddreißig, Fabio«, erläuterte sie, wie um sich zu entschuldigen. »Meinen Bekannten und besonders der Familie hat das nicht gefallen. Aber man lebt nicht mit der Familie. Abends, wenn die Kinder schlafen und du allein vor der Glotze sitzt, ist sie nicht da.«

Und dieser Mann, den sie schon so lange kannte und der es verstanden hatte, auf sie zu warten, der war da. Dieser elegante, selbstsichere Mann ohne Geldsorgen. Finanzberater in der Schweiz war er, so hatte er gesagt. Ja, Narni gab ihr Halt. Eine Zukunft begann sich wieder für sie abzuzeichnen. Sie kam nicht an die Träume nach ihrer Heirat mit Gino heran. Aber sie war auch nicht schlechter als alles, was sie seit Ginos Tod in Betracht gezogen hatte.

»Außerdem ging er oft auf Geschäftsreise, verstehst du. In Frankreich und Europa. Und das«, unterstrich sie, »war auch gut so. Ich war frei. Ich konnte kommen und gehen, wie ich wollte. Nur für die Kinder da sein. Alex kam gerade rechtzeitig zurück, wenn er begann, mir zu fehlen. Nein, Fabio, ich war diese letzten zehn Jahre nicht unglücklich.«

Narni hatte bekommen, was er begehrte. Das musste ich ihm lassen. Er hatte Gélou genug geliebt, um Ginos Kinder aufzuziehen. Hatte er ihn deshalb umgebracht? Aus Liebe? Oder weil Gino jede weitere Zahlung verweigert hatte? Was spielte das noch für eine Rolle. Der Typ war ein Killer. Er hätte Gino so oder so umgebracht. Weil Alexandre Narni war wie alle Mafiosi. Früher oder später nahmen sie sich, was sie wollten. Macht, Geld, Frauen. Gélou. Ich hasste Narni dafür umso mehr. Weil er es gewagt hatte, sie zu lieben. Weil er sie mit all seinen Verbrechen besudelt hatte. Mit all diesem Tod, den er in seinem Kopf umherschleppte

»Und was jetzt?«, fragte Gélou tonlos. Sie war eine starke Frau. Aber das war doch etwas viel für eine einzige Frau an einem einzigen Tag. Sie musste sich ausruhen, bevor sie endgültig zusammenbrach.

»Du ruhst dich jetzt aus.«

»Im Hotel!«, schrie sie entsetzt.

»Nein. Dorthin kehrst du nicht zurück. Narni ist jetzt wie ein toller Hund. Er muss wissen, dass ich ihn durchschaue. Als du nicht zurückgekommen bist, wird er sich leicht gedacht haben, dass ich dir alles erzählt habe. Er ist zu jedem Mord fähig. Sogar an dir.«

Sie sah mich an. Ich konnte sie nicht erkennen. Ihr Gesicht wurde nur für einen kurzen Moment von einem vorbeifahrenden Auto erhellt. Es war nicht anzunehmen, dass noch viel Leben in ihrem Blick lag. Verwüstet. Wie nach einem Wirbelsturm. »Das glaube ich nicht«, sagte sie leise.

»Was glaubst du nicht, Gélou?«

»Das. Dass er mich umbringen könnte.« Sie holte Luft. »Eines Nachts haben wir uns geliebt. Er war ziemlich lange weg gewesen. Er war sehr müde nach Hause gekommen. Wie erschlagen kam er mir vor. Und ein bisschen traurig. Er hatte mich zärtlich in die Arme genommen. Er konnte zärtlich sein, das mochte ich. ›Ich würde alles geben, um dich nicht zu verlieren, weißt du‹, hatte er gemurmelt. Mit Tränen in den Augen.«

Verdammte Scheiße! dachte ich. Mir bleibt aber auch nichts erspart. Auch das noch. Zärtliche Killer. Gélou, Gélou, warum hast du an jenem Sonntag im Kino nur meine Hand losgelassen?

»Wir zwei hätten heiraten sollen.« Ich sagte das nur, um irgendetwas zu sagen.

Sie brach in Tränen aus und flüchtete sich in meine Arme. Ihre Tränen durchweichten das Hemd auf meiner Brust. Sie würden für immer ihre Spuren an mir hinterlassen, das wusste ich.

»Das habe ich nur so gesagt, Gélou. Aber ich bin da. Und ich liebe dich.«

»Ich liebe dich auch«, schluchzte sie. »Aber du warst nicht immer da.«

»Narni ist ein Killer. Ein gefährlicher Typ. Vielleicht hat er das Familienleben geliebt. Dich hat er mit Sicherheit auch geliebt. Aber das ändert nichts. Er ist ein professioneller Killer. Der vor nichts zurückschreckt. In der Branche sichert man sich doppelt ab. Töten ist seine Arbeit. Er hat Rechnungen für Mächtigere zu begleichen. Noch gefährlichere Typen. Sie töten nicht mit Waffen wie er. Aber sie haben Politiker, Industrielle und Leute aus der Armee in ihrer Gewalt. Für sie zählt kein Menschenleben … Narni kann es sich nicht leisten, seinen Weg mit Verletzten zu pflastern. Er konnte Guitou nicht leben lassen. Und dich auch nicht. Oder mich …«

Mein Satz blieb in der Luft hängen. Ich erwartete nichts mehr vom Leben. Ich hatte ihm eines Tages nur um seiner selbst willen ins Auge gesehen. Und schließlich hatte ich es geliebt. Ohne Schuldgefühl, Gewissensbisse oder Zweifel. Einfach so. Mit dem Leben ist es wie mit der Wahrheit. Man nimmt, was man findet. Oft findet man, was man gegeben hat. So einfach war das. Bevor sie mich verließ, hatte Rosa, die Frau, mit der ich am längsten zusammen war, gesagt, dass ich ein beschränktes Weltbild habe. Das stimmte. Aber ich lebte noch, und es bedurfte nicht viel, mich glücklich zu machen. Der Tod änderte nichts daran.

Ich legte meinen Arm um Gélous Schultern und fuhr fort: »Was ich sagen will, Gélou, ist, dass ich dich liebe und vor ihm beschützen werde. Bis alles geregelt ist. Aber erst musst du ihn dir aus dem Kopf schlagen. Du musst auch den letzten Rest an zärtlichen Gefühlen für ihn abtöten. Sonst kann ich dir nicht helfen.«

»Das sind dann zwei Männer, Fabio«, flehte sie.

Das Schlimmste blieb noch zu sagen. Ich hatte gehofft, darum herumzukommen.

»Gélou, denk an Guitou. Er erlebt gerade seine erste Liebesnacht mit einem süßen Mädchen. Plötzlich sind unerklärliche Geräusche im Haus. Vielleicht ein Schrei. Ein Todesschrei. Jeder wäre zutiefst erschrocken. Egal, wie alt. Vielleicht schlafen Guitou und Naïma. Vielleicht lieben sie sich gerade noch einmal. Stell dir ihre panische Angst vor.

Dann stehen sie auf. Und er, Guitou, dein Sohn, der jetzt ein Mann ist, tut, was ein Mann nicht unbedingt getan hätte. Aber er tut es. Weil Naïma ihn ansieht. Weil Naïma sich entsetzlich fürchtet. Weil er Angst um sie hat. Er öffnet die Tür. Und was sieht er? Narni, dieses Scheusal. Diesen Typen, der ihm Vorhaltungen über Weiße, Schwarze und Araber macht. Diesen Typen, der nicht davor zurückschreckt, deinen Jungen so gewalttätig und bösartig zu schlagen, dass er noch vierzehn Tage später blaue Flecken hat. Diesen Typen, der mit seiner Mutter schläft. Der mit seiner Mutter macht, was er soeben mit Naïma gemacht hat.

Stell dir Guitous Augen in diesem Moment vor, Gélou. Hass, und auch Angst. Weil er weiß, dass er keine Chance mehr hat. Nun stell dir Narnis Augen vor. Als er den Jungen vor sich sieht. Diesen Jungen, der ihn seit Jahren provoziert und verachtet. Stell es dir vor, Gélou. Ich will, dass du diese grauenhaften Bilder vor dir siehst. Dein Junge in Unterhosen. Und Narni mit der Knarre. Er wird abdrücken. Ohne Zögern. Gezielt. Ohne Zittern. Eine einzige Kugel, Gélou. Eine einzige, verdammt noch mal!«

»Hör auf!«, schluchzte sie. Sie krallte sich an meinem Hemd fest. Sie war nicht weit von einem Nervenzusammenbruch. Aber ich musste weitermachen.

»Nein, hör mir zu, Gélou. Ruf dir wieder Guitou ins Gedächtnis, der stürzt und sich die Stirn auf der Steintreppe aufschlägt. Er blutet. Wer von den beiden hat in dem Moment wohl an dich gedacht? In diesem Bruchteil einer Sekunde, bevor die Kugel sich in Guitous Herz bohrte. Ich will, dass du das ein für alle Mal begreifst. Sonst wirst du nie mehr schlafen können. Nie im Leben. Du musst Guitou vor dir sehen. Und ihn auch, Narni, du musst dir vor Augen halten, wie er abdrückt. Ich werde ihn umbringen, Gélou.«

»Nein!« Sie schrie zwischen den Schluchzern auf. »Nein! Nicht du!«

»Einer muss es tun. Um das alles loszuwerden. Nicht, um zu vergessen, nein. Das wirst du nie können. Ich auch nicht. Nein, nur um mit der Schweinerei aufzuräumen. Ein wenig klar Schiff zu machen um uns herum. In unseren Köpfen. In unseren Herzen. Dann, und nur dann, können wir versuchen, weiterzuleben.«

Gélou drückte sich an mich. Wie in unserer Jugend, als wir aneinander geschmiegt im selben Bett lagen und uns wilde Geschichten zum Fürchten erzählten. Aber der Spuk hatte uns eingeholt. Er war sehr real. Natürlich konnten wir wie früher eng beieinander einschlafen. Schön warm. Aber wir wussten, dass der Schrecken beim Erwachen nicht verschwunden sein würde.

Er hatte einen Namen. Ein Gesicht.

Narni.

Ich fuhr los. Ohne ein weiteres Wort. Jetzt hatte ich einen Punkt erreicht, an dem ich nicht mehr warten konnte. Ich fuhr schnell durch die kleinen, zu dieser Stunde fast verlassenen Straßen.

Das hier war eines der alten Dörfer mit Häusern, die teilweise noch aus der Kolonialzeit stammten. Eines in maurischem Stil mochte ich besonders. Solche Häuser sah man in El Biar auf den Höhen von Algier. Es war verlassen, wie viele andere auch. Die Fenster blickten hier nicht mehr wie früher auf üppige, grüne Parkanlagen und Gärten, sondern auf Betonklötze.

Wir fuhren immer noch bergauf. Gélou ließ sich, ohne Fragen zu stellen, durch die Gegend fahren. Dort, wo ich sie hinbrachte, würde es ihr besser gehen. Endlich erschien der gewaltige, vergoldete Buddha am Hang eines Hügels. Er glänzte im Mondlicht. Heiter-majestätisch überragte er die Stadt. Der kürzlich erbaute Tempel beherbergte auch ein Zentrum für buddhistische Studien. Cuc erwartete uns dort. Mit Naïma und Mathias.

Dort hatte sie die beiden versteckt. Es war Cucs Geheimplatz. Dort suchte sie Zuflucht, wenn es ihr schlecht ging. Zum Meditieren und Nachdenken. Neue Kraft schöpfen. Dort, wo ihr Herz war. Für immer. In Vietnam.

Ich glaubte an keinen Gott. Aber es war ein heiliger Ort. Ein reiner Ort. Und es konnte nicht schaden, sagte ich mir, ab und zu mal saubere Luft zu atmen. Dort war Gélou gut aufgehoben. Bei ihnen. Sie hatten alle verloren in der Geschichte. Cuc einen Mann. Mathias einen Freund. Naïma eine Liebe. Und Gélou alles. Sie würden sich um sie kümmern. Umeinander. Ihre Wunden pflegen.

Am Eingang nahm uns ein Mönch in Empfang. Gélou klammerte sich an mir fest. Ich küsste sie auf die Stirn. Sie sah zu mir auf. Vor ihren Augen hing ein Schleier, der jeden Augenblick reißen musste.

»Ich muss dir noch etwas sagen.«

Und ich wusste, dass ich dieses Etwas lieber nie gehört hätte.

Einundzwanzigstes Kapitel

In dem angewidert und völlig erschöpft in die Luft gespuckt wird

Ich fuhr mit dem Saab zurück. Ich hatte das Radio angestellt und war auf eine Sendung über den Tango gestoßen. Edmundo Riveiro sang *Garuffa.* Das passte jetzt am besten. Gélous Geständnis hatte mein Herz in ein Bandoneon verwandelt. Aber ich wollte nicht daran denken. Diese letzten Worte so weit wie möglich von mir wegschieben. Sie am liebsten vergessen.

Ich hatte das Gefühl, im Leben der anderen hin und her zu zappen. Unterwegs die Folgen einer Serie einzusammeln. Gélou und Gino. Guitou und Naïma. Serge und Redouane. Cuc und Fabre. Pavie und Saadna. Ich kam immer am Ende an. Dem tödlichen. Dort, wo man stirbt. Immer um ein Leben zu spät. Ein Glück.

So war ich also älter geworden. Zu zögerlich, um das Glück beim Schopf zu packen, wenn ich es vor der Nase hatte. Das hatte ich nie gekonnt. Auch keine Entscheidungen treffen. Oder Verantwortung übernehmen. Nichts von dem, was mir eine Zukunft beschert hätte. Aus Angst, zu verlieren. Und ich verlor. Ein Verlierer.

In Caen hatte ich Magali wieder gesehen. In einem kleinen Hotel. Drei Tage bevor ich nach Dschibuti geflogen war. Wir hatten uns geliebt. Langsam und ausdauernd. Die ganze Nacht. Bevor sie am Morgen unter die Dusche gegangen war, hatte sie gefragt: »Was soll ich mal werden? Lehrerin oder Mannequin?« Ich hatte nur die Schultern gezuckt. Sie war ausgehfertig angezogen wiedergekommen.

»Hast du es dir überlegt?«, hatte sie gefragt.

»Mach, was du willst«, hatte ich geantwortet. »Ich mag dich so, wie du bist.«

»Schlauberger«, gab sie zurück und küsste mich flüchtig auf die Lippen. Ich hatte sie an mich gedrückt. Ich begehrte sie immer noch. »Ich werde zu spät zum Unterricht kommen.«

»Bis heute Abend.«

Die Tür war hinter ihr ins Schloss gefallen. Sie war nicht zurückgekommen. Ich hatte sie nicht wieder gesehen, um ihr sagen zu können, dass ich mehr als alles im Leben wünschte, dass sie meine Frau würde. Ich hatte mich vor der entscheidenden Frage gedrückt. Der Entscheidung. Und es war mir keine Lehre gewesen. Ich weiß nicht, was aus Magali und mir geworden wäre. Aber Fonfon wäre mit Sicherheit stolz gewesen, uns beide glücklich zu sehen. Er wäre heute nicht allein. Ich auch nicht.

Als Carlos Gardel zu *Volver* ansetzte, stellte ich das Radio ab. Es war besser, mit dem Tango und der Wehmut aufzuhören. Das wirkte wie eine Droge auf mich, und ich brauchte einen klaren Kopf. Um mich Narni zu stellen. Es gab noch Grauzonen um seine Person, die ich mir nicht erklären konnte. Warum hatte er sich erst gestern blicken lassen, wo er Naïma aus dem Dunklen weiter hätte verfolgen können? Meinte er, mich besser in die Falle locken zu können, nachdem er Gélou nach Gap zurückgeschickt hatte? Es spielt keine Rolle mehr, sagte ich mir. Das waren seine Überlegungen. Und die waren mir scheißegal.

Ich nahm die Küstenschnellstraße. Über die Häfen. Nur, weil es mir Vergnügen bereitete, die Kais von oben zu sehen. An den Docks entlangzufahren. Das Lichtermeer der Fähren an den Kais zu genießen. Meine Träume waren noch da. Unversehrt. Bei den Schiffen, die gleich die Leinen losmachten. Fremde Häfen ansteuerten. Vielleicht sollte ich das tun. Heute Abend. Morgen. Fortgehen. Endlich. Alles hinter mir lassen. Auf Ugos Spuren in die Ferne schweifen. Afrika, Asien, Südamerika. Bis Puerto Escondido. Er hatte noch ein Haus dort unten. Eine kleine Fischerhütte. Wie meins in Les Goudes. Auch mit einem Boot. Das hatte er Lole erzählt, als er zurückgekommen war, um Manu zu rächen. Lole und ich hatten oft darüber gesprochen. Dort hinzugehen. In dieses andere Haus am Ende der Welt.

Zu spät, wieder einmal. Würde ich endlich mit meinem Leben aufräumen, wenn ich Narni umbrachte? Aber unbeglichene Rechnungen waren nicht für all meine Niederlagen verantwortlich. Und wie konnte ich überhaupt sicher sein, dass ich Narni töten würde? Weil ich nichts mehr zu verlieren hatte. Aber er hatte auch nichts mehr zu verlieren.

Und sie waren zu zweit.

Ich tauchte in den Tunnel am Alten Hafen ein und kam unter dem Fort Saint-Nicolas wieder zum Vorschein. Am früheren Trockendock. Ich fuhr am Quai de Rive-Neuve entlang. Es war die Stunde, zu der Marseille betriebsam wurde. Wenn die Frage nach dem Abendessen aufkam. Nach Art der Antillen. Brasilianisch. Afrikanisch. Arabisch. Griechisch. Armenisch. Wie auf La Réunion. Vietnamesisch. Italienisch. Provenzalisch. Der Marseiller Schmelztiegel hatte alles zu bieten. Für jeden Geschmack.

In der Rue Francis-Davso parkte ich in der zweiten Reihe neben meinem Wagen. Ich packte einige Kassetten und Redouanes Knarre in den Saab. Dann fuhr ich wieder los, passierte die Oper auf der Rue Molière, bog links in die Rue Saint-Saens und gelangte schließlich über die Rue Glandeves wieder zum Alten Hafen. Nur wenige Schritte vom *Hotel Alizé* entfernt. Ein Parkplatz empfing mich mit offenen Armen. Nur für mich. Zwischen Fußgängerzone und Bürgersteig. Er musste teuer sein, weil ihn niemand genommen hatte. Aber ich brauchte nur fünf Minuten, mehr nicht.

Kurz vor dem Hotel ging ich in eine Telefonzelle. Und rief Narni an. Da sah ich den Safrane, schön in der zweiten Reihe vor dem *New York* geparkt. Sicher mit Balducci am Steuer, so wie der Qualm aus dem Fenster stieg. Was für ein Glückstag, sagte ich mir. Sie dort zu wissen, war mir lieber als die Vorstellung, dass sie vor meinem Haus auf der Lauer lagen.

Narni antwortete sofort.

»Montale«, meldete ich mich. »Wir wurden einander noch nicht vorgestellt, du und ich. Aber das können wir jetzt nachholen, nicht wahr?«

»Wo ist Gélou?« Er hatte eine überraschend wohlklingende, ernste, warme Stimme.

»Zu spät, mein Lieber, dich um ihre Gesundheit zu sorgen. Ich denke nicht, dass du sie jemals wieder sehen wirst.«

»Weiß sie Bescheid?«

»Sie weiß Bescheid. Alle wissen es. Sogar die Bullen wissen es. Uns bleibt nicht viel Zeit, wenn wir das unter uns regeln wollen.«

»Wo bist du?«

»Zu Hause«, log ich. »Ich kann in einer Dreiviertelstunde da sein. Im *New York*. Einverstanden?«

»Okay. Ich werde da sein.«

»Allein«, fügte ich aus Spaß hinzu.

»Allein.«

Ich hängte auf und wartete.

Er brauchte keine zehn Minuten, um herunterzukommen und in den Safrane zu steigen. Ich ging wieder zum Saab. Auf gehts, sagte ich mir.

Ich hatte eine Idee. Jetzt konnte ich nur noch hoffen, dass sie gut war.

Wegen der Staus würde ich den Safrane am Quai de Rive-Neuve einholen. Darauf hatte ich gesetzt. Sie hatten beschlossen, über die Corniche zu fahren. Na, dann los. Dagegen hatte ich am wenigsten einzuwenden.

Ich hielt mich weit hinter ihnen. Es reichte mir, an der Davidstatue aufzuholen. Am Kreisel in La Plage. Als sie sich Richtung Pointe-Rouge einfädelten, kam ich langsam hinter ihnen heran und machte sie auf mich aufmerksam, indem ich die Scheinwerfer aufblitzen ließ. Dann fuhr ich, ohne anzuhalten, um die Statue herum und bog in die Avenue du Prado ein. Vor der Avenue de Bonneveine konnten sie nicht wenden. Das würde ihre Nerven blank legen. Mir gab es genug Zeit, nach Prado zu kommen. Ohne Risiko. Dort würde ich auf sie warten. Kurz vor dem Kreisel Prado-Michelet. Dann würde die Verfolgungsjagd beginnen.

Ich wickelte Schießeisen und Munition aus der Plastiktüte, lud und entsicherte die Waffe und legte sie mit dem Kolben zu mir auf den Beifahrersitz. Dann legte ich eine Kassette von ZZ Top ein. Die brauchte ich jetzt. Die einzige Rockgruppe, die ich mochte. Die einzig wahre. Ich entdeckte den Safrane. Die ersten Töne von *Thunderbird*. Ich fuhr los. Sie mussten sich fragen, was für ein Spiel ich mit ihnen spielte. Es machte mir Spaß, sie aus der Fassung zu bringen. Ihre Nervosität war einer meiner Trümpfe. Mein ganzer Plan basierte auf einem Fehler ihrerseits. Einem hoffentlich fatalen Fehler.

Grün. Gelb. Rot. Auf dem Boulevard Michelet hatte ich grüne Welle. Dann auf den Radkappen über die Kreuzung von Mazargues. Hinter Redon und Luminy begann die Landstraße. Die D 559. Richtung Cassis. Über den Col de la Gineste. Eine beliebte Radstrecke der Marseiller. Ich kannte sie in- und auswendig. Von dort führten eine Menge Wege in die Buchten.

Die D 559 war eine kurvenreiche Straße. Eng. Gefährlich.

ZZ Top begannen mit dem *Long Distance Boogie.* Billy Gibbons war verdammt gut! Ich nahm die Steigung mit hundertzehn, den Safrane an der Stoßstange. Der Saab kam mir ein wenig lahm vor, aber er reagierte gut. Gélou hatte ihm bestimmt noch nie so eine Fahrt zugemutet.

Nach der ersten großen Kurve scherte der Safrane aus. Er wollte mich schon überholen. Sie hatten es eilig. Ich sah die Nase des Wagens auf der Höhe meines hinteren Fensters auftauchen. Und Narnis Arm. Mit einer Knarre in der Hand. Ich schaltete in den vierten Gang. Ich fuhr fast hundert und nahm die zweite Kurve unter größten Schwierigkeiten. Sie auch.

Ich gewann wieder Boden.

Jetzt, wo ich dabei war, begann ich zu zweifeln. Balducci schien ein Ass am Lenkrad zu sein. Honorines *Poutargue* schwindet in weite Ferne, dachte ich. Scheiße! Ich hatte Hunger. Idiot! Du hättest vorher essen sollen. Bevor du alles aufs Spiel setzt. Das war mal wieder typisch. Gleich losrasen, ohne auch nur Luft zu holen. Bei Narni kam es nicht auf eine Stunde an. Er hätte auf dich gewartet. Oder er wäre gekommen, dich zu suchen.

Sicher wäre er gekommen.

Eine gute Portion *Spaghetti amatriciana* hätte dir nicht geschadet. Ein Gläschen Roten dazu. Ja, einen roten Tempier. Aus Bandol. Vielleicht gab es das in der anderen Welt. Was faselst du da, Schafskopf! Danach ist gar nichts.

Ja, danach ist gar nichts mehr. Dunkelheit. Das ist alles. Und nicht einmal das weißt du, ob es dunkel ist. Denn du bist ja tot.

Der Safrane klebte mir immer noch an der Stoßstange. Aber

mehr konnte er nicht tun. Im Moment. Nach der Kurve würden sie wieder versuchen, mich zu überholen.

Nun gut, du hast keine Wahl, Montale: Sieh zu, dass du da heil rauskommst. Okay? Dann kannst du schlemmen, so viel du willst. Genau, stimmt überhaupt, ich hab schon lange keinen Bohneneintopf mehr gegessen. Mmh, ja, mit dicken Scheiben geröstetem Weißbrot und Olivenöl. Nicht schlecht. Ich beschleunigte noch etwas. Oder einen Schmorbraten. Auch nicht schlecht. Du hättest Honorine Bescheid sagen sollen. Damit sie die Marinade vorbereitet. Wird der Tempier dazu passen? Sicher passt er. Ich konnte ihn förmlich am Gaumen schmecken …

Ein Auto kam uns entgegen. Der Fahrer gab wilde Zeichen per Lichthupe. Er geriet in Panik, als er uns in diesem Tempo hinaufrasen sah. Auf meiner Höhe hupte er wie verrückt. Er musste wirklich Muffe haben.

Ich schüttelte den Kopf, um die Küchendüfte zu vertreiben. Mein Bauch würde mitziehen, das merkte ich. Darum konnte ich mich später immer noch kümmern, nicht wahr, Montale. Nur keine Aufregung. Ganz ruhig.

Ganz ruhig.

Mit hundert auf diesem verteufelten Gineste. Stell dir das mal vor!

Wir stiegen über die Bucht von Marseille. Von hier hatte man einen der schönsten Ausblicke über die Stadt. Etwas höher, kurz bevor es wieder nach Cassis hinunterging, war er noch großartiger. Aber wir waren nicht zum Vergnügen hier.

Ich schaltete wieder in den Fünften. Um neue Kraft zu schöpfen. Ich ging auf neunzig runter. Sofort hatte ich den Safrane wieder an der Stoßstange. Er setzte zum Ausscheren an, der Hund.

Hundert Meter, mir fehlten noch hundert Meter. Ich schaltete in den Dritten hinunter. Der Wagen schien zu springen. Gleich am Ende der vierten Kurve beschleunigte ich wieder auf hundert. Vor mir eine gerade Strecke. Neunhundert, tausend Meter. Mehr nicht. Danach ging es rechts herum. Nicht links, wie bisher.

Ich gab Gas. Den Safrane immer noch im Nacken.

Hundertzehn.

Er scherte aus. Ich drehte den Kassettenrecorder auf volle Lautstärke. Ich hatte nur noch die elektrischen Gitarren im Ohr.

Der Safrane kam auf meine Höhe.

Ich gab Gas.

Hundertzwanzig.

Der Safrane hielt mit.

Ich erkannte Narnis Knarre an meiner Scheibe.

»Da!«, schrie ich.

»Da!«

»Da!«

Ich trat voll auf die Bremse.

Hundertzehn. Hundert. Neunzig.

Ich meinte einen Schuss zu hören.

Der Safrane überholte mich und fuhr weiter. Gegen die Leitplanke aus Beton. Überschlug sich. Und verschwand in der Luft. Alle vier Räder nach oben.

Fünfhundert Meter weiter unten die Felsen und das Meer. Keiner von denen, die diesen großen Sprung gemacht hatten, hatte das jemals überlebt.

Nasty Dogs and Funky Kings grölten ZZ Top.

Mein Fuß zitterte auf dem Pedal. Ich fuhr noch langsamer und hielt schließlich so ruhig wie möglich an der Leitplanke. Das Zittern hatte meinen ganzen Körper erfasst. Ich hatte höllischen Durst. Ich spürte Tränen über meine Wangen rollen. Schiss. Freude.

Ich fing an zu lachen. Hysterisch.

Hinter mir tauchten die Scheinwerfer eines Wagens auf. Instinktiv schaltete ich die Warnblinklichter ein. Der Wagen überholte mich. Ein R 21. Er bremste ab und kam fünfzig Meter vor mir zum Stehen. Zwei Männer stiegen aus. Kräftig. In Jeans und Lederjacke. Sie kamen auf mich zu.

Scheiße.

Zu spät erkannte ich meinen Fehler.

Ich legte meine Hand auf den Kolben der Waffe. Ich zitterte immer noch. Es würde mir unmöglich sein, die Waffe zu halten, geschweige denn auf sie zu zielen. Was das Schießen anbelangte …

Sie waren da.

Einer der Männer klopfte an mein Fenster. Ich drehte es langsam herunter. Und erkannte sein Gesicht.

Ribero. Einer von Loubets Inspektoren.

Ich atmete auf.

»Schöner Kopfsprung, was? Alles klar?«

»Verflucht! Ihr habt mir ganz schön Angst gemacht.«

Sie lachten. Ich erkannte den anderen. Vernet.

Ich stieg aus. Und machte ein paar Schritte zu der Stelle, an der Narni und Balducci ihren Hechtsprung gemacht hatten. Ich schwankte.

»Fall nicht runter«, sagte Ribero.

Vernet stellte sich neben mich und sah hinunter. »Das wird viel Arbeit machen, uns das alles von Nahem anzusehen. Wird allerdings nicht viel übrig sein.« Die Idioten lachten sich halb tot.

»Folgt ihr mir schon lange?«, fragte ich und kramte eine Zigarette hervor.

Ribero gab mir Feuer. Ich zitterte zu stark. »Seit heute Nachmittag. Wir haben dich vor dem Restaurant abgepasst. Loubet hatte uns angerufen.«

Als er pinkeln gegangen war, der Schuft.

»Er mag dich gern«, fuhr Vernet fort. »Aber wenn es darum geht, dir zu vertrauen ...«

»Moment«, warf ich ein, »ihr seid mir überallhin gefolgt?«

»Die Fähre. Das Treffen mit deiner Cousine. Der Buddha. Und da, verstehst du ... Wir hatten sogar zwei Männer vor deiner Haustür postiert. Für alle Fälle.«

Ich setzte mich auf ein Stück Leitplanke, das das Inferno überlebt hatte.

»Oh! Pass auf! Verlier jetzt bloß nicht das Gleichgewicht«, spaßte Ribero.

Ich hatte nicht vor, zu stürzen. Das nicht. Ich dachte an Narni. Guitous Vater. Narni hatte seinen Sohn umgebracht. Aber er wusste nicht, dass Guitou von ihm war. Gélou hatte es ihm nie gesagt. Weder ihm noch sonst jemandem. Nur mir. Vorhin.

Es war an einem Abend in Cannes. Einem Premierenabend. Da war dieses feudale Essen gewesen. Märchenhaft für sie. Das

Mädchen aus den Straßen des Panier. Rechts von ihr saß Robert de Niro. Links Narni. An mehr konnte sie sich nicht erinnern. Andere Stars. Und sie in der Mitte. Narni hatte seine Hand auf ihre gelegt. War sie glücklich, hatte er gefragt. Sein Knie an ihrem. Sie spürte seine Wärme. Die Wärme hatte ihren ganzen Körper durchdrungen.

Später hatten sie alle den Abend in einer Nachtbar beendet. Und sie hatte sich in seinen Armen gehen lassen. Tanzend. Wie seit Jahren nicht mehr. Tanzen. Trinken. Spaß haben. Die Trunkenheit ihrer Jugend. Sie hatte den Kopf verloren. Gino, die Kinder, das Restaurant vergessen.

Das Hotel war ein Palast. Das Bett riesig. Narni hatte sie ausgezogen. Er war leidenschaftlich in sie eingedrungen. Mehrmals. Ihre Jugend war zurückgekommen. Sie hatte auch das vergessen. Und noch etwas hatte sie vergessen. Aber das merkte sie erst später. Dass es ihre kritischen Tage gewesen waren. Sie war fruchtbar. Gélou gehörte noch zur alten Generation. Sie nahm keine Pille. Und sie hatte keine Spirale. Das barg kein Risiko. Mit Gino hatte sie nach der Arbeit im Restaurant schon lange keine Liebesnacht mehr gehabt.

Sie hätte diesen Abend ihr ganzes Leben für sich behalten können. Wie eine kostbare Erinnerung. Ihr Geheimnis. Aber das Kind war unterwegs. Und Ginos Freude brachte sie ganz durcheinander. Allmählich überlagerten sich die Glücksbilder in ihrem Kopf. Von den beiden Männern. Sie hatte keine Schuldgefühle. Und als sie niederkam, schenkte sie Gino, dem Mann ihres Lebens, den sie liebte und der sie umsorgte wie noch nie, einen dritten Jungen. Guitou.

Sie wurde erneut Mutter und fand ihr Gleichgewicht wieder. Sie war ganz für ihre Kinder und für Gino da. Für das Restaurant. Wenn Narni kam, empfand sie nichts mehr für ihn. Er gehörte der Vergangenheit an. Ihrer Jugend. Bis das Drama seinen Lauf nahm. Und Narni ihr in ihrer Verzweiflung und Einsamkeit die Hand reichte.

»Warum hätte ich es ihm beichten sollen?«, meinte Gélou. »Guitou war Ginos Sohn. Das Kind unserer Liebe.«

Ich hatte Gélous Gesicht in meine Hände genommen.

»Gélou …«

Ich wollte die Frage nicht hören, die ihr auf der Zunge lag. »Glaubst du, dann wäre alles anders geworden? Wenn er gewusst hätte, dass es sein Sohn war?«

Der Mönch war gekommen. Ich hatte ihm ein Zeichen gegeben. Er hatte Gélou bei den Schultern genommen, und ich war gegangen, ohne mich umzudrehen. Wie Mourad. Wie Cuc. Und ohne Antwort. Weil es keine Antwort gab.

Ich spuckte in die Luft. Dorthin, wo Narni und Balducci in die Tiefe gestürzt waren. Für immer. Angewidert und völlig erschöpft spie ich in ihr Grab.

Ich zitterte jetzt kaum noch. Mir war nur noch nach einem großen Glas Whisky zumute. Von meinem Lagavulin. Eine ganze Flasche, ja. Das wäre gerade richtig.

»Habt ihr nichts zu trinken?«

»Nicht mal ein Bier, alter Freund. Aber wir gehen und kippen uns einen hinter die Binde, wenn du willst. Musst nur wieder auf den Boden kommen«, stichelte er.

Die zwei fingen an, mir auf die Nerven zu gehen.

Ich steckte mir noch eine Kippe an, allein diesmal. Mit dem Stummel. Ich nahm einen tiefen Zug und sah zu ihnen auf. »Und warum habt ihr nicht vorher eingegriffen?«

»Loubet hat gesagt, das ist deine Sache. Eine Familienangelegenheit. Du wolltest es so haben, also haben wir mitgespielt. Warum auch nicht? Den beiden Arschlöchern wird keiner eine Träne nachweinen. Von daher …«

»Und … Wenn ich kopfüber abgetaucht wäre? An ihrer Stelle?«

»Nun, wir hätten sie aufgesammelt. Wie Muscheln am Strand. Am anderen Ende stehen Gendarmen. Sie wären nicht durchgekommen. Außer vielleicht zu Fuß, über die Berge. Aber ich glaube nicht, dass das ihr Lieblingssport war … Du siehst: Wir hätten sie so oder so gekriegt.«

»Danke«, sagte ich.

»Nichts zu danken. Als wir sahen, dass du auf den Gineste

zuhieltst, hatten wir begriffen. Es mag deiner Aufmerksamkeit entgangen sein, aber haben wir dir nicht schön die Straße freigehalten?«

»Das auch noch!«

»Nur einer ist durchs Netz geschlüpft. Wo der herkam, wussten wir nicht. Wenn das ein Liebespärchen war, das ne heiße Nummer in der Landschaft geschoben hat, müssen sie sich ziemlich schnell wieder abgekühlt haben!«

»Wo ist Loubet eigentlich?«

»Nimmt gerade zwei Jungs in die Mangel«, antwortete Ribero. »Du kennst sie übrigens. Nacer und Redouane. Er hat sie heute Nachmittag geschnappt. Die Idioten sind wieder mit dem schwarzen BMW spazieren gefahren. In die Cité La Paternelle. Dort ist Boudjema Ressaf zu ihnen gestoßen. Wir hatten ein paar von unseren Jungs in seiner Nähe postiert. Die Übergabe hat geklappt. Zwischen ihnen. Und zwischen uns auch. Es war nicht gerade der Jackpot. Aber der Gebetssaal war ein wahres Arsenal. Sie waren gerade dabei, den Ramsch zu verladen. Wir glauben, dass Ressaf dafür verantwortlich war. Die Artillerie nach Algerien zu schicken.«

»Morgen«, fuhr Vernet fort, »findet eine Großrazzia statt. Ganz früh, wie du weißt. Sie werden an allen Ecken auffliegen. Dein kleines Heft ist Gold wert, sagt Loubet.«

Alles fügte sich zusammen. Wie immer. Und die Verlierer zahlten den Preis. Die anderen, all die anderen, glücklichen Leute schliefen in ihren Betten. Was auch kommen mochte. Was auch geschah. Hier. Woanders. Auf der Erde.

Ich stand auf.

Mit Müh und Not. Weil ich einen fürchterlichen Durchhänger hatte. Sie fingen mich gerade noch auf, als ich umkippte.

Epilog

Die Nacht ist die gleiche, doch der Schatten im Wasser ist der Schatten eines verbrauchten Mannes

Wir hatten doch noch einen getrunken, Ribero, Vernet und ich. Ribero hatte den Saab bis zur Davidsstatue am Verkehrskreisel beim Strand gefahren. Jetzt, mit dem wärmenden Whisky im Bauch, fühlte ich mich besser. Es war nur ein Gläschen Glenmorangie, aber trotzdem nicht schlecht. Sie bevorzugten Pfefferminztee.

Vernet trank aus, stand auf und zeigte nach links. »Siehst du, da lang gehts zu dir nach Hause. Kommst du klar, oder brauchst du noch Schutzengel?«

»Geht schon«, sagte ich.

»Wir sind nämlich noch nicht fertig. Da ist noch einiges zu tun.«

Ich schüttelte ihnen die Hand.

»Ach, übrigens, Loubet empfiehlt dir wärmstens, fischen zu gehen. Er sagt, es ist das Beste für dein Leiden.« Und sie lachten wieder.

Kaum hatte ich vor meinem Haus geparkt, als ich Honorine aus ihrer Tür kommen sah. Im Morgenrock. Ich hatte sie noch nie im Morgenrock gesehen. Oder nur als ganz kleiner Junge. »Kommen Sie, kommen Sie«, sagte sie leise.

Ich folgte ihr nach drinnen.

Dort saß Fonfon. Mit den Ellenbogen auf dem Küchentisch. Vor den Karten. Die beiden spielten Rommé. Um zwei Uhr morgens. Kaum kehrte ich den Rücken, tanzten die Mäuse auf den Tischen.

»Wie gehts?«, sagte er und umarmte mich.

»Sagen Sie, haben Sie schon gegessen?«, fragte Honorine.

»Wenn Sie einen Schmorbraten haben, sage ich nicht nein.«

»Oh! Er nun wieder«, stöhnte Fonfon. »Schmorbraten! Als ob wir nichts anderes zu tun hätten.«

So liebte ich sie.

»Wenn Sie wollen, mache ich Ihnen schnell etwas Knoblauchbrot.«

»Lassen Sie, Honorine. Mir ist viel mehr nach einem Gläschen. Ich hole meine Flasche.«

»Nein, nein«, sagte sie. »Sie werden sie noch alle aufwecken. Deshalb haben wir nach Ihnen Ausschau gehalten, Fonfon und ich.«

»Wen alle?«

»Nun ... In Ihrem Bett liegen Gélou, Naïma und ... Oh! Jetzt habe ich ihren Namen vergessen. Die Dame aus Vietnam.«

»Cuc.«

»Genau. Auf der Couch liegt Mathias. Und auf einer Matratze, die ich in die Ecke gelegt habe, Naïmas Bruder. Mourad, richtig?«

»Richtig. Und was haben sie da zu suchen?«

»Was weiß ich. Wahrscheinlich dachten sie, dort seien sie besser aufgehoben als anderswo, oder? Was meinen Sie, Fonfon?«

»Na, ich denke, sie haben richtig gehandelt. Willst du bei mir schlafen?«

»Danke. Das ist lieb von dir. Aber ich glaube, ich bin gar nicht mehr müde. Ich werde eine Runde aufs Meer hinausfahren. Es sieht nach einer schönen Nacht aus.«

Ich umarmte sie.

Ich schlich zu mir hinein wie ein Dieb. Aus der Küche holte ich eine volle Flasche Lagavulin, eine Jacke und eine warme Decke aus dem Schrank. Ich stülpte meine alte Fischermütze auf und stieg zu meinem Boot hinunter.

Mein treuer Freund.

Ich sah meinen Schatten im Wasser. Den Schatten eines verbrauchten Mannes.

Ich ruderte hinaus, um keinen Lärm zu machen.

Auf der Terrasse glaubte ich, Honorine und Fonfon Arm in Arm zu erkennen.

Da fing ich an zu heulen.

Teufel, tat das gut.

Solea

Für Thomas,
wenn er einmal groß ist.

Aber etwas sagte mir,
dass es normal war,
dass wir in bestimmten
Momenten unseres Lebens
Leichen küssen müssen.
Patrícia Melo

Prolog

Fern den Augen, nah dem Herzen, Marseille, immer

Ihr Leben war dort, in Marseille. Dort drüben hinter den Bergen, die heute Abend im glühenden Rot der untergehenden Sonne leuchteten. Morgen wird Wind aufkommen, dachte Babette.

Seit sie vor vierzehn Tagen nach Le Castellas, in ein kleines Nest in den Cevennen, gekommen war, stieg sie jeden Abend zum Bergkamm hinauf. Auf Brunos Ziegenpfad.

Hier bleibt alles gleich, hatte sie am Morgen ihrer Ankunft gedacht. Alles stirbt und erwacht zu neuem Leben. Auch wenn mehr Dörfer absterben als wiederaufleben. Früher oder später erfindet ein Mensch die alten Gepflogenheiten wieder. Und alles beginnt von neuem. Überwucherte Pfade bekommen erneut ihre Daseinsberechtigung.

»Die Berge bewahren unsere Erinnerung«, meinte Bruno und reichte ihr einen Becher schwarzen Kaffee.

Babette hatte Bruno 1988 kennen gelernt. Während ihrer ersten großen Reportage für die Zeitung: *Zwanzig Jahre nach dem Mai 68: Was ist aus den Aufständischen geworden?*

Bruno war als junger Philosoph und Anarchist im Quartier Latin in Paris auf die Barrikaden gegangen. *Lauf, Genosse, die alte Ordnung ist hinter dir her.* Das war seine einzige Parole gewesen. Er war gelaufen, hatte Pflastersteine und Molotowcocktails auf die Bereitschaftspolizei geworfen. Er war gerannt, mit Tränengas in den Augen und den Ordnungshütern im Nacken. Den ganzen Mai und Juni war er kreuz und quer gelaufen, nur um der Biederkeit, den Hirngespinsten, der Moral der alten Ordnung zu entkommen. Ihrer Verbohrtheit und Verkommenheit.

Als die Gewerkschaften die Übereinkünfte von Grenelle unterschrieben, die Arbeiter in die Fabrik und die Studenten in die Uni zurückkehrten, wusste Bruno, dass er nicht schnell genug gelaufen war. Er nicht und seine ganze Generation nicht. Die alte Ordnung hatte sie eingeholt. Im Mittelpunkt der Träume und der Moral stand wieder die Knete. Das einzige Lebensglück. Die alte Ordnung schuf sich eine neue Ära: das menschliche Elend.

So hatte Bruno Babette die Ereignisse geschildert. Er redet wie Rimbaud, hatte sie gedacht, gerührt und auch hingerissen von diesem gut aussehenden Mann um die vierzig.

Wie viele andere war er damals aus Paris geflohen. Richtung Ariège, Ardèche und Cevennen. In verlassene Dörfer. *Lo Païs,* das Land, wie sie gern auf Provenzalisch sagten. Aus den Scherben ihrer Illusionen entstand eine neue Welt. Naturverbunden und brüderlich. Gemeinschaftlich. Sie erfanden für sich ein neues Land. *La France sauvage,* das wilde Frankreich. Viele gingen nach ein oder zwei Jahren wieder zurück. Die Ausdauernderen hielten fünf oder sechs Jahre durch. Bruno hing an diesem Nest, das er wieder aufgebaut hatte. Allein, mit seiner Ziegenherde.

An jenem Abend hatte Babette nach dem Interview mit Bruno geschlafen.

»Bleib«, hatte er sie gebeten.

Aber sie war nicht geblieben. Das war nicht ihr Leben.

Im Laufe der Jahre hatte sie ihn immer wieder besucht. Jedes Mal, wenn sie in die Nähe kam. Bruno hatte mittlerweile eine Lebensgefährtin und zwei Kinder, Strom, Fernsehen, einen Computer und stellte Ziegenkäse und Honig her.

»Wenn du mal Probleme hast«, hatte er zu Babette gesagt, »komm her. Mach dir keine Sorgen. Bis da unten ins Tal leben nur Leute von uns.«

Heute Abend vermisste Babette Marseille besonders. Aber sie wusste nicht, wann sie dorthin zurückkehren konnte. Und selbst dann. Wenn sie eines Tages zurückkehrte, würde nichts, aber auch gar nichts mehr so sein wie früher. Was Babette quälte, waren keine Probleme, es war weit schlimmer. Der blanke Horror hatte sich in ihrem Kopf festgesetzt. Wenn sie die Augen schloss, sah sie Giannis Leichnam wieder vor sich. Und dahinter die toten Körper von Francesco und Beppe, die sie zwar nicht gesehen hatte, sich aber vorstellen konnte. Gefolterte, verstümmelte Leichen. In einer Lache aus schwarzem, geronnenem Blut. Und noch mehr Leichen. Hinter ihr. Vor ihr, überall. Zwangsläufig.

Als sie Rom Hals über Kopf und mit Angst im Nacken verlassen hatte, wusste sie nicht, wohin. Wo sie sicher wäre. Um in aller Ruhe über all das nachzudenken. Um ihre Papiere in Ordnung zu bringen, auszumisten, Informationen einzuordnen, aufeinander abzustimmen, zu sortieren, zu überprüfen. Die Reportage ihres Lebens abzuschließen. Über die Mafia in Frankreich und im Süden. Noch nie war jemand so weit gegangen. Zu weit, wie sie jetzt erkannte. Da hatte sie sich an Brunos Worte erinnert.

»Ich stecke in Schwierigkeiten. Bis zum Hals.«

Sie rief ihn aus einer Telefonzelle in La Spezia an. Es war fast ein Uhr morgens. Bruno schlief bereits. Er stand früh auf, wegen der Tiere. Babette zitterte. Wie vom Wahnsinn getrieben war sie in einem Rutsch von Orvieto nach Manarola gefahren. Vor zwei Stunden war sie in dem kleinen, auf einem Felsvorsprung gelegenen Dorf in Cinque Terre angekommen. Beppe, ein alter Freund von Gianni, lebte hier. Sie hatte ihn vorsichtshalber erst mal angerufen, wie er ihr geraten hatte. Das ist sicherer, hatte er noch am selben Morgen hinzugefügt.

»Pronto.«

Babette hatte aufgelegt. Das war nicht Beppes Stimme. Dann hatte sie die beiden Wagen der Carabinieri auf der Hauptstraße stehen sehen. Sie zweifelte nicht eine Sekunde. Die Killer waren ihr zuvorgekommen.

Sie war die ganze Strecke zurückgefahren, eine schmale, kurvenreiche Gebirgsstraße. Erschöpft klammerte sie sich ans Lenkrad, achtete jedoch aufmerksam auf die wenigen entgegenkommenden oder überholenden Wagen.

»Komm«, hatte Bruno gesagt.

Sie hatte ein armseliges Zimmer im *Albergo Firenze e Continentale* nicht weit vom Bahnhof gefunden. In der Nacht hatte sie kein Auge zugetan. Die Züge. Die greifbare Nähe des Todes. Alles kam ihr in Erinnerung, bis ins kleinste Detail. Ein Taxi hatte sie an der Piazza Campo dei Fiori abgesetzt. Gianni war aus Palermo zurückgekehrt. Er erwartete sie bei sich zu Haus. »Zehn Tage sind eine lange Zeit«, hatte er am Telefon gesagt. Auch für sie war es eine lange Zeit gewesen. Sie wusste nicht, ob sie Gianni liebte, aber ihr ganzer Körper sehnte sich nach ihm.

»Gianni! Gianni!«

Die Tür stand offen, aber sie hatte sich keine Gedanken darüber gemacht.

»Gianni!«

Er war da. An einen Stuhl gefesselt. Nackt. Tot. Sie schloss die Augen, aber zu spät. Sie wusste, dass sie von nun an mit diesem Bild leben musste.

Als sie die Augen wieder aufschlug, sah sie die Brandwunden an seinem Oberkörper, auf dem Bauch und an den Schenkeln. Nein, sie wollte nicht mehr sehen. Sie wandte den Blick ab von Giannis verstümmeltem Glied. Sie schrie. Sie sah sich schreiend, stocksteif mit hängenden Armen und weit aufgerissenem Mund. Ihr Schrei erstickte im Gestank von Blut, Scheiße und Pisse, der den Raum erfüllte. Die Luft blieb ihr weg, und sie musste kotzen. Zu Giannis Füßen. Dort, wo mit Kreide auf das Parkett geschrieben stand: »Geschenk für Mademoiselle Bellini. Bis später.«

Francesco, Giannis älterer Bruder, war am Morgen ihrer Abreise aus Orvieto ermordet worden. Beppe vor ihrer Ankunft.

Die Treibjagd hatte begonnen.

Bruno hatte sie an der Bushaltestelle in Saint-Jean-du-Gard abgeholt. Sie hatte nach jeder Etappe das Verkehrsmittel gewechselt: im Zug von La Spezia nach Ventimiglia, mit dem Leihwagen über den kleinen Grenzposten bei Menton, per Bahn bis Nîmes und schließlich mit dem Bus. Eine reine Vorsichtsmaßnahme. Denn sie glaubte nicht, dass sie ihr folgten. Sie würden bei ihr zu Hause in Marseille auf sie warten. Das war logisch. Und die Logik der Mafia war unerbittlich. In den zwei Jahren ihrer Recherche hatte sie das immer wieder feststellen können.

Kurz vor Le Castellas, dort wo die Straße am oberen Rand des Tals verlief, hatte Bruno seinen alten Jeep angehalten.

»Komm, gehen wir ein Stück.«

Sie waren zum Gipfel hinaufgestiegen. Le Castellas war kaum zu erkennen, drei Kilometer weiter am Ende eines Feldwegs. Weiter ging es nicht.

»Hier bist du sicher. Wenn jemand hochkommt, ruft Michel, der Förster, mich an. Und wenn es jemand über einen der Bergkämme versuchen sollte, sagt Daniel uns Bescheid. Wir haben unsere Gewohnheiten nicht geändert, ich rufe viermal täglich an, er ruft viermal an. Wenn einer von uns sich nicht zur verabredeten Zeit meldet, ist was passiert. Als Daniel mit seinem Traktor umgekippt war, haben wir es auf die Weise erfahren.«

Babette hatte ihn sprachlos angesehen. Sie brachte nicht einmal ein »Danke« heraus.

»Und: Du brauchst mir nichts zu erklären.«

Bruno hatte sie in die Arme genommen, und sie hatte losgeheult.

Babette fröstelte. Die Sonne war untergegangen, und die Berge vor ihr stachen lila vom Himmel ab. Sie drückte ihre Kippe sorgfältig mit der Fußspitze aus, stand auf und stieg wieder nach Le Castellas hinunter. Beruhigt durch das täglich wiederkehrende Wunder des Sonnenuntergangs.

In ihrem Zimmer las sie noch einmal den langen Brief an Fabio durch. Sie berichtete alles seit ihrer Ankunft in Rom vor zwei Jahren. Bis zum grausamen Ende. Ihre Verzweiflung. Aber auch ihre Entschlossenheit. Sie würde nicht aufgeben. Sie würde ihre Nachforschungen veröffentlichen. In einer Zeitung oder in einem Buch. »Das muss alles bekannt werden«, bekräftigte sie.

Sie hatte noch die Schönheit des Sonnenuntergangs vor Augen und wollte den Brief in diesem Sinne beenden. Fabio einfach nur sagen, dass die Sonne über dem Meer immer noch schöner ist, nein, nicht schöner, aber wahrer, nein, auch nicht, dass sie gern mit ihm in seinem Boot draußen auf dem Meer vor der Insel Riou gesessen und zugesehen hätte, wie die Sonne im Meer versank.

Sie zerriss den Brief. Auf ein leeres Blatt schrieb sie: »Ich liebe dich immer noch.« Und darunter: »Heb mir das gut auf.« Sie steckte fünf Disketten in einen wattierten Umschlag, klebte ihn zu und ging zum Abendessen mit Bruno und seiner Familie.

Erstes Kapitel

In dem das Herz manchmal deutlicher spricht als die Zunge

Das Leben stank nach Tod.

Das ging mir gestern Abend durch den Kopf, als ich Hassans *Bar des Maraîchers* betrat. Es war nicht nur so ein Gedanke, wie sie einem manchmal in den Sinn kommen, nein, ich roch den Tod wirklich um mich herum. Seinen Fäulnisgeruch. Widerlich. Ich hatte an meinem Arm gerochen. Es war abstoßend, derselbe Geruch. Auch ich stank nach Tod. Ich hatte mir gesagt: »Fabio, reg dich nicht auf. Du gehst jetzt nach Hause, nimmst schön eine Dusche und holst ganz ruhig dein Boot heraus. Etwas Frischluft vom Meer, und alles renkt sich wieder ein, du wirst schon sehen.«

Es war wirklich heiß. Mindestens dreißig Grad bei einer drückenden Mischung aus Feuchtigkeit und Luftverschmutzung. Marseille erstickte. Und das machte Durst. So war ich, statt den direkten Weg über den Alten Hafen und die Corniche zu nehmen – der kürzeste Weg zu mir nach Hause in Les Goudes –, in die schmale Rue Curiol am Ende der Canebière eingebogen. Die *Bar des Maraîchers* lag ganz oben, nur wenige Schritte von der Place Jean-Jaurès entfernt.

Bei Hassan fühlte ich mich wohl. Die Stammgäste verkehrten unabhängig von Alter, Geschlecht, Hautfarbe oder gesellschaftlicher Stellung miteinander. Dort war man unter Freunden. Wer hier seinen Pastis trank – da konnte man sicher sein –, wählte nicht Front National und hatte es nie getan. Kein einziges Mal in seinem Leben, wie manch anderer, den ich kannte. Hier in dieser Bar wusste jeder sehr genau, warum er nach Marseille und nirgendwo anders hin gehörte und warum er in Marseille lebte und nirgendwo sonst. In den Anisschwaden lag eine Vertrautheit, die schon in einem Blickwechsel Antwort fand: das Exil unserer Väter. Und das war beruhigend. Wir hatten nichts zu verlieren, weil wir schon alles verloren hatten.

Als ich hereinkam, sang Ferré:

Ich spüre Züge kommen,
beladen mit Brownings,
Berettas und schwarzen Blumen,
und Blumenhändler bereiten Blutbäder
für die Nachrichten in Farbe …

Ich hatte einen Pastis an der Theke genommen, dann hatte Hassan nachgeschenkt, wie üblich. Ich zählte sie sowieso nicht, die Gläser. Irgendwann, vielleicht beim vierten, hatte Hassan sich zu mir geneigt: »Findest du nicht, dass die Arbeiterklasse im Arsch ist?«

Genau genommen war das keine Frage. Eher eine Feststellung. Eine klare Aussage. Hassan war nicht von der geschwätzigen Art. Aber von Zeit zu Zeit warf er seinem Gegenüber gern einen kurzen Satz hin. Etwas zum Nachdenken.

»Was soll ich dazu sagen«, hatte ich geantwortet.

»Nichts. Es gibt nichts zu sagen. Alles geht seinen Gang. So ist das. Na, trink schon aus.«

Allmählich füllte sich die Bar, die Temperatur stieg noch ein paar Grad. Aber draußen, wo manche ein paar Gläschen zwitscherten, war es keinen Deut besser. Die Nacht hatte nicht die geringste Abkühlung gebracht. Die Haut klebte vor Feuchtigkeit.

Ich war hinausgegangen, um auf dem Bürgersteig mit Didier Perez zu reden. Er war zu Hassan hereingekommen und, kaum hatte er mich gesehen, direkt auf mich zugesteuert.

»Dich hab ich gesucht.«

»Du hast Glück, eigentlich wollte ich fischen gehen.«

»Gehen wir raus?«

Es war Hassan, der mir Perez eines späten Abends vorgestellt hatte. Perez war Maler. Fasziniert von der Magie der Zeichen. Wir waren etwa gleich alt. Seine Eltern stammten aus Almería und waren nach Francos Sieg nach Algerien ausgewandert. Er selbst war dort geboren. Als Algerien unabhängig wurde, hatten weder er noch seine Eltern Zweifel, was ihre Staatszugehörigkeit betraf: Sie waren Algerier.

Perez hatte Algier 1993 verlassen. Als Lehrer an der Kunsthochschule war er einer der Führer der Föderation algerischer Künstler, Intellektueller und Wissenschaftler. Als die Morddrohungen sich zuspitzten, rieten Freunde ihm, sich für eine Weile abzusetzen. Er war gerade mal eine Woche in Marseille, als er hörte, dass der Direktor und sein Sohn innerhalb der Schulmauern ermordet worden waren. Er beschloss, mit seiner Frau und seinen Kindern in Marseille zu bleiben.

Es war seine Begeisterung für die Tuareg, die mich auf Anhieb für ihn einnahm. Die Wüste kannte ich nicht, aber das Meer. Es schien mir das Gleiche zu sein. Wir hatten lange darüber gesprochen. Über Erde und Wasser, Staub und Sterne. Eines Abends schenkte er mir einen Silberring, der mit Punkten und Strichen versehen war.

»Er kommt von dort. Die Zusammensetzung der Punkte und Linien ist das *Khaten,* verstehst du. Es sagt, was aus den Menschen wird, die du liebst und die fortgegangen sind, und was die Zukunft dir bringt.«

Perez hatte mir den Ring in die hohle Hand gelegt.

»Ich weiß nicht, ob ich das wirklich wissen will.«

Er hatte gelacht.

»Keine Sorge, Fabio. Du müsstest die Zeichen lesen können. Das *Khat el R'mel.* Und ich denke nicht, dass morgen schon aller Tage Abend ist! Aber was geschrieben steht, steht geschrieben, wie dem auch sei.«

Ich hatte noch nie im Leben einen Ring getragen. Nicht mal den meines Vaters, nach seinem Tod. Ich hatte einen Moment gezögert, dann hatte ich den Ring auf meinen linken Ringfinger gestreift. Wie um mein Leben endgültig mit meinem Schicksal zu verknüpfen. An jenem Abend hatte ich das Gefühl, endlich alt genug dafür zu sein.

Auf dem Bürgersteig tauschten wir, die Gläser in der Hand, einige Banalitäten aus, dann legte Perez mir den Arm um die Schulter.

»Ich hab eine Bitte.«

»Schieß los.«

»Ich erwarte jemanden, einen Freund aus meiner Heimat. Es wäre schön, wenn du ihn aufnehmen könntest. Nur für eine Woche. Bei mir ist es zu eng, du weißt ja.«

Er starrte mich mit seinen schwarzen Augen an. Ich hatte auch nicht mehr Platz. Die Hütte, die ich von meinen Eltern geerbt hatte, bestand nur aus zwei Zimmern. Ein kleines Schlafzimmer und eine große Wohnküche. Ich hatte die Hütte so gut ich konnte zusammengeflickt, schlicht und ohne sie mit Möbeln voll zu stopfen. Ich fühlte mich wohl dort. Die Terrasse ging aufs Meer hinaus. Acht Stufen tiefer lag mein Boot, ein Fischerboot, das ich meiner Nachbarin Honorine abgekauft hatte. Perez wusste das. Ich hatte ihn mehrfach mit seiner Frau und ein paar Freunden zum Essen eingeladen.

»Ich wäre ruhiger, wenn er bei dir ist«, fügte er hinzu.

Jetzt sah ich ihn an.

»Einverstanden, Didier. Wann kommt er?«

»Ich weiß noch nicht. Morgen, übermorgen, in einer Woche. Keine Ahnung. Es ist nicht leicht, du weißt ja. Ich ruf dich an.«

Als er gegangen war, setzte ich mich wieder an die Bar. Trank mit dem einen oder anderen und natürlich mit Hassan, der keine Runde ausließ. Ich lauschte den Gesprächen. Und der Musik. Nach der offiziellen Stunde für den Aperitif spielte Hassan jetzt Jazz statt Ferré. Er suchte die Stücke sorgfältig aus. Als ob er den richtigen Ton für die jeweilige Stimmung treffen wollte. Der Tod zog sich zurück, sein Geruch. Und kein Zweifel, ich bevorzugte den Anisgeruch.

»Ich ziehe den Anisgeruch vor«, hatte ich Hassan zugerufen.

Ich begann, langsam betrunken zu werden.

»Klar.«

Er hatte mir zugezwinkert. Ganz Komplize. Und Miles Davis hatte *Solea* angestimmt. Das Stück verehrte ich. Seit Lole mich verlassen hatte, hörte ich es nachts pausenlos.

»Die *soleá*«, hatte sie eines Abends erklärt, »ist das Rückgrat des gesungenen Flamenco.«

»Warum singst du eigentlich nicht? Flamenco, Jazz …«

Sie hatte eine wunderschöne Stimme, das wusste ich. Pedro, einer ihrer Cousins, hatte es mir anvertraut. Aber Lole hatte sich immer geweigert, außerhalb des Familienkreises zu singen.

»Ich habe noch nicht gefunden, was ich suche«, hatte sie nach langem Schweigen geantwortet.

Genau dieses Schweigen fand sich bei intensivem Zuhören im Spannungsbogen der *soleá* wieder.

»Du verstehst überhaupt nichts, Fabio.«

»Was sollte ich denn verstehen?«

Sie hatte mich traurig angelächelt.

Das war während der letzten Wochen unseres gemeinsamen Lebens. Eine dieser Nächte, in der wir endlos diskutierten bis zur Erschöpfung, eine Kippe nach der anderen rauchten und in großen Zügen Lagavulin tranken.

»Sag es mir, Lole, was sollte ich verstehen?«

Sie hatte sich von mir entfernt, das spürte ich. Jeden Monat etwas weiter. Sogar ihr Körper hatte sich verschlossen. Die Leidenschaft hatte sich aus ihm zurückgezogen. Unser Begehren war nicht mehr erfinderisch. Wir hielten nur noch eine alte Liebesgeschichte aufrecht. Die Sehnsucht nach einer Liebe, die es eines Tages hätte geben können.

»Das ist nicht zu erklären, Fabio. Es geht um die Tragik des Lebens. Du hörst seit Jahren Flamenco und fragst dich immer noch, was es zu verstehen gibt.«

Es war ein Brief, ein Brief von Babette, der all das ausgelöst hatte. Ich hatte Babette kennen gelernt, als ich zum Leiter der Brigade sicherheitsgefährdeter Gebiete in den nördlichen Vierteln Marseilles ernannt worden war. Sie stand am Anfang ihrer journalistischen Karriere. Ihre Zeitung, *La Marseillaise,* hatte sie eher zufällig für das Interview mit dem seltenen Vogel ausgesucht, den die Polizei an die Front geschickt hatte, und wir waren im Bett gelandet. »Liebhaber in Transit« nannte Babette uns gern. Eines Tages waren wir dann Freunde geworden. Ohne uns jemals unsere Liebe gestanden zu haben.

Vor zwei Jahren hatte sie einen italienischen Rechtsanwalt kennen gelernt. Gianni Simeone. Die Liebe schlug ein wie der Blitz. Sie war ihm nach Rom gefolgt. So, wie ich sie kannte, nicht nur aus Liebe. Ich hatte mich nicht geirrt. Ihr geliebter Rechtsanwalt war auf Mafiaprozesse spezialisiert. Und das war seit Jahren ihr Traum, seit sie als freie Reporterin groß rausgekommen war: die bislang gründlichste Untersuchung über die Verbindungen und den Einfluss der Mafia in Südfrankreich zu schreiben.

Babette hatte mir das alles erzählt, wie weit sie mit ihrer Arbeit war und was noch zu tun blieb, als sie wegen einiger lokaler wirtschaftlicher und politischer Hintergrundinformationen noch einmal nach Marseille gekommen war. Wir trafen uns drei- oder viermal zu gegrilltem Seewolf mit Fenchel bei *Paul* in der Rue Saint-Saëns und unterhielten uns über dies und jenes. Eins der wenigen Restaurants am Hafen, außer dem *Oursin,* in dem wir nicht wie Touristen abgefertigt wurden. Die gespielte Verliebtheit bei unseren Wiedersehen war mir angenehm. Aber ich konnte nicht sagen, warum. Ich konnte es mir nicht erklären. Und Lole natürlich erst recht nicht.

Als Lole dann aus Sevilla zurückkam, wo sie ihre Mutter besucht hatte, sagte ich ihr nichts von Babette und unseren Treffen. Lole kannte ich seit meiner Jugend. Sie hatte Ugo geliebt. Danach Manu. Schließlich mich. Den letzten Überlebenden unserer Träume. Mein Leben barg keine Geheimnisse für sie. Auch nicht die Frauen, die ich geliebt und verloren hatte. Aber von Babette hatte ich ihr nie erzählt. Was zwischen uns gewesen war, schien mir zu kompliziert. Was noch zwischen uns war.

»Wer ist das, diese Babette, der du sagst, dass du sie liebst?«

Sie hatte einen Brief von Babette geöffnet. Versehentlich oder aus Eifersucht, was macht das schon für einen Unterschied. »Warum hat das Wort Liebe nur so viele verschiedene Bedeutungen«, hatte Babette geschrieben. »Wir haben uns gesagt, dass wir uns lieben …«

»›Ich liebe dich‹ heißt nicht gleich ›Ich liebe dich‹«, hatte ich später gestammelt.

»Sag das noch mal.«

»Wie soll ich sagen: Ich liebe dich aus Treue zu einer Liebesgeschichte, die es nie gegeben hat, und ich liebe dich wegen einer wahren Liebesgeschichte, die sich jeden Tag aus tausend kleinen Glücksmomenten zusammensetzt.«

Ich war nicht offen genug gewesen. Nicht ehrlich genug. Ich hatte mich in falschen Erklärungen verheddert. Wirr und immer wirrer. So hatte ich Lole am Ende einer schönen Sommernacht verloren. Wir saßen beim Rest einer Flasche Weißwein aus Cinque Terre auf meiner Terrasse. Ein Vernazza, ein Mitbringsel von Freunden.

»Wusstest du das?«, hatte sie gefragt. »Wenn man nicht mehr leben kann, hat man das Recht zu sterben und mit seinem Tod noch ein letztes Mal die Funken sprühen zu lassen.«

Seit Lole gegangen war, hatte ich mir ihre Worte zu Eigen gemacht. Und ich suchte den Funken. Verzweifelt.

»Was hast du gesagt?«, fragte Hassan.

»Hab ich was gesagt?«

»Ich dachte.«

Er hatte eine neue Runde eingeschenkt, sich zu mir herübergeneigt und hinzugefügt: »Manchmal spricht das Herz deutlicher als die Zunge.«

Ich hätte es dabei belassen, austrinken und nach Hause fahren sollen. Das Boot rausholen, hinter den Riou-Inseln aufs Meer hinausfahren und den Sonnenaufgang beobachten. Was mir im Kopf herumging, machte mir Angst. Der Geruch des Todes drängte sich wieder auf. Ich hatte den Ring von Perez mit den Fingerspitzen gestreift, ohne mir sicher zu sein, ob das ein gutes oder schlechtes Omen war.

Hinter mir hatte sich ein seltsamer Streit zwischen einem jungen Mann und einer Frau um die vierzig entfacht.

»Verdammt!«, hatte der junge Mann sich aufgeregt. »Du spielst dich auf wie die Merteuil!«

»Wer ist denn das?«

»Madame de Merteuil. Aus einem Roman. *Gefährliche Liebschaften.*«

»Kenn ich nicht. Ist das eine Beleidigung?«

Darüber musste ich lächeln, und ich hatte Hassan gebeten, mir noch einen einzuschenken. In dem Moment kam Sonia herein. Das heißt, da wusste ich noch nicht, dass sie Sonia hieß. Ich war dieser Frau in letzter Zeit öfter begegnet. Das letzte Mal im Juni beim Sardinenfest in L'Estaque. Wir hatten nie miteinander gesprochen.

Nachdem sie sich einen Weg zur Bar gebahnt hatte, zwängte Sonia sich zwischen einen Gast und mich. Eng an mich.

»Sagen Sie nicht, dass Sie mich gesucht haben.«

»Warum?«

»Weil mich damit heute Abend schon ein Freund überrascht hat.«

Ein Lächeln huschte über ihr Gesicht.

»Ich habe Sie nicht gesucht. Aber ich freue mich, Sie hier zu finden.«

»Nun, ich auch. Hassan, gib der Dame was zu trinken.«

»Sie heißt Sonia, die Dame«, hatte er gesagt.

Er brachte ihr einen Whisky auf Eis. Ohne zu fragen. Wie einem Stammgast.

»Auf uns, Sonia.«

In dem Moment geriet die Nacht aus den Fugen. Als wir mit unseren Gläsern anstießen. Und Sonias grau-blaue Augen in meine blickten. Ich bekam einen Steifen. So heftig, dass es fast wehtat. Die Monate hatte ich nicht gezählt, aber es war Ewigkeiten her, seit ich mit einer Frau geschlafen hatte. Ich glaube, ich hatte beinahe vergessen, dass man einen Steifen bekommen kann.

Weitere Runden folgten. Erst an der Bar, dann an einem kleinen Tisch, der gerade frei geworden war. Sonias Schenkel klebte an meinem. Brennend. Ich kann mich erinnern, dass ich mich fragte, warum die Dinge immer so schnell passieren. Liebesgeschichten. Man wünscht immer, es würde zu einem anderen Zeitpunkt geschehen, wenn man in Hochform ist, wenn man für den anderen bereit ist. Eine andere. Einen anderen. Ich dachte, dass wir letztendlich gar keine Kontrolle über unser Leben haben. Und noch vieles mehr. Aber ich konnte mich nicht daran erinnern. Auch nicht an alles, was Sonia mir erzählt haben mochte.

An das Ende der Nacht erinnere ich mich überhaupt nicht.

Und das Telefon klingelte.

Das Telefon klingelte und stach mir in die Schläfen. In meinem Schädel tobte ein Orkan. Mit übermenschlicher Anstrengung öffnete ich die Augen. Ich lag nackt auf meinem Bett.

Das Telefon klingelte immer noch. Scheiße! Warum vergaß ich immer, den verdammten Anrufbeantworter einzuschalten!

Ich rollte mich auf die Seite und streckte den Arm aus.

»Ja.«

»Montale.«

»Falsch verbunden.«

Ich legte auf.

Keine Minute später klingelte es wieder. Dieselbe unsympathische Stimme. Mit einem Anflug von italienischem Akzent.

»Du siehst, die Nummer stimmt. Sollen wir lieber vorbeikommen?«

Das war nicht die Art Weckruf, die ich mir erträumt hatte. Aber die Stimme des Typen versetzte mir Stiche wie eine eiskalte Dusche. Sie ließ mir das Blut in den Adern gefrieren. Diesen Stimmen konnte ich ein Gesicht zuordnen, einen Körper, und ich konnte sogar sagen, wo ihre Knarre steckte.

Ich befahl Ruhe im Innern meines Kopfes.

»Ich höre.«

»Nur eine Frage. Weißt du, wo Babette Bellini ist?«

Das war keine eiskalte Dusche mehr in meinen Adern. Sondern Polarkälte. Ich begann zu zittern. Ich zog an der Decke und wickelte mich darin ein.

»Wer ist da?«

»Stell dich nicht dumm, Montale. Deine kleine Freundin, Babette, diese Dreckschleuder. Weißt du, wo wir sie finden können?«

»Sie war in Rom«, stieß ich hervor, weil ich mir dachte, wenn sie sie hier suchen, kann sie da nicht mehr sein.

»Da ist sie nicht mehr.«

»Sie muss vergessen haben, mir Bescheid zu sagen.«

»Interessant«, lachte der Typ hämisch.

Es folgte Schweigen. So schwer, dass mir die Ohren summten. »Ist das alles?«

»Du wirst Folgendes tun, Montale. Wie du es anstellst, ist mir egal, aber du wirst versuchen, deine Freundin für uns zu finden. Sie hat ein paar Sachen, die wir gern wieder hätten, verstehst du. Da du ja eh nichts Vernünftiges zu tun hast, müsste das ziemlich schnell gehen, nicht wahr?«

»Fahr zur Hölle!«

»Wenn ich wieder anruf, reißt du das Maul nicht mehr so weit auf, Montale.«

Er legte auf.

Das Leben stank nach Tod, ich hatte mich nicht geirrt.

Zweites Kapitel

In dem Gewöhnung an das Leben noch keine Existenzberechtigung ist

Sonia hatte eine Notiz neben den Autoschlüsseln auf dem Tisch hinterlassen. »Du warst zu voll. Schade. Ruf mich heute Abend an. Gegen sieben. Kuss.« Ihre Telefonnummer folgte. Die entscheidenden zehn Ziffern einer Einladung zum Glück.

Sonia. Ich lächelte bei der Erinnerung an ihre grau-blauen Augen, ihren heißen Schenkel an meinem. Und auch an ihr Lächeln, wenn es ihr Gesicht erhellte. Meine einzigen Erinnerungen an sie. Aber doch schöne Erinnerungen. Ich konnte den Abend kaum erwarten. Mein Glied auch nicht, es regte sich schon in meinen Shorts, wenn ich nur an sie dachte.

Mein Kopf war schwer wie ein Gebirge. Ich zögerte zwischen Dusche und Kaffee. Der Kaffee gewann. Und eine Zigarette. Der erste Zug zerriss mir die Eingeweide. Ich dachte, sie würden mir hochkommen. »Sauerei!«, fluchte ich und nahm noch einen Zug, aus Prinzip. Der zweite Anfall von Übelkeit war noch heftiger. Er übertraf die Hammerschläge in meinem Schädel um Längen.

Ich krümmte mich über der Küchenspüle zusammen. Aber ich hatte nichts zu erbrechen. Nicht einmal meine Lungen. Noch nicht! Wo war die Zeit geblieben, in der ich mit dem ersten Zug aus der ersten Zigarette sämtliche Lebensgeister in mir weckte? Lang, lang vergangen. Die Dämonen, Gefangene meiner Brust, hatten nicht mehr viel zu fressen. Weil Gewöhnung an das Leben noch keine Existenzberechtigung ist. Das Würgegefühl in meinem Hals erinnerte mich jeden Morgen daran.

Ich hielt den Kopf unter den Kaltwasserstrahl und stöhnte laut auf, dann reckte ich mich und holte tief Luft, ohne die Kippe loszulassen, die mir die Finger verbrannte. Ich trieb in letzter Zeit nicht mehr genug Sport. Ging auch nicht mehr oft genug in den Buchten wandern. Oder trainierte regelmäßig in Mavros' Boxstudio. Gutes Essen, Alkohol, Zigaretten. »In zehn Jahren bist du tot, Montale«, sagte ich mir. »Tu was, verdammt noch mal!« Sonia fiel mir wieder ein. Mit mehr und mehr Lust. Dann schob sich Babettes Bild über Sonias.

Wo steckte Babette? Worauf hatte sie sich da eingelassen? Der Kerl am Telefon hatte keine leeren Drohungen ausgestoßen. Jedes Wort wog zentnerschwer, das hatte ich gespürt. Sein schneidender Ton. Ich drückte die abgebrannte Zigarette aus und zündete eine neue an, während ich mir Kaffee einschenkte. Ich nahm einen großen Schluck, sog den Rauch tief ein und ging auf die Terrasse hinaus.

Die sengende Sonne schlug mir brutal entgegen. Flimmerte vor den Augen. Schweiß floss aus allen Poren. Mir wurde schwindlig. Einen Augenblick dachte ich, ich würde umkippen. Aber nein. Der Boden meiner Terrasse fand sein Gleichgewicht wieder. Ich machte die Augen wieder auf. Dort vor mir lag das einzige Geschenk des Lebens, das ich jeden Tag bekam. Unversehrt. Das Meer. Der Himmel. Bis zum Horizont. In diesem unvergleichlichen Lichtspiel zwischen beiden. Oft dachte ich, dass mit einer Frau zu schlafen etwas von diesem grenzenlosen Glück festhielt, das vom Himmel auf das Meer hinabsteigt.

Hatte ich Sonias Körper in jener Nacht an mich gedrückt? Wenn Sonia mich nach Hause begleitet hatte, wie war sie dann zurückgekommen? Hatte sie mich ausgezogen? Hatte sie hier geschlafen? Mit mir? Hatten wir uns geliebt? Nein. Nein, du warst zu besoffen. Sie hat es dir geschrieben.

Honorines Stimme riss mich aus meinen Gedanken.

»Sagen Sie mal, haben Sie gesehen, wie spät es ist!«

Ich drehte mich zu ihr um. Honorine. Meine alte Honorine. Sie war die Einzige, die mir von meinem verbrauchten Leben geblieben war. Treu bis zum Schluss. Sie hatte jenes Alter erreicht, in dem man nicht mehr älter wird. Vielleicht ein paar Falten mehr jedes Jahr. Ihr Gesicht war nur leicht runzelig, als seien die schweren Schicksalsschläge spurlos an ihr vorbeigegangen, ohne ihre Lebensfreude zähmen zu können. »Glücklich die Lebenden, die all das gesehen haben«, sagte sie oft und zeigte auf den Himmel und das Meer mit seinen fernen Inseln vor unseren Augen. »Ach, allein dafür lohnt es sich, auf der Welt zu sein. Trotz allem, was ich durchgemacht habe …« An der Stelle brach ihr Satz immer ab. Als ob sie ihre einfache Lebensfreude nicht mit Kummer und Elend besudeln wollte. Sie erinnerte sich nur an die guten Dinge. Ich liebte sie. Sie war die Mutter aller Mütter. Und sie war nur für mich da.

Sie öffnete die kleine Pforte zwischen unseren Terrassen und kam mit ihrem Einkaufskorb in der Hand schlurfend, aber immer noch sicheren Schrittes auf mich zu.

»Es ist fast Mittag, hören Sie mal!«

Mit einer vagen Geste umfasste ich Himmel und Meer.

»Es sind Ferien.«

»Ferien sind für Leute, die arbeiten …«

Davon war Honorine seit Monaten wie besessen. Arbeit für mich zu finden. Dass ich Arbeit suchte. Sie konnte es nicht ertragen, dass »ein so junger Mann wie Sie« den ganzen Tag nichts tat.

Genau genommen stimmte das nicht mehr ganz. Seit über einem Jahr vertrat ich Fonfon jeden Nachmittag hinter seiner Theke. Von zwei bis sieben. Er hatte überlegt, ob er seine Bar schließen sollte. Verkaufen. Aber er konnte sich nicht dazu durchringen. Nachdem er so viele Jahre seine Gäste bedient, mit ihnen palavert und gestritten hatte, hätte Schließen seinen Tod bedeutet. Eines Morgens hatte er mir seine Bar angeboten. Für einen symbolischen Franc.

»Dann könnte ich hin und wieder kommen und dir zur Hand gehen«, hatte er gemeint. »So zur Aperitifzeit. Nur, damit ich was zu tun hab, verstehst du.«

Ich hatte abgelehnt. Er behielt seine Kneipe, und ich kam ihm helfen.

»Gut, dann also nachmittags.«

Darauf hatten wir uns geeinigt. Es brachte mir etwas Kleingeld für Benzin, Kippen und meine nächtlichen Spritztouren in die Stadt. In meinem Sparschwein hatte ich noch etwa hunderttausend Francs. Das war nicht viel, Geld ging schnell weg, aber ich konnte die Dinge auf mich zukommen lassen. In aller Ruhe sogar. Ich brauchte immer weniger. Das Schlimmste, was mir passieren konnte, war, dass mein alter R5 den Geist aufgab und ich mir einen neuen kaufen musste.

»Honorine, fangen wir nicht wieder damit an.«

Sie starrte mich an. Gerümpfte Nase, zusammengepresste Lippen. Ihre ganze Mimik sollte Strenge ausdrücken, aber die Augen spielten nicht mit. Sie schwammen in Zärtlichkeit. Honorine redete mir nur aus Liebe ins Gewissen. Aus Angst, dass es mir schadete, so weiterzumachen, ohne etwas zu tun. Müßiggang ist aller Laster Anfang, das ist bekannt. Wie oft war sie mir, Ugo und Manu mit diesem Spruch auf die Nerven gegangen, wenn wir hier herumhingen. Wir antworteten mit Baudelaire. Verse aus den *Blumen des Bösen.* Glück, Luxus, Ruhe und Lust. Dann stauchte sie uns zusammen. Ich brauchte ihr nur in die Augen zu sehen, und schon wusste ich, ob sie wirklich wütend war oder nicht.

Vielleicht hätte sie uns wirklich härter rannehmen sollen. Aber Honorine war nicht unsere Mutter. Wie hätte sie auch ahnen können, dass aus dummer Spielerei ernsthafte Dummheiten werden würden? Für sie waren wir nur Jugendliche, nicht besser oder schlechter als andere. Außerdem schleppten wir immer jede Menge Bücher mit uns rum, aus denen sie uns abends am Meer von ihrer Terrasse aus laut vorlesen hörte. Honorine hatte immer geglaubt, Bücher machten weise, intelligent und seriös. Nicht, dass sie zu Einbrüchen in Apotheken und Tankstellen führen konnten. Oder dazu, auf Leute zu schießen.

Als ich mich vor dreißig Jahren von ihr verabschiedet hatte, funkelte Wut in ihren Augen. Schäumende Wut, die ihr die Sprache verschlug. Ich hatte mich für fünf Jahre in der Kolonialarmee verpflichtet. Richtung Dschibuti. Eine Flucht aus Marseille. Und vor meinem Leben. Weil ich mit Ugo und Manu die Grenze überschritten hatte. Manu hatte in der Rue des Trois-Mages aus Panik auf einen Apotheker geschossen, den wir um seine Einnahmen erleichtert hatten. Am nächsten Morgen hatte ich in der Zeitung gelesen, dass dieser Mann, Familienvater, für den Rest seines Lebens gelähmt sein würde. Mir wurde schlecht, wenn ich daran dachte, was wir getan hatten.

Seit jener Nacht hatte ich panische Angst vor Waffen. Mein

Polizeidienst hatte daran nichts geändert. Ich konnte mich nie dazu durchringen, eine Waffe zu tragen. Ich habe oft mit meinen Kollegen darüber diskutiert. Natürlich konnten wir auf einen Gewalttäter, einen psychisch Gestörten, einen Ganoven stoßen. Die Liste der Totschläger, Verrückten oder einfach Verzweifelten, die unseren Weg eines Tages kreuzen konnten, war lang. Es war mir oft genug passiert. Aber am Ende dieses Weges sah ich immer Manu, seine Knarre in der Hand. Und hinter ihm Ugo. Und mich nicht weit weg.

Manu war von Ganoven umgelegt worden. Ugo von den Bullen. Ich lebte noch. Weil ich Glück gehabt hatte. Das Glück, von einigen Erwachsenen lernen zu können, dass wir Menschen waren. Menschliche Wesen. Und dass es uns nicht zustand zu töten.

Honorine hob ihren Korb auf.

»Ach, was rede ich. Es stößt ja doch auf taube Ohren.«

Sie zog sich wieder auf ihre Terrasse zurück. An der Pforte drehte sie sich noch einmal um: »Übrigens, fürs Essen, wie wärs, wenn ich ein Glas Paprika aufmache? Und ein paar Anchovis dazu. Ich mache einen großen Salat … Bei dieser Hitze.«

Ich lächelte.

»Tomatenomelette wäre fein.«

»Oh! Was ist heute nur los mit euch! Fonfon will auch Tomatenomelette.«

»Wir haben telefoniert.«

»Ah, machen Sie sich nur lustig!«

Seit einigen Monaten kochte Honorine auch für Fonfon. Abends aßen wir drei oft auf meiner Terrasse. Überhaupt verbrachten Fonfon und Honorine immer mehr Zeit miteinander. Vor ein paar Tagen hatte Fonfon sogar seine Nachmittagssiesta bei ihr gehalten. Gegen fünf kam er so verlegen in die Kneipe wie ein Junge, der zum ersten Mal ein Mädchen geküsst hat.

Ich hatte ein wenig nachgeholfen, Fonfon und Honorine zusammenzubringen. Es gefiel mir nicht, dass sie, jeder für sich, in Einsamkeit lebten. Ihre Trauer, ihre Treue dem geliebten Menschen gegenüber, hatten fast fünfzehn Jahre ihres Lebens verzehrt.

Das erschien mir mehr als genug. Es war keine Schande, sein Leben nicht allein beenden zu wollen.

Eines Sonntagmorgens hatte ich ein Picknick auf den Frioul-Inseln vorgeschlagen. Was für ein Theater war das, Honorine zu überreden. Seit dem Tod ihres Mannes Toinou war sie nicht mehr in das Boot gestiegen. Ich war ein wenig ungeduldig geworden.

»Verdammt noch mal, Honorine! Seit ich dieses Boot habe, habe ich nur Lole darin mitgenommen. Euch zwei nehme ich mit, weil ich euch gern hab. Euch beide, ist das so schwer zu verstehen!«

Ihr waren die Tränen gekommen, dann hatte sie gelächelt. Da wusste ich, dass sie das Kapitel endlich abschloss, ohne ihr Leben mit Toinou zu verraten. Auf dem Rückweg hielt sie Fonfons Hand, und ich hatte sie flüstern hören: »Jetzt können wir sterben, nicht wahr?«

»Damit hat es noch etwas Zeit, oder?«, hatte er geantwortet.

Ich hatte mich abgewandt und meinen Blick über den Horizont schweifen lassen. Dorthin, wo das Meer dunkler wird. Tiefer. Ich hatte gedacht, dass die Lösung für all die Gegensätze des Lebens dort in diesem Meer lag. Im Mittelmeer. Und ich hatte mir vorgestellt, darin aufzugehen. Mich aufzulösen und endlich zu lösen, was ich mein ganzes Leben nicht gelöst hatte und nie lösen würde.

Die Liebe dieser beiden Alten brachte mich zum Heulen.

Am Ende der Mahlzeit fragte Honorine, die erstaunlicherweise still geblieben war: »Was ich fragen wollte, die kleine dunkelhaarige Dame, die Sie letzte Nacht nach Hause gebracht hat, wird sie wiederkommen? Sonia, stimmts?«

Ich war überrascht.

»Weiß nicht. Warum?«, stotterte ich, fast ein wenig beunruhigt.

»Weil sie mir einen sehr netten Eindruck macht. Da dachte ich, nun ja …«

Das war noch so eine Zwangsvorstellung Honorines. Dass ich eine Frau fand. Eine hübsche Frau, die für mich sorgte, auch wenn ihr die Vorstellung, dass eine andere Frau als sie selber für mich kochen könnte, das Herz brach.

Ich hatte ihr schon unzählige Male erklärt, dass es in meinem Leben nur Lole gab. Sie war nicht mehr da. Weil ich es nicht verstanden hatte, ihren Ansprüchen zu genügen. Und der größte Schmerz, den ich ihr hatte zufügen können – daran zweifelte ich heute nicht mehr –, war, sie zum Gehen zu zwingen. Mich zu verlassen. Davon wurde ich nachts oft wach, von diesem Schmerz, den ich ihr zugefügt hatte. Ihr. Uns.

Aber ich hatte mein ganzes Leben auf Lole gewartet, und ich hatte nicht vor, jetzt aufzugeben. Ich brauchte den Glauben, dass sie wiederkam. Dass wir von vorn anfangen würden. Damit unsere Träume, unsere alten Träume, die uns schon so viel Glück beschert hatten, sich endlich entfalten konnten. Frei. Ohne Angst oder Zweifel. Ganz im Vertrauen.

Wenn ich das sagte, sah Honorine mich traurig an. Sie wusste, dass Lole heute ihr eigenes Leben in Sevilla lebte. Mit einem Gitarristen, der von Flamenco auf Jazz umgestiegen war. In Django Reinhardts vorbildliche Fußstapfen. So wie Bireli Lagrène. Lole hatte sich schließlich dazu durchgerungen, für *gadjos,* also Nichtzigeuner, zu singen. Seit einem Jahr hatte sie in der Gruppe ihres Freundes mitgemacht und trat in Konzerten auf. Sie hatten zusammen ein Album aufgenommen. Alle großen Standards des Jazz. Sie hatte es mir geschickt, mit den kurzen Worten: »Und wie gehts dir?«

I Can't Give You Anything But Love, Baby … Über das erste Stück war ich nicht hinausgekommen. Nicht, dass es nicht gut war, im Gegenteil. Ihre Stimme war rau. Sanft. Den Ton hatte sie manchmal bei der Liebe. Aber das war nicht Loles Stimme, die ich da hörte, nur die Gitarre, die ihr Volumen gab. Sie trug. Das war mir unerträglich. Ich hatte die Platte weggelegt, aber meine verrückten Illusionen behalten.

»Habt ihr miteinander gesprochen?«, fragte ich Honorine.

»Aber ja. Wir haben zusammen Kaffee getrunken.«

Sie sah mich mit einem breiten Grinsen an.

»Sie war nicht gerade in Form, um arbeiten zu gehen, die Arme.«

Ich ging nicht darauf ein. Ich hatte überhaupt kein Bild von Sonias Körper. Ihrem nackten Körper. Ich wusste nur, dass ihr leichtes Kleid, das sie gestern getragen hatte, den Händen eines ehrenwerten Mannes ungeahntes Glück versprach. Aber, sagte ich mir, vielleicht war ich nicht ganz so ehrenwert.

»Fonfon hat Alex angerufen. Sie wissen schon, den Taxifahrer, der manchmal Karten mit Ihnen spielt. Na ja, damit er sie zurückbringt. Ich glaube, sie war etwas spät dran.«

Das Leben ging immer weiter.

»Und worüber habt ihr gesprochen?«

»Von ihr, ein bisschen. Von Ihnen, eine Menge. Nun, wir haben schließlich nicht den ganzen Tratsch aufgerollt. Nur ein wenig palavert.«

Sie faltete ihre Serviette und starrte mich an. Wie eben auf der Terrasse. Aber ohne die geringste Andeutung von Boshaftigkeit.

»Sie hat mir erzählt, dass Sie unglücklich sind.«

»Unglücklich!«

Ich zwang mich zu lachen, während ich eine Zigarette anzündete, um einen Rest an Haltung zu bewahren. Was hatte ich Sonia bloß alles erzählt? Ich fühlte mich wie ein unartiger Junge, der bei einer Missetat erwischt wurde.

»Sie kennt mich kaum.«

»Deshalb habe ich gesagt, sie ist nett. Sie hat Ihnen das gleich angemerkt. In kurzer Zeit, wenn ich recht verstanden habe?«

»Richtig. Sie haben recht verstanden«, antwortete ich und stand auf. »Ich trinke den Kaffee bei Fonfon.«

»Kann man denn nicht mal mehr was sagen!«

Sie war verärgert.

»Schon gut, Honorine. Es ist nur Schlafmangel.«

»Das stimmt schon. Ich habe nur gesagt, dass ich für meinen Teil sie gern wieder sehen würde.«

Das boshafte Funkeln war wieder in ihren Blick zurückgekehrt.

»Ich auch, Honorine. Ich würde sie auch gern wieder sehen.«

Drittes Kapitel

In dem ein paar Illusionen im Leben nichts schaden

Fonfon hatte die Schultern gezuckt. Beim Kaffee hatte ich ihm angekündigt, dass ich in seiner Kneipe an dem Nachmittag nicht aushelfen konnte. Die unsaubere Geschichte, in die Babette offenbar hineingeraten war, wollte mir nicht aus dem Kopf. Ich musste sie finden. Was in ihrem Fall nicht einfach war. Gut möglich, dass sie mit der Jacht eines arabischen Emirs auf Kreuzfahrt war. Aber das war nur eine Vermutung. Die angenehmste. Je mehr ich darüber nachdachte, desto mehr kam ich ehrlich gesagt zu der Überzeugung, dass sie auf der Flucht war. Oder sich irgendwo versteckte.

Ich hatte beschlossen, ihrem Appartement oben am Cours Julien, das sie immer behalten hatte, einen Besuch abzustatten. Sie hatte es in den Siebzigern für einen Appel und ein Ei gekauft, und jetzt war es ein Vermögen wert. Cours Julien ist das Szeneviertel von Marseille. Auf beiden Seiten des Cours sind bis hoch zur Metrostation Notre-Dame-du-Mont nichts als Restaurants, Bars, Musik-Cafés, Antiquariate und die Marseiller Haute Couture. Ab sieben Uhr abends spielte sich dort das ganze Marseiller Nachtleben ab.

»Es war mir klar, dass die Sache nicht von Dauer sein würde«, hatte Fonfon gegrummelt.

»Oh! Fonfon! Nur einmal!«

»Ja, ja … Viele Kunden werden sowieso nicht kommen. Hocken alle mit 'm Hintern im Wasser. Willst du noch 'nen Kaffee?«

»Wie du meinst.«

»Nun sei doch nicht gleich eingeschnappt! Oh! Ich will dich damit doch nur 'n bisschen aufziehen. Ich weiß ja nicht, was die Mädels heutzutage machen, aber verflixt, wenn ihr morgens aufsteht, seht ihr aus wie unter die Walze gekommen.«

»Das liegt nicht an den Frauen, sondern am Pastis. Letzte Nacht habe ich nicht gezählt.«

»Ich hab gesagt ›die Mädels‹, aber ich meinte die, die ich heute Morgen ins Taxi gesetzt habe.«

»Sonia.«

»Sonia, genau. Sie macht einen sympathischen Eindruck.«

»Hör auf, Fonfon! Du wirst doch nicht auch noch damit anfangen. Das hat Honorine schon gesagt, also musst du nicht auch darauf herumreiten.«

»Ich reite nicht darauf herum. Ich sage, wie es ist. Und bei dieser Hitze solltest du es machen wie ich: Leg dich zur Siesta schön ein wenig aufs Ohr, statt wer weiß wo durch die Gegend zu strolchen. Denn heute Abend …«

»Machst du zu?«

»Meinst du, ich stell mich den lieben langen Nachmittag da hin und warte darauf, dass einer reinkommt und eine Pfefferminzlimo trinkt! Den Teufel werd ich. Und morgen genauso. Und übermorgen auch. Solange es so heiß ist, lohnt es sich nicht, sich das Leben schwer zu machen. Du bist beurlaubt, mein Bester. Geh schlafen, geh schon.«

Ich hatte nicht auf Fonfon gehört. Das war ein Fehler. Schläfrigkeit überkam mich. Ich fischte nach einer Kassette von Mongo Santamaria und legte sie ein. *Mambo terrifico.* Das ging durch und durch. Und ich gab leicht Gas, um so etwas wie frische Luft hereinzulassen. Trotz sperrangelweit geöffneter Fenster zerfloss ich. Von der Pointe-Rouge bis zum Rond-Point mit der Davidstatue wimmelten die Strände von Menschen. Ganz Marseille hatte sich dort versammelt, mit dem Hintern im Wasser, wie Fonfon sagte. Er tat gut daran, die Kneipe zu schließen. Sogar die vollklimatisierten Kinos gaben vor fünf keine Vorstellung.

Knapp eine halbe Stunde später hielt ich vor Babettes Wohnhaus. Sommertage in Marseille haben ihr Gutes. Kein Verkehr in der Stadt, keine Parkplatzprobleme. Ich klingelte bei Madame Orsini. Sie kümmerte sich während Babettes Abwesenheiten um ihr Appartement, sah nach dem Rechten und schickte ihr die Post nach. Ich hatte vorher angerufen, um sicherzugehen, dass sie da war.

»Bei der Hitze gehe ich bestimmt nicht raus. Sie verstehen, was ich meine. Kommen Sie, wann Sie wollen.«

Sie machte mir auf. Es war unmöglich, Madame Orsinis Alter zu schätzen. Vielleicht zwischen fünfzig und sechzig. Je nach Tageszeit. Blond gebleicht bis an die Haarwurzeln, nicht sehr groß und eher rundlich, trug sie ein leichtes, großzügig geschnittenes Kleid, durch das ihre Silhouette im Gegenlicht gut zu erkennen war. Kein Zweifel: So, wie sie mich ansah, hätte sie nichts gegen eine gemeinsame Siesta mit mir einzuwenden gehabt. Ich verstand, warum Babette sie mochte. Auch sie war eine Männerfresserin.

»Kann ich Ihnen eine Kleinigkeit anbieten?«

»Danke. Ich brauche nur die Wohnungsschlüssel.«

»Schade.«

Sie lächelte. Ich auch. Und sie reichte mir die Schlüssel.

»Babette hat schon lange nichts mehr von sich hören lassen.«

»Es geht ihr gut«, log ich. »Sie hat viel Arbeit.«

»Ist sie immer noch in Rom?«

»Und mit ihrem Anwalt.«

Madame Orsini sah mich seltsam an.

»Ah … Ah ja.«

Sechs Etagen weiter oben schöpfte ich vor Babettes Tür Luft. Das Appartement sah aus, wie ich es in Erinnerung hatte. Großartig. Ein gewaltiges Glasfenster ging auf den Alten Hafen. In der Ferne waren die Frioul-Inseln zu erkennen. Das war das Erste, was man beim Hereinkommen sah, und so viel Schönheit nahm einem den Atem. Ich genoss es in vollen Zügen. Für den Bruchteil einer Sekunde. Denn der Rest war nicht schön anzusehen. Die Wohnung war auf den Kopf gestellt worden. Jemand war vor mir da gewesen.

Plötzlich brach mir der Schweiß aus. Eine Hitzewelle. Mit einem Mal war das Böse greifbar. Es schnürte mir die Kehle zu. Ich ging zum Wasserhahn in der Küche, ließ den Strahl laufen und trank einen kräftigen Schluck.

Ich machte eine Runde durch die Zimmer. Alle waren durchsucht worden, gründlich, schien mir, aber ohne Sorgfalt. Im Schlafzimmer setzte ich mich auf Babettes Bett und steckte mir nachdenklich eine Zigarette an.

Was ich suchte, gab es nicht. Babette war so unberechenbar, dass sogar ein Adressbuch, wenn sie eines hier liegen gelassen hätte, nur dazu geführt hätte, sich in einem Labyrinth von Namen, Straßen, Städten und Ländern zu verirren. Mein Anrufer musste hier gewesen sein, bevor er mit mir telefoniert hatte. Es konnte nur er gewesen sein. Sie. Die Mafia. Ihre Killer. Sie suchten sie und hatten, wie ich, vorn angefangen. Bei ihrer Wohnung. Zweifellos hatten sie etwas gefunden, das in meine Richtung wies. Dann fielen mir Madame Orsinis Erkundigungen nach Babette wieder ein. Die Art, wie sie mich zum Schluss angesehen hatte. Sie waren bei ihr vorbeigekommen, so viel war sicher.

Ich drückte meine Zigarette in einem scheußlichen *Ricordo-di-Roma*-Aschenbecher aus. Madame Orsini schuldete mir ein paar Erklärungen. Ich ging noch einmal durch die Wohnung, als ob ich mir eine Erleuchtung erhoffte.

In dem Zimmer, das als Büro diente, erregten zwei dicke, schwarze Aktenordner auf dem Boden meine Aufmerksamkeit. Ich schlug den ersten auf. All ihre Reportagen. Nach Jahreszahlen geordnet. Das war unverkennbar Babettes Werk. Die ihr eigene Arbeitsweise. Die Arbeit einer Journalistin. Ich musste lächeln. Und ertappte mich dabei, wie ich die Seiten rückwärts durchblätterte. Bis zu jenem Tag im März 1988, an dem sie mich wegen des Interviews aufgesucht hatte.

Ihr Artikel war da. Eine gute halbe Seite mit meinem Foto in der Mitte über zwei Spalten.

»Die übliche Gesichtskontrolle bringt nichts«, hatte ich auf ihre erste Frage geantwortet. »Sie trägt unter anderem dazu bei, die Revolte unter einem Teil der Jugendlichen zu schüren. Bei denen, die am meisten unter gesellschaftlichen Missständen zu leiden haben. Die Schikanen der Polizei legitimieren oder rechtfertigen somit die Gewaltbereitschaft. Sie tragen also dazu bei, dass es einen ständigen Zustand der Revolte gibt und immer mehr Bezugspunkte verloren gehen.

Einige junge Leute entwickeln ein Gefühl der Allmacht. Sie erkennen keine Autorität mehr an und wollen in den Vorstädten ihr eigenes Gesetz schaffen. Die Polizei ist in ihren Augen ein Auswuchs dieser Autorität. Aber um das Verbrechen effektiv zu bekämpfen, müssen die Beamten sich selbst untadelig verhalten. Rap ist zu einer Ausdrucksform der Jugendlichen in den Vorstädten geworden, weil er in erster Linie das erniedrigende Verhalten der Polizei anprangert. Das zeigt, dass wir völlig auf dem Holzweg sind.«

Meine Vorgesetzten waren über meine Ausführungen nicht gerade begeistert gewesen. Aber sie hatten den Mund gehalten. Sie kannten meine Ansichten. Gerade deshalb hatten sie mich zum Leiter der Brigade zur Überwachung sicherheitsgefährdeter Gebiete in den nördlichen Vorstädten Marseilles ernannt. Die Polizei hatte sich in kurzer Zeit zwei gravierende Fehler geleistet. Bei einer banalen Personenkontrolle hatten sie den siebzehnjährigen Lahaouri Ben Mohamed niedergeschossen. Die Vorstädte waren in Aufruhr. Einige Monate später, im Februar, musste Christian Dovero, der Sohn eines Taxifahrers, dran glauben. Diesmal tobte die ganze Stadt. »Ein Franzose, Scheiße!«, hatte mein Chef gewettert. Die Gemüter mussten dringend beruhigt werden. Und zwar bevor die Generalinspektion aus Paris, die Polizei der Polizei, auf der Bildfläche erschien. Im Polizeipräsidium brütete man ein neues Konzept aus. Andere Methoden sollten angewandt, andere Töne angeschlagen werden. Als Allheilmittel zauberten sie mich aus dem Ärmel. Den Wundermann.

Es hatte seine Zeit gedauert, bis ich merkte, dass ich nur eine Marionette war, die man vorführte, bis die guten alten Methoden wieder eingesetzt wurden. Demütigungen, Schläge ins Gesicht, Durchmöbeln. Alles zur Befriedigung derer, die laut nach Sicherheit schrien.

Heute war man zu diesen guten alten Methoden zurückgekehrt. Mit zwanzig Prozent der Belegschaft, die Front National wählten. Die Lage in den nördlichen Vierteln hatte sich wieder angespannt. Sie spitzte sich täglich zu. Man brauchte nur jeden Morgen die Zeitung aufzuschlagen. Verwüstete Schulen in Saint-

André, Angriffe auf Ärzte im Nachtdienst in La Savine oder städtische Angestellte in La Castellane, bedrohte Nachtbusfahrer. Dazu die im Verborgenen zunehmende Verbreitung von Heroin, Crack und all diesen Schweinereien, die den Jungs der Vorstädte Mut einimpften. Und den Verstand raubten. »Die beiden großen Plagen von Marseille«, grölten die Rapper der Marseiller Gruppe IAM unaufhörlich, »sind Heroin und Front National.« Alle, die mit Jugendlichen zu tun hatten, spürten die Explosion nahen.

Ich hatte gekündigt, obwohl ich wusste, dass es keine Lösung war. Aber die Polizei lässt sich nicht von heute auf morgen ändern, weder in Marseille noch anderswo. Als Polizist war man immer Teil eines Geschehens, ob man wollte oder nicht. Die Massenverhaftung der Juden im »Vel' d'Hiv'«. Das Massaker an den Algeriern im Oktober 1961, die einfach in die Seine geworfen wurden. All diese Sachen. Mit Verspätung zugegeben. Und noch nicht offiziell. All diese Vorgänge beeinflussten die tägliche Vorgehensweise nicht weniger Polizisten, sobald sie es mit jungen Leuten aus Einwandererfamilien zu tun hatten.

So dachte ich. Schon lange. Und ich war *abgeglitten,* um den Ausdruck meiner Kollegen aufzugreifen. Weil ich zu sehr verstehen wollte. Erklären. Überzeugen. »Der Pädagoge« nannten sie mich auf dem Bezirksrevier. Als man mich meiner Ämter enthoben hatte, hatte ich meinem Chef auseinander gesetzt, dass es ein gefährlicher Weg sei, das subjektive Gefühl der Unsicherheit zu fördern, statt objektiv die Schuldigen festzunehmen. Er hatte kaum merklich gelächelt. Was ich meinte, war ihm scheißegal.

Zugegeben, ich hatte auch andere Vorschläge vonseiten unserer derzeitigen Regierung gehört. Dass Sicherheit nicht nur eine Frage der Personalstärke oder Mittel ist, sondern auch der Methode. Es beruhigte mich ein wenig, zu hören, dass das Sicherheitsdenken keine Ideologie war, sondern nur eine Reaktion auf die soziale Wirklichkeit. Aber es war zu spät für mich. Ich war aus der Polizei ausgeschieden, und auch wenn ich nichts anderes gelernt hatte, würde ich den Dienst nie wieder aufnehmen.

Ich zog den Artikel aus seiner Plastikhülle und faltete ihn auseinander. Ich wollte ihn ganz überfliegen. Ein einzelnes fast leeres, vergilbtes Blatt Papier rutschte heraus. Babette hatte geschrieben: »Montale. Sehr charmant und intelligent.« Ich lächelte. Durchtriebenes Luder! Nach Erscheinen des Interviews hatte ich sie angerufen. Um ihr für die getreue Wiedergabe meiner Worte zu danken. Sie hatte mich zum Essen eingeladen. Zweifellos hatte sie schon ihre Hintergedanken gehabt. Und, warum es leugnen, ich hatte besonders gern zugesagt, weil Babette zum Vernaschen war. Aber ich war weit von der Vorstellung entfernt, eine junge Journalistin könnte einen nicht mehr ganz jungen Polizisten verführen wollen.

Ja, gab mein Ego zu, als ich mein Foto noch einmal betrachtete, ja, charmant, dieser Montale. Ich zog ein Gesicht. Das war lange her. Fast zehn Jahre. Seitdem waren meine Züge plumper und schwerfälliger geworden, und in den Augenwinkeln und entlang der Wangen hatten sich Falten eingegraben. Je mehr Zeit verging, während der ich jeden Morgen in den Spiegel sah, desto ratloser wurde ich. Ich wurde älter, das war normal, aber ich fand, dass ich schlecht alterte. Eines Abends hatte ich Lole von meinen Sorgen erzählt.

»Was fällt dir noch alles ein«, hatte sie geantwortet.

Mir fiel nichts ein.

»Findest du, ich sehe gut aus?«

Ich weiß nicht mehr, was sie darauf gesagt hat. Nicht einmal, ob sie überhaupt geantwortet hat. Innerlich war sie schon fortgegangen. Zu einem neuen Leben. Zu einem anderen Mann, irgendwo. Ein neues, schönes Leben. Ein anderer, schöner Mann.

Später hatte ich ein Foto ihres Freundes in einer Zeitschrift gesehen – nicht einmal in Gedanken wagte ich den Namen dieses Mannes auszusprechen –, und ich fand, er sah gut aus. Schlank und rank, hageres Gesicht, strubbelige Haare, lachende Augen und ein hübscher Mund – etwas zu sehr Hühnerpopo für meinen Geschmack –, aber trotzdem hübsch. Das Gegenteil von mir. Ich hatte das Foto gehasst, besonders wenn ich mir vorstellte, dass Lole es anstelle meines Bildes in ihre Brieftasche gesteckt haben könnte. Die Vorstellung machte mich ganz krank. Eifersucht, hatte ich mir gesagt, und dabei hasste ich dieses Gefühl. Eifersucht, ja. Es gab mir einen gemeinen Stich ins Herz, wenn ich daran dachte, dass Lole dieses Foto oder ein anderes aus ihrer Brieftasche ziehen könnte, um es anzusehen, wenn er sich ein paar Tage oder auch nur einige Stunden von ihr entfernte.

Es war eine dieser verrückten Nächte, in denen jede Kleinigkeit im Bett eine überdimensionale Größe annimmt, in der man nicht mehr klar denken, verstehen, eingestehen kann. Ich hatte das schon öfter mit anderen Frauen gehabt. Aber nie so schmerzhaft. Als Lole ihre Koffer packte, war der Sinn meines Lebens mit entschlüpft. Auf und davon.

Mein Foto sah mich an. Ich hatte Lust auf ein Bier. Wir sind nur in den Augen des anderen schön. Desjenigen, der dich liebt. Eines Tages kann man dem anderen nicht mehr sagen, er ist schön, weil die Liebe abhanden gekommen ist und er nicht mehr begehrenswert ist. Man kann sein bestes Hemd anziehen, sich die Haare schneiden, einen Schnurrbart wachsen lassen, es hilft alles nichts. Man bekommt allenfalls ein »Das steht dir gut« zu hören, aber nicht das sehnsüchtig erhoffte »Du siehst gut aus«, das Versprechen von Lust und zerwühlten Laken.

Ich steckte den Artikel wieder in seine Hülle und schloss den Ordner. Jetzt erstickte ich. Vor dem Spiegel im Flur klang Sonias Lachen mir für einen Moment im Ohr. Hatte ich trotz allem noch Charme? Eine Zukunft ohne Liebe? Ich schnitt mir eine Grimasse, ein kleiner Trick von mir. Dann machte ich kehrt, um Babettes Aktenordner mitzunehmen. Ihre Berichte werden mich auf andere Gedanken bringen, sagte ich mir.

»Jetzt nehme ich doch ein Bier«, rief ich Madame Orsini entgegen, als sie die Tür öffnete.

»Ah, gut.«

Diesmal lag kein geheimes Einverständnis zwischen uns. Ihr Blick wich mir aus.

»Ich weiß nicht, ob ich noch welches kalt hab.«

»Das macht nichts.«

Wir standen uns gegenüber. Ich hielt die Wohnungsschlüssel in der Hand.

»Haben Sie gefunden, was Sie suchten?«, fragte sie und zeigte mit dem Kinn auf die beiden dicken Aktenordner.

»Vielleicht.«

»Ah.«

Das folgende Schweigen war zentnerschwer.

»Hat sie Ärger?«, fragte Madame Orsini schließlich.

»Wie kommen Sie darauf?«

»Die Polizei war da. Das mag ich nicht.«

»Die Polizei?«

Wieder Schweigen. Genauso drückend. Ich hatte den Geschmack des ersten Schlucks Bier auf der Zunge. Sie wich meinem Blick wieder aus. Mit einem Anflug von Furcht ganz tief drin.

»Nun … Ja, sie haben mir eine Karte gezeigt.«

Sie log.

»Und sie haben Ihnen Fragen gestellt. Wo Babette ist? Ob Sie sie in letzter Zeit gesehen haben? Ob Sie von Freunden in Marseille wissen? Die ganze Leier.«

»Die ganze Leier, ja.«

»Und Sie haben ihnen meinen Namen und meine Telefonnummer gegeben.«

»Der Polizei, Sie verstehen.«

Jetzt wollte sie, dass ich gehe. Die Tür hinter mir schließe. Auf ihrer Stirn perlten Schweißtropfen. Kalter Schweiß.

»Die Polizei, hm?«

»Was weiß ich, diese Geschichten gehen mir auf die Nerven. Ich bin nicht die Concierge. Ich mache das aus Freundschaft zu Babette. Sie bezahlt mich nicht dafür.«

»Haben sie Ihnen gedroht?«

Ihre Augen kehrten zu mir zurück. Meine Frage hatte sie erstaunt. Auch erschreckt, durch ihren Unterton. Sie hatten sie bedroht.

»Ja.«

»Damit Sie meinen Namen verraten?«

»Sie wollten, dass ich die Wohnung beobachte … Ob einer kommt, wer, warum. Auch, dass ich die Post nicht nachschicke.

Sie rufen jeden Tag an, haben sie gesagt. Und dass ich besser antworte.«

Das Telefon klingelte. Zwei Schritte neben uns. Es stand auf einem kleinen Tisch mit einem Spitzendeckchen darunter. Madame Orsini nahm ab. Ich konnte sehen, wie sie erblasste. Sie sah mich mit Panik in den Augen an.

»Ja. Ja. Natürlich.«

Sie legte eine zitternde Hand über die Sprechmuschel.

»Es sind sie. Es … Es ist für Sie.«

Sie reichte mir das Telefon.

»Ja.«

»Du hast dich an die Arbeit gemacht, Montale. Gut so. Aber da verlierst du deine Zeit. Wir haben es eilig, verstehst du.«

»Leck mich am Arsch.«

»Du bist bald selbst am Arsch. Und schneller als du denkst. Arschloch!«

Damit legte er auf.

Madame Orsini starrte mich an. Sie war jetzt ganz Angst und Schrecken.

»Tun Sie weiter, was die Ihnen sagen.«

Ich hatte Sehnsucht nach Sonia. Nach ihrem Lächeln. Nach ihren Augen. Nach ihrem Körper, den ich noch nicht kannte. Eine wahnsinnige Sehnsucht nach ihr. Danach, mich in ihr zu verlieren. In ihr die ganze Verdorbenheit der Welt zu vergessen, die unser Leben wie eine offene Geschwulst zerfraß.

Denn ich hatte doch noch ein paar Illusionen.

Viertes Kapitel

In dem Tränen das einzige Mittel gegen Hass sind

Ich trank ein Bier, dann noch eins und noch eins. Ich saß im Schatten auf der Terrasse von *La Samaritaine* am Hafen. Hier wehte immer eine leichte Brise vom Meer. Es war nicht direkt frische Luft, aber genug, um nicht bei jedem Schluck vor Schweiß zu triefen. Hier fühlte ich mich wohl. Auf der schönsten Terrasse am Alten Hafen. Die einzige, auf der man das Licht der Stadt von morgens bis abends genießen kann. Wer dem Licht gegenüber unempfindlich ist, wird Marseille nie verstehen. Hier kann man es fühlen. Sogar in den glühendsten Stunden. Auch wenn man die Augen senken musste. So wie heute.

Ich bestellte ein frisches Bier, dann versuchte ich noch einmal, Sonia zu erreichen. Es war jetzt fast acht, und ich hatte alle dreißig Minuten erfolglos bei ihr angerufen.

Je mehr Zeit verging, desto heftiger wurde mein Verlangen nach ihr. Ich kannte Sonia noch nicht einmal, und schon fehlte sie mir. Was hatte sie Honorine und Fonfon nur erzählt, das die beiden so schnell für sie eingenommen hatte? Was hatte sie mir erzählt, das mich in so einen Zustand versetzt hatte? Wie konnte eine Frau so einfach das Herz eines Mannes erobern, nur durch Blicke und Lächeln? War es möglich, das Herz zu umgarnen, ohne die Haut auch nur zu berühren? Darin lag die wahre Kunst des Verführens. Sich in das Herz des anderen einzuschleichen, bis es vibrierte, und es so an sich zu binden. Sonia.

Ihr Telefon klingelte und klingelte und trieb mich zur Verzweiflung. Ich kam mir vor wie ein verliebter Jüngling. Fiebrig. Ungeduldig die Stimme seiner Freundin herbeisehnend. Das war einer der Gründe, weshalb tragbare Telefone so großen Anklang fanden, dachte ich. Überall jederzeit mit dem liebsten Menschen Verbindung aufnehmen zu können. Sagen zu können, ja, ich liebe dich, ja, du fehlst mir, ja, bis heute Abend. Aber ich konnte mir nicht vorstellen, mit einem Handy herumzulaufen, und ich wusste nicht, wie mir mit Sonia geschah. Ehrlich gesagt konnte ich mich nicht einmal an den Klang ihrer Stimme erinnern.

Ich kehrte zu meinem Tisch zurück und vertiefte mich wieder in Babettes Artikel. Sechs ihrer Reportagen hatte ich schon gelesen. Sie drehten sich alle um Gerechtigkeit, Vorstädte, Polizei. Und um die Mafia. Vor allem die Letztere. Für die Zeitung *Aujourd'hui* hatte Babette über die Pressekonferenz von sieben europäischen Richtern in Genf berichtet: Renaud Van Ruymbeke (Frankreich), Bernard Bertossa (Schweiz), Gherardo Colombo und Edmondo Bruti Liberati (Italien), Baltazar Garzon Real und Carlos Jimenez Villarejo (Spanien) und Benoît Dejemeppe (Belgien). *Sieben Richter beklagen die Korruption* lautete ihre Überschrift. Der Artikel stammte vom Oktober 1996.

»Die Richter«, schrieb Babette, »sind empört über die Tatsache, dass es fast gar keine gerichtlichen Maßnahmen gibt oder dass diese von der Politik verzögert werden, dass eine kriminelle Organisation nur zweihunderttausend Dollar Kommission bezahlt, um zwanzig Millionen zu waschen, dass das Geld aus dem Drogenhandel (tausendfünfhundert Milliarden Francs im Jahr) ungehindert im internationalen Geldkreislauf zirkuliert und zu neunzig Prozent wieder in die westliche Wirtschaft zurückfließt.«

»Für den Genfer Generalstaatsanwalt Bernard Bertossa«, fuhr Babette fort, »›ist es an der Zeit, ein gerechtes Europa zu schaffen, in dem nicht nur Verbrecher und das von ihnen manipulierte Kapital frei zirkulieren können, sondern auch die Beweise gegen sie‹.

Aber die Richter sind sich im Klaren darüber, dass ihr Warnruf auf die schizophrene Haltung der europäischen Regierungen stößt. ›Wir müssen den Steueroasen und der Geldwäscherei ein Ende setzen! Wir können nicht gleichzeitig Normen festlegen und Wege anbieten, sie zu umgehen!‹, wettert Richter Baltazar Garzon Real, der jeden Fall, der in Gibraltar, Andorra oder Monaco landet, versanden sieht. ›Man braucht heute nur Scheingesellschaften aus Panama zwischenzuschalten und die Briefkastenfirmen zu vermehren, und wir können nichts machen, selbst wenn wir genau wissen, dass das Geld aus dem Drogenhandel stammt‹, bemerkt Van Ruymbeke.«

Der Abend brach herein, ohne jedoch Abkühlung zu bringen.

Ich hatte genug. Vom Lesen und Warten. Auf die Art und Weise würde ich wieder besoffen sein, wenn ich Sonia traf. Wenn sie schließlich geruhte zu antworten.

Wieder umsonst, eine Viertelstunde später.

Ich rief Hassan an.

»Wie gehts?«, fragte er.

Im Hintergrund sang Ferré:

Wenn die Maschine gestartet ist,
Wenn man nicht mehr weiß, wo man ist,
Und darauf wartet, was passiert …

»Wie soll es schon gehen?«

»So benebelt wie du letzte Nacht warst.«

»Hab ich viel Blödsinn erzählt?«

»Hab nie jemand so senkrecht so viel schlucken sehen.«

»Du bist zu gut, Hassan!«

Und darauf wartet, was passiert …

»Sonia ist 'n süßes Mädchen, hm?«

Jetzt fing Hassan auch noch damit an.

»Sicher«, pflichtete ich ihm bei. »Sag mal, du weißt nicht zufällig, wo Sonia wohnt?«

»Doooch …«, sagte er und nahm einen großen Schluck von irgendetwas. »Rue Consolat. 24 oder 26, ich weiß nicht mehr. Aber 'ne gerade Zahl. Bestimmt. Die ungeraden kann ich mir immer merken.«

Er lachte und genehmigte sich noch einen tiefen Zug.

»Wobei bist du denn gerade?«, fragte ich aus Neugier.

»Bier.«

»Ich auch. Und wie heißt Sonia?«

»De Luca.«

Italienerin. Auch das noch. Es war schon Ewigkeiten her. Seit Babette mied ich Italienerinnen.

»Du bist ihrem Vater hier ein paarmal begegnet. Er war Hafenarbeiter. Attilio. Weißt du, wen ich meine? Nicht sehr groß. Glatze.«

»Verflucht, ja! Das ist ihr Vater?«

»Aber ja.« Er nahm noch einen kräftigen Schluck. »Nun, soll ich Sonia sagen, dass du dich nach ihr erkundigt hast, wenn ich sie sehe?«

Er lachte wieder. Ich hatte keine Ahnung, wann Hassan angefangen hatte, aber er hielt sich gut.

»Genau. Na dann, bis bald. Ciao.«

Sonia wohnte im Haus Nummer 28.

Ich drückte leicht auf den Klingelknopf. Die Tür ging auf. Mein Herz begann zu schlagen. »Erste Etage«, stand auf dem Briefkasten. Ich nahm vier Stufen auf einmal. Ich klopfte ein paarmal kurz an die Tür. Die Tür ging auf. Und schloss sich hinter mir.

Zwei Männer standen mir gegenüber. Der eine zeigte mir seine Karte.

»Polizei. Wer sind Sie?«

»Was haben Sie hier zu suchen?«

Mein Herz schlug höher. Aber aus anderen Gründen. Ich ahnte das Schlimmste. Wie könnte es auch anders sein, dachte ich, kaum sieht man einmal weg, und sei es nur für eine Sekunde, häufen sich die Schicksalsschläge im Leben. Schicht für Schicht. Wie eine Blätterteigtorte. Eine Schicht Sahne, eine Schicht brüchiger Teig. Zerbrochenes Leben. Verdammte Sauerei. Nein, ich ahnte das Schlimmste nicht. Es wurde zur Gewissheit. Mein Herz stand still. Der Todesgeruch war wieder da. Nicht der in meinem Kopf, den ich an mir selbst zu riechen meinte. Nein, echter Todesgeruch. Und sein häufiger Begleiter: Blutgeruch.

»Ich hab Sie was gefragt.«

»Montale. Fabio Montale. Ich war mit Sonia verabredet«, log ich halb.

»Ich geh runter, Alain«, sagte der andere Flic.

Er war blass.

»Okay, Bernard. Sie müssen jeden Augenblick kommen.«

»Was geht hier vor?«, fragte ich, um sicherzugehen.

»Sie sind ihr …« Er musterte mich von Kopf bis Fuß. Schätzte mein Alter. Dann Sonias. Gut zwanzig Jahre Unterschied, musste er schließen. »… ihr Freund?«

»Ja. Ein Freund.«

»Montale, sagten Sie?«

Er dachte einen Moment nach. Taxierte mich aufs Neue.

»Ja, Fabio Montale.«

»Sie ist tot. Ermordet.«

Mein Magen krampfte sich zusammen. Ich fühlte, wie sich tief in meinem Bauch ein Klumpen formte. Schwer. Und wie er sich in meinem Körper auf und ab bewegte. Bis zur Kehle. Er schnürte sie zu. Nahm mir die Luft. Ich erstickte. Stumm. Sprachlos. Als wären alle Worte in die Vorgeschichte zurückgekehrt. In die Tiefe der Höhlen. Dorthin, wo der Mensch für immer hätte bleiben sollen. Der Anfang war das Schlimmste. Der Urschrei des ersten Menschen. Verzweifelt unter dem gewaltigen Sternenzelt. Verzweifelt, weil er dort verstand, erschlagen von so viel Schönheit, dass er eines Tages, ja, eines Tages seinen Bruder erschlagen würde. Im Anfang lagen all die Gründe, zu töten. Noch bevor die Menschen sie beim Namen nennen konnten. Lust, Eifersucht. Begehren. Angst. Geld. Macht. Hass. Der Hass des anderen. Der Hass der Welt.

Hass.

Das Bedürfnis zu schreien. Zu Brüllen.

Sonia.

Hass. Der Klumpen stand still. Das Blut zog sich aus meinen Adern zurück. Sammelte sich in diesem jetzt so schweren Klumpen, der auf meinem Bauch lastete. Eisige Kälte durchfuhr mich. Hass. Mit dieser Kälte würde ich leben müssen. Hass. Sonia.

»Sonia«, murmelte ich.

»Gehts?«, fragte der Flic.

»Nein.«

»Setzen Sie sich.«

Ich setzte mich. In einen fremden Sessel. In einer fremden Wohnung. Bei einer fremden Frau. Die Frau war tot. Ermordet. Sonia.

»Wie?«, fragte ich.

Der Flic bot mir eine Zigarette an.

»Danke«, sagte ich und steckte sie an.

»Die Kehle durchgeschnitten. Unter der Dusche.«

»Ein Sadist?«

Er zuckte die Schultern. Das hieß »nein«. Oder »vielleicht nein«. Wenn sie vergewaltigt worden wäre, hätte er es gesagt. Erst vergewaltigt, dann ermordet. Er hatte nur »ermordet« gesagt.

»Ich war auch mal Flic. Vor langer Zeit.«

»Montale. Ja … Ich überlege schon die ganze Zeit … in den nördlichen Vierteln, stimmts?«

Er reichte mir die Hand.

»Ich bin Béraud. Alain Béraud. Sie hatten nicht nur Freunde …«

»Ich weiß. Nur einen. Loubet.«

»Loubet. Ja … Er ist versetzt worden. Vor sechs Monaten.«

»Ah.«

»Saint-Brieuc, Côtes-d'Armor. Nicht gerade eine Beförderung.«

»Das kann ich mir vorstellen.«

»Er hat auch nicht viele Freunde.«

Eine Polizeisirene war zu hören. Gleich würde die Mannschaft ankommen. Spurensicherung. Fotos vom Tatort. Von der Leiche. Untersuchung. Zeugenaussagen. Routinebefragungen. Das Übliche. Ein Verbrechen mehr.

»Und Sie?«

»Ich habe für ihn gearbeitet. Sechs Monate. Das war nicht schlecht. Er war korrekt.«

Draußen heulte noch immer die Sirene. Offensichtlich fand der Polizeiwagen keinen Parkplatz. Die Rue Consolat war eng, und jeder parkte, wo er wollte, das heißt kreuz und quer.

Reden tat mir gut. Ich verdrängte die Bilder von Sonia mit

durchtrennter Kehle, die in meinem Kopf zusammenströmten. Die Flut ließ sich nicht eindämmen. Wie in schlaflosen Nächten, wenn man sich von dem Film überwältigen lässt, in dem man seine Frau in den Armen eines anderen Mannes sieht, wie sie ihn küsst, ihn anlächelt, ihm sagt: Ich liebe dich, während er in sie eindringt, gurrt: Das ist gut, ja, das ist gut. Es ist dasselbe Gesicht. Dieselben lustvollen Zuckungen, dieselben Seufzer. Dieselben Worte. Und es sind die Lippen eines anderen. Die Hände eines anderen. Das Glied eines anderen.

Lole war fortgegangen.

Und Sonia war tot. Ermordet.

Die klaffende Wunde, aus der dickflüssiges, halb geronnenes Blut auf ihre Brüste und ihren Bauch tropfte, wo es am Bauchnabel eine kleine Pfütze bildete, bevor es weiter auf ihre Schenkel und zwischen die Beine rann. Die Bilder waren da. Widerlich, wie immer. Und das Duschwasser, das das Blut in die Kanalisation spülte …

Sonia. Warum?

Warum war ich immer auf der falschen Seite des Lebens? Dort, wo das Unglück hereinbrach? Gab es dafür einen Grund? Oder war das purer Zufall? Vielleicht liebte ich das Leben nicht genug?

»Montale?«

Fragen über Fragen, sie überschlugen sich. Und mit ihnen all die Bilder von Leichen, die ich aus meiner Zeit bei der Polizei in meinem Kopf gespeichert hatte. Hunderte von unbekannten Leichen. Und dann die anderen. Die ich geliebt hatte. Manu, Ugo. Und Guitou, so jung. Und Leila. Die wunderschöne Leila. Ich war nie dort gewesen, um es zu verhindern. Ihren Tod.

Immer zu spät, Montale. Du hinkst dem Tod immer einen Schritt hinterher. Dem Leben genauso. Freundschaft. Liebe.

Einen Schritt hinterher, verloren. Immer.

Und jetzt Sonia.

»Montale?«

Und Hass.

»Ja«, sagte ich.

Ich würde das Boot herausholen. Hinausfahren. In die Nacht.

Der Stille meine Fragen stellen. Und auf die Sterne spucken, wie es zweifellos der erste Mann getan hatte, der, als er eines Abends von der Jagd nach Hause kam, seine Frau mit aufgeschlitzter Kehle vorfand.

»Wir müssen Ihre Aussage aufnehmen.«

»Ja … Wie?«, fragte ich. »Wie … haben Sie es herausgefunden?«

»Die Kindertagesstätte.«

»Wieso die Kindertagesstätte?«

Ich holte meine Zigaretten hervor und bot Béraud eine an. Er lehnte ab. Er zog einen Stuhl heran und setzte sich mir genau gegenüber. Sein Ton wurde weniger freundlich.

»Sie hat ein Kind. Enzo. Acht Jahre. Wussten Sie das nicht?«

»Ich habe sie erst gestern Abend kennen gelernt.«

»Wo das?«

»In einer Bar. *Les Maraîchers.* Ich verkehre dort regelmäßig. Sie offensichtlich auch. Aber wir sind uns gestern Abend zum ersten Mal begegnet.«

Er sah mich aufmerksam an. Ich erriet, was in seinem Kopf vorging.

Ich kannte all die Schlussfolgerungen eines Flics auswendig. Eines guten Flics. Sonia und ich hatten einiges getrunken. Wir hatten miteinander geschlafen. Und dann, wieder nüchtern, wollte sie nicht mehr. Der Fehler einer Nacht. Die Sache, die man nicht versteht. Der Fehler im Lebenslauf einer Familienmutter. Verhängnisvoll. Wie gehabt. Alles schon da gewesen. Ein Verbrechen. Ehemaliger Polizist zu sein ändert daran nichts. An der Wahnsinnstat. Und an ihrer Brutalität.

Sicher unbewusst streckte ich ihm meine Hände entgegen, als ich sagte: »Wir hatten nichts miteinander. Nichts. Wir wollten uns heute Abend wieder treffen. Das ist alles.«

»Ich mache Ihnen keine Vorwürfe.«

»Ich wollte nur, dass Sie es wissen.«

Ich sah ihn meinerseits forschend an. Béraud. Ein fairer Flic. Der gern mit einem fairen Kommissar zusammengearbeitet hatte.

»Der Kinderladen hat Sie angerufen. Stimmts?«

»Nein. Dort haben sie sich Sorgen gemacht. Sie war sonst immer pünktlich. Nicht ein Mal zu spät. Da haben sie den Großvater des Jungen angerufen und …«

Attilio, dachte ich. Béraud unterbrach sich. Damit ich seine Information verarbeiten konnte. Der Großvater, nicht der Vater. Er vertraute mir wieder.

»Nicht der Vater?«, fragte ich.

Er zuckte mit den Schultern.

»Der Vater … Den haben sie nie zu Gesicht bekommen. Der Großvater hat gestöhnt. Er hatte den Jungen schon gestern Abend, und heute Nacht sollte er wieder auf ihn aufpassen.«

Er schwieg. In diesem Schweigen traf ich Sonia, diesmal, um die Nacht mit ihr zu verbringen.

»Sie sollte ihm sein Essen machen, ihn baden. Und …«

Er sah mich fast mitfühlend an.

»Und?«

»Er hat den Jungen aus dem Kinderladen abgeholt und mit zu sich nach Hause genommen. Dann hat er versucht, seine Tochter im Büro zu erreichen. Aber sie war schon weg. Zur gleichen Zeit wie immer. Also hat er hier angerufen, weil er dachte, bei der Hitze ist sie vielleicht nach Hause gegangen, um zu duschen und … Vergeblich. Da hat er sich Sorgen gemacht und die Nachbarin angerufen. Die Frauen halfen sich manchmal aus. Als sie an die Tür geklopft hat, stand sie halb offen. Sie ist es, die uns gerufen hat, die Nachbarin.«

Die Wohnung füllte sich mit Lärm und Stimmen.

»Guten Abend, Kommissar«, sagte Béraud und erhob sich.

Ich sah auf. Vor mir stand eine große, junge Frau. In schwarzen Jeans und T-Shirt. Eine schöne Frau. Ich löste mich so gut es ging aus meinem klebrigen Sessel.

»Ist das der Zeuge?«, fragte sie.

»Ein ehemaliger Mitarbeiter des Hauses. Fabio Montale.«

Sie reichte mir die Hand.

»Kommissar Pessayre.«

Ihr Händedruck war fest. Die Handfläche warm. Herzlich. Ihre schwarzen Augen waren ständig in Bewegung. Lebhaft. Voller

Leidenschaft. Für den Bruchteil einer Sekunde sahen wir uns an. Glaubten für den Moment, dass Gerechtigkeit den Tod abschaffen könnte. Das Verbrechen.

»Erzählen Sie.«

»Ich bin müde«, sagte ich und setzte mich wieder. »Furchtbar müde.« Und meine Augen füllten sich mit Tränen. Endlich.

Tränen waren das einzige Mittel gegen Hass.

Fünftes Kapitel

In dem selbst Nutzloses gut zu sagen und zu hören sein kann

Ich hatte nicht auf die Sterne gespuckt. Ich konnte nicht.

Draußen, auf offener See, bei den Riou-Inseln, hatte ich den Motor abgestellt und das Boot treiben lassen. Ungefähr dort, wo mein Vater mich fest unter den Armen gehalten und das erste Mal ins Meer getaucht hatte. Ich war acht Jahre. So alt wie Enzo. »Hab keine Angst«, sagte er. »Hab keine Angst.« Eine andere Taufe hatte ich nicht gehabt. Und wenn das Leben mir wehtat, kam ich immer wieder an diesen Ort zurück. Wie um mich dort, zwischen Meer und Himmel, mit dem Rest der Welt zu versöhnen.

Nachdem Lole mich verlassen hatte, war ich auch hierher gekommen. Genau an diesen Punkt. Für eine ganze Nacht. Eine ganze Nacht, um alles aufzuzählen, was ich mir vorwerfen konnte. Weil es gesagt werden musste. Wenigstens ein Mal. Wenn auch ins Nichts. Es war an einem 16. Dezember. Die Kälte kroch mir unter die Haut bis auf die Knochen. Trotz der tiefen Züge Lagavulin, den ich mir heulend einflößte. Als ich in der Morgendämmerung wieder zurückfuhr, hatte ich das Gefühl, aus dem Land der Toten zurückzukehren.

Allein. In der Stille. Eingehüllt ins Lichtermeer der Sterne. In das Zelt, das sich am blau-schwarzen Himmel abzeichnete. Aber auch in ihren Widerschein vom Meer. Die einzige Bewegung war das Plätschern meines Bootes auf dem Wasser.

Ich ließ mich treiben, bewegungslos. Mit geschlossenen Augen. Bis ich schließlich merkte, wie der beklemmende Klumpen aus Abscheu und Trauer sich in mir löste. In der frischen Luft hier draußen gewann meine Atmung ihren natürlichen Rhythmus zurück. Befreit von der langen Lebens- und Todesangst.

Sonia.

»Sie ist tot. Ermordet«, hatte ich ihnen gesagt.

Fonfon und Honorine hatten auf der Terrasse Rommé gespielt.

Honorines liebstes Kartenspiel. Das sie immer gewann, weil sie es liebte zu gewinnen. Oder weil Fonfon sie gewinnen ließ, weil er es liebte, ihre Freude beim Gewinnen zu sehen. Fonfon hatte einen Pastis vor sich stehen. Honorine einen Rest Martini. Sie hatten zu mir aufgesehen. Erstaunt, dass ich so früh zurückkam. Zwangsläufig beunruhigt. Ich hatte nur erklärt: »Sie ist tot. Ermordet.«

Ich hatte sie angesehen, dann war ich mit einer Decke und meiner Jacke unter einem Arm und der Flasche Whisky in der anderen Hand über die Terrasse und die Stufen hinunter zu meinem Boot gegangen und hatte mich in die Nacht gestürzt. Wie jedes Mal sagte ich mir, dass dieses Meer, das mein Vater mir wie ein Königreich offenbart hatte, sich mir für immer entziehen würde, weil ich kam und die verkorksten Schicksalsschläge der Welt und der Menschen auf ihm ablud.

Als ich die Augen im Funkeln der Sterne aufschlug, wusste ich, dass ich noch einmal davongekommen war. Mir schien, der Lauf der Welt war stehen geblieben. Das Leben hatte ausgesetzt. Nur in meinem Herzen nicht, wo in diesem Moment jemand weinte. Ein achtjähriges Kind und sein Großvater.

Ich nahm einen tiefen Zug Lagavulin. Sonias Lachen klang in meinen Ohren wider, dann ihre Stimme. Alles fand sich wieder ein. Mit Präzision. Ihr Lachen. Ihre Stimme. Und ihre Worte.

»Es gibt einen Ort, der *L'eremo Dannunziano* genannt wird. Das ist ein Aussichtspunkt, an dem Gabriele D'Annunzio sich oft aufgehalten hat …«

Sie hatte angefangen, von Italien zu erzählen. Den Abruzzen, ihrer Heimat. Von diesem Platz an der Küste zwischen Ortona und Vasto, der für sie »einmalig auf der Welt« war. Sonia war unerschöpflich, und ich hatte ihr zugehört, hatte ihre Freude mit demselben Glücksgefühl von mir Besitz ergreifen lassen wie den Anis, den ich, ohne es noch zu merken, immer weiter hinunterkippte.

»*Turchino* heißt der Strand, an dem ich als Kind meine Sommer verbracht habe. *Turchino,* von der Farbe seines türkisfarbenen Wassers … Er ist voller Kieselsteine und Bambus. Aus den Blättern kann man kleine Boote basteln oder Angeln aus den Stäben, verstehst du …«

Ich verstand, ja. Und ich konnte es nachempfinden. Wie das Wasser auf der Haut perlte. So sanft. Und das Salz. Der Geschmack von salzigen Körpern. Ja, ich konnte das alles sehen, als stünde es vor mir. Wie Sonias nackte Schulter. Genauso rund und weich zu streicheln wie die vom Meer geschliffenen Kieselsteine. Sonia.

»Und dann ist da eine Eisenbahnlinie, die bis nach Foggia runtergeht …«

Sie sah mich zärtlich an. Eine Einladung, in diesen Zug zu steigen und uns zum Meer tragen zu lassen. An den *Turchino*.

»Das Leben ist dort unten sehr einfach, Fabio. Nur im Rhythmus des Lärms vorbeifahrender Züge, des Meeresrauschen, der Pizzaecken *al taglio* zum Mittagessen und«, hatte sie lachend hinzugefügt, »*una gerla alla stracciatella per me* am Abend …«

Sonia.

Ihre fröhliche Stimme. Ihre Worte, wie eine Flut von Lebensfreude.

Ich war zuletzt als Neunjähriger in Italien gewesen. Mein Vater hatte mich und meine Mutter in sein Dorf mitgenommen. Castel San Giorgio, bei Salerno. Er wollte seine Mutter noch ein letztes Mal sehen. Er wollte, dass seine Mutter das Kind sah, das ich war. Das hatte ich Sonia erzählt. Und dass ich den größten Wutanfall meines Lebens hatte, weil ich es leid war, jeden Tag mittags und abends Nudeln zu essen.

Sie hatte gelacht.

»Das würde ich heute gern tun. Meinen Sohn mit nach Italien nehmen. Nach Foggia. Wie dein Vater es mit dir gemacht hat.«

Ihre grau-blauen Augen hatten langsam zu mir emporgesehen. Wie das Morgengrauen. Sonia war gespannt auf meine Reaktion. Ein Sohn. Wie konnte ich nur vergessen, dass sie von ihrem Sohn gesprochen hatte? Enzo. Wieso war es mir nicht mal eingefallen, als die Flics mich befragt hatten? Was hatte ich nicht hören wollen, als sie sagte: »Mein Sohn«?

Ich hatte mir nie ein Kind gewünscht. Von keiner Frau. Aus Angst, kein guter Vater sein zu können. Nicht aus mangelnder Liebe, sondern weil ich nicht genug Vertrauen in die Welt, die Menschen, die Zukunft vermitteln konnte. Ich sah keine Zukunft für die Kinder von heute. Zweifellos hatten zu viele lange Jahre bei der Polizei meine Sicht der Gesellschaft verändert. Ich hatte mehr Jungs bei Drogen, erst kleinen, dann großen Einbrüchen und schließlich im Gefängnis landen sehen als auf dem Weg zum Erfolg. Selbst diejenigen, die gern zur Schule gingen und gute Noten nach Hause brachten, fanden sich eines Tages in der Sackgasse wieder. Dort rannten sie entweder mit dem Kopf gegen die Wand, bis sie daran krepierten, oder sie machten kehrt, um sich zu stellen, und bäumten sich gegen diese Ungerechtigkeit auf, die man ihnen antat. Womit wir wieder bei Gewalttätigkeit und Waffen wären. Und im Knast.

Die einzige Frau, von der ich gern ein Kind gehabt hätte, war Lole. Aber wir hatten uns darauf geeinigt, dass wir keins wollten. Zu alt, war unser Vorwand. Dennoch kam es oft vor, dass ich bei der Liebe hoffte, sie hätte die Pille heimlich abgesetzt. Und würde mir eines Tages mit einem zärtlichen Lächeln auf den Lippen eröffnen: »Ich erwarte ein Kind, Fabio.« Wie ein Geschenk, an uns zwei. An unsere Liebe.

Ich wusste, dass ich ihr von diesem Wunsch hätte erzählen sollen. Auch davon, dass ich sie heiraten wollte. Dass sie wirklich meine Frau sein sollte. Vielleicht hätte sie Nein gesagt. Aber wir hätten klare Fronten geschaffen. Weil das »Ja« und das »Nein« im einfachen Glück des gemeinsamen Lebens ausgetauscht worden wären. Aber ich hatte geschwiegen. Sie auch, notgedrungen. Bis dieses Schweigen uns voneinander entfernt, uns getrennt hatte.

Statt zu antworten, hatte ich ausgetrunken, und Sonia war fortgefahren: »Sein Vater hat mich sitzen lassen. Vor fünf Jahren. Er hat nie ein Lebenszeichen von sich gegeben.«

»Das ist hart«, erinnere ich mich, geantwortet zu haben.

Sie hatte die Schultern gezuckt.

»Wenn ein Typ seinen Jungen im Stich lässt, sich nicht mehr um ihn schert … Fünf Jahre, verstehst du, nicht mal Weihnachten, nicht mal an seinem Geburtstag, nun, es ist besser so. Er wäre kein guter Vater gewesen.«

»Aber ein Kind braucht einen Vater!«

Sonia hatte mich schweigend angesehen. Wir schwitzten aus

allen Poren. Ich mehr als sie. Ihr Bein, das noch immer an meinem ruhte, hatte ein lang vergessenes Feuer in mir entfacht. Eine Feuersbrunst.

»Ich habe ihn aufgezogen. Allein. Mithilfe meines Vaters, das stimmt. Vielleicht lerne ich eines Tages einen Typ kennen, den ich Enzo mit Freuden vorstellen kann. Dieser Typ wird nie sein Vater sein, nein, aber ich glaube, er könnte ihm alles geben, was ein Kind zum Aufwachsen braucht. Autorität und Zärtlichkeit. Auch Vertrauen. Und Männerträume. Schöne Männerträume …«

Sonia.

Ich wollte sie in die Arme nehmen. In diesem Augenblick. Sie ganz fest drücken. Sie hatte sich vorsichtig losgemacht, lachend. »Fabio.«

»Schon gut, schon gut.«

Und ich hatte die Hände über den Kopf gehoben, um deutlich zu machen, dass ich sie auch bestimmt nicht anrühren würde.

»Trinken wir noch ein letztes Glas und gehen baden. Einverstanden?«

Ich hatte ins Auge gefasst, Sonia mit auf mein Boot zu nehmen und draußen im Meer schwimmen zu gehen. In tiefen Gewässern. Dort, wo ich im Moment war. Jetzt wunderte ich mich darüber, dass ich Sonia das vorgeschlagen hatte. Ich hatte sie gerade erst kennen gelernt. Mein Boot war meine einsame Insel. Meine Zuflucht. Ich hatte nur Lole darin mitgenommen. Die Nacht, als sie zu mir gezogen war. Und vor kurzem Fonfon und Honorine. Niemals hatte eine Frau die Ehre gehabt, in dieses Boot zu steigen. Nicht mal Babette.

»Sicher«, hatte Hassan gesagt, als ich ihm bedeutete, uns nachzuschenken.

Coltrane spielte. Ich war völlig betrunken, aber ich erkannte *Out Of This World*. Vierzehn Minuten, die eine ganze Nacht verzehren konnten. Mir ging auf, dass Hassan gleich zumachen würde. Immer wieder Coltrane, um einen jeden seiner Gäste zu begleiten. Zu ihren Liebesspielen. In ihre Einsamkeit. Coltrane auf den Weg.

Ich konnte überhaupt nicht mehr aufstehen.

»Du bist schön, Sonia.«
»Und du bist besoffen, Fabio.«
Wir waren in Gelächter ausgebrochen.
Das Glück. Die Möglichkeit. Immer wieder.
Glück.

Als ich nach Hause kam, klingelte das Telefon. Zehn Minuten nach zwei. Arschloch schimpfte ich wen auch immer, der es wagte, um diese Stunde anzurufen. Ich ließ es klingeln. Der am anderen Ende gab auf.

Ruhe. Ich war nicht müde. Aber hungrig. Honorine hatte mir in der Küche eine Notiz hinterlassen. An einen Tontopf gelehnt, in dem sie ihre Schmorbraten und Ragouts brutzelte. »Das ist Gemüsesuppe *au pistou*. Sie schmeckt auch kalt. Also, essen Sie trotz allem ein wenig. Ich drücke Sie ganz fest. Fonfon drückt Sie auch.« Daneben hatte sie einen kleinen Teller mit geriebenem Käse gestellt, für alle Fälle.

Es gab zweifellos tausend Arten, Gemüsesuppe mit Basilikum zuzubereiten. In Marseille sagte jeder: »Meine Mutter hat sie so gemacht«, und kochte sie auf seine Weise. Sie schmeckte jedes Mal anders. Je nach den Gemüsen, die man hineintat. Und je nach der Kunst, Knoblauch und Basilikum miteinander abzuschmecken und das Püree schließlich mit dem Fruchtfleisch der abgebrühten Tomaten in dem Gemüsefond zu vermengen.

Honorine gelang die beste aller Pistou-Suppen. Weiße, rote, grüne Bohnen, ein paar Kartoffeln und Makkaroni. Sie ließ sie den ganzen Morgen auf kleiner Flamme köcheln. Danach machte sie sich ans Pistou. Dazu schichtete sie Knoblauch und Basilikumblätter in einem alten Holzmörser. Dabei durfte man Honorine auf keinen Fall stören! »Oh! Wenn Sie da wie eine Krippenfigur rumstehen und mir die ganze Zeit zusehen, wird das nie was!«

Ich stellte den Topf sachte auf den Herd. Die Gemüsesuppe schmeckte erst richtig, wenn sie ein- oder zweimal aufgewärmt war. Ich steckte eine Zigarette an und schenkte mir einen Rest Bandol-Rotwein ein. Einen Tempier 91. Meine letzte Flasche aus dem Jahr. Vielleicht die beste.

Hatte Sonia mit Honorine über all diese Dinge gesprochen? Mit Fonfon? Über ihr Leben als allein stehende Frau. Als allein erziehende Mutter. Enzos Mutter. Woher wusste Sonia, dass ich kein glücklicher Mensch war? »Unglücklich«, hatte sie zu Honorine gesagt. Über Lole hatte ich ihr nichts erzählt, da war ich sicher. Aber über mich hatte ich gesprochen, das schon. Ausgiebig sogar. Über mein Leben, seit ich aus Dschibuti zurück war, von dem Moment an, als ich Polizist geworden war.

Lole war mein Schicksal. Kein Unglück. Aber ihr Fortgang war möglicherweise auf meine Lebensweise zurückzuführen. Auf meine Lebenseinstellung. Ich lebte schon zu lange zu ausschweifend, ohne noch an das Leben zu glauben. Hatte ich nicht aufgepasst und war ins Unglück gestolpert? Hatte ich nicht auf all meine Träume, die wahren Träume, verzichtet, als ich glaubte, dass die kleinen Freuden des Alltags zum Glück reichten? Und auf die Zukunft gleich mit? Wenn der Morgen heraufdämmerte, wie in diesem Moment, gab es für mich kein Morgen. Ich war nie mit dem Schiff übers Meer gefahren. Ich war nie ans andere Ende der Welt gereist. Ich war hier geblieben, in Marseille. Einer Vergangenheit treu, die es nicht mehr gab. Meinen Eltern. Meinen verstorbenen Freunden. Und jeder neue Tod eines Nächsten machte das Blei an meinen Füßen und in meinem Kopf noch schwerer. Ich war ein Gefangener dieser Stadt. Nicht mal nach Castel San Giorgio in Italien war ich zurückgekehrt …

Sonia. Vielleicht hätte ich sie mit Enzo in die Abruzzen begleitet. Vielleicht hätte ich sie dann – oder sie mich – nach Castel San Giorgio geführt, und ich hätte den beiden nahe gebracht, dieses schöne Land zu lieben, das auch mein Land war. Ebenso meins wie diese Stadt, in der ich geboren war.

Ich hatte hastig einen Teller Suppe ausgelöffelt, lauwarm, wie ich sie mag. Honorine hatte sich selbst übertroffen. Ich trank den Wein aus. Jetzt hatte ich die richtige Bettschwere. Um all den Albträumen zu begegnen. Den Bildern des Todes, die vor meinem inneren Auge tanzten. Nach dem Aufwachen würde ich den Großvater besuchen. Attilio. Und Enzo. Ich würde sagen: »Ich habe Sonia als Letzter gesehen. Ich bin mir nicht sicher, aber ich glaube, dass sie mich gern hatte. Und ich hatte sie auch gern.« Das nützte nichts, aber es schadete auch nicht, es zu sagen, und es konnte nicht schaden, es zu hören.

Das Telefon begann wieder zu klingeln.

Wütend hob ich ab.

»Scheiße!«, fluchte ich, bereit, gleich wieder aufzulegen.

»Montale«, sagte die Stimme.

Dieselbe widerliche Stimme, die ich gestern schon zweimal gehört hatte. Kalt, trotz ihres leichten italienischen Akzents.

»Montale«, wiederholte die Stimme.

»Ja.«

»Dieses Mädchen, Sonia, das ist nur, damit du kapierst. Kapierst, dass wir keinen Spaß machen.«

»Was!«, rief ich.

»Das ist nur ein Anfang, Montale. Ein Anfang. Du hörst ein bisschen schlecht. Und schwer von Begriff bist du auch. Wir machen weiter. Bis du sie gefunden hast, die Dreckschleuder. Hörst du?«

»Gemeine Hunde!«, schrie ich. Dann immer lauter: »Arschloch! Kinderficker! Verdammter Drecksack! Scheißkerl!«

Am anderen Ende: Schweigen. Aber mein Gesprächspartner hatte nicht aufgelegt. Als ich keine Luft mehr kriegte, fuhr die Stimme fort: »Montale, wir werden deine Freunde einen nach dem anderen töten. Alle. Einen nach dem anderen. Bis du die kleine Bellini findest. Und wenn du deinen Arsch nicht hochkriegst, wirst du es am Ende bereuen, noch am Leben zu sein. Du hast die Wahl, kapierst du.«

»Okay«, sagte ich, total ausgelaugt.

Die Gesichter meiner Freunde spulten sich im Schnelllauf vor meinen Augen ab. Bis zu Fonfon und Honorine. »Nein«, weinte mein Herz. »Nein.«

»Okay«, wiederholte ich ganz leise.

»Wir rufen heute Abend wieder an.«

Er legte auf.

»Ich werde den wahnsinnigen Scheißkerl umbringen!«, brüllte ich. »Ich werde dich umbringen! Umbringen!«

Ich drehte mich um und sah Honorine. Sie hatte den Morgenrock übergezogen, den ich ihr zu Weihnachten geschenkt hatte. Ihre Hände waren über dem Bauch gefaltet. Sie sah mich entgeistert an.

»Ich dachte, Sie hatten Albträume. So, wie Sie geschrien haben.«

»Albträume gibt es nur im Leben«, sagte ich.

Der Hass war wieder da. Und mit ihm dieser widerliche Gestank nach Tod.

Ich wusste, dass ich den Kerl umbringen musste.

Sechstes Kapitel

In dem es oft die heimlichen Lieben sind, die man mit einer Stadt teilt

Das Telefon klingelte. Zehn Minuten nach neun. Scheiße! Nie hatte das Telefon in diesem Haus so oft geklingelt. Ich nahm ab, auf das Schlimmste gefasst. Allein die Handbewegung war schweißtreibend. Es wurde immer heißer. Selbst durch die geöffneten Fenster kam nicht der kleinste Lufthauch.

»Ja«, sagte ich unwirsch.

»Kommissar Pessayre. Guten Morgen. Sind Sie morgens immer so schlecht drauf?«

Die Stimme gefiel mir. Tief, etwas schleppend.

»Das ist nur, um die lästigen Vertreter für Einbauküchen abzuwimmeln.«

Sie lachte. Ein raues Lachen. Sie musste aus dem Südwesten kommen, diese Frau. Irgendwo aus der Gegend.

»Können wir uns sehen? Noch heute Morgen?«

»Ist etwas nicht in Ordnung?«

»Nein, nein ... Wir haben Ihre Aussagen überprüft. Und Ihre Zeitangaben. Sie zählen nicht zu den Verdächtigen, keine Sorge.«

»Danke.«

»Ich habe ... Sagen wir, ich würde gern mit Ihnen plaudern, über das ein oder andere.«

»Ah!«, sagte ich, Heiterkeit vortäuschend. »Wenn das eine Einladung ist, kein Problem.«

Das brachte sie nicht zum Lachen. Und das überzeugte mich, dass sie sich nicht täuschen ließ. Diese Frau hatte Temperament, und da ich nicht wusste, welche Wendung die Ereignisse nahmen, war es gut zu wissen, auf wen ich mich verlassen konnte. Bei der Polizei, meine ich.

»Elf Uhr.«

»In Ihrem Büro?«

»Ich denke nicht, dass Ihnen das lieb wäre, stimmts?«

»Nicht wirklich.«

»Am Fort Saint-Jean? Dann gehen wir ein wenig, wenn Sie möchten.«

»Der Ort gefällt mir.«

»Mir auch.«

Ich war die Corniche entlanggefahren. Um das Meer nicht aus den Augen zu verlieren. Es gibt solche Tage. An denen ich mich nicht für einen anderen Weg in die Innenstadt entscheiden kann. An denen ich es brauche, dass die Stadt zu mir kommt. Ich bin es, der sich bewegt, aber sie ist es, die näher kommt. Wenn ich könnte, würde ich nur über das Meer nach Marseille fahren. Die Einfahrt in den Hafen, wenn man einmal an der Bucht von Malmousque vorbei war, erfüllte mich jedes Mal mit Glücksgefühlen. Ich war Hans, Édouard Peissons Matrose. Oder Cendrars bei seiner Rückkehr aus Panama. Oder auch Rimbaud, »der kalte Engel, der gestern früh im Hafen an Land gegangen ist«. Immer wieder spielte sich der Moment ab, in dem Protis, der Phokäer, sich mit geblendeten Augen der Reede näherte.

An diesem Morgen war die Stadt transparent. Rosa und blau schimmerte sie in der stehenden Luft. Schon heiß, aber noch nicht drückend. Marseille sog das Licht ein. So wie die Gäste auf der Terrasse des *Samaritaine* es unbeschwert bis zum letzten Tropfen Kaffee auf dem Boden ihrer Tasse tranken. Blau von den Dächern, rosa vom Meer. Oder umgekehrt. Bis Mittag. Danach erdrückte die Sonne für ein paar Stunden alles. Schatten wie Licht. Die Stadt wurde undurchdringlich. Gleißend. Das war der Zeitpunkt, zu dem in Marseille die Anisdüfte aufstiegen.

Ich bekam übrigens langsam Durst. Auf einen gut gekühlten Pastis auf einer schattigen Terrasse. Bei Ange an der Place des Treize-Coins zum Beispiel, im alten Teil des Panier-Viertels. Meine ehemalige Kantine aus meiner Zeit als Flic.

»Da habe ich schwimmen gelernt«, erzählte ich ihr und zeigte auf die Hafeneinfahrt.

Sie lächelte. Am Fuß des Fort Saint-Jean war sie zu mir gestoßen. Entschlossenen Schrittes. Eine Zigarette zwischen den Lippen. Sie trug Jeans und T-Shirt, wie gestern. Aber in gebrochenen Weißtönen. Die kastanienbraunen Haare waren im Nacken zu einem kleinen Knoten hochgesteckt. Tief in ihren haselnussbraunen Augen funkelte es spöttisch. Sie sah aus wie um die dreißig. Aber Madame Kommissarin musste zehn Jahre älter sein.

Ich zeigte auf das andere Ufer.

»Wer ein Mann sein wollte, musste einmal rüber- und zurückschwimmen. Und um den Mädchen zu imponieren.«

Sie lächelte wieder. Offen diesmal, mit zwei hübschen Grübchen in den Wangen.

Vor uns machten sich drei sonnengebräunte Rentnerpaare bereit, in die Fluten zu tauchen. Regelmäßige Gäste. Sie badeten dort und nicht am Strand. Zweifellos ihrer Jugend treu. Ugo, Manu und ich waren zum Schwimmen auch noch lange Zeit hierher gekommen. Lole, die selten badete, kam mit einem Imbiss dazu. Wir streckten uns auf den flachen Steinen zum Trocknen aus und hörten zu, wie sie Saint-John Perse vorlas. Verse aus *Exil,* ihrem Lieblingsbuch.

… werden wir mehr als ein Trauergepränge geleiten, singend das Gestern, singend das Anderwärts, singend das Leiden in seiner Geburt
und die Herrlichkeit des Lebens, die sich verbannt dieses Jahr außer Reichweite der Menschen.

Die Rentner sprangen ins Wasser – die Frauen mit weißen Bademützen auf dem Kopf – und schwammen zur Pharo-Bucht rüber. Ein sicherer, beherrschter Kraulstil ohne Angeberei. Sie brauchten niemanden mehr zu beeindrucken. Sie beeindruckten sich selbst.

Ich folgte ihnen mit den Augen und wettete bei mir, dass sie sich dort mit sechzehn oder siebzehn kennen gelernt hatten. Drei gute Freunde und Freundinnen. Und sie wurden zusammen alt. In diesem einfachen Glück der Sonne auf der Haut. Leben hieß hier nichts anderes, als den einfachsten Gepflogenheiten treu zu bleiben.

»Macht Ihnen das Spaß, Mädchen zu verführen?«

»Über das Alter bin ich hinaus«, antwortete ich, so ernst ich konnte.

»Ach, gut!«, antwortete sie ebenso ernsthaft. »Das hätte ich nicht gedacht.«

»Wenn Sie auf Sonia anspielen …«

»Nein. Auf Ihre Art, mich anzusehen. Wenige Männer sind so direkt.«

»Ich habe eine Schwäche für schöne Frauen.«

Da hatte sie laut gelacht. Genau wie am Telefon. Ein offenes Lachen, gleich einem Wasserfall in einer Schlucht. Kehlig und warm.

»Ich bin nicht, was man eine schöne Frau nennt.«

»Das sagen alle Frauen, bis ein Mann sie verführt.«

»Sie scheinen sich damit auszukennen.«

Diese Wendung des Gesprächs brachte mich aus der Fassung. Was erzählst du da!, dachte ich. Sie starrte mich an, und ich kam mir plötzlich linkisch vor. Diese Frau verstand es, zu kontern.

»Ich kenne mich ein klein wenig damit aus. Gehen wir ein Stück, Madame Kommissar?«

»Hélène, bitte. Ja, gern.«

Wir waren am Meer entlanggegangen. Bis zum äußersten Ende des Vorhafens Joliette. Gegenüber stand der Leuchtturm Sainte-Marie. Ja, sie liebte diesen Ort, von wo man die Fähren und Frachter einlaufen sehen konnte, genauso wie ich. Auch sie beunruhigten die ganzen Neubauprojekte im Hafen. Aus den Mündern der Abgeordneten und Technokraten hörte man immer wieder das gleiche Schlagwort: *euromediterran.* Alle, sogar gebürtige Marseiller wie unser derzeitiger Bürgermeister, hatten ihren Blick auf Europa geheftet. Nordeuropa, versteht sich. Hauptstadt: Brüssel.

Marseille hatte nur eine Zukunft, wenn es auf seine Vergangenheit verzichtete. Das erklärte man uns. Und häufig, wenn von einer Neuentwicklung des Hafens gesprochen wurde, bestärkte das nur, dass es mit dem Hafen, so wie er heute war, aus und vorbei sein sollte. Das Symbol alten Ruhms. Selbst die sonst so sturen Marseiller Docker hatten schließlich klein beigegeben.

Also wurden die Lagerhallen abgerissen. J 3. J 4. Die Piers würden neu hergerichtet werden. Man würde Tunnel bohren. Schnellwege anlegen. Esplanaden. Von der Place de la Joliette bis zum Bahnhof Saint-Charles sollte der Städte- und Wohnungsbau neu überdacht werden. Und man würde die Küstenlandschaft neu gestalten. Das war die große neue Idee. Die neue erste Priorität. Die Küstenlandschaft.

Was man den Zeitungen entnehmen konnte, stürzte jeden beliebigen Marseiller in größte Ratlosigkeit. Was die hundert Anlegeplätze an den vier Bassins betraf, sprach man von »magischer Funktionalität«. Für die Technokraten gleichbedeutend mit Chaos. »Seien wir realistisch«, erklärten sie, »machen wir Schluss mit dieser charmanten, nostalgischen, veralteten Landschaftsgestaltung.« Ich weiß noch, dass ich gelacht habe, als ich in einer Ausgabe der seriösen Zeitschrift *Marseille* las, dass die Geschichte der Stadt »über den Handelsverkehr mit der Außenwelt aus ihren sozialen und wirtschaftlichen Wurzeln einen Plan für ein großzügig angelegtes Stadtzentrum schöpfen wird«.

»Da, lies das«, hatte ich zu Fonfon gesagt.

»So 'n Quatsch kaufst du?«, hatte er gefragt und mir die Zeitschrift zurückgegeben.

»Es ist wegen des Gutachtens über das Panier-Viertel. Die Geschichte betrifft uns.«

»Wir haben keine Geschichte mehr, mein Lieber. Und was uns davon bleibt, das schieben sie uns in den Arsch. Dabei bin ich noch höflich.«

»Probier das.«

Ich hatte ihm einen weißen Tempier eingeschenkt. Es war acht Uhr. Wir saßen auf der Terrasse seiner Bar. Mit vier Dutzend Seeigeln vor uns.

»Donnerwetter«, hatte er gesagt und mit der Zunge geschnalzt. »Wo hast du den denn her?«

»Ich habe zwei Kisten. Sechs Rote Jahrgang 91. Sechs Rote 92. Und je sechs Rosés und sechs Weiße 95.«

Ich hatte mich mit Lulu angefreundet, der Besitzerin der Ländereien in Plan du Castellet. Wir hatten uns bei der Weinprobe über Literatur unterhalten. Über Poesie. Sie kannte Verse von Louis Brauquier auswendig. Aus der *Hafenbar* und aus *Freiheit der Meere*.

Ich bin noch weit und erlaube mir, mutig zu sein,
aber der Tag wird kommen, an dem wir unter deinem Wind stehen werden …

Hatten sie Brauquier gelesen, die ganzen Technokraten aus Paris? Und ihre Landschaftsberater? Gabriel Audisio, hatten sie ihn gelesen? Oder Toursky? Gérald Neveu? Wussten sie, dass ein vereidigter Wiegemeister namens Jean Ballard hier 1943 die schönste Literaturzeitschrift des Jahrhunderts ins Leben gerufen hatte und dass Marseille auf allen Schiffen und in allen Häfen dieser Welt mit den *Cahiers du Sud* mehr Einfluss ausstrahlte als mit dem Austausch von Waren?

»Um auf den Blödsinn zurückzukommen, den sie da schreiben«, fuhr Fonfon fort, »das kann ich dir erklären. Wenn sie anfangen, von großzügig angelegtem Stadtzentrum zu reden, kannst du sicher sein, dass das heißt: alles raus. Die große Säuberungsaktion. Araber, Komorer, Schwarze. Alles, was die Stadt befleckt. Auch die Arbeitslosen, die Armen … Weg mit euch!«

Mein alter Freund Mavros, der sich mit einem Boxstudio auf den Höhen von Saint-Antoine über Wasser hielt, drückte es in etwa so aus: »Sobald einer von Großzügigkeit, Vertrauen und Ehre redet, musst du jederzeit damit rechnen, dass du, kaum blickst du über deine Schulter, einen Arschficker entdeckst, der dir den Hintern aufreißen will.« Ich wollte das nicht wahrhaben und stritt mich jedes Mal mit Mavros darüber.

»Du übertreibst, Fonfon.«

»Klar. Außerdem, hier, schenk mir noch einen ein. Dann redest du nicht so 'n Stuss.«

Hélène Pessayre teilte meine Befürchtungen über die Zukunft des Hafens von Marseille.

»Ach, wissen Sie«, sagte sie, »der Süden, die Mittelmeerländer … Wir haben keine Chance. Im Technokratenjargon gehören wir zu den ›gefährlichen Klassen‹ von morgen.«

Sie öffnete ihre Tasche und reichte mir ein Buch.

»Haben Sie das gelesen?«

Es war ein Werk von Sandra George und Fabrizio Sabelli. *Kredite ohne Grenzen, die unheilige Religion der Weltbank.*

»Interessant?«

»Höchst spannend. Darin wird ganz einfach erklärt, dass mit dem Ende des Kalten Krieges und den Bemühungen des Westens, den Ostblock zu integrieren – größtenteils auf Kosten der Dritten Welt –, der Mythos der gefährlichen Klassen auf den Süden und die Einwanderer aus dem Süden in den Norden verlagert wird.«

Wir hatten uns auf eine Steinbank gesetzt. Neben einen alten Araber, der allem Anschein nach schlief. Ein Lächeln umspielte seine Lippen. Weiter unten auf den Felsen saßen zwei Angler, Arbeitslose oder Sozialhilfeempfänger zweifellos, und wachten über ihre Schnur.

Vor uns: die Weite. Die blaue Unendlichkeit der Welt.

»Für Nordeuropa ist der Süden zwangsläufig chaotisch, radikal anders. Beunruhigend also. Ich denke, das heißt, ich stimme mit den Autoren dieses Buches darin überein, dass die nördlichen Staaten mit der Errichtung eines modernen Limes reagieren werden. Verstehen Sie, wie zur Erinnerung an die Grenze zwischen dem Römischen Reich und den Barbaren.«

Ich pfiff durch die Zähne. Ich war sicher, dass Fonfon und Mavros diese Frau mögen würden.

»Diese neue Welteinschätzung wird uns teuer zu stehen kommen. Mit ›uns‹ meine ich alle, die keine Arbeit mehr haben, die dicht an der Grenze zum Elend stehen und auch all die Jungs, all die aus den nördlichen Vierteln, aus den Armenvierteln, die die Innenstadt unsicher machen.«

»Und ich dachte, ich bin Pessimist«, sagte ich lachend.

»Pessimismus nützt nichts, Montale. Diese neue Welt ist in sich abgeschlossen. Fertig, wohl geordnet, stabil. Und wir haben keinen Platz mehr darin. Ein neuer Gedanke macht sich stark. Jüdisch-christlich-hellenistisch-demokratisch. Mit einem neuen

Mythos. Den neuen Barbaren. Uns. Und wir sind unzählig, undiszipliniert. Wie Nomaden. Außerdem wankelmütig, fanatisch, gewalttätig. Und nicht zu vergessen elend. Vernunft und Recht sind auf der anderen Seite der Grenze. Der Reichtum auch.«

Über ihre Augen senkte sich ein Schleier aus Traurigkeit. Sie zuckte die Schultern und stand auf. Die Hände in den Hosentaschen, ging sie bis zum Wasser. Dort blieb sie still stehen, den Blick am Horizont verloren. Ich stellte mich zu ihr. Sie zeigte in die Weite.

»Von dort bin ich das erste Mal nach Marseille gekommen. Über das Meer. Ich war sechs Jahre alt. Nie werde ich die Schönheit dieser Stadt in den frühen Morgenstunden vergessen. Algier werde ich auch nie vergessen. Aber ich bin nie dorthin zurückgekehrt. Kennen Sie Algier?«

»Nein. Ich bin nicht viel gereist.«

»Ich bin dort unten geboren. Ich habe jahrelang dafür gekämpft, hierher versetzt zu werden, nach Marseille. Marseille ist nicht Algier. Aber es ist, als könnte ich den Hafen dort von hier aus sehen. Auch ich habe so schwimmen gelernt: mich hoch oben vom Kai ins Wasser stürzen. Um die Jungs zu beeindrucken. Draußen im Meer haben wir uns an Bojen ausgeruht. Die Jungs kamen um uns herumgeschwommen und riefen sich untereinander zu: ›He! Hast du die hübsche Möwe gesehen!‹ Wir waren alle hübsche Möwen.«

Sie drehte sich zu mir um, und ihre Augen glänzten im Glück der Vergangenheit.

»Es sind oft die heimlichen Lieben …«, begann ich.

»… die man mit einer Stadt teilt«, machte sie weiter, ein Lächeln auf den Lippen. »Auch ich liebe Camus.«

Ich bot ihr eine Zigarette an und gab ihr Feuer. Sie sog den Rauch ein und blies ihn langsam mit zurückgeworfenem Kopf in die Luft. Dann sah sie mich wieder an, durchdringend. Ich sagte mir, dass ich jetzt endlich erfahren würde, warum sie mich heute Morgen treffen wollte.

»Aber Sie haben mich nicht hergebeten, um mir all das zu erzählen, oder?«

»Das stimmt, Montale. Ich möchte, dass Sie mir von der Mafia erzählen.«

»Von der Mafia!«

Ihr Blick wurde stechend. Hélène war wieder Kommissar Pessayre.

»Sind Sie nicht durstig?«, fragte sie.

Siebtes Kapitel

In dem es Fehler gibt, die nicht wieder gutzumachen sind

Ange umarmte mich.

»Teufel auch, ich dachte schon, du würdest nie mehr vorbeikommen!«

Er zwinkerte mir zu, als er sah, wie Hélène es sich auf der Terrasse unter den herrlichen Platanen bequem machte.

»Schöne Frau, alle Achtung!«

»Und Kommissarin.«

»Nein!«

»Wenn ich es dir sage. Du siehst«, fügte ich lachend hinzu, »ich bringe dir neue Kundschaft.«

»Du spinnst! Echt.«

Hélène bestellte eine Mauresque. Ich einen Pastis.

»Wollt ihr etwas essen?«, fragte Ange.

Ich warf Hélène einen fragenden Blick zu. Vielleicht blieb zwischen den Fragen, die sie mir stellen wollte, kein Platz für Anges einfaches, aber immer wieder köstliches hausgemachtes Tagesgericht.

»Ich habe kleine Rotbarben«, schlug er vor. »Sie sind erstklassig. Kurz gegrillt, mit etwas scharfer Sauce dazu. Als Vorspeise empfehle ich Sardinen in Blätterteig, frisch, versteht sich. Bei dieser Hitze gibt es nichts Besseres als Fisch, nicht wahr?«

»Einverstanden«, sagte sie.

»Hast du noch den Rosé aus Puy-Sainte-Réparde?«

»Und ob! Ich bring euch eine kleine Karaffe für den Anfang.«

Wir stießen an. Mir war, als hätte ich diese Frau schon immer gekannt. Eine Vertrautheit hatte sich vom ersten Moment an zwischen uns aufgetan. Seit ihrem Handschlag gestern Abend. Und unsere Unterhaltung am Meer hatte sie nur noch vertieft. Ich wusste nicht, wie mir geschah. Aber in achtundvierzig Stunden war es zwei Frauen, so unterschiedlich wie Tag und Nacht, gelungen, in mein Herz zu dringen. Zweifellos hatte ich mich seit Loles Fortgang zu sehr von ihnen und der Liebe fern gehalten. Sonia hatte die Tür zu meinem Herzen aufgestoßen, und jetzt konnte kommen, wer wollte. Das heißt, nicht jede x-Beliebige. Hélène Pessayre war bei weitem nicht x-beliebig, davon war ich überzeugt.

»Ich bin ganz Ohr«, sagte ich.

»Ich habe Sachen über Sie gelesen. Im Büro. Offizielle Berichte. Sie waren zweimal in Mafiageschichten verwickelt. Das erste Mal nach dem Tod Ihres Freundes Ugo in dem persönlichen Krieg zwischen Zucca und Batisti. Das zweite Mal aufgrund des Killers Narni, der nach Marseille gekommen war, um hier aufzuräumen.«

»Und der einen sechzehnjährigen Jungen erschossen hat. Ich weiß, ja. Ein Zufall. Und weiter?«

»Aller guten Dinge sind drei, oder?«

»Ich verstehe nicht, was Sie wollen«, sagte ich naiv, aber ohne zu sehr den Idioten zu spielen.

Weil ich nur zu gut verstand. Und ich fragte mich, wie es ihr so schnell gelungen war, eine solche These aufzustellen. Sie sah mich ziemlich hart an.

»Sie spielen gern den Idioten, was, Montale?«

»Wie kommen Sie darauf? Nur, weil ich nicht weiß, worauf Sie hinauswollen?«

»Montale, Sonia ist keinem Sadisten zum Opfer gefallen. Auch keinem Geisteskranken oder Messerhelden.«

»Vielleicht ihr Mann«, warf ich so unschuldig wie möglich ein. »Ich meine den Vater des Kindes.«

»Natürlich, natürlich …«

Sie suchte Blickkontakt mit mir, aber ich sah auf mein Glas hinab. Ich leerte es in einem Zug, um einen Anschein von Haltung zu wahren.

»Noch eine Mauresque?«, fragte ich.

»Nein, danke.«

»Ange!«, rief ich. »Bring mir noch einen Pastis.«

Kaum war er weg, sprach sie weiter: »Ich sehe wohl, dass Sie noch immer die Gewohnheit haben, hanebüchene Geschichten aufzutischen.«

»Hören Sie, Hélène …«

»Kommissarin. Es ist die Kommissarin, die Ihnen Fragen stellt. Im Rahmen der Ermittlungen in einem Mordfall. Dem Mord an einer Frau: Sonia de Luca. Mutter eines achtjährigen Kindes. Unverheiratet. Vierunddreißig Jahre alt. Vierunddreißig Jahre, Montale. Mein Alter.«

Sie hatte leicht die Stimme gehoben.

»Das weiß ich. Und dass diese Frau mich in einer Nacht verführt hat. Und dass sie meine beiden teuersten Nachbarn in nur fünf Minuten Palaver herumgekriegt hat. Weil sie zweifellos eine wunderbare Frau gewesen sein muss.«

»Und was wissen Sie noch?«

»Nichts.«

»Verdammt!«, rief sie.

Ange brachte die Sardinen in Blätterteig. Er sah uns einen nach dem anderen an.

»Guten Appetit«, sagte er.

»Danke.«

»He, wenn er Sie ärgert, rufen Sie mich.«

Sie lächelte.

»Guten Appetit«, wagte ich meinerseits.

»Mhm.«

Sie nahm einen Bissen und legte Messer und Gabel wieder hin. »Montale, ich habe heute Morgen lange mit Loubet telefoniert. Bevor ich Sie angerufen habe.«

»Ah, ja. Und wie geht es ihm?«

»So gut es jemandem geht, den man in der Versenkung verschwinden ließ. Wie Sie sich sicher vorstellen können. Er würde sich übrigens freuen, von Ihnen zu hören.«

»Ja. Stimmt, das ist nicht angenehm. Ich rufe ihn an. Und? Was hat er Ihnen über mich erzählt?«

»Dass Sie eine Nervensäge sind, das hat er mir erzählt. Ein guter, ehrlicher Kerl, aber eine fürchterliche Nervensäge. Fähig, der Polizei Informationen vorzuenthalten, nur damit Sie ihr einen Schritt voraus sind und Ihre Dinge ganz allein regeln können. Wie Zorro höchstpersönlich.«

»Loubet ist zu gut.«

»Und wenn Sie sich endlich dazu herablassen, auszupacken, ist immer das schlimmste Unheil angerichtet.«

»Ach nee!«, sagte ich gereizt.

Denn Loubet hatte natürlich Recht. Aber ich war stur. Ich hatte kein Vertrauen mehr in die Polizei. Die Rassisten und von der Mafia Bestochenen. Und die anderen, deren Moral einzig der Karriere diente. Loubet war eine Ausnahme. Polizisten wie ihn konnte man in jeder Stadt an einer Hand abzählen. Die Ausnahme, die die Regel bestätigte. Unsere Polizei war genauso wie die gesamte Gesellschaft.

Ich sah Hélène in die Augen. Aber ich las keine Boshaftigkeit und auch keine Nostalgie vergangenen Glücks mehr darin. Nicht einmal mehr die weibliche Sanftheit, von der ich einen Vorgeschmack bekommen hatte.

»Das ändert nichts daran«, nahm ich das Gespräch wieder auf, »dass die Toten, Kompetenzüberschreitungen, Irrtümer, Willkür, Zusammenschlagen … noch immer von Ihrer Seite kommen, nicht wahr? Ich habe kein Blut an den Händen.«

»Ich auch nicht, Montale! Und Loubet genauso wenig, soweit ich weiß! Hören Sie auf damit! Was wollen Sie? Supermann spielen? Sich umbringen lassen?«

Einige der grauenhaften Morde von Killern der Mafia schossen mir durch den Kopf. Einer von ihnen, Giovanni Brusca, hatte mit eigenen Händen ein elfjähriges Kind erdrosselt. Den Sohn des reuigen Santino di Matteo, eines ehemaligen Mitglieds des Corleone-Clans. Anschließend hatte Brusca die Leiche des Jungen in ein Säurebad gelegt. Sonias Killer musste aus seiner Schule stammen.

»Vielleicht«, murmelte ich. »Was stört Sie daran?«

»Es stört mich.«

Sie biss sich auf die Unterlippe. Die Worte waren ihr herausgerutscht. Ich merkte es, vergaß es sofort wieder und sagte mir, dass ich vielleicht eine Chance hatte, in diesem Gespräch wieder die Oberhand zu gewinnen. Denn, Kommissarin oder nicht, ich hatte keineswegs vor, Hélène Pessayre von der Mafia zu erzählen.

Von diesem absurden Zufall, der Sonia das Leben gekostet hatte. Auch nicht von den Telefonanrufen des Killers. Und erst recht nicht von Babettes Verschwinden. Jedenfalls nicht für den Augenblick, was Babette betraf.

Nein, man würde mich nicht ändern. Ich würde vorgehen wie gewohnt. Nach Gefühl. Seit jener Nacht, seit dieses Arschloch angerufen hatte, sah ich die Dinge sehr einfach vor mir. Ich würde ein Treffen mit diesem Typ, dem Killer, arrangieren und ihm ein Magazin in den Bauch jagen. Der Überraschungseffekt. Wie sollte er darauf kommen, dass ein Trottel wie ich in der Lage sein würde, ihn mit einer Waffe zu bedrohen und umzulegen? Alle Killer hielten sich für die besten, die ausgefuchstesten. Über dem Durchschnitt. Das änderte nichts an dem Schlamassel, in den Babette geraten war. Aber es würde mein Herz um seinen Schmerz erleichtern.

Gestern Nachmittag war ich mit dem festen Vorsatz losgegangen, Sonia mit zu mir nach Hause zu nehmen. Wir hätten auf meiner Terrasse gefrühstückt, wären im Meer schwimmen gegangen, und Honorine wäre gekommen und hätte uns Vorschläge für mittags und abends gemacht. Und am Abend hätten wir alle vier zusammen gegessen.

Eine idyllische Vision. So war ich immer mit der Wirklichkeit umgegangen. Ich hatte versucht, sie auf die Ebene meiner Träume zu heben. In Augenhöhe. Auf menschliche Ebene. Aug in Auge mit dem Glück. Aber die Wirklichkeit war wie Schilf. Sie bog sich, aber sie brach nie. Hinter der Illusion zeichnete sich immer die Gemeinheit der Menschen ab. Und der Tod. Der Tod, der niemanden vergisst.

Ich hatte nie getötet. Aber heute glaubte ich, es zu können. Töten. Oder sterben. Töten und sterben. Denn Töten ist auch Sterben. Heute hatte ich nichts mehr zu verlieren. Ich hatte Lole verloren. Ich hatte Sonia verloren. Zwei Glückseligkeiten. Die eine erlebt. Die andere erahnt. Das Gleiche. Alle Lieben gehen den gleichen Weg und erfinden ihn neu. Lole war es gelungen, unsere Liebe in einer neuen Liebe wieder zu entdecken. Ich hätte Lole mit Sonia wieder entdecken können. Vielleicht.

Mir war alles gleichgültig.

Mir fiel ein Gedicht von Cesare Pavese ein: *Der Tod wird kommen, und er wird deine Augen haben.*

Die Augen der Liebe.

Es wird sein wie das Aufgeben eines Lasters,
als erschiene im Spiegel
ein totes Gesicht,
als lauschte man geschlossenen Lippen.
Stumm werden wir in den Abgrund steigen.

Fonfon und Honorine würden es mir natürlich nicht verzeihen, dass ich starb. Aber sie würden mich alle beide überleben. Sie hatten die Liebe erlebt. Zärtlichkeit. Treue. Sie lebten davon und würden es weiter tun. Sie waren keine Versager. Ich … »Letztendlich«, sagte ich mir, »ist der einzige Weg, seinem Tod einen Sinn zu geben, allem Vorhergegangenen eine gewisse Dankbarkeit entgegenzubringen.«

Und Dankbarkeit hatte ich mehr als genug.

»Montale.«

Ihre Stimme war jetzt sanft.

»Montale. Das war ein Profi, der Sonia umgebracht hat.«

Hélène Pessayre kam langsam, aber sicher auf den Punkt.

»Ihr Tod trägt eine Unterschrift. Nur die Mafia schlitzt den Leuten so die Kehle auf. Von rechts nach links.«

»Was verstehen Sie denn davon?«, fragte ich lahm.

Die Rotbarben kamen und brachten wieder echtes Leben auf unseren Tisch.

»Hervorragend«, sagte sie, nachdem sie einen ersten Bissen gekostet hatte. »Ich weiß es. Ich habe meine Diplomarbeit in Jura über die Mafia geschrieben. Das lässt mich nicht los.«

Babettes Name lag mir auf der Zunge. Auch sie war regelrecht besessen von der Mafia. Ich hätte Hélène Pessayre fragen können, woher dieser Zwang kam. Versuchen können, zu verstehen, warum sie ihre Jugend darauf verwandt hatte, die Maschinerie der

Mafia auseinander zu nehmen. Und auch, warum Babette sich so weit in diese Maschinerie verstrickt hatte, dass jetzt ihr Leben auf dem Spiel stand. Ihres und das vieler anderer. Ich tat es nicht. Was ich erriet, füllte mich mit Entsetzen. Die Faszination des Todes. Des Verbrechens. Des organisierten Verbrechens. Ich zog es vor, mich aufzuregen.

»Wer sind Sie eigentlich? Woher kommen Sie? Wohin, glauben Sie, führen Sie Ihre Fragen, Ihre Hypothesen? Na? Aufs Abstellgleis, wie Loubet?«

Blinde Wut stieg in mir hoch. Wie sie mich immer packte, wenn ich über dieses Jammertal von Welt nachdachte.

»Wissen Sie nichts Besseres mit Ihrem Leben anzufangen! Als in der Scheiße zu rühren? Sich die schönen Augen über blutigen Leichen zu verderben? Hm? Haben Sie keinen Mann, der Sie zu Hause festhält? Keine Kinder großzuziehen? Ist das Ihr Leben, zu erkennen, dass diese Kehle von der Mafia aufgeschlitzt wurde und jene von einem sexuellen Triebtäter? Na, ist das Ihr Leben?«

»Ja, das ist mein Leben. Und nichts anderes.«

Sie legte ihre Hand auf meine. Als sei ich ihr Liebhaber. Als würde sie gleich sagen: »Ich liebe dich.«

Nein, ich konnte ihr nicht sagen, was ich wusste, noch nicht. Erst musste ich Babette finden. Das wars. Das machte ich mir zur Auflage, wie einen Aufschub der Wahrheit. Ich würde Babette finden, wir würden reden, und dann würde ich Hélène Pessayre die ganze Geschichte beichten, vorher nicht. Nein, vorher würde ich den Typ umlegen. Diesen Hurensohn, der Sonia auf dem Gewissen hatte.

Hélène sah mir forschend in die Augen. Diese Frau war außergewöhnlich. Aber langsam machte sie mir Angst. Angst vor dem, was sie mir entlocken könnte. Und auch Angst vor dem, was sie tun könnte.

Sie sagte nicht »Ich liebe dich«. Sie sagte nur: »Loubet hat Recht.«

»Was hat Loubet noch über mich erzählt?«

»Von Ihrer Sensibilität. Dass Sie überempfindlich sind. Sie sind zu romantisch, Montale.«

Sie zog ihre Hand zurück, und ich spürte für einen Moment deutlich, was Leere ist. Abgrund. Ihre Hand weit von meiner. Schwindel. Ich würde schwach werden. Ihr alles erzählen.

Nein. Erst würde ich diesen Hurensohn von einem Killer umbringen.

»Nun?«, fragte sie.

Ihn umzubringen war wichtiger als alles andere, ja.

Meinen Hass in seinen Eingeweiden abladen.

Sonia.

Und all dieser Hass in mir. Der meinen Körper von innen panzerte.

»Nun was?«, antwortete ich, so lakonisch ich konnte.

»Haben Sie Probleme mit der Mafia?«

»Wann wird Sonia beerdigt?«

»Wenn ich den Leichnam freigebe.«

»Und wann gedenken Sie das zu tun?«

»Wenn Sie meine Frage beantwortet haben.«

»Nein!«

»Doch.«

Unsere Blicke trafen sich. Entschlossenheit gegen Entschlossenheit. Wahrheit gegen Wahrheit. Gerechtigkeit gegen Gerechtigkeit. Aber ich hatte einen Vorteil. Diesen Hass. Meinen Hass. Zum ersten Mal. Ich zuckte nicht mit der Wimper.

»Ich kann Ihnen nicht antworten. Feinde habe ich massenhaft. In den nördlichen Stadtteilen. Im Knast. Bei den Bullen. Und bei der Mafia.«

»Schade, Montale.«

»Schade für wen?«

»Sie wissen, dass es Fehler gibt, die nicht wieder gutzumachen sind?«

»Was sollte ich denn wieder gutmachen wollen?«

»Wenn Sie Schuld an Sonias Tod hätten.«

Mein Herz machte einen Satz. Als wollte es aus meinem Körper fliehen, auf und davon. Irgendwohin, wo Frieden war. Wenn es das gab. Hélène Pessayre hatte den wunden Punkt getroffen. Denn das war es, was ich immer wieder herumwälzte. Genau das.

Sonia war meinetwegen gestorben. Wegen der Anziehung, die sie an jenem Abend auf mich hatte. Ich hatte sie einem Killer ans Messer geliefert. Ich hatte sie gerade kennen gelernt. Und sie hatten sie umgebracht, um mir eine Lektion zu erteilen. Die Erste auf der Liste. In ihrer kalten Logik gab es eine Skala der Gefühle. Sonia stand ganz unten. Honorine ganz oben, nur eine Stufe über Fonfon. Ich musste Babette finden. So schnell wie möglich. Und mich zweifellos zur Vernunft bringen, um ihr nicht sofort den Hals umzudrehen.

Hélène Pessayre stand auf.

»Sie war in meinem Alter, Montale. Das würde ich Ihnen nicht verzeihen.«

»Was?«

»Wenn Sie mich belogen hätten.«

Ich war ein Lügner. Würde ich ein Lügner bleiben?

Sie ging. Mit ihrem entschlossenen Schritt, Richtung Theke. Ihr Portemonnaie in der Hand. Um ihr Essen zu bezahlen. Ich war aufgestanden. Ange sah mich verständnislos an.

»Hélène.«

Sie drehte sich um. Lebhaft wie ein junges Mädchen. Für den Bruchteil einer Sekunde sah ich die Jugendliche, die sie in Algier gewesen sein musste. Im Sommer in Algier. Eine fröhliche Möwe. Stolz. Frei. Ich sah auch ihren jungen, sonnengebräunten Körper und das Spiel ihrer Muskeln in dem Moment, in dem sie im Hafen ins Wasser sprang. Und die Blicke der Männer auf ihr. Wie meine heute. Zwanzig Jahre später.

Ich brachte keinen Ton mehr hervor. Stand da und sah sie an.

»Bis bald«, sagte ich.

»Das ist anzunehmen«, antwortete sie traurig. »Salut.«

Achtes Kapitel

In dem man das, was man verstehen kann, auch verzeihen kann

Georges Mavros erwartete mich. Er war der einzige Freund, der mir geblieben war. Der letzte Freund aus meiner Generation. Ugo und Manu waren tot. Die anderen hatten sich in alle Winde zerstreut. Wo immer sie Arbeit gefunden hatten. Wo sie sich Erfolg versprachen. Wo sie eine Frau kennen gelernt hatten. Die meisten in Paris. Manchmal rief einer von ihnen an. Um Neuigkeiten durchzugeben. Sich mit seiner Familie zwischen zwei Zügen, zwei Flugzeugen, zwei Schiffen anzukündigen. Zu einem kurzen Essen, mittags oder abends. Marseille war für sie nur noch eine Durchgangsstation. Ein Zwischenstopp. Aber mit den Jahren wurden die Anrufe seltener. Das Leben fraß die Freundschaft. Arbeitslosigkeit für die einen, Scheidung für die anderen. Ganz zu schweigen von denen, die ich wegen ihrer Sympathie für den Front National aus meinem Gedächtnis und Adressbuch gestrichen hatte.

Ab einem gewissen Alter schloss man keine Freundschaften mehr. Nur noch Bekanntschaften. Mit Leuten, mit denen man gern feierte, eine Partie Karten oder Pétanque spielte. So gingen die Jahre dahin. Mit ihnen. Von einem Geburtstag zum nächsten. Abende mit Trinken und Essen. Tanzen. Die Kinder wuchsen auf. Sie brachten ihre Freundinnen mit, so knackig man sie sich nur wünschen konnte. Sie verzauberten die Väter und die Freunde ihrer Freunde, spielten mit ihren Reizen, wie nur Fünfzehn- bis Achtzehnjährige es beherrschen. Zwischen zwei Getränken tratschten die anderen Paare meistens über die Untreue des einen oder anderen. Manch eine Partnerschaft ging im Laufe eines Abends in die Brüche.

Mavros hatte Pascale an so einem Abend verloren. Das war vor drei Jahren, im Spätsommer, bei Marie und Pierre. Sie hatten ein fantastisches Haus in der Rue de la Douane in Malmousque und liebten es, Gäste zu empfangen. Ich mochte sie gern, Marie und Pierre.

Lole und ich hatten ein paar erstklassige Salsatänze hingelegt. Juan Luis Guerra, Arturo Sandoval, Irakere, Tito Puente. Außer Atem und einigermaßen erregt, nachdem unsere Körper so lange aneinander geklebt hatten, hatten wir mit dem großartigen *La bendición* von Ray Barretto aufgehört.

Mavros lehnte allein mit einem Glas Champagner in der Hand an der Wand. Steif.

»Wie gehts?«, hatte ich gefragt.

Er hatte mir sein Glas entgegengehalten, wie um anzustoßen, und es ausgetrunken.

»Könnte nicht besser gehen.«

Und er hatte sich Nachschub geholt. Er besoff sich systematisch. Ich war seinem Blick gefolgt. Pascale, seit fünf Jahren seine Freundin, war am anderen Ende des Raumes. In hitziger Debatte mit ihrer alten Freundin Joëlle und Benoît, einem Marseiller Fotografen, dem man auf diesen Feiern hier und da begegnete. Ab und zu kam jemand vorbei, mischte sich in ihr Gespräch, ging weiter.

Ich beobachtete die drei einen Moment. Pascale war nur im Profil zu sehen. Sie hatte das Gespräch an sich gerissen, mit diesem schnellen Redefluss, der ihr manchmal eigen war, wenn sie sich für etwas oder jemanden begeisterte. Benoît war neben sie getreten. So nah, dass seine Schulter an der von Pascale zu lehnen schien. Hin und wieder legte Benoît seine Hand auf eine Stuhllehne, und nachdem Pascale sich die langen Haare zurückgestrichen hatte, wanderte ihre Hand daneben, wenn auch ohne ihn zu berühren. Sie flirteten, das war offensichtlich. Und ich hatte mich gefragt, ob Joëlle begriff, was dort vor ihren Augen geschah.

Mavros, der sich für sein Leben gern zu ihnen gesellt hätte, rührte sich nicht vom Fleck und trank allein weiter. Mit der Hingabe der Verzweiflung. Plötzlich verließ Pascale Joëlle und Benoît, sicher um auf die Toilette zu gehen, und kam an Mavros vorbei, ohne ihn anzusehen. Auf dem Rückweg nahm sie ihn schließlich wahr, kam auf ihn zu und fragte sehr lieb mit einem Lächeln auf den Lippen: »Gehts dir gut?«

»Ich existiere nicht mehr, stimmts?«, antwortete er.

»Warum sagst du das?«

»Seit einer Stunde sehe ich dich an, hole mir neben dir zu trinken. Du hast mich kein einziges Mal angesehen. Es ist, als würde ich nicht mehr existieren. Nicht wahr?«

Pascale antwortete nicht. Sie kehrte ihm den Rücken und verschwand wieder Richtung Toiletten. Zum Heulen. Denn es stimmte, er existierte nicht mehr für sie. In ihrem Herzen. Aber sie hatte es sich noch nicht eingestanden. Bis sie es unmissverständlich aus Mavros' Mund hörte.

Einen Monat später schlief Pascale außer Haus. Mavros war für zwei Tage in Limoges, wo er sich um die Einzelheiten für einen Boxkampf kümmerte, den er für einen seiner Schützlinge organisierte. Er rief Pascale den ganzen Abend fast stündlich an. Beunruhigt. Voller Angst, es könnte ein Unglück geschehen sein. Ein Unfall. Ein Überfall. Seine Nachrichten auf dem Anrufbeantworter, den er aus der Ferne mit Fragen bombardierte, häuften sich. Am nächsten Morgen hatte Pascale auf all seine besorgten Fragen eine einzige Nachricht hinterlassen: »Es ist nichts passiert. Ich bin nicht im Krankenhaus. Es ist nichts Ernstes vorgefallen. Ich war letzte Nacht nicht zu Hause. Ich bin im Büro. Ruf an, wenn du möchtest.«

Nach Pascales Fortgang verbrachten Mavros und ich einige Abende zusammen. Wir tranken, redeten über die Vergangenheit, das Leben, die Liebe, die Frauen. Mavros fühlte sich erbärmlich, und ich konnte ihm nicht helfen, sein Selbstvertrauen wiederzugewinnen.

Seitdem lebte Mavros allein.

»Manchmal bin ich nachts aufgewacht und habe Pascale stundenlang in dem Licht, das durch die Fensterläden drang, im Schlaf beobachtet, verstehst du. Oft lag sie auf der Seite, mit dem Gesicht zu mir, eine Hand unter der Wange. Und ich dachte: ›Sie ist schöner als zuvor. Sanfter.‹ Es machte mich glücklich, ihr Gesicht so bei Nacht zu betrachten, Fabio.«

Auch mich erfüllte der Anblick von Loles Gesicht mit Glück. Ich mochte vor allem das Erwachen am Morgen. Wenn ich sie auf die Stirn küsste und meine Hand über ihre Wange zum Hals gleiten ließ. Bis sie den Arm reckte, meinen Nacken fasste und mich an ihre Lippen zog. Das war immer ein guter Tag für die Liebe.

»Eine Trennung ist wie die andere, Georges«, hatte ich gesagt, als er mich nach Loles Fortgang angerufen hatte. »Alle leiden. Es tut allen weh.«

Mavros hatte mich als Einziger angerufen. Ein wahrer Freund. An jenem Tag hatte ich einen Strich unter meine ganzen Bekanntschaften gezogen. Und ihre Feiern. Das hätte ich schon längst tun sollen. Denn Mavros hatten sie auch allmählich fallen lassen, ihn nicht mehr eingeladen. Pascale mochten sie alle gern. Benoît ebenfalls. Und sie bevorzugten glückliche Geschichten. Das machte weniger Probleme im alltäglichen Leben. Und es ersparte ihnen den Gedanken, dass es auch ihnen passieren konnte. Eines Tages.

»Ja«, hatte er geantwortet. »Nur wenn du einen anderen liebst, hast du eine Schulter, an die du dich lehnen kannst, eine Hand, die deine Wange streichelt, und … Verstehst du, Fabio, das neue Begehren distanziert dich von dem Leiden des Verlassenen.«

»Ich weiß nicht.«

»Ich weiß es.«

Dass Pascale ihn verlassen hatte, war immer noch ein wunder Punkt bei Mavros. Wie bei Lole und mir. Aber ich versuchte, Loles Entscheidung einen Sinn beizumessen. Denn schließlich musste das alles einen Sinn haben. Lole hatte mich nicht grundlos verlassen. Gewissermaßen hatte ich heute nur zu gut verstanden, und was ich verstehen konnte, konnte ich auch verzeihen.

»Boxen wir ein bisschen?«

Das Boxstudio hatte sich nicht verändert. Es sah noch aus wie am ersten Tag. Nur die Plakate an der Wand waren vergilbt. Aber Mavros hing an seinen Plakaten. Sie erinnerten ihn daran, dass er ein guter Boxer gewesen war. Und auch ein guter Trainer. Heute stieg er nicht mehr in den Ring. Er gab Unterricht. Den Jungs aus dem Viertel. Und die Stadtverwaltung half mit einer kleinen Subvention, das Studio aufrechtzuerhalten. Alle im Viertel waren sich einig, dass die Jungs beim Boxen besser aufgehoben waren als auf der Straße, wo sie Autos in Brand steckten oder Fenster einschlugen.

»Du rauchst zu viel, Fabio«, stellte er fest. »Und da«, fügte er hinzu (und klopfte mir auf den Bauch), »ist es ein bisschen schlaff.«

»Und da!«, konterte ich und verpasste ihm einen Kinnhaken.

»Auch schlaff.« Er lachte. »Na los, komm ran!«

Mavros und ich hatten einmal eine Mädchengeschichte in diesem Ring klargestellt. Wir waren sechzehn. Ophélia hieß sie. Wir waren beide verrückt nach ihr. Aber wir mochten uns, Mavros und ich. Und wir wollten uns nicht wegen eines Mädchens zerstreiten.

»Drei Runden nach Punkten«, hatte er vorgeschlagen.

Sein Vater machte amüsiert den Schiedsrichter. Er war es, der das Studio mithilfe einer Vereinigung, die der kommunistischen Gewerkschaft nahe stand, ins Leben gerufen hatte. Sport und Kultur.

Mavros war weit besser als ich. In der dritten Runde drängte er mich in eine Ecke des Rings und schlug hartnäckig immer wieder kraftvoll zu. Aber ich hatte mehr Wut in mir als er. Ich wollte Ophélia um jeden Preis. Während er schlug, holte ich Luft, dann machte ich mich frei und drängte ihn zurück in die Mitte des Rings. Dort gelang es mir, ihm gut zwanzig Hiebe zu verpassen. Ich konnte seinen Atem an meiner Schulter hören. Wir waren gleich stark. Mein Begehren nach Ophélia glich meine technische Schwäche aus. Kurz vor dem Gong erwischte ich ihn auf der Nase. Mavros verlor das Gleichgewicht und suchte Halt an den Seilen. Total ausgepumpt, drosch ich auf ihn ein. Nur noch wenige Sekunden, und er hätte mich mit einem einzigen Uppercut flachlegen können.

Sein Vater erklärte mich zum Sieger. Mavros und ich umarmten uns. Aber Freitagabend beschloss Ophélia, mit ihm auszugehen. Nicht mit mir.

Mavros hatte sie geheiratet. Sie war gerade zwanzig geworden. Er war einundzwanzig und hatte eine viel versprechende Karriere als Mittelgewichtler in Aussicht. Aber ihretwegen hatte er das

Boxen aufgeben müssen. Sie ertrug es nicht. Er war Fernfahrer geworden, bis er dahinter kam, dass sie ihn jedes Mal, wenn er unterwegs war, betrog.

Nach zwanzig Minuten warf ich das Handtuch. Kurzatmig. Mit kraftlosen Armen. Ich spuckte meinen Zahnschutz in den Handschuh und setzte mich auf die Bank. Ich ließ meinen Kopf zwischen den Schultern hängen, zu erschöpft, um ihn hochzuhalten.

»Na, Champion, gibst du auf?«

»Hau bloß ab«, keuchte ich.

Er lachte herzlich.

»Eine schöne Dusche, und dann genehmigen wir uns ein kühles Blondes.«

Genau danach stand mir der Sinn. Eine Dusche und ein Bier. Kaum eine Stunde später saßen wir behaglich auf der Terrasse der *Bar des Minimes* am Chemin Saint-Antoine. Beim zweiten Halben hatte ich Mavros alles erzählt. Von meiner Begegnung mit Sonia bis zu dem Essen mit Hélène Pessayre.

»Ich muss Babette unbedingt finden.«

»Tja, und dann? Willst du sie diesen Typen auf dem Präsentierteller servieren, meinst du das?«

»Was dann, weiß ich nicht, Georges. Aber ich muss sie finden. Damit ich wenigstens sehe, wie ernst es ist. Vielleicht gibt es einen Weg, sich mit ihnen zu einigen.«

»Das glaubst du doch selbst nicht! Typen, die fähig sind, ein Mädchen umzulegen, nur um dich in Zugzwang zu bringen – also wenn du mich fragst, ist Reden nicht gerade ihre starke Seite.«

In Wahrheit wusste ich selber nicht, was ich von der ganzen Sache halten sollte. Ich drehte mich im Leerlauf. Sonias Tod zermalmte sämtliche Gedanken in meinem Kopf. Aber eines war sicher. Auch wenn ich sauer auf Babette war, weil sie diesen ganzen Terror ausgelöst hatte, konnte ich mir nicht vorstellen, sie den Killern der Mafia auszuliefern. Nein, ich wollte nicht, dass sie Babette töteten.

»Du stehst vielleicht auch auf ihrer Liste«, sagte ich in scherzhaftem Ton.

Diese Möglichkeit war mir plötzlich in den Sinn gekommen und ließ mir das Blut in den Adern gefrieren.

»Das glaub ich nicht. Wenn sie um dich rum zu viele umnieten, lassen die Bullen dich nicht mehr aus den Augen. Und du kannst die Bedingungen dieser Kerle nicht erfüllen.«

Das leuchtete ein. Überhaupt, wie konnten sie wissen, dass Mavros mein Freund war? Ich ging zum Training in sein Studio. Wie ich bei Hassan trinken ging. Würden sie Hassan auch umlegen? Nein, Mavros hatte Recht.

»Du hast Recht«, sagte ich.

Aber ich sah seinen Augen an, dass es doch leichter war, die Dinge auszusprechen, als daran zu glauben. Mavros hatte keine Angst, das nicht. Aber aus seinem Blick sprach Besorgnis. Das war das Mindeste. Auch wenn der Tod uns keine Angst machte, hofften wir, dass er uns möglichst spät erwischte, und wenn es schon sein musste, dann am liebsten im Bett nach einer guten Nacht.

»Weißt du was, Georges, du solltest die Trainingsstunden verschieben. Mach 'nen kurzen Urlaub, es sind ja Ferien. Ein paar Tage ausspannen in den Bergen, etwas in der Art … Nur eine Woche oder so.«

»Ich hab keinen Ort, wo ich ein paar Tage ausspannen könnte. Außerdem hab ich keine Lust. Ich hab dir gesagt, wie ich die Dinge sehe, Fabio. Das ist meine Meinung. Das Schlimmste, was passieren kann, ist, dass die Kerle sich an dich ranmachen. Dass sie sich ganz übel über dich hermachen. Und wenn das passiert, will ich an dem Tag nicht weit sein. Okay?«

»Okay. Aber halt dich raus. Du hast damit nichts zu tun. Babette ist mein Bier. Du kennst sie kaum.«

»Genug. Immerhin ist sie deine Freundin.«

Er sah mich an. Seine Augen hatten sich verändert. Sie waren ins Kohlrabenschwarze übergegangen, aber ohne den Glanz des Anthrazits. In der Tiefe seines Blicks lag nur noch eine einzige, große Müdigkeit.

»Ich werd dir was sagen«, fuhr er fort. »Was haben wir schon zu verlieren? Wir haben uns das ganze beschissene Leben lang verarschen lassen. Die Frauen haben uns sitzen lassen. Wir waren nicht imstande, Kinder in die Welt zu setzen. Na also. Was bleibt da noch? Freundschaft.«

»Eben. Sie ist zu kostbar, um sie den Geiern zum Fraß vorzuwerfen.«

»Einverstanden, Alter«, sagte er und klopfte mir auf die Schulter. »Trinken wir noch einen, dann haue ich ab. Ich bin mit der Frau eines Bahnhofsvorstehers verabredet.«

»Nein!«

Ein Lächeln machte sich auf seinen Lippen breit. Das war Mavros, wie ich ihn seit meiner Jugend kannte. Eine Kämpfernatur, muskulös, stark, selbstsicher. Und ein Charmeur.

»Nein, nur eine Postangestellte von nebenan. Aus Réunion. Ihr Mann hat sie sitzen lassen, sie und ihre beiden Kinder. Ich spiele abends den Papa, dann hab ich was zu tun.«

»Und danach spielst du mit der Mama.«

»He! Wir sind noch nicht zu alt dafür, oder?«

Er trank aus.

»Sie erwartet nichts von mir und ich nichts von ihr. Wir vertreiben uns abends nur die Langeweile.«

Ich stieg wieder in meinen Wagen und legte eine Kassette von Pinetop Perkins ein. *Blues After Hours.* Für den Rückweg in die Stadt. Der Marseille-Blues gefiel mir immer wieder am besten.

Ich machte einen Umweg über die Küstenstraße. Über die hässlichen Stahlbrücken, die die euromediterranen Landschaftsberater abreißen wollten. In einem Artikel in der Zeitschrift *Marseille* sprachen sie von »der kalten, abstoßenden Wirkung dieser Welt aus Maschinen, Beton und vernieteten Balken unter der Sonne«. Idioten!

Der Hafen war großartig aus dieser Perspektive. Man verschlang ihn im Fahren mit den Augen. Die Piers. Frachter. Kräne. Fähren. Das Meer. Das Château d'If und die Frioul-Inseln in der Ferne. Das alles war Balsam für die Seele.

Neuntes Kapitel

In dem man lernt, dass es schwierig ist, die Toten zu überleben

Wir fuhren Stoßstange an Stoßstange und unter großem Gehupe. Seit der Corniche waren in beide Richtungen nur noch lange Autoschlangen. Die ganze Stadt schien in den Eiscafés, Bars und Restaurants an der Küste verabredet zu sein. Bei dem Tempo würde ich meinen gesamten Kassettenvorrat aufbrauchen. Ich war von Pinetop Perkins zu Lightnin' Hopkins übergegangen. *Darling, Do You Remember Me?*

In meinem Kopf begann es zu arbeiten. Erinnerungen. Seit einigen Monaten gerieten meine Gedanken immer öfter außer Kontrolle. Ich konnte mich schlecht auf eine Sache konzentrieren, nicht einmal aufs Fischen – was heißt, dass es ernst wurde. Je mehr Zeit verging, desto mehr beanspruchte Loles Abwesenheit meine Gedanken. Bestimmte mein Leben. Ich lebte in der Leere, die sie hinterlassen hatte. Nach Hause zu kommen war am schlimmsten. Allein zu Hause zu sein. Zum ersten Mal in meinem Leben.

Ich hätte doch eine andere Musik einlegen sollen. Meine düsteren Gedanken mit kubanischen Rhythmen vertreiben. Guillermo Portabales. Francisco Repilado. Oder noch besser Buena Vista Social Club. Hätte ich doch. Mein Leben reduzierte sich auf dieses »Hätte ich doch«. Klasse, sagte ich mir und hupte den Fahrer vor mir kräftig an. Er ließ in aller Ruhe seine Familie mit ihrer Picknickausrüstung für den Abend am Strand aussteigen. Kühltasche, Stühle, Klapptisch. Fehlt nur noch der Fernseher, dachte ich. Schlechte Laune stieg in mir hoch.

Auf der Höhe des *Café du Port,* an der Pointe Rouge – so weit waren wir in vierzig Minuten gekommen –, hatte ich Lust, mir ein Gläschen zu genehmigen. Ein oder zwei. Vielleicht drei. Aber ich dachte an Fonfon und Honorine, wie sie auf der Terrasse auf mich warteten. Ich war nicht wirklich allein. Die beiden waren da. Mit ihrer Liebe für mich. Ihrer Geduld. Heute Morgen, nach Hélène

Pessayres Anruf, war ich abgehauen, ohne ihnen auch nur guten Morgen zu sagen. Ich hatte noch nicht den Mut gefunden, es ihnen zu erzählen. Wegen Sonia.

»Wen wollen Sie umbringen?«, hatte Honorine letzte Nacht gefragt.

»Vergessen Sie es, Honorine. Es gibt Tausende von Leuten, die ich gern umbringen würde.«

»Nun ja, aber es scheint, dass der da aus dem ganzen Haufen Ihnen besonders am Herzen liegt.«

»Es ist nichts, es ist die Hitze. Die raubt mir den letzten Nerv. Legen Sie sich wieder hin.«

»Machen Sie sich doch einen Kamillentee. Das entspannt. Fonfon macht das jetzt auch.«

Ich hatte den Kopf gesenkt. Weil ich die Fragen, die in ihr aufkamen, nicht in ihren Augen lesen wollte. Auch nicht ihre Angst, mich in verzwickte Geschichten verwickelt zu sehen. Ich konnte mich noch genau erinnern, wie sie mich vor vier Jahren angesehen hatte, als ich ihr von Ugos Tod erzählt hatte. Diesem Blick wollte ich nicht noch mal gegenüberstehen. Um nichts in der Welt. Und am wenigsten jetzt.

Honorine wusste, dass ich meine Hände nicht mit Blut befleckt hatte. Dass ich mich nie dazu habe durchringen können, einen Menschen kaltblütig zu töten. Batisti hatte ich den Flics überlassen. Narni war mit seinem Wagen vom Col de la Gineste in eine tiefe Schlucht gestürzt. Es blieb nur Saadna. Ich hatte ihn mitten in den Flammen sitzen lassen und bereute es nicht. Aber nicht einmal dieses widerwärtige Stück Scheiße hätte ich einfach so berechnend umbringen können. Sie wusste das alles. Ich hatte es ihr erzählt.

Aber ich war heute nicht mehr der Gleiche. Und das wusste Honorine auch. Ich hatte zu viel aufgestaute Wut in mir, zu viele unbeglichene Rechnungen. Auch zu viel Trostlosigkeit. Ich war nicht verbittert, nein, aber niedergeschlagen. Unendlich müde. Ich verzweifelte an den Menschen und der Welt. Sonias Tod, ungerecht, dumm und brutal, wollte mir nicht aus dem Kopf. Durch ihren Tod wurden all die anderen Toten unerträglich. Inklusive der anonymen, von denen ich jeden Morgen in der Zeitung lesen konnte. Tausende. Hunderttausende. Seit Bosnien. Seit Ruanda. Und mit Algerien und seiner täglichen Flut an Massakern. Nacht für Nacht Hunderte von massakrierten und ermordeten Frauen, Kindern, Männern. Der Ekel.

Wirklich zum Kotzen.

Sonia.

Ich hatte keine Ahnung, wie ihr Mörder aussah, aber er hatte sicher einen Totenkopf. Ein Totenkopf auf schwarzem Tuch. In mancher Nacht hisste sich diese Flagge von selbst in meinem Kopf. Frei flatternd, immer noch unbestraft. Ich wollte Schluss damit machen. Wenigstens ein Mal. Ein für alle Mal.

Sonia.

Scheiße auch! Ich hatte mir vorgenommen, ihren Vater und ihren Sohn aufzusuchen. Zumindest das sollte ich heute Abend tun, statt zu trinken. Ihn treffen. Ihn und den kleinen Enzo. Und ihnen sagen, dass ich Sonia, glaube ich, geliebt hätte.

Ich blinkte links, scherte aus und fädelte die Nase meines Wagens in die entgegengesetzte Richtung ein. Sofort tröteten die Hupen. Aber ich scherte mich nicht darum. Keiner tat das. Man hupte aus Prinzip. Genauso wie man schimpfte.

»Wo willst du denn hin, he, du Idiot?«

»Zu deiner Schwester!«

Nach zwei Rückziehern gelang es mir, mich in die Schlange einzureihen. Ich hielt mich gleich links, um den Stau in die andere Richtung zu vermeiden. Ich zickzackte durch ein Labyrinth von kleinen Straßen und erreichte schließlich die Avenue des Goumiers. Da ging es schon besser. Richtung La Capelette, eines Viertels, in dem sich seit den Zwanzigerjahren Familien aus Italien, besonders Norditalien, angesiedelt hatten.

Sonias Vater Attilio wohnte in der Rue Antoine-Del-Bello, Ecke Rue Fifi-Turin. Zwei italienische Widerstandskämpfer, die für Frankreich gestorben waren. Für die Freiheit. Für diese Idee vom Menschen, die sich nicht mit Hitlers oder Mussolinis mörderischen Machtgelüsten vereinen lässt. Als Del Bello, Sohn der italienischen Sozialfürsorge, im Partisanenkrieg starb, hatte er nicht mal einen französischen Pass.

Attilio de Luca öffnete mir, und ich erkannte ihn sofort wieder. Wie Hassan gesagt hatte, waren de Luca und ich uns schon in seiner Kneipe begegnet. Und hatten einige Aperitifs zusammen getrunken. Er war 1992 entlassen worden, nach fünfzehn Jahren als Pförtner bei *Intramar*. Fünfunddreißig Jahre hatte er im Hafen geschuftet. Er hatte mir von den Bruchstücken seines Lebens erzählt. Sein Stolz, Hafenarbeiter zu sein. Seine Streiks. Bis zu jenem Jahr, in dem die ältesten Dockarbeiter in die Versenkung abgeschoben wurden. Im Namen der Modernisierung am Arbeitsplatz. Die Ältesten und alle Unruhestifter. De Luca stand auf der schwarzen Liste. Die »Nichtanpassungsfähigen«. Das Alter kam dazu, und er fand sich als einer der Ersten auf der Straße wieder.

De Luca war in der Rue Antoine-Del-Bello geboren. Bevor die Alvarez, Gutierez und andere Spanier hinzukamen, endeten hier fast alle Namen mit *i* oder *a*.

»Als ich geboren wurde, waren in dieser Straße von tausend Leuten neunhundertvierundneunzig Italiener, zwei Spanier und einer Armenier.«

Seine Kindheitserinnerungen waren meinen erstaunlich ähnlich und riefen das gleiche Glücksgefühl in mir hervor.

»Im Sommer stand in der Sackgasse Stuhl an Stuhl auf dem Bürgersteig. Jeder hatte seine kleine Geschichte zu erzählen.«

Verflixt und zugenäht, dachte ich, warum hat er mir nie von seiner Tochter erzählt! Warum war sie nicht mal einen Abend mit ihm zu Hassan gekommen! Warum hatte ich Sonia nur kennen gelernt, um sie sogleich für immer zu verlieren? Das Schreckliche bei Sonia war, dass es nichts zu bedauern gab – wie bei Lole –, es gab nur Schuldgefühle. Das Schlimmste, was passieren konnte. Unabsichtlich zum Werkzeug ihres Todes geworden zu sein.

»Oh! Montale«, sagte de Luca.

Er war um hundert Jahre gealtert.

»Ich hab das mit Sonia gehört ...«

Er sah mich mit geröteten Augen an. Voller Fragen. De Luca konnte natürlich nicht verstehen, was ich hier wollte. Ein paar Runden Pastis förderten die Freundschaft, aber nicht einmal bei Hassan schufen sie familiäre Bindungen.

Als Sonias Name fiel, erschien Enzo. Sein Kopf reichte seinem Großvater gerade bis an die Taille. Er klammerte sich an sein Bein und sah ebenfalls zu mir auf. Aus den grau-blauen Augen seiner Mutter.

»Ich …«

»Komm rein, komm rein … Enzo! Geh wieder ins Bett. Es ist fast zehn. Die Gören wollen nie schlafen«, bemerkte er lustlos.

Das Zimmer war ziemlich groß, aber voll gestopft mit Krimskrams überladenen Möbeln und eingerahmten Familienfotos. So, wie seine Frau es vor zehn Jahren hinterlassen hatte, als sie de Luca verlassen hatte. So, wie sie es vorfinden sollte, wenn sie eines Tages wiederkam. »Früher oder später«, hatte er voller Hoffnung gesagt.

»Machs dir bequem. Willst du was trinken?«

»Pastis, ja. Aus einem großen Glas. Ich hab Durst.«

»Elende Hitze«, sagte er.

Er war nur wenig älter als ich. Sieben oder acht Jahre vielleicht. Es fehlte nicht viel, und ich hätte ein Kind in Sonias Alter haben können. Eine Tochter. Einen Jungen. Bei dem Gedanken wurde mir mulmig.

Er kam mit zwei Gläsern, Eiswürfeln und einer großen Karaffe Wasser zurück. Dann holte er die Flasche Pastis aus einem Schrank. »Warst du das, mit dem sie gestern Abend verabredet war?«, fragte er und schenkte mir ein.

»Ja.«

»Als ich dich da vor der Tür gesehen hab, hab ich verstanden.«

Sieben oder acht Jahre Unterschied. Fast das gleiche Alter. Die Nachkriegsgeneration. Die Zeit der kleinen Opfer, des schmalen Portemonnaies. Nudeln mittags und abends. Und Brot. Schnitten mit Tomaten und ein paar Tropfen Olivenöl. Brokkolibrot. Brot mit Auberginen. Auch die Generation der großen Träume, die für alle unsere Väter Stalins herzliches Lächeln trugen. De Luca war mit fünfzehn der Kommunistischen Jugend beigetreten.

»Ich habe das alles für bare Münze genommen«, hatte er mir erzählt. »Ungarn, die Tschechoslowakei, die weltweit positive Bilanz des Sozialismus. Jetzt glaub ich nur noch an Bares!«

Er reichte mir das Glas, ohne mich anzusehen. Ich konnte mir denken, was in seinem Kopf vorging. Seine Gefühle. Seine Tochter in meinen Armen. Seine Tochter unter meinem Körper, bei der Liebe. Ich weiß nicht, ob ihm das wirklich gefallen hätte. Diese Geschichte zwischen ihr und mir.

»Es war nichts zwischen uns, weißt du. Wir wollten uns wiedersehen, und …«

»Lass es, Montale. Das ist jetzt alles …«

Er nahm einen tiefen Schluck Pastis, dann sah er mich schließlich an.

»Du hast keine Kinder?«

»Nein.«

»Dann kannst du es nicht verstehen.«

Ich schluckte. De Luca litt entsetzlich. Seine Augen glänzten verdächtig. Ich war sicher, dass wir Freunde geworden wären, sogar danach. Und dass er bei unseren Mahlzeiten mit Fonfon und Honorine dabei gewesen wäre.

»Wir hätten etwas aufbauen können, sie und ich. Glaube ich. Mit dem Kleinen.«

»Du warst nie verheiratet?«

»Nein, nie.«

»Du musst einige Frauen gekannt haben.«

»Es ist nicht so, wie du denkst, de Luca.«

»Ich denke gar nichts mehr. Wie dem auch sei …«

Er trank aus.

»Möchtest du noch was?«

»Einen Schluck.«

»Sie ist nie glücklich gewesen. Hat nur Idioten kennen gelernt. Erklär mir das, Montale. Schön, intelligent, und nur Idioten. Ich spreche nicht vom Letzten, dem Vater von …« Er deutete mit dem Kopf in Richtung von Enzos Schlafzimmer. »Zum Glück hat er sich verpisst, den hätte ich sonst eines Tages umgebracht.«

»Das kann man nicht erklären.«

»Hmja. Ich glaube, wir vergeuden unsere Zeit damit, uns zu verlieren, und wenn wir uns finden, ist es zu spät.«

Er sah mich erneut an. Hinter den Tränen, die jeden Moment kommen konnten, glomm ein Funken Freundschaft.

»Mein ganzes Leben«, sagte ich, »ist es so gewesen.«

Mein Herz begann heftig zu schlagen, dann krampfte es sich plötzlich zusammen. Als wenn Lole es von irgendwo erdrückte. Sie hatte tausendmal Recht, ich verstand nicht die Bohne. Lieben bedeutete zweifellos, sich dem anderen nackt preiszugeben. Nackt in seinen Stärken und Schwächen. Wahr. Wovor hatte ich in der Liebe Angst? Vor dieser Nacktheit? Ihrer Wahrheit? Der Wahrheit?

Sonia hätte ich alles erzählt. Auch die Hemmschwelle in meinem Herzen eingestanden, die Lole war. Ja, wie ich de Luca gesagt hatte, mit Sonia hätte ich etwas aufbauen können. Etwas anderes. Freuden, Lachen. Glück. Aber etwas anderes. Nur etwas anderes. Die Frau deiner Träume, jahrelang erwartet und begehrt, schließlich getroffen und geliebt, triffst du mit Sicherheit nicht einfach so an einer anderen Wendung deines Lebens wieder. Bekanntlich gibt es kein Fundbüro für verlorene Lieben.

Sonia hätte das verstanden. Sie, die mein Herz so schnell geöffnet hatte, mein Vertrauen in so kurzer Zeit erlangt. Und vielleicht hätte es ein Danach gegeben. Ein Danach, das unseren Wünschen gerecht geworden wäre.

»Ach ja«, sagte de Luca und trank erneut aus.

Ich stand auf.

»Bist du nur deshalb gekommen, um mir zu sagen, dass du es warst?«

»Ja«, log ich. »Es dir zu sagen.«

Er stand mühsam auf.

»Weiß der Kleine es schon?«

»Noch nicht. Ich weiß nicht, wie … Ich weiß auch nicht, was ich mit ihm machen soll … Einen Abend, einen Tag, verstehst du. Eine Woche in den Ferien … Aber ihn großziehen? Ich habe meiner Frau geschrieben …«

»Kann ich ihm guten Abend sagen?«

De Luca nickte. Aber gleichzeitig legte er seine Hand auf meinen Arm. Die ganze zurückgehaltene Trauer würde aus ihm herausbrechen. Seine Brust hob sich. Schluchzer brachen die Dämme aus Stolz, die er vor mir errichtet hatte.

»Warum?«

Er begann zu weinen.

»Warum hat man sie mir genommen? Warum sie?«

»Ich weiß nicht«, sagte ich ganz leise.

Ich zog ihn an mich und hielt ihn fest. Er wurde vom Weinen geschüttelt. Ich wiederholte, so sanft ich konnte: »Ich weiß nicht.«

Seine Tränen für Sonia, dicke, heiße, klebrige Tränen, rannen meinen Hals entlang. Sie trugen den Geruch des Todes. Den ich neulich Abend bei Hassan wahrgenommen hatte. Genau so. Vor meinem inneren Auge versuchte ich, Sonias Killer ein Gesicht zu geben.

Dann sah ich Enzo mit einem kleinen Teddybären in der Hand vor uns stehen.

»Warum weint Papi?«

Ich machte mich von de Luca los und hockte mich vor Enzo. Ich legte meine Arme um seine Schultern.

»Deine Mama«, sagte ich, »sie kommt nicht wieder. Sie hat … Sie hat einen … Einen Unfall gehabt. Verstehst du das, Enzo? Sie ist tot.«

Und ich fing auch an zu heulen. Wegen uns, die wir all dies überleben mussten. Die ewige Verderbtheit der Welt.

Zehntes Kapitel

In dem von einer Leichtigkeit die Rede ist, die jede menschliche Trauer wie auf den Schwingen einer Lachmöwe davonzutragen vermag

Ich hatte mit Fonfon und Honorine bis Mitternacht Rommé gespielt. Mit ihnen Karten zu spielen war mehr als ein Vergnügen. Eine Form von Gemeinsamkeit. Komplizierte Gefühle zu teilen, ohne sie offen auszusprechen. Zwischen zwei Karten wurden Blicke gewechselt, Lächeln erwidert. Und obwohl das Spiel einfach war, mussten wir auf die Karten Acht geben, die der eine oder andere ausspielte. Es war mir recht, meine Gedanken noch ein paar Stunden für mich zu behalten.

Fonfon hatte eine Flasche Bunan mitgebracht. Ein alter Trester aus La Cadière bei Bandol.

»Probier das«, hatte er gesagt, »das ist mal was anderes als dein schottischer Whisky.«

Er war köstlich. Mit meinem leicht nach Torf schmeckenden Lagavulin hatte er nichts gemein. Der schön trockene, rein fruchtige Bunan enthielt den vollen Geschmack der Garrigue. Während ich zwei Partien Rommé gewonnen und acht verloren hatte, hatte ich genüsslich vier kleine Gläser geleert. Als wir gerade aufbrechen wollten, kam Honorine mit einem wattierten Umschlag zu mir.

»Da, das hätte ich fast vergessen. Das hat der Briefträger heute Morgen für Sie hinterlegt. Er wollte es nicht in den Briefkasten stecken, weil ›zerbrechlich‹ draufstand.«

Kein Absender auf der Rückseite. Der Brief war in Saint-Jean-du-Gard aufgegeben worden. Ich öffnete den Umschlag und zog fünf Disketten heraus. Zwei blaue, eine weiße, eine rote, eine schwarze. »Ich liebe dich immer noch«, hatte Babette auf ein

Stück Papier geschrieben. Und darunter: »Heb das gut für mich auf.«

Babette! Das Blut pochte mir in den Schläfen. Sonia tauchte blitzartig vor mir auf. Sonias Gesicht. Sonia mit aufgeschlitzter Kehle. In dem Augenblick konnte ich mich genau an Sonias Hals erinnern. Sonnengebräunt wie der Rest ihrer Haut. Schlank. Er wirkte so weich wie ihre Schulter, auf die ich meine Hand einen Augenblick gelegt hatte. Ein Hals, der zum Küssen aufforderte, dort unter dem Ohr. Oder zum Streicheln, mit den Fingerspitzen, nur aus Wonne an der Zartheit der Berührung. In diesem Moment hätte ich Babette hassen können!

Aber wie kann man jemanden hassen, den man liebt? Den man geliebt hat? Einen Freund oder eine Geliebte. Mavros oder Lole. Genauso wenig, wie ich Manu und Ugo die Freundschaft hatte aufkündigen können. Man kann sich versagen, sie zu sehen, von sich hören zu lassen, aber hassen, nein, das ist unmöglich. Für mich jedenfalls.

Ich las Babettes Notiz noch einmal und wog die Disketten in der Hand. Ich hatte das Gefühl, das wars. Als seien unsere Schicksale unter widerwärtigsten Umständen miteinander verknüpft. Babette berief sich auf die Liebe, dabei war es der Tod, der um die Ecke schaute. Auf Leben und Tod. Als Kinder hatten wir das gesagt. Wir ritzten unsere Handgelenke auf und legten sie mit gekreuzten Armen aneinander. Geteiltes Blut. Freunde fürs Leben. Brüder. Die ewige Liebe.

Babette. Jahrelang hatten wir nur unsere Begierden geteilt. Und unsere Einsamkeit. Bei ihrem »Ich liebe dich immer noch« war mir unwohl. Ich konnte es nicht erwidern. Meinte sie es ernst?, fragte ich mich. Oder sah sie nur keine andere Möglichkeit, um Hilfe zu rufen? Ich wusste nur zu gut, dass man Dinge sagen konnte und sie in dem Moment auch wirklich ernst meinte, die man Stunden oder Tage später durch seine Taten Lügen strafte. Besonders in der Liebe. Denn die Liebe ist das irrationalste aller Gefühle, und seine Quelle – da mag man sagen, was man will – liegt in der Begegnung zweier Geschlechter und der Lust, die sie sich gegenseitig verschaffen.

Lole hatte eines Tages gesagt, während sie ihre Sachen packte: »Ich verreise. Eine Woche vielleicht.«

Ich hatte sie lange angeschaut, mit den Augen liebkost, einen Klumpen im Magen. Normalerweise hätte sie gesagt: »Ich fahre zu meiner Mutter«, oder: »Meiner Schwester geht es nicht gut, ich fahre für ein paar Tage nach Toulouse«.

»Ich muss nachdenken, Fabio. Ich brauche das. Für mich. Verstehst du, ich muss an mich denken.«

Sie war verkrampft, als sie mir das so sagen musste. Sie hatte nicht den richtigen Moment gefunden, um es mir mitzuteilen. Es zu erklären. Ich verstand ihre Anspannung, auch wenn es mir wehtat. Ich hatte vorgehabt, aber ohne es ihr zu sagen – wie üblich –, einen Ausflug ins Hinterland von Nizza mit ihr zu machen. Richtung Gorbio, Sainte-Agnès, Sospel.

»Mach, was du willst.«

Sie fuhr zu ihrem Freund. Diesem Gitarristen, den sie bei einem Konzert kennen gelernt hatte. In Sevilla, als sie bei ihrer Mutter zu Besuch war. Lole hatte es mir erst bei ihrer Rückkehr gestanden.

»Ich kann nichts dafür …«, fügte sie hinzu. »Ich habe nicht gedacht, dass es so schnell passieren würde, Fabio.«

Ich nahm sie in die Arme, zog ihren leicht widerstrebenden Körper an meinen. Da wusste ich, dass sie nachgedacht hatte, für sich, über uns. Aber so hatte ich mir das natürlich nicht vorgestellt. So hatte ich ihre Worte bei ihrem Abschied nicht aufgefasst.

»Sagen Sie, was sind das für Sachen?«, fragte Honorine.

»Disketten. Die sind für Computer.«

»Kennen Sie sich damit denn aus?«

»Ein wenig. Ich hatte mal einen. In meinem Büro.«

Ich umarmte sie beide. Und wünschte ihnen gute Nacht. Jetzt hatte ich es plötzlich eilig.

»Wenn du früh weggehst, komm trotzdem vorher vorbei«, bat Fonfon.

»Versprochen.« Ich war mit den Gedanken schon woanders. Bei den Disketten. Ihrem Inhalt. Die Gründe dafür, dass Babette jetzt im Schlamassel steckte. In den sie mich mit hineinzog. Und der Sonia das Leben gekostet hatte. Und wegen dem ein achtjähriger Junge und ein verstörter Großvater auf der Strecke blieben.

Ich rief Hassan an. Als er abnahm, erkannte ich die ersten Takte von *In A Sentimental Mood*. Und den Klang. Coltrane und Duke Ellington. Ein Juwel.

»Sag mal, hängt Sébastien zufällig bei dir rum?«

»Klar. Ich sag ihm Bescheid.«

Im Laufe der Jahre hatte ich in der Kneipe mit einer Gruppe von Freunden Kontakt bekommen. Sébastien, Mathieu, Régis, Cédric. Sie waren fünfundzwanzig Jahre jung. Mathieu und Régis beendeten gerade ihr Architekturstudium. Cédric malte, und seit neuestem organisierte er auch Techno-Konzerte. Sébastien arbeitete schwarz auf Baustellen. Die Freundschaft, die sie verband, wärmte mir das Herz. Sie war greifbar und nur zu verständlich. Mit Manu und Ugo war es genauso. Wir schwankten Abend für Abend von einem Bistro ins nächste und lachten über alles, sogar über unsere jeweiligen Freundinnen. Wir waren verschieden und hatten die gleichen Träume. Wie diese vier jungen Leute. Und wie sie wussten wir, dass wir unsere Gespräche mit niemandem sonst hätten führen können.

»Ja«, sagte Sébastien.

»Montale hier. Ich stör hoffentlich nicht?«

»Die Mädchen sind unter der Dusche. Wir sind ganz unter uns.«

»Hör zu, könnte dein Cousin Cyril ein paar Disketten für mich lesen?«

Cyril, so hatte Sébastien erläutert, war ein Computerfreak. Er war mit allem nur erdenklichen Zubehör ausgestattet. Und surfte die ganze Nacht durchs Internet.

»Kein Problem. Wann denn?«

»Jetzt gleich?«

»Jetzt gleich! Oh! Verdammt, das ist ja schlimmer als zu deiner Zeit als Bulle!«

»Du könntest es nicht besser sagen.«

»Okay. Also, wir warten auf dich. Wir haben vier Runden Vorsprung!«

Ich brauchte keine zwanzig Minuten. Ich hatte grüne Welle bis auf drei Ampeln, die ich bei Gelb nahm. Kein einziger Bulle weit und breit. Bei Hassan war nicht viel los. Sébastien und seine Kumpel. Drei Paare. Und ein Stammgast, um die dreißig, eine müde Erscheinung, der jede Woche kam, um *Taktik,* Marseilles kostenloses Kulturmagazin, von der ersten bis zur letzten Seite zu lesen. Sicher weil er sich keine Konzert- oder auch nur Kinokarte leisten konnte.

»Wenn du mir die vom Hals schaffst«, sagte Hassan und zeigte auf die vier jungen Leute, »kann ich zumachen.«

»Cyril erwartet uns«, sagte Sébastien. »Wann du willst. Er wohnt nur ein paar Schritte von hier. Boulevard Chave.«

»Trinkt ihr noch eine Runde mit?«

»Nun, das ist das Mindeste bei Nachtarbeit, nicht?«

»Gut, die letzte«, warf Hassan ein. »Bringt eure Gläser her.«

Er gab mir einen Whisky. Ohne zu fragen. Den gleichen, den Sonia getrunken hatte. Einen Oban. Er schenkte sich auch einen ein, was eine Ausnahme war. Er hob sein Glas zum Anstoßen. Wir sahen uns an. Wir dachten beide das Gleiche. An dieselbe Person. Reden war nicht nötig. Es war wie mit Fonfon und Honorine. Es gibt kein Wort für das Böse.

Hassan hatte das Album von Coltrane und Ellington laufen lassen. Sie stimmten *Angelica* an. Ein Stück über die Liebe. Freude. Glück. Mit einer Leichtigkeit, die jede menschliche Trauer wie auf den Schwingen einer Lachmöwe zu anderen Ufern davonzutragen vermochte.

»Noch einen?«

»Einen Schnellen. Für die Jungs auch.«

Die fünf Disketten enthielten seitenweise Dokumente. Babette hatte so viel Informationen wie möglich darauf komprimiert.

»Gehts so?«, fragte Cyril.

Ich saß vor seinem Computer und fing an, die Dateien der blauen Disketten durchzugehen.

»'ne Stunde wirds schon dauern. Ich will nicht alles lesen. Nur ein paar Sachen raussuchen, die ich brauche.«

»Lass dir Zeit. Wir haben genug, um eine Belagerung durchzustehen!«

Sie hatten mehrere Sechserpacks Bier, Pizzen und genug Zigaretten mitgebracht, um nicht zu schmachten. So, wie sie aufgebrochen waren, würden sie die Welt noch gut vier- oder fünfmal erneuern. Und nach dem, was vor meinen Augen ablief, hatte die Welt eine Erneuerung dringend nötig.

Aus Neugier hatte ich das erste Dokument geöffnet. *Wie die Mafia die Weltwirtschaft unterwandert.* Offensichtlich hatte Babette mit der Zusammenfassung ihrer Nachforschungen begonnen. »In einer Zeit der weltweiten Verflechtung der Märkte wird die Rolle der organisierten Kriminalität im Bereich der Wirtschaft immer noch nicht richtig eingeschätzt. Aufgrund von Hollywoodklischees und Sensationsjournalismus denkt die Öffentlichkeit beim Begriff ›Kriminalität‹ an den Zusammenbruch der öffentlichen Ordnung. Während kleinkriminelle Vergehen groß herausgestellt werden, erfährt man so gut wie nichts über die Rolle und den Einfluss von internationalen Verbrecherorganisationen in Politik und Wirtschaft.«

Ich klickte weiter. »Das organisierte Verbrechen ist eng mit der Wirtschaft verflochten. Die Öffnung der Märkte, der Niedergang des Wohlfahrtsstaats, die Privatisierungen, die Deregulierung der internationalen Finanz- und Geschäftswelt und so weiter begünstigen die Zunahme unerlaubter Machenschaften und die Internationalisierung der damit einhergehenden Wirtschaftskriminalität.

Nach Angaben der Vereinten Nationen belaufen sich die jährlichen Einkünfte der transnationalen Verbrecherorganisationen weltweit auf zirka tausend Milliarden Dollar; das entspricht dem Bruttosozialprodukt (BSP) aller Länder, die – mit insgesamt drei Milliarden Einwohnern – von der Weltbank als einkommensschwach eingestuft werden. Die geschätzte Summe umfasst sowohl den Erlös aus illegalen Waffenverkäufen, aus dem Drogenhandel, dem Schmuggel atomaren Materials und so weiter als auch die Profite aus Geschäften, die von der Mafia kontrolliert werden (Prostitution, Glücksspiel, Devisenschwarzmärkte und so weiter).

Unberücksichtigt bleiben dabei noch die laufenden Investitionen, mit denen sich kriminelle Organisationen die Kontrolle über rechtmäßige Geschäfte sichern, und damit ihr Machteinfluss auf die Produktionsmittel zahlreicher Bereiche der legalen Wirtschaft.«

Ich begann zu ahnen, was sich auf den anderen Disketten verbergen mochte. Fußnoten verwiesen auf offizielle Dokumente. Ein weiterer Anmerkungsapparat, fett gedruckt in diesem Fall, verwies, nach einer genauen Ordnung untergliedert, auf die anderen Disketten: Geschäfte, Orte, Unternehmen, politische Parteien und schließlich Namen. Fargette. Yann Piat. Noriega. Sun Investment. International Bankers Luxemburg … Ich bekam eine Gänsehaut. Weil ich sicher war, dass Babette mit jener professionellen Schonungslosigkeit gearbeitet hatte, von der sie sich seit Beginn ihrer Karriere hatte leiten lassen. Der Drang nach Wahrheit. Ich klickte wieder weiter.

»Parallel dazu arbeiten kriminelle Organisationen mit gewöhnlichen Firmen zusammen und investieren in eine ganze Reihe legaler Unternehmungen, die nicht nur zur Tarnung bei der Geldwäsche dienen, sondern auch ein sicheres Mittel darstellen, Kapital außerhalb der kriminellen Sphäre zu akkumulieren. Solche Investitionen gehen hauptsächlich in Bereiche wie Luxusimmobilien, Freizeitindustrie, Verlagswesen und Medien sowie Finanzdienstleistungen, aber auch in den öffentlichen Sektor, in Landwirtschaft und Industrie.«

»Ich mache Spaghetti Bolognese«, unterbrach Sébastien. »Möchtest du welche?«

»Nur, wenn ihr andere Musik auflegt!«

»Hast du das gehört, Cédric?«, rief Sébastien.

»Wir geben uns Mühe!«, gab er zurück.

Die Musik hörte auf.

»Hör mal! Das ist Ben Harper.«

Den kannte ich nicht, aber was solls, sagte ich mir, ich werds ertragen.

Ich verließ den Bildschirm bei diesem letzten Satz: »Die organisierte Kriminalität hat bedeutendere Gewinne vorzuweisen als die meisten der Firmen, die von der Zeitschrift *Fortune* als die fünfhundert größten der Welt dargestellt werden. Ihre Organisationen erinnern eher an General Motors als an die traditionelle sizilianische Mafia.« Ein ganzes Programm. Das Babette aufs Korn genommen hatte.

»Wo seid ihr?«, fragte ich, als ich mich an den Tisch setzte.

»Irgendwo«, antwortete Cédric.

»Von welchem Ende wir die Dinge auch angehen«, argumentierte Mathieu, »wir landen immer am selben Punkt. Dort, wo wir stecken. In der Scheiße.«

»Gut beobachtet«, sagte ich. »Und?«

»Und«, fuhr Sébastien kichernd fort, »Hauptsache, man verteilt sie beim Gehen nicht überall.«

Alle amüsierten sich. Ich auch. Wenngleich etwas blass. Denn genau dort steckte ich, in der Scheiße, und ich war nicht wirklich sicher, dass ich sie nicht überall verteilte.

»Super, die Nudeln«, sagte ich.

»Das hat Sébastien von seinem Vater«, kommentierte Cyril. »Den Spaß am Kochen.«

Der Schlüssel zu Babettes Schwierigkeiten musste auf einer der anderen Disketten stecken. Dort, wo sie die Namen der Politiker und Unternehmenschefs aufzählte. Die schwarze Diskette.

Die weiße war eine Anhäufung von Dokumenten. Die rote enthielt Interviews und Zeugenaussagen. Darunter ein Gespräch mit Bernard Bertossa, dem Genfer Generalstaatsanwalt.

»Würden Sie sagen, dass Frankreichs Kampf gegen die internationale Korruption, zumindest auf Europa bezogen, effizient genug ist?«

»Sehen Sie, in Europa hat nur Italien eine wirkliche Verbrechenspolitik entwickelt, die schmutziges Geld und Korruption bekämpft. Besonders zum Zeitpunkt der Operation *Mani Pulite.* Ehrlich gesagt erweckt Frankreich ganz und gar nicht den Eindruck, gegen das Schwarzgeldnetz oder Bestechung vorgehen zu wollen. Es gibt keine politische Kampfstrategie, nur individuelle Fälle, Richter oder Staatsanwälte, die ihre Unterlagen auswerten und unnachgiebig sind. Spanien beginnt jetzt damit. Dort hat man eine eigene Abteilung der Staatsanwaltschaft zur Bekämpfung der Korruption ins Leben gerufen. In Frankreich hingegen existiert so etwas nicht. Diese Haltung hat nichts mit der einen oder anderen Partei zu tun, ob sie an der Macht ist oder nicht. Alle lassen die Sache schleifen, und keiner will es aussprechen.«

Mir fehlte die Kraft, die schwarze Diskette zu öffnen. Was würde es mir nützen zu wissen? Ich sah die Welt so schon schwarz genug.

»Kann ich einen Satz Kopien haben?«, fragte ich Cyril.

»So viel du willst.«

Dann erinnerte ich mich an Sébastiens Ausführungen über das Internet und fügte hinzu: »Und … Kann man all das ins Internet geben?«

»Eine Website einrichten meinst du?«

»Ja, eine Website, die jeder aufrufen kann.«

»Kein Problem.«

»Kannst du das machen? Mir eine Website einrichten und sie nur freigeben, wenn ich dich darum bitte?«

»Das mach ich dir gleich morgen.«

Ich verließ sie um drei Uhr morgens. Nach einem letzten Schluck Bier. Auf der Straße zündete ich eine Zigarette an. Ich ging über die völlig verlassene Place Jean-Jaurès und fühlte mich zum ersten Mal seit langer Zeit nicht sicher.

Elftes Kapitel

In dem es ums nackte Leben geht, bis zum letzten Atemzug

Ich schrak aus dem Schlaf hoch. Etwas klingelte in meinem Kopf. Aber es war nicht das Telefon. Es war auch kein Geräusch. Es war nur in meinem Kopf und nicht wirklich ein Klingeln. Ein Klicken. Hatte ich geträumt? Wovon? Fünf vor sechs, Scheiße! Ich reckte mich. Ich würde nicht wieder einschlafen, das wusste ich jetzt schon.

Ich stand auf und trat auf die Terrasse mit einer Kippe in der Hand, die ich allerdings nicht anzündete. Das Meer, von einem dunklen, fast schwarzen Blau, geriet in Bewegung. Der Mistral kam auf. Ein schlechtes Zeichen. Mistral im Sommer war gleichbedeutend mit Waldbränden. Hunderte von Hektar Wald und Gestrüpp in der Garrigue gingen jährlich in Flammen auf. Die Feuerwehr musste schon in den Startlöchern sitzen.

Saint-Jean-du-Gard, dachte ich. Das war es. Das Klicken. Der Poststempel auf Babettes Briefumschlag. Saint-Jean-du-Gard. In den Cevennen. Was hatte sie da zu suchen? Bei wem? Ich hatte mir eine Tasse Kaffee gekocht, in meiner kleinen italienischen Kaffeekanne. Eine Tasse nach der anderen. So mochte ich meinen Kaffee. Nicht aufgewärmt. Schließlich steckte ich die Zigarette an und zog vorsichtig daran. Der erste Zug ging glatt durch. Ich hatte die nächsten gewonnen.

Ich legte eine Platte des südafrikanischen Pianisten Abdullah Ibrahim auf. *Echoes from Africa.* Ein bestimmtes Stück. *Zikr.* Ich glaubte weder an den Teufel noch an den lieben Gott. Aber in dieser Musik, in dem Gesang – dem Duo mit Johnny Dyani, seinem Bassisten –, lag eine derartige Heiterkeit, dass man die Erde hätte preisen mögen. Ihre Schönheit. Ich hatte dieses Stück immer wieder stundenlang gehört. Im Morgengrauen. Oder bei Sonnenuntergang. Es erfüllte mich mit Menschlichkeit.

Die Musik stieg an. Ich stand mit der Tasse in der Hand in der

Terrassentür und sah zu, wie das Meer immer stärker in Aufruhr geriet. Von Abdullah Ibrahims Texten verstand ich kein Wort, aber dieses *Remembrance of Allah* übersetzte ich mir auf die einfachste Art. Es ist mein Leben, das ich hier, auf dieser Erde lebe. Ein Leben mit dem Geschmack heißer Steine, dem Seufzen des Meeres und den Zikaden, die bald zu zirpen anfangen würden. Ich würde dieses Leben bis zu meinem letzten Atemzug lieben. *Inschallah.*

Eine Möwe flog vorbei, sehr tief, dicht über der Terrasse. In meinen Gedanken tauchte für einen Moment Hélène Pessayre auf. Eine hübsche Möwe. Ich hatte nicht das Recht, sie weiter zu belügen. Jetzt, wo ich Babettes Disketten in der Hand hatte. Jetzt, wo ich ahnte, wo Babette sich versteckte. Zwar musste ich das noch überprüfen, aber ich war mir fast sicher. Saint-Jean-du-Gard. Die Cevennen. Ich schlug den Ordner mit ihren Artikeln auf.

Es war ihre allererste große Reportage. Die einzige, die ich noch nicht gelesen hatte. Zweifellos wegen der Fotos, die den Artikel illustrierten und die Babette selbst aufgenommen hatte. Fotos voller Zärtlichkeit für diesen ehemaligen Philosophiestudenten, der nach dem Mai 68 Ziegenzüchter geworden war. Sie hatte diesen Bruno geliebt, da war ich mir sicher. Wie mich. Vielleicht hatte sie uns beide gleichzeitig geliebt? Und noch andere?

Na und? sagte ich mir und las den Artikel weiter. Das war vor zehn Jahren. Aber liebt Babette dich noch? Liebt sie dich wirklich noch? Dieser kurze Satz bohrte in mir. »Ich liebe dich immer noch.« War es möglich, mit jemandem, den man geliebt hatte, von vorn anzufangen? Mit dem man zusammengelebt hatte? Nein, das glaubte ich nicht. Ich hatte nie daran geglaubt bei den Frauen, die ich verlassen hatte oder die mich verlassen hatten. Bei Babette glaubte ich auch nicht daran. Ich konnte es mir nur mit Lole vorstellen, aber das war total verrückt. Ich weiß nicht mehr, welche Frau mir einmal gesagt hat, dass man die Geister der Liebe nicht stören soll.

Le Castellas. Das wars also. Dort steckte sie. Davon war ich überzeugt. So, wie Babette den Ort beschrieb, bot er ein ideales

Versteck. Außer dass man sich nicht bis ans Ende seiner Tage verkriechen konnte. Es sei denn, man entschied sich wie dieser Bruno, sein Leben dort zu fristen. Aber ich konnte mir Babette nicht als Ziegenzüchterin vorstellen. Dafür hatte sie noch zu viel Wut im Bauch.

Ich machte mir eine dritte Tasse Kaffee, dann rief ich die Auskunft an und erfragte die Nummer von Castellas. Beim fünften Klingeln hob jemand ab. Eine Kinderstimme. Ein Junge.

»Wer ist da?«

»Ich möchte deinen Papa sprechen.«

»Mama!«, rief er.

Schritte.

»Hallo.«

»Guten Tag. Ich hätte gern Bruno gesprochen.«

»Wer ist denn da?«

»Montale. Fabio Montale.« Mein Name würde ihr nichts sagen. »Einen Moment.«

Wieder Schritte. Eine Tür ging auf. Und dann war Bruno am anderen Ende der Leitung.

»Ja, ich höre.«

Die Stimme gefiel mir. Bestimmt. Sicher. Eine Stimme aus den Bergen, geladen mit ihrer Rauheit.

»Wir kennen uns nicht. Ich bin ein Freund von Babette. Ich würde gern mit ihr sprechen.«

Schweigen. Er überlegte.

»Mit wem?«

»Hören Sie, lassen wir das Theater. Ich weiß, dass sie sich bei Ihnen versteckt hält. Sagen Sie ihr, Montale hat angerufen. Sie soll mich zurückrufen, schnell.«

»Was ist los?«

»Sagen Sie ihr, sie soll mich anrufen. Danke.«

Babette rief eine halbe Stunde später an.

Draußen blies der Mistral in starken Böen. Ich war hinausgegangen, um Honorines und meinen Sonnenschirm zusammenzufalten. Sie war noch nicht aufgetaucht. Wahrscheinlich war sie zum Kaffee zu Fonfon gegangen, wo sie *La Marseillaise* las. Seit der *Provençal* und der *Méridional* zu einer einzigen Zeitung fusioniert waren, *La Provence,* kaufte Fonfon nur noch *La Marseillaise.* Er mochte keine Wischiwaschizeitungen. Er mochte es, wenn sie Partei ergriffen. Auch, wenn er ihre Meinung nicht teilte. Wie die kommunistische Zeitung *La Marseillaise.* Oder der *Méridional,* der, bevor er zur gemäßigten Rechten übergegangen war, vor rund zwanzig Jahren mit der Verbreitung rechtsextremer und radikaler Ideen des Front National ein Vermögen gemacht hatte.

Fonfon konnte nicht verstehen, dass der Leitartikel in *La Provence* den einen Tag aus der Feder eines links angehauchten Herausgebers stammte und den nächsten aus der Feder eines anderen Herausgebers, der mit der Rechten sympathisierte.

»Das nennt sich Pluralismus!«, hatte er geschimpft.

Dann hatte er mir den Leitartikel zu lesen gegeben, der an jenem Morgen die Frankreichreise des Papstes würdigte. Und die moralischen Tugenden des Christentums lobpries.

»Ich habe nichts gegen den Herrn Papst, verstehst du. Auch nicht gegen den Schreiber. Soll jeder denken, was er will, das ist schließlich Freiheit. Aber …«

Er blätterte die Zeitungsseiten um.

»Da, lies das.«

Auf den Lokalseiten war ein kurzer Beitrag mit Fotos über einen Gastwirt an der Küste. Der Typ erklärte, dass sein Laden der Renner sei. Die Kellnerinnen, ausnahmslos jung und hübsch, waren praktisch nackt. Was er nicht sagte oder nur andeutete, war, dass man ihnen den Hintern tätscheln durfte. Der ideale Ort für Geschäftsessen eben. Hübsche Hintern und Moneten haben sich schon immer gut verstanden.

»Du kannst doch nicht auf der ersten Seite den Segen vom Papst empfangen und dich auf der vierten aufgeilen lassen, nein!«

»Fonfon!«

»Verdammt noch mal! Eine Zeitung ohne Moral ist keine Zeitung. Ich kaufe sie jedenfalls nicht mehr. Und damit basta.«

Seitdem las er nur noch *La Marseillaise.* Und die löste ähnliche Zornesausbrüche aus. Manchmal nicht ganz fair. Oft zu Recht.

Fonfon würde sich nie ändern. Und das mochte ich an ihm. Ich war schon zu vielen Leuten begegnet, die nur eine große Klappe und nichts dahinter hatten, wie man in Marseille sagt.

Als das Telefon klingelte, schrak ich hoch. Für einen Moment fürchtete ich, nicht Babette, sondern die Typen von der Mafia könnten dran sein.

»Fabio«, sagte sie nur.

Ihre Stimme war voller Angst, Müdigkeit, Erschöpfung. An einem einzigen Wort, meinem Vornamen, merkte ich, dass sie nicht mehr ganz die Alte war. Plötzlich hatte ich das Gefühl, dass sie einiges durchgemacht hatte, bevor sie untergetaucht war. Eine ganze Menge.

»Ja.«

Schweigen. Ich wusste nicht, was sie in das Schweigen legte. In meins, in die Gesamtheit unserer gemeinsamen Liebesnächte. »Wenn man zurückblickt«, hatte die Frau, deren Namen ich vergessen hatte, mir noch anvertraut, »fällt man tief in den Brunnen.« Ich stand am Brunnenrand. Am äußersten Rand. Babette.

»Fabio«, sagte sie wieder, fester diesmal.

Sonias Leiche nahm ihren Platz in meinem Kopf wieder ein. Setzte sich wieder fest. In ihrer eisigen Schwere verdrängte sie alle Gedanken und Erinnerungen.

»Babette, wir müssen reden.«

»Hast du die Disketten gekriegt?«

»Ich habe sie gelesen. Das heißt, fast. Letzte Nacht.«

»Was denkst du? Verdammt gute Arbeit, meinst du nicht?«

»Babette. Hör auf damit. Die Typen, die dich suchen – ich hab sie am Hals.«

»Ah!«

Die Angst kam wieder hoch, erstickte ihre Worte.

»Ich weiß nicht mehr weiter, Fabio.«

»Komm her.«

»Kommen!«, rief sie beinahe hysterisch. »Spinnst du! Sie haben Gianni massakriert. In Rom. Und seinen Bruder, Francesco. Und Beppe, seinen Freund. Und …«

»Hier haben sie eine Frau getötet, die ich geliebt habe«, gab ich mit erhobener Stimme zurück. »Und sie werden noch mehr von ihnen töten, mehr Menschen, die ich liebe, verstehst du. Und schließlich mich. Und dich, früher oder später. Du willst doch wohl nicht jahrelang da oben hocken bleiben.«

Wieder Schweigen. Ich mochte Babettes Gesicht. Ein rundliches Gesicht, umrahmt von langen, kastanienbraunen Haaren, die sich nach unten hin lockten. Ein Gesicht wie von Botticelli.

»Wir müssen uns arrangieren«, fuhr ich nach einem Räuspern fort.

»Was!«, fuhr sie mich an. »Fabio, diese Arbeit ist mein ganzes Leben! Wenn du die Disketten geöffnet hast, kannst du dir eine Vorstellung von der Mühe machen, die ich da reingesteckt habe. Wie sollten wir uns wohl arrangieren, he?«

»Mit dem Leben. Oder mit dem Tod. Wir haben die Wahl.«

»Hör auf! Mir ist nicht nach Philosophieren zumute.«

»Mir auch nicht. Ich möchte nur am Leben bleiben. Und dasselbe gilt für dich.«

»Aber ja doch. Wenn ich komme, kann ich mich gleich umbringen.«

»Vielleicht nicht.«

»Oh ja. Und was schlägst du vor?«

Ich spürte, wie die Wut in mir aufkeimte. Die Windböen draußen schienen immer heftiger zu werden.

»Verdammt noch mal, Babette! Du ziehst alle Welt mit in die Scheißgeschichte deiner idiotischen Nachforschung. Macht dir das nichts aus? Kannst du ruhig schlafen? Kannst du essen? Vögeln? Na? Antworte, verflucht! Gefällt es dir, dass meine Freunde umgelegt werden? Und ich auch? Sag schon! Teufel noch mal! Und du behauptest, dass du mich noch liebst! Aber du hast ja einen Sprung in der Schüssel, du arme Irre!«

Sie brach in Tränen aus.

»Du hast nicht das Recht, so mit mir zu reden!«

»Doch! Ich habe diese Frau geliebt, verdammt! Sonia hieß sie. Sie war vierunddreißig. Seit Jahren habe ich niemanden wie sie kennen gelernt. Du siehst, ich habe alles Recht dieser Welt!«

»Scher dich zum Teufel!«

Damit legte sie auf.

An diesem Morgen gegen sieben Uhr wurde Georges Mavros ermordet. Ich habe es erst zwei Stunden später erfahren. Meine Leitung war die ganze Zeit besetzt. Als das Telefon wieder klingelte, dachte ich, Babette würde zurückrufen.

»Montale.«

Das klang hart. Nach Kommissar. Hélène Pessayre. Der Ärger meldet sich zurück, dachte ich. Unter Ärger verstand ich nur ihre Hartnäckigkeit, aus mir herauszubekommen, was ich vor ihr verbarg. Sie zog keine Samthandschuhe an, um mir die Nachricht beizubringen.

»Ihr Freund Mavros, Georges Mavros, wurde heute Morgen umgebracht. Als er nach Hause kam. Man hat ihn mit durchtrennter Kehle im Ring gefunden. Genau wie Sonia. Haben Sie mir immer noch nichts zu sagen?«

Georges. Ich dachte sofort an Pascale, bescheuert. Pascale hatte ihm seit sechs Monaten keine Lebenszeichen mehr zukommen lassen. Sie hatte keine Kinder. Mavros war allein. Wie ich. Ich hoffte von Herzen, dass er mit seiner Freundin aus Réunion einen schönen, glücklichen Abend verbracht hatte.

»Ich komme.«

»Auf der Stelle!«, befahl Hélène Pessayre. »Zum Boxstudio. Dann können Sie ihn gleich identifizieren. Das ist das Mindeste, was Sie ihm schulden, oder nicht?«

»Ich bin schon unterwegs«, antwortete ich mit gebrochener Stimme.

Ich legte auf. Das Telefon klingelte wieder.

»Weißt du Bescheid, wegen deines Kumpels?«

Der Killer.

»Ich habe es gerade erfahren.«

»Schade.« Er lachte. »Ich hätte es dir gern selbst gesagt. Aber die Flics sind von der schnellen Sorte heute.«

Ich gab keine Antwort. Ich prägte mir seine Stimme ein, als ob ich dadurch ein Phantombild von ihm machen könnte.

»Süß, diese Polizistin, nicht? He Montale! Hörst du zu?«

»Ja.«

»Ich rate dir, versuchs nicht mit faulen Tricks gegen uns. Weder mit ihr noch mit jemand anders. Flic oder nicht. Wir können die Abstände auf der Liste verkürzen, kapierst du?«

»Ja. Keine faulen Tricks.«

»Aber gestern bist du doch mit ihr spazieren gegangen, oder? Was hattest du denn vor? Sie flachzulegen?«

Sie waren da, dachte ich. Sie folgten mir. Sie folgten mir, das war es. So sind sie auf Sonia gestoßen. Und auf Mavros. Sie haben keine Liste. Sie wissen nichts von mir. Sie folgen mir, und je nachdem, wie sie meine Bindung zu jemandem einschätzen, töten sie ihn. Das ist alles. Außer dass Fonfon und Honorine ganz oben auf der Liste stehen mussten. Denn das mussten sie mitgekriegt haben, dass ich an den beiden hing.

»Montale, wie weit bist du mit der Dreckschleuder?«

»Ich hab eine Spur«, sagte ich. »Heute Abend werde ich mehr wissen.«

»Bravo. Dann also bis heute Abend.«

Ich stützte meinen Kopf in die Hände und dachte ein paar Sekunden nach. Aber es gab nichts mehr nachzudenken. Ich wählte erneut Brunos Nummer. Er nahm selbst ab. In Castellas mussten sie Krisensitzung halten.

»Montale noch mal.«

Schweigen.

»Sie will nicht mit Ihnen reden.«

»Sagen Sie ihr, wenn ich da hochkomme, bringe ich sie um. Sagen Sie ihr das.«

»Ich hab gehört«, grummelte Babette. Sie hatten die Lautsprecher angestellt.

»Heute Morgen haben sie Mavros umgebracht. Mavros!«, schrie ich. »Erinnerst du dich, verdammte Scheiße noch mal! Die Nächte, die wir zusammen gelacht haben.«

»Was soll ich tun?«, fragte sie.

»Wie, was sollst du tun?«

»Wenn ich nach Marseille komme. Was soll ich dann tun?«

Was wusste ich, was sie tun sollte? Daran hatte ich noch keinen Gedanken verschwendet. Ich hatte nicht den geringsten Plan. Ich wollte nur, dass all das aufhörte. Dass man meine Nächsten in Ruhe ließ. Ich schloss die Augen. Dass keiner Fonfon und Honorine anrührte. Das war alles, was ich wollte.

Und diese wahnsinnige Schlampe umbringen.

»Ich ruf dich später an. Ich sag dir Bescheid. Ciao.«

»Fabio …«

Den Rest hörte ich nicht. Ich hatte aufgelegt.

Ich ließ *Zikr* wieder laufen. Was für eine Musik. Um das Durcheinander in mir zu beruhigen. Den Hass zu dämpfen, den ich nicht stillen konnte. Ich strich sanft mit dem Finger über den Ring, den Didier Perez mir geschenkt hatte, und übersetzte mir Abdullah Ibrahims Gebet wieder einmal auf meine Weise. Ja, ich liebe dieses Leben von ganzem Herzen und möchte es in Freiheit genießen. *Inschallah,* Montale.

Zwölftes Kapitel

In dem die Frage nach dem Lebensglück in einer Gesellschaft ohne Moral gestellt wird

Ich ließ meinen Blick durch das Boxstudio streifen. Alles daran war mir vertraut. Der Ring, der Geruch, das schwächliche Licht. Die Sandsäcke, der Punchingball, die Hanteln. Die vergilbten Wände mit ihren Plakaten. Alles war so, wie wir es am Abend verlassen hatten. Die auf der Bank abgelegten Handtücher, die über das Reck gehängten Bandagen.

Ich hörte die Stimme von Takis, Mavros' Vater.

»Na los, Kleiner, komm schon!«

Wie alt mochte ich gewesen sein? Zwölf vielleicht, als Mavros mir sagte: »Mein Vater wird dich trainieren.« In meinem Kopf überschlugen sich Bilder von Marcel Cerdan. Mein Idol. Auch das von meinem Vater. Boxen war mein Traum. Aber Boxen, Boxen lernen, hieß auch und vor allem meine körperlichen Ängste überwinden, Schläge einstecken und zurückgeben lernen. Sich Respekt verschaffen. Auf der Straße war das lebenswichtig. So hatte meine Freundschaft mit Manu begonnen: mit Faustschlägen. In der Rue du Refuge im Panier-Viertel. Eines Abends, als ich meine schöne Cousine Gélou nach Hause begleitete. Er hatte mich als Itaker beschimpft, dieser Idiot von Hispano! Ein Vorwand. Um einen Streit vom Zaun zu brechen und Gélous Aufmerksamkeit auf sich zu lenken.

»Na los, schlag zu!«, sagte Takis.

Ich hatte zaghaft ausgelangt.

»Kräftiger! Verdammt. Kräftiger! Nur zu, ich bin daran gewöhnt.«

Er hatte mir seine Wange hingehalten, damit ich zuschlug. Ich hatte es ihm gegeben. Und gleich noch mal. Eine wohl platzierte Gerade. Takis Mavros war zufrieden gewesen.

»Nur weiter so, mein Junge.«

Ich hatte noch einmal zugeschlagen, mit Schwung diesmal, aber er war ausgewichen. Meine Nase war hart gegen seine feste, muskulöse Schulter geprallt. Das Blut begann zu laufen, und ich hatte leicht benommen zugesehen, wie es in den Ring tropfte.

Der Ring war voller Blut.

Ich konnte meinen Blick nicht davon abwenden. Verflucht, Georges, dachte ich, wir haben uns noch nicht einmal die Zeit genommen, uns ein letztes Mal einen richtigen Kampf zu liefern!

»Montale.«

Hélène Pessayre legte ihre Hand auf meine Schulter. Die Wärme ihrer Handfläche strahlte durch meinen ganzen Körper. Das tat gut. Ich drehte mich zu ihr um. Aus ihren schwarzen Augen sprach ein Hauch von Traurigkeit und viel Wut.

»Wir haben miteinander zu reden.«

Sie sah sich um. Im Saal wimmelte es von Leuten. Ich hatte die beiden Flics aus ihrem Team erkannt. Alain Béraud hatte mir zugewinkt. Eine freundschaftlich gemeinte Geste.

»Da lang«, sagte ich und zeigte auf den kleinen Raum, der Mavros als Büro gedient hatte.

Sie hielt schnurstracks darauf zu. Sie trug heute Morgen meergrüne Jeans und ein großes, schwarzes T-Shirt, das ihr bis über die Oberschenkel reichte. »Heute muss sie bewaffnet sein«, dachte ich.

Sie öffnete die Tür und ließ mir den Vortritt. Hinter sich zog sie die Tür wieder zu. Für den Bruchteil einer Sekunde musterten wir uns. Wir waren fast gleich groß. Ihre Ohrfeige erwischte mich mitten im Gesicht, bevor ich auch nur eine Kippe hervorholen konnte. Überrascht von ihrer Heftigkeit, ließ ich mein Päckchen Zigaretten fallen. Ich bückte mich, um es aufzuheben. Vor ihren Füßen. Meine Wange brannte. Ich richtete mich wieder auf und sah sie an. Sie zuckte nicht mit der Wimper.

»Dazu hatte ich große Lust«, sagte sie kalt. Dann, im gleichen Ton: »Setzen Sie sich.«

Ich blieb stehen.

»Das ist meine erste Ohrfeige. Von einer Frau, meine ich.«

»Wenn Sie wollen, dass es die letzte war, erzählen Sie mir alles, Montale. Vor dem, was ich von Ihnen weiß, habe ich Achtung. Aber ich bin nicht Loubet. Ich kann meine Zeit nicht damit vergeuden, Ihnen zu folgen oder Hypothesen über die Dinge aufzustellen, die Sie wissen. Ich will die Wahrheit. Wie ich Ihnen gestern gesagt habe, graut mir vor der Lüge.«

»Und dass Sie mir nicht verzeihen würden, wenn ich Sie belüge.«

»Ich geb Ihnen eine zweite Chance.«

Zwei Tote, zwei Chancen. Die letzte. Wie ein letztes Leben. Unsere Blicke begegneten sich. Noch herrschte kein Krieg zwischen ihr und mir.

»Da«, sagte ich.

Und ich legte die fünf Disketten von Babette auf den Tisch. Den ersten Satz Kopien, den Cyril mir am Abend gemacht hatte. Er hatte darauf bestanden. In der Zwischenzeit spielten Sébastien und die anderen mir die neuen Marseiller Rap-Gruppen vor. Meine Kenntnisse endeten bei IAM und Massilia Sound System. Ich hinkte hinterher, wie es schien.

Sie spielten mir die Fonky Family vor, junge Leute aus dem Panier und Belsunce – die bei den Bad Boys aus Marseille mitgemacht hatten – und die Band Troisième Œil, die direkt den nördlichen Vierteln entsprungen war. Rap war wahrhaftig nicht mein Ding, aber ich war immer wieder verblüfft, was er zu erzählen hatte. Die treffsicheren Worte. Die Qualität der Texte. Sie sangen von nichts anderem als dem Leben ihrer Kumpel auf der Straße oder im Knast. Auch davon, wie leicht es sich starb. Und von den Jugendlichen, die in der Psychiatrie endeten. Eine Wirklichkeit, mit der ich jahrelang zu tun gehabt hatte.

»Was ist das?«, fragte Hélène Pessayre, ohne die Disketten anzurühren.

»Die Anthologie der Aktivitäten der Mafia auf dem neuesten Stand. Genug, um von Marseille bis Nizza alles hochgehen zu lassen.«

»So weit«, antwortete sie bewusst ungläubig.

»So weit, dass es Ihnen schwer fallen wird, wenn Sie sie gelesen haben, sich danach im Polizeihauptquartier in den Fluren aufzuhalten. Sie werden sich fragen, wer Ihnen in den Rücken schießen wird.«

»Stecken Polizisten mit drin?«

Sie ließ sich nicht aus der Ruhe bringen. Ich weiß nicht, woher sie die Kraft nahm, aber nichts schien sie erschüttern zu können. Wie Loubet. Das Gegenteil von mir. Vielleicht war es mir deshalb nie gelungen, ein guter Flic zu werden. Ich war zu empfindlich.

»Da stecken jede Menge Leute mit drin. Politiker, Industrielle, Unternehmer. Sie können ihre Namen lesen, wie viel sie kassiert haben, in welcher Bank sie ihre Kohle deponiert haben, die Kontonummer. All das. Was die Flics betrifft ...«

Sie hatte sich hingesetzt, und ich tat es ihr nach.

»Bieten Sie mir eine Zigarette an?«

Ich reichte ihr meine Packung und Feuer. Sie legte ihre Hand leicht auf meine, damit ich mit dem Feuerzeug näher rankam.

»Was die Flics betrifft?«, nahm sie den Faden wieder auf.

»Man kann sagen, es läuft gut zwischen ihnen und der Mafia. Der Informationsaustausch.«

Der Gangsterboss Jean-Louis Fargette, berichtete Babette in ihrer Dokumentation über das Departement Var, hatte seit Jahren von Polizeibeamten die telefonische Überwachung gewisser Politiker gekauft. Nur um sicherzugehen, dass sie sich auch an die Provisionen hielten, die ihm zustanden. Damit er Druck auf sie ausüben konnte, falls nötig. Denn einige dieser telefonischen Überwachungen bezogen sich auf ihr Privatleben. Ihr Familienleben. Ihre abnormen sexuellen Neigungen. Prostitution. Pädophilie.

Hélène Pessayre sog ausgiebig an ihrer Zigarette. Wie Lauren Bacall. Und mit Natürlichkeit dazu. Sie hatte mir ihr Gesicht zugewandt, aber ihre Augen blickten weit in die Ferne. In ein Irgendwo, wo sie zweifellos ihre Gründe hatte, Flic zu sein.

»Was noch?«, fragte sie und brachte ihren Blick zu mir zurück.

»Alles, was Sie immer wissen wollten. Hier ...«

Ich hatte einen weiteren Auszug der Nachforschungen vor Augen, mit deren Zusammenfassung Babette begonnen hatte. »Legale und illegale Geschäfte sind immer mehr miteinander verschränkt und führen so zu einem grundlegenden Wandel der Strukturen des Nachkriegskapitalismus. Die Mafiosi investieren in legale Geschäfte, und umgekehrt lassen sie diese Geldmittel in die kriminelle Wirtschaft fließen. Dazu bringen sie Banken oder Geschäftsunternehmen unter ihre Kontrolle, die mit Geldwäsche oder kriminellen Organisationen zu tun haben.

Die Banken geben vor, in gutem Glauben zu handeln. Ihre Direktoren wollen nichts von der Herkunft der eingezahlten Gelder wissen. Die großen Banken lassen sich nicht nur gegen saftige Kommissionen auf Geldwäsche ein, sie geben den kriminellen Mafiosi auch Kredite zu erhöhten Zinssätzen, sodass die produktiven Investitionen in Industrie oder Landwirtschaft zu kurz kommen.

Es gibt eine direkte Verbindung zwischen der weltweiten Verschuldung, illegalem Handel und Geldwäsche. Seit der Schuldenkrise Anfang der Achtzigerjahre sind die Rohstoffpreise gesunken, was dramatische Einbußen für die Entwicklungsländer zur Folge hatte. Als Auswirkung der von internationalen Gläubigern vorgeschriebenen Sparmaßnahmen werden Beamte entlassen, nationale Unternehmen zu Schleuderpreisen verkauft, öffentliche Investitionen auf Eis gelegt und Kredite für die Landwirtschaft und die Industrie gekürzt. Mit der schleichenden Arbeitslosigkeit und Niedriglöhnen steckt die legale Wirtschaft in einer Krise.«

So weit war es gekommen, hatte ich mir an dem Abend gesagt, als ich diese Sätze las. Zu diesem menschlichen Elend, das sich schon auf allen Feldern breit machte, die wir Zukunft nannten. Wie hoch war die Geldstrafe jener Familienmutter gewesen, die im Supermarkt Steaks geklaut hatte? Wie viele Monate Gefängnis hatten die Straßburger Jungs für zerschlagene Bus- oder Haltestellenscheiben der Stadt aufgebrummt bekommen?

Fonfons Worte kamen mir in den Sinn. Eine Zeitung ohne Moral ist keine Zeitung. Ja, und eine Gesellschaft ohne Moral ist keine Gesellschaft mehr. Oder ein Land ohne Moral. Es war einfacher, Arbeitslosenkomitees von der Polizei aus den Arbeitsämtern verscheuchen zu lassen, als das Übel an der Wurzel zu packen. Diese Verruchtheit, die die Menschen bis auf die Knochen zermürbte.

Der Genfer Staatsanwalt Bernard Bertossa erklärte am Ende

seines Gesprächs mit Babette: »Wir haben vor über zwei Jahren Gelder aus dem Drogenhandel in Frankreich einfrieren lassen. Die Verantwortlichen sind verurteilt worden, aber die französische Justiz hat trotz unserer wiederholten Hinweise noch immer keinen Herausgabeantrag vorgelegt.«

Ja, so weit war es gekommen, bis zu diesem Punkt null der Moral.

Ich sah Hélène Pessayre an.

»Es würde zu lange dauern, das zu erklären. Lesen Sie sie, wenn Sie können. Ich habe bei der Namensliste aufgehört. Mir fehlte einfach der Mut, den Rest zu erfahren. Ich war mir nicht sicher, ob ich danach noch Glück empfinden könnte, wenn ich von meiner Terrasse aufs Meer sehe.«

Sie hatte gelächelt.

»Woher haben Sie diese Disketten?«

»Von einer Freundin. Einer befreundeten Journalistin. Babette Bellini. Sie hat die letzten Jahre mit diesen Nachforschungen verbracht. Sie war wie besessen davon.«

»Was hat das mit dem Tod von Sonia de Luca und Georges Mavros zu tun?«

»Die Mafia hat Babettes Spur verloren. Sie wollen sie wieder in die Hand bekommen. Um gewisse Dokumente wiederzuerlangen. Gewisse Listen, nehme ich an. Auf denen die Banken und persönliche Kontonummern vermerkt sind.«

Ich schloss die Augen für eine halbe Sekunde. Zeit genug, um Babettes Gesicht und ihr Lächeln wieder vor mir zu sehen. Dann fügte ich hinzu: »Und sie anschließend umzulegen, natürlich.«

»Und wo kommen Sie da rein?«

»Die Killer haben von mir verlangt, dass ich sie finde. Zur Ermunterung bringen sie Leute um, die ich liebe. Sie sind bereit, weiterzumachen, bis hin zu den Menschen, die mir wirklich sehr nahe stehen.«

»Haben Sie Sonia geliebt?«

Jede Härte war aus ihrer Stimme gewichen. Sie war eine Frau, die mit einem Mann sprach. Von einem Mann und einer anderen Frau. Fast komplizenhaft.

Ich zuckte mit den Schultern.

»Ich wollte sie wiedersehen.«

»Ist das alles?«

»Nein, das ist nicht alles«, antwortete ich trocken.

»Was noch?«

Sie hakte nach, aber ohne Bosheit. Sie zwang mich, von meinen Gefühlen an jenem Abend zu sprechen. Mein Magen drehte sich um.

»Es war mehr als die Lust, die eine Frau entfachen kann!«, sagte ich mit erhobener Stimme. »Verstehen Sie? Ich glaubte, zu spüren, dass sich eine Möglichkeit zwischen ihr und mir auftat. Zusammen leben, zum Beispiel.«

»An einem einzigen Abend?«

»Ein Abend oder hundert, ein Blick oder tausend, das macht keinen Unterschied.«

Jetzt hätte ich heulen können.

»Montale«, murmelte sie.

Und das beruhigte mich. Ihre Stimme. Der Klang, den sie in meinen Namen legte und in dem alle Freuden und alles Lachen ihrer Sommer in Algier mitzuschwingen schienen.

»Das weiß man sofort, glaube ich, ob das, was zwischen zwei Menschen passiert, nur ein Schuss in die Luft ist oder ob sich da wirklich etwas aufbaut, oder?«

»Ja, das glaube ich auch«, stimmte sie zu, ohne mich aus den Augen zu lassen. »Sind Sie unglücklich, Montale?«

Scheiße! Stand mir das Unglück ins Gesicht geschrieben? Sonia hatte es gerade erst Honorine gegenüber erwähnt. Jetzt sagte Hélène Pessayre es mir auf den Kopf zu. Hatte Lole jegliche Glücksnischen aus meinem Körper so weit getilgt? Hatte sie wirklich all meine Träume mit fortgenommen? Meinen ganzen Lebenssinn? Oder lag es an mir, verstand ich ihn einfach nicht mehr in mir zu suchen?

Nachdem Pascale gegangen war, hatte Mavros mir erzählt: »Sie hat die Seiten mit wahnsinniger Geschwindigkeit umgeblättert, verstehst du. Fünf Jahre Lachen, Spaß, manchmal Streit, Liebe, Zärtlichkeit, Nächte, Erwachen, Siestas, Träume, Reisen … All das bis zum letzten Wort. Das sie selbst mit eigener Hand geschrieben hat. Sie hat das Buch mitgenommen. Und ich …«

Er weinte. Ich hörte zu, schweigend. Hilflos vor so viel Schmerz.

»Und ich, für mich hat das Leben keinen Sinn mehr. Pascale war die Frau, die ich am meisten geliebt habe. Die einzige, Fabio, die einzige, verdammt noch mal! Jetzt tue ich die Dinge ohne Leidenschaft. Weil sie halt getan werden müssen. Weil das Leben daraus besteht. Dinge tun. Aber in meinem Kopf ist nichts mehr. Und in meinem Herzen auch nicht.«

Er hatte mit dem Finger an seinen Kopf und sein Herz getippt. »Nichts.«

Ich hatte nichts zu antworten gewusst. Nichts, eben. Weil es darauf keine Antwort gab. Ich hatte das herausgefunden, als Lole mich verlassen hatte.

An jenem Abend hatte ich Mavros nach Hause gebracht. Nach einer Menge Zwischenaufenthalte in den Hafenkneipen. Vom *Café de la Mairie* bis zur *Bar de la Marine.* Auch mit einem langen Zwischenstopp bei Hassan. Ich hatte ihn auf die Couch gelegt, meine Flasche Lagavulin in Reichweite.

»Gehts so?«

»Ich hab alles, was ich brauche«, hatte er gesagt und auf die Flasche gezeigt.

Dann hatte ich mich an Loles Körper geschmiegt. Warm und weich. Mein Glied an ihren Schenkeln. Und eine Hand auf ihrer Brust. Ich hielt mich daran fest wie ein Kind, das schwimmen lernt, an seinem Schwimmreifen. Verzweifelt. Durch Loles Liebe war es mir gelungen, den Kopf im Leben über Wasser zu halten. Nicht unterzugehen. Mich nicht vom Strom mitreißen zu lassen.

»Sie antworten nicht?«, fragte Hélène Pessayre.

»Ich möchte einen Anwalt.«

Sie brach in Gelächter aus. Das tat mir gut.

Jemand klopfte an die Tür.

»Ja.«

Es war Béraud. Ihr Mitarbeiter.

»Wir sind fertig, Kommissar.« Er starrte mich an. »Kann er ihn identifizieren?«

»Ja«, sagte ich. »Ich werde es tun.«

»Noch ein paar Minuten, Alain.«

Er machte die Tür wieder zu. Hélène Pessayre stand auf und ging in dem engen Büro auf und ab. Schließlich baute sie sich vor mir auf.

»Wenn Sie Babette Bellini finden, sagen Sie mir Bescheid?«

»Ja«, antwortete ich, ohne zu zögern, und sah ihr gerade in die Augen.

Ich stand meinerseits auf. Wir standen uns gegenüber, wie eben, bevor sie mich geohrfeigt hatte. Die entscheidende Frage lag mir auf der Zunge.

»Und was dann? Wenn ich sie finde?«

Zum ersten Mal spürte ich eine leichte Unruhe in ihr. Als wenn sie die Worte erriet, die folgen würden.

»Sie stellen Sie unter Polizeischutz. Richtig? Bis Sie die Killer festnehmen, wenn es Ihnen gelingt. Und was dann, danach? Wenn andere Killer kommen. Und wieder andere.«

Das war meine Art, Ohrfeigen zu verteilen. Auszusprechen, was Flics nicht hören konnten. Machtlosigkeit.

»Bis dahin werden Sie nicht nach Saint-Brieuc versetzt werden, wie Loubet, sondern nach Argenton-sur-Creuse!«

Sie erbleichte, und ich bedauerte, dass ich mich hinreißen lassen hatte. Mich so schäbig mit einigen bösen Worten für ihre Ohrfeige zu rächen.

»Verzeihen Sie.«

»Haben Sie eine Idee, einen Plan?«, fragte sie kalt.

»Nein, nichts. Nur Lust, dem Typ, der Sonia und Georges umgebracht, gegenüberzustehen. Und ihn umzulegen.«

»Das ist wirklich idiotisch.«

»Vielleicht. Aber eine andere Gerechtigkeit gibt es für diese Dreckskerle nicht.«

»Nein«, präzisierte sie, »es ist wirklich idiotisch, dass Sie Ihr Leben riskieren.«

Der Blick ihrer schwarzen Augen legte sich sanft auf mich.

»Es sei denn, Sie wären dann nicht mehr so unglücklich.«

Dreizehntes Kapitel

In dem es einfacher ist, anderen zu erklären, als selbst zu verstehen

Die Feuerwehrsirenen rissen mich brutal aus dem Schlaf. Die Luft, die zum Fenster hereinkam, roch verbrannt. Heiße, widerliche Luft. Wie ich später hörte, war das Feuer in einer öffentlichen Mülldeponie ausgebrochen. In Septèmes-les-Vallons, einer Gemeinde nördlich von Marseille. Nur wenige Schritte von hier, von Georges Mavros' Appartement.

Ich hatte zu Hélène Pessayre gesagt: »Sie folgen mir. Da bin ich mir sicher. Sonia hat mich an dem Abend begleitet. Sie hat bei mir geschlafen. Sie brauchten ihr nur nachzugehen, um zu ihr zu gelangen. Ich habe sie zu Mavros geführt. Wenn ich einen Kumpel besuche, jetzt gleich oder morgen, werden sie auch ihn auf die Liste setzen.«

Wir waren noch immer in Mavros' Büro. Versuchten, einen Plan zu schmieden. Um mich aus dem Sumpf zu ziehen, in dem ich steckte. Der Killer würde heute Abend wieder anrufen. Jetzt erwartete er Fakten. Dass ich ihm sagte, wo Babette war, oder etwas in der Richtung. Wenn ich ihm keine handfesten Zusicherungen geben konnte, würde er noch jemanden töten. Und das könnten Fonfon oder Honorine sein, wenn er niemand anderen aus meinem Freundeskreis fand, über den oder die er sich hermachen konnte.

»Ich bin in der Zwickmühle«, log ich.

Das war vor weniger als einer Stunde.

»Ich kann kaum was unternehmen, ohne das Leben eines Menschen zu riskieren, der mir nahe steht.«

Sie sah mich an. Langsam kannte ich ihre Blicke. In diesem lag kein vollständiges Vertrauen. Zweifel blieb bestehen.

»Letztendlich ist das ein Pluspunkt.«

»Was?«

»Dass Sie festgenagelt sind«, antwortete sie mit einem Unterton von Ironie. »Nein, ich meine, dass sie hinter Ihnen her sind, das ist ihr schwacher Punkt.«

Ich sah, worauf sie hinauswollte. Das gefiel mir nicht so recht.

»Ich kann Ihnen nicht folgen.«

»Montale! Hören Sie auf, mich für dumm zu verkaufen. Sie verstehen sehr gut, was ich sagen will. Sie sind hinter Ihnen her, und wir werden uns an sie hängen.«

»Und bei der ersten roten Ampel schnappt die Falle zu. Meinen Sie das?«

Ich bereute meine Worte sofort. Ein trauriger Schleier schob sich vor ihren Blick.

»Es tut mir Leid, Hélène.«

»Geben Sie mir eine Zigarette.«

Ich reichte ihr meine Schachtel. »Kaufen Sie nie welche?«

»Sie haben ja immer welche dabei. Und … Wir sehen uns ja ziemlich oft, nicht wahr?«

Sie sagte das ohne Lächeln. Mit matter Stimme.

»Montale«, fuhr sie sanft fort. »So kommen wir beide nie weiter, wenn Sie nicht ein wenig …«

Sie zog ausgiebig an ihrer Zigarette, während sie nach Worten suchte.

»… Wenn Sie nicht an das glauben, was ich bin. Nicht an den Flic in mir. Nein, an die Frau in mir. Nach unserer Unterhaltung am Meer dachte ich, Sie hätten verstanden.«

»Was hätte ich verstehen sollen?«

Diese Worte waren mir herausgerutscht. Kaum ausgesprochen, begannen sie in meinem Kopf zu hallen. Brutal. Ich hatte genau das Gleiche zu Lole gesagt, in jener schrecklichen Nacht, als sie mir eröffnet hatte, dass alles aus war. Die Jahre vergingen, und ich stellte mir immer noch dieselbe Frage. Oder besser gesagt, ich verstand nach wie vor nichts vom Leben. »Wenn man immer wieder an derselben Stelle vorbeikommt«, hatte ich Mavros eines Abends nach Pascales Fortgang erklärt, »geht man im Kreis. Man ist verloren …« Er hatte genickt. Er drehte sich im Kreis. Er war verloren. Es ist einfacher, diese Dinge anderen zu erklären, als sie selbst zu verstehen, dachte ich.

Hélène Pessayre hatte in dem Moment das gleiche Lächeln wie Lole. Ihre Antwort unterschied sich geringfügig.

»Warum haben Sie kein Vertrauen in die Frauen? Was haben sie Ihnen getan, Montale? Haben sie Ihnen nicht genug gegeben? Haben sie Sie enttäuscht? Haben Sie durch sie gelitten, ist es so?«

Ein weiteres Mal brachte diese Frau mich aus der Fassung.

»Vielleicht. Gelitten, ja.«

»Ich bin auch von Männern enttäuscht worden. Auch ich habe gelitten. Müsste ich Sie deswegen hassen?«

»Ich hasse Sie nicht.«

»Ich werde Ihnen etwas sagen, Montale. Manchmal, wenn Sie mich ansehen, bin ich ganz aufgewühlt. Und ich spüre einen Schwall von Gefühlen in mir aufwallen.«

»Hélène«, versuchte ich zu unterbrechen.

»Seien Sie still, verdammt! Wenn Sie eine Frau ansehen, mich oder eine andere, kommen Sie direkt zur Sache. Aber Sie gehen mit Ihren Befürchtungen, Zweifeln und Ängsten heran, mit diesem ganzen Ballast, der Sie erdrückt und Ihnen zuflüstert: ›Daraus wird nichts, das geht nicht gut.‹ Nie mit der Sicherheit eines möglichen Glücks.«

»Glauben Sie an das Glück?«

»Ich glaube an eine echte Beziehung zwischen den Menschen. Zwischen Mann und Frau. Ohne Angst, also ohne Lügen.«

»Hmja. Und wo führt uns das hin?«

»Hierhin. Warum wollen Sie diesen Typ, diesen Killer, unbedingt erledigen?«

»Wegen Sonia. Jetzt auch wegen Mavros.«

»Mavros, einverstanden. Er war Ihr Freund. Aber Sonia? Ich habe Sie schon einmal gefragt. Haben Sie sie geliebt? Hatten sie in jener Nacht das Gefühl, sie zu lieben? Sie haben mir nicht geantwortet. Nur gesagt, dass Sie sie wiedersehen wollten.«

»Ja, dass ich sie wiedersehen wollte. Und dass …«

»Und dass, vielleicht oder bestimmt … Ist es nicht so? Wie gehabt, nicht wahr. Und Sie gehen zum Rendezvous mit einem Teil Ihrer selbst, der unfähig ist, seinen Erwartungen und Wünschen zuzuhören? Haben Sie einmal wirklich zu geben verstanden? Einer Frau alles zu geben?«

»Ja«, blaffte ich und dachte an meine Liebe zu Lole.

Hélène Pessayre sah mich zärtlich an. Wie neulich Mittag auf der Terrasse bei Ange, als sie ihre Hand auf meine gelegt hatte. Aber auch diesmal würde sie nicht sagen: »Ich liebe dich.« Oder sich in meine Arme schmiegen. Da war ich sicher.

»Das glauben Sie, Montale. Aber ich, ich glaube Ihnen nicht. Und diese Frau, sie hat es auch nicht geglaubt. Sie haben ihr kein volles Vertrauen geschenkt. Sie haben ihr nicht gesagt, dass Sie an sie glauben. Und es auch nicht gezeigt. Jedenfalls nicht genug.«

»Warum sollte ich Ihnen vertrauen?«, fragte ich. »Denn darauf wollen Sie doch hinaus. Das verlangen Sie doch von mir? Dass ich Ihnen vertraue.«

»Ja. Einmal in Ihrem Leben, Montale. Einer Frau. Mir. Dann wird es gegenseitig sein. Wenn wir einen Plan aufstellen, wir beide, möchte ich mich auf Sie verlassen können. Ich möchte über Ihre Gründe, den Typ umzubringen, Gewissheit haben.«

»Sie würden es zulassen, dass ich ihn umbringe?«, rief ich überrascht. »Sie?«

»Wenn Sie sich nicht von Hass oder Verzweiflung treiben lassen. Sondern von Liebe. Von der Liebe, deren Anfänge Sie für Sonia empfunden haben, ja. Ich habe ziemliches Selbstvertrauen, verstehen Sie. Auch einen ausgeprägten Sinn für Moral. Aber … Was glauben Sie, wie viele Jahre Giovanni Brusca, der blutrünstigste Killer der Mafia, bekommen hat?«

»Ich wusste nicht, dass er verhaftet worden ist.«

»Vor einem Jahr. Bei ihm zu Haus. Er aß gerade Spaghetti mit seiner Familie. Sechsundzwanzig Jahre. Er hatte Richter Falcone mit TNT umgebracht.«

»Und ein elfjähriges Kind.«

»Nur sechsundzwanzig Jahre. Ich hätte nicht die geringsten Gewissensbisse, wenn dieser Typ, dieser Killer, krepierte, statt der Gerechtigkeit übergeben zu werden. Aber … so weit sind wir noch nicht.«

Nein, so weit waren wir noch nicht. Ich stand auf. Ich hörte weiterhin Feuerwehrsirenen von überall her. Die Luft war beißend, ekelhaft. Ich schloss das Fenster. Ich hatte eine halbe Stunde auf Mavros' Bett geschlafen. Hélène Pessayre und ihre Mannschaft waren gegangen. Und ich war mit ihrem Einverständnis in Mavros' Appartement über dem Boxstudio gegangen. Ich musste dort warten. Bis eine andere Mannschaft kam, um das Auto meiner Verfolger auszumachen. Denn wir hatten keine Zweifel, dass sie gleich vor der Tür standen oder fast.

»Haben Sie die Mittel für eine solche Überwachung?«

»Ich hab zwei Leichen am Hals.«

»Haben Sie diese Hypothese mit der Mafia in Ihren Berichten erwähnt?«

»Natürlich nicht.«

»Warum nicht?«

»Weil man mir die Untersuchung zweifellos entzogen hätte.«

»Sie gehen ein Risiko ein.«

»Nein, ich weiß genau, was ich tue.«

Mavros' Appartement war perfekt aufgeräumt. Es war beinahe krankhaft. Alles war wie vor Pascales Fortgang. Als sie gegangen war, hatte sie nichts mitgenommen oder kaum etwas. Nur Krimskrams. Nippes, Gegenstände, die Mavros ihr geschenkt hatte. Etwas Geschirr. Ein paar CDs, einige Bücher. Den Fernseher. Den neuen Staubsauger, den sie gerade gekauft hatten.

Jean und Bella, gemeinsame Freunde der beiden, hatten Pascale gegen eine bescheidene Miete ihr kleines, vollständig möbliertes Haus aus dem Familienbesitz überlassen, das sie in der Rue Villa-Paradis, einer ruhigen Ecke Marseilles über der Rue Breteuil, bewohnt hatten. Ihr drittes Kind war gerade geboren worden, und das enge, zweistöckige Haus war zu klein für sie geworden.

Pascale hatte sich sofort in das Haus verliebt. Die Straße hatte einen dörflichen Charakter und würde diesen zweifellos noch lange Jahre behalten. Mavros, der nicht verstand, hatte sie erklärt: »Ich verlasse dich nicht wegen Benoît. Ich gehe meinetwegen. Ich muss mein Leben neu überdenken. Nicht unseres. Meins. Vielleicht wird es mir eines Tages endlich gelingen, in dir zu sehen, was dir gerecht wird, was ich vorher in dir gesehen habe.«

Mavros hatte die Wohnung zum Mausoleum seiner Erinnerungen gemacht. Selbst das total durchgelegene Bett, auf das ich mich vorhin hatte fallen lassen, schien seit Pascales Fortgang nicht mehr berührt worden zu sein. Jetzt verstand ich besser, warum er es so eilig gehabt hatte, eine Freundin zu finden. Um nicht dort schlafen zu müssen.

Am traurigsten war es auf dem Klo. Dort klebten unter Glas, eins neben dem anderen, die besten Fotos ihrer glücklichen Jahre. Ich stellte mir Mavros morgens, mittags und abends beim Pinkeln vor, während sein verlorenes Leben an ihm vorbeidefilierte. Wenigstens das hätte er abnehmen sollen, dachte ich.

Ich entfernte das Glas und legte es vorsichtig auf den Boden. Eins ihrer Fotos lag mir am Herzen. Lole hatte es während eines Sommers bei Freunden in La Ciotat aufgenommen. Georges und Pascale schliefen auf einer Bank im Garten. Georges' Kopf ruhte an Pascales Schulter. Sie atmeten Frieden. Glück. Ich löste es vorsichtig und steckte es in meine Brieftasche.

Das Telefon klingelte. Es war Hélène Pessayre.

»Es geht los, Montale. Meine Männer haben Stellung bezogen. Sie haben sie aufgespürt. Sie parken vor dem Haus Nummer 148. Ein Fiat Punto, in Blau metallic. Sie sind zu zweit.«

»Gut«, sagte ich.

Ich war bedrückt.

»Halten wir uns an die Abmachung?«

»Ja.«

Ich hätte gesprächiger sein sollen, einige Worte hinzufügen. Aber ich hatte einen Weg gefunden, Babette ohne Risiko und weit weg von allen anderen zu treffen. Inklusive Hélène Pessayre.

»Montale?«

»Ja.«

»Alles klar?«

»Ja. Was ist da draußen los?«

»Ein Feuer. Gewaltig. Es ist von Septèmes ausgegangen, aber es dehnt sich aus, wie es scheint. Richtung Plan-de-Cuques soll ein neuer Herd sein, aber mehr weiß ich auch nicht. Das Schlimmste ist, dass die Löschflugzeuge wegen des Mistrals am Boden festsitzen.«

»Teufel auch«, sagte ich und holte tief Luft. »Hélène?«

»Was?«

»Bevor ich nach Hause gehe, wie vorgesehen, habe ich ... muss ich noch bei einem alten Freund vorbeischauen.«

»Bei wem?«

Ein leichter Zweifel schwang wieder in ihrer Stimme mit.

»Hélène, keine krummen Touren. Er heißt Félix. Er besaß ein Restaurant in der Rue Caisserie. Ich hatte versprochen, ihn zu besuchen. Wir fischen oft zusammen. Er wohnt in Vallon-des-Auffes. Ich muss dort vorbei, bevor ich nach Hause gehe.«

»Warum haben Sie vorhin nichts davon erwähnt.«

»Es ist mir gerade erst wieder eingefallen.«

»Rufen Sie ihn an.«

»Er hat kein Telefon. Seit seine Frau tot und er in den Ruhestand gegangen ist, will er in Frieden gelassen werden. Wer ihn anrufen will, muss eine Nachricht in der Pizzeria nebenan hinterlassen.«

Das stimmte alles. Ich fügte hinzu: »Es nützt ihm nichts, mich zu hören, er muss mich sehen.«

»Aha.«

Ich glaubte zu hören, wie sie das Für und Wider abwog.

»Wie gehen wir vor?«

»Ich stelle den Wagen auf dem Parkplatz beim Centre-Bourse ab. Ich fahre ins Einkaufszentrum hoch, verlasse es wieder und nehme ein Taxi. Ich habe eine Stunde.«

»Und wenn sie Ihnen folgen?«

»Das sehe ich dann.«

»Okay.«

»Bis später.«

»Montale, sollten Sie eine Spur zu Babette Bellini haben, vergessen Sie mich nicht.«

»Ich vergesse Sie nicht.«

Eine dicke Rauchsäule stieg oberhalb der nördlichen Viertel empor. Die heiße Luft drang in meine Lungen ein, und ich sagte mir, dass wir damit mehrere Tage leben müssten, wenn der Mistral nicht nachließ. Schmerzliche Tage. Brennende Wälder, Vegetation und selbst der dürrste Strauch der Garrigue waren eine Katastrophe für die Gegend. Allen war noch das schreckliche Großfeuer aus dem Jahr 1989 in Erinnerung, das dreitausendfünfhundert Hektar Land an den Hängen des Sainte-Victoire verwüstet hatte.

Ich ging in die nächste Kneipe und bestellte einen Halben. Der Wirt hing wie alle Gäste auch mit dem Ohr an *Radio France Provence*. Das Feuer war regelrecht »gesprungen« und fraß den Grünstreifen vor dem kleinen Dorf Plan-de-Cuques. Man begann, die Bewohner der einsamen Villen zu evakuieren.

Ich dachte wieder an meinen Plan, Babette an einen sicheren Ort zu bringen. Er war einwandfrei durchführbar. Unter einer einzigen Bedingung: dass der Mistral nachließ. Und der Mistral konnte ein, drei, sechs oder neun Tage anhalten.

Ich trank aus und bestellte nach. Die Würfel sind gefallen, dachte ich. Wir würden schon sehen, ob ich noch eine Zukunft hatte. Wenn nicht, gab es sicher ein Plätzchen unter der Erde, wo ich mich im Kreise Manus, Ugos und Mavros' beim Pelote dem Müßiggang hingeben konnte.

Vierzehntes Kapitel

In dem man auf den buchstäblichen Sinn des Ausdrucks *tödliches Schweigen* stößt

Ich fuhr los. Den Rattenschwanz im Schlepptau. Die Karre der Mafiosi. Die der Flics. Unter anderen Umständen hätte ich meinen Spaß an den Schatten gehabt. Aber mir war nicht zum Lachen zumute. Mir war nach gar nichts zumute. Nur auszuführen, was ich beschlossen hatte. Ohne jede Seelenregung. So, wie ich mich kannte, standen meine Chancen umso besser, meinen Plan zu Ende zu bringen, je weniger sich in mir regte.

Ich war kaputt. Mavros' Tod ergriff Besitz von mir. Kalt. Seine Leiche bettete sich in meinen Körper. Ich war sein Sarg. Die halbe Stunde Schlaf hatte die Gefühlsaufwallungen, die mich beim letzten Blick auf sein Antlitz übermannt hatten, verdrängt. Hélène Pessayre hatte den oberen Teil von Mavros' Gesicht mit einer sicheren Handbewegung enthüllt. Bis zum Kinn. Sie hatte mir einen flüchtigen Blick zugeworfen. Es war nur eine Formalität, dass ich ihn identifizierte. Ich hatte mich langsam über Georges' Leichnam gebeugt. Zärtlich hatte ich sein ergrauendes Haar mit den Fingerspitzen gestreichelt und ihm schließlich einen Kuss auf die Stirn gegeben.

»Salut, Alter«, hatte ich mit zusammengebissenen Zähnen gemurmelt.

Hélène Pessayre hatte mich untergehakt und schnell auf die andere Seite der Halle geführt.

»Hat er Familie?«

Seine Mutter Angelica war nach dem Tod ihres Mannes nach Nauplion auf den Peloponnes zurückgekehrt. Sein älterer Bruder Panayotis lebte seit zwanzig Jahren in New York. Sie hatten sich nie wieder gesehen. Andreas, der Jüngste von den dreien, hatte sich in Fréjus niedergelassen. Aber Georges war seit zehn Jahren mit ihm zerstritten. Er und seine Frau hatten sich seit 1981 von den Sozialisten zu den Konservativen und schließlich zum Front

National bekehrt. Pascale wollte ich nicht anrufen. Ich wusste nicht einmal, ob ich ihre neue Telefonnummer noch hatte. Sie war aus Mavros' Leben verschwunden. Und damit auch aus meinem.

»Nein«, log ich. »Ich war sein einziger Freund.«

Der letzte.

Jetzt gab es keinen einzigen Menschen mehr in Marseille, den ich anrufen konnte. Sicher blieben noch eine Menge Leute, die ich gern mochte, wie Didier Perez und manch andere. Aber keiner, zu dem ich sagen konnte: »Weißt du noch …« Das war Freundschaft, diese Summe gemeinsamer Erinnerungen, die man zu einem guten, gegrillten Seewolf mit Fenchel auftischen konnte. Allein das »Weißt du noch« erlaubt die intimsten Geständnisse aus seinem Leben, diesen Regionen in einem selbst, in denen meistens das Chaos regiert.

Mavros hatte ich jahrelang mit meinen Zweifeln, Ängsten und Befürchtungen überschüttet. Er war mir regelmäßig mit seiner Gewissheit, Dickköpfigkeit und unerschütterlichen Hoffnung auf die Nerven gegangen. Und in der Stimmung nach der ersten oder zweiten Flasche Wein waren wir immer zu dem Schluss gekommen, dass man, von welchem Ende man das Leben auch aufrollte, sich unweigerlich an dem Punkt wieder fand, an dem Freuden und Leiden nichts als eine endlose Lotterie waren.

Beim Centre-Bourse angekommen, verfuhr ich wie vorgesehen. Ich fand ohne allzu große Probleme einen Parkplatz auf der zweiten Tiefebene. Dann nahm ich den Fahrstuhl ins Einkaufszentrum. Die kühle, klimatisierte Luft überraschte mich angenehm. Ich hätte nichts dagegen gehabt, den Rest des Nachmittags dort zu verbringen. Es herrschte großer Andrang. Der Mistral hatte die Marseiller vom Strand vertrieben, und jeder schlug die Zeit auf seine Weise tot. Vor allem die Jungen. Sie konnten den Mädchen nachgucken, und das war billiger als jede Kinokarte. Ich hatte darauf gesetzt, dass einer der Handlanger der Mafia mir folgen würde. Ich hatte außerdem gewettet, dass er nicht sonderlich begeistert sein würde, mich durch die Sommerschlussverkauf-

Abteilungen schlendern zu sehen. Nachdem ich kurze Zeit zwischen Hemden und Hosen hindurchgebummelt war, nahm ich die Rolltreppe in den zweiten Stock. Von dort führte eine Metallbrücke über die Rue Bir-Hakeim und die Rue des Fabres. Eine andere Rolltreppe ging auf die Canebière. Die nahm ich so lässig wie möglich.

Der Taxistand war nur wenige Meter entfernt, und fünf Fahrer, die die Hoffnung auf einen Fahrgast schon fast aufgegeben hatten, standen vor ihren Wagen.

»Haben Sie das gesehen?«, rief einer der Fahrer mir zu und zeigte auf seine Windschutzscheibe.

Feiner, schwarzer Ruß hatte sich darauf niedergelassen. Da bemerkte ich, dass es Ascheflocken schneite. Das Feuer musste gewaltige Ausmaße angenommen haben.

»Höllisches Feuer«, sagte ich.

»Höllischer Mistral, ja! Es brennt, und keiner kann was dagegen tun. Ich weiß nicht mehr, wie viele Feuerwehr- und Rettungsfahrzeuge sie losgeschickt haben. Tausendfünfhundert, tausendachthundert … Aber, Teufel, das kommt von überall. Das greift noch bis Allauch über.«

»Allauch!«

Das war eine andere Gemeinde an der Stadtgrenze von Marseille. Etwa tausend Einwohner. Das Feuer vernichtete den grünen Gürtel der Stadt und damit den Wald. Weitere Dörfer würden auf seinem Weg liegen. Simiane, Mimet …

»Außerdem sind sie alle damit beschäftigt, die Leute und Wohnungen zu schützen.«

Immer das gleiche Lied. Die Bemühungen der Feuerwehr und die Wasserabwürfe der Löschflugzeuge – wenn sie starten konnten – konzentrierten sich in erster Linie auf den Schutz der Villen und Laubenkolonien. Man mochte sich fragen, warum es keine strikten Vorschriften gab, die beim Bau eingehalten werden mussten. Massive Fensterläden. Sprinkleranlagen. Wassertanks. Feuerschutzzonen. Oft kamen die Löschfahrzeuge nicht mal zwischen den Häusern und der Feuerfront hindurch.

»Was sagen sie über den Mistral?«

»Dass er sich über Nacht legen soll. Nachlassen jedenfalls. Teufel auch, wenn sie doch Recht hätten.«

»Hmja«, sagte ich nachdenklich.

Ich hatte das Feuer im Kopf. Ja, natürlich. Aber nicht nur das Feuer.

»Man kann nie wissen, Fabio«, sagte Félix.

Félix war überrascht, mich zu sehen. Besonders schon am Nachmittag. Ich besuchte ihn alle vierzehn Tage. Meistens, wenn ich aus Fonfons Kneipe kam. Ich trank den Aperitif mit ihm. Wir klönten ein paar Stunden. Célestes Tod hatte ihn zutiefst erschüttert. In der ersten Zeit hätte man meinen können, Félix hatte sich aufgegeben. Er aß nicht mehr, weigerte sich rauszugehen. Er wollte nicht einmal mehr fischen gehen, und das war wirklich ein schlechtes Zeichen.

Félix war nur ein Sonntagsfischer. Aber er gehörte zur Gemeinschaft der Fischer aus Vallon-des-Auffes. Einer Gemeinschaft von Italienern aus der Gegend von Rapallo, Santa Margherita und Maria del Campo. Und zusammen mit Bernard Grandona und Gilbert Georgi war er einer der Organisatoren des Festes zu Ehren der Schutzheiligen der Fischer. Das Saint-Pierre-Fest. Letztes Jahr hatte Félix mich in seinem Boot mitgenommen, um der Zeremonie auf dem offenen Meer außerhalb des Hafenbeckens beizuwohnen. Nebelhörner und ein Blütenmeer zur Erinnerung derer, die auf See geblieben waren.

Honorine, Célestes Jugendfreundin, und Fonfon wechselten sich mit mir ab, um Félix Gesellschaft zu leisten. Wir luden ihn am Wochenende zum Essen ein. Ich holte ihn ab und brachte ihn zurück. Eines Sonntagmorgens kam Félix dann im Boot zu mir. Er brachte seinen Fang mit. Einen guten Fang. Goldbrassen, Meerpfauen und sogar ein paar Meeräschen.

»Oh verflixt!«, scherzte er, als er die Treppen zu meiner Terrasse hochstieg. »Du hast ja noch nicht mal den Grill angeworfen!«

Dieser Moment war bewegender für mich als das Saint-Pierre-Fest. Ein Fest des Lebens über den Tod. Das hatten wir gebührend begossen, und Félix hatte zum x-ten Mal erzählt, wie sein Großvater, als er heiraten wollte, nach Rapallo aufgebrochen war, um seine Frau zu suchen. Bevor er fertig war, hatten Fonfon, Honorine und ich im Chor gerufen: »Aber bitte mit Schleier!«

Er hatte uns verblüfft angesehen.

»Ich rede dummes Zeug, hm.«

»Aber nein, Félix«, antwortete Honorine. »Das ist kein dummes Gerede. Erinnerungen kannst du hundertmal wiederholen. Sie sind das Schönste im Leben. Auf diese Weise teilen wir sie, und das macht sie noch schöner.«

Und einer nach dem anderen gruben sie ihre Erinnerungen aus. Der Nachmittag ging dabei drauf und auch einige Flaschen weißer Cassis. Ein Fontcreuse, den ich immer für besondere Gelegenheiten dahatte. Dann kam das Gespräch zwangsläufig auf Manu und Ugo. In Félix' Restaurant waren wir Stammgäste gewesen, seit wir fünfzehn waren. Bei Félix und Céleste bekamen wir Pizza mit Figatelli, diesen köstlichen korsischen Würsten, Spaghetti mit Muscheln und Lasagne in dicker Ziegenmilch. Dort hatten wir ein für alle Mal gelernt, was eine echte Bouillabaisse ist. Nicht einmal Honorine kam bei dem Gericht an ihre Freundin Céleste heran. Es war beim Verlassen von Félix' Lokal, dass Manu vor fünf Jahren erschossen wurde. Aber unsere Erinnerungen verstanden es, rechtzeitig vor diesem Moment Halt zu machen. Ugo und Manu lebten noch. Aber sie waren nicht bei uns, und sie fehlten uns, das war alles. Wie Lole.

Félix hatte *Maruzzella* angestimmt, das Lieblingslied meines Vaters. Wir fielen alle im Chor in den Refrain ein, und jeder konnte um die weinen, die er geliebt hatte und die nicht mehr da waren. *Maruzzella, o Maruzzella …*

Félix betrachtete mich mit derselben tiefen Besorgnis, die Fonfon und Honorine empfinden mochten, wenn sie errieten, dass mir die Schwierigkeiten über den Kopf wuchsen. Ich fand Félix vor dem Fenster, den Blick aufs Meer gerichtet, seine Sammlung von *Pieds-Nickelés*-Comics neben sich auf dem Tisch. Félix las nichts anderes, aber die las er immer wieder. Und je älter er wurde, desto mehr ähnelte er der Figur Ribouldingue, zumindest sein Bart.

Wir sprachen vom Feuer. Auch auf Vallon-des-Auffes regnete es feine Asche. Und Félix bestätigte, dass das Feuer auf Allauch übergegriffen hatte. Nach den Worten des Einsatzleiters der zentralen Feuerwehr, so hatte er gerade in den Nachrichten gehört, liefen wir auf eine Katastrophe zu.

Er brachte zwei Bier.

»Hast du ein Problem?«, fragte er.

»Ja«, antwortete ich. »Ein ernstes.«

Und ich erzählte ihm die ganze Geschichte.

Von der Mafia und von Ganoven konnte Félix ein Lied singen. Charles Sartène, einer seiner Onkel seitens seiner Frau, war einer der Waffenträger von Mémé Guérini gewesen. Dem unbestrittenen Boss im Marseiller Nachkriegsmilieu. Ich kam möglichst behutsam auf Sonia zu sprechen. Dann auf Mavros. Ihren Tod. Dann setzte ich ihm auseinander, dass Fonfons und Honorines Leben in höchster Gefahr waren. Mir schien, seine Falten gruben sich noch tiefer ein.

Schließlich erklärte ich, wie ich bis zu ihm vorgedrungen war, welche Vorsichtsmaßnahmen ich ergriffen hatte, um die Killer abzuhängen. Er zuckte die Schultern. Sein Blick löste sich von mir und blieb wie zufällig auf dem kleinen Hafen von Vallon-des-Auffes haften. Dort war man weit vom hektischen Treiben der Welt entfernt. Ein Hafen des Friedens. Wie Les Goudes. Einer dieser Plätze, an denen Marseille sich in dem Blick offenbart, mit dem man der Stadt begegnet.

Verse von Louis Brauquier kamen mir in den Sinn:

Ich gehe langsam zu den Menschen meiner Stille,
Zu jenen, bei denen ich schweigen kann;
Ich werde von weit her kommen, eintreten und mich setzen.
Ich komme, um zu holen, was ich zum Weitergehen brauche.

Félix' Blick wanderte zu mir zurück. Seine Augen waren leicht verschwommen, als hätte er innerlich geweint. Er machte keinen Kommentar.

»Wo komme ich bei der ganzen Sache ins Spiel?«, fragte er nur.

»Ich dachte mir«, begann ich, »dass der sicherste Weg, Babette zu treffen, auf dem Meer ist. Die Typen stehen vor meiner Tür. Wenn ich nachts das Boot raushole, werden sie sich nicht an mich hängen. Sie werden darauf warten, dass ich zurückkehre. Neulich Abend war es auch so.«

»Hmja.«

»Ich werde Babette sagen, sie soll herkommen. Du bringst sie nach Frioul. Und ich stoße dort zu euch. Ich bringe zu essen und zu trinken mit.«

»Glaubst du, sie wird sich darauf einlassen?«

»Zu kommen?«

»Nein, was dir vorschwebt. Dass sie darauf verzichtet, ihre Nachforschungen zu veröffentlichen ... Oder jedenfalls die Teile, die einen Haufen Leute kompromittieren.«

»Ich weiß nicht.«

»Das wird nichts ändern, verstehst du. Sie werden sie trotzdem töten. Und dich zweifellos auch. Diese Leute ...«

Félix hatte nie begreifen können, wie man Killer werden konnte. Berufskiller. Er hatte oft davon gesprochen. Von seiner Beziehung zu Charles Sartène. Dem Onkel, wie sie in seiner Familie sagten. Ein bewundernswerter Typ. Nett. Aufmerksam. Félix hatte wunderschöne Erinnerungen an Familientreffen mit dem Onkel am Kopf der Tafel. Immer sehr elegant. Und die Kinder kamen und setzten sich auf seinen Schoß. Einige Jahre vor seinem Tod hatte der Onkel Antoine, einem seiner Neffen, der Journalist werden wollte, gesagt: »Ah! Wenn ich jünger wäre, würde ich zum *Provençal* gehen, ein oder zwei in den oberen Etagen abknallen, und du würdest sehen, Kleiner, sie würden dich sofort einstellen.«

Alle hatten gelacht. Félix, der damals um die neunzehn gewesen sein musste, hatte diese Worte nie vergessen. Auch nicht das Lachen, das ihnen gefolgt war. Er hatte sich geweigert, zur Beerdigung seines Onkels zu gehen, und sich für immer mit seiner Familie zerstritten. Er hatte es nie bereut.

»Ich weiß«, fuhr ich fort. »Aber das Risiko muss ich eingehen, Félix. Wenn ich einmal mit Babette gesprochen habe, werde ich weitersehen. Außerdem handle ich nicht auf eigene Faust«, fügte ich hinzu, um ihn zu beruhigen. »Ich habe mit einem Flic darüber gesprochen ...«

Angst und Wut vermischten sich in seinem Blick.

»Willst du sagen, du hast den Flics davon erzählt?«

»Nicht den Flics. Einem Flic. Einer Frau. Der Frau, die die Untersuchungen über Sonias und Mavros' Fall leitet.«

Er zuckte wieder mit den Schultern. Eine Spur resignierter vielleicht.

»Wenn die Flics mitmischen, mache ich nicht mit, Fabio. Das kompliziert alles. Und es erhöht das Risiko. Verdammt, du weißt doch, hier ...«

»Warte, Félix. Du kennst mich doch, oder? Gut. Die Flics sind für später. Wenn ich Babette gesehen habe. Wenn wir entscheiden, was wir mit den Unterlagen machen. Diese Frau da, die Kommissarin, weiß noch nichts davon, dass Babette kommen wird. Sie ist wie die Killer. Sie wartet ab. Sie warten alle darauf, dass ich Babette finde.«

»Einverstanden«, sagte er.

Er sah erneut aus dem Fenster. Die Ascheflocken wurden dicker. »Wir haben hier schon lange keinen Schnee mehr gehabt. Aber wir haben das. Elendes Feuer.«

Sein Blick schweifte zurück zu mir, dann auf das Exemplar der *Pieds Nickelés,* das aufgeschlagen vor ihm lag.

»Einverstanden«, wiederholte er. »Aber dazu muss dieser verfluchte Mistral aufhören. So können wir nicht rausfahren.«

»Na gut«, sagte ich.

»Kannst du sie nicht hier treffen?«

»Nein, Félix. Den Trick vom Centre-Bourse kann ich nicht noch mal bringen. Weder den noch einen anderen. Sie sind jetzt argwöhnisch geworden. Und das will ich nicht. Ich brauche ihr Vertrauen.«

»Träumst du, oder was!«

»Nicht Vertrauen, verdammt. Du hast mich schon verstanden, Félix. Dass ich mit offenen Karten spiele eben. Dass sie wirklich den Eindruck haben, ich bin nur ein armer Trottel.«

»Na ja«, grummelte er nachdenklich. »Na ja. Sag Babette, sie soll kommen. Sie kann hier schlafen. Bis der Mistral nachlässt. Sobald wir aufs Meer rauskönnen, ruf ich Fonfon an.«

»Du rufst mich an.«

»Nein, nicht bei dir. Ich rufe Fonfon an. In seiner Bar. So. Und sag Babette, ich rühre mich nicht vom Fleck. Sie kann kommen, wann sie will.«

Ich stand auf. Er auch. Ich legte meinen Arm um seine Schulter und drückte ihn an mich.

»Es wird schon gut gehen«, murmelte er. »Wir kommen schon zurecht, nicht wahr. Wir sind noch immer zurechtgekommen.«

»Ich weiß.«

Ich hielt ihn noch immer im Arm, und Félix wehrte sich nicht. Er hatte verstanden, dass ich ihn noch etwas fragen musste. Ich konnte mir vorstellen, dass sein Magen sich zusammenzog. Weil ich das Gleiche an der gleichen Stelle empfand.

»Félix«, fragte ich. »Hast du sie noch, Manus Waffe?«

Der Geruch des Todes erfüllte den Raum. Ich erfasste den buchstäblichen Sinn des Ausdrucks *tödliches Schweigen.*

»Ich brauche sie, Félix.«

Fünfzehntes Kapitel

In dem durch das unmittelbare Bevorstehen eines Ereignisses eine Art von anziehender Leere entsteht

Sie riefen einer nach dem anderen an. Zuerst Hélène Pessayre, dann der Killer. Vorher hatte ich Babette angerufen. Aber von Fonfon aus. Félix hatte mir einen Floh ins Ohr gesetzt, als er darauf bestand, bei Fonfon und nicht bei mir anzurufen. Es konnte sein, dass ich abgehört wurde, da hatte er Recht. Hélène Pessayre war das zuzutrauen. Und wenn die Flics meine Leitung angezapft hatten, würde alles, was ich sagte, schließlich einem Mafioso zu Ohren kommen. Er brauchte nur zu zahlen, wie Fargette es jahrelang getan hatte. Den Preis zu zahlen. Und für die Aufpasser vor meiner Tür dürfte der Preis kein Problem sein.

Ich hatte versucht, sie durch einen kurzen Blick auf die Straße auszumachen. Die Killer und die Flics. Aber ich entdeckte weder einen Fiat Punto noch einen Renault 21. Das hatte nichts zu sagen. Sie mussten da sein. Irgendwo.

»Darf ich mal telefonieren?«, hatte ich Fonfon gefragt, als ich die Bar betrat.

Ich war ganz von der Durchführung meines Plans in Anspruch genommen. Selbst wenn, nachdem ich Babette getroffen und mit ihr gesprochen hätte, immer noch alles pechschwarz aussehen würde. Ihr bevorstehendes Kommen schuf eine Art Leere, die mich magnetisch anzog.

»Da«, grummelte Fonfon und knallte das Telefon auf die Theke. »Ganz wie bei der Post – nur das Gespräch ist umsonst und der Pastis inklusive.«

»Mensch! Fonfon!«, rief ich, während ich Brunos Nummer in den Cevennen wählte.

»Was denn! Du bist ein Lufthauch geworden. Schneller als der Mistral. Und wenn du da bist, nichts. Du erklärst nichts. Du berichtest nichts. Wir wissen gerade mal, dass dort, wo du die Füße hinsetzt, Leichen zurückbleiben. Verdammt, Fabio!«

Ich legte den Hörer langsam auf. Fonfon hatte zwei Pastis in kleinen Schnapsgläsern gebracht. Er stellte eins vor mich hin, stieß an und trank, ohne auf mich zu warten.

»Je weniger du weißt …«, fing ich an.

Er explodierte.

»Nein, mein Lieber! So geht das nicht! Heute nicht. Es ist aus! Du sagst endlich, was los ist, Fabio! Denn die Fresse von dem Typ, der in dem Fiat Punto rumsitzt, die hab ich gesehen. Von Angesicht zu Angesicht, kapierst du. Wir sind uns begegnet. Er hat bei Michel Zigaretten gekauft. Wie der mich angesehen hat, dafür gibts keinen Ausdruck.«

»Einer von der Mafia.«

»Ah ja … Aber was ich sagen will … Die Visage, die hab ich schon mal gesehen. Und vor gar nicht langer Zeit.«

»Was denn! Hier?«

»Nein. In der Zeitung. Da war ein Foto von ihm.«

»In der Zeitung?«

»Oh, Fabio, siehst du nie die Bilder an, wenn du Zeitung liest?«

»Doch, natürlich.«

»Nun, sein Foto war drin. Ricardo Bruscati. Richie, unter Freunden. Er kam wieder in die Schlagzeilen, als der ganze Lärm um den Schmöker über die Abgeordnete Yann Piat gemacht wurde.«

»In welchem Zusammenhang? Weißt du das noch?«

Er zuckte die Schultern.

»Was weiß ich. Du solltest Babette fragen, die muss es ja wissen«, fauchte er böse und sah mir in die Augen.

»Warum sprichst du von Babette?«

»Weil du ihr diesen ganzen Schlamassel zu verdanken hast. Täusche ich mich? Honorine hat nämlich die Notiz gefunden, die bei den Disketten war. Du hast sie auf dem Tisch liegen lassen. Da hat sie sie gelesen.«

Fonfons Augen glänzten vor Wut. So hatte ich ihn noch nie gesehen. Wetternd, schimpfend, beleidigend, ja. Aber diese Wut im Blick, nie.

Er beugte sich zu mir herüber.

»Fabio«, begann er. Seine Stimme klang gedämpfter, blieb aber fest. »Wenn es nur um mich ginge ... Mir ist das egal, verstehst du. Aber da ist auch noch Honorine. Ich will nicht, dass ihr etwas zustößt. Ist das klar?«

Mein Magen drehte sich um. So viel Liebe.

»Schenk mir noch was ein«, konnte ich nur sagen.

»Ich meine es nicht böse, was ich dir sage. Diese Geschichten von Babette, die sind ihre Sache. Und du bist groß genug, so viel Dummheiten zu machen, wie du willst. Ich werde dir nicht vorschreiben, was du zu tun oder zu lassen hast. Aber wenn diese Typen Honorine nur ein Haar krümmen ...«

Er sprach den Satz nicht zu Ende. Nur seine Augen, fest in meine gebohrt, sagten, was er nicht aussprechen konnte: Er machte mich für alles verantwortlich, was Honorine geschehen konnte. Ihr allein.

»Ihr wird nichts geschehen, Fonfon. Ich schwör es dir. Und dir auch nicht.«

»Na ja«, brummte er nicht sehr überzeugt.

Aber wir stießen trotzdem an. Richtig diesmal.

»Ich schwör es dir«, wiederholte ich.

»Nun gut, reden wir nicht mehr davon«, sagte er.

»Doch, wir werden darüber sprechen. Ich rufe Babette an, und dann erzähle ich.«

Babette willigte ein. Zu kommen. Zu reden. Sie war mit meinem Plan einverstanden. Aber dem Klang ihrer Stimme nach zu urteilen, würde es kein leichtes Spiel werden, sie dazu zu bringen, auf die Veröffentlichung ihrer Arbeit zu verzichten. Wir würden nicht lang und breit darüber diskutieren. Das Wichtigste war ein Gespräch unter vier Augen.

»Ich habe Neuigkeiten«, sagte Hélène Pessayre.

»Ich auch«, antwortete ich. »Ich höre.«

»Meine Männer haben einen der Typen identifiziert.«

»Ricardo Bruscati. Ich auch.«

Schweigen am anderen Ende.

»Da sind Sie baff, was?«, freute ich mich.

»Ziemlich.«

»Ich war auch einmal Flic.«

Ich versuchte, mir ihr Gesicht in dem Moment vorzustellen. Die Enttäuschung, die sich darauf abzeichnen musste. Es gefiel Hélène Pessayre bestimmt nicht, um eine Länge geschlagen zu werden.

»Hélène?«

»Ja, Montale.«

»Nun seien Sie nicht gleich eingeschnappt!«

»Was sagen Sie da?«

»Dass das mit Ricardo Bruscati ein Zufall ist. Mein Nachbar Fonfon hat ihn wieder erkannt. Er hat sein Foto vor kurzem in der Zeitung gesehen. Mehr weiß ich auch nicht. Also, ich höre.«

Sie räusperte sich. Sie war immer noch leicht verärgert.

»Das bringt uns auch nicht weiter.«

»Was?«

»Dass der zweite Mann Bruscati ist.«

»Aha. Aber wir wissen, mit wem wir es zu tun haben, oder nicht?«

»Nein. Bruscati kommt aus dem Departement Var. Er ist nicht als blutrünstiger Killer bekannt. Er ist ein Waffenträger. Kein Ass mit dem Messer. Das ist alles. Ein Killer, der aufräumt. Weiter nichts.«

Jetzt war es an mir zu schweigen. Ich sah, worauf sie hinauswollte.

»Da ist noch einer, stimmts? Ein echter Mafia-Killer?«

»Ja.«

»Der in aller Ruhe seinen Aperitif auf der Terrasse vom *New York* trinkt.«

»Genau. Und wenn sie Bruscati engagiert haben, der schließlich nicht der Erstbeste ist, heißt das, sie sind nicht bereit, Geschenke zu machen.«

»Hat Bruscati mit dem Mord an Yann Piat zu tun?«

»Soviel ich weiß, nicht. Ich bezweifle es sogar. Aber er war einer von denen, die Yann Piats große Wahlveranstaltung am 16. März

1993 im *Espace 3000* in Fréjus gewaltig aufgemischt haben. Erinnern Sie sich noch?«

»Ja. Mit Tränengasbomben. Fargette hatte das angeordnet. Yann Piat passte nicht in seine politischen Pläne.«

Das hatte ich in der Presse gelesen.

»Fargette«, fuhr sie fort, »setzte weiter auf den Kandidaten der Konservativen. Mit dem Einverständnis des Front National. Er koordinierte unter der Hand den Sicherheitsdienst in der Region von Marseille bis Nizza. Anwerber, Ausbilder … Das alles ist in einer Datei auf der weißen Diskette erfasst.«

Ich hatte die Datei überflogen. Sie schien mir nichts zu enthalten, was ich nicht hier und da schon in der Zeitung gelesen hatte. Das glich eher einem Abriss über die Varer Angelegenheiten als einem explosiven Dokument. Aber ich hatte kurz bei den Verbindungen zwischen Front National und Fargette innegehalten. Eine Abschrift der abgehörten Telefongespräche zwischen dem Marseiller Paten Daniel Savastano und ihm. Ein Satz fiel mir wieder ein: »Das sind Leute, die arbeiten wollen, die in der Stadt aufräumen wollen. Ich hab ihm gesagt, wenn du Freunde hast, die Unternehmen haben, sollte man versuchen, ihnen Arbeit zu geben …«

»Sollte Bruscati Fargette auf dem Gewissen haben?«

Fargette war am Tag nach dieser Wahlveranstaltung in seinem Haus in Italien umgebracht worden.

»Sie waren zu viert.«

»Ja, ich weiß, aber …«

»Vermutungen sind müßig. Wir können davon ausgehen, dass Bruscati seit dem Mord an Yann Piat sein Möglichstes getan hat, um Typen aus dem Weg zu räumen. Störenfriede.«

»Welcher Art?«, fragte ich neugierig.

»Von der Sorte eines Michel Régnier.«

Ich pfiff durch die Zähne. Seit Fargettes Tod wurde Régnier in Südfrankreich als eine Art Pate betrachtet. Ein Pate der Unterwelt, nicht der Mafia. Am 30. September 1996 war er vor den Augen seiner Frau von Kugeln durchlöchert worden. An seinem Geburtstag.

»Für mich ist das die entscheidende Information mit Bruscati hier vor Ort. Wenn er heute da ist, dann für die Mafia. Was heißt, dass sie die wirtschaftliche Kontrolle über die Region an sich gerissen hat. Ich denke, das ist eine der Thesen in den Nachforschungen Ihrer Freundin. Das macht sämtlichen Spekulationen über einen Krieg der ›Clans‹ ein Ende.«

»Wirtschaftlich, nicht politisch?«

»Ich habe mich noch nicht getraut, die schwarze Diskette anzuschauen.«

»Ja. Je weniger wir wissen ...«, sagte ich erneut, automatisch.

»Glauben Sie das wirklich?«

Ich meinte, Babette zu hören.

»Ich glaube gar nichts, Hélène. Ich sage nur, da sind die Toten und die Lebenden. Und dass unter den Lebenden die Teilhaber der Toten sind. Und dass die meisten noch auf freiem Fuß sind. Und dass sie weiter Geschäfte machen. Heute mit der Mafia so wie gestern mit dem Varer und Marseiller Milieu. Können Sie mir folgen?«

Sie antwortete nicht. Ich hörte, wie sie eine Zigarette anzündete.

»Was Neues über Ihre Freundin Babette Bellini?«

»Ich glaube, ich weiß endlich, wo sie steckt«, log ich mit sicherer Stimme.

»Ich kann warten. Die anderen mit Sicherheit nicht. Ich erwarte Ihren Anruf ... Ach ja, Montale, nachdem Sie das Einkaufszentrum verlassen hatten, habe ich die Mannschaft ausgewechselt. Als Sie nach Hause gefahren sind, wollten wir nicht das Risiko eingehen, entdeckt zu werden. Es ist jetzt ein weißer Peugeot 304.«

»Wo wir gerade davon sprechen, ich möchte Sie um einen Gefallen bitten.«

»Nur zu.«

»Da Sie die Mittel dazu haben, möchte ich, dass Honorines Haus und Fonfons Bar gleich nebenan rund um die Uhr überwacht werden.«

Schweigen.

»Das muss ich mir überlegen.«

»Hélène. Ich werde Sie nicht erpressen. Eine Hand wäscht die andere. Das ist nicht meine Art. Wenn es schlecht ausgeht … Hélène, die Leichen von den beiden möchte ich nicht küssen müssen. Ich liebe sie über alles. Ich habe nur noch sie, verstehen Sie?«

Ich schloss die Augen, um an sie zu denken, Fonfon und Honorine. Loles Gesicht schob sich darüber. Sie hatte ich auch über alles geliebt. Sie war nicht mehr meine Frau. Sie lebte weit weg von hier und mit einem anderen Mann. Aber wie Fonfon und Honorine gehörte sie noch immer zum Wichtigsten, was ich auf der Welt hatte. Das Gefühl von Liebe.

»Einverstanden«, sagte Hélène Pessayre. »Aber nicht vor morgen früh.«

»Danke.«

Ich wollte auflegen.

»Montale.«

»Ja.«

»Ich hoffe, dass wir diese schmutzige Geschichte bald hinter uns haben. Und … Und dass … Dass wir danach Freunde sind. Ich meine … Dass Sie eines Tages Lust haben, mich zum Essen mit Honorine und Fonfon zu sich nach Hause einzuladen.«

»Ich hoffe es, Hélène. Ehrlich. Es wäre mir ein Vergnügen, Sie einzuladen.«

»Passen Sie bis dahin auf sich auf.«

Und sie legte auf. Zu schnell. Ich konnte noch das leichte Pfeifen hören, das folgte. Ich wurde abgehört. »So ein Miststück!«, dachte ich, aber mir blieb keine Zeit, einen anderen Gedanken zu fassen oder auch nur ihre letzten Worte auszukosten. Das Telefon klingelte, und ich wusste, dass die Stimme am anderen Ende lange nicht so aufregend sein würde wie Hélène Pessayres. »Gibts was Neues, Montale?«

Ich hatte beschlossen, mich bedeckt zu halten. Keine Bemerkung. Kein Humor. Gehorsam. Wie einer, der am Ende seiner Kräfte zu Kreuze kriecht.

»Ja. Ich hatte Babette am Telefon.«

»Gut. Hast du eben mit ihr gesprochen?«

»Nein, mit den Bullen. Sie lassen mich nicht mehr aus den Augen. Zwei Leichen dicht hintereinander, das ist zu viel für sie. Sie lassen mich schmoren.«

»Ja. Das ist deine Sache. Wann hast du mit der Dreckschleuder telefoniert? Während deiner Eskapade heute Nachmittag?«

»Genau.«

»Bist du sicher, dass sie nicht in Marseille ist?«

»Ich mach keine linken Touren. Sie kann in zwei Tagen hier sein.«

Er schwieg eine Weile.

»Ich gebe dir genau zwei Tage, Montale. Ich habe einen weiteren Namen auf meiner Liste. Und deiner charmanten Kommissarin wird das nicht gefallen, so viel ist sicher.«

»Okay. Was passiert, wenn sie da ist?«

»Das sage ich dir dann. Sag der kleinen Bellini, sie soll nicht mit leeren Händen kommen. Nicht wahr, Montale. Sie hat etwas, das uns gehört. Hast du das kapiert?«

»Ich habe schon mit ihr darüber gesprochen.«

»Gut. Du machst Fortschritte.«

»Und der Rest? Ihre Nachforschungen?«

»Der Rest ist mir scheißegal. Sie kann schreiben was sie will, wo sie will. Ist ja doch für die Katz, wie üblich.«

Er gluckste, dann wurde seine Stimme wieder schneidend wie das Messer, das er mit so viel Geschick handhabte: »Zwei Tage.«

Ihn interessierte einzig und allein der Inhalt der schwarzen Diskette. Der Diskette, die weder Hélène Pessayre noch ich zu öffnen wagten. In dem Artikel, den sie zu schreiben begonnen hatte, erklärte Babette: »Die Kreisläufe der Geldwäsche bleiben die gleichen und laufen in dieser Gegend über ›Geschäftskomitees‹. Eine Art runder Tisch, an dem sich gewählte Entscheidungsträger, Unternehmer und lokale Repräsentanten der Mafia zusammenfinden.« Sie stellte eine Liste einer gewissen Zahl von »Mischgesellschaften« auf, die von der Mafia ins Leben gerufen und von angesehenen Persönlichkeiten verwaltet wurden.

»Noch was, Montale. Komm mir nicht noch mal mit dem Trick von heute Nachmittag. Okay?«

»Hab kapiert.«

Ich wartete, bis er auflegte. Dasselbe Pfeifen folgte. Ein Pastis drängte sich auf. Und ein wenig Musik. Einen guten, alten Nat King Cole. *The Lonesome Road,* ja, mit Anita O'Day als Gaststar. Ja, das brauchte ich, bevor ich zu Fonfon und Honorine zurückkehren würde. Zum Essen hatte sie gefülltes Gemüse angekündigt. Der Geschmack der so zubereiteten Zucchini, Tomate oder Aubergine würde den Tod auf Distanz halten, das wusste ich. Heute Abend brauchte ich die beiden mehr denn je.

Sechzehntes Kapitel

In dem die Partie ganz ungewollt auf dem Schachbrett des Bösen ausgetragen wird

Beim Essen begannen Zweifel an mir zu nagen.

Dabei waren die kleinen Gefüllten hervorragend. Honorine, das musste ich anerkennen, hatte ein Zauberhändchen dafür, Fleisch und Gemüse zart zu halten. Darin lag der ganze Unterschied zu den kleinen Gefüllten der Restaurants. Das Fleisch war oben immer ein wenig zu fest. Außer vielleicht im *Sud du Haut*, einem kleinen Restaurant am Cours Julien, wo noch Hausmannskost gepflegt wurde.

Trotz allem konnte ich nicht umhin, während des Essens an meine gegenwärtige Lage zu denken. Zum ersten Mal lebte ich mit zwei Killern und zwei Flics unter meinen Fenstern. Das Gute und das Böse hatten vor meiner Tür Stellung bezogen. Status quo. Mit mir mittendrin. Wie ein Funke auf einem Pulverfass. War es dieser Funke, an den ich nach Loles Fortgang gedacht hatte? Ich begann zu schwitzen. Wenn es Babette und mir gelingen sollte, der Klinge des Killers zu entkommen, sagte ich mir, würde Bruscatis Knarre uns nicht verfehlen.

»Noch einen Nachschlag?«, fragte Honorine.

Wegen des Mistrals hatten wir uns drinnen an den Tisch gesetzt. Er hatte zwar nachgelassen, blies aber immer noch in kräftigen Böen. Rund um Marseille, so hatten wir in den Nachrichten gehört, breitete sich das Feuer aus. An einem einzigen Tag waren fast zweitausend Hektar Pinien und Garrigue in Flammen aufgegangen. Ein Drama. Die gerade mal fünfundzwanzig Jahre alten Wiederaufforstungen waren vernichtet. Alles musste von vorn begonnen werden. Schon war von kollektivem Trauma die Rede. Die Debatten liefen auf Hochtouren. Sollte Marseille zwischen dem Massif de l'Étoile und den eng besiedelten Gebieten eine achtzehn Kilometer lange Pufferzone schaffen? Einen Streifen aus Wein, Mandel- und Olivenbäumen. Ja, aber wer sollte das bezahlen? Darauf lief es in unserer Gesellschaft immer hinaus. Auf Kohle. Selbst unter schlimmsten Umständen. Auf Kohle. Zuerst die Kohle.

Beim Käse ging uns der Wein aus, und Fonfon bot sich an, welchen aus der Bar zu holen.

»Ich geh schon«, sagte ich.

Irgendetwas stimmte nicht, und ich wollte mir Klarheit verschaffen. Auch wenn es mir nicht gefallen würde. Ich konnte mich nicht mit dem Gedanken anfreunden, dass Hélène Pessayre meine Leitung angezapft hatte. Das war ihr zuzutrauen, sicher, aber es passte nicht zu dem, was sie vor dem Auflegen gesagt hatte. Diese Möglichkeit einer Freundschaft, die sie erwähnt hatte. Aber vor allem hätte sie als echter Profi nicht zuerst aufgelegt.

In Fonfons Bar schnappte ich mir das Telefon und wählte die Handynummer von Hélène Pessayre.

»Ja«, sagte sie.

Musik im Hintergrund. Ein italienischer Sänger.

Un po' di là del mare c'è una terra chiara
che di confini e argini non sa …

»Hier Montale. Ich stör doch nicht?«

Un po' di là del mare c'è una terra chiara …

»Ich komme gerade aus der Dusche.«

Augenblicklich liefen Bilder vor meinen Augen ab. Fleischlich. Sinnlich. Ich überraschte mich das erste Mal dabei, mit Begehren an Hélène Pessayre zu denken. Sie war mir nicht egal, weit davon entfernt – und ich wusste es –, aber unsere Beziehungen waren so komplex, gelegentlich so gespannt, dass für Gefühle kein Platz blieb. Das glaubte ich jedenfalls. Bis zu dem Moment. Mein Glied begleitete diese flüchtigen Bilder in meinem Kopf. Ich lächelte.

Ich entdeckte das Vergnügen neu, beim Heraufbeschwören eines weiblichen Körpers Erregung zu verspüren.

»Montale?«

Ich war nie Voyeur gewesen, aber ich überraschte Lole gern, wenn sie aus der Dusche kam. In diesem Moment, wenn sie nach einem Handtuch griff, um ihren Körper darin einzuwickeln. Und meinen Augen nur Beine und Schultern bot, von denen noch Wassertropfen perlten. Immer wenn ich hörte, dass das Wasser nicht mehr lief, fand ich etwas im Badezimmer zu tun. Ich wartete darauf, dass sie ihre Haare im Nacken hochhob und auf mich zukam. In diesen Augenblicken begehrte ich sie zweifelsohne am meisten, egal wie spät es war. Ich mochte ihr Lächeln, wenn unsere Blicke sich im Spiegel begegneten. Und den Schauer, der sie überlief, wenn ich meine Lippen auf ihren Hals drückte. Lole.

Un po' di là del mare c'è una terra sincera …

»Ja«, gab ich zurück und brachte meine Gedanken und mein Glied zur Vernunft. »Ich muss Sie etwas fragen.«

»Das muss ja wichtig sein«, antwortete sie lachend. »Um diese Zeit.«

Sie drehte die Lautstärke runter.

»Es ist ernst, Hélène. Haben Sie meine Leitung angezapft?«

»Was!«

Ich hatte die Antwort. Sie lautete nein. Sie war es nicht.

»Hélène, ich werde abgehört.«

»Seit wann?«

Mir lief eine Gänsehaut über den Rücken. Weil ich mir die Frage nicht gestellt hatte. Seit wann? Wenn es seit heute Morgen war, waren Babette, Bruno und seine Familie in Gefahr.

»Ich weiß nicht. Ich habe es heute Abend gemerkt, nach Ihrem Anruf.«

Hatte Babette als Erste aufgelegt, nachdem ich sie angerufen hatte, oder ich? Ich wusste es nicht mehr. Ich musste mich daran erinnern. Beim zweiten Mal war ich es. Beim ersten … Beim ersten Mal sie. »Scher dich zum Teufel!«, hatte sie gesagt. Nein, danach war dieses typische, leise Pfeifen nicht zu hören gewesen. Da war ich sicher. Aber konnte ich mich auf mich verlassen? Wirklich. Nein. Ich musste in Castellas anrufen. Sofort.

»Haben Sie Ihre Freundin Babette Bellini heute Abend von zu Hause aus angerufen?«

»Nein. Heute Morgen. Hélène, wer kann dahinter stecken?«

»Das haben Sie mir nicht gesagt, dass Sie wussten, wo sie ist.«

Diese Frau war unerbittlich. Sogar nackt in ein Badetuch gewickelt.

»Ich habe Ihnen gesagt, dass ich sie gefunden habe.«

»Und wo ist sie?«

»In den Cevennen. Und ich versuche, sie davon zu überzeugen, nach Marseille zu kommen. Verdammt, Hélène, es ist ernst!«

Ich verlor die Nerven.

»Ärgern Sie sich nicht gleich, wenn Sie bei einem Fehler erwischt worden sind, Montale! Wir hätten in drei Stunden oben sein können.«

»Und was hätten wir gemacht?«, schrie ich. »Eine Wagenkolonne geschickt? Na klar! Sie, ich, die Killer, noch mehr Bullen, noch mehr Killer … Im Gänsemarsch, wie heute Nachmittag, als ich Mavros' Boxstudio verlassen habe!«

Sie antwortete nicht.

»Hélène«, sagte ich ruhiger. »Es ist nicht, dass ich Ihnen nicht vertraue. Aber Sie können sich auf nichts hundertprozentig verlassen. Nicht auf Ihre Vorgesetzten. Nicht auf die Flics, die mit Ihnen arbeiten. Der Beweis …«

»Aber auf mich, verflucht, auf mich!«, schrie sie jetzt. »Sie hätten es mir sagen können, oder?«

Ich schloss die Augen. Die Bilder, die in meinem Kopf tanzten, waren nicht mehr von Hélène Pessayre, wie sie aus der Dusche stieg, sondern von der Kommissarin, die mir heute Morgen eine Ohrfeige verpasst hatte.

Ich kam nicht weiter, sie hatte Recht.

»Sie haben nicht auf meine Frage geantwortet. Wer kann hinter dem Lauschangriff stecken, einer von ihnen?«

»Ich weiß nicht«, sagte sie ruhiger. »Ich weiß es nicht.«

Das Schweigen begann zu lasten.

»Wer ist der Sänger, den ich da gehört habe?«, fragte ich, um die Atmosphäre zu entspannen.

»Gianmaria Testa. Schön, nicht wahr«, antwortete sie gleichgültig. »Montale«, fügte sie beinahe fest hinzu, »ich komme zu Ihnen.«

»Das wird Klatsch geben«, sagte ich aus Spaß.

»Ist es Ihnen lieber, wenn ich Sie ins Polizeipräsidium zitiere?«

Ich brachte zwei Liter Rotwein aus den Ländereien von Villeneuve Flayosc in Roquefort-la-Bédoule mit. Wir hatten den Wein letzten Winter durch unseren bretonischen Freund Michel entdeckt. Château-les-mûres. Ein verdammt gutes Meisterwerk des Wohlgeschmacks.

»Na, er ist fast gestorben vor Durst«, sagte Honorine.

Nur um mich darauf hinzuweisen, dass ich ziemlich lange gebraucht hatte.

»Hast du dich im Keller verlaufen?«, schlug Fonfon in die gleiche Kerbe.

Ich füllte ihre Gläser, dann meins.

»Ich musste telefonieren.«

Und bevor sie eine Bemerkung machen konnten, fügte ich hinzu: »Bei mir werde ich abgehört. Die Flics. Ich musste Babette zurückrufen.«

Babette war am Nachmittag abgefahren, hatte Bruno erklärt. Sie wollte in Nîmes bei Freunden übernachten. Spät am nächsten Vormittag würde sie den Zug nach Marseille nehmen.

»Warum fährst du nicht in Urlaub, Bruno? Eine Weile. Du und deine Familie.«

Ich dachte wieder an Mavros. Ihm hatte ich genau das Gleiche gesagt. Bruno antwortete mir ganz ähnlich. Alle hielten sich für stärker als das Böse. Als wenn das Böse eine ausländische Krankheit wäre. Obwohl es uns alle bis auf die Knochen zermürbte, vom Kopf bis ins Herz.

»Ich habe zu viele Tiere, um die ich mich kümmern muss …«

»Bruno, verflucht, wenigstens deine Frau und die Kinder. Die Typen sind zu allem fähig.«

»Ich weiß. Aber hier kontrollieren wir alle Zugänge zu den Bergen. Und«, fügte er nach einer Pause hinzu, »wir sind bewaffnet.«

Mai 68 gegen die Mafia. Ich ließ den Film im Geiste ablaufen und erstarrte vor Entsetzen.

»Bruno«, sagte ich, »wir kennen uns nicht. Ich hege freundschaftliche Gefühle für dich. Für das, was du für Babette getan hast. Sie aufnehmen, Risiken eingehen …«

»Hier haben wir nichts zu befürchten«, schnitt er mir das Wort ab. »Wenn du wüsstest …«

Er begann mir auf die Nerven zu gehen, er und seine alternativen Vorstellungen von Sicherheit.

»Verdammt, Bruno! Hier geht es um die Mafia!«

Ich musste ihm auch auf den Wecker gehen, denn er kürzte unser Gespräch ab.

»Okay, Montale. Ich werde darüber nachdenken. Danke für den Anruf.«

Fonfon trank langsam aus.

»Ich dachte, die Frau vertraut dir. Die Kommissarin.«

»Sie ist es nicht. Und sie weiß nicht, wer das angeordnet hat.«

»Teufel«, sagte er nur.

Ich erriet die Sorge, die in ihm aufkam. Er sah Honorine lange an. Gegen ihre Gewohnheit war sie heute Abend nicht gesprächig. Auch sie machte sich Sorgen. Aber meinetwegen, das wusste ich. Ich war der Letzte. Manu. Ugo. Der Letzte von den dreien. Der letzte Überlebende aus dieser ganzen Schweinerei, die die Kinder fraß, die sie aufwachsen sehen hatte, die sie geliebt hatte wie eine Mutter. Sie würde es nicht überleben, wenn ich auch dran glauben müsste. Das wusste ich.

»Aber was sind denn das für Geschichten mit Babette?«, fragte Honorine schließlich.

»Die Geschichte der Mafia. Wir wissen, wo sie anfängt«, sagte ich, »aber wir wissen nicht, wo sie enden wird.«

»All diese Abrechnungen, von denen man im Fernsehen hört?«

»Ja, so ungefähr.«

Nach Fargettes Tod hatte es ein riesiges Blutbad gegeben. Bruscati war, wie Hélène Pessayre gesagt hatte, daran bestimmt nicht unbeteiligt. Die makabre Liste fiel mir wieder ein. Ganz klar. Da war Henri Diana, im Oktober 93 aus nächster Nähe getötet. Noël Dotori, Opfer einer Schießerei im Oktober 1994. Wie José Ordioni im Dezember 94. Dann, 1996, Michel Régnier und Jacky Champourlier, die beiden treuen Leutnants von Fargette. Die Liste endete vor kurzem mit Patrice Meillan und Jean-Charles Taran, einer der letzten »großen Nummern« der Varer Unterwelt.

»In Frankreich«, fuhr ich fort, »hat man die Aktivitäten der Mafia zu lange heruntergespielt. Stattdessen hat man sich nur an die Machenschaften der Übeltäter aus der Unterwelt gehalten. Man hat so getan, als würde man an einen Ganovenkrieg glauben. Heute ist die Mafia nicht mehr wegzuleugnen. Sie reißt die Geschäfte an sich. Wirtschaftlich und ... und auch politisch.«

Man brauchte nicht erst die schwarze Diskette zu lesen, um das zu verstehen. Babette hatte geschrieben: »Dieses neue, internationale, finanzielle Umfeld ist fruchtbarer Boden für die Kriminalisierung der Politik. Zurzeit entfalten sich starke Lobbys, die mit dem organisierten Verbrechen in Verbindung stehen und versteckt agieren. Kurz, die Verbrechersyndikate üben ihren Einfluss auf die Wirtschaftspolitik der Staaten aus.

In den Ländern der neuen Marktwirtschaft und damit offensichtlich in der Europäischen Union haben führende Politiker und Regierungsbeamte Loyalitätsverbindungen mit dem organisierten Verbrechen gestrickt. Die Beschaffenheit des Staates sowie die Gesellschaftsstrukturen sind im Wandel begriffen. In der Europäischen Union beschränkt sich diese Situation keineswegs auf Italien, wo die Cosa Nostra die Spitzen des Staats flächendeckend in ihren Fängen hat ...«

Als Babette auf die tatsächliche Lage in Frankreich zu sprechen kam, entwarf sie ein erschreckendes Bild. Der mit Unterstützung gewählter Repräsentanten und Industrieller geführte Krieg gegen den Rechtsstaat würde aufgrund enorm hoher finanzieller Einsätze brutal und erbarmungslos sein. »Gestern«, betonte sie, »konnte eine störende Abgeordnete ermordet werden. Morgen könnte ein hoher Würdenträger des Staats an der Reihe sein. Ein Präfekt, ein Minister. Heute ist alles möglich.«

»Wir sind nichts für sie. Nur Figuren in einem Schachspiel.«

Fonfon ließ mich nicht aus den Augen. Er war ernst. Er blickte wieder zu Honorine. Zum ersten Mal sah ich sie so, wie sie waren. Alt und müde. Älter und müder denn je. Ich wünschte, dass das alles nicht existierte. Aber es existierte wirklich. Und wir waren, ohne es zu wollen, auf dem Schachbrett des Bösen. Aber vielleicht waren wir schon immer da gewesen? Ein Zufall, ein Zusammentreffen, würde es uns zeigen. Das war Babette. Dieser Zufall. Dieses Zusammentreffen. Und wir wurden zu Schachfiguren. Bis zum Tod.

Sonia. Georges.

Wie das alles beenden?

Babette zitierte einen Bericht der Vereinten Nationen, in dem es hieß: »Die Verstärkung der Behörden, deren Aufgabe es ist, die Einhaltung der Gesetze auf internationaler Ebene zu gewährleisten, ist nur ein Notbehelf. Mangels einer gleichzeitigen wirtschaftlichen und sozialen Entwicklung wird das organisierte Verbrechen sich auf globaler und strukturierter Ebene hartnäckig halten.«

Wie sollten wir aus all dem herauskommen? Wir. Fonfon, Honorine, Babette und ich?

»Nehmen Sie keinen Käse nach? Ist er nicht gut, der Provolone?«

»Doch, Honorine, er ist köstlich. Aber …«

»Na los«, sagte Fonfon mit falscher Fröhlichkeit, »ein kleines Stück, nur damit wir noch einen Schluck trinken können.«

Er bediente mich, ohne Widerrede zu dulden.

Ich glaubte nicht an den Zufall. Oder an Zusammentreffen. Sie sind nur ein Zeichen dafür, dass wir die Grenze der Wirklichkeit überschritten haben. Dort, wo es keine gütliche Einigung mit dem Unerträglichen gibt. Das Denken des einen trifft auf das Denken des anderen. Wie in der Liebe. Wie in der Hoffnung. Deswegen hatte Babette sich an mich gewandt. Weil ich bereit war, ihr zuzuhören. Ich ertrug das Unerträgliche nicht mehr.

Siebzehntes Kapitel

In dem dargelegt wird, dass Rache zu nichts führt und Pessimismus auch nicht

Ich war in Gedanken verloren. Ungeordnete Gedanken, wie so oft. Chaotisch und zwangsläufig alkoholisiert. Ich hatte bereits zwei große Gläser Lagavulin intus. Das erste fast auf ex, als ich in meine kleine Hütte zurückkam.

Die Bilder von Sonia verblassten mit beängstigender Geschwindigkeit. Als wenn sie nur ein Traum gewesen wäre. Knapp drei Tage. Die Wärme ihres Schenkels an meinem, ihr Lächeln. Die dürftigen Erinnerungen zerstoben. Sogar das Graublau ihrer Augen verschwamm. Ich verlor sie. Allmählich machte Lole sich wieder in meinen Gedanken breit. Dort würde sie für immer zu Hause sein. Ihre langen, schlanken Finger schienen die Koffer unseres gemeinsamen Lebens wieder zu öffnen. Die vergangenen Jahre begannen erneut vor meinen Augen zu tanzen. Lole tanzte. Tanzte für mich.

Ich saß auf dem Sofa. Sie hatte *Amor verdadero* von Rubén Gonzáles aufgelegt. Mit geschlossenen Lidern, die rechte Hand in sanfter Schwebe über dem Bauch und die linke erhoben, bewegte sie sich kaum merklich. Nur ihre wiegenden Hüften versetzten den Körper in rhythmische Schwingungen. Ihren ganzen Körper. Ihre Schönheit in dem Moment nahm mir den Atem.

Wenn sie sich später auf ebendiesem Sofa an mich schmiegte, atmete ich den Duft ihrer feuchten Haut und die Wärme ihres ebenso festen wie zerbrechlichen Körpers. Eine Flut von Gefühlen überschwemmte uns. Die Zeit der kurzen Sätze. »Ich liebe dich … Hier fühle ich mich wohl, weißt du … Ich bin glücklich … Und du?«

Das Album von Rubén Gonzáles lief. *Alto songo, Los sitio' asere, Pío mentiroso …*

Monate, Wochen, Tage. Bis zu diesen Worten, die nicht kommen wollen, zögernd, in zu langen Sätzen. »Ich werde dich für immer in meinem Herzen bewahren. Ich will dich nicht verlieren, nicht ganz. Ich möchte nur eins, dass wir uns nahe bleiben, dass wir uns weiter lieben …«

Die Tage und die letzten Nächte. »In meinem Herzen bleibt ein großer Platz für dich. Du wirst immer einen großen Raum in meinem Leben einnehmen …«

Lole. Ihre letzten Worte. »Lass dich nicht gehen, Fabio.«

Und jetzt der Tod, der in der Luft hing. In nächster Nähe. Und sein aufdringlicher Geruch. Das einzige Parfum, das mir in einsamen Nächten geblieben war. Der Geruch des Todes.

Ich trank mit geschlossenen Augen aus. Enzos Gesicht. Seine grau-blauen Augen. Sonias Augen. Und Enzos Tränen. Wenn ich diesen wahnsinnigen Halsabschneider tötete, dann für ihn. Nicht für Sonia. Nicht einmal für Mavros. Nein. Das wurde mir jetzt bewusst. Es wäre für dieses Kind. Nur für Enzo. Für all die Dinge, die ein Kind in dem Alter nicht versteht. Tod. Trennungen. Abwesenheit. Diese erste aller Ungerechtigkeiten: die Abwesenheit des Vaters, der Mutter.

Enzo. Enzo, mein Kleiner.

Wozu waren Tränen denn gut, wenn sie im Herzen des anderen nicht auf fruchtbaren Boden fielen? In meinem.

Ich hatte mir gerade nachgeschenkt, als Hélène Pessayre an die Tür klopfte. Ich hatte beinahe vergessen, dass sie kommen wollte. Es war fast Mitternacht.

Eine leichte Unsicherheit trat zwischen uns. Ein Zögern zwischen Händeschütteln und Umarmen. Wir taten nichts dergleichen, und ich bat sie herein.

»Kommen Sie rein«, sagte ich.

»Danke.«

Wir waren plötzlich verlegen.

»Ich führe Sie nicht herum, es ist zu klein.«

»Immer noch größer als bei mir, soweit ich sehen kann. Da.«

Sie reichte mir eine CD. Gianmaria Testa. *Extra-Muros.*

»So können Sie sie ganz hören.«

Beinahe hätte ich geantwortet: »Dazu hätte ich mich auch bei Ihnen einladen können.«

»Danke. Jetzt müssen Sie mich besuchen, wenn Sie sie hören wollen.«

Sie lächelte. Ich sagte das nur, um etwas zu sagen.

»Möchten Sie ein Gläschen?«, fragte ich und deutete auf meins.

»Lieber Wein.«

Ich öffnete eine Flasche, einen Tempier 92, und schenkte ihr ein. Wir stießen an und tranken schweigend. Wagten kaum, uns anzusehen.

Sie trug ausgewaschene Jeans und ein weit offenes, dunkelblaues Leinenhemd über einem weißen T-Shirt. Langsam fragte ich mich, warum ich sie nie in Rock oder Kleid sah. Vielleicht mag sie ihre Beine nicht, dachte ich.

Mavros hatte eine Theorie darüber.

»Alle Frauen zeigen gern ihre Beine, auch wenn sie nicht wie bei einem Mannequin oder Filmstar aussehen. Das gehört zum Spiel der Verführung. Kannst du mir folgen?«

»Hmja.«

Er hatte festgestellt, dass Pascale seit jenem Abend bei Pierre und Marie, an dem sie Benoît kennen gelernt hatte, nur noch Hosen trug.

»Dabei kauft sie weiter Strumpfhosen, verstehst du. Sogar halterlose Strümpfe. Du weißt schon, die, die am Oberschenkel aufhören …«

Vor Kummer hatte er eines Morgens in Pascales letzten Einkäufen herumgewühlt. Sie lebten seit einigen Wochen mehr schlecht als recht zusammen, während sie darauf warteten, dass Bella und Jean das kleine Haus in der Rue Villa-Paradis freigaben. Pascale hatte am Abend vorher angekündigt, dass sie über das Wochenende fort sein würde. Sie hatte sich in Jeans zu Benoît aufgemacht, aber Mavros wusste, dass sie in ihrer kleinen Reisetasche Miniröcke und Strumpfhosen hatte. Und sogar halterlose Strümpfe.

»Stell dir das bloß mal vor, Fabio«, hatte er gesagt.

Eine halbe Stunde nachdem Pascale an jenem Freitagabend gegangen war, hatte er mich verzweifelt angerufen.

Ich hatte traurig über seine Worte gelächelt. Ich hatte nicht den Hauch einer Theorie über die Gründe, die eine Frau dafür haben mochte, morgens lieber einen Rock als eine Hose anzuziehen. Dabei hatte Lole es mit mir genauso gemacht. Das stellte ich bitter fest. Die letzten Monate hatte sie nur noch Jeans getragen. Und die Badezimmertür war natürlich verschlossen, wenn sie aus der Dusche kam.

Ich hatte Lust, Hélène Pessayre danach zu fragen. Aber das schien mir dann doch etwas gewagt. Außerdem war ihr Blick viel zu ernst geworden.

Sie holte eine Schachtel Zigaretten aus ihrer Tasche und bot mir eine an.

»Sie sehen, ich hab welche gekauft.«

Schweigen legte sich wieder zwischen die Rauchsäulen.

»Mein Vater«, begann sie leise, »ist vor acht Jahren umgebracht worden. Ich hatte gerade mein Jurastudium abgeschlossen. Ich wollte Rechtsanwältin werden.«

»Warum erzählen Sie mir das?«

»Sie haben mich neulich gefragt, ob ich im Leben nichts Besseres zu tun hätte. Wissen Sie noch? Als in der Scheiße rumzuwühlen. Meine Augen beim Anblick von Leichen zu verderben ...«

»Ich war wütend. Wut ist mein Abwehrmechanismus. Dann werde ich vulgär.«

»Er war Untersuchungsrichter. Er hatte nicht wenige Korruptionsfälle zu bearbeiten. Gefälschte Rechnungen. Verborgene Finanzierung politischer Parteien. Ein Dossier hat ihn weiter geführt, als vorauszusehen war. Von den schwarzen Kassen einer ehemaligen politischen Mehrheitspartei kam er auf eine Bank in Panama. *Xoilan Trades.* Eine von General Noriegas Banken. Auf Drogendollars spezialisiert.«

Sie erzählte. Langsam. Mit ihrer ernsten, fast rauen Stimme. Eines Tages teilte die Pariser Finanzbehörde ihrem Vater mit, dass der Schweizer Bankier dieser Partei, Pierre-Jean Raymond, in Frankreich erwartet wurde. Er ließ sofort einen Vorführungsbefehl gegen ihn ausstellen. Raymonds Aktenkoffer war mit höchst kompromittierenden Dokumenten voll gestopft. Ein Minister und mehrere Abgeordnete waren darin verwickelt. Raymond fand sich in Untersuchungshaft wieder, wo er ›in Gegenwart von Islamisten nicht schlafen konnte‹, wie er sich bei politischen Freunden beklagte.

»Mein Vater leitete das Verfahren gegen ihn ein wegen Vergehen gegen die Gesetze zur Parteifinanzierung, Veruntreuung von Gesellschaftsvermögen, Vertrauensmissbrauch, Fälschung und Verwendung von Fälschungen. All das eben. Wodurch er zum ersten Schweizer Bankier wurde, der in Frankreich wegen einer politischen Affäre belangt wurde.

Mein Vater hätte es dabei bewenden lassen können. Aber er setzte sich in den Kopf, die Bankverbindungen weiterzuverfolgen. Dabei geriet alles ins Schleudern. Raymond verwaltete ebenfalls Konten von Kunden aus Spanien und Libyen sowie die heute verkauften Immobilien von General Mobutu. Er war außerdem Inhaber eines Kasinos in der Schweiz für eine Unternehmensgruppe aus Bordeaux und Verwalter von rund fünfzig Gesellschaften in Panama, aus denen schweizerische, französische und italienische Unternehmen Profit schlugen …«

»Wie aus dem Bilderbuch.«

»Ihre Freundin Babette ist bis zu einem Punkt vorgedrungen, den mein Vater nicht erreichen konnte. Ins Herz der Maschinerie. Bevor ich hergekommen bin, habe ich noch mal einige Abschnitte aus dem Artikel gelesen, den sie zu schreiben begonnen hat. Sie nimmt Südfrankreich als Beispiel. Aber die Beweisführung gilt für die ganze Europäische Union. Vor allem, und das ist erschreckend, weist sie auf eine widersprüchliche Tatsache hin: Je weniger die Staaten, die das Maastrichter Abkommen unterzeichnet haben, gegen die Mafia vereint sind, desto mehr prosperiert diese auf dem Dünger – so drückt sie es aus – veralteter, unvereinbarer nationaler Gesetzgebung.«

»Ja«, sagte ich, »das habe ich auch gelesen.«

Fast hätte ich es vorhin Fonfon und Honorine erzählt. Aber sie hatten auch so schon genug gehört, sagte ich mir. Es fügte der aussichtslosen Lage, in der Babette steckte, nichts mehr hinzu. Und meiner damit auch nicht.

Babette stützte ihre Äußerungen auf Ansichten hoch gestellter europäischer Führungskräfte. »Dieses Versagen der Unterzeichnerstaaten von Maastricht, beteuerte die Präsidentin des Haushaltskontrollausschusses, Diemut Theato, ist umso schwerwiegender, als immer härtere Opfer von den europäischen Steuerzahlern verlangt werden, während die aufgedeckten Steuerhinterziehungen 1996 nur 1,4 Prozent des Budgets ausmachten.« Und die Verantwortliche für Betrugsbekämpfung, Anita Gardin, präzisierte: »Die kriminellen Organisationen gehen nach dem Prinzip des geringsten Risikos vor: Sie verlagern jede ihrer unterschiedlichen Aktivitäten in den Mitgliedsstaat, in dem das Risiko am geringsten ist.«

Ich schenkte Hélène Pessayre Wein nach.

»Er schmeckt hervorragend«, sagte sie.

Ich konnte nicht sagen, ob sie das wirklich dachte. Sie schien woanders zu sein. Bei Babettes Disketten. Irgendwo dort, wo ihr Vater den Tod gefunden hatte. Ihr Blick kam auf mir zu ruhen. Liebevoll. Zärtlich. Am liebsten hätte ich sie in die Arme genommen und an mich gedrückt. Sie geküsst. Aber das war das Letzte, was ich tun sollte.

»Mein Vater erhielt mehrere anonyme Briefe. Der letzte lautete folgendermaßen, ich habe es nicht vergessen: ›Es ist sinnlos, Sicherheitsmaßnahmen für Ihre Angehörigen zu treffen oder die Unterlagen in alle vier Ecken des Landes zu verstreuen. Uns entgeht nichts. Also kommen Sie gefälligst zur Vernunft, und lassen Sie die Sache fallen.‹

Meine Mutter weigerte sich, zu gehen, meine Brüder und ich ebenfalls. Wir glaubten nicht wirklich an diese Drohungen. ›Alles nur Einschüchterungsversuche‹, sagte mein Vater. Was ihn nicht daran hinderte, Polizeischutz zu fordern. Das Haus wurde rund um die Uhr bewacht. Und er war immer in Begleitung von zwei Beamten. Wir auch, nur diskreter. Ich weiß nicht, wie lange wir so hätten leben können …«

Sie hielt inne, betrachtete den Wein in ihrem Glas.

»Eines Abends haben wir ihn in der Garage des Wohnhauses gefunden. Im Auto, mit durchtrennter Kehle.«

Sie sah zu mir auf. Der Schleier, der den Glanz ihrer Augen eben noch getrübt hatte, war verflogen. Sie hatten ihr dunkles Leuchten wiedererlangt.

»Die Tatwaffe war ein zweischneidiges Messer mit einer fast fünfzehn Zentimeter langen und gut drei Zentimeter breiten Klinge.«

Jetzt sprach die Kommissarin. Die Mordspezialistin.

»Genauso wie bei Sonia de Luca und Georges Mavros.«

»Sie wollen doch nicht sagen, dass derselbe Mann …«

»Nein. Dieselbe Waffe. Derselbe Messertyp. Das sprang mir ins Auge, als ich den Bericht des Gerichtsmediziners über Sonias Tod sah. Das hat mich acht Jahre zurückversetzt, verstehen Sie?«

Ich dachte daran, was ich ihr auf der Terrasse bei Ange um die Ohren geschlagen hatte, und war plötzlich gar nicht stolz auf mich.

»Es tut mir Leid, was ich neulich gesagt habe.«

Sie zuckte die Schultern.

»Aber es stimmt, ja, es stimmt, ich habe nichts anderes zu tun im Leben. Nur das, ja. Ich habe es so gewollt. Einzig und allein aus dem Grund bin ich Polizistin geworden. Das Verbrechen jagen. Vor allem das organisierte Verbrechen. Das ist jetzt mein Leben.«

Wo nahm sie nur so viel Entschlossenheit her? Sie stellte das ohne Leidenschaft fest. Kalt.

»Man kann nicht für die Rache leben«, sagte ich, weil ich mir dachte, das würde sie eigentlich denken.

»Wer hat von Rache gesprochen? Ich brauche meinen Vater nicht zu rächen. Ich will einfach nur weiterführen, was er angefangen hat. Auf meine Art. In einer anderen Funktion. Der Killer ist nie gefasst worden. Die Untersuchung ist schließlich eingestellt worden. Deshalb die Polizei … Die Entscheidung, zur Polizei zu gehen.«

Sie nahm einen Schluck Wein und fuhr fort: »Rache führt zu nichts. Genauso wenig wie der Pessimismus, das habe ich Ihnen schon mal gesagt. Man muss nur entschlossen sein.«

Sie sah mich an und fügte hinzu: »Und realistisch.«

Realismus. Für mich diente dieses Wort nur dazu, moralische Bequemlichkeit, schäbiges Handeln und mickrige Unterlassungen zu rechtfertigen, wie sie die Menschen jeden Tag begingen. Realismus war auch die Dampfwalze, die es denjenigen, die in dieser Gesellschaft Macht oder auch nur Teile davon besaßen, erlaubte, alle anderen zu zermalmen.

Ich wollte mich lieber nicht mit ihr streiten.

»Sie antworten nicht?«, fragte sie mit einer Spitze Ironie.

»Realistisch sein heißt sich unterkriegen lassen.«

»Das habe ich mir auch gesagt.«

Sie lächelte.

»Ich wollte nur sehen, ob Sie reagieren oder nicht.«

»Nun … Ich hatte Angst, mir eine Ohrfeige einzufangen.«

Sie lächelte wieder. Ich mochte ihr Lächeln. Die beiden Grübchen, die sich dabei in ihre Wangen gruben. Dieses Lächeln wurde mir langsam vertraut. Hélène Pessayre auch.

»Fabio«, sagte sie.

Es war das erste Mal, dass sie mich beim Vornamen nannte. Und es gefiel mir sehr, wie sie meinen Vornamen aussprach. Dann machte ich mich auf das Schlimmste gefasst.

»Ich habe die Dokumente auf der schwarzen Diskette geöffnet. Ich habe sie gelesen.«

»Sie sind wahnsinnig!«

»Es ist wirklich abscheulich.«

Sie war wie erstarrt.

Ich reichte ihr meine Hand. Sie legte ihre darauf und drückte sie. Kräftig. Alles, was zwischen uns möglich und unmöglich war, schien in diesem Händedruck zu liegen.

Wir mussten uns zunächst einmal von dem Tod befreien, der uns die Luft zum Atmen nahm, dachte ich. Auch ihre Augen schienen das in dem Moment zu sagen. Und es war wie ein Schrei. Ein stummer Schrei in Anbetracht so vieler Schrecken, die noch vor uns lagen.

Achtzehntes Kapitel

In dem man dem Tod umso näher kommt, je weniger man dem Leben zugesteht

Die Toten sind endgültig tot, dachte ich, während ich Hélène Pessayres Hand noch immer festhielt. Aber wir, wir müssen weiterleben.

»Wir müssen den Tod besiegen«, sagte ich.

Sie schien nicht zuzuhören. Sie war in Gedanken verloren, irgendwo.

»Hélène?«, sagte ich und drückte sanft ihre Finger.

»Ja, natürlich«, meinte sie. »Natürlich …«

Sie lächelte müde, dann löste sie ihre Hand langsam aus meiner und stand auf. Sie machte ein paar Schritte im Zimmer.

»Es ist schon lange her, seit ich einen Mann gehabt habe«, murmelte sie leise. »Ich meine, einen Mann, der nicht im Morgengrauen geht und sich eine gute Entschuldigung sucht, warum er mich am Abend nicht wiedertreffen kann oder an einem anderen Abend.«

Ich stand auf und ging zu ihr.

Sie stand vor meiner Terrassentür. Die Hände in den Hosentaschen, wie an dem Morgen am Hafen. Ihr Blick verlor sich in der Dunkelheit. Über dem Meer. Zu jenem anderen Ufer, von dem sie eines Tages gekommen war. Ich wusste, dass man Algerien nicht vergessen konnte, wenn man dort geboren, dort aufgewachsen war. Didier Perez war eine unerschöpfliche Quelle zu diesem Thema. Aus seinen Erzählungen wusste ich über alle Jahreszeiten in Algier Bescheid, ihre Tage und Nächte. »Die stillen Sommerabende …« Sehnsucht stieg ihr in die Augen. Dieses Land fehlte ihr gewaltig. Und mehr als alles andere die stillen Sommerabende. Diese kurzen Augenblicke, die für sie immer wie ein Glücksversprechen waren. Ich war überzeugt, dass das alles in Hélènes Herz verborgen lag.

»Die Absurdität regiert, doch in der Liebe liegt die Rettung«, fuhr sie fort und sah mich an. »Das hat Camus gesagt. All die Leichen, der Tod, mit dem ich jeden Tag zu tun habe … All das hat mich der Liebe entfremdet. Sogar der Lust …«

»Hélène.«

»Machen Sie sich nichts draus, Montale. Es tut mir gut, diese Dinge auszusprechen. Sie Ihnen gegenüber auszusprechen.«

Ich konnte fast körperlich spüren, wie sie in ihrer Vergangenheit wühlte.

»Der letzte Mann, mit dem ich zusammen war …«

Sie holte ihre Zigarettenschachtel aus der Hemdtasche und bot mir eine an. Ich gab ihr Feuer.

»Es ist, als wenn die Kälte bei mir eingezogen wäre, verstehen Sie? Dabei habe ich ihn geliebt. Aber seine Zärtlichkeiten … Ich hatte keine Empfindungen mehr.«

Noch nie hatte ich mit einer Frau über diese Dinge gesprochen. Über diesen Moment, in dem der Körper sich verschließt und nur so tut, als ob er da wäre.

Ich hatte lange versucht, meine letzte Liebesnacht mit Lole wieder zu finden. Das letzte Mal, als wir uns liebevoll geküsst hatten. Das letzte Mal, als sie ihren Arm um meine Taille gelegt hatte. Ich hatte Stunden damit verbracht, ohne Erfolg, versteht sich. Ich erinnerte mich nur an diese Nacht, als meine Hand, meine Finger, nachdem ich sie lange am ganzen Körper gestreichelt hatte, an ihrem völlig trockenen Geschlecht verzweifelten.

»Ich hab keine Lust«, hatte sie gesagt.

Sie hatte sich an mich geschmiegt, den Kopf in meiner Schulterkuhle. Mein Glied war an ihrem heißen Bauch erschlafft. »Macht nichts«, hatte ich gemurmelt.

»Doch.«

Auch ich wusste, dass es ernst war. Seit einigen Monaten schliefen wir immer seltener miteinander, und Lole war jedes Mal lustloser. Einmal, als ich immer wieder langsam in sie eindrang, merkte ich, dass sie völlig abwesend war. Ihr Körper war da. Aber sie selbst war weit weg. Schon. Ich konnte keine Befriedigung empfinden. Ich hatte mich zurückgezogen. Keiner von uns hatte sich gerührt. Wir hatten kein Wort gesprochen. Bis der Schlaf uns davontrug.

Ich sah Hélène an.

»Sie haben ihn einfach nur nicht mehr geliebt, diesen Mann. Das ist alles.«

»Nein … Nein. Ich habe ihn geliebt. Wahrscheinlich liebe ich ihn immer noch. Ich weiß es selbst nicht mehr. Ich vermisse seine Hände auf meinem Körper. Manchmal werde ich nachts davon wach. Aber immer seltener, das stimmt.«

Nachdenklich zog sie an ihrer Zigarette.

»Nein, ich fürchte, es ist sehr viel ernster. Ich habe das Gefühl, dass der Schatten des Todes schleichend von meinem Leben Besitz ergreift. Und … Wie soll ich sagen? Wenn man es merkt, ist es, als ob man im Dunkeln steht. Man erkennt nichts mehr. Nicht einmal das Gesicht des Geliebten. Und dann halten dich alle um dich herum für mehr tot als lebendig.«

Ich sagte mir, wenn ich sie jetzt küsste, wäre es hoffnungslos. Ich hatte es auch gar nicht wirklich vor. Es war nur so ein Gedanke, vielleicht nur ein wenig verrückt, um mich nicht von der Schwindel erregenden Spirale ihrer Worte davontragen zu lassen. Ich kannte das, wo sie hinging. Ich war x-mal dort gewesen.

Ich begann zu verstehen, was sie sagen wollte. Und dass es etwas mit Sonias Tod zu tun hatte. Sonias Tod führte sie zu ihrem Vater und auf einen Schlag zu dem, was sein Leben gewesen war. Zu all dem, was mit der Zeit abnutzt, wenn man vorankommt, Entscheidungen trifft. Und je weniger Zugeständnisse man dem Leben macht, desto näher holt man sich den Tod. Vierunddreißig Jahre. Genauso alt wie Sonia. Sie hatte es mehrfach wiederholt an dem Mittag auf der Terrasse von *Chez Ange*.

Sonias brutaler Tod in dem Augenblick, als sich mit mir eine mögliche Zukunft vor ihr abzeichnete, verliebt – und das ist vielleicht die einzige Zukunft, die uns noch möglich ist –, führte Hélène zurück in ihre Sackgassen. Zu ihren Misserfolgen. Ihren Ängsten. Jetzt verstand ich besser, warum sie darauf bestanden hatte, zu erfahren, was ich in jener Nacht für Sonia empfunden hatte.

»Wissen Sie …«, fing ich an.

Aber ich ließ meinen Satz in der Luft hängen.

Für mich war klar, dass Mavros' Tod mir das, was meine Kindheit gewesen war, für immer vollständig geraubt hatte. Meine Jugend. Auch wenn wir als Kinder weniger zusammen erlebt hatten, hatte ich Manus Tod und schließlich Ugos Tod dank Mavros ertragen können.

»Was?«, fragte sie.

»Nichts.«

Jetzt hatte ich mit der Welt abgeschlossen. Mit meiner. Ich hatte keine Ahnung, was das genau zu bedeuten hatte oder was für Folgen es in den nächsten Stunden haben mochte. Ich stellte es fest. Und wie Hélène, wie sie vor wenigen Augenblicken gesagt hatte, stand auch ich im Dunkeln. Ich konnte nichts unterscheiden. Nur die nahe Zukunft. In der ich zweifellos einige nicht wieder gutzumachende Taten zu vollbringen hatte. Wie diesen Schweinehund von der Mafia umzubringen.

Sie zog ein letztes Mal an ihrer Zigarette und drückte sie aus. Beinahe wütend. Ich sah ihr in die Augen, und sie gab den Blick zurück.

»Ich glaube«, fuhr sie fort, »dass wir in dem Moment, in dem etwas Wichtiges passiert, ein wenig aus unserer gewöhnlichen Verfassung herausgehen. Unsere Gedanken … Unsere Gedanken, ich meine Ihre und meine, beginnen sich gegenseitig anzuziehen … Ihre fühlen sich zu meinen hingezogen und umgekehrt. Und … Verstehen Sie?«

Ich mochte ihr nicht mehr zuhören. Nicht wirklich. Mein Bedürfnis, sie in die Arme zu nehmen, wurde überwältigend. Ich war nur knapp einen Meter von ihr entfernt. Ich hätte ihr leicht eine Hand auf die Schulter, in den Rücken und um die Taille legen können. Aber ich war mir immer noch nicht sicher, ob es das war, was sie wollte. Was sie von mir erwartete. Jetzt. Zwei Leichen trennten uns wie ein Abgrund. Wir konnten uns nur die Hand reichen. Und dabei aufpassen, nicht in diesen Abgrund zu stürzen.

»Ja, ich denke schon«, sagte ich. »Weder Sie noch ich halten es in unseren Köpfen aus. Es macht zu viel Angst. Meinen Sie das?«

»So ungefähr, ja. Sagen wir, dass es uns zu sehr entblößt. Wenn ich … Wenn wir miteinander schlafen würden, wären wir zu verletzlich … Danach.«

Danach, das waren die Stunden, die uns bevorstanden. Babettes Ankunft. Die Konfrontation mit den Typen von der Mafia. Die Entscheidungen, die getroffen werden mussten. Babettes. Meine. Nicht unbedingt miteinander vereinbar. Hélène Pessayres Entschlossenheit, alles unter Kontrolle zu haben. Und im Hintergrund Honorine und Fonfon. Mit ihrer Angst, auch sie.

»Das hat alles keine Eile«, antwortete ich dümmlich.

»Das sagen Sie nur so. Sie wollen es genauso wie ich.«

Sie hatte sich zu mir gedreht, und ich sah, wie ihre Brust sich langsam hob. Ihre halb geöffneten Lippen warteten nur auf meinen Kuss. Ich rührte mich nicht. Wir wagten uns nur mit Blicken zu streicheln.

»Ich habe es vorhin am Telefon gespürt. Diese Lust … Oder nicht? Täusche ich mich?«

Ich brachte kein Wort heraus.

»Sagen Sie schon …«

»Ja, es stimmt.«

»Na bitte.«

»Ja, ich habe Sie begehrt. Ich begehre Sie ganz fürchterlich.«

Ihre Augen leuchteten auf.

Es lag alles drin.

Ich rührte mich nicht.

»Ich auch«, hauchte sie mit beinahe reglosen Lippen.

Diese Frau verstand es, mir die Würmer aus der Nase zu ziehen, einen nach dem anderen. Wenn sie mich in dem Augenblick gefragt hätte, wann Babette in Marseille ankommen und wo ich sie treffen sollte, hätte ich es ihr gesagt.

Aber sie hat mich nicht gefragt.

»Ich auch«, wiederholte sie. »Ich hatte im gleichen Moment Lust, glaube ich. Als wenn ich darauf gewartet hätte, dass Sie in dieser Sekunde anrufen … Das hatte ich im Sinn, als ich Ihnen sagte, dass ich Sie aufsuchen würde. Mit Ihnen zu schlafen. Diese Nacht in Ihren Armen zu verbringen.«

»Und unterwegs haben Sie Ihre Meinung geändert?«

»Ja«, sagte sie lächelnd. »Meine Meinung habe ich geändert, nicht die Lust.«

Sie bewegte ihre Hand ganz langsam auf mich zu und streichelte meine Wange mit den Fingerspitzen. Streifte sie. Meine Wange glühte um einiges heftiger als nach ihrer Ohrfeige.

»Es ist schon spät«, murmelte sie leise.

Sie lächelte. Ein müdes Lächeln.

»Und ich bin müde«, fügte sie hinzu. »Aber es hat ja alles keine Eile, nicht wahr?«

»Das Schreckliche ist«, versuchte ich zu scherzen, »dass alles, was ich Ihnen sagen kann, sich immer gegen mich wendet.«

»Das ist eins der Dinge, woran Sie sich bei mir gewöhnen müssen.«

Sie nahm ihre Handtasche.

Ich konnte sie nicht zurückhalten. Wir hatten jeder etwas zu tun. Das Gleiche oder beinahe. Aber wir gingen nicht den gleichen Weg. Sie wusste das und hatte es, so schien es, schließlich akzeptiert. Es war nicht mehr nur eine Frage des Vertrauens. Das Vertrauen bedeutete uns zu viel, dem anderen gegenüber. Wir mussten ganz in uns selbst dringen. In unsere Einsamkeiten. Unsere Begierden. Am Ende gab es vielleicht eine Wahrheit. Den Tod. Oder das Leben. Die Liebe. Eine Liebe. Wer konnte das schon wissen?

Ich berührte den Ring von Didier Perez abergläubisch mit dem Daumen. Und ich rief mir seine Worte ins Gedächtnis zurück: »Was geschrieben steht, steht geschrieben, wie dem auch sei.«

»Sie sollen eins wissen, Montale«, sagte sie an der Tür. »Der Lauschangriff kommt von der Polizeidirektion. Aber ich habe nicht herausfinden können, seit wann.«

»Etwas in der Richtung hatte ich mir schon gedacht. Und das heißt?«

»Genau wie Sie gedacht haben. Dass ich gleich einen detaillierten Bericht über diese beiden Morde anfertigen muss. Die Gründe. Die Mafia und so weiter … Es war der Gerichtsmediziner, der den Zusammenhang hergestellt hat. Ich bin nicht die Einzige, die sich für die Technik der Verbrechen der Mafia interessiert. Er hat seine Schlussfolgerungen an meinen Vorgesetzten weitergegeben.«

»Und die Disketten?«

Sie ärgerte sich über die Frage. Ich konnte es ihren Augen ansehen.

»Reichen Sie sie mit ein«, sagte ich schnell. »Mit Ihrem Bericht. Nichts beweist, dass Ihr Vorgesetzter nicht in Ordnung ist, oder?«

»Wenn ich es nicht täte«, antwortete sie monoton, »würde ich gelyncht.«

Wir sahen uns noch den Bruchteil einer Sekunde an.

»Schlafen Sie gut, Hélène.«

»Danke.«

Wir konnten uns nicht die Hand reichen. Wir konnten uns auch nicht umarmen. Hélène Pessayre ging, wie sie gekommen war. Nur dass die Fronten jetzt klar waren.

»Sie rufen mich an, nicht wahr, Montale?«, fragte sie noch.

Denn es war nicht leicht, so auseinander zu gehen. Es war ein bisschen, als würden wir uns verlieren, bevor wir uns gefunden hatten.

Ich nickte und sah ihr nach, wie sie über die Straße zu ihrem Auto ging. Einen Augenblick lang stellte ich mir vor, was ein weicher, zärtlicher Kuss bedeutet hätte. Unsere Lippen vereint. Dann dachte ich an die beiden Typen von der Mafia und die beiden Flics, wie sie ein verschlafenes Auge öffneten, als Hélène Pessayre vorüberging, und sich beim Wiedereinschlafen fragten, ob ich mit der Kommissarin gevögelt hatte oder nicht. Das verjagte alle erotischen Gedanken aus meinem Kopf.

Ich schenkte mir einen Tropfen Lagavulin ein und legte das Album von Gianmaria Testa auf.

Un po' di là del mare c'è una terra sincera
come gli occhi di tuo figlio quando ride …

Worte, die mich für den Rest der Nacht begleiteten. *Nicht weit hinter dem Meer gibt es ein aufrichtiges Land, wie die Augen von deinem Sohn, wenn er lacht.*

Sonia, ich werde deinem Sohn das Lachen wiedergeben. Ich tue es für uns, für das, was zwischen dir und mir hätte sein können, diese Möglichkeit einer Liebe, eines Lebens, der Freude, der Freuden, die über den Tod hinausgehen, für diesen Zug, der zum Meer fährt, Richtung *Turchino,* für diese Tage, die noch erfunden werden müssen, diese Stunden, das Vergnügen, unsere Körper, unser Begehren und noch mal unser Begehren und für dieses Lied, das ich gelernt hätte, für dich, das ich dir vorgesungen hätte, nur für das einfache Glück, dir zu sagen

se vuoi restiamo insieme anche stasera

und dir immer wieder zu sagen, *wenn du willst, bleiben wir heute Abend zusammen.*

Sonia.

Das werde ich tun. Für Enzos Lächeln.

Am Morgen hatte sich der Mistral völlig gelegt.

Ich hatte Nachrichten gehört, als ich mir den ersten Kaffee des Tages zubereitete. Das Feuer hatte sich noch weiter ausgebreitet, aber seit Tagesanbruch hatten die Löschflugzeuge es eindämmen können. Die Hoffnung, dieses Feuer schnell unter Kontrolle bringen zu können, schien wieder aufzuleben.

Meine Kaffeetasse in der einen, eine Zigarette in der anderen Hand, ging ich bis ans Ende meiner Terrasse. Das Meer hatte sich beruhigt und lag wieder in tiefem Blau da. Ich sagte mir, dass dieses Meer, das Marseilles und Algiers Küsten leckte, nichts versprach, nichts verriet. Es begnügte sich damit, zu geben, aber in Hülle und Fülle. Ich sagte mir, dass die Anziehungskraft zwischen Hélène und mir vielleicht keine Liebe war. Sondern nur dieses gemeinsame Gefühl, klar zu sehen, das heißt, ohne Trost zu sein.

Und heute Abend würde ich Babette wiedersehen.

Neunzehntes Kapitel

In dem es nötig ist, zu wissen, wie die Dinge gesehen werden

Das Blut gefror mir in den Adern. Die Fensterläden an Honorines Haus standen nicht offen. Im Sommer schlossen wir unsere Fensterläden nie. Wir hakten sie nur vor den offenen Fenstern ineinander, um ein wenig von der Kühle der Nacht und des frühen Morgens zu profitieren. Ich stellte meine Tasse ab und ging zu ihrer Terrasse hinüber. Die Tür selbst war verschlossen. Mit dem Schlüssel. Sogar wenn sie »in die Stadt hinunterging«, traf Honorine nie solche Vorsichtsmaßnahmen. Ich zog schnell eine Jeans und ein T-Shirt über und platzte, ohne mich auch nur zu kämmen, bei Fonfon herein. Er stand hinter seiner Theke und blätterte zerstreut in *La Marseillaise.*

»Wo ist sie?«, fragte ich.

»Du nimmst doch einen Kaffee?«

»Fonfon?«

»Verdammt noch mal!«, sagte er und stellte eine Untertasse vor mich hin.

In seinen Augen, roter als sonst, lag tiefe Trauer.

»Ich habe sie fortgebracht.«

»Was!«

»Heute Morgen. Alex hat uns gefahren. Ich habe eine Cousine in Caillols. Dort habe ich sie hingebracht. Da wird es ihr an nichts fehlen. Nur ein paar Tage … Ich dachte …«

Er hatte die gleichen Überlegungen angestellt wie ich für Mavros und dann für Bruno und seine Familie. Plötzlich ärgerte ich mich, dass ich es nicht selbst vorgeschlagen hatte. Weder Honorine noch Fonfon. Nach der Diskussion, die wir miteinander hatten, er und ich, hätte es mir klar sein müssen. Diese Angst, dass Honorine etwas zustoßen könnte. Und Fonfon hatte es geschafft, sie zum Gehen zu überreden. Sie hatte es eingesehen. Sie hatten das gemeinsam entschieden. Ohne mir auch nur ein

Wort zu sagen. Weil die Sache mich nichts mehr anging, sondern nur sie, sie beide. Die Ohrfeige von Hélène Pessayre war nichts dagegen.

»Ihr hättet mir Bescheid sagen können«, sagte ich barsch. »Mich wecken kommen meinetwegen … Damit ich mich verabschieden kann!«

»So ist es nun mal, Fabio. Du hast kein Recht, beleidigt zu sein. Ich habe getan, was mir am besten schien.«

»Ich bin nicht beleidigt.«

Nein, beleidigt war nicht das richtige Wort. Davon abgesehen fand ich keine Worte. Mein Leben erlitt Schiffbruch, und nicht einmal Fonfon gab mir noch Kredit. Das war die Wahrheit.

»Hast du daran gedacht, dass dieser Abschaum dort vor der Tür euch folgen könnte?«

»Ja, ich hab daran gedacht!«, schrie er und stellte die Kaffeetasse auf den Unterteller. »Was denkst du denn, he? Dass ich blöd bin? Verkalkt? Zum Donnerwetter!«

»Gib mir einen Cognac.«

Er griff nervös die Flasche, ein Glas und schenkte mir ein. Wir ließen uns nicht aus den Augen.

»Fifi musste die Straße beobachten. Wenn ein Wagen, den wir nicht kannten, hinter uns losgefahren wäre, hätte er Alex auf seinem Handy im Taxi angerufen. Wir wären dann einfach umgekehrt.«

»Altes Schlitzohr!«, dachte ich bei mir.

Ich trank den Cognac in einem Zug. Ich spürte sofort, wie sich das Brennen bis in die Tiefen meines Magens ausbreitete. Ein Schweißausbruch befeuchtete mir den Rücken.

»Und niemand ist euch gefolgt?«

»Heute Morgen waren sie nicht da, die Typen aus dem Fiat Punto. Nur die Flics. Und die haben sich nicht von der Stelle gerührt.«

»Woher kannst du sicher sein, dass es die Flics waren?«

»So, wie die aussehen, also, da gibts kein Vertun.«

Ich nahm einen Schluck Kaffee.

»Und du hast gesagt, der Fiat Punto war nicht mehr da.«

»Er ist immer noch nicht da.«

Was ging hier vor? Zwei Tage, hatte der Killer gesagt. Ich konnte nicht glauben, dass er alles geschluckt hatte, was ich ihm aufgetischt hatte. Sicher war ich nur ein armer Trottel, aber trotzdem!

Plötzlich hatte ich eine Horrorvision. Die Killer machten eine Spritztour nach Castellas. Sie würden Babette dort abfangen. Ich schüttelte den Kopf. Um diesen Gedanken zu verjagen. Mir einzureden, dass die Abhörerei erst gestern Abend angefangen hatte. Mich davon zu überzeugen, dass die Flics so eng auch wieder nicht mit der Mafia liiert waren. Nein, versuchte ich mich zu beruhigen, kein leitender Beamter. Aber ein Flic, irgendein Flic, ja. Irgendeiner. Einer reichte. Einer, der mit der Nase darauf stieß. Ein einziger, verflucht noch mal!

»Gib mir das Telefon, bitte.«

»Da«, sagte Fonfon und stellte es auf die Theke. »Willst du was essen?«

Ich zuckte mit den Schultern und wählte die Nummer von Castellas. Es klingelte sechs-, sieben-, achtmal. Ich schwitzte mehr und mehr. Neun.

Jemand nahm ab.

»Leutnant Brémond.«

Eine autoritäre Stimme.

Mir wurde abwechselnd heiß und kalt. Ich bekam weiche Knie. »Hallo!«

Ich legte langsam auf.

»Gegrillte Figatelli, einverstanden?«, rief Fonfon aus seiner Küche.

»Ja.«

Ich wählte Hélène Pessayres Nummer.

»Hélène«, sagte ich, als sie abnahm.

»Wie gehts?«

»Schlecht. Es geht schief. Ich glaube, sie sind nach Castellas hinaufgefahren, dorthin, wo Babette sich aufgehalten hat. Ich glaube, es ist etwas Schlimmes passiert. Das heißt, ich glaube es nicht, ich bin mir sicher, verdammt noch mal! Ich habe angerufen. Ein Leutnant hat abgenommen. Leutnant Brémond.«

»Wo ist das?«

»In der Gemeinde von Saint-Jean-du-Gard.«

»Ich rufe Sie zurück.«

Aber sie legte nicht auf.

»Ist Babette dort oben?«

»Nein, in Nîmes. Sie ist in Nîmes«, log ich.

Weil Babette eben jetzt den Zug genommen hatte. Das hoffte ich jedenfalls.

»Ah«, machte Hélène Pessayre nur.

Sie legte auf.

Der Duft der Figatelli begann sich in der Bar zu verbreiten. Ich hatte keinen Hunger. Dabei kitzelte der Geruch mir angenehm in der Nase. Ich sollte etwas essen. Weniger trinken. Essen. Und weniger rauchen.

Essen.

»Willst du nicht doch eine Kleinigkeit essen?«, fragte Fonfon, als er aus der Küche kam.

Er stellte Teller, Gläser und Bestecke auf einen Tisch mit Blick aufs Meer. Dann öffnete er eine Flasche Rosé aus Saint-Cannat. Kein schlechter Tropfen, den wir bei der Genossenschaft holten. Gerade richtig für die morgendliche Zwischenmahlzeit.

»Warum bist du nicht bei ihr geblieben?«

Er ging wieder in die Küche. Ich hörte, wie er die Figatelli auf dem Grill wendete. Ich kam näher.

»Hörst du, Fonfon?«

»Was?«

»Warum bist du nicht auch dort geblieben, bei deiner Cousine?«

Er sah mich an. Ich wusste nicht mehr, was sein Blick zu bedeuten hatte.

»Das werde ich dir sagen …«

Ich konnte die Wut in ihm aufsteigen sehen. Er explodierte.

»Wo hätte Félix dich angerufen, he? Um dir zu sagen, dass er Babette in seinem Boot mitnehmen würde. Es war doch wohl hier, in meiner Bar, wo er dich anrufen sollte.«

»Er hat das vorgeschlagen, und …«

»Ja … Kaum zu glauben, dass auch er nicht so dumm und verkalkt ist.«

»Du bist doch nicht nur deshalb geblieben? Ich hätte doch …«

»Was hättest du können? Da rumsitzen und darauf warten, dass das Telefon klingelt? Wie jetzt.«

Er wendete die Figatelli noch einmal.

»Sie sind gleich fertig.« Er schob alles auf einen Teller, nahm Brot und ging zum Tisch. Ich folgte ihm.

»Hat Félix dich angerufen?«

»Nein. Ich habe ihn angerufen. Gestern. Vor unserer kleinen Diskussion. Ich wollte etwas wissen.«

»Was wolltest du wissen?«

»Ob diese Geschichte wirklich ernst ist. Also hab ich gefragt, ob du vorbeigekommen bist, um sie zu holen … Manus Knarre. Und er hat gesagt ›ja‹. Und dann hat Félix mir alles erzählt.«

»Du hast schon alles gewusst? Gestern Abend?«

»Ja.«

»Du hast mir nichts davon gesagt.«

»Ich wollte es aus deinem Munde hören. Dass du es mir sagst. Mir, Fonfon!«

»Scheiße auch!«

»Und siehst du, Fabio, ich glaube, dass du uns nicht alles erzählt hast. Félix denkt das auch. Aber ihm ist das schnurzegal. Das hat er gesagt. Auch wenn er so tut, als ob, er hängt nicht mehr sehr am Leben. Verstehst du … Nein, du verstehst nicht. Manchmal verstehst du überhaupt nichts. Du lebst vor dich hin …«

Fonfon fing an zu essen. Den Kopf über seinen Teller geneigt. Ich konnte nicht. Nach drei Bissen und langem Schweigen sah er wieder auf. Seine Augen schwammen in Tränen.

»Nun iss schon, verdammt. Es wird noch kalt.«

»Fonfon …«

»Ich werde dir noch etwas sagen. Ich bin hier, um … um an deiner Seite zu sein. Aber ich weiß nicht, warum, Fabio. Ich weiß nicht, warum! Honorine hat mich darum gebeten. Zu bleiben. Sonst wäre sie nicht gegangen. Das hat sie mir zur Bedingung gemacht. Verflucht, versteh das mal!«

Er stand abrupt auf. Er legte seine Hände flach auf den Tisch und neigte sich zu mir.

»Denn wenn sie mich nicht darum gebeten hätte, ich weiß nicht, ob ich geblieben wäre.«

Er ging in seine Küche. Ich stand auf und folgte ihm. Er weinte, den Kopf gegen den Gefrierschrank gelehnt. Ich legte meinen Arm um seine Schultern.

»Fonfon«, sagte ich.

Er drehte sich langsam um, und ich drückte ihn an mich. Er weinte weiter wie ein Kind.

Was für ein Schlamassel, das mit Babette. Was für ein Schlamassel.

Aber Babette konnte nichts dafür. Sie hatte es nur ausgelöst. Und ich entdeckte, wie ich wirklich war. Unaufmerksam anderen gegenüber, selbst denen, die ich liebte. Unfähig, mir ihre Ängste anzuhören, ihre Furcht. Ihren Wunsch, noch ein wenig zu leben und glücklich zu sein. Ich lebte in einer Welt, in der ich ihnen keinen Platz einräumte. Ich lebte eher neben ihnen her, als dass ich mit ihnen teilte. Ich nahm alles von ihnen an, manchmal mit Gleichgültigkeit, ließ links liegen, oft aus Bequemlichkeit, was sie sagen oder tun mochten, das mir nicht gefiel.

Letztendlich hatte Lole mich deshalb verlassen. Wegen dieser Art, die ich hatte, über andere hinwegzugehen, träge, unbekümmert. Uninteressiert. Ich verstand es nicht, nicht einmal in den schlimmsten Momenten, ihnen zu zeigen, wie sehr ich wirklich an ihnen hing. Ich verstand es auch nicht zu sagen. Ich glaubte, alles gehe von selbst. Freundschaft. Liebe. Hélène Pessayre hatte Recht. Ich hatte Lole nicht alles gegeben. Ich hatte nie jemandem alles gegeben.

Ich hatte Lole verloren. Ich verlor Fonfon und Honorine. Und das war das Schlimmste, was mir passieren konnte. Ohne sie … Sie waren meine letzte Zuflucht im Leben. Leuchttürme im Meer, waren nur sie fähig, den Weg zum Hafen zu weisen. Meinen Weg.

»Ich liebe euch beide. Ich liebe euch, Fonfon.«

Er sah zu mir hoch, dann machte er sich los.

»Schon gut, schon gut«, sagte er.

»Ich hab nur noch euch, verdammt!«

»Ja, eben!«

Er brach erneut in Wut aus.

»Das fällt dir jetzt ein! Dass wir sozusagen wie deine Familie sind! Aber die Killer gehen vor unserer Tür spazieren ... Die Flics hören dein Telefon ab, ohne deiner Kommissarin Bescheid zu sagen ... Und du? Das beunruhigt dich natürlich, also besorgst du dir eine Knarre. Aber wir? Um uns machst du dir keine Gedanken! ... Wir sollen darauf warten, dass Monsieur alles regelt. Dass alles wieder in Ordnung kommt. Und danach, wenn der Tod vorübergegangen ist und uns ausgespart hat, kehren wir zu unseren kleinen Annehmlichkeiten zurück. Fischen, Aperitifs, Pétanque, Rommé am Abend ... Ist es so, Fabio? Siehst du die Dinge so? Sag mal, wer sind wir eigentlich, verflucht!«

»Nein«, murmelte ich. »So sehe ich die Dinge nicht.«

»So, und wie siehst du sie dann?«

Das Telefon klingelte.

»Montale.«

Hélène Pessayres Stimme war flach. Farblos.

»Ja.«

»Bruno ist heute Morgen gegen sieben durchgedreht ...«

Ich schloss die Augen. In meinem Kopf überschlugen sich die Bilder. Das waren nicht einmal mehr Bilder, sondern Ströme von Blut.

»Er hat seine Frau und seine beiden Kinder umgebracht ... Mit ... Mit einer Axt. Es ist ...«

Die Worte blieben ihr im Hals stecken.

»Und er, Hélène?«

»Er hat sich aufgehängt. Ganz einfach.«

Fonfon kam leise heran und stellte mir ein Glas Rosé hin. Ich stürzte ihn in einem Zug hinunter und bedeutete ihm, mir nachzuschenken. Er ließ die Flasche neben mir stehen.

»Was sagen die Flics?«

»Familiendrama.«

Ich stürzte noch ein Glas Rosé hinunter.

»Ja, klar.«

»Laut Zeugenaussagen lief es nicht mehr besonders gut zwischen Bruno und seiner Frau. Seit einiger Zeit … Im Dorf wurde offenbar viel über diese Frau, die bei ihnen wohnte, geredet.«

»Das würde mich wundern. Niemand wusste, dass Babette in Castellas war.«

»Zeugen, Montale. Mindestens einer. Ein alter Freund von Bruno. Der Förster.«

»Ja, klar«, wiederholte ich.

»Man hat einen Fahndungsbefehl nach Ihrer Freundin herausgegeben. Sie wollen ihre Aussage.«

»Das heißt?«

»Das heißt, dass sie die Polizei am Hals hat und hinter ihnen die Typen von der Mafia. Und den Killer im Hinterhalt.«

Wenn Bruno geredet hatte, und er musste geredet haben, waren die Typen nach Nîmes gestürzt, zu seinen Freunden, wo Babette die Nacht verbringen sollte. Ich hoffte, Babette war vor ihnen losgefahren. Für sie. Für diese Leute, die sie aufgenommen hatten. Und dass sie im Zug saß.

»Montale, wo ist Babette?«

»Ich weiß nicht. Das weiß ich wirklich nicht. Vielleicht in einem Zug. Sie sollte heute nach Marseille kommen. Sie soll mich bei ihrer Ankunft anrufen.«

»Haben Sie nach ihrer Ankunft etwas geplant?«

»Ja.«

»Gehörte es zu Ihrem Plan, mich anzurufen?«

»Nicht sofort. Danach.«

Ich hörte, wie sie Luft holte.

»Ich schicke eine Überwachungsmannschaft zum Bahnhof. Für den Fall, dass die Typen da sein werden und etwas vorhaben.«

»Es ist besser, wenn sie nicht beschattet wird.«

»Haben Sie Angst, dass ich herausfinde, wo sie hingeht?«

Jetzt war es an mir, Luft zu holen.

»Ja«, sagte ich. »Dadurch wird jemand anders kompromittiert. Und Sie können sich auf nichts verlassen. Auf niemanden. Nicht einmal auf Ihren nächsten Partner, Béraud, stimmts?«

»Ich weiß, wo sie hingeht, Montale. Ich glaube zu erraten, wo Sie sich heute Nacht mit ihr treffen.«

Ich schenkte mir noch ein Glas Wein ein. Ich war baff.

»Haben Sie mich verfolgen lassen?«

»Nein. Ich bin Ihnen zuvorgekommen. Sie haben mir gesagt, dass diese Person, die Sie sehen mussten, Félix, in Vallon-des-Auffes wohnt. Ich habe Béraud geschickt. Er ist am Hafen spazieren gegangen, als Sie gekommen sind.«

»Sie vertrauen mir nicht, was?«

»Immer noch nicht. Aber so ist es besser. Für heute. Jeder spielt sein Spiel. So wollten Sie es doch haben, nicht?«

Ich hörte sie wieder Luft holen. Sie war bedrückt. Dann wurde ihre Stimme tiefer. Rau.

»Ich hoffe immer noch, dass wir zueinander finden werden, wenn alles vorüber ist.«

»Das hoffe ich auch, Hélène.«

»Ich habe es mit einem Mann nie so ernst gemeint wie mit Ihnen heute Nacht.«

Sie legte auf.

Fonfon saß am Tisch. Er hatte seine Figatelli nicht aufgegessen, und ich hatte meine nicht angerührt. Er sah mich an, als ich auf ihn zukam. Er war erschöpft.

»Fonfon, geh zu Honorine. Sag ihr, ich entscheide. Nicht sie. Und dass ich will, dass ihr zusammen seid. Du hast hier nichts mehr verloren!«

»Und du?«, grummelte er.

»Ich warte auf den Anruf von Félix, und dann schließe ich die Bar. Lass mir die Telefonnummer hier, unter der ich euch erreichen kann.«

Er stand auf und sah mir gerade in die Augen.

»Du, was wirst du tun?«

»Töten, Fonfon. Töten.«

Zwanzigstes Kapitel

In dem es keine Wahrheit ohne bitteren Kern gibt

Jetzt, wo der Mistral sich gelegt hatte, stank die Luft verbrannt. Ein beißendes Gemisch aus Holz, Harz und Chemikalien. Die Feuerwehrleute schienen das Feuer endlich unter Kontrolle zu haben. Es wurde von dreitausendvierhundertfünfzig Hektar zerstörter Fläche gesprochen. Wald in erster Linie. Im Radio hatte jemand, ich weiß nicht mehr wer, die Zahl von einer Million verkohlter Bäume genannt. Ein Großbrand, vergleichbar mit dem von 1989.

Nach einer kurzen Siesta war ich in Richtung der Buchten aufgebrochen. Ich hatte das Bedürfnis, mir durch die Schönheit dieses Landes einen klaren Kopf zu verschaffen. Die schmutzigen Gedanken herauszufiltern und sie durch großartige Bilder zu ersetzen. Auch meine armen Lungen brauchten etwas frische Luft.

Ich war vom Hafen von Calelongue, nur wenige Schritte von Les Goudes, aus losgegangen. Ein leichter Spaziergang, knapp zwei Stunden, den Zollpfad entlang. Und er bot herrliche Aussichten auf die Inselgruppe Riou und die Südseite der Buchten. Am Plan des Cailles angekommen, war ich nicht weit vom Meer in die Wälder über der Bucht von Queyrons abgebogen. Schwitzend und schnaufend wie ein armer Teufel, hatte ich am Ende des Steilpfades oberhalb der Bucht von Podestat eine Pause eingelegt.

Dort, mit Blick aufs Meer, ging es mir gut. In der Stille. Hier gab es nichts zu verstehen, nichts zu wissen. Alles offenbarte sich vor den Augen in dem Moment, in dem man es genoss.

Ich war nach Félix' Anruf aufgebrochen. Kurz vor zwei. Babette war soeben angekommen. Er hatte sie an mich weitergereicht. Sie hatte in Nîmes nicht den Zug genommen. Einmal im Bahnhof, erklärte sie, hatte sie gezögert. So ein Vorgefühl. Sie war in eine Leihwagenfirma gegangen und am Steuer eines kleinen 205 wieder herausgekommen. In Marseille hatte sie den Wagen dann am Hafen geparkt. Sie war mit dem Bus weiter auf die Corniche gefahren. Schließlich war sie zu Fuß bis Vallon-des-Auffes hinabgestiegen.

Ich hatte die Bar geschlossen, die Fensterläden zum Meer zugezogen und das Metallgitter heruntergelassen. Der Saal wurde nur noch schwach erleuchtet durch ein Hochfenster über der Eingangstür.

»Mir war danach«, begann sie zu erzählen, »die Stadt in mich einzusaugen. Mich von ihrem Licht durchtränken zu lassen. Ich hab sogar beim *Samaritaine* angehalten, verstehst du, um eine Kleinigkeit zu essen und zu trinken. Ich hab an dich gedacht. An das, was du oft sagst. Dass man nichts von dieser Stadt begreift, wenn man ihrem Licht gegenüber unempfindlich ist.«

»Babette …«

»Ich liebe diese Stadt. Ich hab die Leute um mich herum beobachtet. Auf der Terrasse. In der Straße. Ich habe sie beneidet. Sie lebten. Gut, schlecht, mit Höhen und Tiefen, zweifellos wie wir alle. Aber sie lebten. Ich … Ich fühlte mich wie eine Außerirdische.«

»Babette …«

»Warte … Da habe ich meine dunkle Brille abgenommen und die Augen geschlossen. Das Gesicht zur Sonne. Um sie brennen zu spüren, wie wenn man am Strand ist. Ich bin wieder ich selbst geworden. Ich habe mir gesagt: ›Du bist zu Hause.‹ Und … Fabio …«

»Was?«

»Das stimmt nicht, weißt du. Ich bin nicht mehr ganz zu Hause. Ich kann nicht mehr durch die Straßen gehen, ohne mich zu fragen, ob mir nicht jemand folgt.«

Sie hatte einen Moment geschwiegen. Ich hatte an der Telefonschnur gezogen und mich auf den Boden gesetzt, mit dem Rücken an die Theke gelehnt. Ich war müde. Ich war schläfrig. Ich brauchte frische Luft. Ich hatte zu allem Lust, außer zu hören, was sie sagen würde und was ich in jedem ihrer Worte kommen spürte.

»Ich habe nachgedacht«, fuhr Babette fort.

Ihre Stimme war unnatürlich ruhig. Und das war mir noch unerträglicher.

»Ich könnte in Marseille nie mehr zu Hause sein, wenn ich diese Nachforschungen auf sich beruhen lasse. Die ganze Arbeit, seit Jahren. Ich muss bis ans Ende meiner selbst gehen. Wie jeder hier, auch im Kleinen. Mit dieser Übertreibung, die uns eigen ist. In der wir uns verlieren …«

»Babette, ich habe keine Lust, darüber am Telefon zu diskutieren.«

»Ich wollte, dass du es weißt, Fabio. Gestern Abend war ich so weit zuzugeben, dass du Recht hattest. Ich hatte alles gut gewichtet, abgewogen. Aber … Als ich hier angekommen bin … Das Glück der Sonne auf meiner Haut, dieses Licht in meinen Augen … Ich bin es, die Recht hat.«

»Hast du deine Unterlagen bei dir?«, unterbrach ich. »Die Originale.«

»Nein. Sie sind an einem sicheren Ort.«

»Verdammt, Babette!«, rief ich.

»Aufregen bringt nichts. So ist es nun mal. Wie kann man glücklich leben, wenn man jedes Mal, wenn man irgendwohin geht oder irgendwas kauft, weiß, dass die Mafia wie ein Schwert über einem hängt? Na? Mal ehrlich!«

Ganze Passagen aus ihren Nachforschungen liefen vor meinen Augen ab. Als wenn ich mir an jenem Abend bei Cyril die Festplatte des Computers in den Kopf geschoben hätte.

»In den Steueroasen unterhalten die Verbrechersyndikate Kontakte zu den größten Handelsbanken der Welt; deren örtliche Filialen sind auf *private banking* spezialisiert und bieten bei der Führung steuerlich hochbegünstigter Konten einen diskreten, persönlichen Service. Diese Möglichkeiten zur Steuerflucht werden von legalen Firmen ebenso genutzt wie von kriminellen Organisationen. Der technologische Fortschritt in Bankwesen und Telekommunikation bietet zahlreiche Möglichkeiten, die Erlöse aus illegalen Transaktionen rasch weiterzuleiten und verschwinden zu lassen.«

»Fabio?«

Ich klappte mit den Augenlidern.

»Geld kann auf elektronischem Wege problemlos von der Muttergesellschaft auf ihre als Briefkastenfirma in einer Steueroase registrierte Tochtergesellschaft transferiert werden und umgekehrt. Auf diese Weise werden von Firmen, die die Mittel institutioneller Anleger verwalten, darunter Pensionsfonds, Sparfonds bei Genossenschaftsbanken und Geldmarktfonds, Gelder in Milliardenhöhe verschoben, indem sie abwechselnd über Konten in Luxemburg, auf den Kanalinseln oder den Kaimaninseln und so weiter laufen.

Die mit der Steuerflucht einhergehende Ansammlung riesiger Firmenkapitale in Steueroasen ist einer von mehreren Gründen für die wachsenden Haushaltsdefizite in bestimmten westlichen Ländern.«

»Darum geht es jetzt nicht«, sagte ich.

»Ach ja. Und worum dann?«

Sie hatte nicht über Bruno gesprochen. Ich vermutete, dass sie von dem Massaker noch gar nichts wusste. Von dieser schrecklichen Geschichte. Ich beschloss, nichts zu sagen. Fürs Erste. Diese Schweinerei als letzten Trumpf aufzuheben. Wenn wir uns schließlich gegenüberstehen würden. Heute Abend.

»Das ist keine Frage. Ich wäre nie wieder glücklich, wenn morgen … Wenn sie Honorine und Fonfon die Kehle durchschneiden würden! Wie diese Hunde es mit Sonia und Mavros gemacht haben.«

»Ich habe auch Blut gesehen!«, regte sie sich auf. »Ich habe Giannis Leiche gesehen. Er war verstümmelt. Also, komm mir nicht …«

»Aber du, du lebst, verdammt noch mal! Sie nicht! Ich lebe auch! Und Honorine und Fonfon und Félix, für den Moment! Erzähl mir nicht, was du gesehen hast! Denn so, wie es läuft, wirst du noch mehr davon sehen. Und Schlimmeres! Dein Körper, Stück für Stück zerhackt …«

»Hör auf!«

»Bis du ihnen sagst, wo sie sind, diese verfluchten Dokumente. Ich bin sicher, du würdest beim ersten abgeschnittenen Finger schwach werden.«

»Dreckskerl!«, schrie sie.

Ich fragte mich, wo Félix war. Hatte er sich bei einem schönen, kühlen Bier in die Lektüre eines der Abenteuer der *Pieds Nickelés* gestürzt? Taub für das, was er hörte? Oder war er zum Hafen hinuntergegangen, damit Babette reden konnte, ohne sich beobachtet zu fühlen?

»Wo ist Félix?«

»Am Hafen. Er macht das Boot startklar. Er hat gesagt, dass er gegen acht rausfahren will.«

»Gut.«

Erneutes Schweigen.

Das Zwielicht in der Bar tat mir gut. Am liebsten hätte ich mich glatt auf den Boden gelegt. Und geschlafen. Lange geschlafen. In der Hoffnung, dass diese ganze, riesige Sauerei sich in meinen Träumen, im unbefleckten Morgenlicht über dem Meer, auflösen würde.

»Fabio«, fuhr Babette fort.

Ich erinnere mich, gedacht zu haben, oben auf dem Pass von Cortiou, dass es keine Wahrheit gibt, die keinen bitteren Kern hat. Das hatte ich irgendwo gelesen.

»Babette, ich will nicht, dass dir was passiert. Ich könnte auch nicht weiterleben, wenn er dich ... Wenn er dich umbringen würde. Alle, die ich geliebt habe, sind tot. Meine Freunde. Und Lole ist fort ...«

»Ah!«

Ich hatte nicht auf den Brief von Babette geantwortet, den Lole geöffnet und gelesen hatte. Den Brief, an dem unsere Liebe zerbrochen war. Ich war ärgerlich auf Lole gewesen, weil sie in meine Geheimnisse eingedrungen war. Später auf Babette. Aber weder Babette noch Lole konnten etwas für das, was danach gekommen war. Dieser Brief war genau in dem Moment aufgetaucht, in dem Lole von Zweifeln über mich und sich geplagt war. Über uns, unser Leben.

»Verstehst du, Fabio«, hatte sie mir eines Nachts gestanden, in einer dieser Nächte, in denen ich noch versucht hatte, sie zum Abwarten, zum Bleiben zu überreden. »Meine Entscheidung steht fest. Seit langem. Ich habe mir ausgiebig Zeit genommen, darüber nachzudenken. Dieser Brief von deiner Freundin Babette hat nichts damit zu tun. Er hat mir nur erlaubt, meine Entscheidung zu fällen … Ich zweifle schon seit geraumer Zeit. Es ist nicht überstürzt, verstehst du. Eben deshalb ist es so schrecklich. Noch schrecklicher. Ich weiß … Ich weiß, dass es für mich lebenswichtig ist, zu gehen.«

Ich hatte keine andere Antwort darauf gefunden, als dass sie dickköpfig war. Und so stolz, dass sie nicht zugeben konnte, sich zu irren. Den Rückwärtsgang einzuschalten. Zu mir zurückzukommen. Zu uns.

»Dickköpfig! Das bist du genauso wie ich, Fabio! Nein …«

Und sie hatte diese Worte gesagt, mit denen sie die Tür endgültig hinter sich schloss: »Ich empfinde nicht mehr die Liebe für dich, die nötig ist, um mit einem Mann zusammenzuleben.«

Später, ein andermal, hatte Lole mich gefragt, ob ich diesem Mädchen, Babette, geantwortet hätte.

»Nein«, hatte ich gesagt.

»Warum nicht?«

Ich hatte nie die Worte gefunden, ihr zu antworten oder sie auch nur anzurufen. Und was sollte ich ihr sagen? Dass ich nicht wusste, wie zerbrechlich die Liebe zwischen Lole und mir war. Und dass sicher alle wirklichen Lieben so sind. So zerbrechlich wie Kristallglas. Dass die Liebe die Menschen bis ins Extrem spannt. Und dass das, was Babette für Liebe hielt, nur eine Illusion war.

Ich hatte nicht den Mut zu diesen Worten. Nicht einmal, ihr zu sagen, dass ich es nach alledem und der Leere, die Lole in mir hinterlassen hatte, nicht für nötig hielt, Babette eines Tages wiederzusehen.

»Weil ich sie nicht liebe, das weißt du genau«, hatte ich Lole geantwortet.

»Vielleicht täuschst du dich.«

»Lole, ich flehe dich an.«

»Du lebst dein Leben, ohne Dinge hinnehmen zu wollen. Mein Gehen, ihr Warten.«

Ich hatte zum ersten Mal Lust, sie zu ohrfeigen.

»Das wusste ich nicht«, sagte Babette.

»Vergiss es. Wichtig ist, was passiert … Diese Killer, die uns verfolgen. Darüber müssen wir gleich reden. Ich hab ein paar Ideen. Um mit ihnen zu verhandeln.«

»Mal sehen, Fabio ... Aber, verstehst du ... Ich glaube, das ist heute die einzige Lösung. Eine Operation ›Saubere Hände‹ in Frankreich. Es ist die einzige Art, die wirksamste, den Zweifeln der Leute zu begegnen. Niemand glaubt mehr an irgendetwas. Nicht an die Politiker. Nicht an die Projekte der Politiker. Nicht an die Werte dieses Landes. Es ... Es ist die einzige Antwort auf den Front National. Die schmutzige Wäsche waschen. Am hellichten Tage.«

»Träumst du?! Was hat das in Italien geändert?«

»Es hat etwas geändert.«

»Klar.«

Sie hatte natürlich Recht. Und nicht wenige Richter in Frankreich waren der gleichen Meinung. Sie schritten mutig voran, Dossier für Dossier. Oft im Alleingang. Manchmal riskierten sie ihr Leben. Wie Hélène Pessayres Vater. Ich wusste das alles, ja.

Aber ich wusste auch, dass ein Aufsehen erregendes Medienereignis dem Land seine Moral nicht zurückgeben würde. Ich zweifelte an der Wahrheit, wie sie manche Journalisten darstellten. Die Nachrichtensendung um zwanzig Uhr war blanke Täuschung. Die brutalen Bilder vom Völkermord gestern in Bosnien, später in Ruanda und heute in Algerien lockten keine Millionen Bürger auf die Straße. Weder in Frankreich noch sonst wo. Beim ersten Erdbeben, beim kleinsten Eisenbahnunglück blätterte man weiter. Überließ die Wahrheit denen, deren Brot sie war. Die Wahrheit war das Brot der Armen, nicht der Leute, die glücklich waren oder sich so schätzten.

»Du hast es selbst geschrieben«, sagte ich. »Dass der Kampf gegen die Mafia mit einem gleichzeitigen Fortschritt in der wirtschaftlichen und sozialen Entwicklung einhergehen muss.«

»Das ändert nichts an der Wahrheit. In einem bestimmten Moment. Und dieser Moment ist jetzt da, Fabio.«

»Zum Teufel!«

»Verflixt, Fabio! Was willst du? Dass ich auflege?«

»Wie viele Tote ist die Wahrheit wert?«

»So kann man nicht argumentieren. Das ist die Einstellung von Verlierern.«

»Wir sind verloren!«, schrie ich. »Wir werden nichts mehr ändern. Nicht das Geringste.«

Ich dachte wieder an Hélène Pessayres Worte, als wir uns am Fort Saint-Jean getroffen hatten. An dieses Buch über die Weltbank. Diese abgeschottete Welt, die sich selbst organisierte und aus der wir ausgeschlossen sein würden. Aus der wir schon ausgeschlossen waren. Auf der einen Seite der zivilisierte Westen, auf der anderen die »gefährlichen Klassen« des Südens, der Dritten Welt. Und diese Grenze. Der Limes.

Eine andere Welt.

In der ich, das wusste ich, keinen Platz mehr hatte.

»Ich weigere mich, mir solchen Blödsinn anzuhören.«

»Ich werde dir was sagen, Babette, mach weiter, Herrgott noch mal! Bring sie raus, deine Untersuchung, geh dabei drauf, gehen wir doch alle dabei drauf, du, ich, Honorine, Fonfon, Félix ...«

»Du willst, dass ich verschwinde, stimmts?«

»Wo willst du denn hin, du arme Irre!«

Und die Worte rutschten mir raus.

»Heute Morgen hat die Mafia deinen Freund Bruno und seine Familie mit der Axt liquidiert ...«

Schweigen trat ein. So schwer wie die vier Särge bald auf dem Boden einer Gruft.

»Es tut mir schrecklich Leid, Babette. Sie dachten, du bist da oben.«

Sie weinte. Ich konnte es hören. Dicke Tränen, nahm ich an. Keine Schluchzer, nein, nur Tränen. Panik und Angst.

»Das muss aufhören«, schluchzte sie.

»Das wird nie aufhören, Babette. Weil alles schon vorbei ist. Das willst du nicht verstehen. Aber wir können da noch raus. Überleben. Einige Zeit, ein paar Jahre. Lieben. Ans Leben glauben. An die Schönheit ... Und sogar der Gerechtigkeit und der Polizei in diesem Lande vertrauen.«

»Du bist verrückt«, sagte sie.

Und sie brach in Schluchzen aus.

Einundzwanzigstes Kapitel

In dem es offensichtlich zu sein scheint, dass das Verderben blind ist

Ich steuerte mein Boot in den Hafen von Frioul. Es war genau neun Uhr. Das Meer war aufgewühlter, als ich gedacht hatte, nachdem ich Les Goudes verlassen hatte. Für Babette, sagte ich mir, während ich den Motor herunterstellte, werden die letzten dreißig Minuten nicht gerade ein Vergnügen gewesen sein. Aber ich hatte eine Stärkung für sie dabei. Wurst aus Arles, eine Wildschweinpastete, sechs kleine Ziegenkäse aus Banon und zwei Flaschen Roten aus Bandol. Von der Domaine Cagueloup. Und meine Flasche Lagavulin, für später am Abend. Bevor ich wieder aufs Meer fuhr. Félix würde nichts gegen einen guten Schluck einzuwenden haben, das wusste ich.

Ich war angespannt. Zum ersten Mal war ich mit einem Ziel, aus einem ganz bestimmten Grund rausgefahren. In meinem Kopf war auf einen Schlag alles durcheinander gegangen. Einen Augenblick ging ich sogar so weit, mich zu fragen, wie ich so weit gekommen war, in meinem Alter, mit einer reichlich vagen Vorstellung davon, wer ich war und was ich im Leben wollte. Es hatte sich keine Antwort aufgedrängt. Dafür aber weitere Fragen, noch präzisere, die ich zu verdrängen versucht hatte. Die letzte war die einfachste. Was hatte ich da zu suchen, heute Abend, in meinem Boot, mit einer Knarre, einer 6.35, in der Jackentasche?

Denn ich hatte Manus Knarre mitgenommen. Nach einigem Zögern. Seit Honorine und Fonfon fort waren, war ich hilflos. Ohne Bezugspunkte. Und allein. Einen Moment hätte ich beinahe Lole angerufen. Um ihre Stimme zu hören. Aber was hätte ich ihr dann sagen sollen? Dort, wo sie war, gab es nicht die geringste Ähnlichkeit mit hier. Dort war niemand ermordet worden. Und man liebte sich dort zweifellos. Sie und ihr Freund zumindest.

Da hatte mich die Angst überfallen.

Als ich das Boot herausholte, hatte ich mir für einen Augenblick gesagt: Und wenn du dich täuschst, Fabio, wenn sie einen guten Riecher haben und dir aufs Meer folgen? Ich hatte einige Schachteln Zigaretten gekauft und auf dem Rückweg festgestellt, dass der Fiat Punto nicht an der Ecke parkte. Ich war die Straße zu Fuß wieder hochgegangen, fast bis zum Dorfausgang. Der weiße 304 war auch nicht da. Weder Killer noch Flics. Genau in dem Moment spürte ich, wie mein Magen sich vor Angst zusammenkrampfte. Wie eine Alarmglocke. Das war nicht normal, sie hätten da sein müssen. Die Killer, weil sie Babette nicht erwischt hatten. Die Flics, weil Hélène Pessayre dafür gesorgt hatte. Aber es war zu spät. Zu dem Zeitpunkt war Félix schon auf dem Meer.

Ich entdeckte Félix' Boot ganz rechts vom Damm, der die Inseln Pomègues und Ratonneau verbindet. Auf der bebauten Seite. Da, wo einige Bars geöffnet hatten. Der Hafen war ruhig. Nicht einmal im Sommer zog Frioul abends Menschenmengen an. Die Marseiller kamen nur tagsüber hin. Mit den Jahren waren alle Bauprojekte in Gleichgültigkeit versunken. Die Frioul-Inseln waren kein bewohnbarer Ort, nur ein Platz, an dem man im kalten, offenen Meer tauchen, fischen und schwimmen konnte.

»He! Félix!«, rief ich, während ich mein Boot an seines heran-gleiten ließ.

Er bewegte sich nicht. Er schien zu schlafen. Den Oberkörper leicht vorgeneigt.

Mein Bootsrumpf stieß sanft gegen seinen.

»Félix!«

Ich langte hinüber und schüttelte ihn leicht. Sein Kopf kippte zur Seite, dann nach hinten, und seine toten Augen starrten mich an. Das Blut floss noch aus seiner aufgeschlitzten Kehle.

Sie waren da.

Babette, dachte ich.

Wir saßen in der Falle. Und Félix war tot.

Wo war Babette?

Eine Grundsee drehte mir den Magen um, und ich hatte den säuerlichen Geschmack von Galle im Rachen. Ich beugte mich vornüber. Zum Kotzen. Aber ich hatte nichts als einen langen Zug Lagavulin im Magen, den ich unterwegs hinuntergestürzt hatte.

Félix.

Seine toten Augen. Für immer.

Und das Blut, das lief. Das für den ganzen Rest meines vermaledeiten Lebens in meiner Erinnerung laufen würde.

Félix.

Nur weg dort.

Mit einem kräftigen Schwung stieß ich mich von seinem Bootsrumpf ab, warf den Motor an und legte den Rückwärtsgang ein, um freizukommen. Mit den Augen suchte ich den Hafen, den Damm, die Umgebung ab. Niemand. Ich hörte Lachen auf einem Segelboot. Das Lachen von einem Mann und einer Frau. Das der Frau perlte wie Champagner. Die Liebe war nicht weit. Ihre Körper direkt auf der hölzernen Brücke. Ihre Lust unter dem Mond.

Ich brachte mein Boot auf Abstand. Genau nach Osten. Diese Seite war nicht erleuchtet. Ich hielt einen Moment an und durchforschte die Nacht. Der weiße Felsen. Dann sah ich sie. Sie waren drei. Alle drei. Bruscati und der Chauffeur. Und der Mörder, dieser Hurensohn. Sie kletterten schnell den schmalen Pfad hinauf, der oben in den Felsen begann und zu zahlreichen kleinen Buchten führte.

Irgendwo hier musste Babette sich verstecken.

»Montale!«

Ich erstarrte. Aber diese Stimme war mir nicht fremd. Aus dem Schatten eines Felsens sah ich Béraud auftauchen. Alain Béraud. Den Kollegen von Hélène Pessayre.

»Ich habe Sie kommen sehen«, sagte er und sprang behände in mein Boot. »Die anderen nicht, glaube ich.«

»Was haben Sie hier zu suchen? Ist sie auch da?«

»Nein.«

Ich sah die drei Männer oben am Hang verschwinden.

»Woher wussten sie, die Arschlöcher?«

»Weiß nicht.«

»Was heißt, du weißt nicht, verdammt!«, stieß ich leise hervor. Ich hätte ihn am liebsten geschüttelt. Erwürgt.

»Was hast dann du hier zu suchen?«

»Ich war in Vallon-des-Auffes. Gerade eben.«

»Warum?«

»Verflucht, Montale! Sie hat es dir gesagt, oder nicht? Wir wussten, dass deine Freundin zu diesem Typ gehen würde. Ich war da, als du ihn gestern besucht hast.«

»Ja, ich weiß.«

»Hélène hatte begriffen. Der Trick mit dem Boot ... Sehr raffiniert.«

»Erzähl keinen Mist, zum Teufel!«

»Sie wollte dich nicht ohne Schutz hier wissen.«

»Scheiße! Aber sie haben Félix umgelegt. Wo warst du da?«

»Ich kam gerade an. Ich komme gerade an, genau genommen.«

Er schwieg einen kurzen Moment nachdenklich.

»Ich bin als Letzter losgefahren. Das war das Blöde. Ich hätte direkt hierher kommen sollen. Und warten. Aber ... Aber ich ... Wir waren nicht sicher, dass es dort war, wo ihr euch verabredet hattet. Es hätte auch am Château d'If sein können oder in Planier ... Ich weiß nicht, ich ...«

»Ja.«

Ich verstand überhaupt nichts mehr, aber das war auch nicht mehr wichtig. Wir mussten uns beeilen und Babette finden. Sie hatte einen Vorteil vor den Killern, sie kannte die Insel in- und auswendig. Die winzigste Bucht. Den kleinsten steinigen Pfad. Sie war jahrelang zum Schwimmen hergekommen.

»Wir müssen los«, sagte ich.

Ich dachte eine Sekunde nach.

»Ich werde an der Küste entlangfahren. Um zu versuchen, sie in den kleinen Buchten aufzusammeln. Anders gehts nicht.«

»Ich gehe zu Fuß hin«, sagte er. »Über den Weg. Ihnen nach. Einverstanden?«

»Okay.«

Ich warf den Motor an.

»Béraud«, sagte ich.

»Ja.«

»Warum bist du allein?«

»Es ist mein freier Tag«, antwortete er, ohne zu lachen.

»Was!«, rief ich aus.

»Montale, das ist die nackte Tatsache. Wir sind ausgebootet worden. Man hat ihr den Fall nach ihrem Bericht entzogen.«

Wir sahen uns an. Es kam mir so vor, als würde Hélènes Zorn aus Bérauds Augen sprechen. Ihre Wut und ihr Abscheu.

»Sie hat böse was auf die Finger bekommen.«

»Wer hat ihre Stelle eingenommen?«

»Die Abteilung für illegale Finanzgeschäfte. Aber ich weiß noch nicht, wer der Kommissar ist.«

Jetzt ergriff mich unheimliche Wut.

»Erzähl mir nicht, dass sie von deiner Beschattung berichtet hat!«

»Nein.«

Ich packte ihn heftig am Hemdkragen.

»Aber du weißt nicht, he? Warum sie hergekommen sind! Du weißt von nichts!«

»Doch … ich glaube.«

Er klang ruhig.

»Und, was ist?«

»Der Chauffeur. Unser Chauffeur. Ich sehe nur ihn.«

»Verdammter Mist«, fluchte ich und ließ ihn los. »Und wo ist Hélène?«

»In Septèmes-les-Vallons. Um die eventuellen kriminellen Ursachen der Großbrände zu untersuchen … Wie es scheint, schreien sie überall danach. Dieses Feuer … Hélène hat mich gebeten, Sie nicht im Stich zu lassen.«

Er sprang aus dem Boot.

»Montale«, sagte er.

»Was.«

»Der Typ, der ihr Beiboot gefahren hat, der ist geknebelt und gefesselt. Ich habe auch die Flics gerufen. Sie müssten jeden Moment hier sein.«

Damit machte er sich entschlossen auf den Weg. Er zog eine Knarre. Eine dicke. Ich holte meine hervor. Manus Knarre. Ich schob ein Magazin ein und sicherte sie.

Ich fuhr langsam um die Insel herum. In dem Versuch, Babette oder die Killer aufzustöbern. Das weiße Mondlicht verlieh der steinigen Landschaft ein unwirkliches Aussehen. Noch nie waren diese Inseln mir so trist vorgekommen.

Ich dachte wieder daran, was Hélène Pessayre mir heute Morgen am Telefon gesagt hatte. »Jeder spielt sein Spiel.« Sie hatte ihres gespielt und verloren. Ich spielte meins und war dabei zu verlieren. »So wollten Sie es doch haben, nicht wahr?« Hatte ich wieder mal alles vermasselt? Wäre es so weit gekommen, wenn … Dort stieg Babette hinunter. In eine schmale Felsöffnung zum Meer. Ich kam mit dem Boot heran. Immer in der Mitte der kleinen Bucht.

Jetzt rufen. Nein, noch nicht. Lass sie herunterkommen. Bis ganz hinunter in die Bucht.

Ich näherte mich noch ein wenig, dann stellte ich den Motor ab und ließ mich langsam auf dem Wasser treiben. Das Wasser war noch tief genug, das spürte ich. Ich griff nach den Rudern und kam noch näher.

Ich sah sie auf dem schmalen Sandstreifen auftauchen.

»Babette«, rief ich.

Aber sie hörte mich nicht. Sie sah zu den Felsen hoch. Mir war, als hörte ich sie keuchen. Angst. Panik. Aber es war nur mein eigenes Herz, das ich hörte. Es schlug zum Zerbersten. Wie eine Zeitbombe. »Verdammt, beruhige dich!«, sagte ich mir. »Du platzt noch!«

Nur ruhig! Nur ruhig.

»Babette!«

Ich hatte laut gerufen.

Sie drehte sich um, entdeckte mich schließlich. Verstand. Im selben Moment tauchte der Typ auf. Knapp drei Meter über ihr. Das war keine einfache Knarre, was er da hielt.

»Runter!«, schrie ich.

Die Salve ging los und übertönte meine Stimme. Weitere Salven folgten. Babette kam hoch, wie zum Sprung, und stürzte wieder. Ins Wasser. Die Schießerei brach abrupt ab, und ich sah, wie der Killer über den Felsen flog. Sein Maschinengewehr schlitterte den Schotter hinunter. Dann plötzlich Stille. Eine Sekunde später schlug weiter unten sein Körper auf. Der Aufprall seines Schädels auf dem Felsen hallte in der Bucht wider.

Béraud hatte ins Schwarze getroffen.

Ich gab einen kräftigen Ruderschlag und spürte, wie der Rumpf den steinigen Boden streifte. Babettes Körper lag noch immer im Wasser. Unbeweglich. Ich versuchte, sie hochzuheben. Ein Klumpen Blei.

»Babette«, weinte ich. »Babette.«

Ich zog Babettes Leiche vorsichtig an den Strand. Acht Schusswunden durchlöcherten ihren Rücken. Ich drehte sie langsam um.

Babette. Ich streckte mich an sie geschmiegt aus.

Dieses Gesicht, das ich geliebt hatte. Unverändert. Genauso schön. Wie es Botticelli nachts im Traum erschienen war. Wie er es eines Tages gemalt hatte. An dem Tag, als die Welt geboren wurde. Venus. Babette. Ich streichelte langsam ihre Stirn, dann die Wange. Meine Finger berührten leicht ihre Lippen. Ihre Lippen, die mich geküsst hatten. Die meinen Körper mit Küssen bedeckt hatten. Mein Glied liebkost hatten. Ihre Lippen.

Ich drückte meinen Mund auf ihren, wie wahnsinnig.

Babette.

Der Geschmack von Salz. Ich steckte meine Zunge so hart wie möglich, so tief wie möglich in ihren Mund. Für diesen unmöglichen Kuss, von dem ich wollte, dass sie ihn mitnahm. Mir liefen die Tränen. Auch sie waren salzig. Auf ihre geöffneten Augen. Ich küsste den Tod. Leidenschaftlich. Aug in Auge. Die Liebe. Sich in die Augen sehen. Der Tod. Sich nicht aus den Augen lassen.

Babette.

Ihr Körper zuckte. Ich hatte den Geschmack von Blut im Mund. Und ich kotzte das Einzige aus, das mir noch zu kotzen blieb. Das Leben.

»Hallo, du Idiot.«

Die Stimme. Die Stimme, die ich unter Tausenden erkannt hätte. Über uns hallten Schüsse wider.

Ich drehte mich langsam um, ohne aufzustehen, und blieb so,

den Hintern im feuchten Sand. Die Hände in den Jackentaschen. Mit der rechten Hand entsicherte ich meine Knarre. Ich rührte mich nicht mehr.

Er richtete einen riesigen Colt auf mich und starrte mich an. Ich konnte seine Augen nicht sehen. Die Verderbtheit hat keinen Blick, sagte ich mir. Sie ist blind. Ich stellte mir seine Augen auf dem Körper einer Frau vor. Wenn er sie beschlief. Konnte man sich von dem Bösen ficken lassen?

Ja. Ich.

»Du hast versucht, uns reinzulegen, was.«

Ich spürte seine Verachtung auf mir haften. Als hätte er mir ins Gesicht gespuckt.

»Das nützt nichts mehr«, sagte ich. »Sie, ich. Morgen früh wird alles, aber auch alles, im Internet sein. Die komplette Liste.«

Bevor ich aufbrach, hatte ich Cyril angerufen und ihn gebeten, heute Abend alles in die Wege zu leiten. Ohne Babettes Meinung abzuwarten.

Er lachte.

»Internet, sagst du.«

»Jeder wird sie lesen können, die verfluchten Listen.«

»Schnauze, Idiot. Die Originale sind wo?«

Ich zuckte die Schultern.

»Sie hatte keine Zeit, es mir zu sagen, Blödmann. Deshalb waren wir hier.«

Erneut Schüsse dort oben in den Felsen. Béraud lebte. Noch, zumindest.

»Ja.«

Er kam heran. Jetzt war er nur noch vier Schritte von mir entfernt. Seine Knarre direkt auf mich gezielt.

»Du hast dein Messer wohl bei meinem alten Kumpel abgebrochen.«

Er lachte wieder.

»Wär es dir lieber, wenn ich dich auch aufschlitze, du Idiot?«

Jetzt, sagte ich mir.

Mein Finger auf dem Abzug.

Schieß!

»Lasst ihr mich ihn umbringen … Ihr?«

»Schieß, Herrgott noch mal!«, brüllte Mavros. Sonia stimmte ein. Und Félix. Und Babette. »Schieß!«, schrien sie. Fonfon, Wut im Blick. Honorine, die mich mit traurigen Augen ansah. »Zu Ehren der Überlebenden … Schieß!«

Montale, verdammt noch mal, bring ihn um! Bring ihn um!

»Ich werde ihn umbringen.«

»Schieß!«

Sein Arm fiel langsam herab. Straffte sich. In Richtung auf meinen Schädel.

»Schieß!«

»Enzo!«, rief ich.

Und ich schoss. Leerte das ganze Magazin.

Er brach zusammen. Der namenlose Killer. Die Stimme. Die Stimme des Todes. Der Tod selbst.

Ich begann zu zittern. Die Hand um den Griff der Knarre geklammert. Beweg dich, Montale. Beweg dich, bleib nicht dort. Ich stand auf. Ich zitterte immer mehr.

»Montale!«, rief Béraud.

Er war nicht mehr sehr weit. Wieder ein Schuss. Dann Stille.

Béraud verstummte.

Ich ging auf das Boot zu. Schwankend. Ich betrachtete die Waffe, die ich in der Hand hielt. Manus Waffe. Mit einem kräftigen Schwung schleuderte ich sie weit von mir, ins Meer. Sie fiel ins Wasser. Mit demselben Geräusch oder fast, aber in meinem Kopf machte sie dasselbe Geräusch wie die Kugel, die sich in meinen Rücken bohrte. Ich spürte die Kugel, aber den Schuss hörte ich erst später. Oder umgekehrt, zwangsläufig.

Ich machte ein paar Schritte im Wasser. Mit der Hand fuhr ich über die offene Wunde. Das warme Blut an meinen Fingern. Es brannte. Innen. Der Brand. Wie das Feuer in den Hügeln gewann es Land. Die Hektare meines Lebens, die sich verzehrten.

Sonia, Mavros, Félix, Babette. Wir waren verkohlte Wesen. Das Böse breitete sich aus. Der Weltenbrand ergriff den Planeten. Zu spät. Die Hölle.

Aber ja, alles klar, Fabio? Alles klar, oder? Ja. Es ist nur eine

Kugel. Ist sie wieder rausgekommen? Nein, verdammt. Es scheint nicht so, nein.

Ich ließ mich ins Boot fallen. Der Länge nach. Der Motor. Losfahren. Ich fuhr los. Jetzt nach Hause. Ich würde nach Hause fahren. Es ist vorbei, Fabio.

Ich griff nach der Flasche Lagavulin, entkorkte sie und setzte den Hals an meine Lippen. Die Flüssigkeit ging mir runter. Heiß. Das tat gut. Man konnte das Leben nicht festhalten, man konnte es nur leben. Was? Nichts. Ich war müde. Erschöpfung. Ja, schlafen. Aber vergiss nicht, Hélène zum Essen einzuladen. Sonntag. Ja, Sonntag. Wann ist Sonntag? Fabio, nicht einschlafen, verflucht. Das Boot. Steuer das Boot. Zu dir nach Hause, dort drüben. Les Goudes.

Das Boot glitt aufs offene Meer. Jetzt war alles gut. Der Whisky tropfte mir vom Kinn auf den Hals. Ich konnte mich nicht mehr fühlen. Weder im Körper noch im Kopf. Ich hatte keine Schmerzen mehr. Überhaupt keine Schmerzen. Keine Ängste. Keine Angst.

Jetzt bin ich der Tod.

Das hatte ich gelesen … Sich jetzt daran erinnern.

Der Tod bin ich.

Lole, willst du die Vorhänge nicht vor unserem Leben herunterlassen? Bitte. Ich bin müde.

Lole, bitte.

Anmerkung des Autors

Es muss wieder einmal gesagt werden. Nichts von dem, was Sie gelesen haben, hat jemals stattgefunden. Natürlich außer dem, was wahr ist und was man in der Zeitung lesen oder im Fernsehen sehen kann. Wenig, alles in allem. Und ich hoffe aufrichtig, dass die hier berichteten Geschichten an ihrem Platz bleiben: auf den Seiten dieses Buches. So weit, so gut. Nur die Stadt ist wirklich. Marseille. Und alle, die dort leben. Mit all ihren Leidenschaften. Was ich von meiner Stadt Marseille, immer auf halbem Weg zwischen Licht und Dunkel, berichte, ist einfach nur und immer wieder Widerhall und Erinnerung.

Die in *Solea* vorgelegte Analyse der Mafia beruht hauptsächlich auf offiziellen Dokumenten, insbesondere auf dem Report »Vereinte Nationen, Weltgipfeltreffen über soziale Entwicklungen. Die Globalisierung des Verbrechens«, Nachrichtenabteilung der UNO, New York 1995, sowie auf zwei in *Le Monde diplomatique* erschienenen Artikeln: »Gut geschmierte Getriebe im großen Kasino der Welt« von Jean Chesneaux (Januar 1996) und »Wie die Mafia die Weltwirtschaft unterwandert« von Michel Chossudovsky (Dezember 1996). Viele Fakten stammen auch aus *Le Canard enchaîné, Le Monde* und *Libération.*

Worterklärungen

Abaya mantelähnlicher arabischer Umhang

Argot Gauner- oder Szenensprache

Beurs in Frankreich geborene Kinder von Nordafrikanern

Boches seit Ende des 19. Jahrhunderts abschätzige Bezeichnung der Franzosen für die Deutschen, die sich unter anderem von »tête de bois« (Holzkopf) herleitet

Brauquier, Louis (1900–1976) Hochseekapitän, Schiffsmakler und Freund von Saint-John Perse. Daneben Dichter, Maler und Fotograf, der die Landschaft um Marseille, das Mittelmeer und die Südsee besungen hat. Die im Text erwähnte Hafenbar heißt im Original *Bar d'Escale* (1926).

Cendrars, Blaise (1887–1961) französischer Schriftsteller schweizerischer Herkunft. Schrieb 1913/14 das Gedicht *Panama oder die Abenteuer meiner sieben Onkel.*

César ein Künstler, der in seinen »compressions« zum Beispiel weggeworfene Getränkedosen zu Blöcken zusammenpresst

Chourmo auch: CD-Titel der Rap-Gruppe *Massilia Sound System*

Club der Ultras eine Fan- und Sponsorenorganisation der Marseiller Radrennbahn

Dotrement, Christian (1922–1979) Belgier, Mitglied der Künstlergruppe *Cobra,* Erfinder der »Logogramme«. Originaltitel des erwähnten Textes: *Grand Hôtel des Valises-Locataires,* Paris 1981.

Emmaus-Gemeinschaft katholische Organisation, die 1949 von Abbé Pierre gegründet wurde und sich um Unterkünfte für Obdachlose kümmert, die mit dem Handel von gebrauchten Möbeln und Kleidern finanziert werden.

Garrigue immergrüne Strauchheide im Mittelmeerraum, also landwirtschaftlich nicht nutzbares Gelände, das unter anderem Verstecke für die Widerstandskämpfer gegen die deutsche Besatzung während des Zweiten Weltkriegs bot.

»gefährliche Klassen« unter diesem Stichwort werden in der Kriminalsoziologie US-amerikanischer Herkunft Alte, Behinderte, Kranke, Erwerbslose, Drogenkonsumenten, Bettler und sonstige gesellschaftliche Störenfriede bezeichnet, die dem wirtschaftlichen Neoliberalismus ein Dorn im Auge sind und daher einer ganzen Bandbreite gesonderter Maßnahmen unterzogen werden sollen

Kelkal, Khaled einer der französischen »Staatsfeinde Nummer eins«. Wurde am 29. September 1995 im Alter von 24 Jahren in der Nähe von Lyon vor laufenden Fernsehkameras von der Polizei erschossen. Angeblich war er einer der Drahtzieher der damaligen Attentatswelle in Frankreich, die mit den Bewaffneten Islamischen Gruppen (GIA) in Verbindung gebracht wird. Die Vorwürfe gegen ihn beruhen auf einem Fingerabdruck auf einer von der Polizei entschärften Bombe, die angeblich zu einem Anschlag auf den TGV Paris–Lyon dienen sollte. (Vgl. »Moi, Khaled Kelkal«, *Le Monde,* 7. Oktober 1995)

Keum Verlan-Ausdruck für *Mec* (Typ).

Mauresque typisches Marseiller Getränk: Pastis mit Mandelmilchsirup.

Mesrine, Jacques »der poetische Gangster Jacques«, der Ende der Siebzigerjahre als Frankreichs »Staatsfeind Nummer eins« berühmt wurde und einmal sagte: »Ich finde es nicht idiotischer, durch eine Kugel im Kopf zu sterben als am Lenkrad eines R 16 oder in der Fabrik bei einer Arbeit, die einem den Mindestlohn bringt. Ich persönlich lebe vom Verbrechen.« 1979 von Spezialeinheiten der Polizei in seinem Wagen erschossen. (Vgl. J. Mesrine, *Der Todestrieb: Lebensbericht eines Staatsfeindes,* Reinbek bei Hamburg 1987)

Minitel ein mit dem Telefonnetz verknüpftes Datenbank- und Kommunikationssystem, das in Frankreich schon lange vor dem Internet große Verbreitung gefunden hat

Pagnol, Marcel (1895–1974) Schriftsteller und Filmemacher, in dessen Werken häufig das Leben in Marseille dargestellt wird. Das gilt insbesondere für seine Trilogie *Marius* (1929), *Fanny* (1931) und *César* (1931), die teilweise an den Originalschauplätzen gedreht wurde.

Pavese, Cesare (1908–1950, Selbstmord) italienischer Schriftsteller. Das Gedicht *Der Tod wird kommen, und er wird deine Augen haben* stammt aus dem Jahr 1950 und wird hier in der Übersetzung von Dagmar Leupold und Michael Krüger wiedergegeben.

Peisson, Édouard (1896–1963) französischer Schriftsteller, fuhr zur See und schrieb mehrere Romane aus der Welt der Seefahrt wie zum Beispiel *Hans le marin,* Paris 1929.

Perse, Saint-John (1887–1975) französischer Lyriker, Nobelpreis für Literatur 1960. Sein Gedichtband *Exil* (1942) ist 1949 unter dem gleichen Titel auch deutsch erschienen. Für die hier zitierten Verse aus *Exil* wurde die Übersetzung von Friedhelm Kemp benutzt.

Pétanque Spiel mit Metallkugeln, im deutschen Sprachraum oft »Boule« genannt; nicht zu verwechseln mit dem italienischen »Boccia«, das nach anderen Regeln und mit Holzkugeln gespielt wird

Les Pieds Nickelés beliebte französische Comic-Serie um drei Trunkenbolde, die 1908 von Louis Forton begründet wurde und bis heute von mehreren anderen Zeichnern fortgeführt wird

Rebeu Verlan-Ausdruck für den Verlan-Ausdruck Beur; unterscheidet den in Frankreich geborenen Nordafrikaner vom gebürtigen Araber

Roumi aus arabisch-islamischer Sicht: ein Europäer, ein Christ

Sétif (auch Stif) am 8. Mai 1945 wurde weltweit das Kriegsende gefeiert. Diesen Tag nutzten die Algerier, die im Zweiten Weltkrieg einen schweren Blutzoll für Frankreich erbracht hatten, um ihre eigene Befreiung zu fordern. Im ostalgerischen Sétif kam es zu Ausschreitungen der Demonstranten gegenüber Franzosen. In ganz Ostalgerien entlud sich aufgestauter Hass in Mord, Plünderungen und Brandschatzungen. Die französische Antwort auf die Revolte war brutal: Die Zahl der Toten lag bei 10000 bis 40000 Menschen, vonseiten der FLN wurden Zahlen bis zu 80000 genannt. (Vgl. Werner Ruf, *Die algerische Tragödie. Vom Zerbrechen des Staates einer zerrissenen Gesellschaft,* Münster 1997)

Soleá schwermütige Volksweise und Tanz aus Andalusien

Vallone, Raf Schauspieler, der unter anderem in *El Cid* mit Charlton Heston und Sophia Loren gespielt hat

Vel' d'Hiv' Am 16. und 17. Juli 1942 fand die Razzia des »Vel' d'Hiv'« statt: Zwölftausendachthundertvierundachtzig Juden wurden in Paris auf Befehl der Vichy-Regierung von der französischen Polizei festgenommen. Einzelpersonen und kinderlose Paare wurden nach Drancy gebracht, die anderen zum Vélodrome d'Hiver (Radrennbahn).

Verlan ein Jargon, der auf der Vertauschung von Silben beruht. Beispiele: céfran (français), féca (café), tromé (métro). Auch der Begriff »verlan« selbst ist so entstanden: l'envers (rückwärts, verkehrt) → len vers → vers len → verlan.

Zola, Émile, »J'accuse« der Schriftsteller Émile Zola äußerte sich im Januar 1898 mit seinem berühmten Artikel *Ich klage an* zum Hochverratsprozess gegen den jüdischen Offizier Alfred Dreyfus, der großes Aufsehen in der französischen Öffentlichkeit erregte

22. März 1968 Erinnerung an die anarchosyndikalistische Bewegung des 22. März. Der Name bezieht sich auf die ersten Aktionen der Studenten, die an diesem Tag die Verwaltungsgebäude in der Universität in Nanterre besetzt hatten, um gegen die Verhaftung von sechs Mitgliedern des französischen Vietnam-Komitees zu protestieren. Sie war führend an der Mairevolte beteiligt.

Jean-Claude Izzo

Jean-Claude Izzo, 1945 in Marseille geboren, war lange Jahre Journalist. Nachdem er als Chefredakteur der Zeitschrift *Viva* aus politischen Gründen gefeuert wurde, begann er, Romane zu schreiben. Genauer: Kriminalromane. Ganz in der Tradition des französischen »Néo-Polar« von Jean Amila, Jean-Patrick Manchette oder Didier Daeninckx, also mit starkem politischem Akzent, als Teil einer literarischen Gegenöffentlichkeit. Izzo war schon fünfzig Jahre alt, als sein Erstling *Total Cheops* sofort ein Bestseller wurde. Nach dem dritten Roman um den »flic banlieu« Fabio Montale hat sich Izzo dauerhaft an der Spitze des französischen Kriminalromans etabliert.

Foto Jacques Sassier

Gerade weil die Fabio-Montale-Romane »nur« Kriminalromane sein wollen, sind sie mehr oder anderes als »nur« Kriminalromane. Ganz unter der Hand. Und deswegen ist es logisch, dass Izzo sich auch außerhalb des Genres bewegt: Mit den Romanen *Les marins perdus* und der Lyrik-Sammlung *Loin de tous rivages* hat er sich als hochklassiger Gegenwartsautor erwiesen. Izzo, der ein autodidaktischer Schriftsteller ohne Diplome und akademische Titel ist, sieht solche Unterscheidungen gar nicht gern. Zwar versteht er sich selbst »in aller Bescheidenheit« als Schüler von Leonardo Sciascia, findet aber generell, dass »Lesen und Schreiben« die Vereinzelung überwinden und dass man mit Kriminalromanen die »komplexe Wirklichkeit« am besten in den Griff bekommen kann.

Von Izzo wurde gesagt, er sei »Marseiller durch und durch. Das heißt: halb Italiener, halb Spanier mit arabischem Blut und Oliven von beiden Seiten.« Wie also sollte so jemand seine Stadt beschreiben wollen, ohne die Grundsubsistenz, das Essen, zu erwähnen? Denn nirgends schlägt sich die Mischung der Völker und Kulturen so deutlich erfahrbar nieder wie im Kochtopf. Man nennt das heutzutage gerne »crossover«. Aber weil Izzo wirklich etwas vom Essen und von der Wirklichkeit versteht, also von Berufs und der Kunst wegen ganz genau hinguckt, enttäuscht er sofort diesen lieb gewordenen Topos und gab *Le Monde diplomatique* folgende Ketzereien zu Protokoll:

»Ganz ohne Romantik war – und bleibt – Marseille der Ort, an dem sich die Exilierten der Welt begegnen. In den meisten Restaurants isst man folglich einfach und für wenig Geld. Die Gerichte sind mit einem treuen Festhalten am

Ursprung zubereitet. Die Küche erneuert sich nicht, sie mischt sich nicht, sie bleibt bestehen. Essen verbindet mit der Heimat. Sich an den Tisch zu setzen, im Restaurant oder zu Hause, mit der Familie oder mit Freunden, das bedeutet, an die Erinnerung, an die Vergangenheit anzuknüpfen. Und wenn sich solch ein Kreis öffnet – Marseille ist eine offene Tür –, dann darum, um mit einer hübschen Portion Stolz zur Teilnahme an der Schönheit einzuladen, die dem Ort eignet, von dem man herkommt.«

Im Januar 2000 ist Jean-Claude Izzo gestorben.

Thomas Wörtche

Bibliografie

Die Marseille-Trilogie: *Total Khéops* (1995, dt. *Total Cheops,* 2000), *Chourmo* (1996, dt. *Chourmo,* 2000), *Soléa* (1998, dt. *Solea,* 2001).
Weitere Werke: *Les marins perdus* (1997, dt. *Aldebaran,* 2002), *Loin de tous rivages* (1997), *13, Passage Gachimpega 13000 Marseille* (1998), *Vivre fatigue* (1998; dt. *Leben macht müde,* 2005), *L'Aride des jours* (1999), *Le soleil des mourants* (1999, dt. *Die Sonne der Sterbenden,* 2003). Texte u.a. in: *Marseille* (Guide, 1998), *Les vins de France* (1999).

Filmografie

Die Marseille-Trilogie wurde 2001 als Fernsehproduktion von Jean-Pierre Guérin mit Alain Delon in der Hauptrolle in Marseille verfilmt.
Total Cheops wurde von Alain Bévérini unter dem Titel *Total Khéops* mit Richard Bohringer, Marie Trintignant und Robin Renucci verfilmt (Frankreich, 2001).
Aldebaran wurde von Claire Devers mit Bernard Giraudeau, Marie Trintignant und Audrey Tautou unter dem Titel *Les marins perdus* verfilmt (Frankreich, 2002).

Fabio Montales Musik

Fabio Montale hört gerne Musik. In jeder Lebenslage, zu jeder Tages- und Nachtzeit, zu jeder Situation und Stimmung die passende Musik. Hier folgt eine kleine Aufstellung seiner Lieblingstitel. Weil Fabio aber ein begeisterter Musikfan ist, rutschen ihm hin und wieder ein paar Sachen durcheinander, bei anderen überlässt er es der Fantasie und dem guten Geschmack seiner Leserinnen und Leser, den genauen Titel oder die Platte herauszufinden. Deshalb beansprucht die folgende Aufstellung keinerlei diskografische Vollständigkeit.

Total Cheops:

S. 16 Camilo Azuquita: Der Sänger aus Panama brachte Anfang der Achtzigerjahre den Salsa nach Paris. Die CD *La Foule – Salsa International* (Masin) war 1996 gerade brandneu auf dem Markt.

S. 23 Paco de Lucia: »Entre dos aguas« auf *Fuente y caudal* (1973, auch als CD erhältlich).

S. 35 Ray Charles: »What'd I Say« und »I Got A Woman« waren seine ersten großen Hits, es gibt verschiedene Aufnahmen dieser Songs, einige auch live. Auf der CD *Live at Newport 1958* (Atlantic 1993) ist nur »I Got A Woman« zu finden. Montale hört eine alte 45er, auf der möglicherweise auch »What'd I Say« war.

S. 37 Miles Davis: »Rouge«, aus *Birth Of The Cool* (Aufnahmen von 1949/50, jedoch erst 1957 veröffentlicht; als CD bei Blue Note 2001).

S. 41 Thelonious Monk: *Alone In San Francisco 1 + 2* (1959, als CD bei Vogue France 1993). Ob Montale diese Aufnahmen meint, verrät er nicht. Weil Monk aber »allein weitermacht«, wärs eine Möglichkeit. Sonst könnte auch gemeint sein: *Piano Solo* von 1954.

S. 42 Charles Aznavour: »In der Sonne ist das Elend halb so schlimm …«. Gemeint ist das Chanson »Eteins la misère«, enthalten auf *Live à l'Olympia* (EMI 2000, sechs CDs).

S. 56 B. B. King: Fabio Montale legt »eine Kassette ein«. Eine der schönsten Platten von B. B. King ist *Lucille Talks Back* (1975, als CD bei MCA Special 1994).

S. 63 IAM: »Non soumis à l'état « ist auf ihrer Debut-CD, *De la planète Mars,* zu hören (Delabel/Virgin 1991).

S. 70 Massilia Sound System: die erste und einzige okzitanisch singende Reggae-Gruppe. Hier wird aus dem Stück »Disem – Fasem« zitiert, aus der

CD *Chourmo* (Roker Promocion, 1993). Mehr über die Gruppe findet man unter www.massilia-soundsystem.com.

S. 80 NTM: Gemeint ist das Lied »Police« auf der CD *1993 … J'appuie sur la gâchette* (Epic/Sony 1993). 1995 wurden die beiden Rapper von NTM zu einer Gefängnisstrafe wegen Beamtenbeleidigung verurteilt, das Stück »Police« wurde im Prozess als Beweismaterial verwendet. Der Fall löste in Frankreich eine breite Diskussion über Zensur aus.

S. 93 Lightnin' Hopkins: »Last Night Blues«. Die gleichnamige CD von 1993 ist erschienen bei FAN/OBC.

S. 96 Bob Marley: »Stir It Up«, sein schönstes Liebeslied, zu finden auf *Catch A Fire* (1973, als CD bei Island/Universal 1995). *Catch A Fire* war der erste internationale Erfolg für Bob Marley & The Wailers.

S. 119 Rubén Blades: Fabio Montale spricht nur von einer Kassette. Vorschlag: *Siembra,* zusammen mit Willie Colón. Besonders hörenswert ist das Mörder-Stück »Pedro Navajo« (1978, als CD bei Third EFA Media 1992).

S. 132 Paolo Conte: Die Textzeile »Guardate dai treni in corsa…« findet sich im Stück »Come di« und ist auf der CD *Paolo Conte* (CGD/Warner 1992) oder auf dem Sampler *The Best of Paolo Conte* (Eastwest/Warner 1996) enthalten.

S. 145 Khaled: Montale legt sich bei dem Raï-Star Khaled nicht fest. Auf jeden Fall empfehlenswert: *N'ssi N'ssi* (Barclay 1993).

S. 148 Michel Petrucciani: »Estate«. Diesen Titel hat Petrucciani öfters eingespielt, eine ganze CD, die so heißt, gibt es auch: *Estate* (IRD 1999).

S. 154 Astor Piazzolla und Gerry Mulligan: »Twenty Years After« aus der berühmten *Tango nuevo*-Session von 1974, wieder veröffentlicht als CD bei WEA 1987.

S. 188 Vincent Scotto – da gibt es eine schöne Sammlung: *Les Chansons de Vincent Scotto* (Pharaoh 1998).

S. 191 Léo Ferré: »Wir sind keine Heiligen …«, im Original »On n'est pas des saints«. Für Fans gibt es die wunderbare Box *Avec les temps … 14 ans des chansons* (Barclay 1989; 11 CDs).

S. 195 Buddy Guy: »Damn Right, I've Got The Blues«, heißt der Titel und die gleichnamige CD (Silvertone Records 1991).

S. 211 The Doors: »The End« – auf ihrer ersten Platte, *The Doors* (1967, als CD bei Elektra 1988).

S. 220 Dizzy Gillespie: »Manteca«. Eine frühe Version findet sich auf *Classics 1947-49* (Sound of Music 2000).

Und sonst hört Fabio Montale in *Total Cheops* noch ganze Gesamtwerke wie die von Billie Holiday und Django Reinhardt und volkstümliche Weisen wie »Santa Lucia«.

Chourmo:

S. 250 Bob Dylan: »Girl From The North Country« auf *Nashville Skyline* (1969; als CD bei Columbia/Sony 1986).

S. 273 MC Solaar: »Prose combat«, so heißt auch die ganze CD (1994 bei Polygram).

S. 275 Miles Davis: »Solea« und »Saeta« auf *Sketches of Spain* (1960; als CD bei Sony 2000).

S. 280 Massilia Sound System: »Chourmo«, wie sonst, auf *Chourmo* (1993), siehe auch im ersten Band, *Total Cheops*, S. 70.

S. 280 Bob Marley: »So Much Trouble In The World« findet sich auf *Survival* (1979). Zwei schöne Dub-Versionen gibt es auf *Dreams Of Freedom* (Island/Universal 1997).

S. 294 Bob Marley: »Slave Driver« auf *Catch A Fire* (1973, als CD Island/Universal 1995).

S. 307 Renato Carosone: »Maruzzella«, »Guaglione« auf dem schönen Sampler *Greatest Hits of Renato Carosone* (Replay Italien 1996).

S. 324 Gipsy Kings: »Bamboleo« etc. auf *Volare* (SMM/Sony 1999).

S. 345/346 Lili Boniche: »Ana fil houb« ist wieder erhältlich als CD in der Reihe *Trésors de la chanson judéo-arabe* (Melodie, o. J.).

»Ana fil houb« ist die arabische Fassung von »Mon histoire, c'est l'histoire d'un amour!«. Von der texanischen Sängerin Tish Hinojosa gibt es wiederum eine spanische Version, »Historia de un amor«, auf ihrer CD *Aquella Noche* (Watermelon Records, 1991).

Von Los Chunguitos ist 2000 ein Sampler erschienen, *Los Chungiotos hoy* (Producciones AR).

S. 348 Lili Boniche: »Alger, Alger«. Die Fassung, die Montale hört, ist auf derselben CD wie »Ana fil houb« zu finden. Eine neuere Aufnahme ist 1998 bei A.P.C. erschienen.

S. 379 Art Pepper: »More For Less«. Irrtum, Fabio, der Titel heißt »More For Les«, die gleichnamige CD ist 1992 bei FAN/OJC/ZYX erschienen.

S. 380 Léo Ferré: »Marseille«. Siehe *Total Cheops*, S. 191.

S. 381 Sonny Rollins: »Without A Song« aus dem Meilenstein-Album *The Bridge* von 1962. Letzte Wiederveröffentlichung bei Victor/BMG 2001.

S. 382 B. B. King: »Rock My Baby« – das ist wieder typisch Fabio. Der Titel heißt natürlich «Rock Me, Baby» und B. B. King hat ihn unzählige Male aufgenommen. Empfehlenswert die Fassung auf: *Ain't Nobody Home* (MCA/BMG 1991).

S. 386 Lightnin' Hopkins: »Your own fault, baby, to treat me the way you do« – das ist vermutlich nur eine Textzeile, die (nicht nur) Lightnin' Hopkins in unendlichen Varianten eingesetzt hat. Über böse Frauen beklagt er sich besonders auf der CD *The Masters* (Eagle Rock 1998), da z.B. in seinem Standard »You Treat Po' Hopkins Wrong«.

S.433 Renato Carosone: »Chella lla'«, siehe *Chourmo*, S. 307.

S.449 Edmundo Riveiro: »Garuffa«. Leider ist nur eine Platte des Tangueros greifbar: *Araca la cana* (BLUMO 1997).

S.450 Carlos Gardel: »Volver« ist einer von Gardels größten Hits – in jeder anständigen Sammlung vorhanden, so auch auf *The Collection*, AIS US-BMG 1991

S.452/453 ZZ Top: »Thunderbird«, »Long Distance Boogie«. Der »Long Distance Boogie« gehört ins »Backdoor Medley«.

S.455 ZZ Top: »Nasty Dogs And Funky Kings« – da hört Fabio Montale die ganze CD *Fandango* (1975, erneut 1988 bei Warner Brothers).

Solea:

S.472 Léo Ferré: »Ich spüre Züge kommen...«, im Original: »Je sens que nous arrivent des trains...«. Da handelt es sich um das Chanson »Violence et l'ennui« und ist auf der gleichnamigen CD zu hören, auf der auch eine Fassung von »Marseille« ist (wieder erhältlich bei La mémoire de la mer, 2000). Siehe auch *Total Cheops*, S. 191 und *Chourmo*, S. 350.

S.474 Miles Davis: »Solea«, siehe *Chourmo*, S. 275.

S.487 »I Can't Give You Anything But Love, Baby...«: Django Reinhardt hat diesen Song besonders gern gespielt - zum Beispiel auf *L'Inoubliable* (EMI 1992).

S.490 Mongo Santamaria: »Mambo terrifico«. Mongo Santamaria hat sehr viele Mambos eingespielt, Stück für Stück «terrifico». Zum Beispiel *Mambo Mongo* (Chesky 1993).

S.494 IAM: Über die Plagen von Marseille singen IAM in »Planète Mars« (*De la planète Mars*, 1991) und in »Le sachet blanc« (auf der zweiten CD *Ombre est lumière*, 1993).

S.501 Léo Ferré: »Wenn die Maschine ...« – siehe *Total Cheops*, S. 191.

S.513 John Coltrane : »Out Of This World«. Etwa auf der schönen Box *The Classic Quartet* (Impulse 1998) zu finden.

S.537 Ray Barretto: »La bendición«. Der Titel ist ein Latino-Dauerbrenner, Ray Barrettos Version ist auf *Contact!* (Blue Note 1997).

S.543 Pinetop Perkins: »Blues After Hours« findet sich auf *Born in the Delta* (Telarc 1997).

S.544 Lightnin' Hopkins: »Darling, Do You Remember Me?« fragte der Meister auf *Double Blues* (ACE 1985).

Buena Vista Social Club: So hieß die erste CD der Erfinder des kubanischen Son (World Circuit 1997).

S. 555/556 John Coltrane/Duke Ellington: »In A Sentimental Mood« und »Angelica«. *Duke Ellington & John Coltrane* heißt das Album von 1962 (CD: Impulse 1995).

S. 558 Ben Harper kennt Fabio Montale nicht. Schade, denn er ist ein großer Gitarrist, den sich z. B. John Lee Hooker immer wieder als Verstärkung geholt hat. Die CD mit dem Titel *Welcome To The Cruel World* (Virgin 1994) hätte Montale sicher gefallen.

S. 561/569 Abdullah Ibrahim (= Dollar Brand): »Zikr« auf *Echoes From Africa* (Enja 1979, erneut 1993).

S. 572 IAM und Massilia Sound System: siehe *Total Cheops*, S. 63 und S. 70. Fonky Family und Troisième Œil: Rap aus Marseille, erwähnenswert sind die CDs *Si Dieu veut* von Fonky Family (Sony 1998) sowie von Troisième Œil *Hier, aujourd'hui, demain* (Columbia 1999).

S. 591 Renato Carosone: »Maruzzella«, siehe *Chourmo* S. 307.

S. 604 Nat King Cole: »The Lonesome Road« mit Anita O'Day, eine Aufnahme aus den 40er Jahren, findet sich auf *The Nat King Cole Shows Vol. 1–3* bei AIR Net 1996.

S. 606/609/614/627 Gianmaria Testa: »Un po' di la del mare« auf der CD *Extra-Muros* (Warner Music France 1996). In *Solea* hört Fabio Montale diesen Cantautore aus Cuneo in Norditalien zum ersten Mal. Später wurden Jean-Claude Izzo und Testa gute Freunde.

S. 613 Rubén González: »Amor verdadero«, »Alto songo«, »Los sitio' asere« und »Pío mentiroso«: Diese Titel kommen von der gleichzeitig mit *Buena Vista Social Club* veröffentlichten CD *A toda Cuba le gusta* der Afro-Cuban All Stars mit Rubén González als Gaststar (World Circuit 1997).

Die Diskografie wurde von Stephan Güss erstellt.

Die Übersetzer

Katarina Grän, geboren 1960 in Hamburg, Studium der Romanistik und Slawistik, unter anderem in New York. Längere Reisen in den USA und in der Sowjetunion, Ausbildung zur Rundfunkjournalistin in Köln, Krimiautorin und Übersetzerin, lebt in Hannover.

Ronald Voullié, geboren 1952 in Bremen, Studium der Germanistik, Soziologie und Romanistik. Übersetzt seit zwanzig Jahren »postmoderne« Philosophen wie Baudrillard, Deleuze, Guattari, Lyotard, Klossowski, Virilio und François Jullien, in den letzten Jahren auch Kriminalromane (z.B. Daeninckx, Goupil, Reboux), lebt in Hannover.

Die Marseille-Trilogie
Total Cheops · Chourmo · Solea

Fabio Montale ist ein kleiner Polizist mit Hang zum guten Essen und einem großen Herz für all die verschiedenen Bewohner der Hafenstadt: für die Italiener, die Spanier, die Nordafrikaner und auch die Franzosen. Ob einer Polizist wird oder Gangster, das ist reiner biografischer Zufall. Freund bleibt Freund.

»Fiebrige Lebenslust, überbordende Vitalität auf der einen, die Tragödien der Gestrandeten auf der anderen Seite.« *Robert Hültner, Abendzeitung*

Aldebaran

Im Hafen von Marseille steht die Zeit still. An der äußersten Mole liegt die Aldebaran fest, deren Reeder Konkurs gegangen ist. Die letzten drei Männer an Bord wollen den Frachter nicht aufgeben.

Die Sonne der Sterbenden

Rico zieht Bilanz: Er ist geschieden, seinen Sohn darf er nicht mehr sehen, die Wohnung hat er verloren, sein einziger Kumpel, der Clochard Titi, ist tot. Rico beschließt, aus dem eisigen Pariser Winter abzuhauen, in den Süden.

Leben macht müde

Es sind die kleinen Leute – Prostituierte, Matrosen, Hafenarbeiter, illegale Einwanderer, die sich in diesen sieben Geschichten mit den großen Fragen des Daseins konfrontiert sehen: »Die Angst. Das Leben selber.«

Mein Marseille

Die geheime Heldin aller Romane von Jean-Claude Izzo ist Marseille. Diese Texte erzählen von den Menschen, dem Licht und den Farben der Stadt. Izzo führt durch die Gassen und Kneipen, erzählt von Kräutern und Düften, von Vergangenheit, Gegenwart und Zukunft einer ewigen Stadt.

Roberto Alajmo Mammaherz
Raúl Argemí Chamäleon Cacho; Und der Engel spielt dein Lied
Bernardo Atxaga Ein Mann allein
Lena Blaudez Spiegelreflex
Patrick Boman Peabody geht fischen; Peabody geht in die Knie
Hannelore Cayre Der Lumpenadvokat; Das Meisterstück
José Luis Correa Drei Wochen im November; Tod im April
Pablo De Santis Die Fakultät; Voltaires Kalligraph; Die sechste Laterne; Die Übersetzung; Das Rätsel von Paris
Garry Disher Drachenmann; Flugrausch; Schnappschuss; Beweiskette; Rostmond
Friedrich Glauser Die Wachtmeister-Studer-Romane
Joe Gores Hammett
Chester Himes Harlem-Romane
Petra Ivanov Fremde Hände; Kalte Schüsse; Tote Träume; Stille Lügen; Tiefe Narben
Jean-Claude Izzo Die Marseille-Trilogie: Total Cheops; Chourmo; Solea
Stan Jones Weißer Himmel, schwarzes Eis; Gefrorene Sonne; Schamanenpass
Jörg Juretzka Der Willy ist weg; Rotzig & Rotzig; Alles total groovy hier; Sense
H.R.F. Keating Inspector Ghote zerbricht ein Ei; Inspector Ghote hört auf sein Herz; Inspector Ghote geht nach Bollywood; Inspector Ghote reist 1. Klasse
Yasmina Khadra Die Algier-Trilogie: Morituri; Doppelweiß; Herbst der Chimären
Thomas King Dreadful Water kreuzt auf
Bill Moody Solo Hand; Moulin Rouge, Las Vegas; Auf der Suche nach Chet Baker; Bird lives!
Christopher G. Moore Haus der Geister; Nana Plaza; Stunde null in Phnom Penh; Der Untreue-Index
Bruno Morchio Kalter Wind in Genua; Wölfe in Genua
Peter O'Donnell Modesty Blaise – Die Klaue des Drachen; Die Goldfalle; Operation Säbelzahn; Ein Hauch von Tod
Celil Oker Schnee am Bosporus; Foul am Bosporus; Letzter Akt am Bosporus; Dunkle Geschäfte am Bosporus
Leonardo Padura Adiós Hemingway; Der Nebel von gestern; Der Schwanz der Schlange; Das Havanna-Quartett: Ein perfektes Leben; Handel der Gefühle; Labyrinth der Masken; Das Meer der Illusionen
Nii Parkes Die Spur des Bienenfressers
Pepetela Jaime Bunda, Geheimagent
Claudia Piñeiro Ganz die Deine; Die Donnerstagswitwen; Der Riss
Paco Taibo II Vier Hände
Masako Togawa Schwestern der Nacht; Der Hauptschlüssel
Tran-Nhut Das schwarze Pulver von Meister Hou
Gabriel Trujillo Muñoz Tijuana Blues; Erinnerung an die Toten
Óscar Urra Poker mit Pandora; Harlekin sticht
Domingo Villar Wasserblaue Augen; Strand der Ertrunkenen
Nury Vittachi Der Fengshui-Detektiv; Der Fengshui-Detektiv und der Geistheiler; Der Fengshui-Detektiv und der Computertiger; Shanghai Dinner; Der Fengshui-Detektiv im Auftrag Ihrer Majestät
Manfred Wieninger Der Engel der letzten Stunde; Kalte Monde; Rostige Flügel